KB174833

조선시대 서학 관련 자료 집성 및 번역·해제 1

한국연구재단 토대연구지원사업 총서

조선시대 서학 관련 자료 집성 및 번역·해제 1

동국역사문화연구소 편

해제자: 배주연, 송요후, 장정란

경인문화사

▌발간사 ▐

　본서는 한국연구재단의 토대연구지원사업에 선정되어 동국대학교 동국역사문화연구소에서 '조선 지식인의 서학연구'라는 주제로 2015년부터 2018년까지 3년에 걸쳐 수행한 작업 결과물이다.

　'서학(西學)'은 대항해라는 세계사적 흐름에 의해 동아시아 사회에 등장한 새로운 사상적 조류였다. 유럽 세계와 직접적 접촉이 없었던 조선은 17세기에 들어 중국을 통해 서학을 수용하였다. 서학은 대부분의 조선 지식인들이 신봉하고 있던 유학과는 전혀 다른 것이었다. 조선 지식인들은 처음에는 호기심에 끌려 서학을 접촉했지만 시간이 지나면서 서학에 관심을 갖는 이들이 늘어났다. 18세기 후반에 이르면 서학은 조선 젊은이들 사이에 하나의 유행이 되었다. 이들은 천문·역학을 대표되는 과학적 성과뿐만 아니라 천주교도 받아들였다. 서학의 영향력이 확대되자 정통 유학자들이 척사적 태도를 견지하면서 서학은 사회적·정치적 문제로 비화하였다. 그 결과 서학은 조선후기 사회의 방향성을 결정하는 가장 중요한 변수가 되었다.

　중요한 주제인 만큼 서학에 대해서는 그동안 많은 연구가 이루어졌지만 아쉽게도 조선후기 서학을 통괄할 수 있는 작업은 진행되지 못하였다. 이에 동국역사문화연구소에서는 조선후기 서학의 수용 양상을 종합적으로 정리하겠다는 계획 하에 토대연구지원사업에 지원하였는데 운이 좋게도 선정되었다. 본 사업은 크게 ①조선에 수용된 서학서 정리 ②조선 지식인에 의해 편찬된 서학서 정리 ③조선후기 서학 관련 원문 자료 정리라는 세 가지 과제의 수행을 목표로 설정하였고, 3년 동안 차질 없이 작업을 수행하여 이제 그 결과물을 내놓게 되었다.

　본서는 많은 분들의 도움과 노력으로 출간될 수 있었다. 우선 본 과제를 선정해주신 심사위원분들께 깊은 감사를 드린다. 많이 부족한 연구계

획서를 높이 평가해주신 것은 의미 있는 결과물을 만들어 학계에 기여할 수 있을 것으로 기대했기 때문이었을 것이다. 연구진은 그러한 기대에 어긋나지 않도록 최선의 노력을 기울였다. 본 연구를 수행하는데 가장 중요한 역할을 한 분들은 역시 전임연구원들이다. 장정란·송요후·배주연 세 분 전임연구원분들은 연구소의 지원이 충분치 못한 환경에서도 헌신적으로 작업을 진행하셨다. 세 분께는 어떤 감사를 드려도 부족하다. 서인범·김혜경·전용훈·원재연·구만옥·박권수 여섯 분의 공동연구원분들께도 깊이 감사드린다. 학계 전문가로 구성된 공동연구원 선생님들은 천주교나 천문·역학 등 까다로운 분야의 작업을 빈틈없이 진행해주셨다. 서인범 선생님의 경우 같은 학과에 재직하고 있다는 죄로 사업 전반을 챙기시느라 많은 고생을 하셔 죄송할 따름이다. 이명제·신경미 보조연구원은 각종 복잡한 행정 업무를 처리하는 것은 물론 해제·번역 작업에도 참여하였다. 두 보조연구원이 없었다면 사업의 정상적인 진행은 어려웠을 것이다. 귀찮은 온갖 일을 한결같이 맡아 처리해준 두 사람에게 정말 고마움을 전한다. 이밖에도 감사를 드려야 할 분들이 더 계시다. 이원순·조광·조현범·방상근·서종태·정성희·강민정·임종태·조한건선생님께서는 콜로키움에서 본 사업과 관련된 더 없이 귀한 자문을 해주셨고 서종태 선생님의 경우는 해제 작업까지 맡아주셨다. 특히 고령에도 불구하고 두 시간 동안 쉬지 않고 강의를 해주시던 이원순 선생님의 모습은 잊을 수 없다. 이제는 고인이 되신 선생님의 영전에 삼가 이 책을 바친다. 마지막으로 사업성이 없는 본서의 출간을 맡아주신 경인문화사 한정희 사장님과 본서를 아담하게 꾸며주신 편집부 분들께 감사드린다.

이렇게 많은 분들의 도움과 노력에도 불구하고 본서에 부족한 점이 있다면 그것은 전적으로 연구책임자의 잘못이다. 아무쪼록 본서가 조선후기 서학 연구 나아가 조선후기 사상사 연구에 기여할 수 있기를 기대한다.

연구책임자 노대환

▎일러두기 ▎

1. 수록범위

본 해제집은 3년간 진행된 연구의 결과물이다. 연구는 연도별 주제를 선정하여 진행되었고, 각 연도별 수록범위는 아래와 같다.

〈연차별 연구 주제와 수록 범위〉

연차	주 제	수록범위
1차	조선 지식인과 서학의 만남	17세기 이래 조선에 유입된 한문서학서
2차	조선 지식인의 서학에 대한 대응과 연구	조선후기 작성된 조선 지식인의 서학 연구 관련 문헌
3차	조선 지식인의 서학관련 언설	서학 관련 언설 번역

2. 해제

① 대상 자료에 대한 이해를 위해 서지정보를 개괄적으로 기술하였다.
② 해제자의 이름은 대상 자료의 마지막에 표기하였다.
③ 대상 자료의 내용, 목차, 저자에 대해 설명하고 대상 자료가 가지는 의의 및 영향에 대해 기술하였다.

3. 표기원칙

① 한글 표기를 원칙으로 하되, 필요에 따라 한자나 원어로 표기하였다. 한글과 한자 및 원어를 병기하는 경우 한자나 원어를 소괄호( )에 표기하였다.
② 인물은 이름과 생몰연대를 소괄호( )에 표기하고, 생몰연대를 모를 경우 물음표 ?를 사용하였다.
③ 책은 겹낫표 『 』를, 책의 일부로 수록된 글 등에는 홑낫표 「 」를 사용하였다.
④ 인용문은 " "를 사용하여 작성하고 들여쓰기를 하였다.
⑤ 기타 일반적인 것은 「한글맞춤법 규정」에 따랐다.

4. 기타

① 3년간의 연구는 각 1·2권, 3·4권, 5·6권으로 나누어 수록하였다.
② 연구소 전임연구원의 연구결과물은 1·3·5권에, 공동연구원과 외부 전문가의 결과물은 2·4·6권에 수록하였다.
③ 1·2권은 총서-종교-과학, 3·4권은 논저-논설, 5·6권은 문집-백과전서-연행록으로 분류하고 가나다순에 따라 수록하였다.

┃목차┃

발간사 ┃ 일러두기

『천학초함(天學初函)』

분 류	세 부 내 용
문 헌 종 류	한문서학서
문 헌 제 목	천학초함(天學初函)
문 헌 형 태	목판본
문 헌 언 어	漢文
간 행 년 도	1628년
저 자	이지조(李之藻, 1565~1630)
형 태 사 항	3588면
대 분 류	총서(종교 + 과학)
세 부 분 류	종교: 교리, 과학: 수학·천문·수리(水利)
소 장 처	Bibiotheca Apostolica Vaticana 臺灣中央研究院歷史語言研究所 北平國立圖書館 조선대학교 중앙도서관
개 요	이지조(李之藻)가 기존 간행 한문서학서(漢文西學書)를 모아 이편(理篇-종교)과 기편(器篇-과학)으로 나누어 1628년 출간한 총서(叢書).
주 제 어	천학(天學), 이편(理篇), 기편(器篇)

1. 문헌제목

『천학초함(天學初函)』

2. 서지사항

『천학초함(天學初函)』은 명말(明末)의 석학(碩學)이며 중국 천주교의 세 기둥(三柱石)으로 일컫는 이지조(李之藻, 1565~1630)가 1625년까지 출간된 한문서학서(漢文西學書)들을 모아 1628년 간행한 총서(叢書)이다.

이편(理篇)과 기편(器篇)으로 나누어 편찬했는데, 이편에는 종교, 윤리, 수신(修身), 서양 관련 지식 서적 10종, 기편에는 과학, 기술 관련 서적 10종 등 도합 20종 총 52권을 수록하였다.

총서 『천학초함』 서두에는 편찬자 이지조의 「각천학초함제사(刻天學初函題辭)」을 두었다. 한 면당 6행(行), 한 행 당 10자, 여섯 면의 간략한 제(題)로 출간 목적을 밝혔는데, 즉 당(唐)대에 경교(景敎)로 불린 천학(天學)은 정관 9년(635) 중국에 전래되어 이미 천년이 되었고, 명대(明代)에 이마두(利瑪竇, 마태오 리치)가 중국에 와서 도(道)를 펼친 이래 50년 동안 예수회원들이 리치의 정신을 계승하여 많은 한문서를 저술하였다. 이에 서학에 관심을 갖는 사람들이 늘어났는데 이들의 학문적 열의에 부응하기 위해, 또한 산재해 있는 중요 서학서들을 손쉽게 접할 수 있도록 하기 위해, 이미 간행된 서학서들을 체계적으로 모아 총서화(叢書化)한다는 것이다.

이어 이편(理編)에 수록된 10개 서책의 목차 이편총목(理編總目)을 두 면에 걸쳐 나열한 후, 곧바로 이편의 첫 책 『서학범(西學凡)』을 실었다.

한 책이 끝나면 곧 이어 다른 책을 목차 순서대로 표지 없이 실었는데, 각 책마다 본래의 간각(刊刻) 형태대로 인쇄하여 각자(刻字) 형태와 크기는 제각각이다.

『천학초함』에 수록된 이편(理篇)과 기편(器篇) 도서의 서지사항은 다음과 같다.

이편:

■ 『서학범(西學凡)』 1권, 총 42면; 저자-알레니(Aleni, 艾儒略); 간행-1623년
■ 『당경교비부(唐景敎碑付)』 총 32면
  - 「경교유행중국비송(景敎流行中國碑頌)」 총 16면; 필자-경정(景淨)[1] 781년 저술
  - 「독경교비서후(讀景敎碑書後)」 총 16면; 필자-이지조; 1625년 저술
■ 『기인십편(畸人十篇)』 상·하 2권 총194면(상권-110면, 하권-84면); 저자-마태오 리치 (Matteo Ricci, 利瑪竇); 간행-1608년
■ 『교우론(交友論)』 1권 총30면; 저자-마태오 리치; 간행-1595년
■ 『이십오언(二十五言)』 1권 총30면; 저자-마태오 리치; 간행-1604년
■ 『천주실의(天主實義)』[2] 상·하 2권 총285면(상권-140면, 하권-145면); 저자-마태오 리치; 간행-1603년
■ 『변학유독(辯學遺牘)』 1권 총52면; 편찬-마태오 리치; 간행-1609년
■ 『칠극(七克)』 7권 총433면; 저자-빤또하(Pantoja, 龐迪我); 간

---

1) 경정(景淨) : 네스토리우스파 경교(景敎) 사제. 본명 아담. 생몰년도와 국적 미상. 중국 당(唐) 왕조, 8세기 후반, 장안(長安) 의령방(義寧坊) 경교예배당 대진사(大秦寺) 주재 총주교(敎父). 한문에 능통하여 칙명에 따라 네스토리우스파 경전 30권을 한문으로 번역하고, 불교 경전의 중국어 번역도 도왔다. 781년 건립된 현존 「대진경교유행중국비(大秦景敎流行中國碑)」 비송(碑頌)을 지었다. 『중국역대불교인명사전』, 이회문화사, 2011, 참조.
2) 총 목차에는 『천학실의(天學實義)』로 썼다. 본문의 제목은 『천주실의(天主實義)』다.

행-1614년

- 『영언여작(靈言蠡勺)』 상·하 2권 총142면(상권-86면, 하권-56면); 저자(口授)- 삼비아시(Sambiasi, 畢方濟), 필록(筆錄)-서광계(徐光啓); 간행-1624년
- 『직방외기(職方外紀)』 6권(首卷+5권) 총228면; 역자(譯者)-알레니; 간행-1623년

기편 :

- 『태서수법(泰西水法)』 6권 총 296면; 저자-우르시스(Ursis, 熊三拔), 필기(筆記)-서광계, 정정(訂正)-이지조; 간행-1612년
- 『혼개통헌도설(渾蓋通憲圖說)』 수권(首卷) 1권과 상·하 2권, 총210면; 해설-이지조; 간행-1607년
- 『기하원본(幾何原本)』 총6권, 매권마다 각각 권수(卷首) 한 권, 총602면; 번역(口譯)-마태오 리치, 받아쓰기(筆受)-서광계; 간행-1607년
- 『표도설(表度說)』 1권, 총96면; 저자(口授)-우르시스, 필기(筆記)-주자우(周子愚) 탁이강(卓爾康)3); 간행-1614년
- 『천문략(天問略)』 1권, 총100면; 저자-디아즈(Diaz, 陽瑪諾); 간행-1615년
- 『간평의설(簡平儀說)』 1권, 총52면; 저자-우르시스; 간행-1611년
- 『동문산지(同文算指)』 전편(前編) 2권, 통편(通編) 8권, 총654면;

---

3) 탁이강(卓爾康, 1570~1644) : 명 시대 인화(仁和, 현 항주) 출신. 자(字)는 거병(去病). 만력(萬曆)40년(1612) 거인(擧人). 대동(大同)과 양회(兩淮) 등지에서 둔전사낭중(屯田司郎中), 상주부검교(常州府檢校) 등을 지냈다. 대동에 있을 때 노상승(盧象昇)이 항상 그와 군사(軍事)에 대해 상의하였다. 명나라가 망하자 통분해하다가 죽었다. 저서에 『역학(易學)』과 『시학(詩學)』, 『춘추변의(春秋辨義)』 등이 있다. 『중국역대인명사전』, 이회문화사, 2010, 참조.

저자(授)-마태오 리치, 풀어쓰기(演)-이지조; 간행-1614년

- ■ 『환용교의(圜容較義)』 1권, 총58면, 저자(授)-마태오 리치, 풀어쓰기(演)-이지조; 간행-1614년
- ■ 『측량법의(測量法義)』 1권, 50면, 말미에 서광계 저술 『측량이동(測量異同)』 10면을 붙여 실어 총60면; 역자(口譯)-마태오 리치, 받아쓰기(筆受)-서광계; 간행-미상. 1617년 추정[4]
- ■ 『구고의(勾股義)』 1권, 총45면; 저자-서광계; 간행-미상

『천학초함(天學初函)』은 높은 학술적 가치를 인정받아 사고전서(四庫全書)에 수장되었으며, 선본(善本)이 국립북평도서관(北平圖書館), 북경대학, 금릉(金陵)대학, 대만중앙연구원(臺灣中央研究員)에 있다.

본 해제의 저본은 대만 중앙연구원본을 1965년 대만 학생서국(學生書局)에서 전 6권으로 완간한 영인본(影印本)이다.

[저자]

『천학초함』 편찬자 이지조(李之藻, 1565~1630)는 서광계(徐光啓), 양정균(楊廷筠)과 더불어 중국 천주교의 삼대주석(三大柱石)으로 일컬어지며, 동시에 서학서의 저술, 번역, 편찬, 감수의 구심적 역할을 담당했던 명말(明末)의 학자이다.

절강성 인화(浙江省 仁和, 지금의 杭州) 출신으로 자(字)는 진지(振之), 아존(我存), 양암(涼庵), 호(號)는 양암거사(涼庵居士), 양암일민(涼庵逸民) 또는 존원기수(存園寄叟)이며 세례명은 레오(Leo)다.

---

4) 서광계가 책 서두에 쓴 「題測量法義」에 의하면 마태오 리치가 이 책 번역을 시작한 것은 정미(丁未)년 『기하원본』이 끝나는 해라고 하였다. 그로부터 10년이 걸렸다고 하였는데 정미년은 1607년이고 기하원본 간행 년도도 1607년이다.

1598년(만력 26) 진사로, 관직은 남경공부원외랑(南京工部員外郎), 공부랑중(工部郎中)을 거쳐 1613년 남경태복시소경(南京太僕寺少卿)에 이르렀다.

이지조는 일찍부터 천문, 지리, 군사, 수리(水利), 음악, 수학, 화학, 철학, 종교 등 여러 분야에 관심을 갖았고 특히 예수회 선교사에 의해 전래된 서양학문을 배우고 받아들이는데 적극적이어서 천주교 입교 전인 1602년에 이미 마태오 리치의 세계지도 「곤여만국전도(坤與萬國全圖)」를 여섯 폭 병풍으로 중각하며 발문을 지었다. 이 시기에 이지조는 남경 공부(工部) 관리로서 해시계를 비롯한 천문, 역법 기기를 솔선 제조했는데 이때 일부 낙후된 중국 과학을 서학(西學)으로 보완하겠다는 의지를 세운 듯하다.

1604년 서광계(徐光啓)가 북경으로 오자 함께 리치가 사망하는 1610년까지 리치에게서 서양의 여러 학술을 배우고 익히며 동시에 당시 간행된 많은 한문서학서의 발문, 해제, 번역, 저술을 맡아하였다.

1610년 2월 세례를 받고 천주교에 입교했는데, 세례명 레오(良)는 당시 선교사들 기록문에서 레옹 박사(Doctor Leon)로 자주 언급된다.

1611년 부친상을 당해 낙향하자 트리고(N. Trigault, 金尼閣), 카타네오(L. Cattaneo, 郭居靜) 신부와 종명인(鍾鳴仁) 수사를 초치, 항주에 개교하였다. 또한 독실한 불교도 양정균을 이해 6월에 개종시켜 드디어 중국 천주교회의 큰 주춧돌 세 개(三大柱石)가 놓이게 되었다.

1613년 남경태복시소경에 임명되자 이지조는 조정에 역법뿐 아니라 수리, 수학, 측량, 음악, 의학 등 유용한 서학서를 번역하고 판토하(D. Pantoja, 龐迪我), 롱고바르디(N. Longobardi, 龍華民), 우르시스(S. Ursis, 熊三拔), 디아즈(E. Diaz, 陽瑪諾) 등 선교사를 활용하여 서양의 학술과 기술을 전면적으로 수용할 것을 건의하였으나 받아들여지지 않았다. 1629년 9월 서광계의 건의에 따라 서양식 도입을 통한 역법

개정을 목적으로 북경에 역국(曆局)이 개설되자 이지조는 롱고바르디, 테렌쯔(J. Terrenz, 鄧玉函) 등과 더불어 서광계를 독령(督領)으로 천문 측정, 역법 기기와 달력 제조, 서양 역법 관련서 번역 등 수력사업에 참여하였는데, 그 성과가 집대성 된 것이 1631년부터 1634년까지 다섯 차례에 걸쳐 황제에게 진정된 『숭정역서(崇禎曆書)』 136권이다.

그러나 수력이 한창 진행되던 1630년 11월 1일(양력) 이지조는 병으로 타계하였다. 이에 선교사와 신자들이 모두 애통해하였는데 로마 예수회 총회장은 모든 선교사들에게 이지조를 위한 미사 한 대씩을 봉헌하도록 지시하였다.

이지조는 서양의 종교와 학술을 적극 수용하며 많은 서학서를 편찬, 번역, 공역함으로써 중국에 천주교가 뿌리내리게 하는 초석이 되는 한편 서양 문물로써 낙후되고 미비한 중국의 일부분을 개조하려고 했던 실학자이다.

3. 목차 및 내용

[목차]

理編總目 :
西學凡
唐景教碑附
畸人十篇
交友論
二十五言

天學實義

辯學遺牘

七克

靈言蠡勺

職方外紀

器編總目 ：

泰西水法

渾蓋通憲圖說

幾何原本

表度說

天問略

簡平儀

同文算指

圜容較義

測量法義

勾股義

[내용]

『천학초함』에 수록된 이편(理篇)과 기편(器篇) 서책의 간략 내용은
다음과 같다.

　이편 ：
■ 『서학범(西學凡)』
　: 서방의 학문과 교육제도 대강(大綱)을 소개한 인문서. 서

양의 문(文)·이(理)·의(醫)·법(法)·교(敎)·도(道)의 6과(科) 교수내용 및 학문적 특징과 교육과정 소개.

- ■ 『당경교비부(唐景敎碑附)』
  : 대진사(大秦寺) 경교 교부(敎父) 경정(景淨)이 781년(唐 建中 2년) 기록한 「경교유행중국비송(景敎流行中國碑頌)」과, 이어 편찬자 이지조 자신이 경교비(景敎碑) 발견 2년 후인 1625년 작성한 「독경교비서후(讀景敎碑書後)」.

- ■ 『기인십편(畸人十篇)』
  : 천주교 교리 해설서. 천주교 중요교리에 대해 중국학자들이 질문하면 마태오 리치가 이에 답하며 토론하는 형식의 대화체 교리서.
  권말 부록으로 1600년 마태오 리치가 만력제(萬曆帝)에게 선물한 서양 악기(西琴) 가사번역 「서금곡의팔장(西琴曲意八章)」 수록.

- ■ 『교우론(交友論)』
  : 서양 윤리서. 서양철학과 사상을 바탕으로 서양인의 우정과 사고에 대한 개념 서술.

- ■ 『이십오언(二十五言)』
  : 수신을 위한 그리스도교 윤리서. 금욕과 덕행을 강조하는 내용을 25개 절로 요약 서술.

- ■ 『천주실의(天主實義)』
  : 그리스도교 기본 핵심 교의서. 그리스도교 및 서양사상과 유교 및 동양사상이 만나는 동서교섭 서학서이며, 스콜라철학과 유교철학이 만나는 철학서.

- ■ 『변학유독(辯學遺牘)』
  : 불교 교리 비판서 겸 천주교 교리 호교서. 불교신자 우순

희(虞淳熙)[5]가 리치에게 보낸 서한「虞德園銓部與利西泰先生書」
과 리치의 답신「利先生復虞銓部書」, 리치가 연지화상 주굉
(袾宏)[6]의 사천설(四天說) 4조목을 비판한「利先生復蓮池大和
尙竹窓天說四端」수록.

- ■『칠극(七克)』
  : 그리스도교 수신서(修身書). 죄악의 근원이 되는 일곱 가지
  죄종(七罪宗)을 덕행으로 이겨내고 극복하자는 수양서.
- ■『영언여작(靈言蠡勺)』
  : 그리스도교 교리에 입각한 아니마(anima 亞尼瑪, 영혼)에
  관한 전문서. 중세 스콜라 철학의 영혼론 소개
- ■『직방외기(職方外紀)』
  : 세계 인문 지리서. 세계 각국의 역사, 기후, 풍토, 민속, 해
  양에 관해 두루 서술.

---

5) 우순희(虞淳熙) : 생몰년도 미상. 명 시대 전당(錢塘) 출신. 자; 장유(長孺). 만력
(萬曆) 10년(1582) 진사(進士). 이부(吏部) 계훈사낭중(稽勳司郎中)을 지냈다. 저
서로는『종금문효경설(從今文孝經說)』,『효경집령(孝經集靈)』,『우자집령절략(虞
子集靈節略)』등이 있다.『중국역대인명사전』, 이회문화사 2010 참조.
6) 주굉(袾宏, 1535~1615) : 인화(仁和) 출신. 명대의 학승(學僧). 법호; 연지(蓮池),
자; 불혜(佛慧). 32세에 출가해 구족계(具足戒)를 받고, 화엄(華嚴)을 익히며 여러
사찰을 두루 다녔다. 1571년부터 항주(杭州) 운서사(雲棲寺)에 주재해 운서대사
(雲棲大師) 또는 운서주굉이라 불렸다. 자백(紫柏), 감산(憨山), 우익(蕅益)과 더불
어 명대 4대 고승(高僧)으로 꼽힌다. 선(禪)과 염불의 일치를 주창하여 운서염불
종(雲棲念佛宗)을 일으키고, 각 종파를 규합해 계(戒)를 기초로 미타정토(彌陀淨
土)를 귀의처로 할 것을 제창하였다. 유불도(儒佛道) 삼교일치설(三教一致說)도
주장하였다. 저서에『운서법휘(雲棲法彙)』,『운서기사(雲棲紀事)』,『계소발은(戒
疏發隱)』,『죽창수필(竹窓隨筆)』,『사십팔문답(四十八問答)』등 20여 부가 있다.
『중국역대불교인명사전』, 이회문화사, 2011, 참조.

기편 :

- 『태서수법(泰西水法)』
  : 서양 수리서(水利書). 물을 모으고 저장하는 저수와 취수 방법, 수차와 댐, 온천 치료와 증류에 의한 약로법(藥露法) 등 기술.
- 『혼개통헌도설(渾蓋通憲圖說)』
  : 중국의 전통적 혼천의를 대신해 이를 평면에 투영시킨 서구식 천문의기 혼개통헌의 제작법과 사용법 소개서.
- 『기하원본(幾何原本)』
  : 서양 수학(數學) 번역서. 그리스 수학자 유클리드가 지은 『기하원본』을 마태오 리치의 스승 클라비우스가 편찬한 라틴어본 『유클리드 기하학』을 번역 대본으로 축약.
- 『표도설(表度說)』
  : 천문서. 태양의 그림자(日影)에 의한 시간 및 계절 측정법 설명
- 『천문략(天問略)』
  : 서양 중세 천문학 소개서 내지 개설서.
- 『간평의설(簡平儀說)』
  : 일출·일몰 시각, 낮과 밤의 길이 변화 등을 계산해 천체력(天體曆)을 살피는데 활용되는 천문 관측기구 간평의의 제작 및 사용법 설명서.
- 『동문산지(同文算指)』
  : 중국 전통수학과 서구 근대수학의 결합을 시도한 첫 수학 전문서.
- 『환용교의(圜容較義)』
  : 천체 측정을 위한 둥근 원형(圜) 측산(測算) 방법 교습서
- 『측량법의(測量法義)』

: 마태오 리치가 번역한 각종 측량법 서적. 주비(周髀; 중국에서 가장 오래된 천문학에 관한 수학서)와 구장(九章; 주비 다음으로 오래된 수학서)과 다름없는 측량법으로 치수(治水)와 치전(治田)에 유용한 전문서.

책 말미에 서광계 저술『측량이동(測量異同)』10면을 함께 실었다.

- ■『구고의(勾股義)』

: 측량 산법(算法) 서적

이상『천학초함』은 1625년까지 저술 혹은 역술된 가장 의미 있고 중요한 종교와 과학 관련 서학서들을 총망라하여 총 3588면에 달하는 방대한 분량의 전집으로 집대성해서 간행한 역작이다.

4. 의의 및 평가

『천학초함』 편찬자 이지조가 마태오 리치 이후 서학(西學)에 관심을 갖는 많은 중국 지식인들의 학문적 열의에 부응하고 중요 한문서학서(漢文西學書)들을 쉽게 접할 수 있도록 당시까지 저술, 번역, 간행된 서학서들을 체계적으로 모은다는 뜻과 의지로 수행한 방대한 작업이다.

이지조는 이 책의 출간으로 소기의 목적을 구현하여서『천학초함』은 출간 당대와 후대에까지 중국은 물론 한자문화권에 속한 우리나라, 일본 등 여러 나라 지식인층에게 지대한 영향을 미쳤다.

『천학초함』은 명말에 중국으로 온 초기 예수회 선교사와 중국 봉교지식인(奉敎知識人)들의 주요 저술과 번역서를 모아 방대하고 완벽한 학술총서를 이루었는데 이 총서가 동서의 학술과 문화, 동양 각국 천주교회사의 역사 연구에 기여하는 가치와 의의는 가늠할 수 없이 크다고 하겠다.

5. 조선에 끼친 영향

『천학초함』이 언제 조선에 도입되었는지 확실한 연도는 알 수 없다. 그러나 이벽(李檗, 1754~1785?)과 이가환(李家煥, 1741~1801) 등이 이를 열독하였고, 특히 이벽은 『천학초함』을 토대로 『성교요지(聖敎要旨)』를 지었다고 스스로 책 서두에서 밝히고 있다. 또한 황사영(黃嗣永, 1775~1801)은 그의 「백서(帛書)」에서 이가환의 집에 『천학초함』 중 『서학범』과 『직방외기』가 있었고, 이가환이 이벽으로부터 『천학초함』 수종(數種)을 빌려다 보았다고 기록하였다.

이보다 앞서 유몽인(柳蒙寅), 이수광(李晬光), 이익(李瀷), 신후담(愼後聃) 등이 『천학초함』에 수록된 『천주실의』, 『교우론』, 『칠극』, 『영언여작』, 『직방외기』 등을 읽고 비평하여, 『천학초함』 전질이나 혹은 그 안에 수록된 책들이 단행본으로라도 일찍 조선에 도입되었던 듯하다. 그리하여 『천학초함』은 조선의 학계와 종교계에 실로 커다란 영향을 미쳐 기편(器篇)은 조선의 실학운동에 큰 자극을 주었고, 이편은 조선에 천주교가 자생할 수 있는 기본토양을 마련해 주었다고 할 수 있다.

〈해제 : 장정란〉

참 고 문 헌

1. 사료

李之藻 輯, 『天學初函』, 吳相湘(主編), 影印本 『天學初函』 6卷, 臺北, 學生書局, 1965

阮元, 『疇人傳』

2. 단행본

이원순, 『조선 서학사 연구』, 일지사, 1986.

최소자, 『동서문화교류사 연구 - 명·청시대 서학수용』, 삼영사, 1987.

方豪, 『中國天主教史人物傳』, 香港: 公教眞理學會, 1967.

徐宗澤 編著, 『明淸間耶蘇會士譯著提要』, 臺北: 中華書局, 1958.

Hummel, A. W.(ed.), Eminent Chinese of the Ch'ing Period, Washington, 1943.

Pfister, Notices biographiques et bibliographiques, Chang-hai, 1932.

3. 논문

方豪, 「李之藻輯刻天學初函考」, 『天學初函』 권1, 臺北: 學生書局, 1965.

『교우론(交友論)』

분류	세부내용
문 헌 종 류	한문서학서
문 헌 제 목	교우론(交友論)
문 헌 형 태	목판본
문 헌 언 어	漢文
간 행 년 도	1595년
저 자	마태오 리치(Matteo Ricci, 利瑪竇, 1552~1610)
형 태 사 항	32면
대 분 류	종교
세 부 분 류	윤리
소 장 처	Biblioteca Apostolica Vaticana Bibliotheque Nationale de France 서울대학교 규장각
개 요	건안왕(建安王)의 요청에 의해 서양의 우정과 사고에 대한 개념을 간결한 대화체로 서술하여 설명한 윤리서.
주 제 어	우정(友情), 융합(融合), 덕(德), 인(仁), 신(信), 사랑

1. 문헌제목

『교우론(交友論)』

2. 서지사항

『교우론(交友論)』은 이탈리아 출신 예수회 선교사 마태오 리치(Matteo Ricci, 利瑪竇, 1552~1610)가 중국에 도착한 이후 12년 만에 최초로 저술한 한문 저작이다. 초각(初刻)은 1595년(萬曆23) 남창(南昌)에서 1권 1책으로 간행되었으며 1599년 남경(南京)에서 재판(再版), 1603년 북경(北京)에서 삼판(三版)되었다.

이 책은 1629년 이지조(李之藻)가 모아 엮은 『천학초함(天學初函)』제1책에 편입되었으며,『사고전서』권125 자부(子部) 잡가류존목(雜家類存目)에 수록되어 있다. 본 해제의 저본은『천학초함』제1책(李之藻 輯, 臺灣 學生書局, 1965)에 수록되어 있는 것으로 1601년 풍응경(馮應京)이 쓴 서문「각교우론서(刻交友論序)」와 1599년 구여기(瞿汝夔)가 쓴 서문「대서역리공유론서(大西域利公友論序)」가 함께 실려 있다.

본문은 1면당 9줄, 1줄당 20자씩 23면이며, 풍응경의 서문은 1면당 8줄, 1줄당 15자씩 4면, 구여기의 서문은 1면당 10줄, 1줄당 21자씩 5면이며 총 32면으로 구성되어 있다. 원본은 바티칸 도서관(Biblioteca Apostolica Vaticana) 문헌 목록코드 Borg.cine 324, 5 12 ; Rac.Gen.Or.Ⅲ-223호와 프랑스 파리 국립 도서관(Bibliotheque Nationale de France) Maurice Courant 문헌 목록코드 3371호에 소장되어 있다.[1] 이후 1885년 이탈리아의 마체라타에서 이탈리아어로 번역, 간행되었다.

[저자]

1552년 이탈리아 교황령 마체라타에서 태어난 마태오 리치는 1571년

---

1) 鄭安德,『明末淸初耶蘇會思想文獻彙編』第五冊, 北京大宗教學硏究所, 2000, 1~2쪽.

예수회에 입회하여 중국 선교의 발판을 마련해 준 발리냐노(Allessandro Valignano, 范禮安, 1539~1606)[2] 신부를 만났으며『회헌』에 명시된 대로 다양한 언어의 고전문학, 논리학, 자연 철학, 윤리학, 형이상학, 스콜라 신학, 실증 신학 그리고 성경 등을 공부하면서 선교를 위한 기틀을 마련하였다.[3]

이후 동양 선교를 위해 1577년 리스본을 출발한 마태오 리치는 1582년 마카오에 도착한 후 1583년 광동성(廣東省) 조경(肇慶)을 거쳐 1589년 소주(韶州)에 정착하였다. 소주에서 병부시랑(兵部侍郎)인 석성(石星)[4]을 따라서 북경에 진입하고자 하고자 하였으나 여의치 못하여 1595년 5월 31일에 남경(南京)에 도착하였다. 당시는 임진왜란(1592~1598) 중이어서 남경에 외국인 주거가 엄격하게 통제되었기 때문에 그는 어쩔 수 없이 소주로 되돌아갈 수밖에 없었으나 의사인 왕계루(王繼樓)와 순무(巡撫)인 육중거(陸仲學)의 추천으로 마태오 리치는 건안왕(建安王)을 만날 수 있었고[5] 그의 간청에 의해 장본청(章本淸)과

---

2) 발리냐노(Allessandro Valignano, 范禮安, 1539~1606) : 나폴리 태생으로 1566년 예수회에 가입하고 당시 클라비우스의 지도로 수학, 물리, 철학, 신학을 공부했다. 1571년 성 안드레아 소신학원 원장이 되었는데 그 해 마태오 리치에 대한 시험을 맡았으며 이 인연으로 후견인이 되어 큰 영향을 미쳤다.1574년 포르투갈 국왕에게 "국적을 뛰어넘는 대동주의 채택"건의안을 제출하고 그해 3월 국적이 다른 41명의 예수회 선교사들을 인솔하여 차지아스(查加斯)호를 타고 리스본을 출발 9월 고아에 부임했다. 이경규, 「발리냐노와 예수회의 적응주의 선교정책」, 『중국사연구』 제86집, 중국사학회, 2013 참조.
3) 『회헌』 351~352쪽 참조. 예수회의『회헌·보충규범』87과 89에 따르면, 예수회 신학생들의 교육과정은 2년의 수사학, 3년의 철학, 3년의 신학 연학기로 구성되어 있다. 심종혁, 「초기 예수회의 교육과 마태오 리치의 선교활동」, 『신학과철학』 제18집, 서강대학교신학연구소, 2011 참조.
4) 석성(石星, 1538~1599) : 자는 공신(拱宸), 호는 동천(東泉).
5) 명나라 제도에 의하면 황제의 자식들이 왕의 자리에 봉해졌으나 그들은 전혀 정치 세력이 없었다. 마태오 리치가 만난 왕은 건안왕(建安王), 악안왕(樂安王) 등이다. 이름은 주다절(朱多熻)이다(『利瑪竇中國札記』, 中華書局, 1990; 마태오 리

구여기(瞿汝夔, 1549~?)의 도움을 받아서 저술한 것이 『교우론』이다.

『교우론(交友論)』은 마태오 리치가 중국 도착(1583) 이후 처음으로 쓴 한문 저작으로서 "예전에 젊었을 때 들은 바를 서술하여" 한 권의 책으로 엮어 낸 것이다. 그는 수학 과정에서의 다양한 분야의 서양 학문과 함께 적응주의 선교를 위하여 중국의 고전인 사서오경을 공부하였다. 이러한 이유로 히라카와 스케히로는 마태오 리치를 "르네상스 유럽의 자연과학적 지식과 중국 사서오경(四書五經)의 학문을 한 몸에 갖춘 인간이 인류 문화사가 시작된 이래 처음으로 지구상에 모습을 드러낸 인물로 평가하고 있다.[6]

3. 목차 및 내용

[목차]

없음

[내용]

『교우론(交友論)』은 목차를 별도로 제시하지 않고 마태오 리치 자신이 어떻게 중국에 오게 되었으며, 중국에 와서 이 책을 집필하게 된 경위를 설명하는 것으로 시작하였다. 이는 머리말에 해당하는 부분이

치, 송영배(역), 『교우론; 스물다섯 마디 잠언; 기인십편 : 연구와 번역』, 서울대학교출판부, 2000; 각주 6번 참조).
 6) 히라카와 스케히로, 노영희(역), 『마태오 리치 = Matteo Ricci : 동서문명교류의 인문학 서사시』, 동아시아, 2002, 879쪽.

고 풍응경의 서문에서도 확인되다시피 본문은 총 100개의 항목[交友論凡百章]으로 되어 있다. 총 100칙의 항목을 주요 내용상 관련 주제에 따라 정리하여 나누어 보면 1)벗의 정의, 2)벗 사귐(交友)의 목적, 3)벗의 진위(眞僞) 판정, 4)벗 사귐의 원칙, 5)벗 사귐의 태도 등으로 살펴볼 수 있다.

1) 벗(友)의 정의

저자는 본문 서두에 다음과 같이 벗에 대한 정의를 내리고 있다.

> 1칙 : 나의 벗은 타인이 아니라 나의 반쪽이요 바로 제2의 나이다. 그러므로 마땅히 벗을 자신을 보듯 해야 한다.[7]
>
> 2칙 : 벗은 나와 비록 몸은 둘이지만 두 몸 가운데에 그 마음은 하나일 뿐이다.[8]

벗을 '제2의 나', 바로 또 다른 자신이라고 정의 내린 것은 동양의 학자들을 매료시켰고 두루 회자되는 구절이 되었다. 이러한 정의는 서양에서 친근한 것이었겠지만[9] 동양의 사고방식에서는 다른 사람을 나와 동일시하는 사고방식은 특이하고 이질적인 것이었다. 어떻게 다른 사람인 벗이 제2의 나로 나와 동일해 질 수 있는가하는 물음에 다음과 같이 언급하였다.

> 18칙 : 덕과 뜻이 서로 비슷해야 사귐이 비로소 공고해진다.[10]

---

7) "吾友非他 卽我之半 乃第二我也 故當視友如己焉"
8) "友之與我 雖有二身 二身之內 其心一而已"
9) 제2의 자아라는 말은 이미 아리스토텔레스의 『니코마코스 윤리학』 9권 4장 1166a 31과 9권 9장 1170b 7에서 나타난다.

註 : 叒라는 것은 두 개의 又이니, 그는 또한 나이고 나는 또한
　　　그이다.[11]

　여기에서 우정의 중요한 점은 취향과 목표 의견 등이 일치하는 것
으로 같은 관심사를 가지고 있어야 한다는 것을 든다. 이러한 사상은
『논어(論語)』「위령공(衛靈公)」에 도(道)가 서로 같지 않으면 함께 일을
도모하지 말아야 한다는 것과 의미가 상통한다고 할 수 있다.[12] 유가
(儒家)에서 말하는 벗은 그를 통해 자신의 수양을 위해 필요한 존재로
인식되었다. 또한 저자는 주를 달아 문자학적 해석을 곁들여 중국인
의 이해를 돕고자 하였다.
　'우(又)'는 손을 의미하는데 '우(友)'의 고자(古字)인 '叒'는 사람의 양
손을 의미하는 것으로 이 해석은 벗이라는 존재가 자신의 신체 일부
라고 느낄 만큼 중요한 존재로 인식되었음을 보여준다. 벗의 중요성
은 "세상을 살아가면서 벗이 없는 것은 즐거움, 서양 철학에서 말하는
행복이란 있을 수 없다"[13]는 언급이나 "벗은 마치 하늘에 있는 태양이
나 사람의 눈과 같아서 벗이 없는 세상을 살아가는 것은 암흑 속을 헤
매는 것과 같다"[14]라고 한 언급에서도 드러나고 있다.

2) 벗 사귐[叒友]의 목적

　벗을 사귀는 가장 큰 목적은 서로 돕기 위해서[相須相佑]다.[15] 도와
준다는 것은 곤궁에 처했을 때뿐만 아니라 군자에게는 고귀한 행위를

---

10) "德志相似　其友始固"
11) "叒也双又耳　彼又我　我又彼"
12) "子曰　道不同　不相爲謀"
13) 57칙 : "天下無友　則無樂言"
14) 79칙 : "世無友　如天無日　如身無目矣"
15) 3칙 : "相須相佑　爲結友之由"

하도록 도와주기도 하며 이러한 사상은 다음의 표현에서 반영된다.

> 11칙 : 걱정이 있을 때 나는 오히려 벗을 즐겨 만난다. 그런데
> 걱정이 있을 때나 좋은 일이 있을 때나 벗이 유익하지
> 않을 때가 있었던가? 근심이 있을 때는 근심을 덜어주
> 고 기쁨이 있을 때는 기쁨을 더해준다.[16]
>
> 6칙 : 큰일을 하는 군자에게는 특별한 원수가 없고 반드시 좋
> 은 벗이 있다.[17]
>
> 56칙 : 상제께서 인간에게 두 눈, 두 귀, 두 손, 두 발을 주신
> 것은 두 벗이 서로 도와주기를 바라심이니, 그래야 비로
> 소 일이 성사됨이 있게 된다.
>
> 註 : 우(友)자는 전서에 우(叐)이라고 되어 있으니 두 손으로,
> 있어야 하지 없어서는 안 되는 것이다. 명(朋)자는 전서
> 에 우(羽)라고 되어 있으니 새는 그것을 가져야 비로소
> 날 수 있다.
>
> 51칙 : 오직 벗이 있어야 일을 일으킬 수 있다.[18]

또 벗 사귐의 도(道)는 아주 넓다고 표현하면서 마치 도적질을 일삼는 비적 떼라 하더라도 반드시 교우관계가 비슷한 무리를 지어야 일이 성사되는 것과 같다고 하였다. 하지만 그 도(道)는 세력이나 재물에 의한 것이 아닌 서로의 덕(德)을 사랑하기 때문에 가능한 것이라 강조하였다.

---

16) "在患時 吾惟喜看友之面 然或患或幸 何時友無有益 憂時減憂 欣時增欣"
17) "有爲之君子 無異仇 必有善友"
18) "獨有友之 業能起"

3) 벗의 진위(眞僞) 판정

우정은 예로부터 존경의 대상이었지만 지금의 세태는 그러하지 못하고 오히려 우정이라는 이름으로 이득만을 챙기려는 자들이 많다.[19] 벗과 원수는 어떻게 다르며 진정한 벗과 거짓 벗은 어떠한 차이가 있는 지에 대하여 '화(和:harmony)'의 여부에 따라 분별할 수 있다고 말하였다.

> 10칙 : 벗과 원수는 음악과 소음과 같으니 모두 조화의 여부에
>   따라 분별할 수 있을 뿐이다. 그러므로 벗은 조화를 근
>   본으로 삼으니 조화를 이루면 작은 일도 크게 할 수 있
>   으며, 다투게 되면 큰일도 망칠 수 있다.
> 註 : 음악을 가지고 조화를 이끌어내는데 소란스러우면 조화
>   를 잃게 된다. 벗이 조화를 이룸은 음악과 같고 원수가
>   불화함은 마치 싸움과 같다.

『서금곡팔장(西琴曲意八章)』을 쓸 정도로 음악적 재능도 겸비하였던 리치는 음악의 화음이라는 개념으로 벗과 원수의 차이를 논하고 있다.[20] 공자 역시 '화(和)'를 음악과 함께 논하였는데 여기에서의 조화는 예와 관련해서 이해될 수 있다.[21] 조화를 이루는 것은 예를 통해서

---

19) 35칙 : "友者古之尊名 今出之以售 比之於貨 惜哉"
20) 키케로도 우정의 특징인 조화(harmony)와 영속성(permanence)과 신뢰(fidelity)에
    대해 언급하였다. (『우정론』 제27장)
21) "名不正 則言不順: 言不順 則事不成: 事不成 則禮樂不興: 禮樂不興 則刑罰不中:
    刑罰不中 則民無所措手足" (이름이 바르지 않으면 말이 순하지 않고 말이 순하
    지 않으면 일이 이루어지지 않는다. 일이 이루어지지 않으면 예악이 흥성하지
    않는다. 예악이 흥하지 않으면 형벌이 잘 들어맞지 않는다. 형벌이 들어맞지 않
    으면 백성들은 손발을 둘 곳이 없어진다. (『論語』「子路」)

만 완전한 것이 되며, 조화를 이루는 것보다 예를 지키는 것이 절차상 먼저였다. 따라서 군자는 조화를 이루지만 같아지려고 하지는 않는다고 하였는데22) 이러한 사상이 저자의 앞선 언급과 맥을 같이 한다고 할 수 있다. 또 그는 오늘날 진정한 벗이란 찾아보기 힘들며 진실한 말은 벗이 아니라 오히려 원수에게서나 들을 수 있다고 탄식하였다.23) 진정한 벗은 벗의 병고를 치료하기 위해 쓴 소리도 할 수 있는 의사와 같고 아첨하는 벗의 의도는 그의 재산을 노리는 것이라고 말하고24) 진정한 벗이란 마음 때문에 사랑하지 어떠한 재산이나 세력을 보고서 사랑하는 것이 아니라는 점을 강조하였다.

"염료 가게를 하는 벗을 가까이 하게 되면서 자신의 몸을 더럽히지 않기란 쉽지 않으며 악인을 벗으로 사귀게 되면 자신도 모르게 그의 성품을 닮게 마련"이라고 하면서25) 진정한 벗을 판단하기 위해서는 시험해야한다는 점을 지적하는데 이는 동양의 우정론과는 약간 차이를 보이는 시각이라 볼 수 있다.26) "7칙 : 벗으로 사귀기 전에는 마땅

---

22) "有子曰 禮之用 和爲貴 先王之道斯爲美 小大由之 有所不行 知和而和 不以禮節之 亦不可行也" (유자가 말하기를 예를 지킴에 있어 조화를 이루는 것이 가장 중요하다. 선왕의 도가 아름답다고 하는 것은 크고 작은 것이 다 이 조화에 기초를 두었기 때문이다. 그러나 조화만 알고 조화에 치우치게 되어 예로써 조절하지 않으면 순조롭게 이루어지지 않는다.)

23) 38칙 : "今也友旣沒 言而詔諛者爲佞 則惟存仇人以我聞眞語矣" (오늘 날 벗은 이미 사라졌으니 벗이라고 하면서 아첨하는 사람은 말재주꾼이니, 오직 남은 원수들을 통해서 나는 진실한 말을 들을 수 있을 뿐이다.)

24) 85칙 : "醫士之意 以苦藥廖人病 詔友之向 以甘言干人財" (의사의 의도는 쓴 약을 가지고 사람의 병을 낫게 하려고 하고 아첨하는 벗의 의향은 입에 발린 말로 다른 사람의 재산을 노리는 것이다.)

25) 67칙 : "居染廛而狎染人 近染色 難免無汚穢其身矣 交友惡人 恒聽視其醜事 必習之而浼本心焉"

26) 동양의 우정론은 자신을 수양해서 자신의 몸을 바르게 하면 남도 이를 보고 저절로 바르게 될 뿐인 것이다. "有大人者 正己而物正者也" (대인인 자가 있으니 자기 몸을 바르게 함에 남이 바르게 되는 자이다.) (『孟子』「盡心」)

히 살펴야 하고 벗으로 사귄 후에는 마땅히 믿어야 한다"라고 한 언급이나 "14칙 : 단지 내가 좋은 일이 있을 때에만 그를 시험한다면 그 벗은 믿을 수 없다"라고 한 표현에서 진정한 벗이라면 당연히 신뢰를 가져야 하지만 사귀기 전에는 반드시 그를 살펴야 하는 것이다. 그리고 벗을 시험할 가장 좋은 시기는 자신이 불행에 처했을 때이다.[27]라는 점을 강조하였다.

4) 벗 사귐[交友]의 원칙

영원한 덕은 영원한 벗의 좋은 음식이라고 하면서 오로지 덕만은 오래 될수록 더욱 사람의 마음을 감동시킨다고 하면서 원수가 지닌 덕도 사랑할만한데, 벗이 지닌 덕이야 더 말할 것이 없다는 점을 강조하였다.[28] 진정한 벗 사귐[交友]이란 '덕'에 근거해서 이루질 뿐이고 어떤 목적을 가지고 우정 관계를 맺느냐에 따라 귀천(貴賤)이 달라지는 것이다.[29] 또 "벗 간에 마땅히 서로 용서해 주어야 하는 것에도 한계가 있으며",[30] "벗이 의로움보다 쾌락을 더 중시한다면 그를 오래 사귀어서는 안 된다",[31] "벗의 악을 참아 주는 것은 곧 그의 악을 자신의 악으로 만드는 것이다",[32] "내가 할 수 있는 일을 벗이 대신해주기를

---

27) 5칙 : "時當平居無事 難指友之眞僞 臨難之頃 則友之情顯焉 蓋事急之際 友之眞者 益近密 僞者益踈散矣" (때로는 평소에 아무 일 없을 경우 벗의 진위를 가려내기 어렵지만 어려움이 닥쳤을 때 벗의 진실이 드러난다. 대체로 일이 급할 때 진실한 벗은 더욱 가까워지고 거짓된 벗은 더욱 소원해진다.)

28) 90칙 : "永德永友之美餌矣 凡物無不以時久爲人所厭 惟德彌久彌感人情也 德在仇人 猶可愛況在友者歟"

29) 30칙 : "交友之貴賤 在所交之意耳 特據德相友者 今世得幾雙乎" (벗 사귐의 귀천은 사귀는 뜻에 있을 뿐이다. 특별히 덕에 근거해서 서로 벗하는 사람을 오늘날 몇 쌍이나 얻을 수 있겠는가.)

30) 31칙 : "友之所宜相宥 有限"

31) 32칙 : "友之樂多於義 不可久友也"

바라서는 안 된다"33)라는 점도 벗 사귐에서 중요한 원칙으로 언급하고 있다.

이러한 사상은 『논어』에서 "군자는 글로써 벗과 사귀고, 그 벗이 있음으로써 서로의 덕을 닦는다"34)와 『맹자』의 "벗이란 상대의 덕을 벗하는 것"35)이라는 말과 같은 맥락에서 이해할 수 있다.

또한 저자는 이와 함께 믿음의 중요성을 강조하였는데 이는 오륜(五倫)의 '붕우유신(朋友有信)'과 연결된다 하겠다. 우정에서 믿음의 중요성을 극대화하기 위하여 원수에 빗대어 다음과 같이 적극적으로 해석하였다.

> 45칙 : 신용은 원수에게도 오히려 잃어서는 안 되는 것이니, 하물며 벗에게 있어서랴. 신용이란 벗에게 있어서는 말하기에 부족한 것이다.
> 89칙 : 그 사람이 벗이 아닌데도 너를 믿어주면 너는 그를 속일 수 없다. 그를 속이는 것은 그를 지극히 싫어한다는 증거이다.

이와 같은 벗 사귐의 원칙을 갖춘다면 그 결과로서의 작용으로 "벗이란 가난한 자의 재산이요 약한 자의 힘이며, 병자의 약이다",36) "나의 복이 데려다 준 벗은 반드시 내게 오는 재앙을 피해 가게 해 준다"37)라는 점을 들었다.

---

32) 33칙 : "忍友之惡 便以他惡爲己惡焉"
33) 34칙 : "我所能爲 不必望友代爲之"
34) "君子以文會友 以友輔仁" (『論語』「顔淵」)
35) "友也者 友其德也" (『孟子』「萬章」)
36) 76칙 : "友也 爲貧之財 爲弱之力 爲病之藥焉"
37) 83칙 : "吾福祇所致友 必吾災禍避之"

5) 벗 사귐(交友)의 태도

벗 사귐의 태도에 대하여 현자(賢者)를 대하는 서양의 왕을 예로 들어 다음과 같이 말하였다.

> 97칙 : 짐도 사람이니 허물이 없을 수 없소. 그러니 짐의 허물을 보지 못했다면 당신은 지혜로운 선비가 아니고, 보고도 말하지 않았다면 당신은 현명한 벗이 아니오. 선대의 왕들도 자신의 허물을 지적 받지 못하면 역시 이러하였다.

이에서 볼 수 있듯이 마태오 리치는 벗 사귐의 좋은 태도는 벗의 허물에 대해 지적하고 올바른 도(道)로 나갈 수 있도록 이끌어 주는 것이라 생각하였고 이러한 사상에 대하여 다음에서 다시 서술하였다.

> 99칙 : 어떤 현인이 나라를 얻기 위해 그가 실천한 큰 원칙을 물었다. 답하기를 "나의 벗에게는 은혜를 베풀고 나의 원수에게는 앙갚음을 하는 것입니다" 현인이 말하기를 "벗에게는 은혜를 베풀고 은혜로써 원수를 친구로 만드는 것만은 못하군요."

> 73칙 : "한 사람이라도 상대방을 사랑하지 않으면 두 사람은 벗이 될 수 없다"라고 하면서 이와 같이 은혜와 사랑을 베푸는 가까운 벗과의 관계는 피붙이에 대한 사랑보다 우정이 훨씬 귀한 것이라 말한다. 친륜이란 인간이 어쩔 수 없는 핏줄이라는 관계에 의해 맺어졌기 때문에 사랑이라는 덕목이 없더라도 그 관계는 여전히 존속되지만 우정은 서로에 대한 사랑이 없이는 유지될 수 없기 때문

이다.[38)

69칙 : 벗을 사귀는 취지는 다른 데 있는 것이 아니라 그의 선
함이 나보다 뛰어나면 내가 그를 본받아 배우고 나의 선
함이 그보다 뛰어나면 내가 그를 가르치고 변화시키는
데 있다. 이는 배우고 나아가 가르치며, 가르치며 나아
가 배우는 것이니 둘이 서로 도와주는 것이다.

註 : 무익한 벗은 곧 시간을 훔치는 도둑이니 시간을 훔치는
손해는 재물을 훔치는 손해보다 심하니 재물은 다시 축
적할 수 있지만 시간은 그럴 수 없다.

'교학상장(教學相長)'을 통해 서로 도움을 줄 수 있는 것이 벗 사귐의
바른 태도인 것이다. "63칙 : 평상시 사귐이 좋다하더라도 일단 작은
이해에 이르러 원수가 되어버림은 그 사귐이 바른 곳에서 나오지 않
았기 때문이다"라고 한 언급이나 "64칙 : 내가 즐거울 때에는 청해야
비로소 오고 근심이 있을 때는 청하지 않아도 스스로 오는 사람, 바로
그가 벗이다"라고 한 언급에서 이러한 사상을 알 수 있다.

4. 의의 및 평가

동서양의 우정론을 바탕으로 저술된 『교우론(交友論)』은 중국과 일
본을 비롯하여 조선에까지 전해졌고, 이후 이들 지역에서 진행되었던

---

38) 50칙 : 벗은 가족보다 오히려 그 장점이 있다. 가족은 서로 사랑하지 않을 수
있지만 친한 벗은 그럴 수 없다. 무릇 가족이 가족을 사랑하지 않더라도 친륜
은 여전히 존재하지만 벗에게서 사랑을 없애버리면 그 벗의 도리는 어디에 있
겠는가.

우정의 담론에 직간접적으로 영향을 주었다. 특히 스토아 철학과 유가 전통 간의 유사성을 바탕으로 우정이라는 동서고금의 공통적 주제를 통해 두 사상을 하나로 융합시켰다는 점에서 특별한 의의가 있다. 이에 대한 저자의 긍정적 평가와 자부심은 다음의 언급에서 잘 드러나고 있다.

> "『교우론』은 저를 포함한 우리 모두가 중국인에게 서양을 알리기 위해 지금까지 해온 어떤 노력보다도 큰 효과를 나타냈습니다. 그동안 서양에서 가져온 것들은 손과 기구를 사용해 만든 인공의 물건이었지만 『교우론』은 글과 재주와 덕에 대해 서양인들이 무엇을 생각하고 있는지 전해주고 있기 때문입니다. 그 덕분에 『교우론』은 많은 사람들에게 읽히며 환영받고 있습니다. 벌써 두 곳에서 출판되었습니다."[39]

마태오 리치가 중국어 문장을 공부하여 책을 저술한 것은 적응주의에 입각한 전략적 방침이었지 우정에 관한 도덕적 성찰을 쓰기 위한 것은 아니었다. 우정론이라는 공통 접점을 통해 동서양의 인본주의를 아우르는 그런 종류의 저술이 인간성에 관해 흥미를 느끼고 있던 중국 문관의 주의를 끌어 중국에서 명성과 신용을 얻을 수 있으리라는 점을 몰랐다고 하더라고 결과적으로 『교우론(交友論)』은 중국인의 배외적(排外的) 태도를 꺾는데 일조하였다. 리치는 이 저서를 통해 중국의 지식인들에게 문명을 떨치는 계기를 마련할 수 있었고, 이로써 선교활동에 많은 도움을 받았다.[40]

---

39) 마태오 리치가 1599년 8월 15일 지롤라모 코스타 앞으로 보낸 통신문의 일부이다. 히라카와 스케히로, 앞의 책, 265쪽 참조.
40) 마태오 리치는 1582년부터 1610년 북경에서 사망할 때까지 29년 간 중국에 머

그의 다른 저작인 『천주실의』에 대한 비판이 거셌던 것에 비해 교리의 색채를 배제한 우정론에 근거한 윤리서의 성격을 띤 『교우론(交友論)』에 대한 중국 학자들의 반응은 매우 호의적이었다. 초굉(焦竑)은 『교우론(交友論)』을 두고 "서역의 마태오 리치가 벗을 '제2의 나'라고 말했는데 이 말은 매우 기이하다"[41]라고 평가했으며, 이탁오(李卓吾)는 이 시기 74세의 고령이었으나 사우론(師友論)에 관심이 많아 3차례 만나서 관련 담론을 나누고 마태오 리치의 책을 복사하여 제자들에게 읽게 하였다.

주정책(朱廷策)의 교본(校本) 『우론(友論)』의 서문에서는 "이 책은 가히 주목(朱穆)과 유효표(劉孝標)의 모자란 점을 기웠다 할 것이다"라고 하고 있다. 『교우론(交友論)』이 후한(後漢) 시대의 주목(朱穆)이 친구의 도를 논한 『절교론(絕交論)』이나, 남조 시대 양(梁)나라 사람이었던 유효표(劉孝標)가 앞선 책을 확장하여 만든 『광절교론(廣絕交論)』 두 책조차 미치지 못할 정도로 좋은 책이라는 것이다.[42] 진계유(陳繼儒)도 마찬가지로 『우론소서(友論小敍)』에서 "이 책은 주목(朱穆)과 유효표(劉孝標)의 미비점을 보충할 수 있으니 우리들은 각자 자리맡에 한 부씩 두고서 세상의 오합지교를 일삼는 자들에게 마땅히 고해야 한다"고 하였다.[43]

물면서 다양한 전교활동을 펼쳤는데 그의 활발한 전교활동으로 1610년 그가 사망했을 때 황제는 부성문(阜城門) 밖에 그의 장지를 하사하였고, 당시 중국에는 8명의 유럽 선교사와 8명의 중국인 수사를 포함해 2천여 명의 중국인 신도가 확보되었다. 1585년 20명이던 신도가 1595년에는 105명, 1605년에는 1천여 명, 1615년에는 5천여 명으로 증가한 것과 비교해보면 커다란 발전이었음을 알 수 있다. 신용철, 「李卓吾와 마태오 리치의 交友에 관하여 : 16세기 東·西文化接觸의 한 架橋」, 『명청사연구』 제3집, 명청사학회, 1994, 47쪽 참조

41) "焦宏曰 西域利君以爲友者第二我 此言奇甚云" (安鼎福, 『順菴集』 권17, 「天學考」)
42) 히라카와 스케히로, 앞의 책, 295쪽 참조.
43) 이홍식, 「조선 후기 우정론과 마태오 리치의 『交友論』」, 『한국실학연구』 제20

이와 같이 『교우론(交友論)』은 동서양의 인본주의를 아우를 수 있는 '벗'을 접점으로 한 우정론의 만남이라는 관점에서 의의가 있으며 벗을 중시하는 유교적 전통의 지식인들에게 큰 호응과 반향을 일으켰다. 이에 중국에서 간저우의 지현과 북경, 저장 및 그 밖의 지방에서도 몇 차례나 간행되어 독자들의 환영을 받았다. 또 이러한 현상은 비단 명청대의 중국 문관에게만 해당되는 사항이 아니었으며 『교우론(交友論)』에 대한 언급과 칭찬은 일본에서 도쿠가와 시대뿐 아니라 메이지 초기의 호소카와 준지로에 이르기까지 계속되었다.[44]

"서태 선생이 동쪽으로 팔만 리의 힘들고 먼 길을 여행하여 동쪽으로 온 것은 벗을 사귀기 위해서이다. 그는 벗 사귐의 도리를 깊이 깨달았기 때문에 서로 구하는 바가 절실하고 서로 허여하는 바가 두터웠는데, 사귐의 도리를 논함이 유독 자세하였다. 아아! 우정이 크게 이어지는 구나……. 이에 그의 논의를 음미하고는 동양과 서양에서 이 마음과 이치가 같다는 것을 더욱 믿게 되었다."[45]

위에 인용된 풍응경의 「각교우론서」에서도 드러난 바와 같이 마태오 리치의 특이한 이력과 상징성 및 서양 선교사에 의한 한문저술이라는 독창성은 당시 지식인들의 관심을 끌기에 충분한 요소가 되었을 것이고 무엇보다도 '우정'이라는 동서고금을 관통하는 보편적 테마를 다루고 있는 점도 거부감 없이 받아들이는 데 일조했을 것이다. 특히 그리스와 라틴의 고전과 사서오경이 내용과 형식적 측면에서 유사점이 있는데,[46] 중국의 앞선 다른 우론(友論)에서 볼 수 없던 참신한

집, 한국실학학회, 2010, 263~300쪽 참조.
44) 히라카와 스케히로, 앞의 책, 266쪽 참조.
45) 馮應京, 「刻交友論序」

통찰이 있었기 때문에 우정을 존중하는 유교 문화권 사람들의 마음에 감동을 줄 수 있었다.

5. 조선에 끼친 영향

『교우론(交友論)』에 대한 적극적 수용은 한국의 상황에서도 마찬가지였다. 17세기 초·중반 이수광·유몽인 등이 마태오 리치의 다른 저작을 소개하는 수준이었던 경향이 18세기 들면서 이서·이익·박지원 등이 적극적으로 읽고 수용하기에 이르며, 이러한 경향이 19세기 초·중반까지 지속되며 특히 이규경은 그 내용을 더 과감하게 차용하여 내용을 구성하였다.

조선에서 마태오 리치의 책을 처음 인지한 사람은 지봉 이수광(1563~1628)으로 주청사로 중국을 내왕한 그는 『지봉유설』(1616)에서 그의 세계지도와 『천주실의』와 『교우론(交友論)』 등을 소개하였고 이에 대한 정보를 남겼다.[47] 소개를 위해 간략한 정보만 제시한 것이 아쉽지만, 벗을 두고 '제2의 나'라고 언급한 『교우론(交友論)』 1칙의 명제를 의미 깊게 받아들이고 있음은 주목할 만하다.[48] 이 명제는 조선 지식인들이 『교우론(交友論)』에서 가장 매료된 부분이거니와 이후 18

---

46) 실제로 리치는 평소에 사서를 즐겨 보았고, 사서를 "윤리서로는 세네카가 다시 왔다고 할 정도로 서양 그리스도교 이전의 작가들 중 최상급 작가와도 어깨를 나란히 할 수 있으리라고 생각합니다."라고 평가한 바 있으며, 저술에서도 『논어』와 비슷한 '격언과 반성'이라는 문학적 표현을 취하였다. 히라가와 스케히로, 앞의 책, 300~305쪽 참조.

47) 이후 1784년 이승훈이 베이징에서 돌아오면서 다시 조선에 들여오기도 하였다.

48) "其俗重友誼 不爲私畜 著重友論 焦竑曰 西域利君以爲友者第二我 此言奇甚" (李睟光, 『芝峯類說』 卷2, 「外國」)

세기 조선 우정론의 한 양상을 대표하기 때문이다. 이는 벗을 '비기지제(匪氣之弟)'와 '부실이처(不室而妻)' 북학파 지식인들의 주장과 일맥 통하는 것으로 마태오 리치가 또 다른 나인 벗과의 '동심(同心)'을 중시한 측면은 이용휴, 임희성, 강세황 등 남인·소북 계열 지식인들이 보여주었던 생지명(生誌銘)과 자지명(自誌銘) 창작 열풍의 이면에도 벗을 자아로 인식하는 의식이 내재해있는 것으로 보인다.[49]

이수광을 이어 마태오 리치의 각종 저작들과 『교우론(交友論)』을 언급한 사람은 어우 유몽인(1559~1623)이다. 『소창기(小窓記)』와 『속이담(續耳譚)』을 통해, 마태오 리치의 행적과 『교우론(交友論)』을 비롯한 주요 저작들의 가치를 언급하였다.[50]

18세기가 되면서 특히 남인그룹 지식인을 중심으로 서학 수용이 두드러지는데 이익의 형인 주요 인물로 이서(1662~1723)를 들 수 있다. 『해남윤씨문헌(海南尹氏文獻)』「제문(祭文)」에서 절친이었던 윤두서(1668~1715)의 죽음을 겪고, 이서는 윤두서를 '제2의 나'로 규정하고 벗 사이의 동심(同心)을 강조하는 '오제이아(吾第二我)', '오일반신(吾一半身)', '회심지우(會心之友)' 등의 표현을 썼는데,[51] 이는 『교우론(交友論)』의 주요 명제를 끌어온 것이다.

이익(1682~1763)도 「답정현로갑술(答鄭玄老甲戌)」에서 "벗은 제 2의 나이다. 몸은 둘이지만 마음은 하나다. 사귐의 맛은 잃은 뒤에 더욱 깨닫게 된다. 있을 때 장차 잃을 듯이 하고 이미 없어도 오히려 있는 듯이 한다"라는 『교우론(交友論)』의 표현을 인용하여 벗을 잃어 외로운 자신을 드러낸다.[52]

---

49) 이홍식, 앞의 책, 294쪽.
50) "中國小窓記及續耳譚載利瑪竇事及瑪竇所著友論及銅渾儀坤儀輿圖八幅等甚悉 盖瑪竇異人也" (柳夢寅, 『於于野談』).
51) 李漵, 『海南尹氏文獻』, 「祭文」.
52) 李瀷, 『星湖集』권29, 「答鄭玄老甲戌」 및 『交友論』의 1칙, 2칙, 66칙, 15칙 인용.

『교우론(交友論)』 수용의 흔적을 보이는 인물로 남인 계열 지식인 뿐 아니라 이익만큼 중요한 작품을 남긴 이가 바로 연암 박지원(1737 ~1805)이다. 그는 「회성원집발(繪聖園集跋)」53)에서 청나라 문인 곽집 환(郭執桓, 1746~1775)의 문집에 발문을 달면서 우정론을 펼치는데, "옛날에 붕우를 말하는 사람들은 붕우를 '제2의 나'라 일컫기도 했고 '주선인(周旋人)'이라 일컫기도 했다"라고 하면서 그 출발을 『교우론(交 友論)』에 두고, 1칙을 비롯하여 56칙·36칙·50칙의 내용을 자세히 언급 하였다.

또 박지원은 「마장전」과 「예덕선생전」을 통해 믿음을 바탕으로 한 우정관을 피력하였는데 선귤자의 입을 통해 표현된 '부실이처'와 '비기 지제'는 이덕무, 이서구, 박제가 등의 북학파 집단 간에 '동심(同心)'으 로 견지했던 바이고 『교우론(交友論)』의 명제와도 부합되는 것이다.

이후 오주 이규경(1788~1856)은 「우재동심변증설(友在同心辨證說)」54) 에서 『교우론(交友論)』에서 채록한 12칙의 '우설(友說)'을 인용하면서 '우정 은 동심에 달려있다'는 명제를 변증하는 글을 썼으며 이외에도 「척사교변 증설(斥邪敎辨證說)」에서는 『교우론(交友論)』의 내용을 간단히 소개하였 고 「자경택우변증설(自警擇友辨證說)」에서는 여러 구절을 끌어와 문장을 구성하였다.

〈해제 : 배주연〉

이외에도 「論交」에서도 『交友論』과 상응하는 구절이 많은 것으로 보아 이 책 을 소장하고 내용을 탐독했음을 알 수 있다.
53) 朴趾源, 『燕巖集』 권3, 「會聲園集跋」.
54) 李圭景, 『五洲衍文長箋散稿』 人事篇 論學類 流行 「友在同心辨證說」 본문에서 『交 友論』의 94칙, 9칙, 28칙 註, 95칙, 11칙, 59칙, 76칙, 52칙, 56칙, 18칙, 2칙, 7칙 을 인용하여 논증하였다.

참 고 문 헌

1. 사료

『交友論』

『論語』

『孟子』

『星湖集』

『順菴集』

『於于集』

『燕巖集』

『五洲衍文長箋散稿』

『芝峯類說』

『海南尹氏文獻』

2. 단행본

마태오 리치, 송영배(역), 『교우론; 스물다섯 마디 잠언; 기인십편 : 연구와 번역』, 서울대학교출판부, 2000.

아리스토텔레스, 강상진, 김재홍 외 1명 역, 『니코마코스 윤리학』, 길, 2011.

히라카와 스케히로, 노영희(역), 『마태오 리치 = Matteo Ricci : 동서문명교류의 인문학 서사시』, 동아시아, 2002.

徐宗澤, 『明淸間耶蘇會士譯著提要』, 臺北: 中華書局, 1949.

李之藻, 『天學初函』 第一卷, 臺北: 學生書局, 1965.

鄭安德, 『明末淸初耶蘇會思想文獻彙編』 第五册, 北京大宗敎學硏究所, 2000.

3. 논문

신용철, 「李卓吾와 마태오 리치의 交友에 관하여 : 16세기 東·西文化 接觸의 한 架橋」, 『명청사연구』 제3집, 명청사학회, 1994.

심종혁, 「초기 예수회의 교육과 마태오 리치의 선교활동」, 『신학과철학』 제18집, 서강대학교신학연구소, 2011.

이경규, 「발리냐노와 예수회의 적응주의 선교정책」, 『중국사연구』 제86집, 중국사학회, 2013.

이홍식, 「조선 후기 우정론과 마태오 리치의 『交友論』」, 『한국실학연구』 제20집, 한국실학학회, 2010.

劉瀚男·彭丹琴, 「淺析利瑪竇'交友論'中的交友觀」, 『科技信息』 第34期, 2013.

郝貴遠, 「從利瑪竇 『交友論』 說起」, 『世界歷史』 第5期, 1994.

『교요서론(敎要序論)』

분류	세부내용
문헌종류	한문서학서
문헌제목	교요서론(敎要序論)
문헌형태	목판본 (추정)
문헌언어	漢文
간행년도	1670년
저자	페르비스트(Ferdinand Verbiest, 南懷仁, 1623~1688)
형태사항	67면
대분류	종교
세부분류	교리
소장처	Bibliotheque Nationale de France 한국교회사연구소
개요	천주의 존재와 속성, 천지(天地)·신인(神人)·만물(萬物)의 창조, 영혼, 천당, 지옥 등 기초 교리와 십계(十誡)를 설명하고, 신경(信經), 천주경, 성모경, 십자성호경 등 기도문을 소개·해설한 기본 교리서.
주제어	천주(天主), 창조(創造), 영혼(靈魂), 천당(天堂), 지옥(地獄), 선인(善人), 악인(惡人), 십계(十誡), 신경(信經), 천주경(天主經), 성모경(聖母經), 십자성호경(十字聖號經), 영성수규구(領聖水規矩)

1. 문헌제목

『교요서론(敎要序論)』

2. 서지사항

벨기에 출신 예수회 선교사 페르비스트(Ferdinand Verbiest, 1623~1688)가 중국에서 선교하며 한문으로 저술한 그리스도교 기본 교리서이다.

페르비스트는 중국어문 및 만주어문에 정통하여 다수의 종교와 과학 한문서학서를 저술하였는데, 그중 대표 종교서가 천주교 입문 교리서 『교요서론(敎要序論)』이다.

『교요서론(敎要序論)』은 한 권으로 1670년 북경에서 처음 출간되었다. 그 후 1677년·1799년 북경판(北京版), 1848년 상해 사경판(上海泗涇版), 1867년·1875년·1903년·1914년 상해 토산만판(上海土山灣版) 등 간행을 거듭하였다.

1886년에는 본문 전체를 관어(官語)로 번역하고 여기에 「예수수난기략(耶蘇受難記略)」을 첨부한 『교요추언(敎要芻言)』이 상해 자모당(慈母堂)에서 간행되었고, 상해어(上海語)로 번역된 『방언교요서론(方言敎要序論)』이 출간되기도 하였다.

외국어로는 페르비스트 본인의 만주어 번역본이 있고, 상해 토산만에서 프랑스어 번역본을 출간하였다. 1864년에는 한국어 한글본 『교요서론』이 번역·출판되었다.

건륭(乾隆) 연간(1736~1796)에 『사고전서(四庫全書)』에 수록되었다.

『교요서론』은 두 면(面)이 한 장(張)을 이루는 총 67면의 한서(漢書) 한 권 저서이다.

책머리에 저자 페르비스트의 서문이 있다. 자서(自序)는 5면으로 1면 당 6줄, 1줄 당 12자인데, 본문보다 글자를 크게 하였다. 자서 끝에 "강희9년 정월하순 서양 예수회사제 남회인 적음(康熙九年正月下浣極西

耶蘇會士南懷仁題)"이라고 밝혔다.

자서 다음 면에는 상세한 목차 9면을 두었다. 저자는「교요서론목록(敎要序論目錄)」이라 하며 책의 전체 내용을 항목별 제목을 달아 열거하였다. 이 목차는 책 전체 내용을 일목요연하게 미리 제시하고 있어『교요서론』을 읽으려는 독자는 이 목차만으로도 대강의 내용을 파악할 수 있어 대단히 유용하다. 목차 각 항목 아래편(篇)이라고 표기한 것은 쪽 번호(페이지)를 뜻한다.

본문은 1면 당 9줄, 1줄 당 21자씩 썼다. 장·절 구분 없이 따로 번호를 매기지 않은 총 76편(篇)의 작은 항목을 두었다. 순서는 기본교리 14개 항목, 기본교리 마지막 '천주십계' 항목아래 십계 조목(條目) 10항목이 부속되어 있다. 이은 기도문과 해설은 신경 48항목, 천주경, 성모경, 십자성호경, 세례성사 예식 법도 각1항목씩 4항목이다. 항목의 제목을 책 본면 안에 포함시켜 쓰지 않고 책 위 부분 여백에 작은 글자로 표기한 것이 특이하다.

본 해제의 저본은 프랑스 파리 국립도서관(모리스 쿠랑 분류번호 6972 : 새 분류번호 3289) 소장본이다. 원 책 표지가 없어서 책 판각 연도와 장소, 판각 형태 등은 알 수 없다. 목판본으로 추정한다.

파리 국립도서관 쿠랑 목록(Catalogue des livres chinois, coréens, japonais, etc)에 의하면 이 저본 외에도『교요서론』다섯 권이 더 소장되어 있다.

[저자]

페르비스트(Ferdinand Verbiest, 1623~1688)의 중국 이름은 남회인(南懷仁), 자(字)는 돈백(敦伯)이다. 1641년 예수회에 입회하여 벨기에, 스페인, 로마 등지에서 공부 후, 1657년 중국 선교를 지원하여 1659년 중국에 입국, 서안(西安)에서 전교하였다.

1660년 흠천감감정 아담 샬(Schall von Bell, A., 湯若望)의 부름을 받아 북경에서 교무와 흠천감 업무를 보좌하였다. 1664년 역국대옥(曆局大獄)[1]이 발발하자 페르비스트는 고령의 아담 샬을 대신해 법정에서 서양신법과 천주교의 정당성을 변론하며 위기에 훌륭히 대처하였다.

이후 정밀한 천문(天文)과 역산(曆算) 지식으로 강희제(康熙帝)의 신임을 얻은 페르비스트는 1669년 3월 흠천감감부(欽天監監副), 12월에는 흠천감감정(欽天監監正)으로 임명되어 새로운 유럽식 천문의기의 제작, 감원들에게 천문학과 수학을 강학하였다. 페르비스트는 천문역법 뿐 아니라 다른 과학 기술 방면에도 많은 공헌을 하였는데 특히 그가 1674년 제작한 세계지도 「곤여전도(坤輿全圖)」는 마태오 리치의 「곤여만국전도(坤輿萬國全圖)」와 더불어 중국인에게 세계에 대한 새로운 인식을 확대시켰다. 페르비스트는 청 왕조를 위한 대포 주조, 외교 통역과 번역 업무도 수행하였으며, 개인적으로는 강희제의 수학, 물리학, 천문학 교사였다.

이 같은 페르비스트를 위시한 선교사들의 헌신적 조정 봉사로 강희제는 서양 학술과 종교 전파에 매우 관대하고 개방적 태도를 보여 1691년 3월 천주교 공허(公許)의 칙령을 내렸다. 아편전쟁 이전 그리스도교가 중국 조정으로부터 받은 유일한 관방 승인문서이다. 페르비

---

1) 역국대옥(曆局大獄) : 1664년 8월부터 1665년 4월에 걸쳐 발생한 서양 역법과 천주교에 대한 교안(敎案). 서학 비판자 양광선(楊光先)이 1664년 아담 샬, 페르비스트 등 당시 북경에 있던 네 명의 예수회 신부와 기타 한인천주교인 흠천감 관리들을 대청률(大淸律) 모반과 요서저작(妖書著作) 2개조를 범한 대역죄로 고발한 사건이다. 재판 결과 1665년 3월 1일 아담 샬을 위시하여 흠천감의 교인 관리들에게 능지처사의 중형이 선고되었다. 그런데 선고 다음 날인 3월 2일과 3월 5일에 북경일원에 대지진이 발생하자 청 조정은 이것을 하늘이 아담 샬의 사형을 불허한다는 증거로 해석하여 3월 16일자로 사형이 감면되고 얼마 후 석방된 사건이다.

스트는 1676년부터 예수회 중국성구회장(中國省區會長)을 맡은 중국천주교회사 상 마태오 리치와 아담 샬의 훌륭한 승계인이었다.

〈그림 1〉 페르비스트 (작가 : 미상/ 소장처 : 파리 국립도서관)
원본출처 : Du Halde, Description de la Chine, 권3, 78면, 1835

페르비스트는 1688년 1월 28일 65세로 북경에서 사망하였다. 강희제는 대신(大臣) 두 명을 보내 황제의 친필 조문을 낭독하게 하고 장례비와 '근민(勤敏)'의 시호(諡號)를 하사하였는데, 중국 선교사 중 황제의 시호를 받은 것은 페르비스트가 유일하다.

3. 목차 및 내용

[목차]

天主謂何

天主爲神無所不能無所不在無所不知

天主造天地爲人

生人元祖

生人緣故

萬物發顯天主全能全善全智

天主惟一無二

人宜敬愛天主

人在世原爲立功

靈魂不滅

人無托生之理

天堂之樂

地獄之苦

天主十誡

　　十誡條目

　　一欽崇一天主萬有之上

二毋呼天主聖名以發虛誓

三守瞻禮之日

四孝敬父母

五毋殺人

六無行邪淫

七毋偷盜

八毋妄證

九毋願他人妻

十毋貪他人財物

信經

天主全能

神鬼來歷

生人來歷

地堂

靈性之罰

天主父子之說

天主第三位說

三位一體之論

耶蘇基利斯督解說

天主降生說

耶蘇一位具兩性

人罪輕重

罪重神人不滿補

惟耶蘇功勞無限

無故赦罪不宜

嚴罰人罪亦不宜

降生爲諸德之表

降生立敎

耶穌聖跡

耶穌被惡人嫉妬

惟人性受難

謂天主受難何解

耶穌受難出于情願

比辣多判耶穌

耶穌死時聖跡

地獄有四重

永苦獄

煉罪獄

嬰孩獄

靈薄獄

耶穌升天說

公審判說

審判之先兆

人復活之說

私審判

公審判之緣故

惡子在世快樂善者受苦何解

敎化王都羅瑪府緣由

敎化王之說

論敎會之聖

通功如人一體

[내용]

『교요서론(敎要序論)』은 그리스도교의 근본 기초교리와 주요 대표 기도문에 대한 해설이 그 내용이다.

　책 제목 『교요서론』은 '교회의 중요한 가르침을 차례차례 논한다.' 는 뜻으로, 저자 페르비스트는 서문에서 "성스러운 교회(聖敎)의 가르침에는 다른 학문과 비교해볼 때 반드시 선후(先後)가 있는데, 순서에 따라 논하면 말하는 사람은 그 요지를 쉽게 드러낼 수 있고 받아들이는 사람 역시 마음에 간직하기 쉬워 그 이치에 밝게 되는 것이다."라

---

2) 영성수지설(領聖水之說) : 목차에 잘못 삽입된 오류 항목이다. 본문에도 해당목차와 내용은 없다.

고 하였다. 이 책의 저술목적에 대해서도 사람들은 늘 "천주교의 가르침은 무엇인가(天主教旨何如)?"를 묻는데 천주교를 신봉하는 사람 대개가 교회 규정 준행에 익숙하지만 교리 공부와 논설에는 익숙하지 않고 선후 순서에 의거하지도 않는다. 그리하여 이 책에서는 교회 가르침의 주요 단초를 순서에 따라 간략하고 가지런히 정리하려한다고 밝혔다. 즉 『교요서론』은 그리스도교의 근본 핵심교리와 기도문을 중요 순서대로 소개하고 해설한 것이 전체 내용이다.

『교요서론』 총 76개 항목은 장·절 구분이 없고 따로 항목 번호를 매기지도 않았으나 내용상 세 부분으로 나뉘어 구성되었다.

첫째 부분은 기본교리 14개 항목으로, 천주의 존재, 천주의 속성, 천지 창조, 영혼 불멸, 상선벌악(賞善罰惡)과 천당, 지옥, 십계 등 기초적이고 가장 주요한 교리를 나누어 서술하였다.

- '천주는 무엇인가(天主謂何)'
- '천주는 못하는 것이 없고 계시지 않은 곳이 없고 모르는 것이 없는 신(天主爲神無所不能無所不在無所不知)'
- '천주는 사람을 위해 하늘과 땅을 만드심(天主造天地爲人)'
- '사람의 원조를 내심(生人元祖)'
- '사람을 내신 연고(生人緣故)'
- '만물은 천주의 전능 전선 전지의 발현(萬物發顯天主全能全善全智)'
- '천주는 오직 하나이며 둘이 아님(天主惟一無二)'
- '사람은 마땅히 천주를 공경하고 사랑해야 함(人宜敬愛天主)'
- '사람이 세상에 있음은 원래 공을 세우기 위함(人在世原爲立功)'
- '영혼의 불멸(靈魂不滅)'
- '사람은 탁생의 도리가3) 없음(人無托生之理)'

- ■ '천당의 즐거움(天堂之樂)'
- ■ '지옥의 괴로움(地獄之苦)'
- ■ '천주 십계(天主十誡)'

다음 둘째 부분은 기본교리 14개 항목의 마지막 항목 '천주십계' 아래 부속된 십계조목(十誡條目) 10항목이다.

1. 하나이신 천주를 만유 위에 공경하여 높이라(一欽崇一天主萬有之上)
2. 천주의 거룩하신 이름을 불러 헛맹세를 하지 말라(二毋呼天主聖名以發虛誓)
3. 주일을 지키라(三守瞻禮之日)
4. 부모에게 효도하고 공경하라(四孝敬父母)
5. 사람을 죽이지 말라(五毋殺人)
6. 사악한 음탕함을 행하지 말라(六無行邪淫)
7. 도둑질하지 말라(七毋偸盜)
8. 망령된 증언을 말라(八毋妄證)
9. 남의 아내를 탐내지 말라(九毋願他人妻)
10. 남의 재물을 탐내지 말라(十毋貪他人財物)

페르비스트는 십계를 한 조목씩 들어 설명하는데, 내용이 연관된 다른 조목과도 연계시켜 해설한 것이 특징이다. 예를 들어 제10조목에서 "제7계는 본래 사람이 도둑질을 행하는 것을 금하는 것이고, 이 계(제10계)는 사람이 도둑질할 마음을 금하는 것이다. 만약 원하는 재

---

3) 탁생(托生) : 불교의 윤회설에 의거한 전생 현생 내세의 의미. 이곳에서는 영혼불멸을 설명하며 불교의 윤회설(輪回說)을 비판하고 있다.

물이 도리에 어긋나고 의로움을 범하는 것이 아니라면 거리낄 것도 없고 죄도 아니다. 여기서 금하는 것은 다른 사람의 재물과 의롭지 못한 재물일 뿐이다."라고 하였다.

십계조목 마무리에서 페르비스트는 "국법은 사람이 겉으로 행하는 것을 금할 수 있을 뿐이고 사람 마음속 원하는 욕망을 금할 수는 없다. 욕망은 숨겨져 있음으로 인해 국법으로는 미리 알아서 다스릴 수는 없다. 오직 천주교에서는 안으로 수양하기를 힘쓰니 대개 천주의 온전하신 지혜가 사람이 마음에 감추고 숨긴 것을 다 비출 수 있어서 사람의 욕망을 더욱 엄하게 금하는 것이다."라고 십계의 본뜻과 그 계명을 목적을 결론삼아 밝히고 이다.

셋째 부분은 주요 기도문과 그 교의적(敎義的) 의미에 대한 상세한 해설이다. 신경(信經) 48항목, 천주경(天主經) 1항목, 성모경(聖母經) 1항목, 십자성호경(十字聖號經) 1항목, 성수를 받는 법도(領聖水規矩) 즉 세례성사 예식 법 1항목이다.

신경(信經)

신경은 '사도신경(使徒信經)'으로 그리스도교 신앙의 기본적 교의(敎義)를 간결하고 일목요연하면서도 상세하게 요약한 대표적 신앙고백 기도이다. 3세기경부터 세례식 때 사용하던 것을 발전시켜 13세기에 이르러 가톨릭교회의 공식 신앙고백 기도가 되었다.

페르비스트는 신경 서두에 신경을 실은 이유와 목적을 밝히고 있다. "신경은 12종도가 전한 바이다. 종도는 당일 천주 예수를 모시고 따르면서 예수의 사적을 친히 보고 예수의 말씀을 친히 들으며 실제를 기록하였다. 그러므로 신경에 실린 것은 이미 있었던 일도 있고 미래의 일도 있다. 우리 후에 올 사람들이 천주의 사적과 말씀과 가르치심을 비록 몸소 보고 듣지 못하였으나 모두 신경에 의거하여 증거로 삼을 수 있을 것이다. 천주의 말씀은 모두 진실이며 틀리고 그릇되고 속임이 없어서 우리들이 모두 믿는 것이 마땅하다. 믿으면 공이 있고, 믿지 않으면 죄가 있다."고 하였다.

신경의 주요 내용은 창조주 성부, 예수 그리스도의 강생 구속, 성령의 천주성, 사도전승의 보편 교회, 죄의 용서와 육신의 부활과 영원한 삶 등 핵심 교리를 담고 있다. 페르비스트는 신경 기도문 구절을 순서대로 나열하며 해설할 교리의 핵심을 항목을 나누어 포함시켜 설명하였다. 밑줄 친 부분이 신경 기도문이고, *표가 해설항목이다.

저는 전능하신 천주 성부께서 천지를 창조하심을 믿으며(我信全能者天主罷德助化成天地)

* 천주전능(天主全能)
* 천신과 마귀의 내력(神鬼來歷)
* 사람이 난 내력(生人來歷)
* 지상의 낙원(地堂)
* 영성의 벌(靈性之罰)

하나이신 성자 예수 그리스도께서 우리들의 주님이심을 믿으며(我信其惟一費畧耶蘇基利斯督我等主)

* 천주는 아버지와 아들(天主父子之說)
* 천주 제삼위(天主第三位說)
* 삼위일체를 논함(三位一體之論)
* 예수그리스도를 풀어 설명함(耶蘇基利斯督解說)

저는 성신으로 인하여 마리아 동정 몸에 잉태되어나심을 믿으

며(我信其因斯彼利多三多降孕生于瑪利亞之童身)

* 천주 강생 설명(天主降生說)
* 예수 한 위에 양 성을 갖추심(耶蘇一位具兩性)
* 사람의 죄의 경중(人罪輕重)
* 죄가 중하여 천신과 사람으로는 모두 기워 갚지 못함(罪重神人 不滿補)
* 오직 예수 공로가 무한함(惟耶蘇功勞無限)
* 까닭 없이 죄를 사함이 마땅하지 않음(無故赦罪不宜)
* 사람의 죄를 엄히 벌하심 역시 마땅치 않음(嚴罰人罪亦不宜)
* 강생하심이 모든 덕의 표본이 되심(降生爲諸德之表)
* 강생하셔서 교를 세우심(降生立敎)
* 예수의 성스러운 발자취(耶蘇聖跡)
* 예수께서 악인의 질투를 받으심(耶蘇被惡人嫉妬)

본시오 빌라도가 관직에 있을 때 고난을 받으시고 십자가에 못 박혀 죽으시고 묻히심을 믿으며(我信其受難于般雀比辣多居官時被釘十字架死而乃瘞)

* 오직 인성의 수난(惟人性受難)
* 천주의 수난을 어떻게 풀 것인가(謂天主受難何解)
* 예수의 수난은 원하여 하신 것(耶蘇受難出于情願)
* 빌라도가 예수를 재판함(比辣多判耶蘇)
* 예수 죽으실 때의 성스러운 자취(耶蘇死時聖跡)

지옥에 내리신지 사흘 만에 죽은 자 가운데서 부활하심을 믿으며(我信其降地獄第三日自死者中復活)

* 지옥에는 4개 층이 있음(地獄有四重)

* 영원한 고통 지옥(永苦獄)

* 연옥(煉罪獄)

* 어린아이 지옥(嬰孩獄)

* 예수 수난 이전의 옛 성인들 지옥(靈薄獄)

하늘에 올라 전능하신 천주 성부 오른편에 앉으심을 믿으며(我信其升天坐右全能者天主罷德勖之右)

* 예수께서 하늘에 오르신 것(耶穌升天說)

그날 후 그리로부터 오시어 산 이와 죽은 이를 심판하심을 믿으며(我信其日後從彼而來審判生死者)

* 공심판(公審判說)

* 심판에 앞선 징조(審判之先兆)

* 사람의 부활(人復活之說)

* 사심판(私審判)

* 공심판의 연고(公審判之緣故)

* 악인은 세상에 있을 때 쾌락을 누리고 착한 이는 괴로움을 받는 것은 어떻게 해석할까(惡子在世快樂善者受苦何解)

성신을 믿으며(我信斯彼利多三多)

거룩하고 공번된 성교회의 모든 성인이 서로 통공하심을 믿으며(我信有聖而公厄格勒西亞諸聖相通功)

* 교황이 로마에 도읍한 까닭(敎化王都羅瑪府緣由)

* 교황의 말씀(敎化王之說)

* 교회의 성스러움을 논함(論敎會之聖)

* 공을 통하는 것이 사람의 한 몸 같음(通功如人一體)

죄의 사하심을 믿으며(我信罪之赦)

내 육신의 부활과(我肉身之復活)
* 육신의 부활(肉身復活之說)
* 원래의 옛 육신 부활(原舊肉身復活)
* 부활에 중년의 형태에 의거함(復活依中年之形)
* 착한 이의 부활의 몸은 4가지 큰 은혜를 받음(善人復活之身受四大恩)
* 악인의 부활의 몸은 착한 이와 서로 반대됨(惡人復活之身與善者相反)

나의 영원한 삶을 믿나이다.(我生常生)
* 착한 사람은 길이 즐거운 영원한 삶(善人永樂之常生)
* 악한 사람은 길이 고통스러운 영원한 삶(惡人永苦之常生)

아멘(亞孟).

이상과 같이 신경(信經)에서는 그리스도교의 근본교리를 기도문 각 구절에 맞추어 상세히 해설하였다.

그리고서 곧 이어 구분이나 표시 없이 천주경해략(天主經解畧), 성모경해략(聖母經解畧), 십자성호경(十字聖號經), 영성수규구(領聖水規矩)를 차례로 설명하였다.

페르비스트는 각 기도문 해설을 시작할 때 서두에 그 기도문이 어떤 것인가를 도론으로 요약, 소개하고 있다.

천주경4)에서는 "이 경은 천주 예수께서 친히 종도들에게 입으로 전해주며 이 경을 의지하여 외워 아침저녁으로 하늘에 계신 주께 기도하고 구하라고 가르치셨다. 7단으로 나뉘어 일곱 기도라 일컫는다. 앞의 3단은 사람이 천주에게 바라고 향하는 것이고 뒤의 4단은 사람이 자신을 위해 구하고 바라는 것이다."라고 하였다.

성모경에서는 "이 경을 천주경 뒤에 배열한 것은 천주경 안의 7가지 기도로 우리들이 이미 천주와 스스로 통했으므로 그 후 또 성모대전에서 구하면 성모께서 우리들이 구하는 바를 천주께 전달할 것이다. 천주는 성모를 중히 여기시므로 우리 구하는 바를 굽어보고 쉬이 허락하실 것을 바라는 것이다. (성모)경 앞 4구절은 천신이 성모를 조배하며 경하 드린 말, 다섯 째 구절은 엘리사벳이 성모를 찬미한 말, 나머지 뒤의 몇 구절은 교회의 여러 성인들이 성모를 찬송하며 기도한 말이다."

십자성호경에서는 "십자경은 성스러운 교회의 모든 기도를 모두 포괄하며, 두 가지 중요한 단초를 함유하고 있다. 그 하나는 천주의 삼위일체를 위해 하는 것이고, 다른 하나는 천주 제2위가 강생하여 수난하심을 위해 하는 것이다."

영성수규구에서는 성수(聖水)를 받는 성세성사(聖洗聖事)의 법도를 설명하는데, 세례를 받아야하는 이유와 세례 형식, 그리고 세례의 기도문을 소개 해설하였다.

천주경, 성모경, 십자성호경, 영성수규구의 해설 양식은 신경 해설과 마찬가지로 기도문 한 구절을 쓰고 그 의미를 교리로 설명하는 형식이다.

『교요서론(敎要序論)』은 그리스도교 기초 교리서이다. 기본 교리와 주요 기도문 의 해설을 통해서 그리스도교의 본질에 대해 설명하고

---

4) 천주경 : 현재 천주교회의 '주의 기도', 개신교회의 '주기도문'

있는데, 그 문체와 내용이 간결하고 논리적이며 이해하기 쉽게 서술하였기 때문에, 당시 "글이 어렵지 않고 쉬우며 아주 분명하다. 천주교의 내용을 알고자 하는 사람들은 이 책을 적합하고 마땅하다고 한다."고 하였다.

페르비스트도 기초적이고 종합적인 그리스도교 교리서라는 점을 분명히 하여 "이 책은 교리를 간략히 말한 것에 불과하니 더 심오한 교리를 알고 연구하려면 이미 간행되어 세상에 유포되고 있는 많은 천주교서적을 참고하라."고 서문에서 천명하였다.

4. 의의 및 평가

『교요서론(教要序論)』은 마태오 리치의 『천주실의(天主實義)』, 빤토하의 『칠극(七克)』과 더불어 중국과 조선 지식인들에게 자주 언급된 중요 한문서학서이다.

내용이 그리스도교의 기본 교리를 요약 설명하고, 주요 기초 기도문을 수록 해설하고 있는데, 문체가 간결, 명료, 논리적이어서 『사고전서(四庫全書)』에 수록되고 중국 관어(官語), 상해어(上海語), 만주어(滿洲語), 프랑스어, 한글로도 번역, 간행되었다는 것은 이 책이 큰 감화력을 가지고 광범위하게 확산되었다는 것을 뜻한다. 특히 조선에서는 한문본의 유입과 거의 같은 시기에 일찍부터 한글본이 번역, 필사, 유포됨으로써 한문 해독 지식인뿐만 아니라 한글을 깨친 평민과 부녀자들에게까지 널리 읽혔다. 그리하여 중국과 조선의 다양한 신분 계층에게 그리스도교 교리를 전파하는 역할을 맡아 하였다.

5. 조선에 끼친 영향

『교요서론(敎要序論)』이 언제 조선에 전래되었는지는 명확하지 않다. 그러나 1801년 신유박해 때의 심문기록 『추안급국안(推案及鞫案)』에는 김건순(金健淳)[5]이 1789년에 삼전동 사람에게서 이 책을 얻어 보았다고 기록되어 있고, 옥천희(玉千禧)[6] 역시 신유년에 체포되어 자백할 때, 전년 동지 사행 때 북경에서 탕가에게 『교요서론』을 받아왔다고 진술하였다. 또한 정광수(鄭光受)[7]가 장인인 윤현(尹鉉)의 방 구들

---

5) 김건순(金健淳, 1776~1801) : 경기도 여주 출신. 1797년 주문모 신부로부터 세례를 받았다. 세례명 요사팟. 본성이 영특해 14세 때 이미 천주교 입문서와, 유학 경서, 불서(佛書), 음양서(陰陽書), 병서(兵書) 등 각 방면 서적을 탐독하였다. 노론(老論) 가계로 어려서 종가에 입양되었으나 천주교를 신봉한 탓에 파양(罷揚)되었다. 그는 교리를 깊이 알기 위해서 당시 당파적으로 적대시하던 남인 권철신(權哲身)을 몰래 찾아가 교리를 배우고, 입교 후 여주고을을 천주교 중심지로 만들었다. 또한 정약종(丁若鍾)을 도와 천주교교리를 체계적이고 쉽게 설명한 『성교전서(聖敎全書)』를 저술하다가 박해로 중단하였다. 1801년 6월 1일 서소문 밖 형장에서 26세의 나이로 참수 순교한 것으로 달레(Dallet)의 『한국천주교회사』와 「황사영 백서(黃嗣永帛書)」에는 기록되어 있으나, 관변 측 자료에 의하면 배교한 것이 확실하다. 『가톨릭대사전』, 한국교회사연구소, 1985, '김건순 조' 참조

6) 옥천희(玉千禧, ?~1801) : 평안도 선천 태생. 순교자, 세례명 요한. 입교 시기는 미상. 주문모(周文謨) 신부 심부름으로 여러 차례 중국을 내왕하며 교회 일에 앞장 서 최선을 다 하였다. 황사영(黃嗣永)이 박해 받는 조선 교회의 사정을 북경 주교에게 알리기 위해 쓴 백서(帛書)를 중국 내왕 경험이 많고 또 가장 믿을 수 있는 옥천희가 황심(黃沁)과 함께 전달하기로 하였으나 1801년 8월경 잡히고, 이어 황심과 황사영이 체포됨으로써 실패하였다. 이 사건으로 1801년 12월 10일 서소문 밖에서 참수되어 순교하였다. 『가톨릭대사전』, 한국교회사연구소, 1985, '옥천희 조' 참조

7) 정광수(鄭光受, ?~1802) : 경기도 여주 출신. 순교자. 세례명 바르나바. 1791년 권일신(權日身)에게서 교리를 배워 입교하였고, 주문모 신부로부터 세례를 받았다. 1795년 서울 벽동(碧洞)으로 이사하여 교회를 위해 최선을 다해 전교하였다. 1801년 2월 체포, 여주로 이송되어 12월 26일 아내 윤운혜(尹雲惠)와 함께 참수되어 순교하였다. 2014년 8월 16일 프란치스코 교황에 의해 시복되었다. 『가톨릭대사전』, 한국교회사연구소, 1985, '정광수 조' 참조.

장 밑에 숨겨 놓았다가 발각된 책들 중에 이 책 1권이 있었다. 그러므로 『교요서론』은 늦어도 1789년부터 조선에 전해져 읽혔고, 1801년 이전에 이미 한글로 번역되어 초기 신자들 사이에서 널리 읽혀졌음을 알 수 있다. 그래서 이 책이 1784년 이승훈(李承薰)이 북경에서 돌아오면서 반입하여 조선에 전래된 것으로 추정하는 학설도 있다.

한글본은 신유박해 때 정복혜(鄭福惠)[8]가 각처의 신자들에게서 거두어 들여 한신애(韓新愛)[9]의 집에 묻어 두었다가 발각되어 소각된 책 중에 한글본 『교요셔론』 한권이 있었고, 『사학징의(邪學懲義)』[10] 권말에 실린 「요화사서소화기(妖畵邪書燒火記)」[11]에 한글필사본 『교요셔론』이 올라있다.

오늘날 전해지는 한글필사본(切頭山殉敎者紀念館소장)은 천주경해략(天主經解略), 성모경해략(聖母經解略), 십자성호경(十字聖號經), 영성수규구(領聖水規矩)를 누락시켰다.

1864년에는 중국에서 한국어 한글본이 번역·출간되었다.

〈해제 : 장정란〉

---

8) 정복혜(鄭福惠, ?~1801) : 순교자. 세례명 간디다. 이합규(李鴿逵)의 전교로 입교, 1801년 체포되어 5월 14일 서소문 밖 형장에서 참수되어 순교하였다. 2014년 8월 16일 프란치스코 교황에 의해 시복되었다. 「가톨릭대사전」, 한국교회사연구소, 1985, '정복혜 조' 참조

9) 한신애(韓新愛, ?~1801) : 순교자. 세례명 아가다. 1800년 강완숙(姜完淑)으로부터 교리를 배워 입교하였고, 주문모(周文謨) 신부로부터 세례를 받았다. 조시종(趙時鍾)의 처. 1801년 신유박해 때 그의 집에서 가장 많은 천주교 서적과 성물, 성화 등이 발견됨으로써 체포되어 7월 2일 서소문 밖에서 순교하였다. 2014년 8월 16일 프란치스코 교황에 의해 시복되었다. 「가톨릭대사전」, 한국교회사연구소, 1985, '한신애 조' 참조.

10) 사학징의(邪學懲義) : 1801년 신유박해(辛酉迫害)에 관해 기록한 저자 미상의 반천주교 서적.

11) 요화사서소화기(妖畵邪書燒火記) : 1801년 신유박해 때 압수되어 불태워진 천주교 관련 서적과 성물 목록.

참 고 문 헌

1. 사료

『敎要序論』, 프랑스국립도서관(Bibliotheque Nationale de France) 모리스 쿠랑
  (Maurice Courant) 분류번호 6972

페르비스트, 노용필(역), 『교요서론 - 18세기 조선에서 유행한 천주교 교리서』,
  한국사학, 2013.

2. 단행본

方豪, 『中國天主敎史人物傳』, 卷2, 南懷仁 條, 香港, 1970.

徐宗澤, 『明淸間耶蘇會士譯著提要』, 中華書局, 1949.

Chan, A., S.J., Chinese Books and Documents in the Jesuit Archives in Rome,
  M.E. Sharpe, Inc., New York, 2002.

Pfister, L. Notices biographiques et bibliographiques sur les Jesuites de
  l'ancienn Mission de Chine 1553~1773, Chang-Hai, 1932.

3. 논문

윤선자, 「교요서론」, 『교회와 역사』 176호, 한국교회사연구소, 1990.

최중복, 「천주교 서적이 초기 한국 천주교회 순교 복자들의 신앙생활에 미친 영
  향 연구 -'요화사서소화기'에 기록된 천주교 서적을 中心으로-」, 가톨릭
  대학교대학원 석사학위논문, 2015.

『동유교육(童幼敎育)』

분 류	세 부 내 용
문 헌 종 류	한문서학서
문 헌 제 목	동유교육(童幼敎育)
문 헌 형 태	필사본
문 헌 언 어	漢文
간 행 년 도	1620년
저　　　자	바뇨니(A.Vagnoni, 高一志, 王豊肅, 1566~1640)
형 태 사 항	183면
대　분　류	종교
세 부 분 류	윤리
소　장　처	徐家匯藏書樓 Bibliothèque nationale de France 서울대학교 규장각
개　　　요	교육 전반에 관한 개론적 내용을 다룬 상권과 언어, 문학, 의식주, 교우관계, 휴식 등 교육과 관련된 구체적이고 실질적 내용을 다룬 하권으로 구성된 아동 교육 개론서.
주　제　어	동유교육(童幼敎育), 문학(文學), 정서(正書), 서학(西學), 학지법(學之法), 학지시(學之始), 학지차(學之次)

1. 문헌제목

『동유교육(童幼敎育)』

2. 서지사항

17세기 중엽 이태리 출신 선교사 바뇨니(A. Vagnoni, 高一志·王豐肅, 1566~1640)가 예수교의 적응주의 포교 활동의 일환으로 저술한 아동교육서이다.

본 자료는 두 가지 판본이 존재하는 것으로 확인되는데, 하나는 1620년판 필사본이고 다른 하나는 1624년판 목판본이다. 필사본에는 한림의 서문이 있는 반면 목판본에는 서문이 없다. 대만 보인 신학대학교에서 영인하여 펴낸 『서가회장서루명청천주교문헌』에는 필사본인 『童幼敎育』을 비롯하여 목판본 『제가서학』 1·2권(2장 '제동유(齊童幼)' 부분 -『동유교육』상 부분 포함)이 함께 실려 있으며, 『법국국가도서관 명청천주교문헌』(2009)에는 목판본 『제가서학』 3·4·5권(『동유교육』 하(下)부분 포함)이 실려 있다.

『서가회장서루명청천주교문헌』에 실린 필사본은 본 해제의 저본으로 상하 두 권(26cm×18cm)으로 구성된 총 183쪽 분량이다. 각 권 10개 항목씩 총 20개 항목으로 구성되어 있으며 총 26352자(16자×9줄×183쪽) 분량이 실려 있다. 서문은 당시 한인 사대부 한림(韓霖)이 쓰고 정열(訂閱)은 서양 선교사 네 명-비기규(費奇規), 용화민(龍華民), 등옥함(鄧玉函), 양마락(陽瑪諾)-과 중국인 두 명(段袞, 韓霖)이 각 각 담당하여 저술하였다.

[저자]

저자 알폰소 바뇨니의 자(字)는 칙성(則聖), 초명(初名)은 왕풍숙(王豐肅)이며 후에 고일지(高一志)로 개명하였다. 1566년 이탈리아 Trapani

(特洛伐雷洛)에서 태어나 18세 때인 1584년 예수회에 입회하였다. 1603
년 4월 성요한 호를 타고 1604년 7월 마카오에 도착 39세 때인 1605년
3월 남경으로 들어갔다. 그는 남경의 선교 책임자로서 포르투갈 출신
인 사무록(謝務祿, Semedo)[1]과 함께 선교 활동을 펼쳐 45세인 1611년
5월 3일 '성십자교당(聖十字敎堂)'을 완공하여 남경을 중국 선교의 주요
거점으로 성장시켰다. 그러나 5년 후 1616년 5월, 남경의 예부 책임자
인 심곽(沈潅)에 의해 주도된 남경 교난을 겪어 사무록을 포함한 서양
선교사들과 함께 체포되어 감금되었다. 이 때 이지조(李之藻), 양정균
(楊廷筠), 서광계(徐光啓) 세 명이 남경의 소식을 듣고 성교(聖敎)를 보
호하여 변호하니 교세가 더욱 확장되는 결과를 초래하였다. 이에 심
곽(沈潅)은 황제의 교지라고 전하면서 북경의 서양인 방적아(龐迪我),
웅삼발(熊三拔)과 남경의 왕풍숙과 사무록을 함께 풀어주어 마카오로
추방시켰다. 이 때 그는 마카오에서 2년여 동안 머물면서 저술과 전
교 활동에 힘썼으며 1624년 난이 가라앉은 후, 이름을 왕풍숙에서 고
일지로 바꾸고 산서(山西) 강주(絳州)로 가서 15년간 선교와 구휼 활동
에 힘쓰다가 74세인 1640년 4월 병사하였다.[2]

---

1) 사무록(P. Alvarus de Semedo, 謝務祿, 1585~1638) : 자는 계원(繼元), 초명(初
   名)은 사무록(謝務祿). 포르투갈 태생으로 1613년 남경에 도착했으며 1616년 남
   경 교난을 겪어 고일지(高一志)와 함께 투옥된 후 마카오로 추방되었다. 1620년
   증덕소(曾德昭)로 개명하고 전교에 힘쓰며 처음에 항주에서 활동하다가 강서, 강
   남을 거쳐 서안(1621)에 있었다. 1644년 예수회 회장을 맡았으며 1649년 광주로
   옮겨 활동하다가 투옥되어 탕약망(湯若望)과 뜻을 함께 하였으며 그 후 그 곳에
   서 활동하다가 1658년 사망하였다. 徐宗澤, 『明淸間耶穌會士譯著提要』, 臺北: 中
   華書局, 1949 참조.
2) 바뇨니의 중국 전교는 크게 두 시기로 구분할 수 있는데 첫 번째가 1605년에서
   1616년 교난 때까지 남경에서 활동한 시기이고, 두 번째가 1624년 12월에서
   1640년 4월 사망할 때까지 산서에서 강주를 중심으로 활동한 시기이다. 그는 마
   태오 리치의 노선을 따라 우선적으로 그 지역의 유력한 신사층과 돈독한 관계를
   맺으며 그들의 지원을 받았다. 하지만 전교활동의 주안점은 빈민 구제를 통한

그는 산서(山西) 지역으로 들어가 생을 마칠 때 까지 15년간 왕성한 전교를 펼치며 모두 23종의 한문 저작을 남긴 것으로 알려져 있는데 실제 문헌 기록으로 확인되는 바뇨니의 한문 저작 목록은 다음과 같다.

(1) 『敎要解略(聖要解略)』 2권 : 1626년 絳州에서 초각

(2) 『聖母行實』 3권 : 1631년 강주에서 印

(3) 『天主聖敎聖人行實』 7권 : 1626년 강주에서 印 (※『聖人行實』 1629?)

(4) 『四末論』 4권 : 1640년 間

(5) 『則聖十篇』 1권 : 1626년 이후 福州에서 印

(6) 『十慰』 1권 : 1640년 間, 강주에서 印

(7) 『勵學古言』 1권 : 1632년

(8) 『修身西學』(『西學修身』) 5권 : 1630년 이후 강주 印

(9) 『齊家西學』(『西學齊家』) 5권 : 1624년 이후

(10) 『西學治平』 4권 : 1630년 이후

(11) 『民治西學』 2권 (『西學治平』의 續篇)

(12) 『童幼敎育』 2권 : 1620년 印

(13) 『寰宇始末』 2권

(14) 『斐錄彙答』 2권

(15) 『譬學警語』 2권 : 1633년

(16) 『神鬼正紀』 4권 : 1633년 강도 印

(17) 『空際格致』 2권 : 1624년 후

(18) 『達道紀言』 1권

교세 확장에 있었는데 그가 산서에서 활동했던 15년간 세례를 받은 사람은 8천여 명에 이른다. 특히 1634년 대기근 때에는 1530여명이 세례를 받았다고 한다. 楊森富, 『中國基督敎史』, 臺灣商務印書館, 1968, 74쪽 참조.

(19)『推驗正道論』1권

이 중에서 조선에 전래된 것으로 정법류(政法類)(1), 성서격언류(聖書格言類)(4), 진교변호류(眞教辯護類)(1), 신철학류(新哲學類)(3) 등 총 9종으로 외규장각목록(1782)에 기록되어 있어 서적 유입 시기는 1782년 이전으로 볼 수 있다. 정법류는『동유교육(童幼敎育)』, 성서격언류는『비록휘답(斐錄彙答)』·『사말론(四末論)』·『려학고언(勵學古言)』·『달도기언(達道紀言)』(1636), 진교변호류로는『천주성교사말론(天主聖敎四末論)』, 신철학류로는『서학수신(西學修身)』·『서학제가(西學齊家)』·『환우시말(寰宇始末)』 등이 있다.

그는 번역보다는 술·찬·저 등을 남겼는데 성경의 해제, 성인의 행실, 천주교의 정통성 주장에 대한 것이 중심이고 더불어서 실용적인 천문·역법에 대한 것보다는 교육·수신·철학·정치에 대한 것을 소개시켰다. 종교사학자인 바르토니는 바뇨니를 일러 "중국에 파견된 선교사 중에서 교내외로 존경을 받는 인물로 마태오 리치를 제외하고는 바뇨니를 능가할 사람이 없다"고 평가한 바 있다.[3]

3. 목차 및 내용

[목차]

童幼敎育 序

童幼敎育 卷之上 目錄

---

3) Bartoli, "中國耶蘇會史"『在華耶蘇會十列傳及書』上冊, 北京中華書局, 1996.

[내용]

『동유교육』은 저작 목록에서 확인한 바와 같이 저자가 54세 때인 1620년에 저술한 것으로 이때는 그가 중국에 온지 15년이 지난 시점에서 지은 비교적 초기 저작이라 할 수 있다. 서문에서 한림(韓霖)은 바뇨니가 "이 책은 아동만을 위해서 쓴 것은 아니다, 여기에는 자신의 인격도야와 가정과 국가를 잘 다스리고 세상을 평안하게 하는 것이 모두 담겨 있다"고 말하였음을 언급하는데 이는 저자가 『동유교육』을 통해 아동 교육 뿐만 아니라 학문과 관련된 여러 분야에 대하여 저술하였음을 드러내는 것이라 하겠다.

상권은 교육 전반에 관한 개론적 내용을, 하권은 언어·문학·의식주·교우관계·휴식 등 교육과 관련된 구체적이고 실질적 내용으로 각각 구성되어 있다. 상·하권의 구성 체계를 편제에 따라 내용상으로 분류하면 다음의 〈표 1〉과 같다.

구분	주제	내용	구분	주제	내용
上卷	教育之原	교육의 근원	下卷	緘默	묵언의 가르침
	育之功	양육의 임무 : 母		言信	믿음직한 언행
	教之主	가르침의 주체 : 父		文學	학문의 수학
	教之助	가르침의 조력자 : 教師		正書	바른 독서
	教之法	가르침의 방법		西學	서구 학문
	教之翼	가르침의 균형 : 賞罰		飲食	음식 교육
	學之始	배움의 시작		衣裳	의복 교육
	學之次	배움의 순서		寢寐	취침 교육
	潔身	품행 교육		交友	교우 관계
	知恥	부끄러움 교육		閒戲	휴식과 놀이

『동유교육(童幼教育)』의 체재를 보면 서(序), 정열(訂閱), 상·하권 순으로 구성되어 있는데 서문은 한인 사대부였던 한림(韓霖)이 쓰고 교열은 서양 선교사 4명과 중국인 2명이 각각 담당함으로서 서양 선교사와 당시 서학을 지지하는 사대부들의 교열을 받아 간행되었음을 알수 있다.[4]

「상권」: 교육 전반에 관한 개론적 내용

1-1) 교육의 근원 [教育之原]

집 짓는 사람은 기초를 잘 다져야하고 농사짓는 사람은 땅을 잘 개간해야하듯, 자녀를 양육하는 데 있어서 기초가 되는 부모 역할의 중

---

4) 교정에 참여한 중국인은 한림(韓霖)과 단곤(段袞)이었고 서양 선교사들로는 비기규(費奇規, Gaspard Ferreira, 1571~1649), 용화민(龍華民, Nicolas Longobald, 1559~1654), 등옥함(鄧玉函, Joannes Terrenz, 1576~1630), 양마락(陽瑪諾, Emmanuel Diaz, 1574~1639) 등이었다.

요성을 강조한다. 혼인의 중요 요소를 (1)배시(配時), (2)택현(擇賢), (3) 교정(交正)으로 두고 기초가 잘 갖추어지지 못한 조혼(蚤婚)의 폐해를 지적한다. '신(身)'과 '지(志)'라는 요소가 잘 균형 잡힌(稱) 상태에서의 혼인이 동유 교육의 근원으로 보는 것이다. 점성가(占星家)의 말의 허황됨을 지적하고 별자리의 모양은 하늘에서 정해 운행하는 자연의 이치이고, 인간의 길흉은 선과 악의 응보로서 천주가 내려주신 뜻이라는 점을 강조하며 이는 인간이 결정할 수 있는 것이 아님을 강조한다. 부부 사이가 좋지 않으면 부끄러운 자식을 두게 되고 처첩간 자식의 갈등이며, 혈기의 손상, 명예의 실추, 업무의 실패, 재산의 손실 등 모든 것이 예측할 수 없는 재난이 생기게 된다고 규계한다. 끝으로 서속(西俗)에 많은 이들이 성인(聖人)과 현녀(賢女)의 아름다운 동상을 집안에 두어 바른 마음으로 속된 것이 들어가지 않도록 하여 아이를 기르는데 혼란스러운 영향을 주지 않았다고 한다.

1-2) 양육의 임무[育之功] : 어머니의 역할

부모는 자녀를 낳았다면 반드시 올바른 방법으로 품에 안아 길러야 한다고 하면서 유모는 혈육의 정이 없이 이해관계만 좇아 아이를 돌보기 때문에 어머니와 다름을 지적한다. 나무가 자랄 때 흙이나 땅을 자주 바꿀 때 제대로 정기가 성장하지 않음을 비유하고 늑대에 의해 길러진 아이를 예로 들면서 부모가 반드시 삼 년 간은 자녀를 품에 안아 길러야 함을 강조하고, 특히 아이 양육에 있어 어머니의 역할을 역설한다. 건강상의 이유로 부득이 유모를 선택하는 경우라면 유모의 성정 자질을 고려하여 반드시 집에 불러들여 수행하도록 하고 밖으로 내보내지 말기를 권한다.

1-3) 가르침의 주체[敎之主] : 아버지의 역할

자녀 양육에서 아버지의 엄한 교육(陽之剛)을 강조하면서 "작은 물고기는 큰 물고기로부터 연못에서 뛰어오르는 것을 배우고 작은 소는 큰 소로부터 밭가는 것을 배우며, 작은 새는 큰 새가 하늘에 날아다니는 것을 보고 배운다"라는 속담을 예로 든다. 인간은 미약한 존재로 태어나 부모의 엄한 가르침이 아니면 눈먼 장님이 다니는 것과 같아 인도(援引)하는 도움이 없으면 반드시 위험한 곳에 빠지게 된다고 경계한다. 부모가 도리를 다하지 못했다면 후일에 자녀가 자신에게 효도하길 바랄 수 없다고 하면서 부자가 자녀 교육을 태만히 하는 것을 보며 꾸짖어 "이는 마치 어린 아이 손에 병기는 들려주면서 사용하는 법을 가르쳐 주지 않아 장래에 자신과 타인에게까지 해를 끼치게 되는 것과 같다. 즉 어버이가 되어 자식에게 재물을 물려주되 재물을 바르게 사용하는 법을 가르쳐 주지 않으면 독약(鴆毒)을 물려주면서 해독제를 주지 않는 것이나 마찬가지로 위험한 것"이라 강조한다. 끝으로 서양 옛 풍속에는 사람을 쓰기 전에 먼저 가정교육을 살핀 다음 그 사람의 진퇴를 결정한다고 하면서 불초한 자식을 두어 왕의 선택을 받지 못한 박학(博學)한 선비를 예로 든다.

1-4) 가르침의 조력자[敎之助] : 교사의 역할

비록 엄한 부모라 하더라도 자녀에 대한 지나친 사랑은 현명하지 못하거나 무용지물이 되기도 한다고 하면서 지혜로운 자는 스승을 두 번째 아버지로 삼는다는 점을 들어 교사의 중요성에 대하여 강조한다. 대개 부모는 나를 낳아 나로 하여금 세상에 나아가게 하고 어진 스승은 내가 바른 길로 가도록 가르쳐 준다는 것이다. 플라톤(罷辣多)이 "(1)천주의 광택 (2)부모의 양육 (3)어진 스승의 가르침 등 세 가지 요소는 측량할 수도 없고 갚을 수도 없는데 어찌 믿지 않겠는가"하고 언급한 것을 든다. 지혜로운 부모라면 자녀의 훌륭한 스승을 모시는 데 힘써야 함을 강조하면서 스파르타와 그리스의 교육을 예로 든다. 특히 "가정의 본의는 사랑에 있고 국가의 본의는 어짊에 있다(家志乎慈 國志乎仁)"는 점을 들어 부지런히 바른 학문에 힘써 어진 스승이 옳다고 하면 이에 따라야 함을 강조한다. 특히 서구에서 대학을 설립하여 훌륭한 스승을 모셔 교육에 전념하도록 한 것을 언급하면서 그 공을 천주에게 돌리고 국가에 도움을 주기 위해 학교 교육을 하는 단체가 있으며 그 단체가 바로 예수회(耶蘇會)라는 점을 든다. 여기에서 예수회의 교육 취지 및 목표를 예수회에서는 교육을 위한 학교를 설립하여 교육하기도 하고 문과 교육을 수학하게 하거나 천문을 담론하거나 만물의 성질과 이치를 분석하거나 천주교의 교리를 해석하는 것 등을 한다. 모두 힘을 합하여 교육에 힘써 하늘에서 인간과 사물을 주재하고 다스리는 것을 반드시 알게 해야 함을 강조한다.

1-5) 가르침의 방법[教之法]

부모와 스승의 교육을 어찌해야 하냐는 물음에 '언(言)'으로 하고 '신(身)'으로도 해야 한다고 답한다. 특히 좋은 스승에 대한 물음에 말이 가장 적은 사람이라는 점을 들어 교육에 있어서 좋은 방법 중 하나는 근거 없는 말을 하지 않도록 하는 것이라 강조하면서 망언(妄言), 탄언(誕言), 오언(汚言), 죄언(罪言)을 피해야 한다고 언급한다. 고금의 성현들이 스승을 선택할 때 '德'과 '行'을 가장 중시했음을 언급하면서 아동의 행동이 어떠한가를 알고 싶으면 부모와 스승이 어떠한가를 보면 알 수 있다고 한다. 그러므로 부모와 스승이 바르게 교육하고자 한다면 반드시 자신의 몸가짐을 본보기로 하고, 좋은 행동으로 그 말을 진실 되게 하면 믿고 다르기가 쉬워진다고 한다.

1-6) 가르침의 균형[敎之翼] : 상벌(賞罰)

자녀를 지나치게 사랑하는 부모는 다른 사람이 자녀의 나쁜 점에 대해 꾸짖는 것을 참지 못해 자녀의 나쁜 생각이 커져 좋은 기질까지 병이 들게 된다. 또 스승이 지나치게 엄하면 아이의 착한 점을 드러내지 못하고 그 착한 마음이 때로는 꺾여 의욕이 떨어지기도 한다. 현인(賢人)이 "아동을 통제하는 좋은 방법을 상과 벌이 있다. 가르치는 것은 통제하는 것보다 더욱 어려우므로 상과 벌 두 가지 방법 중 하나에 집착하지 않아야 한다"고 한 말을 들어 상벌이 교육에 있어 마치 새의 두 날개, 배의 두 개의 노와 같다고 비유하면서 하나라도 없으면 불가능한 것이라는 점을 강조한다.

1-7) 배움의 시작[學之始]

배움이 귀하다면 순서에 따라야한다고 하면서 먼저 근본을 세운 다음 끝에 이르러야 하는데 근본은 인(仁)을 말하며, 인이란 수신(修身)과 제가(齊家)의 근본이며 모든 선(善)의 모체이므로 학문의 시작은 '인(仁)을 본받아 배우는 것'이 지름길이라 역설한다. 또한 이와 함께 천주에 근본을 두고 배워야 하는데 이는 천주를 경외하는 것을 가장 중요한 일로 삼는 것이다. 그 이유는 마땅히 사랑하고 공경해야 하는 것으로 그보다 더 크고 존경할 것이 없기 때문이다. 대개 천주를 경외할 줄 모르는 사람은 반드시 군신지의(君臣之義), 부자지친(父子之親), 부부지별(夫婦之別), 장유지서(長幼之序), 붕우지신(朋友之信)이 존재하지 않는다. 그러므로 서양의 학교에 여러 교과목을 운영하지만 그 중에서 위로 천주를 섬기고 공경하는 과목을 반드시 가장 중요한 으뜸

과목으로 삼았다. 천주를 섬기는 도를 가르치는 방법으로 (1)참됨을 알고 (2)깊이 감사하며 (3)간절히 천주를 따르는 것이라 하며 이 세 가지를 실천하면 천주를 공경하는 도를 다하는 것이라며 "認之眞 謝之密 從之切三者盡 而畏主之道盡矣"라고 하였다.

1-8) 배움의 순서[學之次]

아동에게 '인(仁)을 배우게' 하고 '천주를 섬기는 것'을 근본으로 하면 반드시 부모를 섬기게 된다고 하면서 '경천주(敬天主)'와 '효이친(孝二親)'이 천리(天理) 인정(人情)의 간절한 것으로 가장 중요함을 강조하였다.

1-9) 품행교육[潔身]

아동 교육은 인을 근본으로 한 후 품행의 바름에 힘써야 함을 강조하면서 '노인에게는 지혜로움은 중시되지만 인색함은 경계해야 하고 장년에게는 굳센 의지는 중시되지만 함부로 성냄을 경계해야하고 아동에게는 품행의 바름을 중시하고 욕심을 경계해야 함'을 언급하였다. 현인 소크라테스(束格辣德)는 따르는 사람들에게 항상 두 가지를 일러 두었는데 (1)하나는 도를 밝히는 것으로 품행이 바르면 천상과 통하기 때문에 신과 성현을 만날 수 있으며 (2)다른 하나는 음란하면 어두운 곳에 떨어지므로 모든 악마와 만나게 된다는 것을 말한다.

대개 지혜와 음란한 것, 덕과 여색은 함께 수용될 수 없는 것이다. 행동과 생각은 서로 따로 할 수 있지만 음란한 말은 음란한 생각을 끌어들이고 음란한 생각은 음란한 행동을 가져오므로 음란한 것을 익힌 자는 대부분 입과 귀로 시작하기 때문에 경계해야 함을 강조하였다.

1-10) 부끄러움을 앎[知恥]

인간이 태어나면서 가지고 나오는 것이 있는데 바로 부끄러움을 아는 마음이다. 부끄러움을 아는 자는 비록 나쁜 것에 빠져도 반드시 멈추는 시기가 있고 회복할 계기가 있다. 부끄러운 마음에 묘한 것이 두 가지가 있는데 (1)하나는 사람 앞에서 나타날 때이고 (2)다른 하나는 혼자 있을 때이다. 세상 사람들은 대부분 다른 사람이 보는 데에서 조심하여 부끄러움을 삼가지만 혼자 있으면 부끄러운 마음이 없어져 마음대로 한다. 이는 잘못으로 군자는 다른 사람이 볼 때보다 스스로 혼자일 때 더욱 엄하게 했다. 부끄러움을 아는 것은 인간의 마음에 드는 특별한 감정이 아니라 천주와 하늘에 계신 신께서 내린 두터운 은혜인 것이다.

「하권」 : 언어·학문·의식주·교우관계·휴식 등 교육과 관련된 구체적인 내용

2-1) 묵언(黙言)의 가르침[緘黙]

현인과 스승이 묵언(黙言)을 으뜸으로 삼아 많은 가르침을 베푼 것을 말하고 그 예로 소크라테스(束格辣德) 역시 그 문하에서 먼저 칠 년간의 묵언을 익힌 다음에 말을 할 수 있도록 허락했다는 점을 든다. 비유하기를 인간의 마음은 부유한 창고와 같고 인간의 입은 창고의 문과 같아 그 문을 잠그지 않으면 반드시 도둑이 들어 후회하게 된다고 하였다. 군자의 학문은 마음으로부터 전해 받고 입을 막아 묵언으로 학덕을 쌓는 것으로 참다운 배움에는 두 가지 등급이 있는데 (1) 하나는 묵언(黙言)이고 (2) 또 하나는 희언(希言)으로 이것이 곧 실질적인 배움[實學]이라는 점을 강조하였다.

2-2) 믿음직한 언행[主信]

아동의 성품 중에 말을 번잡하게 하거나 거짓말을 하는 경우가 있는데 묵언으로 번잡한 마를 통제한 후에 거짓말을 바로잡아야 하며 말을 진실 되게 하는 것은 일찍 익혀야한다고 하였다. 거짓된 감정, 거짓된 말이 점점 진심으로 들어오면 얼마 후 나 역시 곧 그 감정과 말이 참인 듯 빠지게 되고 이른바 진실한 사람은 참을 기르고 거짓된 자는 거짓을 기른다는 것이다. 만일 어린 아이가 배우는 데 허황된 말에 놀아나는 것을 보고 생을 마칠 때까지 그렇게 되지 않도록 말려 바로 잡지 못한다면 이는 삼가고 삼가야 할 것이라 하였다.

2-3) 학문의 수학[文學]

사람은 아는 것을 인도(人道)의 시작으로 삼고 행하는 것을 인도의 끝으로 삼아야하는데 나면서 인도를 아는 자는 드물다. 그러므로 아는데 뜻을 둔 자는 반드시 배움으로부터 말미암아야한다고 하였다. 아동의 배움은 인(仁)에 근본하고 효(孝)로 나아가 인(忍)으로 굳건히 하고 지(智)로 성취하여야 한다. 이 네 가지는 경전이 아니고서는 갖출 수 없으니 대체로 고금의 훌륭한 덕(懿德)과 실질적인 학문(實學)은 모두 책에 담겨 있다. 아동이 세상의 도를 시작하는데 학문의 수학을 빼놓고 어찌 제대로 인도할 수 있겠는가? 경전은 익히면 익힐수록 더욱 밝아지고 지혜가 더해진다고 하였다. 소크라테스(束格辣德)는 서양의 철학자로 일찍이 세 가지 은혜에 감사했다는 점을 언급하였다. (1)하나는 천주께서 나에게 성령을 부여하시어 짐승 가운데 던지지 않으심이요, (2)둘은 천주께서 나를 남자로 태어나게 하시어 여자의 몸을 갖게 하지 않으심이요, (3)셋은 천주께서 나를 학문을 배우는 나라에 두시어 우매한 야만인 가운데 던지지 않으심이다. 이 세 가지 은혜는 하늘이 주신 큰 은혜이자 매일 감사하고 삼가 공경해야 할 바이다. 황금은 다섯 가지 금속 가운데 가장 귀하고 옥석은 보물 가운데 가장 귀하지만, 단련하고 갈지 않으면 좋은 가치를 얻을 수 없다. 기질이 좋은 사람이라도 글을 배워 닦고 다스리는 노력을 하지 않는다면 어찌 귀하다고 하겠느냐고 하였다.

2-4) 바른 독서[正書]

책이란 아동이 배우는데 가장 시급하게 배울 바로 그 전적을 버린다면 마치 깃털과 날개 없이 높이 날고자 하는 것과 같은데 어찌 이룰 수 있겠는가? 국가에 좋은 책보다 더 도움이 되는 것이 없으나 반대로 국가에 해로운 것 또한 사악한 책보다 더한 것이 없다. 아동이 바른 책으로 배우는 것은 더욱 중요한데 일찍이 플라톤(罷辣多)은 사악한 서적의 피해를 비유하여 "독이 있는 샘물이 여러 사람에게 흘러 들어가 죽게 하는 것과 같다"고 하여 사악한 책을 단속하였다.

2-5) 서구의 학문[西學]5)

글을 배우는 것은 이미 국가가 해야 하는 시급한 과업인데 그 중요한 학업을 어떻게 해야 하는가"에 대한 혹자의 물음에 "국가에 도가 있다면 반드시 배움도 있어야 하나 배우는 순서는 피차간에 같지 않을 수 있다. 서학에 대하여 그 내용을 설명하고 하고자 하니 만일 수용할 내용이 있다면 학문에 도움이 되었으면 한다"6)고 이 편의 저술

---

5) 이 장의 서두에는 "이 원고는 십칠 년 전에 탈고 했으나 미흡한 부분이 있었다. 実木 동지가 이를 보완하여 머지않아 작업이 거의 끝날 것이니 원고를 대략 가감하여 함께 인쇄에 부친다. 이에 책은 이미 출간되었으나 부득이 원고를 보내 함께 간행한 것이다(此稿脫于十七年前 未及実木同志見 而不迂業已 約略加減刻行矣 玆全冊旣出不得獨遺此 爲逐照原稿倂刻之)"라는 설명이 붙어 있다.

의도를 밝히고 있다.

먼저 서구학문을 분류하여 (1)첫 번째는 문과 학문이며 언어는 동물과 구별되는 가장 큰 이유로 사물에 접하면서 글을 배워나가는 것이 당연하다. (2)다음으로 '법률학(法律學)·의학(醫學)·격물궁리학(格物窮理學)'이라는 삼가(三家) 중에서 자신의 뜻에 맞는 학문 분야를 탐구하며 이 세 분야의 학문은 바로 서양학문의 큰 단서가 된다고 하였다. 이 중 세 번째 격물궁리학은 철학(費羅所非亞; Philosophy)로 사물의 이치를 연구하는 학문으로 번역한다. 이는 하위 학문으로 다시 논리학(落熱加; Logica), 자연과학(非西加; Phisica), 기하학(瑪得摩弟加; Mathmatica), 형이상학(黙大非西加; Metaphisica), 윤리학(厄第加; Ethica)이라는 다섯 가지 분야로 나뉜다고 정리하였다. 이 중에서 특히 윤리학을 세 분야로 나누어 설명하는데 의례에 관한 학문으로 먼저 의례로서 수신하는 분야, 몸으로써 제가하는 분야, 끝으로 제가로서 국가를 다스리는 분야가 그것이다.

(3)다음은 천학(天學)으로 이는 서양의 신학(陡羅日亞:Theologia)이며 이 학문은 고금의 경전과 모든 성현이 펴낸 추론에 근거하여 정도의 본원을 분석하고 이단의 나쁜 것을 피한다. 이는 또 네 가지 분야로 나뉘는데, 첫째 분야는 사물의 위에 존재하는 지대하고 지극히 밝고 선하며 공명한 主에 대해 그 성격과 불가사의한 정황을 자세히 다룬다. 둘째 분야는 천주께서 천지와 만물을 만드신 공덕을 논하고 만물 가운데 신과 인간이 영장으로서 가장 귀한 존재임을 다룬다. 셋째 분야는 만민이 지향하는 참다운 복과 그 복을 얻기도 하고 잃기도 하는 까닭, 선악 및 모든 선악의 바른 업보를 논한다. 넷째 분야는 천주께서 세상을 구원하기 위해 이 땅에 내려오신 내력과 그 많은 사람을 교

---

6) "或問文學旣爲國家之急務 童幼之要業 當如何 則可 余曰 國有道 必有學焉 但學之 序彼此不同 吾將陳西學之節 或有所取而助中國之學乎"

화하다 하늘로 승천하는 기적을 이루고 하늘로 돌아간 후에 교화하는 모든 규칙을 정한다.

(4)마지막은 인학(人學)으로 천학(天學)이 갖추어지면 인간의 학문인 인학(人學)은 온전하지 않음이 없게 되어 수제치평(修齊治平)에 힘쓰는 것이 더욱 밝고 용이해져 실천하는 힘이 더욱 강해질 것이다.

2-6) 음식교육

옛 현인이 일찍이 배우는 데 세 가지 경계할 것을 (1)복(服), (2)설(舌), (3)색(色)이라 하였는데 이 중 배부르게 먹어서 오는 해가 가장 심하다. 어리석은 부모는 사사로운 정에 가려 아동을 양육하는데 이는 짐승을 기르는 것과 같다. 특히 아동에게 술을 경계하게 함은 더욱 엄격하게 해야 한다. 성현이 말하기를 "술이란 곧 도덕의 적이자 청결의 원수요, 정신과 몸에는 달지만 독이 많다. 그런 술을 가까이 하면서 어찌 도덕 배우기를 좋아할 수 있겠는가"라고 하였다.[7]

2-7) 의복 교육[衣裳]

조물주는 인간을 위해 의상으로 몸을 가리고 외부로부터 환난을 막도록 하셨는데 후대 사람들이 점점 의복을 화려하고 사치스럽게 장식하길 좋아하였다. 아동의 옷차림은 더욱 삼가야 하는데 대개 외부로부터 혼란스러운 것들이 마음을 유혹함에 있어서 의상 꾸미는 것 만한

---

7) 이에 술을 마시는데 湏 - 喜 - 辱 - 狂으로 네 가지 등급이 있다고 한 성현의 말을 덧붙인다. 대개 아동은 처음에 술을 가까이 하면 흐물흐물해지다 심하여 과해지면 점차 기분이 좋아지게 된다. 그러다 마침내는 욕되고 미치게 된다. 대체로 일찍 술을 익힌 사람은 반드시 앎에 이르는 데 지체되지 않음이 없다(古聖又曰 酒之用有四級 一謂之湏 一謂之喜 一謂之辱 一謂之狂 盖早習于酒者 必遲至于知無不然也).

것이 없기 때문이다. 어리지만 배우기를 좋아하는 자는 안으로 글을 배우는 데 뜻을 두고 밖으로 꾸미지 않으며 안으로 여유로움을 추구할지언정 밖으로 드러난 부분에 부족함을 걱정하지 않는다고 하였다.

2-8) 취침 교육[寢寐]

잠은 아동에게 음식 다음으로 중요하지만 잠에도 적절한 도가 없으면 곧 맑은 정신을 쇠약하게 하고 학문 수양을 할 수 없게 된다는 점을 언급하면서 이는 마치 먹는 것과 같이 적당히 해야 하며 지나치면 양육에 도움이 안 될 뿐만 아니라 도리어 해를 가져온다고 하였다.

2-9) 교우관계[交友]

대개 공부하는 선비를 친구로 사귀면 책을 익히게 되고 수렵하는 친구를 사귀면 짐승을 쫓아다니게 되며 술에 취한 사람을 사귀면 술에 빠지게 되어 사귄지 오래지 않아도 서로 본받게 된다고 하였다. 현인이 늘 말하기를 "엄한 임금과 현명한 스승의 가르침이 크다 하지만 친구의 말만큼 능히 벗의 마음을 움직일만한 것은 없다"라 하였다. 대체로 진실한 친구 간의 의리는 덕과 뜻이 서로 비슷하고 덕행이 서로 성장에 도움이 되는 친구를 비로소 친구로 삼아야한다는 점을 강조하였다.

친구와 덕으로 서로 성장에 도움을 주고받으면 그 관계는 그침이 없는 것임을 강조하면서 속담에 "등에 기름이 없고 친구에게 덕이 없다면 줄여야 한다"는 말이 있다. 도움이 되는 친구를 찾는 데 오랜 시간이 걸리지만 한번 맺어지면 단단해져 큰 이유가 없으면 단절될 리 없다 하였다.

2-10) 휴식과 놀이[閒戲]

아동의 기질은 약하고 심지가 아직 견고하지 못하여 한희(閒戲)의 시간이 아니면 오래 집중하여 견딜 수 없다는 점을 지적하였다. 그러므로 아동은 오직 바르게 배우고 남는 힘이 있으면 가까이에 있는 올바른 자를 불러 휴식을 취하며 놀지언정 사악한 것을 익히는 데 빠져서는 안 된다는 점을 강조하였다.

4. 의의 및 평가

1) 부모와 교사의 역할 강조

아동의 교육에 있어 부모와 교사의 역할을 중요시하였으며 특히 어머니(母)를 기르는 역할로 아버지(父)를 가르치는 주체로 강조하고 있다. 교육의 근원으로서 부모가 서로 만나 선택하여 바르게 사귀는 시점까지 올라가 태아 이전의 교육이 중요하여 삼가야 함을 언급하는 것은 주목할 만하다. 신(身)과 지(志)로서 바른 모범을 보이고 상(賞)과 벌(罰)의 균형을 잘 잡은 양친의 가르침이 아니면 눈먼 장님이 다니는 것과 같다고 하면서 인도의 도움이 없으면 반드시 위험한 곳에 빠지게 된다고 비유하는 것이다. 또한 교육의 조력자로서 교사의 역할을 함께 강조하였는데, 이에 "부모는 나를 낳아 세상에 나가게 하고 어진 스승은 내가 바른 길로 나아가게 가르쳐 주신다"고 언급한 것이다.

2) 본말론(本末論)에 대한 인식

중국사상에서 본말론(本末論)은 『대학』에서 "사물에는 본말이 있으며 일에는 시종이 있으니 어느 것을 먼저 할지 뒤에 할지 안다면 진정도에 가깝다(物有本末 事有始終 知所先後 則近道矣)"라고 한 부분에서 찾아 볼 수 있다. 『동유교육(童幼教育)』에서는 제7 「학지시(學之始)」에서 "먼저 그 근본을 세운 다음에 그 끝에 미치는 것이며 그 근본이란 인(仁)이다"라고 하였다. 이처럼 근본을 인이라고 한 것은 중국의 유가 중심 사회의 윤리 규범을 일부 수용한 듯 보인다. 근본은 인(仁)이며 인(仁)이란 수신과 제가의 근본이며 모든 선(善)의 모체이므로 학문의 시작은 '인(仁)을 본받아 배우는 것'이 지름길이라는 것이다. 그런데 여기에서 인(仁)을 본받는 것의 근본이 바로 천주에 있다고 함으로써 유가적 가치이자 윤리 규범인 인(仁)과 천주를 경외하는 것을 일치시키고 있다. 이는 마땅히 사랑하고 공경해야 하는 것으로 그보다 더 크고 존경할 것이 없기 때문으로 천주를 경외할 줄 모르는 사람은 오륜(五倫)의 도를 세울 수 없다고 강조하고 있다. 나아가 제8 「학지차(學之次)」에서는 왕주명(天主命), 황왕명(皇王命), 부모명(父母命) 세 가지 명을 한꺼번에 다 받들 수는 없어 그중에 포기한다면 임금과 어버이의 명을 내려놓고 천주의 명을 따르는 것이 옳다고 언급하였다. 이러한 점에서 바뇨니가 『동유교육(童幼教育)』에서 언급한 본말론과 유가의 본말론은 근본적으로 차이가 있다. 부모에게 효하고 다른 사람을 자신과 같이 사랑하는 도덕적 규범의 준수와 실천이 하나님에 대한 신앙과 절대자에 대한 사랑이 아니라면 그 가치와 의의를 상실하기 되기 때문이다.

3) '수신제가치국평천하(修身齊家治國平天下)'의 논리 강조

'제가(齊家)'라는 개념은 『대학』의 삼강령팔조목 중 하나로 수신하지 않으면 집안을 바로잡을 수 없다고 하여 제가에 앞서 수신을 그 선행 요건으로 삼는다. 바뇨니가 유가의 '수신제가치국평천하'의 논리에 따라『제가서학』,『수신서학』,『서학치평』등과 같은 서학 버전 기획물을 연속으로 출간한 것을 볼 때 이와 같은 기획은 예수회의 기본 선교 전략인 '적응주의'의 계승이자 실천이었다고 할 수 있다. 예수회의 적응주의는 유교와 그리스도교의 융합을 의미한다. 이들에게 유교와 두 종교의 융합이 가능했던 이유는 도덕과 정신적 수양의 측면이 강하고 상대적으로 종교성이 취약했던 유학이 종교성이 분명하며 유일신을 갖는 기독교와 대립하지 않는 것으로 보였기 때문이다.[8]

이는 중국의 익숙한 전통 윤리 사상과 서구 윤리학의 자연스러운 접목을 시도한 의도로 볼 수 있다. 『동유교육(童幼敎育)』 서문에서 한림(韓霖) 또한 "서양 윤리학은 수제치평(修齊治平)의 학문이라고 옮기면서 이를 철학의 오대 영역(논리학, 자연과학, 수학, 형이상학, 윤리학)의 하나로 구분한다. 이어서 윤리학을 의례(儀禮)를 탐구하는 학문으로 정의하면서 이를 수신, 제가, 치국의 하위 분야로 분류하고 있다. 당시 서구 윤리학에서 의례란 인간의 몸으로 표출해내는 것, 인간의 마음을 비춰보는 것, 선악과 관련된 것 등으로 정의하고 있다. 이런 의례를 다루는 학문으로써 윤리학을 크게 세 가지 범주(개인, 가정, 국가)로 나누어 총체적으로 상호 작용하는 관계로 본 것이다.

5. 조선에 끼친 영향

안정복(安鼎福)이 1749년 윤동규(尹東奎)에게 보낸 기록과 『외규장각목록』에 존재하는 것으로 미루어 볼 때 적어도 1782년 이전에 전래되

---

8) 데이비드 E 먼젤로, 이향만·장동진·정인재(역), 『진기한 나라, 중국 : 예수회 적응주의와 중국학의 기원』, 나남, 2009, 60쪽 참조.

었다고 볼 수 있다. 조선에 전래된 중국본 서학서 중 마태오 리치의 저서(천문·산법·지리·정법·서교류)가 11종, 그 다음으로 많은 것이 바뇨니의 저서 9종이다.

『동유교육(童幼敎育)』의 조선에서의 자료 유실은 예교문제로 인한 서학서 소각사건(1791)이 한 원인이 될 것이다. 이 때 소각된 서적류에 『동유교육(童幼敎育)』이 확인되기 때문이다.[9] 서학의 이(理), 즉 종교·윤리적인 면이 부정적 반응의 대상이 되었다면 『동유교육(童幼敎育)』도 그 부류의 대상에 포함되었을 것으로 보인다.

〈해제 : 배주연〉

---

9) 진산사건으로 인한 한문서학서 소각령(1791년)이 내려졌을 때 소각된 서적은 『童幼敎育』과 『齊家西學』을 비롯하여 23종으로 확인된다. 대부분이 전교를 위한 한문서학서인데 대개 17세기 전반에 저술된 서학서들이었다(『정조실록』 권33, 정조15년 11월 계미조; 최소자, 위의 글, 1982, 25쪽).

참 고 문 헌

1. 사료

『童幼敎育』

2. 단행본

A.Vagnoni, 김귀성(역), 『바뇨니의 아동교육론』, 북코리아, 2015. 9.

데이비드 E 먼젤로, 이향만·장동진·정인재(역), 『진기한 나라, 중국 : 예수회 적
　　　응주의와 중국학의 기원』, 나남, 2009.

方豪, 『中國天主敎史人物傳』, 香港, 1970.

徐宗澤, 『明淸間耶穌會士譯著提要』, 臺北: 中華書局, 1949.

楊森富, 『中國基督敎史』, 臺灣商務印書館, 1968.

3. 논문

김귀성, 「바뇨니(P. A Vagnoni) 著, 『童幼敎育』」, 『한국교육사학』 제31집, 한국
　　　교육사학회, 2009.

『기인십편(畸人十篇)』

분 류	세 부 내 용
문 헌 종 류	한문서학서
문 헌 제 목	기인십편(畸人十篇)
문 헌 형 태	목판본
문 헌 언 어	漢文
간 행 년 도	1608년
저 자	마태오 리치(Matteo Ricci, 利瑪竇, 1552~1610)
형 태 사 항	206면
대 분 류	종교
세 부 분 류	교리
소 장 처	Bibliothéque Nationale de France Biblioteca Apostolica Vaticana Institute Vostokovedenija(Leningrad) 국립중앙도서관 한국교회사연구소
개 요	인간의 생명은 유한하고 순간에 그치므로 늘 죽음을 생각하며 천주의 도를 추구하는데 힘써야 함. 인간에게는 영혼이 있어서 죽은 뒤에는 반드시 심판이 있으므로 선을 실천해야 함. 불교의 윤회설과 살생계는 허망한 것이다. 미신에 빠지지 말아야 함.
주 제 어	이대(李戴), 풍기(馮琦), 서광계(徐光啓), 하느님(上帝), 조우변(曹于汴), 이지조(李之藻), 군자(君子), 오좌해(吳左海), 공도립(龔道立), 육도윤회(六道輪廻), 자사(子思), 공자(孔子), 안회(顔回)

1. 문헌제목

『기인십편(畸人十篇)』

2. 서지사항

『기인십편』은 마태오 리치(Matteo Ricci, 利瑪竇, 1552~1610)가 지은 것으로 1608년에 처음으로 판각, 인쇄되었다. 상하 2권으로 되어 있고 목판본이다. 마태오 리치가 1584년에 쓴 『기인십규(畸人十規)』가 있는데, 이는 『기인십편』의 초고라고 한다.[1]

본 해제에 이용된 것은 이지조(李之藻), 『천학초함(天學初函)』 제1책(臺灣學生書局 影印本, 1965)에 실려 있는 것인데, 책 제목이 인쇄된 겉표지가 없다. 따라서 "중각기인십편(重刻畸人十篇)"이라고 나오는데, 중각된 장소와 연대는 알 수 없다. 방호(方豪)가 쓴 「이지조집각천학초함고(李之藻輯刻天學初函考)-이지조탄생사백년기념논문(李之藻誕生四百年紀念論文)-」에도 판본에 대한 구체적인 설명이 없다.[2]

아무 표지도 없이 "냉석생연기인십규(冷石生[3]演畸人十規)"가 나오고,

---

1) 오철송, 「마태오 리치의 선교편지: 번역 및 주해」, 연세대 박사학위논문, 2003.
2) 李之藻 編, 『天學初函』 第1冊, 臺灣學生書局 影印本, 1965, 4쪽.
3) "냉석생(冷石生)" : 이 글의 필자의 호(號)이다. 왕가식(王家植)의 "제기인십편소인(題畸人十篇小引)"에 목중자(木仲子)가 기인십규(畸人十規)를 풀이한 자라고 언급하고 있고, 그 말미에는 목중자가 다름 아닌 왕가식 자신임을 밝히고 있다. 따라서 냉석생은 왕가식의 또 다른 호였음을 알 수 있다 (마태오 리치, 송영배(譯註), 『교우론(交友論); 스물다섯 마디 잠언(二十五言) ; 기인십편(畸人十篇)』, 서울: 서울대학교출판부, 2000, 447쪽). Albert Chan은 목중자가 기인십규를 저술했다고 한다(Albert Chan, S.J., *Chinese Books and Documents in the Jesuits*

뒤이어 호림(虎林)[4] 이지조(李之藻)의 만력무신(萬曆戊申, 1608) 서문인 "각기인십편(刻畸人十篇)", 구오(勾吳: 江蘇) 주병모(周炳謨)의 "중각기인십편(重刻畸人十篇序)"(날짜 없음), 발해(渤海) 왕가식(王家植)의 "題畸人十篇小引"(날짜 없음), 양암거사(涼庵居士) 이지조(李之藻)의 무제(無題) 명문(名文)이 있다. 그리고 하권 말에 부록으로 "서금곡의팔장(西琴曲意八章)"[5]이 있다. 상, 하권 각각의 첫 면에 "중각기인십편권상(重刻畸人十篇卷上)[卷下]/이마두술(利瑪竇述)/후학왕여순(後學汪汝淳) 교재(較梓)"라고 세 줄에 걸쳐 기록되어 있다. 상권에는 10편 중 1편~6편이 90면에 걸쳐 실려 있고 하권에는 7편~10편이 76면에 걸쳐 실려 있다. 각 면은 10줄이고 각 줄은 20자로 되어 있다.[6]

Archives in Rome, M.E. Sharpe, 2002, 84쪽).

4) 호림(虎林) : 절강성(浙江省) 항주(杭州) 서북쪽에 있는 호림산(虎林山)을 가리킨다. 이지조는 절강성 항주 인화(仁和) 사람이므로 이렇게 말한 것이다.

5) 김혜경, 『예수회의 적응주의 선교』, 서강대학교출판부, 2012, 235쪽; 오철송, 위의 논문에 의하면, 1601년에 발간되었다고 한다. 그 뒤에 『기인십편(畸人十篇)』에 부록으로 들어간 것으로 보인다.

6) Albert Chan은 1695년에 나온 금대성모영보회(金臺聖母領報會) 중간본(重刊本)에 대해 설명하고 있다. 1608년 판본은 청나라 강희(康熙) 33년(1694)에 중각(重鐫)되어 북경(北京) 경도영보당(京都領報堂)에 보관되어 있다가 강희34년(1695)에 금대성모영보회(金臺聖母領報會)에 의해 중간(重刊)되었다. 그리고 이 판본은 두 권으로 된 각 권의 표지에 중국어 제목과 함께 라틴어로 *"Stimuli ad bene vivéndúm | auctore P. Matth. Ricci S.J. 2 tomi."*라고 써져 있다. 첫 권의 제목이 있는 면에는 "康熙甲戌重鐫 | 畸人十篇 | 京都領報堂藏板"이라고 있고, 이어서 이지조(李之藻)의 1608년 서문과 왕징(王徵)의 천계신유(天啓辛酉, 1621) 서문, 구오(勾吳: 江蘇) 주병모(周炳謨)의 "重刻畸人十篇序", 발해(渤海) 왕가식(王家植)의 "題畸人十篇小引", 완성(浣城) 유윤창(劉胤昌)의 서문, 그리고 장서도(張瑞圖: 字 二水, 1570?~1641)의 『畸人十篇』에 대한 시(詩)가 나온다. 상권 172면, 하권 80면, 각 면은 9줄, 각 줄은 21자로 되어 있다. 부록으로 "西琴曲意八章"과 "冷石生演畸人十規"가 있다. 그리고 끝 부분에 涼庵居士(李之藻)와 만력신해(萬曆辛亥, 1611)의 왕여순(汪汝淳)의 두 발문이 있고 마지막에 앞에 언급한 것과 같은 중각된 장소와 날짜가 다시 나온다(Albert Chan, S.J., 위의 책, 83~84쪽). 앞의 경도

마태오 리치는 자신이 중국어로 쓴 모든 책들 중에서 『기인십편』이 가장 영향력이 있었고 중국인 학자들이 열렬히 받아들였다고 증언하였다. 그는 1606년부터 1608년에 걸쳐 글을 썼고 여기에 "기인십편(畸人十篇)"이라는 제목을 붙였다. '기인(畸人)'[7]이라는 말은 '별난 사람'이라는 뜻인데, 중국인들을 중심으로 보고서 리치가 스스로에게 붙인 칭호라 하겠다.[8]

이 책은 당시 중국 시찰사(視察使: Visitor of China) 프란체스코 파시오(Francesco Pasio. 巴範濟: 1554~1612)의 출판 인가(imprimatur)에 의해 1608년에 발간되었다. 파시오 신부가 중국 시찰사의 자격으로 일본 나가사키에서 1611년 10월에 총장(總長) 신부에게 보낸 서한에서 마태오 리치를 극구 칭찬하였다. 그의 서한에 따르면, 마태오 리치가

영보당장판본(京都領報堂藏板本)은 李之藻 編, 『天學初函』第1冊, 臺灣學生書局 影印本, 1965에 실려 있는 판본과는 아주 다르다. 내용을 비교해 볼 때, 후자가 보다 뒤에 나온 판본으로 생각된다.

7) 『莊子』 內篇, 「大宗師」에 "子貢曰, 敢問畸人. 曰, 畸人者, 畸于人而侔于天, 故曰, 天之小人 人之君子, 天之君子 人之小人也."라고 나온다. 이에 대한 해석은, "이상스러운 사람은 보통 사람과 비교해서 이상할 뿐, 하늘과는 하등 다를 바가 없다. 그러므로 이르기를 '하늘의 소인이 사람에게는 군자요, 사람의 군자가 하늘에는 소인이라'한 것이다." '이상스런' 사람들이란 이 세상의 척도로 잴 때 이상할 뿐이지 하늘의 척도로 재면 하등 이상할 것이 없는 하늘의 사람들, 자유로운 사람들이라고 공자는 자공에게 일러주었다(오강남 풀이, 『장자』, 서울: 현암사, 2016, 305쪽). 조윤래, 「『莊子』 寓話의 畸人」, 『道教學研究』 제15집, 1999에서는 畸人은 본래 畸形人에서 나온 말이라고 한다. 그리고 무속(巫俗)과 깊은 관련이 있는데, 장자(莊子)는 많은 신부전자(身不全者)의 무자(巫者) 등을 우화의 주인공, 더욱이 체도자 혹은 유덕자의 전형으로 추존하고 있다고 한다.

8) 이지조는 1608년의 서문에서, 자신은 마태오 리치를 처음 봤을 때 '별난 사람(畸人)'이라 생각했다고 한다. 결혼도 하지 않고 재물을 취하지도 않으며, 벼슬 등에 마음을 두지 않는 것, 무엇보다도 신앙에 근거한 생활 등이 그러한 판단을 하게 했을 것이다. 그는 '畸人'이라는 말은 리치 스스로가 자신에게 붙인 것임을 밝히고 있다. 그러나 그는 이 서문의 끝에서 "『기인십편』의 글은 덕을 함양하는 데에 적합한 것이지 별스런 것이 아님을 알 수 있다."고 결론짓고 있다.

중국인들에게 크게 존경을 받아 그가 중국 역사에서 중국 문자를 창조한 이에 이어, 두 번째로 위대한 인물로 여겨질 정도였다고 한다.[9]

그러나 유럽인들은 이 책을 '열 가지 역설들'이라 불렀는데, 이것은 그 내용들이 일반적인 견해를 초월하는 진리들이라는 의미에서가 아니라, 그리스도 교인들에게는 아주 보편적인 진리들임에도, 이러한 말을 결코 들어보지 못했던 이교도들의 귀에는 기이하게 들린다는 의미에서이다.

[저자]

마태오 리치(Matteo Ricci)의 중국 이름은 이마두(利瑪竇), 자는 서태(西泰)이다. 1552년 10월 6일 이탈리아 교황청 소속령 마체라타(Macerata)에서 출생하였다. 1561년 마체라타 예수회 초등학교에 입학하며 9세에 처음 예수회와 인연을 맺었다. 1568년 로마에서 법학 공부를 시작하였으나 3년 후인 1571년 예수회에 입회하여 로마 예수회 성 안드레아 신학원에 입학하였다. 1572년부터 1년간 피렌체 예수회대학에서 수학 후 로마로 돌아가 1573년부터 1577년까지 로마예수회대학에서 철학과 신학을 수학했는데, 특별히 이 시기에 클라비우스 신부에게서 천문학, 역학 등을 배우고, 자명종, 지구의, 천체관측기구 제작법을 전수받았다. 이때의 학습이 마태오 리치 28년 중국 선교의 신학적, 철학적, 과학적, 기술적 기초와 기반이 되었다.

동양 전교를 자원하고 1577년 여름에 포르투갈 코임브라로 가서 이듬 해 3월의 출항을 기다리며 포르투갈어를 학습하였다. 1578년 3월 출항 직전, 포르투갈 국왕 세바스티안(Sebastian)을 알현하고 격려를

---

9) Jesús López~Gay, S.J., *"Father Francesco Pasio(1554~1612) and his Ideias About the Sacerdotal Training of the Japanese"*, Bulletin of Portuguese － Japanese Studies, núm. 3, December, 2001의 주3) 참조.

받고 3월 24일 범선 '성 루이(St. Louis)호'로 리스본을 출발 9월 13일 인도 고아(Goa)에 도착하였다. 고아에서 신학을 수학하며 라틴어와 그리스어를 강의하였고 1580년에는 코친(Cochin)에 거주하며 사제서 품을 준비하여 서품을 받았다.

1581년 고아로 귀환하여 머물다가 1582년 4월 26일 고아를 출발하여 8월 7일 마카오(Macao, 澳門)에 도착하였다. 마카오에서 일 년 간 한문과 중국어 학습 후, 1583년 9월 10일 루지에리(Michele Ruggieri) 신부와 함께 중국으로 입국하여 광동성 조경(肇慶)에 안착하였고, 이 듬 해 10월 『곤여만국전도(坤與萬國全圖)』를 출판하여 많은 유가 사대 부 지식인들의 관심을 불러일으켰다. 그러나 1589년 조경에서 축출되어 소주(韶州)에 정착하였다. 소주에서 마태오 리치는 『사서(四書)』의 라틴어 번역을 시작하며 중국어 발음의 로마자화를 시도하였고 드디어 1594년 11월 라틴어 『사서(四書)』번역본을 완성하여 예수회 선교사 교과서로 활용하도록 하였다. 이때부터 승려복장 대신 유학자 복식을 착용하기 시작하였다. 1595년 4월 18일 운하로 남경(南京)을 향해 출발하여 6월 28일 남창(南昌)에 안착 후, 11월에 첫 한문 저서 『교우론 (交友論)』, 이듬해 봄에는 『서양기법(西洋記法)』 초고를 저술하였다.

1597년 8월부터 중국 전교단(China Mission) 최초 책임자로 임명되었다. 1598년 9월 7일 북경(北京)에 최초로 입성하여 11월 5일까지 체류가능성을 모색하였으나 거주에는 실패하고 도로 남창으로 돌아 왔으나 이듬해인 1599년에는 남경에 정착할 수 있었다. 이때 『이십오언 (二十五言)』을 편역(編譯)하였다.

1600년 11월에 황제에게 바치는 진공품(進貢品) 중 예수의 십자가상 이 있었는데, 이것이 황제를 저주하는 부적으로 오인되어 마태오 리 치가 천진(天津) 감옥에 억류당하는 사건이 벌어졌다. 그러나 그것이 도리어 전화위복이 되어 이듬해 1월 24일에 북경에 들어갈 수 있었고,

마침 중국 황제를 위해 한문가사 여덟 수의『서금곡의팔장(西琴曲意八章)』작사 기회를 얻었다.[10] 그리고 드디어 서양시계 자명종(自鳴鐘) 수리 임무를 맡아 북경 거주허가를 획득하여 북경을 중심으로 중국 전교를 시작하였다.

북경을 전교 중심지로 삼으며 많은 유가 사대부들의 후원과 도움을 얻어 본격적이고 활발한 문서선교를 펼칠 수 있어서 1602년『곤여만국전도(坤與萬國全圖)』개정판 출판, 이듬해인 1603년『천주실의(天主實義)』간행, 1607년 서광계(徐光啓)와 공동으로 유클리드『기하원본(幾何原本)』전반 6부 번역 출판, 1608년『기인십편(畸人十篇)』출판, 같은 해에『Della entrata della compagnia Gesu e christianita nella Cina(예수회에 의한 그리스도교의 중국 전교)』등 많은 중요 종교서를 집필하고 간행하였다.

그러나 누적된 과중한 업무로 인해 마태오 리치는 1610년 5월 11일 58세의 나이로 북경에서 사망하였다. 선교사들이 마태오 리치의 죽음과 그의 명 왕조를 위한 봉사 활동을 상소하자 만력제(萬曆帝)가 부성문(阜城門) 밖 공책란(公柵欄)에 묘역을 하사하여 안장함으로써 근대 동양 그리스도교를 설립하고 반석이 된 한 위대한 선교사의 일생이 마감되었다.

3. 목차 및 내용

[목차]

없음

---

10) 서금(西琴) : 피아노의 전신 크라비어챔발로.

[내용]

권1

① 사람의 나이는 이미 지나가 버렸으나 아직도 있다고 잘못 알고 있다(第一 人壽旣過誤猶爲有).

여기에서는 명나라 이부상서(吏部尙書) 이대(李戴)[11]와의 대화 형식으로 이루어져 있다. 마태오 리치는 인간의 수명은 하루하루 줄어들고 있으며 이미 지나간 세월은 없어진 것인데, 인간은 지난 세월들을 헛되게 써버렸음을 말하고 있다. 즉, 하늘(天)을 모독하고 사람들에게 해를 끼치며 자신을 더럽혀 왔다는 것이다. 과거의 지나온 세월처럼, 미래의 시간도 있다고 할 수 없고 시간은 빨리 지나가니, 헛되이 보낼 시간이 없으며 이러한 시간을 세속적인 부나 권력을 추구하기보다는 지극히 좋고 중요한 천주의 도를 생각하고 추구하는데 시간을 써야 한다고 한다.

② 사람은 현세에 잠시 머물다 갈 뿐이다(第二 人於今世惟僑寓耳).

여기에서는 예부상서(禮部尙書) 풍기(馮琦)[12]와의 대화 형식으로 되

---

11) 이대(李戴, 1531~1607) : 자(字) 인부(仁夫). 호(號) 대천(對泉). 하남(河南) 연진(延津) 사람. 명 융경(隆慶) 2년(1568)에 진사(進士)에 급제, 흥화(興化) 지현(知縣)을 제수받았다. 호부급사중(戶部給事中)에 뽑히었고, 만력제(萬曆帝) 때 섬서안찰사(陝西按察使)가 되었고 이부상서(吏部尙書)까지 승진하였다. 조지고(趙志皐)·심일관(沈一貫)이 권력을 장악하고 있을 때, 감히 거역하지 못하였고 이로써 그 자리를 오래 유지했지만, 전정(銓政)은 이로 인해 더욱 퇴폐(頹廢)해졌다.

12) 풍기(馮琦, 1558~1603) : 자(字) 용온(用韞). 탁암(琢菴). 산동성(山東省) 청주부

어 있다. 마태오 리치는 사람은 죽음을 피할 수 없는데, 동물처럼 자기 욕구만을 좇으며 살고 있으므로 온갖 마음의 고통을 겪으며, 본분에 안존하지 않고 분수 밖의 것을 추구하고 있다고 한다. 또한 삼교(三敎: 유교, 불교, 도교)는 물론이고 여기에서 갈라져 나온 다양한 교파들이 스스로 옳은 도리라고 말하니, 세상의 도리는 날마다 더욱 어긋나고 혼란스럽다. 그럼에도 인간은 이러한 세상을 연모하고 사랑하여 마음에서 버리지 못하고 있다. 부, 명예, 장수 그리고 자손이 잘 되기 바라서 하지 않는 짓이 없다.

현세는 사람의 세상이 아니라 동물들이 거처하는 곳이다. 사람들은 이 세상에 잠시 기거하며 사는 것에 불과하다. 인간의 본래 집은 현세에 있지 않고 내세, 즉, 하늘에 있다. 천주께서는 땅을 고향으로 생각하는 사람들을 불쌍히 여기신다.

천주께서는 천지를 창조하시고 천하 만물로써 인간의 생명을 양육하고 그것을 이용하게 하셔서 인류는 원래 즐겁게 살며 고통이 없었다. 그러나 인류 최초의 조상은 하느님의 뜻을 거스르고, 후대의 자손들은 그것을 따라함으로써 이 세상에 수많은 고통이 생겨났고, 이는 인간이 자초한 것이다. 조물주께서는 내세에 낙원을 예비하여 인간에게 영원한 안식과 편안함을 누리게 하셨다고 한다.

③ 늘 죽음을 생각하고 이롭게 행동함이 좋다(第三 常念死候利行 爲祥).

이 부분은 서광계(徐光啓, 1562~1533)와의 대화 형식으로 이루어져

(青州府) 임구현(臨朐縣) 사람. 풍유(馮裕)의 증손. 만력 5년(1577) 진사(進士)에 급제. 한림원편수(翰林院編修), 시강(侍講), 예부상서(禮部尙書) 등을 역임. 『경세유편(經濟類編)』 백 권을 지었다.

있다. 위의 두 편에서 시간을 아낄 것과 이 세상은 잠시 기거하는 곳으로 인간의 본래 집은 내세에 있다고 하였다. 따라서 여기에서는 죽음에 대해 진지하게 생각할 것을 강조하고 있다.

인간은 죽음에 대해 말하기를 꺼리는데, 죽음이 우리에게 행복하고 좋은 것을 베풀어준다면, 죽음은 행복한 것이고 인간으로 하여금 악을 버리고 선을 지키도록 할 것이다.

마테오 리치는 죽음이 흉사가 아니고, 이 세상은 잠시 머무는 곳이며 인간의 영원한 삶에는 또 다른 낙원이 있고 그곳이 우리의 영원한 집이라는 것을 여러 사례를 들어 이해시키고자 하고 있다. 따라서 이 짧은 세상에서의 시간이 죽은 뒤의 완전한 행복과 큰 불행을 결정하므로 신중하게 처신할 것을 강조하고 있다. 그것을 깨닫고 행동하는 자가 지혜로운 자라고 한다.

그러므로 장수를 도모하는 것, 재물을 모으며 오만한 삶을 사는 것은 허망한 것이다. 인간 세상은 태어나면서부터 죽을 때까지 모두 고통이다. 죽음은 영혼과 육체가 분리되는 것이다. 죽은 뒤에 남는 것은 혼(魂)과 백(魄)인데, 백은 썩어 흙으로 돌아간다. 그러나 혼은 일생 동안의 한 일을 놓고 심판을 받는다. 살아 있을 때 천주께서 자비와 관대함을 주신다. 사람들은 이를 잘 알아 하느님(上帝)께 저항하고 그를 모멸하며 망령되이 살아서는 안 된다. 죽은 뒤에 천주의 위엄과 분노를 피할 방법이 없으니, 어려움 중에 가장 큰 어려움은 죽은 다음에 있다고 한다.

④ 항상 죽음을 생각하면서 사후의 심판에 대비하라(第四 常念
　　死候備死後審)

서광계가 마테오 리치를 다시 만나 그에게 현세의 고통에서 벗어날 수 있는 도리를 알려줄 것을 요청한 것에 대해 마태오 리치가 답한 것이다. 그는 죽을 때를 늘 염두에 둘 것과 그렇게 하는 것이 삶에 5가지의 큰 유익이 있음을 각각 사례들을 들어 설명하고 있다.

그 다섯 가지 유익은 "첫째, 마음을 수렴하고 몸을 단속함으로써 죽은 후의 큰 재앙에서 벗어난다. 둘째, 음욕이 덕행을 해치는 것을 다스릴 수 있다. 셋째, 재화와 공명과 부귀를 가벼이 여기게 한다. 넷째, 오만한 마음을 극복할 수 있다. 다섯째, 죽음을 망령되이 두려워하지 않고 그것을 편안히 받아들이게 해준다."는 것이다.

마태오 리치는 영원히 살기를 원한다면 영원한 삶의 길로 나아가 구하라고 한다. 죽어야 할 사람들의 영역인 현세에서 영원한 삶을 구하는 것은 잘못된 것이다. 죽은 순간은 잠깐이지만, 죽은 후에는 반드시 그 사람의 행실에 대한 천주의 엄한 심판이 있다. 그러므로 참된 지혜를 지닌 군자(君子)는 죽음에 대비함으로써 죽음을 두려워하지 않는다고 한다. 군자는 이 세상에서 함께 할 만한 것이 없고, 함께 할 만한 것이 없으니 아낄 만한 것도 없다. 그의 뜻은 천상에 있지 인간 세상에 있지 않다고 한다.

군자의 죽음에 대한 대비는 좋은 관과 묘자리, 길일을 택함이 아니라, 사후에 하늘의 엄한 심판에 대비함이다. 주공(周公)이 "문왕은 위에 있어 하늘에서 빛나시도다!"라고 쓴 시에 대해, 마태오 리치는 "풍호(豊鎬)의 무덤 속 문왕은 문왕의 찌꺼기일 따름이다."라고 함과 같다고 풀이함으로써, 천주교가 중국의 유교적 전통과 잘 통한다는 것을 보이고 있다.

이를 통해 썩지 않는 영혼을 중히 여길 것을 강조한다. 죽은 후의 영원한 고통과 행복은 모두 지금부터 만들어지는 것이다. 그러므로 죽음을 잘 대비해야 하는데, 그 방법으로 천주의 계명을 지켜 하느님의 은총을 구해야 하며, 이 세상에서 타인과의 관계를 회복시키고 자신의 몸을 깨끗하게 하라고 한다.

⑤ 군자는 말을 적게 하면서 말이 없고자 한다(第五 君子希言而
欲無言).

여기에는 급사중(給事中) 조우변(曹于汴)13)과의 대화가 실려 있다.
성경과 유교 경전, 그리스의 정치가, 철학가, 그리스의 설화, 이솝의
말들을 인용하며 혀에 대하여 조물주가 부여한 원래의 뜻을 이룰 것
을 권하고 있다. 그것은 하느님의 소중한 은혜와 조화의 큰덕에 감사
드리는 것임을 은연중에 말하고 있다.

마태오 리치는 구체적으로 좋은 말은 더러움, 사악함, 교묘함, 헐뜯
음과 자랑의 다섯 가지를 금해야 하며 진실함, 바름, 유익함, 간략함
과 시의 적절함의 다섯 가지를 지녀야 함을 각각에 대해 사례들을 제
시하며 강조하고 있다.

⑥ 재계(齋戒)하고 소식(素食)하는 바른 뜻은 살생의 계율 때문
이 아니다(第六 齋素正旨非由戒殺).

여기에서는 공부(工部) 도수(都水)인 이지조(李之藻)14)와의 대화로 이

---

13) 조우변(曹于汴, 1558~1634) : 자(字) 자량(自梁). 호(號) 정여(貞予). 안읍(安邑)
사람이다. 만력20년 (1592)에 진사(進士)에 급제. 희종(熹宗) 때, 조남성(趙南星)
을 도와 경찰(京察)을 주도하며 선류(善類)를 힘써 도와 위충현(魏忠賢)에 의해
배척되었다. 숭정(崇禎) 초에 좌도어사(左都御使)에 임명되었다. 동림(東林) 지
지자였다.

14) 이지조(李之藻, 1564~1630) : 자(字) 진지(振之) 또는 아존(我存). 호(號) 양암거
사(凉庵居士) 또는 존원수(存園叟). 호 양암은 천주교 세례명 레온(Leon)에서 유
래한 것이다. 절강성(浙江省) 항주(杭州) 사람. 만력(萬曆) 26년(1598) 진사(進
士)가 되고, 남경공부원외랑(南京工部員外郎)과 공부 수사낭중(水司郎中), 태복

루어져 있다. 이 편에서의 주안점은 사대부들이 재계하고 소식하는 뜻이 불교에서의 살생을 금하는 계율에서 말미암은 것이 아니라는 것이다. 불교가 중국에 들어오기 이전에 이미 유교에서는 상제(上帝)를 섬겼는데 살생을 금지하는 계율이 없었으며, 다만 천지(天地)에 제사를 지내기 며칠 전부터 재계하여 술과 기름진 음식을 들지 않는 관습은 지금까지도 행해지고 있다.

마태오 리치는 천주교에서의 소식과 재계에는 세 가지 뜻이 있음을 밝히고 있다. 첫째는, 하느님께서 우리들에게 지켜야 할 도리를 주셨는데, 이를 어겨 하느님께 죄를 지었다. 따라서 군자(君子)는 잘못에 대해 깊은 통회와 함께 선을 행해야 하지만, 이로써 만족할 수 없으니, 스스로를 괴롭히고 책망하여 천주께서 측은하게 여기시고 그의 죄를 사면하여 더 이상 죄를 따져 묻지 않도록 하는 한 방편으로서 재계와 소식을 하는 것이다.

둘째는, 도를 행하는 것이 사람의 본업인데, 사욕(私欲)이 사람의 본성을 해쳐 높은 덕성이 자리잡을 여지가 남아 있지 않게 한다. 따라서 사욕을 막아야 하는데, 육신을 풍요롭게 하면서 도를 배우기는 어렵다. 오욕(五欲)은 몸과 더불어서 마음과 의지를 해쳐 조물주의 명령을 따르지 못하게 한다. 육신을 원수처럼 여겨야 하지만, 육신이 없으면 살 수 없으니, 이것이 소식과 재계를 하는 두 번째 이유이다.

셋째는, 천주께서 인간을 이 세상에 창조한 것은 천주의 도리를 닦는데 힘쓰게 함이다. 군자는 도덕을 닦는 일로써 쾌락을 느끼는데, 육체적 쾌락이 마음에 침투하여 이러한 본래의 즐거움을 빼앗아 갈 것을 염려한다. 덕을 실천하는 즐거움은 곧 영혼의 본래의 즐거움이며, 이

시소경(太僕寺少卿), 역국감독(曆局監督) 등을 지냈다. 숭정(崇禎) 초에 천거를 받아 숭정역서(崇禎曆書) 사업에 참여했고 마태오 리치와 『곤여만국전도(坤輿萬國全圖)』를 간행했다.

로써 하늘의 천사(天神)와 같아진다. 인의(仁義)와 선행을 풍성한 음식의 쾌락과 대비시키면서, 덕행의 정신적인 맛과 기름진 음식의 맛은 병존할 수 없다고 하고, 훈련을 통해 훌륭한 예(禮)와 미묘한 뜻(微意)에 익숙하도록 해야 하는데, 이것이 재계와 소식을 하는 세 번째의 뜻이라고 한다. 그리고 이것은 유자(儒者)들이 따라야 하는 바와도 같다.

권2

⑦ 스스로를 살피고 스스로를 책망하며 허물이 될 행동을 하지 말라(第七 自省自責無爲爲尤)

여기에는 참지정사(參知政事) 오좌해(吳左海)[15]와의 대화가 실려 있다. 마태오 리치는 천주교에서는 영혼이 늘 선하고 편안하여 근심이 없기를 도모하는데 여기에는 공부가 필요하다고 한다. 공부는 행동에 있는데, 행동 중에서 몸 밖으로 드러나는 것보다도 영혼 안에서의 것이 중요하다고 한다.

선한 영혼을 여는 단초가 되는 공부는 매일 아침 하느님(上帝)께서 우리를 낳고 길러주심과 지극한 가르침으로 깨우쳐주신 무한한 은덕에 감사하고 이어서 그날 하루를 하느님께서 도와달라고 기도하며, 망령된 생각, 말, 그리고 행동을 하지 않을 것을 맹세하는 것이다. 저

---

15) 오중명(吳中明) : 자(字) 좌해(左海). 만력 28년(1600) 남경(南京) 이부주사(吏部主事)이던 그는 마태오 리치에게 요청하여 세계지도 산해여지전도(山海輿地全圖)를 만들게 하고 이를 각관하였다. 리치는 이미 조경(肇慶) 지부(知府)인 왕반(王泮)의 제의를 받아 만력 12년(1584)에 최초의 한역 세계지도인 산해여지도(山海輿地圖)를 제작했었는데, 이를 수정하여 크기를 두 배로 늘리고 그 동안 익힌 중국어 실력을 발휘해 잘못된 부분을 수정하고 조선을 추가해 넣어 제작하였다.

녁에는 그날의 행실을 성찰하고 망령된 행실들이 없었다면 하느님께 은혜와 도움에 감사드리고 앞으로도 계속 그러하기를 맹세한다. 잘못이 있었다면 회개하며 죄의 용서를 하느님께 기도한다. 매일의 이러한 공부는 잘못의 실마리를 소멸시킬 것이다. 결국 이러한 것은 유가에서의 성인(聖人)에 이르는 공부와 같은 것이다.

그런데 이렇게 자신을 깨끗하게 하는 공부에 더하여 선을 행하는 공부가 함께 이루어져야 한다고 한다. 성인이 덕에 비록 악이 없지만, 성인의 도를 이루는 것은 선을 행함에 있는 것인데, 천주교에서 하는 공부는 유가에서의 성인의 도를 이룸에 도움이 된다고 한다.

마태오 리치는 천주교와 달리 불교와 도교는 공(空)을 말하고 무(無)를 숭상하는데 이것들은 사람들로서는 실천할 수 없는 것들이다. 공자가 "인(仁)에 뜻을 두면 악함이 없고, 잘못이 없음은 곧 인에 가까운 것이다."라고 했는데, 이러한 사람이 성인에 가깝지만, 여기에 그치는 것도 잘못임을 지적한다.

그는 살아 있는 영혼을 가진 존재는 하느님께 고용된 농부이며 노비이니 도리(道理)의 밭을 일구고 하느님의 일을 공경하며 받들어, 그 수확물을 주님의 곳간에 바침으로 자신의 직분을 완수하는 것이라고 한다. 따라서 예의에 맞지 않는 일을 하지 않는 것만으로 그쳐서는 안 되는데, 당시에는 이렇게 온전한 덕을 갖춘 군자를 볼 수가 없다고 한다. 그래서 선하지 못한 점이 있는 것만이 아니라, 선이 결핍된 것도 죄악이라고 한다.

⑧ 선과 악에 대한 응보는 죽은 후에 있다(第八 善惡之報在身之後).

여기에서는 1605년 대참(大參) 공도립(龔道立)16)과의 대화로 이루어져 있다. 당시 사람들은 선악에 대한 응보는 모두 현세에 받으므로 불교에서 말하는 육도윤회(六道輪廻)는 없고 따라서 천당, 지옥이라는 말은 허망한 것이라 생각하였다. 마태오 리치는 불교의 육도윤회는 허망한 말이지만 천주교에서의 천당과 지옥은 참된 것이며 천주의 거룩한 가르침이라고 한다.

우선, 현세는 인간 누구에게도 천당이 아니고 지옥과 같은 곳이며 고통을 벗어날 수 있는 때가 없음을 밝히고 있다. 따라서 이 고통에서 벗어나려고 도모하는 것은 참고 수용하는 것만 못하며, 벗어나고자 하는 사람은 다른 세상을 찾아야 한다고 한다.

이어서, 이러한 고통의 세상에서 왜 사람들은 죽기보다 살기를 좋아하는 것인가를 논한다. 하늘이 현세에 내리는 복과 재앙은 그 사람의 선과 악에서 말미암은 것이 아니다. 현세에서는 천주께서 잠시 내버려 두고 보답하지 않으며, 혹 보답한다고 하더라도 다 보답해 주지 않는 일이 있다. 따라서 반드시 내세를 기다려야 한다. 천주께서는 천당과 지옥을 만들어서 인간의 선악에 보답하는 근본으로 삼으셨다. 인간은 이러한 내세에 대해 알지 못하므로 죽음을 두려워하고 살기를 바라는데, 군자는 천당이 있다는 것을 믿으므로 죽음을 두려워하며 삶은 연모하지 않는다고 한다.

인간의 본심(本心), 양심(良心), 본성(本性)의 천리(天理)의 심판과 천주의 사후의 천당과 지옥의 심판은 어떻게 다른가? 본성에 따라 행하면 저절로 기쁘고 본성에 거스르면 애통하고 슬퍼하는데, 이는 본성

---

16) 공도립(龔道立) : 강소성(江蘇省) 상주부(常州府) 무진(武進) 사람. 만력(萬曆) 14년(1586) 진사(進士)에 급제. 병부주사(兵部主事)에 제수됨. 만력 20년 건녕부(建寧府) 지부(知府)에 임명됨. 후에 하남안찰부사(河南按察副使)를 역임하였다. 당학징(唐鶴徵), 고헌성(顧憲成)과 함께 동림서원(東林書院)에서 강학(講學)하였다. 공도립은 리치와 상당히 긴 대화를 나누었으나, 공도립은 세례를 받거나 입교하지 않은 것 같다(李奭學, 『中國晚明與歐洲文學』, 中央研究院 聯經出版公司, 2007, 306쪽).

대로 행함으로써 이룬 덕의 공로를 보상하는 것이 아니다. 덕행에 대한 세상적인 보상은 미미한 것에 불과하며, 우주 대자연의 주인이신 하느님(上帝)께서 주시는 보답은 인간의 귀와 눈이 미치지 못하는 알 수 없는 것이다.

이 내세, 즉 천당에서의 즐거움에 대하여, 마태오 리치는 천당은 성리학의 핵심인 본성과 천리(天理)의 개념들보다 상위에 있기 때문에 인간의 지력으로는 알 수 없으며, 오직 성경(聖經)에서의 언급을 통해서만 알 수 있다고 한다. 그리고 천당에서의 여섯 가지 복에 대해 설명하고 있다. 그는 이 설명 과정에서, 인간은 누구나 죄를 짓고, 인간은 본래 하늘의 백성이며 온전한 복락은 하늘의 고향인 천당에만 있고 하늘나라의 주인은 우리 인간의 '크신 아버지(大父)'라고 한다. 그리고 하늘나라에서의 삶은 죽지 않고 영원하니 영원한 복락을 누린다고 한다.

부처는 서양의 천당, 지옥의 설과 서양의 피타고라스의 윤회론을 끌어들여 자신을 가르침을 만들고, "천당이나 지옥에 처한 이들은 몇 겁(劫)을 지나면 다시 세상으로 환생한다."고 하였다고 한다. 이것은 천주의 가르침이 아니다. 마태오 리치는 성경이나 성인의 참된 말에 대해 의심을 하지 말 것을 간곡하게 권한다.

공도립은 중국의 경서와 성경이 서로 대응되며 상호 증명해준다고 하고 있다. 중국의 현재 남아 있는 경전에는 후세의 응보에 대해 명확하지도 않고 알지 못하고 있는데, 현재의 경전을 근거로 성경에서 말한 천당과 지옥에 관한 설을 미루어 밝힐 수 있다고 하며, 시경(詩經) 등을 들어 천당과 지옥의 개념이 있었다는 것을 밝히고 있다.

이에 대해, 마태오 리치는, 천주는 현세와 내세의 불행과 행복의 근원이라 하고, 자사(子思), 공자(孔子), 안회(顔回)를 예로 들어 설명하고 있다. 그는 성경 말씀과 유교 용어들을 자유자재로 구사하며 천주교의 교리를 밝히고, 사람들의 보답이 없어도 천주를 위하여 전력을 하면, 받게 될 보답은 반드시 성대하고 클 것임을 밝히고 있다.

공도립은 마태오 리치의 말이 중국에서 아직 들어보지 못한 기이한 규범이지만, 이 규범이 중국에서 시행된다면 백성들이 잘 다스려지고 태평성대가 오래고 길 것이라고 한다. 그리고 이를 위해 자신들이 받는 고통은 고통이 되지 않을 것이며 이것이 익숙해지면 현세뿐만 아니라 후세도 즐거울 것이라고 하고 있다.

⑨ 망령되이 미래에 대해 물으면 스스로 몸에 재앙을 불러온다
　　(第九 妄詢未來自速身凶)

여기에서는 마태오 리치가 남오(南奥)의 소양군(韶陽郡)에 있을 때 사귀던 곽모(郭某)라는 사인(士人)과의 대화가 실려 있다. 여기에서는 중국에서 널리 행해지고 있던 점치는 것과 풍수지리에 논하고 있는데, 마태오 리치는 미래를 점치는 것은 천주의 뜻을 미리 알고자 하는 것으로 규정하고 있다. 당시 중국에서의 점에 대한 태도는 『상서(尙書)』「홍범(洪範)」,「대고(大誥)」의 기록에 보이는 그것과 다름을 지적하고 있다. 그는 점치는 자에게 운세를 묻는 것은 천주의 첫 번째 계명을 어기는 것으로, 운명이 천주보다 위에 있어서 천주가 정한 것이 아니라고 하는 것이라고 한다. 운명이란 천주 아래에 있으며 천주에 의해 정해져 있음에도, 이를 조작하려 하고 이를 가늠해 보고자 함은 천주를 모독함이다. 우리는 천주의 깊은 뜻을 헤아릴 수 없는 것이니, 천주께 나아가 감사드리고 천주의 바른 명을 기다려야 할 것임을 말하고 있다.

⑩ 부유하나 탐욕스럽고 인색하면 가난한 것보다 고통스럽다

(第十 富而貪吝苦于貧屢).

　마태오 리치가 남쪽 지방에 살 때 알고 지냈던 큰 부자 친구가 탐욕
스럽고 인색한 것에 대해 타일러 말한 것이다. 재물은 본래 허망한 것
이며 재물과 덕은 공존할 수 없다. 군자는 이미 얻어 놓은 것을 즐기
니, 가난해도 지조를 굽히지 않고 부유해도 그에 현혹되지 않는다. 재
물의 아름다움은 쓰는데 있다. 이로써 비로소 사람은 재물의 주인이
되는 것이니, 재물에게 거꾸로 부림을 당해서는 안 된다.

> 부록: 서금곡의 가사 8장(附西琴曲意八章)
> 　　　명(明)나라 만력(萬曆) 28년(1600) 마태오 리치가 북경에
> 　　갖고 들어간 조공 물품 가운데 서양 악기인 클라비쳄발
> 　　로(clavicembalo)가 있었다. 만력제는 악기의 연주를 듣
> 　　고 싶어 했으나, 연주를 할 수 없었고 다만 8곡(章)의 가
> 　　사만을 중국어로 번역하여 바쳤다. 각 곡의 제목과 주요
> 　　내용은 아래와 같다.
> 1장: 우리들은 하늘에 있기를 바란다(吾願在上, 一章).
> 　　군자의 앎은 하느님(상제)을 아는 것이고 군자의 학문은
> 　　하느님을 배우는 것이다.
> 2장: 목동이 산에서 노닌다(牧童遊山, 二章).
> 3장: 수명의 길이를 잘 헤아려라(善計壽修, 三章).
> 　　하느님께서 우리에게 하루를 보태 주어 우리들이 어제의
> 　　잘못을 고치고 덕의 영역으로 한 발씩 더 나아가게 한다.
> 4장: 덕의 용맹함과 훌륭함(德之勇巧, 四章).
> 　　세상적인 즐거움을 나타내는 음악은 구중천(九重天)의 천
> 　　사(天神)와 하느님을 좋아하게 할 수 없다. 큰 덕의 성취만

이 하느님의 분노를 가라앉히고 감동시킬 수 있다.

5장: 늙어서도 덕이 없음을 후회한다(悔老無德, 五章).

세월은 빨리 날아가 버리니 덕을 쌓는데 게으르지 말라.

6장: 마음속의 평안함(胸中庸平, 六章).

조물주는 인간을 세상 만물 중에 가장 존엄한 존재로 만들었으니, 세상 권세에 흔들리지 말고 덕을 쌓는데 힘쓰라.

7장: 두 개의 주머니를 짊어지다(肩負雙囊, 七章).

남이 당신의 큰 허물을 용서해 주기를 바라듯이, 당신도 남의 작은 잘못을 용서하라.

8장: 정해진 운명은 어디든지 간다(定命四達, 八章).

사람은 누구나 이 세상을 떠나야 한다. 재물은 죽은 주인을 따라갈 수 없다.

4. 의의 및 평가

왕가식(王家植)은 "제기인십편소인(題畸人十篇小引)"에서, "(마태오 리치가) 배운 것은 선을 숭상하고 윤리를 중시하며 하늘을 섬기는 것이었다. (그의) 말씀은 왕왕 요·순·주공·공자의 대체적인 뜻에서 벗어나지 않았다."고 하였다. 이 작품에서, 다양한 유교 경전들을 인용하며 천주교의 핵심 교리들을 설명하고 있고, 각 편에서 대화를 나누었다고 언급된 인물들은 상당한 지위에 있는 유교 관리들이나 사인(士人)이었다. 이는 마태오 리치가 어느 계층을 대상으로 어떻게 선교 전략을 펴고 있었는지를 잘 보여주고 있는 것이다. 『기인십편』은 『천주실의』와 서로 보완하며 세상에 유행하였다고 한다.[17]

『기인십편』과 『천주실의』는 기독교 교리의 철학적 핵심들을 지식 계급들에게 설명하는 일종의 교리 문답서이다. 여기에는 동양과 서양의 두 사고(思考) 체계(體系) 사이의 대화 방식의 한 측면을 보여준다는 면에서 흥미를 끄는 것이다.

　이러한 교리문답서들에는 지식인들을 대상으로 한 것뿐만 아니라, 문맹이나 그에 가까운 인민들을 대상으로 한 것들이 많이 있었다. 사실, 대다수의 개종자들은 지식계급보다는 민중 출신들이므로 그러한 서적들에서 사용된 어휘들에는 이(理)나 기(氣) 같은 철학적이거나 유교적인 개념들이 없고, 선악에 대한 응보, 죽음을 초월한 인간의 존재 그리고 지옥과 천당의 실재와 같은 것들이 더 친밀하였다. 그들에게는 구어체로 말을 해야 했다. 이들 민중을 위해 출판된 기독교 교리에 대한 소개서들―『천주성교약언(天主聖敎約言)』(1600년경 João Soeiro, 蘇如望), 또는 구어체로 쓴 『천주성상약설(天主聖像略說)』(1615년 徐光啓)과 같은 서적들―은 중국 경전들을 언급하지 않을 뿐만 아니라, 상제(上帝)나 여타의 유교 용어들을 이용하지 않고 있다. 다만, 단순하게 중국의 종교들은 거짓이고 불교와 도교의 신들은 천주의 지위를 강탈한 악마들이므로 약속된 구원 대신에 영원한 저주를 가져온다고 한다. 핵심적인 기독교 교리들은 이성에 호소하지 않고 설명되고 있다.[18]

　『기인십편』은 인문주의적 저술들 중의 하나이다. 서구의 고대 성인(聖人)들의 도덕주의적인 금언들은 『교우론』이나 『이십오언』에서처럼 『기인십편』에서도 역시 중요한 구성 요소였는데, 이솝의 말이나 에픽테토스에 나오는 글들이 포함되어 있다.[19]

---

17) 鄭安德 編輯, 『明末淸初耶穌會思想文獻彙編』 第1卷, 北京: 北京大學宗敎硏究所, 2003, 182쪽.

18) Nicolas Standaert, *Handbook of Christianity in China Volume One: 635～1800*, Leiden; Boston; Köln: Brill, 2001, 615쪽.

『기인십편』에서 마태오 리치와 대화를 나누었던 신사(紳士)들 중에는 처음에 선교사들과 그들의 가르침에 관심을 가졌지만, 그들이 더 많은 사실들을 알게 되면서 태도를 바꾼 경우들이 있다. 조우변(曹于汴)은 1612년에 우르시스(Sabatino De Ursis, 熊三拔, 1675~1620)의 『태서수법(泰西水法)』에, 1614년에는 빤또하(Diego de Pantoja, 龐迪我, 1571~1618)의 『칠극(七克)』에 서문을 써주었고, 이 서문들은 1627년 경에 출판된 그의 문집에 다시 실렸다. 그 이후 20년의 생존 기간 동안에 선교사들의 글을 위해 지어진 서문들이 그의 문집에 실려 있지 않으며 선교사들과 접촉했다는 사실들도 전혀 없다. 이부상서 이대(李戴)는 1601년 마태오 리치와 시간의 덧없음을 논하였다. 이 논의는 마태오 리치의 일기 Della entrata della Compagnia di Gesù e christianità nella Cina(『耶穌会与天主教进入中国史』)에 의하면, 『기인십편』에 다시 실렸다. 그 일기에서는 이대가 리치의 반불교주의(反佛教主義)에 대해 심하게 반대했다고 한다. 리치는 1604년 이대의 몰락과 동림파(東林派)의 승리에서 하느님의 손길을 보았다고 할 정도였다.[20]

5. 조선에 끼친 영향

『기인십편』에 대한 조선 최초의 기록은 순암(順菴) 안정복(安鼎福)이 성호(星湖) 이익(李瀷)에게 보낸 서간에 나타나고 있다. 여기에서는, 서양의 학설은 비록 자세히 조사해 철저히 밝히기는 하나, 결국은 이단(異端)이라 규정하고 있다. 또한 성 그레고리우스(額勒臥略)가 인간을

---

19) Nicolas Standaert, 위의 책, 604~605쪽.
20) Nicolas Standaert, 위의 책, 478~479쪽.

대신하여 지옥의 고통을 받는다는 것에 대해, 천주의 상벌(賞罰)이 그 사람의 선악에 의거해 내리는 것이 아니라, 사사로운 부탁으로 경중(輕重)이 있은 즉, 그 심판은 믿을 만하지 않다[21]고 비난하였다.

신유사옥(辛酉邪獄) 때 황사영(黃嗣永)의 백서(帛書)에, 김건순(金建淳)은 노론대가(老論大家)의 후예인데, 경기도(京畿道) 여주(驪州)의 집에 일찍부터 『기인십편(畸人十篇)』이 있어 즐겨 보았으며, 10여 세에 천당지옥론(天堂地獄論)을 지은 바가 있다고 나온다.[22] 그러나 김건순은 기유년(己酉, 1789) 이준신(李儁臣)으로 말미암아 『기인십편』, 『진도자증(眞道自證)』을 얻어 보았다[23]고 하여 엇갈린 진술을 하고 있다. 그러나 김건순이 『기인십편』을 보았음은 분명한 것 같다. 『기인십편』이 1608년에 북경에서 간행되었고 안정복이 1757년에 언급하였으므로, 1608년과 1757년 사이에 전래되었음을 알 수 있다.

〈해제 : 송요후〉

---

21) 安鼎福, 『順菴先生文集』上冊 「上星湖先生別紙」丁丑 影印本, 서울: 성균관대학교 大東文化研究院, 1970, 46쪽.
22) 『黃嗣永帛書』, 서울: 가톨릭대학 韓國敎會史硏究所, 1966, 46쪽.
23) 『推案及鞫案』25冊, 「辛酉邪獄罪人李基讓等推案」影印本, 서울: 亞細亞文化社, 1978, 238쪽.

참 고 문 헌

1. 사료

『順菴先生文集』

『推案及鞫案』 25册

『黃嗣永帛書』

2. 단행본

마태오 리치, 송영배(역),『교우론(交友論); 스물다섯 마디 잠언(二十五言); 기인
　　십편(畸人十篇)』, 서울: 서울대학교출판부, 2000.

김혜경,『예수회의 적응주의 선교』, 서강대학교출판부, 2012.

오강남 풀이,『장자』, 서울: 현암사, 2016.

臺灣中央圖書館 編,『明人傳記資料索引』, 北京: 中華書局, 1987.

鄭安德 編輯,『明末清初耶穌會思想文獻彙編』第1卷, 北京: 北京大學宗敎研究所, 2003.

Albert Chan, S.J., Chinese Books and Documents in the Jesuits Archives in
　　Rome, M.E. Sharpe, 2002.

Nicolas Standaert, Handbook of Christianity in China Volume One: 635～
　　1800, Leiden; Boston; Köln: Brill, 2001.

3. 논문

배현숙,「17·8世紀에 傳來된 天主敎書籍」,『교회사연구』제3집, 한국교회사연구
　　소, 1981.

조윤래,「『莊子』寓話의 畸人」,『道敎學硏究』제15집, 1999.

Jesús López～Gay, S.J., "Father Francesco Pasio(1554～1612) and his Ideias
　　About the Sacerdotal Training of the Japanese", Bulletin of Portuguese
　　‐ Japanese Studies, núm. 3, December, 2001.

『변학유독(辯學遺牘)』

분 류	세 부 내 용
문 헌 종 류	한문서학서
문 헌 제 목	변학유독(辯學遺牘)
문 헌 형 태	목판본
문 헌 언 어	漢文
간 행 년 도	未詳(1615~1628)
저　　　자	마태오 리치(利瑪竇), 우순희(虞淳熙), 주굉(袾宏), 미상의 천주교도
형 태 사 항	53면
대 　분 　류	종교
세 부 분 류	천주교와 불교 변론서
소 　장 　처	Bibioteca Apostolica Vaticana 한국교회사연구소
개　　　요	요순주공(堯舜周孔)이 옳고 불교가 옳지 않은 이유. 불교와 천주교의 차이점과 합치성 문제. 천주와 천(天)에 관한 설에 대한 논쟁. 윤회(輪廻)의 존재와 살생계(殺生戒)의 타당성에 대한 논쟁.
주 　제 　어	이마두(利瑪竇), 우덕원(虞德園; 虞淳熙), 연지(蓮池), 천설(天說), 기인십편(畸人十篇), 죽창삼필(竹窓三筆), 삼십삼천(三十三天), 삼천대천(三千大千), 범망(梵網), 윤회(輪廻), 영혼불멸, 상제(上帝), 천주실의(天主實義), 칠극(七克), 살생계(殺生戒)

1. 문헌제목

『변학유독(辯學遺牘)』

2. 서지사항

마태오 리치(Matteo Ricci, 利瑪竇, 1552~1610)는 명 만력(萬曆) 29년 (1601) 1월 24일 북경에 들어간 후, 1604년에 고대 그리스 잠언집인 『이십오언(二十五言)』과 교리문답서인 『천주실의(天主實義)』를 발행하였다. 1608년에는, 10편으로 구성된, 대화의 형태로 철학적 및 윤리적 문제들을 논한 『기인십편(畸人十篇)』을 출판하였다.

1603년에 남경에서 세례를 받은 서광계(徐光啓)가 1604년에 북경에 올라와 진사에 합격, 한림원(翰林院)에 제수(除授)되었다. 1606년과 1607년 리치는 서광계, 이지조(李之藻)와 함께 『기하원본(幾何原本)』, 『건곤체의(乾坤體義)』, 『측량법의(測量法義)』, 『환용교의(圜容較義)』, 『동문산지(同文算指)』 등의 과학서를 출판하였다.

학자관료들 중 적지 않은 사람들이 천주교로 개종하고 세례를 받았다.[1] 북경에서 리치가 누린 높은 호의는 중국 전역은 물론이고, 특히 남경 등 여타 지역에 있는 예수회 교단에 영향을 끼쳐, 그들의 활동을 확대시킬 수 있었다. 그러나 실제로 외국인 전교사들과 그들의 교리들에 대해 신사층은 물론이고 민중들에서도 상당한 반대가 있었다. 이러한 반대는 서면(書面) 공격으로 표출되어 나왔고, 리치는 불교도인 우순희(虞淳熙)[2]와 주굉(袾宏, 1535~1615)[3]의 비판을 논박하는 『변

---

1) 1607년에 이르면, 북경에서만 이미 교우가 300여 명이 있었는데, 그 중 변두리지역(郊區)에 150명이 있었다. 1608년에는 성내(城內)에서 90여 명에게 영세를 주어 신교인의 수가 400여 명으로 늘었다. 그는 이에 따라 1609년 9월 8일 성모회(聖母會)를 결성하여, 교우들의 상장의식(喪葬儀式)을 통일하고 어려운 교우들을 돕는데 힘썼다(林仁川·徐曉望, 『明末淸初中西文化衝突』, 上海: 華東師範大學出版社, 1999, 116쪽).

2) 우순희(虞淳熙) : 자(字) 장유(長孺), 호(號) 덕원(德園). 전당인(錢塘人). 만력(萬曆)11년(1583) 진사, 병부주사를 제수받았다. 이부계훈낭중(吏部稽勳郎中)을 지

학유독』을 1609년 발간하였다[4]고 한다.

우순희는 유(儒)·불(佛)을 배워 정통하였고 명말 4대 고승의 하나인 주굉에게서 계(戒)를 받아 불학의 정수를 전수받을 수 있었다. 늘 그 스승에게 협조하여 계살(戒殺)·방생(放生) 활동을 하였다. 그는 『기인십편(畸人十篇)』을 보고, 주굉의 가르침에 기초하여 리치에게 서신을 보내 리치의 책이 천주교를 중시하고 불교를 가벼이 여긴다고 비평하였다.

이 비평 서신에 대하여 리치는 이를 반박하는 답장을 우순희에게 보내, 불경의 오류를 질책하고 천주교의 교리와 완전히 일치하지 않는다고 하며, 천주교 신앙이 유일한 진리임을 견지하였다. 우순희는 이 답장을 그의 스승인 주굉에게 전해주었다. 주굉은 이를 읽은 후 깊이 불만을 표하고 리치를 "마귀(魔者)"라고 꾸짖고, "장차 파사론(破邪論)을 쓰겠다"는 뜻을 나타냈다. 이에 우순희는 그 스승의 의향에 따라, 「천주실의살생변(天主實義殺生辯)」을 지어 파사론의 선봉으로서, 리치의 천주교 신앙 학설을 깊이 비난하였고, 더욱이 불교의 근본 계 중의 하나인 살생계에 대한 여러 비평 및 이른바 천주가 금수를 창조

냈고 병을 핑계삼아 관직을 그만두었다. 天啓元年(1621)에 세상을 떠났다. 덕원 시문집(德園詩文集)이 전해져 오고 있다(臺灣中央圖書館編, 『明人傳記資料索引』, 북경: 中華書局, 1987, 740쪽).

3) 주굉(袾宏) : 감산(憨山), 자백(紫柏), 우익(藕益)과 함께 명말 4대 고승의 하나로 정토종파에 속한다. 자(字)는 불혜(佛慧), 별호(別號) 연지(蓮池), 속성(俗姓)은 沈氏이다. 우순희와 같이 절강 항주부 사람이다. 그의 집안은 살생을 금하였고, 제(祭)는 반드시 야채로 하여, 그로 하여금 점차 불법을 독신하게 하였다. 40여세에 출가해 고항운서사(古杭雲棲寺)에 들어간 후 염불삼매(念佛三昧)에 힘쓰고, 화엄·선종의 합일로써 제종융합(諸宗融合)의 신불교(新佛敎)를 제창하여 법문의 주공(周孔)으로 받들어지고 있다.

4) L. Carrington Goodrich, Chaoying Fang edited, *Dictionary of Ming Biography 1368 - 1644*(明代名人傳), Columbia University Press, 1976, 1142~1143쪽.

하여 사람에게 주어 잡아먹고 생명을 기르도록 했다는 설을 반박함으로써 주굉의 계살불교관(戒殺佛學觀)을 옹호하였다.

주굉은 유·석·도(儒釋道) 3교를 하나로 융화하는 사조의 영향을 받아 '삼교일가(三敎一家)', '동귀일리(同歸一理)'를 주장하고, 유교 및 그 성현이 유·석의 융통호보(融通互補)를 힘써 제창하였다고 인정하였다. 더욱이 당시의 관방(官方) 철학인 주자학을 추앙하였다. 그의 「천설(天說)」 네 편이 『죽창삼필(竹窗三筆)』에 편입된 순서와 네 편의 서론에서 볼 때, 주굉은 선후하여 다른 시간과 장소에서 네 편을 저술하였다. 만력 35~36년(1607~1608) 이전, 만력 31년 리치가 정식으로 『천주실의』를 간각, 출판한 후 사이에 「천설일(天說一)」을 지었고, 말편(末篇)인 「천설여(天說餘)」는 만력43년 2월 초 입춘일(立春日) 조금 전에 썼다. 「천설」 네 편은 유·불 양가 관념을 겸하여 취하고 있으며, 주자이학(朱子理學)을 원용(援用)해서 리치의 천주교의(天主敎義)를 공격하여, 당시 불교계 인사가 천주교를 공격하는 중요한 이론적 기초가 되었다. 그는 대체로 만력38년 리치가 세상을 떠난 후에 「천설일(天說一)」부터 「천설삼(天說三)」까지 세 편을 리치 문도(門徒)에게 보내 천주교의를 반박하였다.

이 세 편의 「천설」은 리치의 살생계를 반대하는 설을 공격했는데, 그 문도들이 「천설이(天說二)」에서 제창한 바 매첩취부(買妾娶婦) 때 점복(占卜)하는 예법에 대해 힐난을 제기하고, 점복으로는 윤회신앙이 혼취(婚娶)에 가져오는 윤리문제를 해결할 방법이 없으며 그 신앙은 또한 '결혼하지 않아 인류가 끊어지며', 심지어 살생을 하지 않아 제사의 예가 폐'하는 나쁜 결과를 초래한다는 비평을 야기하였다. 불교도 및 숭불의 유사(儒士)는 모두 그 논란을 변박할 방법이 없어, 또 다시 주굉에게 도움을 구하였다. 이에 주굉은 만력 43년 초, 임종하기 전에 「천설여」를 지었다. 여기에서는 윤회금살(輪廻禁殺) 신앙이 생활 습속

에 장애가 된다는 힐난에 대해, 다시 유·불 신앙에서 진일보하여 해명
하였다.[5]

일반적으로 『변학유독』에는 4편의 문장(「虞德園銓部與利西泰先生書」,
「利先生復虞銓部書」, 「附雲棲遺稿答虞德園銓部書」, 「利先生復蓮池大和尙竹憁
天說四端」)과 이지조와 양정균(楊廷筠)이 쓴 두 편의 발문(跋文)이 포함
되어 있다고 한다.

이지조의 『천학초함(天學初函)』(二)(金陵大學寄存羅馬藏本. 臺灣學生書局,
中華民國 67년 8월 景印再版)에 실려 있는 『변학유독(辯學遺牘)』(총 52면)에
는, 습시재속재(習是齋續梓)로 「우덕원전부여이서태선생서(虞德園銓部與
利西泰先生書)」, 「이선생복우전부서(利先生復虞銓部書)」, 「이선생복연지대
화상죽창천설사단(利先生復蓮池大和尙憁天說四端)」과 양암거사(涼庵居士)
이지조의 발문이 실려 있다. 1934년에 북평주교 만(北平主敎滿)의 허락에
의해 구세당중간(救世堂重刊)으로 나온 『변학유독(辯學遺牘)』(총43면)도
『천학초함(天學初函)』(二)에 실려 있는 것과 내용이 같다. 다만 몇 개
글자에 이동(異同)이 있다. 鄭安德 編輯, 『명말청초야소회사상문헌회편(明
末淸初耶穌會思想文獻滙編)』(北京大學宗敎研究所, 2000) 第1卷 第4冊에 1919년
에 나온 『중간본변학유독(重刊本辯學遺牘)』을 편집, 정리하였다. 여기에는
진원중간서(陳垣重刊序), 마상백발(馬相伯跋), 부사고총목제요(附四庫總目
提要)(子部雜家類存目) 및 영문과 한문으로 된 두 편의 후기(後記)가 있다.
또한 서극야소회사(西極耶穌會士) 알레니(艾儒略)의 「대서리선생행적(大西
利先生行跡)」, 신회진원(新會陳垣)이 찬(撰)한 「명절서리지조전(明浙西李之
藻傳)」의 두 편 문장이 실려 있고, 북경대학도서관에 소장되어 있다.

『변학유독』은 사고총목제요(四庫總目提要: 子部雜家類存目)에서는 "辯
學遺牘一卷, 明利瑪竇撰"이라고 있다. 그러나 「진원중간서(陳垣重刊序)」

---

5) 蕭錦華, 「近世耶穌會士之儒化神學與中日破邪論」, 『中國史硏究』 第93輯, 2014, 274~
282쪽.

에, "구본(舊本)은 이마두찬(利瑪竇撰)이라 제(題)하고, 전편(前編)은 「이복우순희서(利復虞淳熙書)」이고 후편(後編)은 「변죽창삼필천설(辯竹窗三筆天說)」이라 했는데 아마도 이마두의 찬이 아니다."라고 하였다. 주굉자서(自叙)에 의하면, 『죽창삼필(竹窗三筆)』은 만력 43년(1615)에 간행되었는데, 리치는 이미 만력 38년에 사망하였다. 「천설」네 편은 모두 『죽창삼필(竹窗三筆)』 편말(編末)의 글이고 리치 사망과는 5년의 시간이 떨어져 있어서, 리치는 반드시 볼 수 없었을 것이다. 또한 원변(原辯)의 어의(語意)를 자세히 살펴보면, 분명히 『죽창삼필』 간행 이후에 있었고, 그 중에는 한 마디도 리치가 지은 것이라고 확실하게 지적할 수 있는 근거가 없다(예를들면, 「이선생복우전부서(利先生復虞銓部書)」에서 누차 자신을 '두(竇)'라 한 것 등). 당시 천주교 인재가 배출되어, 서사(西士)·중사(中士) 중에는 이러한 글을 쓸 수 있는 자들이 적지 않았다. 이것은 반드시 교(敎) 중의 한 명사(名士)가 지은 것인데, 그 이름은 실전(失傳)되었다. 이것은 여러 손을 거쳐 필사되어 전해졌고, 수편(首篇)이 「이복우서(利復虞書)」이므로, 따라서 함께 이 편 역시 제목을 리치가 지은 것으로 했을 것이다. 이지조가 그의 발문에서, 친구로부터 『변학유독』 초본(抄本) 하나를 얻었다고 한 것을 보면, 그 글은 본래 이지조가 보지 못했음을 알 수 있다. 『변학유독』이 리치의 이름으로 편찬된 위작(僞作)임을 실증하기 위해, 반천주교(反天主敎) 작자인 주굉의 제자 장광첨(張廣湉)은 세 가지 측면에서 증거를 대어 반박하였다. 첫째, 『변학유독』은 주굉의 「천설」 사칙(四則)과 논쟁하기 위해 지은 것인데, 『죽창삼필』이 나왔을 때, 리치는 이미 사망하였다는 것이다. 둘째, 민(閩)에서 나온 『변학유독』에는 「미격자발(彌格子跋)」이 있는데, 주굉이 임종(臨終)해서 그릇된 길로 사람들을 인도한 것에 대해 스스로 회개했다고 하는 것이다. 셋째, 푸르타도(Francois Furtado. 傅泛際, 1587~1653)는 입론(立論)이 서로 합치한다고 자찬했는데, 후에 또 필전(筆戰)하고자 하지 않는다고 칭하여 스스로 말이 서로 어긋나는 것이다.

「利先生復蓮池大和尙竹牕天說四端」의 논증 역시 쌍방의 의견이 첨예하게 대립하여, 한 조목씩 반박하며 서로 우월함을 내세워서, 리치가 「이선생복우전부서(利先生復虞銓部書)」에서, "부드러운 말은 변력(辯力)을 높인다"와 우순희와 강령(綱領)을 헤아리고 의문을 제기해 보내 해답을 구하여, 서로 반복적으로 깊이 연구함으로써 통일적 제안을 찾고자 했던 것과는 맞지 않는다.

따라서, 『변학유독』이 나온 시기를 확정하기는 어려운 점이 있다. 『천주실의』와 『기인십편』이 발간된 이후부터 1628년 이전 사이에 리치 및 그의 문도들과 우순희 및 주굉 사이에 오고간 천주교와 불교 간의 상호 변론 서신들을 모아 『변학유독』이 이루어졌다. 이지조가 편집한 『천학초함』이 간행된 것이 숭정(崇禎) 원년(1628)이고, 주굉이 만력 43년(1615) 임종 전에 「천설여」를 지었으므로, 『변학유독』은 1615년부터 늦어도 1628년 사이에 나왔을 것으로 생각된다.

[저자]

마태오 리치(Matteo Ricci)의 중국 이름은 이마두(利瑪竇), 자는 서태(西泰)이다. 1552년 10월 6일 이탈리아 교황청 소속령 마체라타(Macerata)에서 출생하였다. 1561년 마체라타 예수회 초등학교에 입학하며 9세에 처음 예수회와 인연을 맺었다. 1568년 로마에서 법학 공부를 시작하였으나 3년 후인 1571년 예수회에 입회하여 로마 예수회 성 안드레아 신학원에 입학하였다. 1572년부터 1년간 피렌체 예수회대학에서 수학 후 로마로 돌아가 1573년부터 1577년까지 로마예수회대학에서 철학과 신학을 수학했는데, 특별히 이 시기에 클라비우스 신부에게서 천문학, 역학 등을 배우고, 자명종, 지구의, 천체관측기구 제작법을 전수받았다. 이때의 학습이 마태오 리치 28년 중국 선교의 신학적, 철학적, 과학적, 기술적 기초와 기반이 되었다.

동양 전교를 자원하고 1577년 여름에 포르투갈 코임브라로 가서 이듬 해 3월의 출항을 기다리며 포르투갈어를 학습하였다. 1578년 3월 출항 직전, 포르투갈 국왕 세바스티안(Sebastian)을 알현하고 격려를 받고 3월 24일 범선 '성 루이(St. Louis)호'로 리스본을 출발 9월 13일 인도 고아(Goa)에 도착하였다. 고아에서 신학을 수학하며 라틴어와 그리스어를 강의하였고 1580년에는 코친(Cochin)에 거주하며 사제서품을 준비하여 서품을 받았다.

1581년 고아로 귀환하여 머물다가 1582년 4월 26일 고아를 출발하여 8월 7일 마카오(Macao, 澳門)에 도착하였다. 마카오에서 일 년 간 한문과 중국어 학습 후, 1583년 9월 10일 루지에리(Michele Ruggieri) 신부와 함께 중국으로 입국하여 광동성 조경(肇慶)에 안착하였고, 이듬 해 10월『곤여만국전도(坤輿萬國全圖)』를 출판하여 많은 유가 사대부 지식인들의 관심을 불러일으켰다. 그러나 1589년 조경에서 축출되어 소주(韶州)에 정착하였다. 소주에서 마태오 리치는『사서(四書)』의 라틴어 번역을 시작하며 중국어 발음의 로마자화를 시도하였고 드디어 1594년 11월 라틴어『사서(四書)』번역본을 완성하여 예수회 선교사 교과서로 활용하도록 하였다. 이때부터 승려복장 대신 유학자 복식을 착용하기 시작하였다. 1595년 4월 18일 운하로 남경(南京)을 향해 출발하여 6월 28일 남창(南昌)에 안착 후, 11월에 첫 한문 저서『교우론(交友論)』, 이듬해 봄에는『서양기법(西洋記法)』초고를 저술하였다.

1597년 8월부터 중국 전교단(China Mission) 최초 책임자로 임명되었다. 1598년 9월 7일 북경(北京)에 최초로 입성하여 11월 5일까지 체류가능성을 모색하였으나 거주에는 실패하고 도로 남창으로 돌아 왔으나 이듬해인 1599년에는 남경에 정착할 수 있었다. 이때『이십오언(二十五言)』을 편역(編譯)하였다.

1600년 11월에 황제에게 바치는 진공품(進貢品) 중 예수의 십자가상이 있었는데, 이것이 황제를 저주하는 부적으로 오인되어 마태오 리치가 천진(天津) 감옥에 억류당하는 사건이 벌어졌다. 그러나 그것이 도리어 전화위복이 되어 이듬해 1월 24일에 북경에 들어갈 수 있었고, 마침 중국 황제를 위해 한문가사 여덟 수의『서금곡의팔장(西琴曲意八章)』작사 기회를 얻었다.[6] 그리고 드디어 서양시계 자명종(自鳴鐘) 수리 임무를 맡아 북경 거주허가를 획득하여 북경을 중심으로 중국 전교를 시작하였다.

북경을 전교 중심지로 삼으며 많은 유가 사대부들의 후원과 도움을 얻어 본격적이고 활발한 문서선교를 펼칠 수 있어서 1602년『곤여만국전도(坤與萬國全圖)』개정판 출판, 이듬해인 1603년『천주실의(天主實義)』간행, 1607년 서광계(徐光啓)와 공동으로 유클리드『기하원본(幾何原本)』전반 6부 번역 출판, 1608년『기인십편(畸人十篇)』출판, 같은 해에『Della entrata della compagnia Gesu e christianita nella Cina(예수회에 의한 그리스도교의 중국 전교)』등 많은 중요 종교서를 집필하고 간행하였다.

그러나 누적된 과중한 업무로 인해 마태오 리치는 1610년 5월 11일 58세의 나이로 북경에서 사망하였다. 선교사들이 마태오 리치의 죽음과 그의 명 왕조를 위한 봉사 활동을 상소하자 만력제(萬曆帝)가 부성문(阜城門) 밖 공책란(公柵欄)에 묘역을 하사하여 안장함으로써 근대 동양 그리스도교를 설립하고 반석이 된 한 위대한 선교사의 일생이 마감되었다.

---

6) 서금(西琴) : 피아노의 전신 크라비어챔발로

3. 목차 및 내용

[목차]

없음

[내용]

1) 우순희가 마태오 리치에게 보낸 서신(虞德園銓部⁷⁾與利西泰先生書)

우순희는 자신이 월(越) 지역의 중국인 사대부임을 강조하고 리치
는 중국인이 아닌데 현자이며, 천문, 방지(方技),⁸⁾ 산수의 술에 정통하
다고 하며 자신을 낮추고 있다. 그는 리치로부터 배우려는 뜻을 이루
지 못했지만 그 분야에 마음이 끌렸고, 리치가 친구 같았다고 한다.
그는 『기인십편』의 서문을 쓰면서, 고대 성현의 예교(禮敎)가 아니므
로 그에 대해 함부로 비방하는데 앞장섰음을 자책하고 있다.

그는 당시 중국에서 천주교의 세가 여타 종교와 대등해졌는데, 리
치가 불교를 비판한 것에 대해, 리치가 불교의 매우 깊은 뜻(秘)을 살
피지 않고 공격하고 있다고 하고 불장(佛藏)을 두루 읽고 그 과실을
따지기를 청하고 있다. 그리고 『기인십편』 같은 책을 국도(國都)에서
내어 석가를 믿는 자들의 과실을 지적하는 것은 고루하고 과문(寡聞)
함으로 비웃음거리가 될 것이니, 적어도 불서의 극히 일부인 종경록
(宗鏡錄), 계발은(戒發隱) 및 서역기(西域記), 고승전(高僧傳), 법원주림
(法苑珠林) 같은 책들을 열람하기를 바란다고 한다.

---

7) 전부(銓部) : 이부(吏部)의 다른 이름.
8) 방지(方技) : 널리 의(醫), 복(卜), 성(星), 상(相) 등에 관한 술(術)을 가리킨다.

천주도 다른 한 석가일 수도 있다. 중국에는 많은 성현이 있는데, 2천 여 년에 걸쳐 그들이 인도(印度)의 제계(諸戒)에 의해 우롱을 당했을 리가 없기 때문이다. 육상산(陸象山)·왕양명(王陽明)이 종문(宗門)을 이어받은 것으로 공묘(孔廟)에 열하여져 있는 것이라든지, 명조(明朝)에서도 유와 불을 함께 숭상했음 생각해서, 불교를 공격하다가 패배와 좌절을 만나지 않기를 바라고 있다.

리치가 믿는 천주의 계는 불교의 3장(藏) 12부(部)와 부합되어, 『기인십편』을 읽은 자가, "불의(佛意)와 다르지 않다"고 말한다고 하며, 리치가 견문을 넓힐 것을 청하고 있다.

2) 마태오 리치가 우순희에게 보낸 답장(利先生復虞銓部書)

리치는 자신에게서 천지의 변이(變移)에 관한 학문이나 기교(技巧)만을 보는 자는 자신의 마음을 모르는 것이라고 한다. 자신이 생명의 위험을 무릅쓰고 중국에 간 것은 천주의 참된 도를 받들어, 사람들로 하여금 천주의 자녀가 되게 하기 위한 것임을 밝히고 있다.

리치는 요순주공(堯舜周孔)은 확고하게 믿으나 불교가 옳지 않다고 여기는 까닭을 변론하고 있다. 리치는 자신이 특별히 공자에게 덕을 베풀고 불교를 원수로 여길 이유가 없다고 한다. 자신은 천주교의 가르침 받드는데 확고부동하며 오로지 옳은 바와 그른 바에 의거하였다고 한다. 요순주공은 모두 수신(修身), 상제(上帝)를 섬기는 것을 교로 한 즉 옳은 것인데, 불교는 상제 위에 무언가를 더하고자 해서 그른 것이다.

리치는 천주교가 불교와 다른 점을 지적하고 있다. 불교는 허(虛), 사(私), 다기(多歧)로써 하는데 반해, 천주교는 실(實), 공(公), 상제(上帝)만을 섬기는 것으로 근본으로 한다. 특히 불교는 중국에 들어온 지가 이미 2천년이 되어, 불사(佛寺)들이 잇닿아 있고 승니들이 길에 가득하나 중국의 인심과 세상의 도리는 당우삼대(唐虞三代)만 못하다. 그러나 요순(堯舜) 이래 수 천 년의 뛰어난 문물은 불교를 신봉하는 자가 천주를 신봉한다면, 천주교가 중국에 가져올 수 있는 좋은 변화를 피력하였다.

리치는 천주교 경전은 불장(佛藏)보다 몇 배 이상으로 많은데 아직 번역되지 않았으니, 지금의 상황은 힘에 의해 굴복을 당한 것이지 이치에 의해 굴복을 당한 것이 아니므로 지금은 아직 승부를 논할 수 없다고 한다.

불교도들은 요순주공이 불교를 들었다면 반드시 신종(信從)했을 것이라고 하는데, 리치 역시 한(漢) 이후의 성현이 천주의 가르침을 들었다면 반드시 신종했을 것이라고 한다.

우순희는 리치의 『기인십편(畸人十篇)』이 서술한 바는 불의(佛意)와 다르지 않다고 한다. 당시 리치는 불서(佛書)를 아직 이해하지 못하고 있는데, 저절로 서로 합치됨이 있는 것은 다행인데, 실제로는 불교와 천주교가 전혀 일치되지 않는다고 한다. 리치는 겸손하게 자신은 견문이 적다고 하면서, 불교와 천주교가 일치하기를 매우 바란다고 하였다. 이는 자신의 천주교를 중심으로 불교가 일치되기를 바라고 있는 것으로 생각된다.

3) 연지화상의 『죽창수필』에 실려 있는 「천설4단」에 대한 마태오 리치의 답서(利先生復蓮池大和尙竹牕天說四端)

(1) 주굉은 「天說一」에서, 리치가 천주교를 행하며 불법(佛法)을 훼방하고 있으므로, 리치가 쓴 책을 근거로 천주교의 천주와 천에 대한 설에 대해 불경에 의거해 논하고 있다. 주굉은 천주교에서 말하는 오직 하나인 천주를 불교의 도리천왕(忉利天王)[9]에 비기고 있다. 그런데

불교에서는 대범천왕(大梵天王)이 가장 존귀하며 무상(無上)의 천주이다. 도리천왕은 수많은 천주 가운데 하나에 불과하며 욕계제천(欲界諸天)의 넓음과, 그 위에 색계제천(色界諸天), 또 더 위에 무색계제천(無色界諸天)이 있음을 모르고 있다고 한다.

또한, 천주가 무형(無形), 무색(無色), 무성(無聲)이며 이(理)일 따름이라고 한 것에 대해, 주굉은 이러할 경우 천주는 신민을 다스리고 정령을 펴며, 상벌을 행할 수 없을 것이라고 한다.

이에 대해 리치는, 교인이 경천(敬天)하는 것은 천주를 주(主)로 섬긴다는 것이라 하고, 천주를 주로 섬긴다는 것은 천주를 천지만물과 인간의 창조자, 상벌과 화복의 주재자로 섬기는 것임을 말하고 있다. 그러므로 천사나 현세의 나라의 왕도 모두 천주를 섬기는데, 오직 불교는 천주를 인정하지 않고 그보다 더 높은 존재를 두고자 한다. 천주는 오직 한 분이시니, 천주교는 천주 외에 부처를 겸하여 섬길 수 없다고 한다.

천주교는 천주를 주로 하고, 불교는 부처를 주로 하는데, 이치상 두 주가 없는 즉 둘 다 옳을 수 없다. 불교는 그릇된 것으로 반드시 지옥의 고통을 받을 것이며, 이는 중생의 구원과 관련되는 것이라 하고, 이것이 서양 전교사가 중국에 온 이유라고 한다.

여기에서 불교의 그릇된 설들로 사천하(四天下), 삼십삼천(三十三天), 삼천대천(三千大千)을 황탄무계하며 타당하지 않다고 비판하고, 불교는 다른 종교에서 들은 바를 잡다하게 취하고 한데 모아 만든 것이며, 선악보응(善惡報應), 천당지옥(天堂地獄)은 본래 천주의 가르침이라고 한다. 윤회전생(輪廻轉生)은 Pythagoras가 조작한 설인데, 후에 중국에 유입되었고 중국의 노역(老易)에 나오는 설 역시 불경(佛經) 속에 들어갔으나 인도의 불법(佛法)에서는 이들 의론들을 들을 수 없다고 한다.

---

9) 도리천왕(忉利天王) : 불교에서 말하는 욕계(欲界) 육천(六天)의 제2천(天)의 왕이다.

사천하, 삼십삼천, 삼천대천의 세 가지 설이 부처에게서 나왔다는 것은 틀린 것이고, 부처는 천주가 낳은 인간에 불과하다. 선악보응(善惡報應)은 천주교에서 기원한 것인데, 불교에서 부회(附會)한 것이다.

천주는 무형, 무색, 무성의 신(神)으로, 천하만물은 필요에 의해 창조하신 것이고 무소불위하시니, 신민을 제어하고, 정령을 시행하고 상벌을 행하는 것 등, 할 수 없는 것이 없다.

(2) 주굉은 「천설이(天說二)」에서, 범망(梵網)[10]이 "결혼을 해서는 안 되고, 비복(婢僕)을 두어서도 안 되고, 또한 노새와 말을 타서도 안 된다. 왜냐하면 이 처첩, 역사(役使), 노새와 말이 나의 부모이기 때문이다."라고 한 것에 대해, 살생을 깊이 경계하여 이러한 논을 편 것이고 한다. 그리고 처첩, 역사(役使), 노새와 말이 나의 부모인지를 확인하기 위해 점을 치는데, 윤회는 반드시 있고, 이에 대한 증거가 유서(儒書)에 매우 분명하게 실려 있다고 한다.

이에 대하여 변론하기를, 『천주실의』 제5편 「정윤회육도지무(正輪廻六道之誣)」에서 일체의 생명체는 모두 전세(前世)의 부모 권속(眷屬)이 아닌가 하여 살생과 육식을 못하고, 혼인을 행해서는 안 되고 복역(僕役)을 부리고 노새, 말을 타서는 안 된다고 한 것에 대해 논했다고 한다. 우선 불교에서는 복서(卜筮)[11] 등을 해서는 안 된다고 하고서, 지금은 또 사람들로 하여금 전세(前世)의 것을 점을 쳐 헤아리도록 하

---

10) 범망경(梵網經) : 불교 경전의 하나. 범망(梵網)은 제불(諸佛)이 중생을 구제함이 거미줄같이 빠짐없이 구제한다는 뜻이다. 대승계의 제일경(第一經)이다. 상권에는 보살의 심지가 전개되어 가는 모양을 썼고, 하권에는 대승계를 설했다. 대승계는 소승계와 달리 금지된 것을 행하는 것만이 아니라 해야 할 것을 적극적으로 하지 않는 것도 죄가 된다고 한다.

11) 복서(卜筮) : 귀갑(龜甲)과 가새풀로 점을 치는 것을 말한다. 귀갑으로 점치는 것을 '복(卜)', 가새풀로 점치는 것을 '서(筮)'라 하였다.

니, 불계(佛戒)를 범하는 것이다. 또한 점이라는 것은 믿을 수 없다.

윤회는 반드시 없으며, 사람은 죽어도 그 혼은 늘 존재한다. 이로써 선악의 보응이 끝이 없으며, 그런 후에야 권선징악할 수 있다. 천주교와 불교는 서로 어긋나는 것이 많은데, 영혼불멸은 불교에도 있으나 이는 마귀(魔鬼)가 의거하여 사람을 기만하고 미혹시켜 따르게 하는 것이라고 단정짓고 있다.

(3) 주굉은 「천설삼(天說三)」에서, 공자, 맹자의 사천지설(事天之說)로 충분하므로 천주교가 새로운 설이라고 할 만한 것이 없다고 한다.

이에 대해 변론하여 말하기를, 부처는 대범천왕(大梵天王)을 제자(弟子)의 열에 두고 있고, 도리천왕(忉利天王)은 주천자(周天子)의 여대(輿臺)[12]에도 필적할 수 없는데, 중국의 성현(聖賢)이 섬긴 호천상제(昊天上帝)는 도리천왕이다. 그러니 만약 부처을 주로 한다면, 요순공맹(堯舜孔孟) 등은 주천자를 섬기지 않고 그 여대를 섬기는 것이 된다.

천주교와 불교는 두 개의 극단에서 서로 귀일(歸一)하기를 바라는 것이다. 어느 한 쪽이 옳은 즉, 다른 쪽은 죄악이다. 마땅히 의논하여 확실히 정해야 한다. 또한 유서(儒書)가 천(天)을 말한 것에 부족한 것이 없다면, 더욱 한 마디라도 더 할 만한 것이 없다. 지금 사람들이 하늘을 매일 매일 섬기며, 몸가짐이나 언행을 조심하여 모두 조금이라도 잘못을 저질러 하늘에 죄를 얻음이 없으면, 제왕성현(帝王聖賢)이 말한 바, 원한 바가 다 채워졌으니, 부족한 바가 없다고 할 수 있다. 진실로 신설(新說)을 창조함을 기다림이 없다.

---

12) 여대(輿臺) : 여(輿)와 대(臺)는 고대 노예 사회 중에서 두 개의 낮은 등급의 명칭으로 후래에 넓게 노복 및 지위가 낮은 사람을 가리켰다. 고대 10등인(等人) 중 두 개의 낮고 미천한 등급의 명칭이다. 여(輿)는 제6등급, 대(臺)는 제10등급을 말하는데, 널리 천역에 종사하는 자, 노복을 가리킨다.

그러나 요순공맹의 언천(言天), 사천(事天)의 서(書)에 진(秦)에서는 화(火), 한(漢)에서 황로(黃老), 육조(六朝)에서는 불교, 이후에는 또한 사장거업(詞章擧業), 공명부귀(功名富貴)가 뒤섞여 서(書)는 이미 이지러져 완전하지 못하고, 사람들이 매일 매일 성실하게 실행함을 아직 보지 못하였다. 그러므로 족하다고 할 수 없다고 한다.

이에 반해 천주는 능력이 무진(無盡)하며, 인애(仁愛)가 무진하여, 비방하는 자, 해치려 하는 자를 불쌍히 여기고 이끌어 도와주신다. 주굉은 타고난 기품이 박실(樸實)하며, 선을 행함에 뜻이 있는데, 불교에 얽매여 구애받고 있다고 한다.

(4) 주굉은 「천설여」에서, 살생(殺生)은 천하고금의 큰 잘못이며 큰 악이니, 결단코 해서는 안 되므로, 의심하여 점을 칠 필요가 없다고 한다. 장가들지 않으면, 人類가 끊어짐은 이치로는 그러하다. 살생을 하지 않아 사전(祀典)을 폐하라는 것이 아니라, 검소한 제사를 지내는 것이 낫다는 것인 즉, 사전은 안정되게 폐하지 않는다. 마땅히 폐해야 하는 바를 폐하여야 하는 것이니, 육형(肉刑)을 없애고 순장(殉葬) 같은 것을 금하는 것이라고 하면서, 점과 살생에 대한 일반 사람들의 오해에 대해 말하고 있다.

이에 대해 변론하여 말하기를, 복서음양(卜筮陰陽)의 설은 인간 세상의 큰 해가 되는 것으로 신용해서는 안 되는데, 이것으로 전세(前世)의 일을 점친다고 함은 해로운 것 중에서도 아주 심한 것이라고 한다. 점을 쳐서 믿을 수 있다면, 삼천대천(三千大千) 세계(世界)도 그 존재 여부를 먼저 점을 쳐야 할 것이라고 한다. 그리고 점을 쳐서 없으면 마땅히 끊고 말하지 말라고 한다.

윤회의 존재에 대해서도, 『천주실의』, 『기인십편』, 『칠극』에서 설명하였으니 그 설에 대해 대조해 보도록 권하고 있다.

살생(殺生)의 문제에 관해서는, 살생과 불살생(不殺生)이 그 관련되는 바에 따라서 공(功)과 죄(罪)로 됨을 밝히고 있다. 살생이 악마(邪魔)를 섬기고, 음욕을 멋대로 하고 여러 악한 일과 화합하기 위한 것이라면, 살생은 큰 죄이다. 또한 불살생이라도 윤회를 믿기 때문에 그런 것이라면, 이 역시 큰 죄이다. 그러나 작은 살생이 천주를 섬기기 때문이라면, 만물을 사랑함 역시 천주를 사랑함을 증명하는 것이고, 작은 살생이 사람을 기르기 위한 것이라면, 만물을 사랑함 역시 그 사람을 사랑함을 증명하는 것이라고 한다.

최초로 만물을 창조할 때, 먼저 만물이 있었고, 그런 후에 인간이 있었다. 조물주는 사람을 위하여 만물을 낳았고 사람에게 만물을 주관하고 이용하라고 명하였다. 그러나 인간의 조상이 태어나고부터 상주(上主: 上帝)의 명을 어김으로 인하여 조수(鳥獸) 역시 사람의 명을 어기고 이로부터 살생(殺生)의 유래와 그 전개 과정에 대해 설명하고 있다.

천주는 물론 요순(堯舜)도 살생의 계를 세웠는데, 살생을 통해 사람을 해치는 짐승들을 몰아내고자 하는 것이라고 한다. 짐승을 살생하는 것은 농사를 유지하기 위한 것인데, 불교에서 말한 것처럼 살생을 하지 않는다면, 조수의 번성으로 오히려 인류가 멸망할 것이라고 한다. 이는 천주가 이 세계를 창조한 것이 사람을 위한 것인지 조수를 위한 것인지를 모르게 된다고 한다.

천주교에는 조수를 살생하여 그것을 이용하라는 이치가 들어 있어서, 살생을 금하는 교훈법률(敎訓法律)이 없고, 유교에서도 제왕성현(帝王聖賢)은 애양(愛養)하고, 때로 절용(節用)을 말하는 것에 그쳤으므로 잘못이 없다고 한다. 이러한 것은 인간에게 가하는 육형, 순장과 같은 부류의 것으로 비난할 만한 것이 아니라고 한다. 윤회를 주장하는 불교는 사람과 만물이 동등하여 우열을 없앤 것이니, 윤회는 반드시 있어서는 안 되는 것이라고 한다.

4) 이지조(李之藻)[13]의 발문(原跋)

주굉은 유학을 버리고 불교에 귀의했고 우순희는 불경을 전심(專心)으로 연구했는데, 이러한 풍조는 중국 동남(東南) 지역의 불교를 배우는 자들이 본받고 있다고 한다. 불교는 마태오 리치의 천주교와는 맞지 않는데, 서신을 통해 서로 비판하며 견해를 개진하면서도 상대방에 대해 경의를 표함에 부족함이 없었다. 그러나 결국 서로 합일점을 찾지 못하고 모두 세상을 떠난 것에 대해 아쉬워하고 있다.

---

13) 이지조(李之藻, 1565～1630) : 중국 명 말의 문신. 천주교인. 세례명 레오(Leo). 자(字) 양암(凉菴), 호(號) 양암거사(凉菴居士)·양암일민(凉菴逸民). 절강 인화현(仁和縣, 현재 杭州)에서 출생. 서광계(徐光啓, 1562～1633), 양정균(楊廷筠, 1577～1627)과 함께 중국 천주교의 3대 지주(支柱)로 추앙받는다. 만력 22년(1594) 거인(擧人), 1598년 진사(進士)가 되고 이어 남경의 공부원외랑(工部員外郎)이 되었다. 서학(西學)과 천문·지리·역산·수학·군사·치수(治水)·종교·철학·이학 등 다방면에 관심을 갖고 연구했고 1603년 리치(Matteo Ricci, 利瑪竇, 1552～1610)의 『천주실의(天主實義)』를 간행하고 이어 1605년 역시 리치의 「혼개통헌도설(渾蓋通憲圖說)」을 개역(改譯)하였으며 리치를 도와 한역서학서의 저술과 간행을 도왔다. 1610년 중병에 걸리자 리치의 권유로 성세성사를 받았고, 이듬해 부친이 사망하자 항주로 낙향하여, 트리고(Nicolas Trigault, 金尼閣, 1577～1628), 카타네오(Lazarius Cattaneo, 敦居靜, 1560～1640) 등과 함께 항주를 개교(改教)시키는 한편 양정균에게 전교, 그를 입교시켰다. 1613년 태복사소경(太僕寺少卿)이 되어 조정에 한역서학서의 간행을 청하는 상소를 올리고 『동문산지(同文算指)』의 한역(漢譯)에 참가하였다. 1616년 남경에 교안(教案)이 일어나자 천주교인의 보호에 힘쓰고 서광계의 청으로 마카오에서 서양총포를 구해와 난(亂)의 진압에 공헌했으며 1621년에는 감독군수광녹사소경(監督軍需光祿寺少卿) 겸 관공부수청리사사(管工部水淸吏司事)가 되어 자신이 직접 총포를 제작하는 한편 마카오에서 대포를 들여와 국방강화에 힘썼다. 1629년 서광계와 함께 『숭정역서(崇禎曆書)』의 간행에 참여하였으나 완성을 보지 못하고 이듬해 사망하였다.

---

4. 의의 및 평가

「이선생복우전부서(利先生復虞銓部書)」는 『천주실의』에서의 논조에 비해 현저하게 온화하고 많은 것에서 뒤로 한 발 물러섰다. 전교사가 중국에 온 것에 대하여, "천주의 지극한 도를 받들어 천명하기 위함"이라는 취지는 결코 꺼리거나 숨기지 않았지만, 우순희가 제기한 바의 부처를 대체하고자 하고 있다는 질책에 대해서는 정면으로 답변하지 못하였다. 다만 만약 중국이 예부터 천주를 신봉했다면, 반드시 불교를 믿는 것과는 다른 좋은 변화를 초래했을 것이라고 말하고 있다.

동시에, 마태오 리치는 이 서신 속에서 여전히 천주교와 불교의 구별 및 유학을 끌어다가 불교를 폄하하고 배척하는 입장을 견지하였다. 이것이 바로 요순주공은 옳고 부처는 그르며, 삼대(三代)의 선유(先儒)는 옳고 한(漢) 이후의 신유(新儒)는 그르다는 의론이다.

그러나 그는 또한 중국에 전입(傳入)한 시간의 장단, 신앙인 수의 많고 적음 및 경전 번역 수량의 많고 적음이 눈에 들어왔고, 천주교는 불교와 비교하여 현저하게 열세에 처해 있다고 말하였다. 이것이 리치가 "지금 아직은 또한 승부를 논할 수 없으며", "이를 갖고 서로 힐난함"에는 내일을 기다린다고 말한 까닭이다. 이러한 상황 하에서, 리치는 『천주실의』에서의 오만한 기세로 반감을 초래한 교훈을 받아들여, 이 서신 속에서는 스스로 깊이 자제했을 뿐만 아니라, 주동적으로 불교와 공통점을 찾고 다른 점을 보류한다고 하여, 사람들로 하여금 놀라 의아하게 여기게 할 관점을 제기하였다.

여기에만 그치지 않고, 이 서신의 말미에서 리치가 양교(兩敎)가 진술한 바가 모두 서로 일치하여, "곧 이형(異形)의 골육이 어찌 다행히 이 같을까"라고 한 견해는 종래에 없었던 것이다. 리치의 관점은, "이렇게 내가 저술한 서적에 의지해서, 유가 학설을 칭찬하고 그 외의 불교와 도교 두 종교 사상을 논박했으나, 결코 직접 공격한 것이 아니고, 다만 그들의 사상과 천주교의 교의(教義)가 서로 충돌할 때에야 비로소 논박을 가했다. 이 때문에 중국 사대부 속에서 결코 아무런 적도 없다[14]고 하였다. 리치는 과거 『천주실의』에서 주동적으로 공세를 취한 입장으로부터 크게 후퇴하였다.[15]

그러나 주굉의 「천설」에 대한 비판에서 보이고 있는 어조는 또한 위와 아주 다르다. 철저하게 배불적(排佛的) 입장을 나타내고 있다. 또한 중국에서 당시 삼교합일(三教合一)의 사상적 추세 및 당시 리치에 의해 비판받은 고승·도인(高僧道人) 대부분이 당시 청류인사(淸流人士)들에 의해 중요하다고 여겨졌던 사람들이었다는 점이, 리치의 전교 방법과 어떤 관계가 있었는지를 고려해 볼 필요가 있다고 생각한다.

5. 조선에 끼친 영향

안정복(安鼎福)은 『변학유독』을 언급하여 연지화상(蓮池和尙)과 마태오 리치가 천학(天學)을 논한 서간인데 그 변론이 정핵(精覈)하나 왕왕 창(槍)을 잡고 방안으로 들어가며, 마명(馬鳴), 달마(達摩) 등의 여러 사람과 보루(堡壘)를 대치하여 깃발을 세워놓고서도 서로 쟁변하지 않은 것이 유감이라고 평하고 있다.[16] 늦어도 안정복이 보았던 때인 1757

---

14) 『辯學遺牘』; 李之藻 編輯, 『天學初函』 第2冊, 415쪽.
15) 沈定平, 『明淸之際中西文化交流史 - 明代: 調適與會通』, 北京: 商務印書館, 2001, 432~436쪽.
16) 安鼎福, 「上星湖先生別紙 丁丑」, 『順菴先生文集』 上冊 卷2, 서울: 성균관대학교 大同文化硏究院, 1970, 46~47쪽.

년(英祖 33) 이전에 조선에 전래되었을 것이다.[17]

〈해제 : 송요후〉

---

17) 배현숙, 「17·8世紀에 傳來된 天主敎書籍」, 『교회사연구』 제3집, 한국교회사연구소, 1981.

참 고 문 헌

1. 단행본

정민, 『18세기 조선 지식인의 발견』, 휴머니스트, 2007.

최소자, 『明淸時代 中·韓關係史 硏究』, 이화여자대학교출판부, 1997.

臺灣中央圖書館編, 『明人傳記資料索引』, 북경: 中華書局, 1987.

方豪, 中國天主敎史人物傳, 香港公敎眞理學會, 香港, 1970.

沈定平, 『明淸之際中西文化交流史-明代: 調適與會通』, 北京: 商務印書館, 2001.

林仁川·徐曉望, 『明末淸初中西文化衝突』, 上海: 華東師範大學出版社, 1999.

L. Carrington Goodrich, Chaoying Fang edited, Dictionary of Ming Biography
　　　1368-1644(明代名人傳), Columbia University Press, 1976.

2. 논문

배현숙, 「17·8世紀에 傳來된 天主敎書籍」, 『교회사연구』 제3집, 한국교회사연구
　　　소, 1981.

한연정, 「마태오 리치와 交流한 漢人士大夫에 대한 考察」, 이화여자대학교 석사
　　　학위논문, 2000.

蕭錦華, 「近世耶穌會士之儒化神學與中日破邪論」, 『中國史硏究』 第93輯, 2014.

『사말진론(四末眞論)』

분류	세부내용
문 헌 종 류	한문서학서
문 헌 제 목	사말진론(四末眞論)
문 헌 형 태	목판본
문 헌 언 어	漢文
간 행 년 도	1675년
저 자	쿠플레(Philippe Couplet[Coplet], 栢應理, 1623~1693)
형 태 사 항	60면
대 분 류	종교
세 부 분 류	천주교 교리
소 장 처	서울대학교 규장각한국학연구원 北京大學校 圖書館 古籍特藏室 Bibliothèque nationale de France
개 요	인간이 반드시 겪어야 하는 네 가지 종말, 즉 죽음, 사후의 천주의 공의의 심판, 그리고 심판 뒤에 가게 될 영원한 즐거움이 있는 천당과 영원한 형벌이 있는 지옥에 대하여 논하고, 살이 있을 때 이에 대비해야 함을 권함.
주 제 어	사말(四末), 사망(死候), 심판(審判), 천당(天堂), 지옥(地獄), 성체(聖體), 진복(眞福)

1. 문헌제목

『사말진론(四末眞論)』

2. 서지사항

『사말진론』은 벨기에 신부 쿠플레(Philippe Couplet[Coplet], 栢應理; 1623~1693)가 썼는데, 1권으로 되어 있다. 해제에 참고한 것은 鐘鳴旦 等編, 『법국국가도서관명청천주교문헌(法國國家圖書館明淸天主敎文獻)』제 24책, 臺北: 臺北利氏學社, 2009, 155~213쪽에 실려 있는 것이다. 겉표지에 책 제목이 있고 그 옆에 가로 두 줄로 "Couplet/ De quatuor Novissimis a Philippe Couplet"라 필사되어 있다. 다음 장에 예수회의 문장(emblem)과 그 4면 각 귀퉁이에 '耶穌聖號(예수 성스러운 이름)'의 네 자를 오른쪽 위로부터 시계 반대 방향으로 돌아가면서 한 자씩 배치시켰다. 그 다음 장에 다시 '四末眞論'이라는 제목이 나오고 다음 장에 4면에 걸쳐 쿠플레의 서문이 나온다. 말미에 "康熙乙卯年嘉平月雲間敬一堂梓"라고 있어 1675년(康 熙 14) 음력 12월에 운간(雲間. 江蘇省 上海) 경일당(敬一堂)[1]에서 판각, 인쇄되었음을 알 수 있다. 파체코(Felicianus Pacheco, 成際理, 1622~1687) 가 출판을 허락했다고 나온다.

1권이며 본문 52면으로 구성되어 있고, 한 면은 8줄, 한 줄에 20자 로 되어 있다. 네 가지의 마지막 때의 일들 즉, 죽음, 심판, 천당, 그리 고 지옥에 대해 다루고 있다. 따라서 네 부분으로 나뉘어 있고 각 부 분의 첫 면마다 내용과 관련된 삽화가 들어가 있다. 각 내용에 뒤이어 성인(聖人)들의 관련되는 금언들이 열거되어 있다. 그리고 마지막으로

---

1) 경일당(敬一堂) : 상해에서 가장 오래된 성당이다. 원래는 한 상서(尙書)의 저택이었는 데, 1640년에 서광계(徐光啓)의 손녀인 서 마르티나(徐 Martina)의 후원으로 브란카티 (Franceco Brancati. 潘國光: 1607~1671)가 구입하였다. 후에는 노천주당(老天主堂), 노당(老堂)으로 알려졌다(Albert Chan, S.J., *Chinese Books and Documents in the Jesuit Archives in Rome, A Descriptive Catalogue. Japonica-Sinica Ⅰ-Ⅳ*, M, E. Sharpe, 2002, 153~154쪽).

바뇨니(Alfonso Vagnoni/Vagnone, 高一志 또는 王豊肅, 1566~1640)가 기술한 「종말지기심리우정수(終末之記甚利于精修)」가 첨부되어 있다.

중국 북경대학교(北京大學校) 도서관 고적특장실(古籍特藏室)에 소장되어 있는 판본은 표지에 '四末眞論'이라는 제목이 나오고, 그 다음 면 윗부분에 "Phil. Couplet, s. j.(柏應理, 1624~1692)/ DE QUATUOR NOVISSIMIS/ VERA DOCTRINA/ 4a editio", 그 아래에 "一千六百七十五年初版/ 一千九百二十五年四版/ 江蘇主敎姚重准/ 上海土山灣慈母堂重印"이라고 나온다. 다음 면에 '서(序)', 또 그 다음면에 '인(引)'이 있고, 그에 이어서 "遠西耶穌會士柏應理撰/ 値會 成際理准"이라고 있다. 그 다음 장 왼편에 '死候說'에 해당하는 그림이 나오는데, 1675년 경일당판과는 전혀 다르게 그려져 있으나, 사면에 있는 글은 같다. 나머지 세 그림도 역시 그러하다.

[저자]

쿠플레는 자(字)가 배리(裴理), 신말(信末)이다. 스페인 지배 하의 네덜란드 메헬렌(Mechelen. 현재 벨기에)에서 태어났다.[2] 1640년 10월 11일 예수회에 들어갔다. 1654년 5월 6일 벨기에 루벤(Leuven)에서 인도로 가고자 하였고, 1656년 Michal Boym(卜彌格; 1612~1659)[3] 신부를 따라 중국에 왔다.[4]

---

2) [法]榮振華著, 耿昇譯, 『在華耶穌會士列傳及書目補編』上冊, 北京: 中華書局, 1995, 161쪽에는 1622년 5월 31일에 태어났다고 한다. 方豪, 『中國 天主敎史 人物傳』 第2冊, 香港 : 公敎眞理學會, 1970, 180쪽에는 1624년(明 天啓4년)에 태어났다고 한다.

3) Michal Boym(卜彌格; 1612~1659) : 폴란드 과학자, 탐험가이며 중국에 파견된 예수회 선교사이다. 라틴어, 불어 등 유럽 언어에 대한 중국어 사전들을 저술하였다.

그는 강서(江西), 복건(福建), 호광(湖廣), 절강(浙江) 등에서 활동하였다. 그는 강남(江南) 지역에서 오랜 동안 많은 사업을 행하였는데, 송강(松江), 상해(上海), 가정(嘉定), 소주(蘇州), 진강(鎭江), 회안(淮安) 및 숭명(崇明) 등지에서 활동하였다.[5] 강남 일대에서 허찬증(許纘曾)의 모친인 서감제대(徐甘第大: 徐光啓의 손녀)의 후원으로 많은 교당을 중건하였다. 1664년(康熙 3) 교난(敎難) 때에는 40일 동안 각 향촌을 시찰하며 440명에게 세례를 주었다. 절강(浙江)의 선교사들이 핍박을 받아 떠날 때에는 브란카티(Francesco Brancati. 潘國光: 1607~1671)의 명을 받아 교우들을 찾아가 위문했다.

1681년 12월 5일(양력)에 마카오(澳門)에서 네덜란드 배를 타고 로마로 돌아가, 교황청에 중국어로 미사를 거행하는 것을 허락해 줄 것을 청구하였다. 그는 로마로 돌아갈 때 중국인 오어산(吳漁山)[6]을 데리고 가고자 했으나 이루지 못하였다. 그는 가져 간 400책(冊)을 교황에게 헌정하였다.

---

4) Michal Boym 신부는 남명(南明) 영력제(永曆帝)의 도움 요청에 대한 교황의 답서를 갖고 갔다고 한다(Mungello, David E., *Curious Land: Jesuit Accommodation and the Origins of Sinology*, University of Hawaii Press, 1989, 253~254쪽).

5) 1659년 강서에 도달하고, 1661년에 복건, 이후 호광, 절강에, 그리고 1663년에 남경, 1665년 교난 가운데 소주에 도달하였다. 후에 광주(廣州)로 쫓겨났다가 1671년 돌아와 1673년 송강에 도달하고, 1677년 숭명도(崇明島)에 들어갔다. 1681년 로마로 파견되어 1681년 12월 5일 마카오를 떠나 1682년 10월 8일 네덜란드에 도착하였다([法]榮振華著, 耿昇譯, 『在華耶穌會士列傳及書目補編』上冊, 北京: 中華書局, 1995, 161쪽).

6) 오어산(吳漁山, 1632~1718) : 이름 오력(吳歷), 자(字) 어산(漁山). 강소성(江蘇省) 상숙(常熟) 출신. 그는 저명한 화가로 청대 사왕(四王: 王時敏, 王鑑, 王石谷, 王原祁) 및 운수평(惲壽平)과 더불어 '청육가(淸六家)'로 통칭되었다. 그는 산수, 수묵화뿐만 아니라, 시(詩)와 서(書)에도 뛰어났다. 그는 청나라 군이 강남 지역 민들에 대해 살육을 자행하는 것을 보고, 천주교에 정신적으로 의탁하고자 했고, 쿠플레와 알게 되어 1675년 세례를 받았다. 1681년 쿠플레와 함께 마카오에 가서 천주교 신학을 공부하고 1688년 강남으로 다시 돌아와 중국인 신부가 되었다. 상해(上海), 가정(嘉定) 일대에서 전교하였다.

이 중에는 불리오(Ludovicus Buglio, 利類思, 1606~1682)[7]의 『미살경전(彌撒經典)』도 있었고 이 책들은 바티칸도서관에 수장(收藏)되었다. 중국어로 미사를 드리는 것은 비준(批准)을 얻지 못하였다. 1692년 다시 중국으로 떠났는데, 가는 길에 인도의 고아(Goa, 臥亞; 果阿) 부근 해상에서 풍랑을 만나 머리에 부상을 입어 세상을 떠났다(1693년 5월 16일)

쿠플레의 그 외의 저술들은 다음과 같다.

- 耶穌會士傳略(라틴어): 1686년 프랑스 파리에서 중국어로 聖教信證으로 번역, 출판됨.[8]
- 『天主聖教百問答』
- 推定歷年瞻禮日法(永定歷年瞻禮日法. Jap-Sin Ⅰ, 104)
- Confucius Sinarum philosophus … sive, Scientia Sinensis latine exposita

  Tabula chronologica Monarchiae sinicae(1687년 프랑스 파리에서 출판).
- Elementa linguae tartaricae
- Histoire d'une dame chrétienne de la Chine
- Il natural lume de Cinesi : teoria e prassi dell'evangelizzazione in Cina nella Breve relatione di Philippe Couplet S.J.(1623~1693). Catalogus librorum sinicorum

  Breve Relatione dello stato e qualità delle missioni della Cina[Jap-Sin 131][9]

---

7) 불리오(Ludovicus Buglio, 利類思, 1606~1682) : 이탈리아 시칠리 출신, 중국에서 활동한 예수회 선교사이다. 수학자이며 신학자이다.
8) 方豪, 『中國 天主教史 人物傳』第2冊, 香港 : 公教眞理學會, 1970, 182쪽.
9) http://riccilibrary.usfca.edu/view.aspx?catalogID=5368 (2016. 3. 15).

3. 목차 및 내용

[목차]

[내용]

쿠플레의 서문에 바로 이어서 다음 면에 '引'이라는 제목이 없이, 이 책의 전반적인 내용 설명이 다음과 같이 나온다.

"사람이 세상을 살아가는 것은 여행객이 바다를 건너는 것과 같다. 그 길을 바르게 하고자 한다면, 동서남북을 살펴보고 향해야 바르게 나아가 길을 헤매지 않는다. 어디로 가는지 모르다가 갑자기 배가 잠기면 구원할 방법이 없다. 무릇 인생은 바다이고 사말(四末)은 네 방향이다. 참된 것을 생각할 수 없고 상황(狀)을 살필 수 없이, 어찌 길을 바르게 하고, 빠지는 것을 면하겠는가?"

1) 사망설(死候說)

묘 속에 해골이 묻혀 있는 그림이 있고, 그 묘실 바닥에 "스스로를 비춘 그림(自鑑圖)"라는 제목이 있다. 그 해골 위 묘의 천장에는 "세상의 영화는 묘로 귀착된다(世榮歸墓)"고 있다. 그리고 이 그림의 사면에 "죽음은 면하기 어렵다.", "내가 예전에는 너와 같았다. 지금 어찌 생각하지 않는가?", "너는 후에 나와 같이 될 것이다. 지금 어찌 경계하지 않는가?", "환영(幻影)은 도와주지 못한다."고 써 있다. 묘실 안의 해골이 독자들에게 경고하는 방식을 써서, 이러한 말들에 의거해, 죽음에 대비할 것을 권하고 있다.

죽음은 누구도 피할 수 없으며 매일매일 그에 가까이 다가가는 것인데 잠시의 쾌락을 꾀함으로써 영원한 고통을 얻는다. 그리고 죽음은 갑자기 임한다. 따라서 죽음을 대비하라고 한다. 사람의 삶은 화살과 같다. 살아 있을 때 죽을 것과 죽으면 다시는 살지 못함을 생각해야 한다. 세상의 속임을 받는 것을 마귀의 함정에 빠지는 것이라 하고, 그림에 보이는 자신의 추한 모습을 거울로 삼으라고 한다.

성인이 말씀하신 열 가지 규례(聖言十則)에는 천주교에서 추앙하는 열 명의 성인들이 죽음과 관해 논한 언설들을 제시하고 있다. 인간의 죽음의 의미, 즉 이 세상의 삶 이후에는 영원한 삶이 또 있다는 것을, 따라서 세상적인 삶의 종말에 이를 때를 늘 생각할 것을 권하고 있다.

2) 심판설(審判說)

그림에 보면, 하늘에서 누군가 저울을 들고 있다. 저울 양끝의 접시

위에 한 사람의 공(功)과 과(過)가 올려져 있다. 손과 저울대 사이에는 거울과 함께 바늘이 있다. 바늘은 공과 과의 어느 쪽으로 기울어진 모습을 보인다. 거울의 한 쪽에는 "명경(明鏡)의 위에 바르고(貞) 사악함(邪) 명백하게 드러난다."가, 다른 한 쪽에는 "사람은 스스로 비춰보고 과거의 허물을 애절하게 고쳐야 한다."고 있다. 그리고 이 그림의 사면에 "심판은 피하기 어렵다.", "균형이 잡힌(衡平) 저울 끝의 양 접시는 무겁고 가벼움으로 한 쪽으로 치우치지 않는다.", "공과(功過)는 정밀하게 정해지고, 세세하게 궁구함이 엄격하다.", "공과가 저울을 확정시킨다."고 써있다.

사람의 영혼이 육체를 떠나면 천주의 심판을 받는다. 천주께서는 무소부재하셔서 순식간에 그 일생의 선하고 악함을 판단하심에 조금도 남김이 없고 어느 누구도 면할 수 없다. 그럼에도 인간은 악마의 계략에 속아서 사후(死後)에 주의 상벌이 없고 사람의 허물과 죄를 소멸시키는데 승려와 도사에 의뢰해야 한다고 믿음으로써 천주께 불순종하기에 이르렀다고 한다.

세상에 사는 동안, 천주께서 하늘을 만드셔서 인간을 덮고, 땅을 만드셔서 신고 있으며, 해와 달을 만드셔서 비추며, 만물을 만드셔서 양육하며, 천사(天神)을 만드셔서 보호하시며, 성인(聖人)에게 명(命)하여 가르치게 하신 은혜를 생각하여, 평일의 행하는 바가 주의 명령에 맞는가의 여부를 생각하며 사후의 심판에 대비해야 한다고 한다.

성인이 말씀하신 열 가지 규례(聖言十則)에는, 죽은 후 영혼(靈神)은 주의 심판을 받을 것이니 선(善)에 게으르지 말 것을 권한다. 또한, 세상의 종말의 날에 육신의 부활과 진주(眞主)를 두 눈으로 장차 볼 것임을 언급하고 있다.

3) 천당설(天堂說)

그림에 면류관이 있고 그 사면에는 "영원한 즐거움은 비할 바가 없다.", "세상의 복은 지극히 잠시이며, 얻을 것을 염려하고 잃을 것을 염려한다.", "하늘의 복은 지극히 영원하니 얻고 잃음을 염려함이 없다.", "선(善)이 없으면 보상이 없다."고 써있다. 세상적인 복과 하늘의 복은 비할 것이 못되며, 선을 통해서만이 그에 대한 보상이 따름을 밝히고 있다.

천당의 즐거움은 지옥의 고통과 정반대로 비할 바가 없는 즐거움이라고 하고, 그 즐거움이 어떠한 것인가를 구체적으로 제시하고 있다.

그리고 천국에서의 인간의 존재 상태와 삶의 모습이 세상적인 즐거움과 어떻게 다른가를 대비하고 있다. 따라서 사람이 무궁한 행복을 얻고자 하면, 천주께서 친히 말씀하신 것을 믿거나, 성현이 전한 바를 믿어 의심하지 말아야 한다. 사랑하는 자는 성심으로 천주를 만물의 위에서 생각하고 간절히 그 계율을 준수하여 하나라도 어기지 않는다. 평생에 믿음, 소망, 사랑의 세 가지 덕이 있으면, 그 공(功)은 반드시 온전하고 천상의 영원한 응보가 따를 것이다.

성인이 말씀하신 열 가지 규례(聖言十則)에는, 천당의 쾌락은 사람의 눈이 아직 보지 못했고, 사람의 귀가 아직 듣지 못했으며, 사람의 마음이 아직 헤아리지 못하였다고 한다. 즉, 천상의 선인(善人)의 지락(至樂)은 말로 다할 수 없다. 대개 저들은 남을 사랑하기를 자신 같이 한 즉, 각각 타인의 복을 자신의 복으로 삼고 타인의 즐거움을 자신의 즐거움으로 삼는다. 그리고 우리 영혼의 주인이신 천주의 성체(聖體)를 우리의 거울로 삼고 잘 비추어봐야 한다고 한다. 진복(眞福)은 세상에 있을 때 선을 행하고 고통을 참으며, 구하면 반드시 얻을 것이라고 한다.

4) 지옥설(地獄說)

그림에 사람의 얼굴이 지옥불의 한가운데 있다. 검과 봉이 그 사람의 목 위로 교차해 있고, 지옥불은 한 마리의 뱀이 감싸고 있다. 사면에 "영원한 고통은 비할 바가 없다.", "검(劍)의 날은 접촉하기 어려우니 사람이 있는 힘을 다해 막아야 한다.", "하늘의 노(怒)는 헤아리기 어렵고 그 벌은 끝이 없다.", "악이 없으면 벌을 받지 않는다."라고 써 있다. 지옥의 벌은 각자가 막고자 노력해야 함을 보이고 있다.

지옥은 천주께서 악에게 영원히 벌을 주기로 정한 곳으로, 극한 고통을 받는데 끝이 없다. 석가모니가 말한 것처럼 연화(蓮花)로 될 수 있고, 육도(六道)를 윤회하며 정토에 전생(轉生)해서 빠져 나오는 때가 있는 것이 아님을 분명히 하고 있다.

지옥은 제화(諸禍)가 모여 있는 곳으로 땅의 깊은 곳에 있다. 지옥의 고통에는 두 가지가 있다. 하나는, 잃는 고통(失苦)이고, 다른 하나는 느끼는 고통(覺苦)이다. 사람이 생전에 범죄로 주를 배반하고 사후에는 영원히 주를 볼 수 없게 됨이 잃는 고통이다. 생전에 욕망을 따르고 사후에 오관(五官) 사지(四肢)가 모두 벌을 받으니, 이것이 느끼는 고통이다.

지옥의 고통은 희망이 없는(無望) 고통이며, 끝이 없는 고통이다. 죽고자 해도 죽을 수 없고 항상 죽으나 다할 수 없다.

성인이 말씀하신 열 가지 규례(聖言十則)에는, 지옥 및 지옥의 만 가지 고통은 두려워할 만한 것이 아니다. 다만 자부(慈父)의 복스런 얼굴(福顏)을 잃고 영원히 멀리 하고 관계가 끊어지는 것이, 바로 두려워할 만한 것이라고 한다. 사람이 주의 명을 범한 죄와 허물은 오직 주 예수의 한없는 공덕만으로 보상하여 멸할 수 있다. 그러나 악한 사람은 저승의 옥(幽獄)에 들어가 자비로운 주의 은택을 누릴 수 없다. 그런데, 사람은 현세의 즐거움을 사모하고, 후세(後世)의 고통을 생각하지 않는다. 지혜로운 사람은 항상 생각하며 세상적인 즐거움을 꺼려, 즐긴 후의 고통을 면할 수 있다고 한다.

5) 종말에 대한 기록은 최고로 수양하는데 매우 이롭다(終末之記甚利于精修)

종말이라는 것에는 네 가지가 있으니, 사망, 심판, 천당, 지옥이 그것이다. 성경에서는, "세상 사람은 오직 너의 종말을 잊지 않는 자는 반드시 장차 죄가 없을 것이라고 한다." 생명의 마지막 날은 멀리 떨어져 있지 않고, 또한 이 날은 예측할 수 없는데, 그 때가 이르면, 반드시 주의 엄한 심판을 받아 옥(冥獄)에 떨어져 무한한 재앙을 받거나 또는 천당에 올라 가 끝없는 즐거움을 받는다고 생각한다면, 두려움 때문에 사사로운 욕망을 극복하고 힘을 다해 덕을 닦을 것이라 하고, 마귀의 계략 중 가장 해로운 것이 세상 사람으로 하여금 그 종말에 대한 생각을 잊게 하는 것이라고 한다. 사람의 어리석음은 단 것을 취하다가 미혹되어 큰 위험을 잊고, 깨닫지 못하는 사이에 명옥(冥獄)에 떨어져 마침내 마귀에게 사로잡혀 영원히 모욕을 당하는 것이다.

종말을 생각함의 이익에는 세 가지가 있다. 첫째는, 이로써 오만한 마음을 공벌(攻伐)함이고, 둘째는, 재물과 권세, 공명, 부귀를 가벼이 하게 됨이다. 셋째는, 두려워하지 않고 평안하게 죽음을 받아들이게 된다. 죽음은 세상 고통의 끝이며 영원한 삶의 시작이니, 더욱 기쁘고 바라는 바(願)가 된다.

이 부분은 바뇨니(Alfonso Vagnone, 高一志, 1566~1640)의 『천주성교사말론(天主聖敎四末論)』의 제4권 「천당(天堂)」의 제13장 '終末之記甚利于精修'을 그대로 옮겨 놓은 것이다.

4. 의의 및 평가

죽음이 언제, 어디에나 존재한다는 것은 유럽 중세말의 종교 지도자들이 그들의 설교를 죽음이라는 주제에 초점을 맞추게 하였다. 이때 그들이 다룬 중요한 부분이 선종(善終)의 방법이었다. 그들은 죽음을 궁극적인 선택의 순간으로 보았다. 사람이 잘 죽는 법을 배우는 것은 잘 사는 법을 배워야 함을 의미하였다. 공포심을 일으키는 설교에서 이 세상의 헛됨이나 저 세상에 대한 상상적인 이야기들은 잘 죽는 방법과 관련되어 있었다. "네 개의 종말들(四末: quatuor novissima)"-죽음, 심판, 천당과 지옥-에 대한 묵상들이 매우 중요해졌다. 이들 묵상들은 자신이 죄인임을 깨닫게 함에 목적을 두었다. 죽음, 심판과 지옥에 대한 묵상은 사람들의 영혼이 변화되어 회개에 이르도록 권하고, 천당에 대한 묵상은 희망을 갖게 하였다.

이러한 것들이 중국에서 활동한 예수회 선교사들에 의해 선교를 위해 전파되었다. 쿠플레의 『사말진론(四末眞論)』은 바뇨니(Alfonso Vagnone, 高一志, 1566~1640)의 『사말론(四末論)』(1624년), 루벨리(Andrea Giovanni Lubelli, 陸安德/陸泰然, 1610~1683)의 『만민사말도(萬民四末圖)』(1681년), 모텔(Jacques Motel)의 『사말염효(四末念效)』(1688년), 그리고 오르티즈(Tomás Ortiz, 白多瑪:)의 『사종약의(四終略意)』 등과 같이 네 개의 종말을 전반적으로 다루고 있다. 카타네오(Lazzaro Cattaneo, 郭居靜)의 『身後編』(1622년경)이나 롱고바르디(Niccolò Longobardo)의 『死說』은 죽음이나 사후 세계 같은 특수한 주제를 다루고 있다. 또한, 브랑카티(Brancati)의 『천계(天階)』(1650년), 디아즈(Manuel Dias, Jr.)의 『피죄지남(避罪指南)』과 『천당직로(天堂直路)』(모두 1659년 이전), 루벨리(Andrea-Giovanni Lubelli)의 『진복직로(眞福直路)』(1670년)와 『선생복종정로(善生福終正路)』(1676년)

처럼, 악을 피하고 천당으로 나아가기 위한 안내서, 지침서 또는 길로서 표현되고 있는 책들도 있다. Avila의 Theresia의 영적 훈계들을 번역한 로(Giacomo Rho)의 『성기백언(聖記百言)』(1632년)과 Thomas a Kempis의 Imitatio Christi를 번역한 디아즈(Manuel Dias, Jr.)의 『경세금서(輕世金書)』(1659년 이전)도 이러한 부류의 서적들이다.[10]

쿠플레가 바뇨니(Alfonso Vagnone, 高一志, 1566~1640)의 『천주성교사말론(天主聖敎四末論)』의 제4권 「천당」의 제13장 '終末之記甚利于精修'을 그대로 옮겨 놓은 것을 보면, 쿠플레의 『사말진론(四末眞論)』은 바뇨니의 『천주성교사말론(天主聖敎四末論)』을 참고하여 썼을 것으로 보인다.

5. 조선에 끼친 영향

바뇨니(高一志)의 『천주성교사말론(天主聖敎四末論)』 4권이 정조(正祖) 15년(1791) 외규장각(外奎章閣)의 천주교 서적들과 함께 소각되었고,[11] 신유사옥(辛酉邪獄: 1801년)의 죄인 윤현(尹鉉)의 집에서도 『사말론(四末論)』 1책(冊)이 발각되었다[12]고 한다. 양자가 동일한 것인지는 알 수 없다.[13]

〈해제 : 송요후〉

10) Nicolas Standaert, *Handbook of Christianity in China Volume One: 635-1800*, Leiden; Boston; Köln: Brill, 2001, 629~630쪽.
11) 『外奎章閣形止案』, 張22~25쪽.
12) 『邪學懲義』, 384쪽.
13) 배현숙, 「17·8世紀에 傳來된 天主敎書籍」, 『교회사연구』 제3집, 한국교회사연구소, 1981.

참 고 문 헌

1. 단행본

方豪,『中國 天主教史 人物傳』第2册, 香港 : 公敎眞理學會, 1970.

[法]榮振華著, 耿昇譯,『在華耶穌會士列傳及書目補編』上册, 北京: 中華書局, 1995.

Albert Chan, S.J., Chinese Books and Documents in the Jesuit Archives in Rome, A Descriptive Catalogue. Japonica-Sinica Ⅰ-Ⅳ, M, E. Sharpe, 2002.

Mungello, David E., Curious Land: Jesuit Accommodation and the Origins of Sinology, University of Hawaii Press, 1989.

Nicolas Standaert, Handbook of Christianity in China Volume One: 635-1800, Leiden; Boston; Köln: Brill, 2001.

2. 논문

배현숙,「17·8世紀에 傳來된 天主教書籍」,『교회사연구』제3집, 한국교회사연구소, 1981.

『삼산논학기(三山論學記)』

분 류	세 부 내 용	
문 헌 종 류	한문서학서	
문 헌 제 목	삼산논학기(三山論學記; 三山論學; 三山論學紀)	
문 헌 형 태	목판본	
문 헌 언 어	漢文	
간 행 년 도	1627년	
저　　　자	알레니(Guilio[Julius, Jules] Aleni[Alenis], 艾儒略, 1582~1649)	
형 태 사 항	75면	
대 　분 　류	종교	
세 부 분 류	천주교 교리	
소 　장 　처	Bibliothèque nationale de France 동국대학교 중앙도서관	
개　　　요	천주의 유일성(唯一性). 선악(善惡)과 화복(禍福)의 문제. 영혼불멸과 사후심판. 천주 강생에 대한 증명과 의혹을 풀이함.	
주 　제 　어	섭향고(葉向高), 소무상(蘇茂相), 단습(段襲), 태극(太極), 원죄 (原罪), 극기복례(克己復禮), 유대, 도마(St. Thomas), 경교(景 敎), 강생, 상주(上主)	

1. 문헌제목

『삼산논학기(三山論學記)』

2. 서지사항

책의 제목은 '삼산논학기(三山[1]論學紀)', '삼산논학기(三山論學記)', '삼산논학(三山論學)'으로 칭하여지고 있다. 알레니(Guilio[Julius, Jules] Aleni [Alenis], 艾儒略, 1582~1649)가 저술하였는데, 알레니와 섭향고(葉向高)[2] 등 여러 사람이 복주(福州)에서 이틀에 걸쳐 천주교(天學)의 교리에 대해 논한 책이다. 이 책이 판각(板刻)된 연대와 장소에 대해, L. Pfister(費賴之) 는 명 천계(天啓) 5년(1625) 항주(杭州)에서 최초로 판각되었다고 한다. 그리고 그 뒤에 청 강희(康熙) 33년(1694) 북경에서 나온 것이 있고, 도광 (道光) 27년(1847년)판은 지명(地名)은 나오지 않고, '司敎馬熱羅 准'이라고 있다고 한다. 연월 미상의 서가회(徐家匯)각본, 또한 남경조주교(南京趙主 敎, Maresca)준인(准印)의 상해토산만고아원판(上海土山灣孤兒院板)이 있 다. 조주교(趙主敎)의 임기(任期)는 1847년(道光 27)부터 1855년(咸豊 5)까 지였고 현재 전해져 오는 것은 민국(民國) 12년 상해토산만(上海土山灣) 중각본(重刻本)이다.

---

1) "삼산(三山)" : 복건성(福建省) 복주(福州)의 별칭. 복주성(福州城)의 동쪽에 구선 산(九仙山), 서쪽에 민산(閩山), 북쪽에 월왕산(越王山)이 있으므로 삼산(三山)이 라고도 칭하여졌다.
2) 섭향고(葉向高, 1559~1627) : 자(字) 진경(進卿). 호(號) 대산(臺山). 복청(福淸) 사람. 섭조영(葉朝榮)의 아들. 만력 11년(1583) 진사, 서길사(庶吉士)에 선발되었 고 이부상서에 오르고 동각대학사(東閣大學士)를 겸하였다. 누차 시무(時務)의 득실을 올렸으나 황제가 쓸 수 없었다. 결국 관직에서 물러나 귀향하기를 간청 하였다. 광종(光宗)이 즉위(1620년 즉위, 사망)하면서 수보(首輔)가 되었다. 천계 제(天啓帝)가 위에 오르고(1621~1627) 환관 위충현(魏忠賢)이 정치를 독단하며 대옥(大獄)을 일으키고자 했는데, 섭향고 등 구신(舊臣)을 두려워하여 감히 뜻을 이루지 못하였고 선류(善類)들이 그에 의지해 보전되었다. 그는 시국을 어찌 할 수 없음을 알고, 힘써 자리에서 떠나고자 하였는데, 위충현이 결국 날로 모해(謀 害)하여 선류(善類)들이 전무하게 되었다. 69세에 사망, 문충(文忠)으로 시호가 내려졌다.(臺灣中央圖書館編, 『明人傳記資料索引』, 북경: 中華書局, 1987, 728쪽).

북평도서관(北平圖書館) 소장 명각본(明刻本)에는 소무상(蘇茂相)[3]·단습(段襲) 각각의 서(序)가 있는데, 연월이 적혀 있지 않다. 단습의 서에, "『삼산논학(三山論學)』서(書)는 애(艾)선생이 이미 민(閩: 福建省)에서 판각하였는데, 내가 어떻게 해서 강(絳)에서 또 판각하게 되었는가? 나의 형 구장(九章)[4]의 명(命)을 따른 것이다."라고 하는 말에 의거하여, 또한 복건각본(福建刻本)과 강각본(絳刻本)이 있고 1625년의 항주각본(杭州刻本)은 복주각본(福州刻本)의 잘못으로 의심되고 있다.[5]

방호(方豪)도 도광 27년(1847)판에 실려 있는 단습이 찬(撰)한「중각삼산논학서(重刻三山論學序)」에,

"『삼산논학(三山論學)』서(書)는 애선생이 이미 민에서 판각했다. 내가 어떻게 해서 강에서 또 판각하게 되었는가? 나의 형 구장의 명을 따른 것이다. 어찌하여 나에게 명했는가? 이르기를, 천주(天主) 저서(著書)의 공(功)이 큰데, 천주 각서(刻書)의 공 역시 크다. 중국은 넓어서 선생이 다 갈 수 없고, 담소도 다 들리게 할 수 없다. 다만 책만이 천주의 자애로운 뜻을 크게 천명할 수 있다. 두루 깨우침을 입으니 곳곳에 애선생이 있어 사람들이 애선

---

3) 소무상(蘇茂相) : 자(字) 홍가(弘家). 호(號) 석수(石水). 진강인(晉江人). 만력 20년 진사(進士). 절강순무(浙江巡撫)를 거쳐 형부상서를 역임했다(臺灣中央圖書館編, 『明人傳記資料索引』, 북경: 中華書局, 1987, 943쪽).

4) 구장(九章) : 이름이 단곤(段袞), 자(字)가 구장(九章)이다. 북경에서 천주교를 믿게 되었고 세례명은 스데반(Stephen, 斯德望)이다. 고향인 산서성 강주로 귀향한 후 친족과 사위에게 개종의 권하였다. 그는 강주의 부유한 거신(巨紳)이었다. 동생인 단습(段襲), 단의(段扆)와 함께 모두 열심인 교우(敎友)로 교내외(敎內外)에서 존경을 받았고 많은 자금을 들여 성당(聖堂)을 건립하였다(方豪, 『中國天主敎史人物傳』第1冊, 香港公敎眞理學會, 1970, 271~272쪽).

5) Louis (Aloys) Pfister著, 馮承鈞譯, 『入華耶穌會士列傳』, 臺灣商務印書館, 中華民國 49年, 158쪽.

생을 대면하는 것과 같고 또한 늘 애선생이 머물러 있는 것 같다. …… 애선생의 이 책은 대체로 모두 천주의 요지(要旨)이다. 민에 서 판각한 것이 북방에 도달한 것은 아주 적어, 사람들 대부분이 보기에 이르지 못하여서, 나의 형이 나에게 다시 서적을 판각하도 록 부탁한 까닭이다."6)

라고 한 것에 의거하여, 복건판(福建板)과 산서성(山西省) 강주판(絳州板)이 또 있었을 것으로 보고 있다. 그리고 이 책의 처음 부분을 보면, 명 천계 5년(1625) 섭향고가 알레니를 불러 복건성(閩)으로 들어오게 하였고, 1627년에는 삼산에 있는 섭향고를 알레니가 방문하면서 섭향고, 관찰 조공(觀察曹公)과 알레니 사이에서 천주교 교리를 논하기 시작하고 있다. 이에 의거하면, 최초 각본(刻本)은 1627이거나 숭정(崇禎) 초년(初年)이며, L. Pfister의 천계5년 항주각본이 있다는 것은 잘못이 다. 따라서 이 책의 최초 각본은 복주(福州)에서 있었고, 그 다음은 항 주, 또 그 다음은 곧 강주7)였다.8)

이 해제에 참고한 판본은 吳相湘主編, 『梵諦岡圖書館藏本 天主敎東傳文獻續編(一)』, 臺灣學生書局, 中華民國 55年, 419~493쪽에 실려 있는 것으

6) 吳相湘主編, 『梵諦岡圖書館藏本 天主敎東傳文獻續編(一)』, 臺灣學生書局, 中華民國55年, 425~429쪽.
7) 천계(天啓) 7년(1627) 강주에 전중국 최초로 교도들의 기부로 천주당이 세워졌고, 숭정 4년(1631)경에는 강주 지역에 이미 교당(敎堂)이 30여 곳이 있었다. 청 초에는 중국 전역에서 가장 넓은 땅에 지어진 천주당이 있었으며, 그곳에 천주 교를 믿는 신자들의 수는 전체 인구와 비교할 때 당시로서는 중국 각 전교구(傳敎區) 중 최고였을 수도 있다(黃一農, 「明末韓霖《鐸書》闕名前序小考 - 兼論歷史考據與人際網絡」, 『文化雜誌』 第40~41期, 2000). 명말 청초에 걸쳐 강주에서 천주 교가 널리 행하여진 모습을 추측해 볼 수 있다.
8) 方豪, 「影印三山論學記序」; 吳相湘主編, 『梵諦岡圖書館藏本 天主敎東傳文獻續編(一)』, 臺灣學生書局, 中華民國 55年, 18쪽.

로, 지명(地名)은 나와 있지 않고 1847년 '司敎馬熱羅 准'이라고 있다. L. Pfister는 '熱羅'는 '熱羅尼莫(Hieronimus)'의 간칭(簡稱)으로, 그는 1844년(道光 24)부터 1862년(同治 元年)까지 마카오주교(澳門主敎)를 맡았던 Hieronimus da Matta(Jérome da Matta[9])라고 한다. 따라서 이 판본은 마카오주교 마타(Hieronimus da Matta, 馬熱羅) 준인본(准印本)이며, 이 본에 단습의 서가 있는 것으로 봐서 강주본에 의거해 복제(翻刻)한 것이다.[10]

동국대학교에 필사본 『삼산논학기(三山論學紀)』가 소장되어 있는데, '思及艾先生述', '武林天主堂重梓'라고 있고, 그 다음 쪽에는 책 제목과 함께, '泰西 耶穌會士艾儒略 述/同會 費奇規・陽瑪諾・費樂德 訂/值會 陽瑪諾 准/杭州 范中・錢塘 舒芳懋 較'라고 있다. 서문도 없이 다음 쪽부터 정문(正文)이 시작되고 있다. 무림(武林)은 항주(杭州)의 별칭이므로 항주에서 나온 것임을 알 수 있는데, 필사본이며 해제에 참조한 판본과 대조할 때 글자의 이동(異同)이 꽤 있다. 앞의 내용을 보면, 항주판본(杭州板本)을 근거로 필사한 것이 아닌가 하는데, 확실하지 않으며 조사가 필요하다고 생각한다.

한국교회사연구소에 1847년 한문(漢文) 청판본(목록번호 13760), 1896년 향항(香港) 한문 청판본(목록번호 13758), 그리고 1904년 향항에서 출판된 것(목록번호 13759)이 소장되어 있다.

[저자]

알레니 신부는 이탈리아 인으로 중국어 이름은 애유략(艾儒略),[11] 자

---

9) Louis (Aloys) Pfister著, 馮承鈞譯, 『入華耶穌會士列傳』, 臺灣商務印書館, 中華民國 49年, 158쪽.

10) 이 책은 방호(方豪)가 민국(民國) 54년 여름 대북(臺北) 길거리에서 구매한 것이라고 한다(위의 책).

(字)는 사급(思及)이다. 1582년(萬曆 10년) 이탈리아 브레시아(Brescia)에서 출생했다. 1608년경 신부 신품(神品)을 받았다. 1609년 원동(遠東)에 파견되어 1610년 마카오(澳門)에 도달, 스피라(de Spira, 史惟貞, 1584~1627) 신부와 함께 광주(廣州)에 들어가고자 시도했으나 뱃사공에 의해 팔려 구금되었다가 몸값을 내고 풀려나 다시 마카오로 돌아왔다. 1613년에 비로소 내지로 들어가 처음에는 북경에 파견되어 갔다. 같은 해 개봉(開封) 유태교당에 파견되어 유태교 경전을 구했으나 거절되었다. 그 후 서광계와 함께 상해(上海)로 갔다가, 모(某) 대리(大吏)가 서학을 논해주기를 요청하여 양주(揚州)로 갔다. 모 대리는 천주교로 개종, 세례명을 Pierre(Peter)라 하였다. 그 대리가 섬서(陝西) 요직에 임명되어 함께 갔다는데, 오래지 않아 복건총독(福建總督)에 임명되어 내려가면서, 알레니는 산서(山西)로 들어갔다. 1619년(1620년 전후)에는 절강성(浙江省) 항주로 갔다. 이곳에는 양정균(楊廷筠), 이지조(李之藻) 외에 Martin(瑪爾定)이라는 세례명을 가진 진사(進士)가 있었다. 그는 신앙심이 독실하였고 이로 인해 항주 교회가 자급(自給)할 수 있었다. 모두 250인에게 세례를 행하였다. 1620년에는 산서(山西) 강주(絳州)로 가서 산서전교구(山西傳敎區)를 창건하였다. 1623년에는 구태소(瞿太素, 子名 Matthieu. 마태오)의 초청으로 강소성 상숙(常熟)으로 가 가르침을 시작하였다. 그의 종형(從兄)인 도마(Thomas)가 알레니에게 세례를 받았고[12] 그의 힘의 의지해 몇 주 사이에 입교자가 220여 명이 되었다. 1624년 각로(閣老) 섭향고(葉向高)가 사직하고 귀향하는 길에 항주를 거쳤는데, 알레니가 만나기

---

11) 애유략(艾儒略) : 유약(儒略)은 그의 세례명 Julio의 역음(譯音)이고, 애(艾)는 그의 본명 Aleni의 제일 첫 자의 역음이다(方豪, 『中國天主敎史人物傳』 第1冊, 香港公敎眞理學會, 1970, 189쪽).

12) 方豪, 『中國天主敎史人物傳』 第1冊, 香港公敎眞理學會, 1970, 189쪽에는 구식사(瞿式耜)라고 한다.

를 청하였다. 섭향고는 복건(福建)으로 오도록 초청하였다. 섭향고는 아직 입교하지 않았으나 교사(敎士)들을 선대하였고, 1616년 남경교안(南京敎案)이 일어났을 때에 옹호해주었다. 알레니는 오랜 동안 복건에 전교할 뜻을 갖고 있었고 1625년 복주(福州)에 들어가[13] 드디어 복건에서 최초로 가르침을 펴게 되었다. 복주에는 한 유명한 문사(文士)가 있었는데, 그는 전국에 매우 명망 있었고 관리들로부터 존경을 받았다. 그는 2년 전에 항주에서 이미 세례를 받았고 천주교의 전파를 매우 원하고 있었다. 그는 복주의 고관, 학자들을 소개하면서, 알레니가 학식과 교리가 모두 뛰어남을 칭찬하였고, 섭향고도 그를 칭송하였다. 알레니는 오래지 않아 성 안에서 전교하였고 사대부와 한 차례 변론한 후에 세례를 받은 자가 25명이었는데, 그 중에 수재(秀才)가 여러 명이 있었다. 1625년 4월에 복건전교구(福建傳敎區)를 창건하였다. 1634년에는 복건성 천주(泉州), 흥화(興化)에서 세례를 받은 자가 257명이 되었다. 영춘(永春)과 그 부근으로 가서 전교하였을 때에는 매년 새로운 입교자가 8~9백 명이 되었다. 1638년(崇禎 11) 모든 신부가 중국에서 축출되었다. 당시 교당이 매우 많았는데, 천주 한 부(府)에만 13개소가 있었다. 이때 성(省) 전체에

---

13) 李嗣玄, 『泰西思及艾先生行述』, 法國國家圖書館藏, 中文編 號1017, 강희 28년 [1689] 초본에는, "乙丑(1625년, 천계 5) 상국(相國) 섭공(葉公)이 정치에서 물러나 귀향하며 무림(杭州)을 경유하는 도중에 선생을 만나, 서로 늦게 보게 된 것을 한탄하며 힘써 복건으로 들어올 것을 청하였다. 선생 역시 남쪽으로 내려갈 뜻을 표하여 곧 함께 배를 타고 왔다."라고 하는데 반해, 섭향고가 저술한 『蓮編』, 臺北 : 偉文圖書, 1977, 522~524쪽에 의거하면, 天啓 4년 7월 18일(양력:1624년 8월 31일)에 경성을 떠나, "9월 초순 회안을 지났다. …… 무림을 지나는데, 순무 왕공이 서호에서 술을 마시자고 정답게 초빙했는데, 그 뜻이 또한 진심에서 우러났다. 이로 해서 11월 20일 삼산(福州)에 이르렀다. 12월 초10일 집(福淸; 福唐)에 도달하였다." 이에 의거하면, 알레니가 복주에 도달한 때는 11월 20일 전후, 대략 1624년 12월 29일이 된다. 杜鼎克(Adrian Dudink)은 알레니가 복주에 들어간 때를 1625년 4월로 보고 있다(林金水, 「艾儒略與《閩中諸公贈詩》研究」, 『淸華學報』 제44권 제1기, 민국103년 3월).

서 교당 1개소만 제외하고 모두 몰수되었다. 교도들 중에서는 거액의 벌금을 내거나 투옥된 자들이 있었고, 그 외의 모든 교도들이 고통을 당하였다. 전교사들은 모두 마카오로 돌아갔다. 알레니도 1639년 마카오로 피하였다. 그러나 알레니는 이로 인해 기가 꺾이지 않고 복건으로 몰래 들어가 각로(閣老) 장모(張某)에게 도움을 구하였다. 그는 알레니의 막역한 친구였으며 복건총독(福建總督)이 된지 거의 15년이 되었다. 알레니는 전교사, 교도들을 변호하는 글을 올려, 천주교 재산을 돌려받고, 전교도 예전과 같이 하게 되었다. 1641년 알레니는 현명, 온후하고 중국 풍속을 잘 알고 있으므로 중국부성회장(中國副省會長, 中國副區區長)에 발탁되어 7년간(1641~1648) 맡았다. 1647년부터 1648년까지 청(淸)의 중국 정복 기간에는 복건성 연평(延平)으로 들어갔다. 1649년(南明 永曆 3, 淸 順治 6) 6월 10일 연평에서 사망하였고, 시신은 복주(福州) 북문 밖 십자산(十字山)에 매장되었다.

『삼산논학기』 외에 그의 유저(遺著)는 다음과 같다.

(1) 天主降生言行紀略 8卷

(2) 出豫經解 1卷

(3) 天主降生引義 2卷

(4) 彌撒祭義 2卷

(5) 滌罪正規 4卷

(6) 悔罪要旨 1卷

(7) 萬物眞原(萬有眞原) 1卷

(8) 聖夢歌(性靈篇) 1卷

(9) 利瑪竇行實(大西利先生行跡) 1卷

(10) 張彌克遺跡 1卷

(11) 楊淇園行略 1卷

(12) 熙朝崇正集 4卷

(13) 五十言 1卷

(14) 聖體要理 1卷

(15) 耶穌聖體禱文(週主日禱文과 합하여) 1卷

(16) 四字經 1卷

(17) 聖學觕述 8卷

(18) 玫瑰十五端圖像

(19) 景教碑頌註解

(20) 西學凡 1卷

(21) 幾何要法 4卷

(22) 西方答問 2卷

(23) 職方外紀 6卷

(24) 1612년 11월 8일 일식 관측 기록: Mémoires de l'Académie des sciences, Ⅶ, 706. 마카오(澳門)에서 편찬됨.

(25) Carta del P. Jul. Aleni escrita a Fogan por nov. 1629. sobre las cosas de la China, M. S. Bibliothèq. du Marquis de Viḷîena.

(26) Tractatus super undecim punctis a decem Patribus S. J. decisis circa usum vocabulorum sinensium in rebus sacris, Pekin, 1628.

27) 口鐸日抄

28) 道原精萃 중에 실려 있는 창세제편(創世諸編)에 관한 내용.

29) 彌撒初義: 1629년 복주각본(福州刻本). 알레니가 로마 미살도문(彌撒禱文)을 한문으로 옮긴 것.

※ 파리국립도서관 한적신장(漢籍新藏) 일련번호2753 및 3084의 서적의 제목이 애선생행술(艾先生行述) 곧 알레니의 전기. 이 안에 알레니의 유상(遺像)이 있다.

3. 목차 및 내용

[목차]

없음

[내용]

알레니와 섭향고(葉向高) 등 여러 사람이 복주(福州)에서 이틀에 걸쳐 천주교(天學)의 교리에 대해 논하였는데, 내용 상 다음과 같이 세부적으로 나누어 볼 수 있다.

1) 천주(天主)의 유일성(唯一性)

천계(天啓) 7년(1627) 초여름에 알레니가 복주로 섭향고를 방문했는데, 때마침 관찰 조선생(觀察 曹先生)이 앉아 있었다. 섭향고는 한 사람은 부처를 받들고 한 사람은 불교를 배척하여 서로 다른 방향으로 나아가는 이유를 물었다.

관찰 조공(曹公)은 수행과 행실에서 불교가 사람에게 세상살이의 지침이 된다고 하였다. 알레니는 불교의 그러한 점은 천주교의 칠극(七克)과 유사한데, 이러한 종지(宗旨)의 근원을 알아야 한다고 하면서, 서양 여러 나라들은 지금까지 이단(異端)을 제거하고 오로지 천주만을 섬겨 왔고, 인도도 불교가 발생한 땅인데, 근래 불교를 버리고 천주를 숭상한다고 하였다.

천주는 천지만물의 진주(眞主)로, 만물을 창조하고 주재(主宰)한다. 석가(釋迦) 역시 천주가 낳은 사람일 따름이며 만물의 주로 존숭될 수 없으므로, 부처를 받들며 화복(禍福)을 구하고 생명을 의지함은 어리석은 것이다. 불교는 본원(本源)을 말살하여, 사람을 귀의할 곳으로 이끌지 못한다고 한다. 따라서 유일한 진주인 천주만을 흠모하고 섬겨야 함을 말하였다.

관찰 조공이 중국인은 부처를 받들면서 하늘을 공경하고 조상, 백신(百神)을 섬겼다고 하자, 알레니는 지고무상(至高無上)의 지위에는 두 명의 주가 없으니, 유일한 진주만을 공경해야 하는데, 천주만이 우주에 질서를 주는 자이며, 불교는 천주에 대항하는 것이라고 한다.

관찰 조공의 이기(二氣)14)의 움직임에 대한 질문에 대해서, 알레니는 이기(二氣)는 재료(材料)이며, 성물(成物)의 형질(形質)이고 이(理)는 물(物)의 준칙(準則)인데, 이는 물을 만들어 낼 수 있는 것이 아니며 따로 물을 창조한 주가 있음을 밝히고 있다. 천주가 바로 창조주이며 그 영명(靈明)함이 물에 앞선 이(理)를 품고 있으므로 천주는 만물을 창조하였다고 한다.

섭향고는 먼저 몸이 있고 난 후에 영혼이 있으니 몸이 주(主)이며 몸이 없으면 영혼도 없다. 천지가 있어야 천주가 있어 주가 되며, 천지가 없으면 주도 있을 수 없다고 한다. 또한, 태극(太極)이 천지를 나눈 주(主)라는 주장에 대해, 알레니는 천주께서 인간에게 영혼과 신체를 부여하였으며 천지만물을 창조하였다고 하고, 천주는 만물보다 앞에 있으며, 시작도 없고 형상도 없으나, 실제로는 만상(萬象)의 시작이 되며 만물이 그렇게 된 까닭이 되어 만물을 낳아 기를 수 있으며 늘 그 주(主)가 됨을 밝히고 있다. 태극에는 영명한 지각(靈明知覺)이 없으므로 만화(萬化)를 주재(主宰)할 수 없고 천지의 주가 될 수 없다고 한다.

섭향고는 세간(世間)의 만사(萬事)가 모두 천주에 의해 이루어진 것

---

14) 이기(二氣) : 음(陰)과 양(陽)을 가리킨다.

이라고 하는데, 선악이 일정치 않음에 대해 물었다. 알레니는 천주는 지선(至善)[15]하며, 인간은 천주에 의해 탄생되었으니, 모두 선(善)으로 인도하는데, 혹 악(惡)을 행함은 사람이 스스로 만든 바이며, 악을 만든 자는 천주의 명(命)을 거스르는 자이다. 천주는 선을 좋아하고 악을 미워하여, 상벌로써 천하 만세에 권징하는데, 중국의 복선화음(福善禍淫)[16] 설도 그 증거가 될 수 있다고 한다.

섭향고는 천지의 만물을 천주가 낳은 것이라면, 매우 음란하고 모친(母親)도 수고를 견디기 어려울 것이라고 하였다. 알레니는 천주는 지존(至尊)하여 음란함이 없으며, 지극히 능력이 있어 수고함이 없다고 하고, 천주는 물(物)이 없이도 만물을 낳고, 또한 항상 그것을 보존(保存), 안양(安養)[17]하는데, 또한 천주는 순식간에 전무(全無)한 상태로도 돌릴 수 있다고 한다.

관찰 조공은 알레니가 고향을 버리고 중국에 온 것은 명리(名利)와는 무관한 것임을 말하고 있다, 이에 대해 알레니는 자신이 살아남은 것은 천주교의 전파를 위한 것이며, 중국의 학덕(學德)이 있는 자들의 가르침을 받아 이러한 일을 해나가고 있다고 겸손한 태도를 보이고 있다.

<둘째 날 강해>

다음날 섭향고가 다시 알레니의 집에 방문하여, 알레니에게, 천주가

---

15) 지선(至善) : 일체 기타의 모든 선(善)이 그 가운데 포함되거나 또는 모든 것이 그 최고의 선(善)에서 내원(來源)함을 통상적으로 가리킨다; 유가(儒家)는 인간의 도덕 수양이 도달할 수 있는 바의 최고 경계를 일컫는다.
16) 복선화음(福善禍淫) : 선한 자는 복을 얻고, 악한 자는 재앙을 만난다; 선에는 선의 보응이 있고, 악에는 악의 보응이 있다.
17) 안양(安養) : 불교 용어. 곧 극락세계. 중생이 이 세계에 살면, 마음 편히 몸을 양육하며 법을 듣고 도를 수양할 수 있음을 일컬음.

만물을 사람을 위하여 창조했는데, 다 쓰임이 있는 것이 아니고 혹은 도리어 해가 되는 것이 있음은 어째서인가 하고 물었다. 알레니는 이에 대해, "천지간에는 원래 일물(一物)이라도 인간에게 무익한 것이 없으나, 인간의 지식이 얕고 좁아 대부분을 선용하지 못할 따름이다. 인간은 온갖 자연물로부터 좋은 점을 배울 수 있는데, 해로운 것이라도 물(物)의 본성(本性)을 궁구하면 그 쓰임새를 알 수 있다"고 하였다. 천주께서 사람으로 하여금 고난을 당하게 하여 경성(警醒)케 함은 사람이 쾌락에 탐닉하지 않고 수행하여, 세상의 허황됨을 싫어해 진복(眞福)에 오르도록 함이며, 사람들이 천주의 명에 순종해 선을 이루려 하지 않고 천주로 하여금 사람의 뜻에 따르게 해 복을 이루려 함은 잘못된 것이라 하고 있다.

2) 선악과 화복의 문제

섭향고는 선한 사람이 화(禍)를 당하는 것에 대하여 이유를 물으면서, 유학자들은 운명은 천리(天理)에 속한다고 보고 더 이상 묻지 않는다고 하였다. 이에 대해 알레니는, 인간은 천주를 족히 알 수 없고, 선인(善人)과 악인(惡人)의 구별은 인간이 정할 수 없다고 하였다. 왜냐하면, 우리들은 외적 행실만 보고 사람을 판단하나 천주는 밑바닥의 속마음도 아울러 관찰하며, 우리는 잠시 보나, 천주는 세상을 마칠 때까지 끊임없이 살피고, 우리는 무리들에서 보나, 천주는 그 사이에 있는 것을 꿰뚫어 보시기 때문이라고 한다.

또한, 천주는 재난으로 선인(善人)의 인내를 시험함이 있으므로, 천주의 명확한 의(義)에 대해 의심해서는 안 되고 그것을 팔자로 떠넘길 수 없다고 한다.

천주께서 악인을 질책하는 방법에 대해서, 알레니는, 본인의 공죄(功

罪)는 대신할 수 있는 자가 아무도 없다는 것, 사람이 죽으면 육체는 땅으로 돌아가나 영혼은 불멸하여 천주에게 복명(復命)해야 한다는 것, 천주의 상벌은 생전(生前)에는 오히려 작고 죽은 후에는 매우 크다는 것, 천주의 상벌은 지극히 공정(公正)하다는 것, 사후의 응보는 영원무궁하다는 것, 선에 상을 주고 악에게 벌을 주는 것은 오직 천주께 달려 있는데, 경중(輕重)과 지속(遲速)은 조금도 오차가 없음을 말하고 있다.

섭향고는 천주가 선한 자보다 악한 자를 많이 낳은 이유가 무엇인지 물었다. 알레니는 답하기를, 천주께서는 원래 인간에게 선성(善性)을 부여하였고, 지혜를 주어 선악을 분별케 하셨으며, 지(知)와 능(能)을 갖추고 있어 자의대로 하도록 하였다고 한다. 그런데 인간은 원죄(原罪)로 더럽혀졌고, 그 결과 천주는 선으로 나가도록 강요하지만, 사람은 선하기를 원하지 않고, 오히려 악을 행하기를 원하므로, 인간은 각기 행한 선악에 따라 그 응보를 받아야 한다고 한다.

결국, 인간이 선을 행하는 것은 천주의 공(功)이지 사람의 공이 아니라고 하면서, 천주교는 정치가 바르게 되고 풍속을 아름답게 하는 데 도움이 된다고 한다.

섭향고는 선하지 않은 자가 바뀌어 선해지는 것은 흠모하고 공경할 중요한 교의(敎義)라고 한다. 알레니는 영성(靈性)과 신체의 관계는 주인과 말의 관계와 같다고 한다. 극기복례(克己復禮), 자강불식(自强不息)하여 스스로 기질을 변화시킴으로써 덕(德)을 이룰 수 있으니, 악을 바로잡아야지만 선으로 나갈 수 있다고 한다.

섭향고는, 천주에게는 권한이 있는데, 왜 악한 자들을 살려두고 있는지를 물었다. 알레니는 악인을 모두 죽인다면, 살아남을 자가 없다고 한다. 천주는 지극히 인지하셔서 악인을 관용하는 까닭은 인간이 고쳐지기를 바라기 때문이라고 한다. 또한, 죽은 후에 영겁의 고통에 빠지는 응보가 있으므로, 순간적인 세상에서 악인들을 섬멸할 필요가 없다고 한다.

섭향고는 선악에 대한 응보는 틀림없이 있는데, 어두운 저승에 대해 물었다. 알레니는 생전에든지 혹은 죽은 후에든지 선에는 반드시 복을 내리고 악에는 반드시 재앙을 내린다. 천주께서 선하지 않은 사람을 이 세상에서 용납하시는 것은 그가 뜻을 바꾸기를 기다리시거나 혹은 선인(善人)을 단련시켜 그 덕기(德器)[18]를 이루게 하려 하심이라고 한다. 성경(聖經)에, 의(義)를 위해 고난당하는 것은 진복(眞福)이니 그로 인해 천국을 이미 얻었다고 한다.

3) 영혼불멸과 사후심판

섭향고는 사람의 영혼은 정기(精氣)일 따름으로, 기(氣)가 모이면 태어나고, 기가 흩어지면 죽으니, 사망 후에 또 다시 상벌이 있을 수 없으며, 설사 혼백(魂魄)이 있다 해도, 신체가 이미 없으므로 상벌을 받아 고락을 느낄 수가 없다고 한다.

알레니는 영혼은 기(氣)가 아니라고 하고, 정기(精氣)와 영혼은 별개로 움직인다고 한다. 정기가 강장(强壯)할 때, 그 영혼은 도리어 쇠약해지며, 기(氣)가 노쇠해지는 것 같은데, 영혼의 용(用), 의리(義理)의 주장(主張)은 도리어 강장함을 느낀다.

생물(生物)의 영혼에는 3종이 있는데, 식물에게 있는 생혼(生魂), 동물에게 있는 각혼(覺魂)과 인간에게만 있는 영혼(靈魂)이다. 생혼과 각혼은 형(形)에 얽매이고 질(質)에 뿌리를 내리고 있어 물에 따라 생멸하므로 시작이 있고 끝이 있는데 반해, 사람의 영혼은 비록 사람의 몸과 함께 사나, 몸과 함께 멸하지 않아 시작은 있으나 끝이 없다. 성현(聖賢)·불초(不肖), 영웅(英雄)·범부(凡夫) 모두 하늘이 부여한 것이 다

---

18) 덕기(德器) : 덕행과 기량. 덕과 재능. 덕량(德量)의 기국(器局).

르지 않다. 영혼은 육체의 주(主)이며 몸의 백체(百體)는 영혼의 종이다. 몸은 흙으로 돌아가고 영혼은 남아 천주에게 복명함으로써 심판과 상벌을 받는다고 한다.

따라서 고락은 영혼이 받는 것이다. 사후는 물론, 생전에 받는 고락은 신체에서 말미암은 것이 아니고, 영혼에서 말미암은 것이다. 몸이 있기 때문이 아니라, 영혼에게 지각(知覺)이 있기 때문이다. 영혼이 있고서야, 몸(形)이 비로소 지각할 수 있는 것이다.

몸이 죽어 영혼이 이미 육체를 떠난 후에도 고락이 붙어 다니며, 영혼은 귀가 없이도 들을 수 있고, 눈이 없이도 볼 수 있고, 혀가 없이 맛을 볼 수 있다. 몸이 태어나고 죽으나 영혼은 상존하며 백골과 함께 썩지 않는다. 사람의 영혼은 불멸함을 알 수 있으니, 생전에 영락(永樂)을 도모하다가 사후에 영고(永苦)를 받아서는 안 된다.

섭향고는 상벌에 사로잡혀 선을 행하고 악을 피한다면, 이는 불교의 보응설(報應之說)로 우리 유학자가 즐겨 따르지 않는 바라고 하였다. 알레니는 『성경』에 나오는 사말(四末)에 대해 말하고 있다. 사말은 인간이 반드시 면하지 못하는 네 가지로, 사망, 심판, 영원한 상(賞)인 천당과 영원한 벌(罰)인 지옥이 있다는 것이다. 사람이 거리낌 없이 악을 저지르는 까닭은 사말을 생각하지 않기 때문이라고 한다.

따라서 천주의 지극히 공정한 법과 인간의 결말을 알아야 한다. 죽은 후 선은 반드시 상을 받고 악은 반드시 벌을 받는데, 성인(聖人)은 상벌이 아니더라도 덕을 닦는다. 서양의 한 성인(如尼伯樂)이, "천주께서 나에게 영고(永苦)로써 벌을 주시고 전혀 하늘에 오르는 길을 없게 하실지라도, 감히 조금이라도 악한 길을 걷지 않고 반드시 마음을 다해 천주를 받들 것이다."라고 한 것이 그러한 자의 태도이다. 그러나 일반 사람들은 권징(勸懲)의 가르침으로써 상벌을 분명히 보여주어야 한다고 한다.

불교와 관련지어 천당과 지옥을 비난해서는 안 되는데, 불교의 윤회(輪回)라는 그릇된 설 때문에 유자(儒者)가 천주교의 천당·지옥의 진리까지 더불어서 허망하며 저급하다고 비난하게 되었다고 한다.

4) 천주 강생에 대한 증명과 의혹을 풀이함.

섭향고는 천주는 세상을 창조했는데, 세상을 구원할 수 없어 몸소 강생한 이유가 무엇인지를 물었다. 알레니는 천주는 실제로 존재하나, 이목(耳目)이 보고 들을 수 있는 것이 아니라고 한다. 그는, 천주는 만민을 기르고 사랑하는 우리의 어버이라고 한다. 그리고 인간의 원죄로 인하여 인간과 천주의 관계가 멀어진 것, 천주(예수)의 강생으로 인간의 모든 허물을 씻어주셨다는 것, 그리고 성령(聖靈)은 경계가 없고 무소부재하며 갖고 있지 않은 것, 이로 인해 강생할 때에 역시 하늘에 계셨고, 승천한 후에도 세상을 떠나지 않았다는 것을 말하고 있다. 성체(聖體)는 스스로 존재하여 시작과 끝, 변천이 없다고 한다.

천주는 사람을 자모(慈母)가 자식을 사랑함과 같이 사랑하여, 성녀(聖女)의 태중에 잉태되어 세상을 구원하기 위해 태어나셨고, 이러한 천주의 강생은 이미 성경에 예언되어 있었다고 한다. 이로써, 세상을 완벽하게 구원하여 만세(萬世)의 죄를 속(贖)하시고, 구세(救世)의 공로가 끝나자, 백일(白日)에 승천하셨는데, 이것은 도교의 신선술과 비교될 수 없다고 한다.

섭향고는 천주께서 인간에 강생할 때, 하늘에서 직접 내려오는 것이 더욱 용이할 터인데, 왜 여인의 몸에 잉태되어 태어난 이유에 대해 물었다. 알레니는 강림하여 잉태된 것은 진정하게 사람이 됨이라고 한다.

그리고 섭향고는 천주께서 미천하게 강생한 이유에 대해 물었는데, 알레니는 신분의 장벽 없이 많은 사람들과 소통하며 본받게 하기 위함이라고 밝히고 있다. 성모(聖母) 역시 국왕의 후예로 세상에서 동정녀로 천주께서 미리 택하셨는데, 이로써, 천주의 성(性)이 사람의 성(性)과 합함으로써 그 구세의 공로를 드러내셨고 그 도(道)의 미묘하고 무궁함은 인간의 생각으로 헤아릴 수 없다고 한다.

섭향고는 천주께서 왜 중국 문명의 영역에 강생하지 않았는지를 물었다. 알레니는, 천주는 반드시 중국에 강생할 필요가 없고, 화이(華·夷)의 구분을 할 필요가 없다고 한다. 천주께서 중국에 강생했다면, 서양 전교사들이 중국에 가서 전교할 필요가 없지만 또한 중국은 상응하는 무리들을 서쪽으로 보내 교를 널리 전할 의무가 있다고 한다.

천주께서 강생한 유대 땅은 성토(聖土)로, 유대는 유럽에 속하지 않고 중국과 함께 아시아에 있고 3대륙의 한 가운데이며, 최초 인간의 조국(祖國)이다. 천주께서 유대에 강생한 것은, 천주교가 전파되기에 쉽기 때문이라고 한다. 그 예로, 예수의 12제자 중 한 사람인 도마(St. Thomas)의 전교 활동, 중국 한(漢) 명제(明帝)가 서방에 성인이 있음을 듣고 사신을 서쪽으로 파견한 것, 오늘날 유럽 여러 나라들이 모두 천주교를 믿는 것, 중국에 전해진 경교(景敎)가 지금까지 유행한 것 등을 들고 있다.

이에 섭향고는 천주의 가르침이 해와 달이 하늘 한 가운데에서 사람의 마음속을 비추는 것과 같고, 알레니는 짙은 안개를 걷어 내어 푸른 하늘을 볼 수 있게 해주었으며, 그가 보여준 『성경』에 감명을 받았다고 하였다.

4. 의의 및 평가

소무상(蘇茂相)은 알레니가 전파한 천주교(天學)에 대해 「삼산논학기서(三山論學記序)」에서, "『삼산논학(三山論學)』은, 태서(泰西) 알레니와 복당(福唐) 섭향고가 천주가 천지만물을 창조한 학을 분별하고 탐구한 것이다. 무릇 천지 만물은 반드시 만든 자가 있어야 한다. 궁(窮)하면서 궁함이 없으며 극(極)하면서 극함이 없는 그 창조자는 천주임이 옳다. 그런데 알레니는 천주가 강생해 사람을 구원하였고, 천당, 지옥은 실로 상벌의 도구라고 한다. 대개 그 나라가 오랜 세월에 걸쳐 받들어 믿은 교법(敎法)이 이와 같다."[19]고 하며 매우 높이 찬사를 표하였다.

알레니는 1624년 말 복건에 들어가 25년간 전교활동을 하여 사대부들로부터 그에 대한 지지와 천주교에 대한 적극적인 반응을 얻었다. 중국의 천주교 외래 전교사 중에서 알레니보다 학자들의 환영을 받은 자가 다시는 없었다. 그는 말에 조리가 있고 민첩하여 중국인들은 그를 '서래공자(西來孔子)'로 불렀다. 이러한 존칭은 마태오 리치도 얻지 못하였다.[20]

복건에서 알레니의 교리 전파 방식은, ①도화(圖畵:『천주강생출상경해(天主降生出像經解)』), ②대화 방식(『삼산논학기(三山論學記)』, 『구탁일초(口鐸日抄)』, 『서방문답(西方答問)』), ③시가(詩歌:「성몽가(聖夢歌)」)를 이용하였다. 교회조직(敎會組織) 면에서는, 복주(福州)의 인회(仁會)·선종회(善終會), 복청(福淸)의 성모회(聖母會), 천주(泉州)의 정회(貞會), 영춘(永春)의 주보회(主保會) 등처럼 명말(明末)의 문인(文人) 결사운동(結社運動) 방식을 채용하였다.

알레니는 복건 각지 진신(縉紳) 등 사회 유명 인사들과 널리 교제하며 그곳의 사인(士人)들을 개종시켜, 복건 각지에서 강렬한 반향을 일으켰다. 어떤 자는 옹호, 칭송하였고, 어떤 자들은 격렬하게 비난하였다.

---

19) 艾儒略, 『三山論學記』; 『梵諦岡圖書館藏本 天主敎東傳文獻續編(一)』, 吳相湘主編, 臺灣學生書局, 中華民國 55年, 421～422쪽.
20) 方豪, 『中國天主敎史人物傳』 第1冊, 香港公敎眞理學會, 1970, 185쪽.

따라서 동·서방 이질 문화간의 충돌을 야기하였고, 전국에서 보기 드문 복건 특유의 선명하게 대조되는 '호법파(護法派)'와 '벽사파(闢邪派)'의 양대 진영을 형성하였다. 알레니에 대한 지지자들은 시(詩)로써 알레니 개인과 그가 들여온 천주교에 대해 찬미하고 선전하였다. 뒤에 이 시들을 모아 편집하여, 수초고(手抄稿)『민중제공증태서제선생시초집(閩中諸公贈泰西諸先生詩初集)』이 나오게 되었다.[21] 여기에는 71명의 시인(詩人)의 84수의 시가 실려 있는데, 그 중 첫 번째가 섭향고의 시이다.

섭향고가 1627년 5월 21일부터 6월 29일까지 복주에 있으면서 알레니와 인간의 생사 문제에 관해 대화를 나눈 것이 『삼산논학기』이다.[22] 여기에서는 천주교와 관련해 섭향고가 시비를 가리지 못하는 바의 여러 문제들에 대해 알레니가 회답하였는데, 섭향고는 당시의 정치, 사회적 세태 등도 포함하여 깊은 가르침을 얻게 하여 짙은 안개 속에서 푸른 하늘을 보는 것 같이 되었다고 하였다. 그는 비록 정식으로 세례를 받아 입교하지 않았으나, 알레니가 복건 지역에서의 전교를 성공시키는데 매우 큰 작용을 하였다. 그리고 종교적 체험을 통해 질병이 치유된 섭향고의 증손자와 그것을 목격한 증손자의 모친이 천주교에 귀의한 것은 섭향고의 영향을 받은 것이라고 해야 할 것이다.[23]

여기에서 관심을 가질 만한 것은, 섭향고가 천주께서 왜 중국 문명의 영역에 강생하지 않았는지를 묻자, 알레니는, 천주는 반드시 중국에 강생할 필요가 없고, 화이(華·夷)의 구분을 할 필요가 없다고 한 것

---

21) 이와 관련해서는, 方豪, 『中國天主敎史人物傳』第1冊, 香港公敎眞理學會, 1970, 准印者 香港主敎 徐誠斌, 185~189쪽; 林金水, 「艾儒略與《閩中諸公贈詩》硏究」, 『淸華學報』제44권 제1기, 민국103년 3월을 참조.
22) 林金水, 「艾儒略與《閩中諸公贈詩》硏究」, 『淸華學報』제44권 제1기, 민국103년 3월.
23) Louis (Aloys) Pfister著, 馮承鈞譯, 『入華耶穌會士列傳』, 臺灣商務印書館, 中華民國 49년, 156쪽; 馬琳, 「《三山論學記》中關于"天主"觀念的文化對話」, 『世界宗敎硏究』, 1997.

은 중국 중심적인 세계관을 뛰어넘는 인식을 심어줄 수 있는 언설이라고 하겠다. 또한, 사람의 영혼은 성현(聖賢)·불초(不肖), 영웅(英雄)·범부(凡夫) 모두 하늘이 부여한 것이 다르지 않으며 누구나 죽은 후에는 천주 앞에서 심판을 받는다고 한 것은 인간의 평등관을 심어주는 데 역할을 했을 것으로 생각한다.

5. 조선에 끼친 영향

조선과 관련해서는, 이의현(李宜顯), 『경자연행잡지(庚子燕行雜誌)』下(『陶谷集』卷30, 간행년도 미상, 34b쪽)에 의거하면, 이의현이 1732년(英祖8년. 淸 雍正10년) 2차로 연행 사신으로 갔을 때 또 다시 천주당을 찾아가 비성(費姓)의 서양인을 만났다. 그때 비(費)는 선물로 『삼산논학기』, 『주제군징(主制群徵)』 각 1책과 의약품을 주어 이의현이 받아왔는데, 이 책들은 서양의 도술(道術)을 논한 것이라고 하였다. 황사영 백서 사건이 일어났을 때, 강이천(姜彛天)은 사학죄인(邪學罪人)으로 붙잡혀 자백하기를, 집에 『천주실의』, 『삼산논학기』가 있었는데 연전(年前)에 윤지충(尹持忠), 권상연(權尙然)의 일이 일어난 후 소각했다(1791년)[24]고 하였다. 이에 의거하면, 『삼산논학기』는 1627년 이후 1732년 사이에 조선에 전래되었을 것이다.[25]

〈해제 : 송요후〉

---

24) 「辛酉邪獄罪人姜彛天等推案」, 『推案及鞫案』25冊, 서울: 亞細亞文化社, 1978, 316~317쪽.
25) 배현숙, 「17·8世紀에 傳來된 天主敎書籍」, 『교회사연구』제3집, 한국교회사연구소, 1981.

참 고 문 헌

1. 단행본

吳相湘主編, 『梵諦岡圖書館藏本 天主教東傳文獻續編(一)』, 臺灣學生書局, 中華民國 55年.

臺灣中央圖書館編, 『明人傳記資料索引』, 북경: 中華書局, 1987.

方豪, 『中國天主教史人物傳』第1冊, 香港公教眞理學會, 1970(准印者 香港主敎 徐誠斌).

榮振華 (Joseph Dehergne, S. J.) 等著, 耿昇譯, 『16～20世紀入華天主敎傳敎士列傳』, 南寧: 廣西師範大學出版社, 2010.

Albert Chan, S.J., Chinese Books and Documents from the Jesuit Archives in Rome -A Descriptive Catalogue, Japonica～Sinica Ⅰ～Ⅳ.

Hartmut Walravens, Preliminary Checklist of Christian and Western Material in Chinese in Three Major collectons, Hamburg; C. Bell Verlag, 1982.

Louis (Aloys) Pfister著, 馮承鈞譯, 『入華耶穌會士列傳』, 臺灣商務印書館, 中華民國 49年.

2. 논문

배현숙, 「17·8世紀에 傳來된 天主敎書籍」, 『교회사연구』 제3집, 한국교회사연구소, 1981.

馬琳, 「『三山論學記』 中關于"天主"觀念的文化對話」, 『世界宗敎研究』, 1997.

林金水(福建師範大學中國基督敎研究中心), 「艾儒略與《閩中諸公贈詩》研究」, 『淸華學報』 第44卷 第1期, 民國103年 3月.

黃一農, 「明末韓霖《鐸書》闕名前序小考-兼論歷史考據與人際網絡」, 『文化雜誌』 第40～41期, 2000.

『서유이목자(西儒耳目資)』

분 류	세 부 내 용
문 헌 종 류	한문서학서
문 헌 제 목	서유이목자(西儒耳目資)
문 헌 형 태	목판본
문 헌 언 어	漢文
간 행 년 도	1626년
저　　자	니꼴라 트리고(Nicolas Trigault, 金尼閣, 1577~1628)
형 태 사 항	918면
대 분 류	문화
세 부 분 류	언어
소 장 처	北京大圖書館 서울대학교 중앙도서관
개　　요	한자를 표음문자인 로마자로 표기하여 한자 자휘의 병음(摒音)에 대하여 설명한 책. 제1편 「역인수보(譯引首譜)」, 제2편 「열음운보(列音韻譜)」, 제3편 「열변정보(列邊正譜)」으로 구성되어 있으며 말과 글자를 나열하여 음운체계를 자부(字父)·자모(字母)·성조(聲調) 등으로 정리.
주 제 어	서유이목자(西儒耳目資), 한자병음(漢字摒音), 역인수보(譯引首譜), 열음운보(列音韻譜), 열변정보(列邊正譜), 성조(聲調)

1. 문헌제목

『서유이목자(西儒耳目資)』

2. 서지사항

　명대 선교사 니꼴라 트리고(Nicolas Trigault, 金尼閣, 1577~1628)의
『서유이목자』는 로마 자모를 이용한 한자주음방안(漢字注音方案)을 체
계적으로 정리하여 운서(韻書)형식으로 편찬한 것이다.

　트리고가 1625년 마태오 리치의 한자 병음 방안을 개정하는데 착수
하여 5개월여 만인 1626년 항주에서 출판하였다.

　현재 상해 동방도서관에 소장된 1626년 경양(涇陽) 장문달(張問達) 원
본에는 「역인수보(譯引首譜)」 2권(111면), 「열음운보(列音韻譜)」 2권(155
면), 「열변정보(列邊正譜)」 2권(135면)이 실려 있다. 권수 서(序)는 6편(24
면)이지만, 전 책은 모두 6권(425면)으로 여기에는 유실된 부분이 있다.

　완본(完本)의 구성은 권수(卷首) 서(序) 부분은 장종방(張綜芳)의 「각
서유이목자(刻西儒耳目資)」 10줄 19~21자 2면, 한운(韓雲)의 「서유이목
자서(西儒耳目資序)」는 8줄 14~16자 4면, 왕징(王徵)의 「서유이목자서
(西儒耳目資敍)」 6줄 11자 18면, 장문달(張問達)의 「각서유이목자서(刻西
儒耳目資序)」는 6줄 11자 11면, 왕징의 「서유이목자석의(西儒耳目資釋疑)」
는 12줄 20자 12면, 트리고의 「자서」는 12줄 20자 3면으로 이루어져
있다. 본문은 한 페이지 당 12줄로 이루어져 있고 한 줄당 20자이다.
북경대 도서관에는 1626년 각본이 소장되어 있으며 서울대 규장각에
도 완본이 있다. 해제의 저본은 북경대 도서관에 소장된 1626년 각본
을 영인한 『서유이목자』(北京, 文字改革出版社, 拼音文字史料叢書, 1957년
영인본: 상책 274면, 중책 322면, 하책 322면 총 3책 918면)이다.[1]

---

　1) 현존하는 판본으로는 북경에서 1933년 발행된 北平文奎堂의 景風館藏版, 같은
　　해 북경에서 간행된 북경대 北平圖書館의 國立北平圖書館藏本이 있다. 북평도서
　　관장본을 영인한 것으로 1957년 文字改革出版社에서 출판된 것, 1977년 대만 天
　　一出版社에서 출판된 것, 1995년 上海古籍出版社에서 『續修四庫全書』의 일부로

왕징은 장문달·왕징·한운·장종방이 쓴 「서유이목자 서」와 트리고 의 「서유이목자 자서」가 실려 있는 『권수후기(卷首後記)』에서 다음과 같이 이 책의 편찬 과정에 참여한 사람과 편찬연대, 인쇄년도를 설명 하고 있다.

이 책은 창작한 사람은 사표(四表) 금니각(金尼閣)이고 동의하여 도 와준 사람은 예석(豫石)·경백(景伯) 등이고 총재(冢宰)이신 장문달(張問 達)과 장종방(張繩芳)은 자금을 내 인쇄를 도와준 사람이다. 왕징은 다 만 보살펴 이 일을 마쳤을 뿐이다. 한 자, 한 음, 일 점, 일 획까지도 자세히 교정하여 조금도 차이가 없게 한 사람은 곧 금니각의 문인 진 정경(陳鼎卿)의 공이 가장 크다. 책은 을축년(1625, 天啓5) 여름에 지어 졌고, 병인년(1626, 天啓6) 정월 15일에 간행되었다.[2]

「열변정보(列邊正譜)」의 가장 끝에 "溫陵 陳寶璜 檢兌(閲)", "咸林 李從謙 書", "覇陵 李燦然 刊"[3]이라 적혀 있다.

[저자]

트리고의 자는 사표(四表)이고 벨기에 인으로[4] 1577년 3월 3일 '두에' 에서 태어나 1594년 11월 9일에 예수회에 가입하여 1607년 인도 고아

간행된 것 등이 있다.

2) 王徵, 「西儒耳目資 釋疑」.

3) 1책 「역인수보」, 2책 「열음운보」 끝은 검열자만 명시하고 서, 간자를 밝히지 않 은 것과 차별된다.

4) 그의 국적에 대해서는 의견이 분분하지만 그가 벨기에 선교회 소속으로 중국에 서 선교사로 활동했으며, 『이마두중국찰기(利瑪竇中國札記)』에서 그를 벨기에인 이라 기록한 점에 주목하였다. 현재 프랑스 '두에'는 중세에는 플랑드르 백작의 영지였으나 1713년의 위트레흐트 조약에 의하여 최종적으로 프랑스령이 되었다. 그러므로 트리고의 생전에는 프랑스령이 아니라 벨기에령이었고, 당시 그의 국 적은 벨기에로 볼 수 있을 것이다.

에 이르렀고 2년여를 보내다 1610년 가을 마카오, 1611년(神宗 萬曆39) 중국 남경에 이르러 그곳에서 까따네오 신부로부터 중국어를 배웠다. 도중에 귀국하였다가 1618년(萬曆46)에 로(Jacobus Rho, 羅雅谷, 이탈리아), 아담 샬(Adam Shall, 湯若望, 독일), 테렌츠(Terrenz, 鄧玉函, 스위스) 등과 함께 다시 중국에 와서 1623년(熹宗 天啓3)에 하남 개봉(開封)에서 교회를 설립하였고 다음 해에 산서(山西)로 옮겨 선교하였다.

트리고가 한어에 능통하므로 그를 항주(杭州)로 불러 저술에 전념하게 하였는데 대부분 라틴어로 저술하였다. 강주(絳州), 서안(西安) 등에 있었으며 특히 항주에서는 인쇄소를 열고 매년 많은 책을 인쇄하였다. 1628년 11월 14일 항주에서 사망하여 대방정에서 장사지냈다. 저서로 『서유이목자』 외에 『추력년첨예법(推曆年瞻禮法)』, 『황의(況義)』, 『종도도문(宗徒禱文)』 등이 있다.[5]

『서유이목자』가 만들어지기까지의 편찬 과정을 살펴보면 다음과 같다. 1624년 한운(韓雲)[6]는 산서(山西) 지역에 선교사를 파견해 줄 것을 요청했는데 예수회는 니꼴라 트리고를 파견했으며 그는 강주(絳州)에 와 한운 집에 기거하였다. 당시 트리고는 자신을 비롯한 외국인이 중국어를 배울 수 있도록 한자와 그 발음을 로마자로 표기한 대조표 같은 것을 이미 만든 상태였다. 앞서 마태오 리치는 최초로 로마 자모를 이용한 한자주음방안(漢字注音方案)을 마련하고 이 방안에 의해 제작한 자회(字彙)를 『대서자모(大西字母)』 또는 『서자기적(西字奇迹)』이라고 하였는데 1605년에 출판되었다. 이와 같이 마태오 리치와 판토하 등은 공구서(工具書)를 편찬하였는데 이는 교회 내에서 전해지고 있었다.[7]

---

5) 徐宗澤, 『明淸耶穌會士譯著提要』, 臺灣: 中華書局, 1958, 362~363쪽.
6) 한운(韓雲) : 자는 경백(景伯). 만력(萬曆) 40년 향시에 합격했고 한중추관(漢中推官)을 역임하였다.

트리고 역시 당시 강주에 있을 때 이 같은 공구서를 가지고 있어서 모르는 것이나 어려운 한자를 보면 음과 뜻을 찾을 수 있었다. 이런 사실은 한운을 놀라게 하였으며 그에게 방법을 가르쳐 주기를 요청하였다. 이에 트리고는 『서유이목자·문답소서(西儒耳目資·問答小序)』에서 객(客)인 저자가 중국 글자의 상(象)을 얻어 보고 경망하게 초안을 작성하여 문답을 마련하여 편찬하게 된 동기와 과정8)에 대해 설명하였다.9)

트리고는 한운의 요구에 응하여 병음방법을 가르쳐 주었으나 이는 또 언어학에 정통한 한운에게 배우는 기회가 되었다. 서로 어려움을 물어보며 학설을 정리하여 반 년 만에 거의 완성단계에 이르나 협서

---

7) 트리고는 「서유이목자·문답 소서(西儒耳目資·自序)」에서 "그러나 또한 이 책도 나의 앞사람들의 의론을 진술한 것이지 나의 독특한 저작이라고 말할 수 없다('述而不作', 『論語』 述而篇). 나의 예수회 소속 마태오 리치, 판토하(Pantoja), 까또네아(Cattaneo) 등이 실제로 이것을 처음 시작하였는데 살짝 나의 이러한 옛 친구들의 방법을 본떴을 뿐이다"라고 하였다.

8) 서양 중고시대 유명 화가의 신발 장수와 관련된 일화를 소개하면서 신발 장사의 잘못된 전철을 밟아 배우지 않았으면서도 가르치려 하는 우를 범할까 두렵다고 언급한다.

9) 한운(韓雲) 집에 묵었을 때 알기 어려운 한자를 보게 되면 '자학음운지편(字學音韻之編)'을 펼치면 편리하게 음과 자를 살필 수 있었으니 한운이 여기에 반드시 훌륭한 방식이 있을 것이니 부디 나에게 전수함에 인색하지 말아 달라하였다. 나는 "자법(字法)에 교묘한 점이 있으나 서양 문자이기 때문에 서양 글자를 배우지 않으면 전달하기가 어려울 것 같습니다."라고 하였으나 한운은 간청하기를 그치지 않으니 어찌 받아들이지 않겠는가? 나 자신의 처지를 생각해 보니 먼저 서양 문자 어울리는 법을 이용하여 그것을 가르치기는 어렵고 오직 서양 부호에 의거하여 점차 중국 언어학의 대강을 습득하면 이해하여 쉽게 알 수 있을 것 같았다. 그래서 서로 피차 거듭 질의 토론을 하였는데, 이와 같이 하여 그 설을 차례로 정리하니 거의 한 책이 되었다. 얼마 되지 않아 신안(新案)을 지나갈 때 우연히 예석(豫石) 여유기(呂維祺)를 만나 이 책을 내 놓으니 좋다 하고 또 간간이 여러 곳을 정정하였다. 이제 관중(關中)에 기거함에 양보(良甫) 왕징(王徵)은 이 책을 반드시 출판해야겠다고 하니 곧 또한 서로 증거를 대고 자세히 평하고 밝힘을 가해서 이 문답지편(問答之編)을 완성하였다.

(陝西)로의 전교 명령을 받고 가던 중에 신안에서 예석(豫石) 여유기(呂 維祺)10)를 만나 원고를 보여주며 잘못된 점을 수정하였다.

이후 삼원(三原)에서 양보(良甫) 왕징(王徵)11)을 만나게 되는데 그는 처음『서유이목자』를 보았을 때 책 속에 새로운 개념·방법·기호 등이 마치 해산물이 기이하고 신선하고 맛있는 것과 같아 당황할 정도였다. 이 중에는 아직까지 없었던 바를 처음 창조한 것이 있다고 여기고 이 책을 인쇄하자고 적극 주장하여 트리고는 왕징과 함께 반년 간의 노력 끝에 책을 완성하였는데 장문달(張問達)12)과 장종방(張縄芳) 부자가 출자하여 출간하였다.

왕징의 글에서 서적 편찬과 관련된 사항으로 다음 세 가지 점을 주목할 수 있다. 첫째, 트리고가 1624년 산서에 가기 전에『서유이목자』의 주요 부분「역인수보」,「열음운보」,「열변정보」즉 트리고가 말하는 '여인자학음운지편(旅人字學音韻之編)'의 초고가 이미 완성되어 휴대하였고 사용하였기에 산서에 처음 갔을 때 한운 등 현지학자들의 흥미를 유발시켰다. 둘째, 현지학자들은 우리에게 전달함에 인색하지 마십시오(幸傳我勿吝)라고 요구하며 저자와 함께 묻고 토론하면서『서유이목자』속의「문답」,「석의」,「태고」등 '문답지편(問答之編)'이며 자세히 평가한 것이나 다소 고친 부분은 이 부분이다. 왕징이「서유이목자 석의」에서 을축년(1625)에 제작되고 병인년(1626)년 봄에 책이 완성된 것을 밝힌 것은 '자학음운지편'과 산서와 협서에 가 있던 중에

---

10) 여유기(呂維祺, 1587~1641) : 자는 개유(介孺)이고 호는 예석(豫石)이다. 산서 신안인(新安人). 만력 41년 진사에 합격하고 태상소경(太常少卿), 남경병부상서 (南京兵府尙書)를 지냈으며 저서에는『음운일월등(音韻日月燈)』,『절법정지(切法 正旨)』등이 있다.

11) 왕징(王徵, 1517~1644) : 자는 규심(葵心), 호는 양보(良甫). 합서 경양인(涇陽 人). 천계(天啓) 2년에 진사과에 합격하였고 광평추관(光平推官)에 임명되었다.

12) 장문달(張問達) : 자 덕윤(德允), 합서 경양인(涇陽人).

만든 '문답지편'을 합쳐 만든 것이 『서유이목자』라는 것이다.

3. 목차 및 내용

[목차]

전체목차는 없으며 『역인수보』 끝 부분에 1책에 관한 「역인수보목록(譯引首譜目錄)」이 있다.

韻會小補字母目錄

[내용]

한자 자휘의 병음(摒音)에 대하여 설명하며 내용 구성은 서두 부분의
서(序)를 제외하고 총 3편으로 제1편은 「역인수보(譯引首譜)」, 제2편은
「열음운보(列音韻譜)」, 제3편은 「열변정보(列邊正譜)」로 구성되어 있다.
「자서」에서 저자는 "처음 새로운 말을 들으니 귀에 울려도 알아듣
지 못하고 새로운 문자를 보아도 눈은 알아보지 못하여 이치가 움직
이는 내의(內意)를 이해하지 못할까 걱정했습니다. 귀머거리나 봉사임
을 구제하려고 하나 이 방법 외에는 다른 방법이 없습니다. 그러므로
이것을 표제하여 '귀와 눈에 도움을 주는 것'이라 하였습니다"라고 하
여 저술의도를 밝히고 있다. 다음 제시된 두 기록은 세 편의 구성 내
용에 대하여 설명하고 있다.

"① 선생께서 책을 삼보(三譜)로 나누어 놓고 책의 제목은 왜
총괄하여 이목자라고 하였는지 묻자 말하기를 「역인수보」의 도
(圖), 국(局), 문답(問答)은 모두 뒤에 있는 이보(二譜: 열음운보, 열
변정보)의 해설서입니다. 두 번째 「열음운보」는 (말을 듣는) 귀에
도움이 되고 그 세 번째 「열변정보」는 바로 (글자를 보는) 눈에
도움이 됩니다. 대개 「열음운보」에는 언(言)이 들어 있고 「열변정
보」에는 자(字)가 들어 있습니다. 말은 들을 수 있고 글자는 볼 수
있습니다. 이것이 바로 귀와 눈에 도움을 주는 까닭은 오직 말과
글자가 완전하게 나열되어 있기 때문입니다. 말을 나열하면 음운
이 구분되고 글자를 나열하면 변(邊: 形聲字의 形符)과 정(正: 形聲
字의 聲符)이 구분됩니다. 그러므로 책은 삼보로 나누어져 있지만

전체의 제목은 이목자라 했습니다.13)

② 책은 삼보로 나누어져 「역인수보」, 「열음운보」, 「열변정보」 순이다. 대개 글자의 모양을 보지 않고 먼저 그 음운을 알려면 열음운보를 조사하면 바로 곧 그 자의 형상이 나타나는데 이것이 바로 귀에 도움이 되는 이자(耳資)가 됩니다. 이미 그 글자의 모양을 보고서 그것이 무슨 자인가 분별되지 않으면 열변정보를 조사하면 그것의 근본이 나타나는데 이것이 눈에 도움이 되는 목자(目資)가 됩니다."14)

서(序)

장문달(張問達)의 「각서유이목자자서(刻西儒耳目資序)」, 왕징(王徵)의 「서유이목자서(西儒耳目資敍)」, 한운(韓雲)의 「서유이목자서(西儒耳目資序)」, 장종방(張綜芳)의 「각서유이목자(刻西儒耳目資)」가 수록되어 있고, 이어 범례에 속하는 「서유이목자석의(西儒耳目資釋疑)」가 수록되어 있고 마지막에 트리고의 「서유이목자자서(西儒耳目資自序)」가 있다. 서문을 통해 책의 편찬 과정과 도움을 준 사람들의 언어관을 알 수 있다.

특히 왕징은 「석의」에서 한어음운학저서의 결점을 비평하고 이 책의 음운표기의 정확성을 높이 평가했다. 또 그 전 중국음운학에 없었던 50가지 내용을 열거하고 트리고의 병음방법은 하루에 익힐 수 있으나 중국 등운학(中國等韻學)의 표음방식은 삼년이라도 익힐 수 없다고 비교 설명하였다.

---

13) 「譯引首譜」中「列音韻譜 問答」.
14) 張綜芳, 「刻西儒耳目資」.

1) 「역인수보(譯引首譜)」

이 장은 한어음운에 관한 총론 부분이라 할 수 있다. 즉 「역인수보」는 뒤에 나오는 「열음운보」와 「열변정보」의 해설서에 해당한다. 편찬과정·편찬목적·편찬의의·음운학의 기본지식을 설명하고 있는데 주요 내용은 도(圖)·국(局)과 문답(問答)이다. 저자는 서두 부분인 「본보소서(本譜小序)」에 다음과 같이 그 내용을 기록하고 있다.

> "역(譯)은 귀를 재물로 하고, 인(引)은 눈을 재물로 한다. 모두 전하여 행해지면 총명하지 못한 병을 고쳐주는데, 객(客)은 눈멀고 귀먹어 수(首)를 지었다. 수보에는 두 가지가 있는데, 하나는 도국(圖局)이고 하나는 문답(問答)이다. 도국은 눈을 밝혀 보이게 하고 문답은 귀(고막)를 두들겨 울리게 한다. 고로 제목을 「역인수보」라 한다."[15]

'역'은 귀로 들은 음에 따라 한자를 찾기 위한 것이며, '인'은 눈을 통해 본 한자에 따라 음을 찾는 것이다. 소리를 듣고 음으로 한자를 찾을 수 있게 한 것이 「열음운보」였고, 글자를 보고 한자로 음을 찾을 수 있게 한 「열변정보」였고, 이 둘에 대해 앞서 설명하는 것이 「역인수보」였다.

여기서 말하는 도국의 도(圖)는 「만국음운활도(萬國音韻活圖)」, 「중원음운활도(中原音韻活圖)」, 「절자자사품법도(切字子四品法圖)」, 「절자모사품법도(切字母四品法圖)」, 「원모생생총도(元母生生總圖)」를 의미하는데 한자의 음을 로마자로 나타내기 위한 기본적인 언어관을 그림으로 나타내었다.

---

15) 譯者資耳, 引者資目. 俱先傳行, 用救不聰不明之癖, 旅人聾瞽, 故作首. 首譜有 二, 圖局, 問答. 圖局照現目鏡. 問答擊響耳鼓. 故表之曰譯引首譜.

국(局)은 「음운경위총국(音韻經緯總局)」, 「음운경위전국(音韻經緯全局)」을 의미하며, 각 자부(字父; 聲母)와 자모(字母; 韻母)가 대응하는 관계를 표로 나타내었다. 문답은 「열음운보문답(列音韻譜問答)」, 「삼운태고문답(三韻兌攷問答)」, 「열변정보문답(列邊正譜問答)」을 말하는데, 중사(中士)의 물음과 서유(西儒)의 답변을 대화체로 서술하여 로마자 주음 방법과 당시 어음 상황에 대한 동서양 학자의 시각을 자세히 보여주고 있다.

「열음운보문답」에서는 총 129개의 문답을 통해 한어어음과 음절구조를 분석하고 한어음운체계와 병음방식을 설명하였다. 왕징이 쓴「삼운태고」에서는 중국의 세 가지 운서『홍무정운(洪武正韻)』·『심운(沈韻)』·『등운(等韻)』과『서유이목자』의 20운섭(韻攝) 안의 5개 성조를 대조하여 3운서 안의 부족한 점이나 잘못된 점을 지적했으며, 「삼운태고문답」에서는「삼운태고」에 대해 문답했다. 「열변정도문답」에서는 한자의 부수·획수에 따라 검자(檢字)하는 방법을 설명하였다.

2) 「열음운보(列音韻譜)」

수록된 한자를 50섭(攝)[16]으로 나눈 후 다시 각각을 청평(淸平)·탁평(濁平)·거성(去聲)·입성(入聲)에 따라 배열하고 또 다시 자명자모(自鳴字母:零聲母)·공생자자(共生字子:聲母)의 순서에 따라 동음자군(同音字群)으로 나누어 한자를 배열하였다. 각 자를 반절(反切)과 로마 자모를 이용하여 주음(主音)하였는데, 이미 알고 있는 한자의 음을 이용하여 한자를 찾기 위해 편찬된 것이다.

먼저 글자의 음을 음소 단위로 잘게 나누었고 그 다음 성모와 운모를 나누어 같은 운모를 가진 글자를 하나의 섭(攝) 안에 나열하였다. 倦

---

16) 섭(攝) : 같은 운모를 가지고 이는 글자들을 묶은 것으로 전통 운서의 운(韻)에 해당한다.

kiuen을 예로 들면, 트리고는 倦kiuen이 格k 衣i 午u 額e 搦n의 다섯 음으로 이루어졌다고 설명하고 이를 제50섭 遠iuen 거성(去聲) 격원절(格願切)에 수록했다. 이처럼 「열음운보」는 반절 외에 로마자를 발음 기호화하여 사용함으로써 발음을 좀 더 명확하고 용이하게 나타내었다.

3) 「열변정보(列邊正譜)」

「열변정보」는 한자를 보고 발음을 찾아볼 수 있도록 한 표를 수록하고 있어 '이목(耳目)' 중 '목(目)'에 해당하며, 일종의 자서(字書) 부분이라 할 수 있다. 「열변정보」는 부수와 획수 순으로 한자를 나열하고 로마자로 주음하여 모르는 한자의 발음을 찾아볼 수 있도록 하였다. 여기에 수록되어 있는 글자들은 『홍무정운』과 『운회소보』를 기준으로 하였다. 그러나 이 두 책의 음운체계를 따른 것은 아니다. 한자만 참고했을 뿐, 『서유이목자』는 나름의 음운 체계를 가지고 당시의 음운 상황을 반영하였다.

「열변정보」는 다섯 부분으로 이루어져 있다. 「본보소서(本譜小序)」, 사용방법을 설명한 「본보용법(本譜用法)」, 자명자모(自鳴字母)와 동명자부(同鳴字父)의 배합을 표로 나타낸 「만자직음총목(萬字直音總綱)」, 부수 목록이 실린 「변획목록(邊畫目錄)」, 그리고 각 부수에 해당하는 글자들과 그 발음이 실려 있는 「열변정보(列邊正譜)」 부분이다.

   (1) 「본보소서(本譜小序)」 : 「본보소서」는 한자의 특징을 서자
        (西字), 즉 로마자와 비교해 간단한 문답 형식과 함께 설명
        하고 있다.
   (2) 「본보용법(本譜用法)」 : 「본보용법」은 「열변정보」를 사용하
        는 방법을 설명한 부분이다. 어떻게 글자를 배열하였는지,

어떻게 글자를 찾으면 되는지 예를 들어 설명하고 있다.

(3) 「만자직음총목(萬字直音總綱)」: 「만자직음총강」은 성모가 어떻게 운모와 성조에 배합하는지를 나타낸 표이다. 앞서 「음운경위전국」이 운모와 성조가 어떻게 성모에 배합하는지 나타낸 표라면 「만자직음총강」은 이를 반대로 나타낸 것이다. 위 아래 두 줄로 배열하였으며 각 성모에 배합되는 운모를 가로에 성조를 세로에 두어 각 성모당 하나씩 표로 만들었다.

(4) 「변획목록(邊畫目錄)」: 「변화목록」은 변(邊), 즉 부수를 획순으로 나열하고 각 해당 부수의 페이지를 표기하여 편리성을 도모하였다. 「열변정보」는 글자들을 「변화목록」에 따라 부수별로 나누고 나머지 획순으로 나열했다.[17] 「변화목록」에 수록된 부수는 총 315부수로 중국의 일반 자서에서는 보기 힘든 부수 체계를 가지고 있다. 수록된 부수의 대부분은 기존의 전통 부수 체계에서 볼 수 있는 부수들과 일치하고 있으나 일부는 기존 부수 체계에서 찾아볼 수 없는 것들이다. 이와 더불어 잡자획이라 하여 부수를 설정할 수 없었던 글자들을 19획 뒤에 총획수별로 수록하였다.

4. 의의 및 평가

『서유이목자』는 예수회 선교사들이 중국어 학습을 위하여 표의 문

---

17) 『字彙』(1615)보다 늦은 1626년에 간행되었음에도 『字彙』의 214부수를 따르지 않고 독자적인 부수체계를 가지고 있다.

자인 중국어의 음을 표음 문자인 로마자로 표기한 최초의 운서(韻書)로,[18] 당시 어음 상황을 그대로 들여다 볼 수 있는 중요한 자료이다.[19]

서양의 선교사들이 한어를 배우기 위해 편찬하였지만 한어음운사 연구의 관점에서 살펴보면 당시 16세기 중사(中士)와 서유(西儒)간 언어에 관한 교유 문답을 통해 수정·증보된 저서라는 점에서 특별한 의미를 가진 문헌이다.

트리고는 한자음을 로마자로 표기하여 부호화하였다. 이 책에서 왕징을 비롯한 중국의 언어학자와 문답을 통한 논의로 중국어를 자신의 모국어 음운 체계 특성을 바탕으로 중국어를 듣고 이를 로마자로 표기하였다. 가장 눈에 띄는 것은 음을 분석적으로 쪼갠 것이다. 이제까지 중국에서는 자음을 하나의 덩어리로 보고 성모, 운모, 성조로 나누는 정도가 전부였다. 반면 트리고는 자음을 작은 음소들의 조합으로 보고 분석적인 접근을 시도했다.

한어음운학에 있어서 한어어음(漢語語音)을 기록한 가장 온전한 운서(韻書)로서, 이 운서의 영향을 받아 이후의 한어음운학은 음소분별주의(音素分別主義) 방향으로 발전할 수 있는 기틀을 마련하게 되었다.

또 중국전통운서의 표음법, 즉 반절법(反切法)의 어려움에서 벗어나 음운을 표음원칙에 따라 객관적으로 기록하였기 때문에 오늘날 명대

18) 16세기 예수회 선교사인 마태오 리치가 처음 한자음을 로마자로 주음한 『대서자모(大西字母)』는 실전(失傳)되었고, 그의 주음법은 『비한사전(備漢辭典)』, 『정씨묵원(程氏墨苑)』에 남아 있다. 초기에 로마자 표음은 중국어 문장에 로마자 주음을 타는 방식으로 진행되었다.

19) 중국음운학자인 나상배(羅常培), 육지위(陸志韋), 이신괴(李新魁) 등은 이 책의 음운체계를 연구하여 각자 성모 운모 성조체계의 음가(音價)를 추정하였다.로마자모를 이용하여 한자를 주음했기 때문에 후대 학자들이 음운체계를 비교적 정확하게 정리할 수 있는 유리한 조건이 되지만 그가 주로 사용한 표기법은 16세기 이탈리아어의 표음법이기 때문에 음운조합병독규칙(音韻組合拼讀規則)에 주의해야한다는 한계를 가진다.

실제 음운을 연구하는 좋은 자료가 된다. 『서유이목자』의 로마자 주음기호는 한어병음방안의 선구로 음운체계를 성모(聲母), 운모(韻母), 성조(聲調)로 나누어 계통을 살피는 연구를 통해 한어병음 방법의 역사를 살펴 볼 수 있을 것이다.

5. 조선에 끼친 영향

『외규장각목록』에 존재하는 것으로 미루어 볼 때 적어도 1782년 이전에 전래되었다고 볼 수 있다. 중국에 있는 서양 선교사들이 쓴 중국어 학습과 관련된 언어학 서적이라는 점에서 조선 지식인의 흥미를 끌어 유입되었을 것으로 보이나 조선에서의 기록은 예교문제로 인한 서학서 소각사건(1791) 때 유실된 것으로 보인다.[20]

〈해제 : 배주연〉

---

20) 진산사건으로 인한 한문서학서 소각령(1791년, 정조15)이 내려졌을 때 소각된 서적은 24종으로 확인된다. 대부분이 전교를 위한 한문서학서인데 대개 17세기 전반에 저술된 서학서들이었다(『정조실록』 권33, 정조15년 11월 癸未條; 최소자, 위의 글, 1982, 252쪽 참조).

참 고 문 헌

1. 사료

『西儒耳目資』, 北京: 文字改革出版社, 1957.

2. 단행본

김훈호, 「'西儒耳目資' 硏究」, 전남대학교 중어중문과 박사논문, 1993.

方豪, 『中國天主教史人物傳』, 香港: 公教眞理學會, 1967.

徐宗澤, 『明淸間耶蘇會士譯著提要』, 臺北: 中華書局, 1958.

曾曉渝, 「'西儒耳目資'的價値擬測」, 語音歷史探索, 南開大學出版社, 2004.

도　판

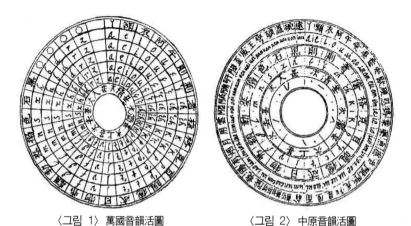

〈그림 1〉 萬國音韻活圖

〈그림 2〉 中原音韻活圖

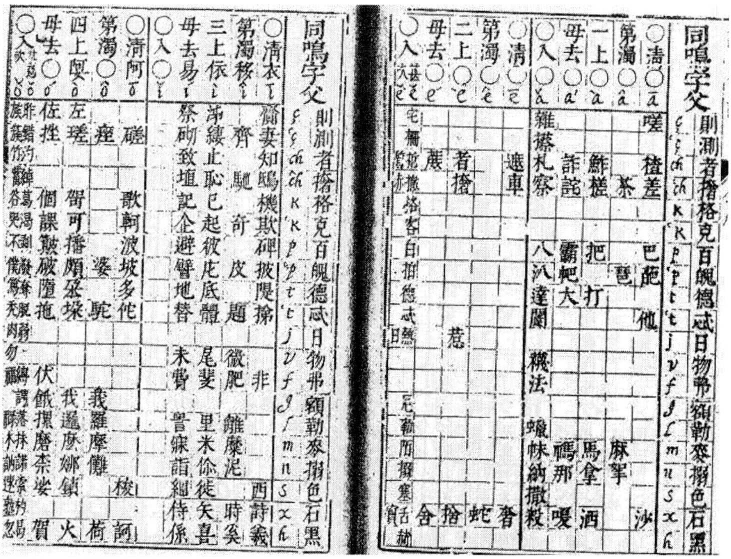

〈그림 3〉 音韻經緯全局

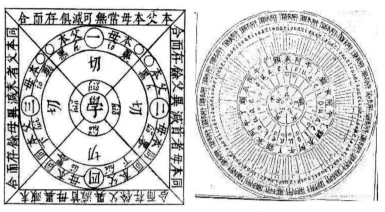

〈그림 4〉 切字子四品法圖   〈그림 5〉 元母生生總圖

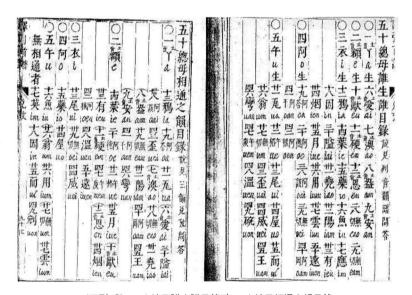

〈그림 6〉 五十總母誰生誰目錄과 五十總母相通之韻目錄

『성년광익(聖年廣益)』

분 류	세 부 내 용
문 헌 종 류	한문서학서
문 헌 제 목	성년광익(聖年廣益)
문 헌 형 태	목판본 (추정)
문 헌 언 어	漢文
간 행 년 도	1738년
저 자	드 마이야(J.F.M.A. de Moyriac de Mailla 馮秉正, 1669~1748)
형 태 사 항	2474면
대 분 류	종교
세 부 분 류	수신
소 장 처	Bibliotheque Nationale de France, 한국교회사연구소
개 요	1년 365일 날마다, 그 날 사망한 성인의 전기를 약술하여 이를 통해 신자들의 신심을 고양하고 신앙생활을 도우려고 편찬한 수신서.
주 제 어	성년(聖年), 광익(廣益), 성인(聖人), 성부(聖婦), 성녀(聖女), 성사(聖思), 묵상(黙想), 신공(神工), 송경(誦經), 경언(警言), 성전(聖傳), 의행지덕(宜行之德), 당무지구(當務之求)

1. 문헌제목

『성년광익(聖年廣益)』

2. 서지사항

프랑스 출신 예수회 선교사 드 마이야(J. F. M. A. de Moyriac de Mailla, 馮秉正, 1669~1748)가 중국에서 선교하며 신자들을 위한 수신 지침 목적으로 역술(譯述)한 그리스도교 성인(聖人)들 전기(傳記)이다. 같은 예수회 사제 고빌(A. Goubil, 宋君榮), 쾨글러(I. Kögler, 戴進賢), 드 라 샴(A. de la Charme, 孫璋) 신부의 교열(校閱)을 받았다.

『성년광익(聖年廣益)』은 1738년 북경에서 처음 간행되었고, 이후 1815 년 북경판(北京版), 1875년 상해(上海) 자모당취진판(慈母堂聚珍版), 1908년 판 등 발간을 거듭하였다.

본 해제의 저본 『성년광익』은 1875년 상해 자모당취진판 4권으로 판각 형태는 청연활자본이다.

각권마다 『성년광익 춘계(聖年廣益 春季)』, 『성년광익 하계(聖年廣益 夏季)』, 『성년광익 추계(聖年廣益 秋季)』, 『성년광익 동계(聖年廣益 冬季)』 의 사계절 제목을 붙이고, 각 권마다 석 달씩 배분하였다. 즉 춘계는 1월~3월, 하계는 4월~6월, 추계는 7월~9월, 동계는 10월~12월로 나누었다. 그리고서 한 달을 한 편목으로 하였다. 춘계 제1편은 1월, 제2편은 2월…로 하여 동계 12월이 제12편이 된다. 『성년광익』 총 4 권은 각각의 단행본이지만 편목은 이어지도록 편찬한 것이다. 그리고 서 각 편 각 일자 순서대로 매일 통상 1명 많을 경우 4명까지 그 날 사망한 성인 혹은 성녀를 수록하였다. 예를 들면 1월 1일의 성인은 "聖年廣益 春季 第一編 第一日 聖婦黙辣尼亞[멜라니아]", 1월 2일의 성인은 "第二日 聖格辣祿[클라로]"이다.

『성년광익 춘계(聖年廣益 春季)』는 「서(序)」 5장, 「수편(首編)」 13장 을 두었는데, 「수편」은 드 마이야의 「소인(小引)」과 「묵상신공간이요법(默想神工簡易要法)」으로 구성되었다. 『춘계(春季)』 본문은 총 3편의 목록 11장과 본문 265장을 합해 총 294장이다.

『하계(夏季)』는 총 3편의 목록 12장과 본문 297장으로 총 309장, 『추계(秋季)』는 총 3편의 목록 12장과 본문 315장으로 총 327장, 『동계(冬季)』는 총 3편의 목록 11장과 본문 296장으로 총 307장이다. 그리하여 『성년광익(聖年廣益)』은 두 면(面)이 한 장(張)을 이루는 한서(漢書) 전 네 권, 총 1237장, 2474면의 방대한 저술이다.

제 1권 『성년광익 춘계(聖年廣益 春季)』 책머리에는 조극례(趙克禮)[1]가 1738년 출판된 해에 쓴 서문(序文)이 있다. 본문과 같은 글자 크기로 1면 당 10줄, 1줄 당 20자, 총 8면이다. 서문 끝 제9면째에는 조극례의 이름과 아호(雅號)를 새긴 큰 도장을 위 아래로 한 면 가득 찍은 것이 특이하다.

서문에 이어 드 마이야가 소인(小引) 4면을 쓰고 역시 자신의 한명 풍병정(馮秉正)과 아호 단우(端友)를 새긴 큰 도장을 상하로 한 면 가득 배열하였다. 소인 끝에 "時 天主降生後一千七百三十八年 耶蘇聖體瞻禮日 泰西耶蘇會士馮秉正端友氏敬 題於 皇城西安門內之仁愛聖所"라고 소인 작성 연도, 일자, 필자 이름, 장소까지 상세히 밝히고 있다. 「묵상신공간이요법(默想神工簡易要法)」13면에는 묵상과 기도 잘하는 법을 상세히 설명하였다.

이어 『춘계(春季)』 총 3편 목록이 각 날짜마다 성인 이름과 함께 나열되는데, 이 편성체제는 『하계(夏季)』, 『추계(秋季)』, 『동계(冬季)』가 동일하다. 저자는 목록에 1년 365일 요일 별로 성인·성녀의 이름을 열거함으로써 비록 목록 분량은 방대하지만, 독자는 목록만으로도 어

---

1) 조극례(趙克禮) : 서문 말미에 무오 중추지망(戊午仲秋之望)에 진사 출신(進士出身) 어전(御前) 삼등시위(三等侍衛)가 쓴다고 서문 작성 시기와 자신의 신분을 밝혔다. 무오년은 1738년이다.

느 성인이 어떤 덕목으로 모범을 보였는지를 일목요연하게 알 수 있도록 하였다.

본문은 1면 당 10줄, 1줄 당 22자씩 썼다. 수록 성인은 총 427명이다. 개별 성인이 아닌 항목은 제5편 제3일의 심획십자성가(尋獲十字聖架), 제5편 제8일의 성미카엘대천신발현(聖彌額爾大天神發現), 제8편 제5일의 건성모설지전(建聖母雪地殿), 제9편 제14일의 성십자가지영(聖十字架之榮) 등 4일이다.

한국교회사연구소와 숭실대학교 부설 기독교박물관이 1875년 간행본『성년광익』을 소장하고 있다.

[저자]

드 마이야(Jeseph François Marie Anne de Moyriac de Mailla, 馮秉正, 1669~1748)는 프랑스 귀족가문 출신으로 1686년 예수회에 입회하고 동양전교를 자원하였다. 1703년 선교사로 중국에 파견되어 광주(廣州)에서 중국어문, 풍습과 민속을 학습한 후 1705년부터 강서(江西) 지방에서 활동을 시작하였다. 1712년부터는 강희(康熙)년간의 중국 전국지도 측회(測繪) 작업에 참여하여 레지(J. B. Régis, 雷孝思) 힌더러(R. Hinderer, 德瑪諾) 신부와 함께 하남(河南)·강남(江南)·절강(浙江)·복건(福建)을, 1714년에는 대만(臺灣) 서부 연해를 탐사하고 지도를 작성하였다. 이 과학적 업적으로 강희제는 드 마이야를 황궁 안 측근에 두고 봉직하도록 하였다.

드 마이야는 당시 서양인으로는 드물게 중국어문과 만주어문에 통달하고, 중국의 학문, 역사. 지리, 예술, 풍습, 신화 등에 해박한 지식을 갖추어서 『성년광익(聖年廣益)』을 비롯해 『성세추요(盛世芻蕘)』, 『성경광익(聖經廣益)』, 『성심규조(聖心規條)』등 다수의 천주교 교리와 신심 한문서학서를 저술하였다. 그 중 특별히 1777~1785년 프랑스 파리에서 간행된 『통감강목(通鑑綱目)』의 불어 번역, 『Histoire Général de là Chine, 中國通史』총 13권은 유럽 역사학계에 큰 반향을 일으키며 드마이야를 프랑스 한학(漢學)의 기초를 구축한 학자로 규정하게 하였다.

1748년 북경에서 병사하자 건륭제(乾隆帝)는 하사금을 내려 후히 장례하도록 했는데, 사대부 관리 700여명이 참례, 애도하였다.

3. 목차 및 내용

[목차]

권1. 聖年廣益 - 春季

聖年廣益序
聖年廣益首編

聖年廣益 第一編 目錄

제2일 聖瑪爾谷[마르코]

제3일 聖伯辣爵[블라시오]

제4일 聖得阿斐祿[테오필로]

제5일 聖保祿彌吉[바오로 미키] 聖若望邊多[요한 고도] 聖雅各伯稽賽[야고버 기새]

日本國 致命 - [일본의 순교자]

제6일 聖女篤羅德亞[도로테아]

제7일 聖女亞加大[아가타]

제8일 聖斯德望[스테파노]

제9일 聖女亞波羅尼亞[아폴로니아]

제10일 聖偉列爾莫[귈리엘모]

제11일 聖瑟物令[세베리노]

제12일 聖女歐辣烈[에우랄리아]

제13일 聖瑪弟尼亞諾[마르티니아노]

제14일 聖瓦郎定[발렌티노]

제15일 聖法斯定[파우스티노] 聖若未達[요비타]

제16일 聖女儒理亞納[율리아나]

제17일 聖西爾文[실비노]

제18일 聖西黙翁[시메온]

제19일 聖阿施彼阿[아욱시비오]

제20일 聖恭辣多[콘라도]

제21일 聖特阿多羅[테오도로]

제22일 聖婦瑪爾加理大[마르가리타]

제23일 聖辣匝祿[라자로]

제24일 聖瑪弟亞[마티아]

제25일 聖薄爾斐略[포르피리오]

제26일 聖味多爾[빅토르]

제27일 聖良德祿[레안데르]

제28일 聖羅瑪諾[로마노] 聖路彼西諾[루피치노]

聖年廣益 第三編 目錄

제1일 聖良[레오] 聖熱爾瓦削[제르바시오] 聖斐理伯[필립보] 弟兄- [형제]

제2일 聖西未亞爾[시비아르도]

제3일 聖婦古尼公德[구네군다]

제4일 聖加西彌祿[가시미로]

제5일 聖福加斯[포카스]

제6일 聖女各肋達[콜레타]

제7일 聖多瑪斯[토마스]

제8일 聖若望德德阿[요한 데오] - 천주의 성 요한

제9일 聖婦方濟加[프란치스카]

제10일 聖西里榮[치리노] 等 四十位 致命- [치리노 등 40명 순교]

제11일 聖女加大利納[카타리나]

제12일 聖額我略[그레고리오]

제13일 聖女毆弗辣西亞[에우프라시아]

제14일 聖留斌[루비노]

제15일 聖降仁[론지노]

제16일 聖亞巴郞[아브라함]

제17일 聖巴弟利爵[파트리치오]

제18일 聖歐落日[에올로지오] 聖女祿格肋濟亞[레오크리시아]

제19일 聖若瑟[요셉]

제20일 聖若亞敬[요아킴]

제21일 聖水篤[베네딕도]

권2. 聖年廣益 － 夏季

제13일 聖赫黙撝日[헤르메네질도]

제14일 聖女理都委納[리드비나]

제15일 聖儒斯定[유스티노]

제16일 聖多羅哦[드로고]

제17일 聖瑪是彌諾[막시모] 聖臥林俾亞斯[올림피아데]

제18일 聖厄留德畧[엘레우테리오]와 同母[어머니] 安弟亞[안티아]

제19일 聖良[레오]

제20일 聖西黙盎[시메온]

제21일 聖安瑟而莫[안셀모]

제22일 聖女恩格辣弟斯[엔크라티스]와 同 十八位 致命[함께 18명 순교]

제23일 聖若而日[제오르지오]

제24일 聖亞達伯[아달베르토]

제25일 聖瑪爾谷[마르코]

제26일 聖理吉[리카리오]

제27일 聖安弟黙[안티모]

제28일 聖女投多辣[테오도라] 聖弟弟瑪[디디모]

제29일 聖白多祿[베드로]

제30일 聖女加大利納瑟納[시에나의 카타리나]

聖年廣益 第五編 目錄

제1일 聖斐理伯[필립보] 雅各伯[야고보]

제2일 聖亞大納削[아타나시오]

제3일 尋獲十字聖架 – 거룩한 십자 나무를 찾음

제4일 聖婦莫尼加[모니카] 聖師奧斯定母– [아우구스티노 성인 어머니]

제5일 聖依西多羅[이시도로]

제6일 聖若翰達瑪瑟諾[요한 다마스쿠스]

제7일 聖斯大尼老[스타니슬라오]

제8일 聖彌額爾[미카엘] 大天神發現

제9일 聖額我略納西央[나치안츠의 그레고리오]

제10일 聖安多尼諾瑪加略[안토니노]

제11일 聖厄彼法諾[에피파니오]

제12일 聖蟲婁[네레오] 聖雅基婁[아킬레오] 聖女多彌弟辣[도미틸라] 聖童
班加爵[판크라시오]

제13일 聖若望希言[침묵의 요한]

제14일 聖波尼法爵[보니파시오]

제15일 聖女特尼西亞[디오니시아]

제16일 聖女肋斯弟都亞[레스티투타]

제17일 聖斐理斯剛大理[펠릭스 칸탈리체]

제18일 聖文南爵[베난시오]

제19일 聖女巴西辣[바실라]

제20일 聖伯納弟諾[베르나르디노]

제21일 聖合彼削[호스피시오]

제22일 聖女儒里亞[율리아]

제23일 聖多納前[도나시아노] 聖樂加前[로가시아노] 兄弟-[형제]

제24일 聖若望方濟各類日斯[요한 프란치스코 레지스]

제25일 聖女瑪利亞瑪大肋納巴西[팟지의 마리아 막달레나]

제26일 聖斐理伯納理[필립보 네리]

제27일 聖博弟略[바우델리오]

제28일 聖熱爾瑪諾[제르마노]

제29일 聖瑟諾伯[제노비오]

제30일 聖甘羨[칸시오] 聖甘濟亞諾[칸시아노] 聖女甘際亞納[칸시아넬라]

제31일 聖女伯多祿你拉[베드로닐라]

聖年廣益 第六編 目錄

제25일 聖加利甘[갈리카노]

제26일 聖若望[요한] 聖保祿[바오로] 昆仲一 [형제]

제27일 聖辣弟斯老[라디슬라오]

제28일 聖依肋奈[이레네오]

제29일 聖伯多祿[베드로]

제30일 聖保祿[바오로]

권3. 聖年廣益 － 秋季

제17일 聖亞肋叔[알렉시오]

제18일 聖婦省福祿撒[심포로사]와 同七子－[일곱 아들]

제19일 聖亞爾瑟訥[아르세니오]

제19일 聖味增爵[빈첸시오]2)

제20일 聖女瑪加利大[마르가리타]

제21일 聖味多爾[빅토르]

제22일 聖婦瑪利亞瑪大肋納[마리아 막달레나]

제23일 聖亞玻理納[아폴리나리스]

제24일 聖女基理斯弟納[크리스티나]

제25일 聖長雅各伯[야고보]

제26일 聖婦亞納[안나]

제27일 聖龐大良[판탈레온]

제28일 聖納撒略[나자리오] 聖瑟爾瑟[첼소]

제29일 聖女瑪爾大[마르타]

제30일 聖亞伯東[압돈] 聖生能[센넨]

제31일 聖依納爵[이나시오]

聖年廣益第八編目錄

제1일 聖瑟彼勒[스피리오]

제2일 聖斐理亞爾多[프리아르도]

제3일 聖儒斯弟諾[유스티노]

제4일 聖多明我[도미니코]

제5일 建聖母雪地殿3)

---

2) '제19일'은 두 차례 연달아 기록되었다. 오류인 듯하다.

3) 建聖母雪地殿(건성모설지전) : 성모 마리아의 기적으로 여기는 8월에 흰 눈이 내린 로마 에스퀼리노 언덕에 352년 건립된 성모설지전(Santa Maria Maggiore) 성당.

제6일 聖試斯篤[식스토] 聖斐理西西末[펠리치시모] 聖亞加比多[아가피토]

제7일 聖多納多[도나토]

제8일 聖西理亞歌[치리아코] 聖辣爾阿[라르고] 聖瑟瑪辣多[스마락도]

제9일 聖羅瑪諾[로마노]

제10일 聖老楞佐[라우렌시오]

제11일 聖女穌撒納[수산나]

제12일 聖女嘉辣[글라라]

제13일 聖禧玻利多[히폴리토]

제14일 聖歐瑟伯[에우세비오]

제15일 聖嘉西亞諾[가시아노]

제16일 聖亞進多[히아친토]

제17일 聖忙黙思[마마]

제18일 聖亞嘉彼多[아가피토]

제19일 聖類思[루도비코]

제20일 聖伯爾納篤[베르나르도]

제21일 聖弗郞布爾[프람발도]

제22일 聖性福良[심포리아노]

제23일 聖斐理伯伯尼弟[필립보 베니시오]

제24일 聖巴爾多祿茂[바르톨로메오]

제25일 聖類斯[루도비코]

제26일 聖熱搦[제네시오]

제27일 聖日訥斯[제네시오]

제28일 聖奧斯定[아우구스티노]

제29일 聖若翰保弟斯大[세례자 요한]

제30일 聖斐理斯[펠릭스] 聖雅道多[아다욱토]

제31일 聖賴孟多[라이문도]

제26일 聖西彼廉[치프리아노] 聖女如斯弟納[유스티나]

제27일 聖葛斯黙[고스마] 聖達彌盎[다미아노] 昆仲-[형제]

제28일 聖文思老[벤체슬라오]

제29일 聖爾瑟亞[엘제아리오] 聖女德爾斐納[델피나]

제30일 聖熱羅尼莫[예로니모]

권4. 聖年廣益 - 冬季

聖年廣益第十編目錄

제1일 聖勒彌彌[레미지오]

제2일 聖巴翁[바보]

제3일 聖安多尼各[안드로니코] 聖婦亞大納濟亞[아타나시아] 夫婦-[부부]

제4일 聖方濟各五傷[오상의 프란치스코]4)

제5일 聖罷爾齊篤[플라치도]

제6일 聖布路諾[부르노]

제7일 聖瑟爾阿[세르지오] 聖罷各[박코]

제8일 聖婦彼理日大[비르지타]

제9일 聖弟阿尼恤[디오니시오]

제10일 聖方濟各玻爾日亞[프란치스코 보르쟈]

제11일 聖女儒斯弟納[유스티나]

제12일 聖女本大[베네딕다]

제13일 聖日老多[제랄도]

제14일 聖婦俾辣日亞[펠라지아]

---

4) 聖方濟各五傷[오상의 프란치스코] : 아시시의 성인 프란치스코에게 예수 그리스
   도가 십자가에 못 박힐 때 입었던 양손과 발 그리고 옆구리 등 다섯 군데 상처
   (오상)가 그대로 나타났으므로 오상의 프란치스코로 불린다.

제15일 聖女德肋撒[데레사]

제16일 聖女歐琅波[에울람피오] 聖女歐蘭俾亞[에울람피아]

제17일 聖婦陁度未日[헤드비지스]

제18일 聖路加[루카]

제19일 聖伯多祿[베드로] 古聖方濟各[옛 성 프란치스코회]

제20일 聖日阿而日約[제오르지오]

제21일 聖喜辣戀[힐라리온]

제22일 聖撒位你亞諾[사비니아노] 聖保登西亞諾[포텐시아노]

제23일 聖伯多祿巴斯掛爾[베드로 파스카시오]

제24일 聖瑪肋哥[말코]

제25일 聖基三多[그리산도] 聖婦達里亞[다리아]

제26일 聖格肋斯賓[크리스피노] 聖格肋斯比年[크리스피니아노] 昆仲一[형제]

제27일 聖文生爵[빈첸시오] 聖女撒俾納[사비나] 聖女計理斯德大[크리스테타]

제28일 聖西滿[시몬] 聖達陡[타대오]

제29일 聖法隆[파로]

제30일 聖瑪瑟祿[마르첼로]와 同十二子一 [열두 아들]

제31일 聖剛定[퀸시노]

聖年廣益第十一編目錄

제1일 聖佰尼諾[베니뇨]

제2일 聖阤嘿利[에메리코]

제3일 聖茀祿[플로로]

제4일 聖嘉祿[가롤로]

제5일 聖加拉西榮[갈라시온] 聖女額彼得瑪[에피스테메] 夫妻一 [부부]

제6일 聖留納多[레오나르도]

제7일 聖瑪都林[마투리노]

제8일 聖格樂德[클라우디오] 등 五位致命- [5명 순교]

제9일 聖特阿多羅[테오도로]

제10일 聖德理豊[트리폰] 聖肋斯彼削[레스파치오]

제11일 聖瑪爾定[마르티노]

제12일 聖黙納[멘나]

제13일 聖達尼老各斯加[스타니슬라오 코스트카]

제14일 聖和莫朋[호모보노]

제15일 聖沃略[구리아] 聖撒貌納[사모나]

제16일 聖亞彼伯[아비보]

제17일 聖額我略道瑪都[그레고리오 타우마투르고]

제18일 聖滿德[마우데토]

제19일 聖婦依撒伯爾[엘리사벳]

제20일 聖雅各伯[야고보]

제21일 聖歐西爵[에우시치오]

제22일 聖女則濟里亞[체칠리아]

제23일 聖格肋孟多[클레멘스]

제24일 聖吉所阿諾[성크리소고노]

제25일 聖女加大利納[카타리나]

제26일 聖伯多祿[베드로]

제27일 聖若撒法[요사팟]

제28일 聖撒都寧[사투르니노] 聖西細諾[시시니오]

제29일 聖瑟爾瑟諾[사투르니노]

제30일 聖安德肋[안드레아]

聖年廣益第十二編目錄

제1일 聖額里日約[엘리지오]

제2일 聖女彼彼亞納[비비아나]

제3일 聖方濟各沙勿略[프란치스코 사베리오]

제4일 聖女巴爾拔辣[바르바라]

제5일 聖女亞瑟辣[아셀라]

제6일 聖尼各老[니콜라오]

제7일 聖盎博羅削[암브로시오]

제8일 聖女法肋[부르군도파라]

제9일 聖女留加弟亞[레오카디아]

제10일 聖女歐辣利亞[에울랄리아]

제11일 聖達瑪瑣[다마소]

제12일 聖郭郎定[코렌티노]

제13일 聖女路濟亞[루치아]

제14일 聖孚先[푸시아노] 聖味多離[빅토리코] 聖在先[젠시아노]

제15일 聖婦基利斯弟亞納[크리스티아나]

제16일 聖亞佟[아도]

제17일 聖辣匝祿[라자로]

제18일 聖斐辣味[플라비토]

제19일 聖納黙瑟[네메시오]

제20일 聖女未多利亞[빅토리아]

제21일 聖多黙[토마스]

제22일 聖拂辣戀[플라비아노]

제23일 聖瑟而武祿[세르불로]

제24일 聖女大西辣[타르실라]

제25일 聖婦亞納大西亞[아나스타시아]

제26일 聖斯德望[스테파노]

제27일 聖若望[요한]

제28일 聖葛隆巴[골롬바]

제29일 聖撒罕[사비노]

제30일 聖女歐福祿西訥[에우프로시나]

제31일 聖西爾物斯德肋[실베스테르]

[내용]

『성년광익(聖年廣益)』은 1년 365일 날마다 그 날에 선종(善終)한 성인 성녀 총 427명의 전기를 기록한 책이다.

조극례는 서문에서 "책 제목 성년(聖年)은 1년 365일 동안 날마다 주보성인(主保聖人)[5]이 있어 일 년이 성스럽다는 뜻이고, 광익(廣益)이란 성전(聖傳)을 통해 매일의 주보성인에 대해 알 수 있기 때문에 그 이익 됨이 넓다는 뜻이다(名曰聖年廣益 編分十二計三百六十五章 聖哉此年也 欲知每日主保之聖 卽有聖傳可徵 廣哉此益也)."라고 정의하였다.

성인은 모든 덕을 갖춘 존재로 신자들의 거울이자 본받아야 할 사표이다. 그러므로 성인의 전기는 성인의 행적을 신자들에게 알리고 신자들이 그 덕행을 배워 신앙생활에 도움이 되도록 하기 위한 목적으로 저술된다. 드 마이야도 이 방대한 책의 역술 목적을 「소인」에서 밝히고 있는데 "성교의 경언(警言)과 성인의 행적이 사람들을 움직여 본받게 하고 그 열애(熱愛)의 마음을 일으키고자 한다."고 하였다. 즉 성인들의 전기를 통해 신자들에게 본받을 대상을 제시함으로써 그들의 신심을 높이고자 한 것이다.

---

5) 주보성인(主保聖人) : 가톨릭교회에서 특정한 개인·단체·지역·국가·교구·성당 등의 보호자로 받드는 성인. 수호성인(守護聖人)이라고도 한다.

아울러 이 목적에 부합하는 지침도 이어 「묵상신공간이요법」에서 구체적으로 제시하였다. 성인전을 읽은 후 다음 단계는 묵상을 통해 이를 심화하고 기도로 마무리하여야 하는데, 우선 묵상을 잘하기 위한 준비인 '예비(豫備)', 묵상 주제에 따라 구축하는 '형상(形像)', 깨달음을 깊게 새기는 '묵존(黙存)', 천주를 경애하고 감사드리며 은총을 구하는 '기구(祈求)'를 함축적으로 설명하였다. 말미에 묵상 장소, 때, 예절, 주제, 무미(無味), 잡념(雜念) 등 묵상을 잘 할 수 있는 방법 여섯 가지(事例六則)를 제시하며 마무리하였다.

한 해 365일 매일 본받을 성인 행적을 기록한 매일의 내용은 경언(警言) 성전(聖傳) 의행지덕(宜行之德) 당무지구(當務之求)로 구성되어 있다.

경언은 성경이나 성인의 말씀 중 관련된 경구를 뽑아 적은 것이다. 드 마이야는 경언을 통해 사람들이 눈으로 보는 것을 마음으로 경계하고 자신의 말과 행동이 서로 부합하는지 돌이켜보라는 취지이다.

성전은 해당성인의 전기(傳記)로 이를 알게 됨으로써 성인의 아름다운 행적을 본받아 깨달음을 더하고 견문을 넓히기를 희망하였다.

의행지덕은 해당 성인에 대해 알고난후 묵상주제를 제시하여 마땅히 실천할 덕이 무엇인가에 대한 서술이다.

당무지구는 실천과 함께 기구해야할 기도문을 제시하였다. 이는 신앙생활에 있어 묵상과 송경(誦經)이 가장 아름다운 공(功)이기 때문이다.

드 마이야의 『성년광익(聖年廣益)』은 천주교 신자들이 그리스도교 역대 성인들의 삶을 본받아 신앙생활을 잘 하도록 그 모범을 제시하기 위한 목적의 저술인 것이다.

4. 의의 및 평가

『성년광익(聖年廣益)』은 방대한 저술임에도 드 마이야본 외에 저자와 간행 시기가 미상인 이본(異本)이 있다. 이본은 기본적으로 드 마이야본을 토대로 하지만 다른 자료를 참고하면서 번잡한 내용은 삭제하고 쉽게 읽히도록 보완하여 새롭게 작성되었다. 『성년광익(聖年廣益)』이본이 있다는 점과, 특히 조선에도 두 종류 『성년광익』이 모두 유입되었다는 점, 그리고 한문본의 유입과 거의 같은 시기에 일찍부터 한글본이 번역, 필사, 유포됨으로써 한문 해독 지식인뿐만 아니라 한글을 깨친 평민과 부녀자들에게까지 널리 읽혔다는 것은 이 책이 큰 감화력을 가지고 광범위하게 확산되었다는 것을 뜻한다. 그리하여 중국과 조선의 다양한 신분 계층 신자들의 신앙생활에 중요한 영향을 미쳤다는 의의를 지닌다.

5. 조선에 끼친 영향

『성년광익(聖年廣益)』이 언제 조선에 유입되었는지는 명확하지 않으나 천주교가 전래된 시기에 이미 알려진 듯하다. 1801년 신유박해(辛酉迫害) 심문록 『추안급국안(推案及鞫案)』 황사영(黃嗣永) 문초기록에 이가환(李家煥)이 이벽(李檗)의 권유로 『천학초함(天學初函)』과 『성년광익』을 빌려본 적이 있다는 기록이 남아 있고, 또한 박종악(朴宗岳)의 「隨記」[6]에도 언급되었다.

---

6) 박종악(朴宗岳)의 「隨記」: 박종악은 1791 당시 충청도 관찰사로 「隨記」는 박종악이 정조에게 쓴 편지를 모아놓은 것이다 이 수기는 2014년 한국학중앙연구원

『사학징의(邪學懲義)』 부록에는 1801년 천주교 신자들에게서 압수해 불태운 서적 목록이 있는데 그 안에 윤현(尹鉉)[7]의 집에서 압수한 한 글본『셩년광익』이 있다. 1784년 이승훈이 북경에서 가져온 책 중 "그 날그날의 성인행적"은『성년광익(聖年廣益)』을 지칭하는 것일 것이다.

이로써『성년광익』은 1784년 이승훈이 북경에서 가져왔고 이후 여러 사람들에게 읽혔으며 나아가 한글로 번역되어 한문을 모르는 일반 신자들도 읽을 수 있는 책이 되었다. 곧『성년광익』은 조선에 전래된 이래 많은 신자들에게 읽히며 신앙생활에 커다란 영향을 끼친 듯하다.

〈해제 : 장정란〉

장서각에서 발견되었다.
7) 윤현(尹鉉) : 주문모 신부 영입에 주도적 역할을 한 초기 한국 천주교회 지도자 윤유일(尹有一, 1760~1795)의 숙부이며, 신유박해 때 유배형을 받은 최해두(崔海斗)의 장인이다. 1801년 신유박해로 체포되어 해남으로 유배되었다.

참 고 문 헌

1. 사료

『聖年廣益』, 上海, 慈母堂聚珍版, 1875.

『聖年廣益』 4권 (1권·2권:한문·한글본 / 3권·4권:드 마이야 한문본), 한국교회사
　　연구소, 2014.

2. 단행본

方豪, 『中國天主敎史人物傳』, 卷2, 馮秉正 條, 香港, 1970.

徐宗澤, 『明淸間耶蘇會士譯著提要』, 中華書局, 1949.

Chan, A. S. J., Chinese Books and Documents in the Jesuit Archives in
　　Rome, M.E. Sharpe, Inc., New York, 2002.

Pfister, L., Notices biographiques et bibliographiques sur les Jesuites de
　　l'ancienne Mission de Chine 1553~1773, Chang-Hai, 1932.

『성교절요(聖敎切要)』

분 류	세 부 내 용
문 헌 종 류	한문서학서
문 헌 제 목	성교절요(聖敎切要)
문 헌 형 태	영인본
문 헌 언 어	漢文
간 행 년 도	1705년
저 자	오르티즈(Tomás Ortiz, 白多瑪, 1668~1742)
형 태 사 항	155면
대 분 류	종교
세 부 분 류	교리
소 장 처	한국교회사연구소 香港敎區檔案處 北京大學校 圖書館 特藏閱覽室
개 요	주기도문(天主經), 성모경(聖母經), 성호경(聖號經), 십계, 사도신경(信經), 7성사, 형애긍(形哀矜)과 신애긍(神哀矜), 8덕, 죄의 근원 일곱 가지(罪宗七端)와 죄를 이기는 일곱 가지의 덕(克罪七德), 영혼의 세 가지 기능(靈魂三司), 천주께 드리는 세 가지 덕(向天主三德), 성교사규(聖敎四規) 등의 내용과 함께 이에 대한 상세한 주석을 포함하고 있는 아우구스티노 수도회의 교리서.
주 제 어	성호경(聖號經), 천주경(天主經), 성모경(聖母經), 신경(信經), 천주십계(天主十誡), 성교사규(聖敎四規), 성사지적(聖事之迹), 사종(四終), 진복(眞福), 애긍(哀矜), 영혼삼사(靈魂三司), 죄종(罪宗), 추덕(樞德)

1. 문헌제목

『성교절요(聖教切要)』

2. 서지사항

꾸랑(Maurice Courant)에 따르면, 성 아우구스티노 수도회 소속의
오르티즈(Tomás Ortiz, 白多瑪) 신부가 저술하여 1705년 조경(肇慶)에
있는 한 천주교회에서 판각, 출판되었다고 한다.[1] 그 뒤에 여러 차례
중간(重刊)되었다. 천주교의 중요한 기도문들과 십계, 7성사(七聖事) 등
주요 교리들에 대해 자세히 주석을 단 한문서학서(漢文西學書)이다.

1842년 남경교구(南京教區) 주교(主教) 베시(Lodovico Maria [dei Conti]
Besi, 羅類思, 1805~1871)[2]의 승인을 받아 중판(重鋟)된 자모당장판(慈母堂

---

1) 원문에, "Recueil avec annotations, par le P. Ortiz; gravé à l'église Tchen-yuen,
à Tchao-khing(1705)"라고 나온다(Maurice Courant, *Catalogue des Livres Chinois
Coréens*, Japonais, etc., Paris: Enuest Leroux, Éditeur, 1912, p.165). Nicolas
Standaert는 1711년에 간행한 뒤 여러 차례 중간(重刊)되었다고 한다(Nicolas
Standaert, *Handbook of Christianity in China Volume One: 635~1800*, Leiden;
Boston; Köln: Brill, 2001, 610쪽). 조광 교수는, "일부 자료에서 이 책이 처음으
로 간행된 연대가 1705년이고, 백 도마의 원래 이름이 오르티즈(Ortiz)라는 기록
도 있으나, 그 기록의 정확성에 대해서는 아직 장담할 수 없다."고 한다(조광, 「성
사에 대한 교회의 가르침: 성교절요(聖教切要)」, 『경향잡지』, 1994년 3월호).
2) 베시(Lodovico Maria [dei Conti] Besi, 羅類思, 1805~1871) : 나백제(羅伯濟)라고
도 한다. 이탈리아 베로나(verona) 출신이다. 1829년 신부가 되었다. 1833년 중국
전교를 위해 떠났다. 1834년 마카오에 도착한 후 호광(湖廣) 지역에서 몰래 전교
하였다. 1839년 9월 3일 로마교황청은 산동성(山東省)을 북경교구에서 분리시키
고 그를 산동종좌대목구(山東宗座代牧區)의 수임주교(首任主教)로 임명하였다.
1841년 남경교구 주교로 임명되었다. 1848년 7월 주교직을 사임하였다.

藏板)의 『성교절요』는 1913년 강남주교(江南主敎)[3] 파리(Jules Próspero Parìs, S.J.. 姚宗李, 1846~1931)[4]의 승인을 받아 상해자모당(上海慈母堂)에서 활판으로 중인(重印)되었다. 본 해제에 이용된 것은 후자의 판본이다. 전자는 각판된 것인데, 이것이 활판(鉛印本)으로 다시 인쇄된 것을 알 수 있다.

최초의 판본은 확인할 수 없고, 이후에 출판된 판본들을 정리하면 다음과 같다.

① 청 건륭(乾隆) 56년(1791년) 각본(刻本) 1책.[5]
② 1842년 각본 1책(上海慈母堂藏板).[6]
③ 1869년 연인본 1책(香港主敎 若望高 准, 香港納匝肋肺郭院活板)
④ 1874년 북경각본 1책.[7]
⑤ 1903년 연인본 1책(上海慈母堂活版重印).
⑥ 1911년 북경각본 1책.[8]
⑦ 1913년 연인본 1책(上海慈母堂活版重印).[9]

꾸랑이 언급한 판본의 내용을 보면, 성호경(聖號經), 천주경(天主經),

---

3) 강남주교(江南主敎) : 1856년 남경교구의 일부가 강남대목구(江南代牧區)로 되었다.
4) 파리(Jules Próspero Parìs, S.J.. 姚宗李, 1846~1931) : 프랑스 낭트 출신 예수회 전교사, 강남대목구 주교(江南代牧區主敎. 1900~1921)와 남경대목구 주교(南京代牧區主敎 1921~1931)를 역임하였다.
5) 張曉 編著, 『近代漢譯西學書目提要: 明末至1919』, 北京大學出版社, 2012.
6) 이것은 위의 ⑦ 1913년 연인본 1책(上海慈母堂活版重印)에 나온 바에 의거한 것이다. 한국교회사연구소에 소장된 판본은 필자가 확인하지 못했는데, 저자미상의 1842년 중간(重刊)의 연활자본이라고 한다.
7) 中國 國家圖書館 소장본.
8) 中國 國家圖書館 소장본.
9) 北京大學校 圖書館 소장본.

성모경(聖母經), 신경(信經), 천주십계(天主十誡), 성교사규(聖敎四規), 성사지적(聖事之迹)에 이어서 마지막으로 동성(同姓 sic)외친사대지도(外親四代之圖)라는 가계도(家系圖)가 나온다고 한다. 그런데, 이후의 판본에서는 동성외친사대지도(同姓外親四代之圖)가 나오지 않고 다른 내용들이 첨가되어 있다.

해제한 판본의 겉표지는 없다. 다음 면에 문헌 제목과 원판의 출판연도가 나온다. 그 다음 면에는 본 판본의 출판연도와 감준자, 출판소가 나오고 이어서 목록이 4면에 걸쳐 실려 있다. 다음 면에 책제목, 그 옆줄에 '泰西聖奧斯定會學士白多瑪著'라는 글이 있고, 바로 이어서 본문 내용이 나온다.

기도문 등의 제목은 위로부터 두 글자 내려 큰 글씨로 제시하고 이에 대해 역시 위에서 두 글자 내려서, 작은 글씨로(한 줄에 27자) 전반적인 설명을 하고 있다. 그에 이어 기도문이나 계율의 원문을 기도문 등의 제목과 같은 크기의 글자로 맨 위로부터 문맥에 의거해 나누어 제시하고(한 줄에 24자) 각 단락마다 역시 한 글자 정도 내려서 작은 글자로(한 줄에 28자) 자세히 주석을 가하고 있다. 주석은 천주교의 신학 교리들에 의거해 아주 자세하게 제시되어 있다.

[저자]

저자인 오르티즈(Tomás Ortiz, 白多瑪, 1668~1742)는 스페인 출신으로 아우구스티노회 소속의 중국 선교사였다. 1695년에 중국에 입국하였다. 청(淸) 강희제(康熙帝)는 1692년(康熙 31) 2월 천주교를 중국에서 전파하는 것을 허용한 용교령(容敎令)을 반포하였다.

당시 유럽에서는 중국에서의 예교에 관한 논쟁이 크게 일어났다. 교황 특사 투르농(Charles Thomas Maillard de Tournon)이 1705년 북경에 도착해 중국의 의례, 특히 예수회가 수용했던 조상숭배에 대해 알아보았다. 그는 중국의 관습과 예절을 철저히 무시함으로써, 처음에는 그를 반갑게 맞았던 강희제를 불쾌하게 하였다.

1707년 1월에 투르농은 선교사들에게 이러한 의식들을 폐지하라는 포고를 발하였다. 적응주의 방식을 지지한, 아우구스티노회 베나벤트(Álvaro de Benavente, 1647~1709)는 교황청에 이 포고를 폐지해 줄 것을 탄원했으나 실패하였다. 베나벤트는 많은 여타 선교사들의 지지를 받았으나 그들의 시도는 좌절되었다. 1706년 외국 선교사에 대한 전도의 자유가 허가제로 바뀌었고 이를 따르지 않은 오르티즈는 1709년 추방되었다.[10] 그가 언제, 어디에서 사망했는지는 미상이다.

오르티즈의 그 외의 저술에는 강희 44년(1705)에 출판된 『사종약의(四終略意)』 4권 등이 있다.[11]

3. 목차 및 내용

[목차]

聖號經

天主經

聖母經

---

10) Nicolas Standaert, 위와 같은 책, 339~340쪽.

11) Nicolas Standaert, 위와 같은 책, 629쪽. 오르티즈에 관해서는 Rodríguez, Isácio & Jesús Álvarez Fernández(eds.), *Historia de la Provincia Agustiniana del Santísimo Nombre de Jesús de Filipinas, vol. V, Bibliografía: Japón-China,* Valladolid: Ediciones Estudio Agustiniano, 1993, 353~363쪽을 참조.

樞德四端

聖神七恩

贖罪三功

靈魂三司

人之三讐

悖反聖神之罪六端

籲天主降罰之罪四端

罪宗七端

克罪七德

形哀矜七端

神哀矜七端

眞福八端

榮身四恩

榮魂三恩

[내용]

1) 성호경(聖號經)

기도문을 제시하기 전에 '십자성가(十字聖架)'가 어떤 의미를 갖고 있는지를 설명하고 있다. 십자가는 천주교의 어느 교(敎), 회(會)의 신자에게라도 동일하며 불신자와 구별하는 표임을 밝히고 있다. 한어(漢語)의 기도문 원문이 나오고, 다음에 원문에 나오는 용어들을 문맥에 맞춰 풀이하고 이어서 교리에 의거해 자세하게 해석하며 설명하고 있다. 이 경을 외울 때 세 번의 '소십자(小十字)'와 한 번의 '대십자(大十字)'를 그리는데, 이를 하는 방법과 그 의미에 대해 자세히 설명하고 있다.

2) 주기도문(天主經)

예수께서 친히 이 기도문을 만들어 사도들에게 구전한 것으로 천주께 기도하는 좋은 방법을 알려주고 있다고 한다. 이 기도문은 7단(端; 7求)을 포함하고 있는데, 앞의 세 가지는 천주를 사랑하고 섬기는 것을 구(求)하기 위함이고, 뒤의 네 가지는 영혼과 육신의 것을 구하기 위함이라고 한다. 이어서 천주경을 8개의 부분으로 나눠 세세하게 설명하고 있다.

3) 성모경(聖母經)

이 기도문은 세 개의 단(端)을 포함하고 있다. 하나는 천사가 성모 마리아에게 와서 경하(敬賀)하는 말이고, 다른 하나는 성부(聖婦) 이사벨이 성모를 보고 찬미하는 말이며, 나머지 하나는 성교회(聖教會)가 성모를 통해 천주께 기구(祈求)하는 말이라고 한다. 이어서 이 기도문을 6개 부분으로 나누어 한문 구절마다 세세하게 설명하고 있다.

4) 사도신경(信經)

이 기도문이 만들어진 시기와 '믿음(信)'이란 "눈으로 볼 수 없는 것, 깨달음이 미칠 수 없는 이치(理)를 증거가 있음에 의탁해서 알고 의심치 않는 것"이며, 기도문 내의 사리(事理)는 천주에 의해 입증되고 많은 성인들의 행적(聖迹)에 의해 증험된 사실이라고 한다. 그러므로 몸소 보고 듣지 못한 말임에 의탁해서 믿지 않을 수 있겠는가 하고, 세상 사람들은 모두 간절히 믿어야 하며, 믿는 자는 하늘에 오를 수 있고 믿지 않는 자는 반드시 지옥에 떨어진다고 한다. 이어서, 이 기도문을 12개의 부분으로 나누어 해설하고 있다. 이러한 해설들에는 천주교의 기본적인 교리들이 망라되어 있다.

5) 천주십계(天主十誡)

천지의 대주(大主)께서 사람이 마땅히 행해야 하는 바의 선을 명하시고, 사람이 마땅히 경계해야 하는 바의 악을 금하셨다. 최초에는 천주께서 이 십계를 사람의 마음에 새기셨고, 후에는 돌판에 쓰시고, 사람에게 준수할 것을 명하셨다. (천주께서) 세상에 강생해 머무르실 때에 이르러, 또 친히 입으로 세상에 반포하셨다. 만세(萬世) 만민(萬民)은 누구든지 귀천을 막론하고 모두 엄수해야 한다. 지키는 자는 모두 승천해 무궁한 복을 누릴 수 있고, 범하는 자는 모두 지옥에 떨어져 무궁한 고통을 받는다고 한다. 이어서 십계의 각 조목 하나하나에 대해 설명하고 각 조목마다 "계율을 범한 죄단(罪端)들을 나열함으로써 사람들로 하여금 알고 경계할 수 있기에 편하도록 하고" 있다. 이 경우에도 필요한 경우에는 자세한 설명을 가하고 있다.

특히 "천주만을 만물의 위에 흠모하고 공경하라"는 제1계에서는, 이 계율을 "천주를 애모(愛慕)함이 만물을 능가하여, 오히려 부모와 자신의 목숨, 그리고 세간의 제물(諸物)을 잃는다 해도 천주께 죄를 지어서는 안 된다. 우리 주께서 이르기를, '무릇 나의 명령을 지키기 위해, 집, 형제, 자매, 부모, 처자식이나 전지(田地)를 버리는 자는 반드시 천당에서 영생(常生)의 응보를 받을 것이다.' 또 주께서 이르기를, '금세(今世)에 자기의 생명을 사랑하는 자는 천당에서 그것을 잃을 것이며, 금세에 자기의 생명을 미워하는 자는 천당에서 무궁한 생명을 보장받을 것이다.'라고 하셨는데, 이것이 천주를 애모함이 만물을 능가한다고 하는 것이다."라고 풀이하고 있다.

이어서 불교의 보살(菩薩), 사신(邪神) 및 작회배맹(作會拜盟)과 관련된 일체의 행위들, 그 이외의 다양한 미신적 행위들을 일일이 지적하며 경계시키고 있다. 당시 중국 민중 사회에서 행해지고 있던 다양한 풍속들을 세세하게 나열하면서 천주교 교리에 어긋나는 것으로 제1계에 의거해 '유죄(有罪)'로 단정해서 금하고 있는 것[12]은 예수회 선교사들의 교리서와 비교할 때 의미가 있는 점이라고 하겠다.

부모께 효경(孝敬)하라는 제4계에서, "부모의 비리(非理)의 명(命)을 듣거나, 부모의 명을 들음으로 인해 제왕(帝王)의 명을 범(犯)하거나, 제왕의 명을 지킴으로 인해 천주의 명을 범하는 것", "갓 태어난 자녀를 천주당에 보내 영세(領洗)하지 않거나 영세하러 보내는 것을 미루는 것", "자녀, 자매를 팔거나, 다른 종교를 믿는 사람에게 보내 양육하게 하거나, 딸, 자매를 다른 종교를 믿는 자에게 처로 삼게 하는 것"은 유죄라고 하는 것을 보면 유교 지식인보다는 일반 민중을 대상으로 하면서, 삶 속에서 오직 천주를 향한 독실한 믿음을 강조하고 있다.[13]

마음속에서 탐재(貪財)나 음욕(邪淫) 같은 악한 생각(念)들이 일어나는 것을 물리칠 것을 강조하고 있다. 그 방법은 천주께 간절히 바라야 하는데, 성모께 기구(祈求)해서 성모로 하여금 천주께 나를 위해 구하도록 하거나, 천주의 묘정(妙情), 우리 주의 수난 및 갖가지 큰 은혜를 생각하거나, 또는 인간의 사종(四終) 등을 생각한 즉 제반 악한 생각을 물리칠 수 있다고 한다.

십계는 결국 '천주를 만물보다 사랑하는 것'과 '남을 사랑하기를 자신과 같이 하는 것'으로 귀결된다고 한다. 그런데 남을 자기와 같이

---

12) "성교회(聖敎會)가 엄금하는 것은 결단코 풍속을 따라 난행(亂行)해서는 안 된다"고 말하고 있다.

13) "자녀, 집안 사람이 배고프고 추운데, 부모와 가주(家主)가 그 의식(衣食)을 돌보지 않는 것이나, 병이 들었으나 치료해주지 않거나, 죄가 없는데 구타하는 것, … , 유죄이다."라고 하는 것은, 당시의 일반 사람들의 가족과 종족 제도 내에서의 삶의 모습을 엿볼 수 있는 것이라고 하겠다.

사랑하고자 하면, 먼저 자신을 사랑할 줄 알아야 한다. 이것이 천주께서 명하신 바이며 가장 올바른 사랑이라고 한다.

십계와 관련하여 행하는 것이 가한지의 여부를 알 수 없는 경우에는 반드시 신부(神父)와 상의하여, 그가 말한 바에 의거해 행할 것과 신부에게 온전한 고해(告解)를 해야 천주께 큰 죄를 짓지 않는 다는 것을 강조하고 있다.

6) 성교사규(聖敎四規)

성교회(聖敎會)가 신자들로 하여금 십계를 엄수토록 하고자 네 가지 규칙을 만든 것이라고 한다: ① 주일(主日)과 여러 축일(祝日: 瞻禮日)들에는 온전한 미사를 드려라. ② 성교(聖敎)가 정한 재계하는 기간(齋期)을 준수하라. ③ 고해(告解)는 적어도 매년 한 차례 하라. ④ 성체(聖體)는 적어도 매년 한 차례, 즉 부활절 전후에 받아라.

7) 일곱 성사(聖事14)之迹)

천주께서 성사적(聖事迹)의 예(禮)를 세우신 뜻에 대해 설명하고 있다. 곧, 사람의 영혼은 무형상의 예로써, 육체는 유형상의 예를 준행함으로써 천주를 애경해야 하며, 이로써 영혼과 육체는 천주의 은혜를 받는다. 또한 이러한 예가 중요한 것은 외교자(外敎者)와 구별하는 표지(號)가 된다는 것이다. 그리고 성사적(聖事迹)의 효과에 대해 설명하고 있다.

예수는 전능(全能), 전선(全善)하므로 성사적(聖事迹)을 정립할 수 있

---

14) 성사(聖事) : 형상 있는 표적으로 형상 없는 성총(聖寵)을 나타내는 행사. 곧 성세(聖洗)·견진(堅振)·성체(聖體)·고해(告解)·병자(病者: 終傅)·신품(神品)·혼배(婚配)의 일곱 가지이다.

다. 제왕(帝王)은 법률이 정한 외적 형벌만을 용서할 수 있음에 불과하며, 제왕이 외형(外刑)을 용서할 수 있는 권한도 스스로 있는 것이 아니고 천주로 말미암아 있는 것이므로 제왕이 벌 받는 것을 면해준 사람이라도 천주는 혹 용서하지 않음으로써 천주께서 내리는 세상적인 고통을 받는 자들이 헤아릴 수 없다고 한다.

성총(聖寵)은 천주께서 인간에게 부여한 무형상의 신은(神恩)으로, 성사적(聖事迹)의 공통된 효험이다. 그 외에 영세, 견진, 신품의 세 가지 성사에게는 신인(神印)을 함께 부여하는 효과가 있다고 한다. 신인은 천주께서 영혼에 부여한 표지(號)이다. 따라서 이 세 성사의 적(迹)은 한 번만 받을 수 있으며 영원히 두 번 다시 받을 수 없다고 한다.

7개 성사의 적(迹)은 우리 주께서 정한 것이며, 이 일곱이 모두 갖춰진 후에야 성교회(聖敎會)가 서서 존재할 수 있다. 이 일곱 성사 중에서 하나라도 빠지면 부족하고, 여기에 하나라도 더하는 것은 불필요하다.

① 성세성사(聖洗聖事)의 적(迹): 성세성사의 종류와 그것이 어떤 의미가 있는 것인지, 그리고 세례를 주면서 말하는 경언(經言)과 성세(聖洗)에 따르는 예절(14개 과정)이 자세하게 설명되어 있다. 또한, 선악을 분별할 수 있는 사람이 영세를 받기 전에 갖추고 있어야 하는 6가지를 각각 자세히 설명해주고 있다.

② 견진성사(堅振聖事)의 적: 견진의 의미와 그 성사를 받은 후의 효과에 대해 설명하고, 더 나아가 견진의 예절(5개 과정)의 과정 각각에 대해 자세하게 설명하고 있다.

③ 성세성사(聖體聖事)의 적: 먼저 '성체(聖體)'가 무엇인지를 해설하고 예(禮)로서의 성체성사를 설명하고 있다. 예수의 신체는 거짓의 사멸(死滅)한 육신이 아니며 우리 주께서 예전

에 세상에 사시다가 지금은 천당에 계시니, 살아 계신 육신이며, 육신은 영혼과 결합해 있어야만 살 수 있으므로 이를 삼위일체와 결부시키고 있다. 성사 때의 '면·주(麵酒)'를 '면주의 체(體)'와 '면주의 상(像)'으로 나누어 상세하게 설명하고, '면·주(麵酒)'가 갖고 있는 의미를 성경(聖經)에 의거해 설명하고 있다. 이어서 성체성사의 효험과 성교회(聖敎會)가 정한 영성체(領聖體)의 규례 등에 대해 말하고 있다.

④ 고해성사(告解聖事)의 적: 먼저 고해성사가 무엇인가를 명료하게 밝히고 그 효험에 대해 아주 상세하게 설명하고 있다. 그리고 해죄(解罪)의 권(權)은 예수께서 사도를 통해 신부(鐸德)에게 전해주었음을 말하고 있다. 이어서 고해의 은혜를 입고자 할 때 준비해야 할 네 가지, 즉 성찰(省察), 통회(痛悔), 정개(定改), 전고(全告)에 대해 설명하고 있다.

'회죄를 권함(悔罪之勸)'에서는 입으로만 회죄했다고 하고 진정한 회죄를 모르는 자들이 헤아릴 수 없이 많다고 하고, 진정한 통회(痛悔)의 정(情)이 있어야 함을 강조하고 있다. '온전한 고해를 권함(全告之勸)'에서는, 부끄러워함에는 선악의 구별이 있다고 하고, 악을 저지름을 부끄러워함은 가장 선한 부끄러움이고, 고해를 부끄러워함은 가장 악한 부끄러움이라 규정하고 있다. 범죄함으로써 마귀의 노예가 되고 고해함으로써 천주의 의로운 자녀(義子)가 된다고 한다. 따라서 고해를 부끄러워하는 자는 천주께서 지옥의 갖은 고통을 받는 벌을 주신다고 한다.

⑤ 종부성사(終傅聖事)의 적: 종부성사가 무엇인지와 그 효험에 대해 밝히고, 신부가 이 예를 행함에는 주의 명령을 받들어 성유(聖油)를 병자(病者)의 5관(官: 눈, 귀, 입, 코, 수족)에 바

르고 문지르며(傅擦) 주께서 정한 바, 종부례를 행할 때의 경언(經言)을 읽도록 하고 있다. 생명이 길면 길수록 죄는 더욱 많으므로, 오래 사는 것이 무슨 이득이 있는가라고 하여 오래 사는 것이 단명(短命)만 못하다고 한다. 무엇보다도 죽음에 대비해서 고해종부(告解終傅)의 은혜를 얻을 것을 강조하고 있다. 왜냐하면 이로써 잘 죽어 하늘에 오르기를 바랄 수 있기 때문이다.

⑥ 신품성사(神品聖事)지 적: 신품이 무엇인지와 신품을 받은 자가 어떠한 권능(權能)을 갖고 있는지를 설명하고 있다. 이 성사는 중인(衆人)들이 받을 수 없으므로 상세하게 풀이하지 않고 있다.

⑦ 혼배성사(婚配聖事): 혼인은 한 남자와 한 여자가 평생 부부(耦)가 되는 것이라 규정하고 그것이 어떠한 길로 나아가야 하는지를 설명하고 있다. 그리고 이 설명들을 구절들로 나누어 일일이 설명하고 있다. 일부일부(一夫一婦)가 정도(正道)이고 이 외에 비첩(婢妾) 등은 모두 더러운 죄라고 한다. '한 남자와 한 여자가 평생 부부(耦)가 되는 것'에 대해서는 성경 말씀을 인용하며 하느님의 뜻임을 밝히고 있다. 또한 한 가정에서 남편과 부인이 각각의 역할이 있음을 강조하고 있다. 천주교를 믿지 않는 자와의 혼인 문제, 결혼과 동정(童貞)을 지키는 것 중 어느 편이 나은 가의 문제 등에 대해 설명하고 있다.

8) 인간의 네 가지 종말(萬民四終)

사종(四終)이 무엇인가를 전체적으로 규정하고, 죽음(死候), 심판, 지옥, 그리고 천당이라는 인간이 피할 수 없는 네 가지 결국(結局)에 각각에 대해 설명하고 있다.

9) 천주께 드리는 세 가지 덕(向天主三德)

믿음(信德), 소망(望德), 사랑(愛德)의 세 가지 덕은 본성(本性)의 덕이 아니고 본성을 초월한(超性) 덕이니, 오로지 일념으로(一心一意) 천주께 향하는 도리(道理)라고 하고, 그 각각의 덕에 대해 자세히 설명하고 있다.

10) 사추덕(樞德四端)

여기에서는 추덕(樞德)을 정의하여 각양 덕행의 기초이며 이 네 가지 덕이 있어야 각양의 덕행이 모두 용이하게 성취된다. 그러므로 사추덕은 만 가지 덕 중 중요한 것이라고 규정하고 이어서, 사추덕인 지덕(智德), 의덕(義德), 용덕(勇德, 그리고 절덕(節德)에 대해 설명하고 있다.

11) 성령의 일곱 가지 은사(聖神七恩)

성신, 곧 성령이 견진(堅振)한 사람에게 부여하는 일곱 가지 신은(神恩)-경외(敬畏), 효애(孝愛), 총민(聰敏), 강의(剛毅), 초견(超見), 명달(明達), 상지(上智)-에 대하여 설명하였다.

12) 속죄를 위한 세 가지 공로(贖罪三功)

사람이 죄를 지었으면 천주의 벌을 받아야 한다. 비록 이미 통회하고 고해하여 주의 죄에 대한 용서를 받았더라도 죄를 용서 받은 흔적은 모두 남아 있은 즉, 연옥(煉獄)의 벌은 끝내 면할 수 없으므로 반드시 공(功)을 세워 대속(代贖)해야 한다. 삼공이라는 것은 천주께 득죄한 것에 대한 벌의 값을 미리 대속하는 방법 세 가지-기도(祈禱), 재소(齋素; 斷食, 禁肉 등), 시제(施濟)-를 말한다.

13) 영혼의 세 기관(靈魂三司)

영혼에는 세 기관(司)-기억(記含, memoria), 이성(明悟, intellectus), 욕구(愛欲, appetitus)-이 있다. 이에 대해서는 삼비아시(Francesco Sambiasi, 畢方濟; 1582∼1649)의 『영언여작(靈言蠡勺)』에도 잘 설명되어 있다.[15] 삼비아시가 이들을 주로 철학적 측면에서 천주교 교리와 결합시켜 논하고 있는데 반해, 오르티즈는 이들의 기능(職, officium)과 그것들이 천주만을 위해 사용되고 이로써 영혼을 구해야 함을 강조하고 있다.

14) 인간의 세 가지 원수(人之三讐)

세 가지 원수-마귀(魔鬼), 육신(肉身), 세속(世俗)-는 우리의 영혼에 해를 끼칠 수 있는 것이므로 영혼의 원수라고 한다. 우리가 천당에 오르는 것을 막고 우리를 지옥에 밀어 떨어뜨린다. 이 원수들을 잘 알아, 마음을 써서 방비하여 상해를 당하지 말아야 한다고 한다.

15) 성령을 거스르는 죄 여섯 가지(悖反聖神之罪六端)

성령의 은혜의 빛이 세상에 가득 차 있는데, 성령의 은혜의 빛을 얻으면 곧 쉽게 머리를 돌려 선을 행하고 진복의 길로 간다. 거스르는 자는 성령을 은혜의 빛에 따르지 않고, 마음을 바꾸지 않아 성령의 은전(恩典)을 달갑게 여기지 않고 천주께 거스르는 짓을 하니, 죄가 매우

---

15) 프란체스코 삼비아시, 김철범·신창식(역), 『영언여작(靈言蠡勺) - 동양에 소개된 스콜라철학의 영혼론 - 』, 일조각, 2007.

크다. 성령을 거스르는 죄 여섯 가지는, ① 승천을 체념하는 것(絕望升天), ② 망령되게 승천할 것이라 하는 것(妄擬升天), ③ 고의로 진리를 반박하는 것(故駁眞理), ④ 남의 복과 은총을 시기하는 것(忌人福寵), ⑤ 악을 고집하는 것(固執於惡), ⑥ 이전의 잘못을 회개하지 않고 다시 죄를 저지르는 것(怙終不悔)이다.

16) 천주께 벌을 내리시기를 구하는 죄 네 가지(籲天主降罰之罪四端)

천주께서는 늘 사람을 살피시며 용서하며 회개하기를 바라시며 벌 내리시기를 늦추시는데, 네 가지 죄-고의적인 살인(故意殺人), 본성에 어긋나게 음탕함(拂性邪淫), 의지가지 없는 외로운 자들을 업신여기고 억누름(凌壓煢獨), 노동자 임금에 손해를 입히는 것(虧負傭價)-는 천주의 성의(聖意)를 범하고 천주의 성노(聖怒)를 촉발시켜, 매번 즉시로 벌을 내리시며, 생전에라도 분명히 드러나게 벌을 내리신다. 사람이 만약 이 네 가지 죄를 범하면 천주께 아주 빨리 벌을 내려주시기를 구하는 것이라고 한다.

17) 죄의 근원 일곱 가지(罪宗七端)

일곱 가지의 죄-교만, 질투, 탐욕과 인색함(貪吝), 분노, 음식에 미혹됨, 정욕에 미혹됨, 나태함-를 죄종(罪宗)이라 하는 까닭은 온갖 범죄가 이들로부터 말미암는 죄의 근원이기 때문이라고 한다.

18) 죄를 이기는 일곱 가지의 덕(克罪七德)

일곱 가지의 덕-겸양(↔교만), 인애(↔질투), 사재(捨財↔貪吝), 인내(含忍↔분노), 청빈(淡泊↔貪饕), 절욕(絕慾↔迷色), 즐거이 일함(忻勤↔나태)-은 앞의 일곱 가지의 죄를 치유하는 약으로, 일곱 가지의 죄를 이기려면 일곱 가지의 덕을 닦아야 한다고 한다.

19) 긍휼히 여기는 행위(哀矜之行)

애긍은 남의 궁핍을 구(救)하는 것이다. 배고픔, 추위의 고난 등은 육신의 궁핍이고 죄를 피하여 덕(德)으로 나아갈 수 없음 등은 영혼의 궁핍이다. 형애긍(形哀矜)-형애긍칠단(形哀矜七端 : 배고픈 자를 먹이는 것, 목마른 자를 마시게 하는 것, 헐벗은 자를 입히는 것, 병들고 갇힌 자를 돌보는 것, 여행자를 머물게 하는 것, 포로된 자를 구속(救贖)하는 것, 죽은 자를 장사지내주는 것)-으로 사람의 육신을 구원하고 신애긍(神哀矜)-神哀矜七端(사람에게 선을 권하는 것, 어리석은 자를 깨우쳐주는 것, 근심 있는 자를 위로하는 것, 과실이 있는 자를 꾸짖는 것, 나를 모욕하는 자를 용서하는 것, 남의 약함을 관대히 봐주는 것, 살아 있는 자와 죽은 자를 위해 기도하는 것)-으로써 사람의 영혼을 구원한다. 영혼은 육신보다 귀하므로 신애긍이 형애긍보다 더욱 아름답다고 한다.

20) 팔복(眞福八端)

진복의 8가지 단서는 진복을 사는 값(價値)이며 진복을 누리는 근거이며, 몸은 비록 세상에 있으나 영혼(神)은 하늘에 있는데, 이는 우리 주이신 예수께서 친히 허락하신 것이라고 한다. 신약성경 마태복음 5장 1절~12절의 산상수훈에 나오는데, 다음과 같다.

> 심령이 가난한 자는 복이 있나니 천국이 저희 것임이요
> 애통하는 자는 복이 있나니 저희가 위로를 받을 것임이요
> 온유한 자는 복이 있나니 저희가 땅을 기업으로 받을 것임이요
> 의에 주리고 목마른 자는 복이 있나니 저희가 배부를 것임이요

긍휼히 여기는 자는 복이 있나니 저희가 긍휼히 여김을 받을 것임이요

마음이 청결한 자는 복이 있나니 저희가 하나님을 볼 것임이요

화평케 하는 자는 복이 있나니 저희가 하나님의 아들이라 일컬음을 받을 것임이요

의를 위하여 핍박을 받은 자는 복이 있나니 천국이 저희 것임이라

21) 육신을 영광스럽게 하는 네 가지 은혜(榮身四恩)

선한 사람의 육신이 부활 승천한 후에, 천주께서 그의 육신에게 상으로 내려주시는 은혜를 입는 영광(恩榮)을 말한다. 곧 부활 승천한 후에 각 개인이 쌓은 덕행과 선한 공로에 따라 광명을 발하는 은혜(光明之恩), 부활 승천한 후에는 더 이상 영혼이 육체로 인해 상손(傷損)을 입지 않는 은혜(無傷損之恩), 부활 승천한 후에 몸이 어디든지 마음대로 도달할 수 있는 은혜(神速之恩), 부활 승천한 후에 몸이 어떠한 장애도 통과할 수 있는 은혜(神透之恩)의 네 가지이다.

22) 영혼을 영광스럽게 하는 세 가지 은혜(榮魂三恩)

선한 사람의 영혼이 승천한 후에, 천주께서 그의 영혼에게 상으로 내려주시는 은혜를 입는 영광(恩榮)을 말한다. 곧 승천한 후에 늘 천주와 서로 볼 수 있게 되는 것, 천당에 이르러 천주의 무한한 아름다움, 무한한 복락, 완전무결하고 영원무궁함을 만끽할 수 있게 되는 것, 생전에 한 사람이 천주를 지극히 사랑한 것에 대한 보답으로 영혼이 승천한 후에 천주께서 그의 영혼을 사랑하여 천당의 진복으로 갚고 영원 무궁히 함께 사랑한다는 것이다.

4. 의의 및 평가

유럽인들이 아메리카와 아시아 지역 사람들과 접촉하게 되었을 때, 천주교를 그들에게 제시함에 있어서 신앙과, 자연 이성(理性)에 의해 신에 대한 지식에 도달하는 문제는 학술적 문제라기보다 실제적인 문제가 되었다.

자연 신학(natural theology)과 초자연 신학(supernatural theology) 간의 구별은 두 가지 종류의 교리문답서들—초자연 신학의 토대가 되는 계시를 근거로 한 것과 자연 신학에 근거한 것-이 나타나게 하였고 이는 중국에서의 교리서에도 영향을 주었다.

첫 번째 유형의 교리문답서들은 오늘날 교리문답서로 이해되는 것으로, 주기도문, 성모경, 성호경(聖號經), 십계, 사도신경, 7성사, 형애긍(形哀矜)과 신애긍(神哀矜), 8덕, 죄의 근원 일곱 가지(罪宗七端)와 죄를 이기는 일곱 가지의 덕(克罪七德), 영혼의 세 가지 기능, 천주께 드리는 세 가지 덕(向天主三德), 성교사규(聖敎四規) 등을 포함하고 있다.

두 번째 유형의 교리문답서들은 17세기 중엽 이후에 출판되었다. 여기에서의 신학 관념들은 성교육단(聖敎六端)이라 불렸는데, 이는 다음과 같다: ① 영원하신 하느님께서 우주를 창조하셨다. ② 의로우신 하느님께서 선과 악에 보응하신다. ③ 유일하신 하느님은 삼위일체이시다. ④ 하느님께서는 예수로 현현(顯現)하셔서 모든 인간을 위해 돌아가셨다. ⑤ 인간의 영혼은 영원한 행복이나 영원한 고통에 떨어지는 것이 운명이다. ⑥ 그리스도교는 유일한 참 종교이다.

어느 유형의 교리문답서든지 입문자들, 교리문답 교사들, 그리고 선교사들 사이에 유포되었는데, 선교사들에게는 일정한 개념들과 용어들을 번역하는 문제에 대한 해결 방법을 제공하였다. 오르티즈의『성교절요』는 첫 번째 유형의 교리문답서에 대한 주해서라고 할 수 있는데,[16] 주해서 속에는 두 번째 유형의 신학 관념들이 녹아 들어가 있다. 무엇보다도, 예수회가 아닌 아우구스티노 수도회의 교리서라는 점이 특징적인 것이라 하겠다.

5. 조선에 끼친 영향

이 한문본은 교회 창설 직전인 1784년 봄에 이승훈(李承薰, 베드로)이 북경에서 돌아오면서 전한 것으로 추정된다. 왜냐하면 교회 창설 초기에 조선 신자들이 북경에 보낸 서한에 이 책과 유사한 이름이 나타나며, 이기경(李基慶)의 『벽위편(闢衛編)』에 수록되어 있는 정인혁(鄭仁赫)의 문초 기록에 권일신(權日身)이 기유년(1789) 봄에 최필공(崔必恭)으로부터 이 책을 빌려 보았고 다 본 후 돌려주었다[17]고 대답했다는 기록이 나타나기 때문이다.

그러나 이 책이 교회 창설 직후부터 널리 읽혀진 것은 아닌 듯하다. 왜냐하면 1801년의 박해 과정에서 압수된 교회 서적 가운데서 이 책을 찾아볼 수가 없기 때문이다. 물론 당시에 압수된 교회 서적 가운데에는 이 책의 일부를 발췌하여 번역한 것으로 추정되는 책자의 이름도 나타나고 있지만, 이 책의 이름이 직접 나타나지는 않고 있다.[18]

아마도 이 책의 한글 번역 작업은 이미 1830년대에 착수된 듯하다.[19] 현존하는 한글 필사본은 모리스 꾸랑(M. Courant)의 『조선서지(朝鮮書誌)』

---

16) Nicolas Standaert, *Handbook of Christianity in China Volume One: 635-1800*, Leiden; Boston; Köln: Brill, 2001, 608~610쪽.
17) 李晩采, 『闢衛編』「刑曹啓辭」, 京城: 闢衛社, 昭和6年, 127~128쪽.
18) 조광, 「성사에 대한 교회의 가르침: 성교절요(聖敎切要)」, 『경향잡지』, 1994년 3월호
19) 위와 같은 주.

에도 소개된 1837년의 것이 최고본으로 양화진 순교자기념관에 소장되어 있다. 이후 한글본 『성교절요』는 1865년에 서울의 목판 인쇄소에서 제4대 조선교구장 베르뇌(Berneux, 張敬一) 주교의 감준으로 간행되었다.[20] 한글본 『성교절요』는 한문본을 그대로 번역한 것은 아니다. 한문본 중에서 7성사에 관한 부분만을 발췌하여 번역한 것으로, 신자들에게 성사에 대한 가르침과 이해를 높여 주기 위해 간행된 것이었다.

1883년 이후 블랑(Blanc, 1844~1890) 주교의 감준을 받아 서울에서 활판본으로 다시 간행되었다. 그리고 1907년과 1913년에도 거듭 간행 되었으며, 1936년에는 종전의 활판본을 대폭 보완한 새로운 번역본이 간행되기에 이르렀다. 그리하여 이 책은 1866년의 병인박해를 전후한 시기로부터 그 이후 식민지 시대에 이르기까지 우리나라 신도들에게 성사에 대한 이해를 높여 주는 구실을 하였다.[21]

〈해제 : 송요후〉

---

20) 조광 교수는, "이 책이 목판본으로 간행된 것은 1865년이었다. 이 목판본 『성교절요(13.9×20.9cm)』에는 이 책의 원저자의 이름과 함께 다블뤼(Daveluy, 1818~1868년[sic]) 주교가 번역했음을 밝혀 놓았다. 그러나 이 책이 간행되기 이전부터 번역본이 있었다는 당시의 정황이나, 다블뤼 주교가 교회 서적을 번역할 때 조선인 신도들의 도움에 크게 의존했다는 점을 우리는 기억해야 한다. 그렇다면 이 책을 다블뤼 주교가 직접 모두 번역했다고 보기보다는 이를 최종적으로 정리하여 간행했다고 보는 것이 더 타당할 듯하다."고 한다(조광, 위와 같은 주).

21) 조광, 위와 같은 주. 조광 교수에 따르면, 7성사 번역문도 한문 원본의 내용 가운데 일부만을 가려 뽑은 것이라고 한다. 한글본 『성교절요』에서 목판본과 초기 활판본은 그 내용이 동일한데, 1936년에 간행된 것은 그 내용의 분량이 그 전의 판본보다 두 배 이상이 되는데, 이는 초기의 번역과정에서 생략되었던 부분들을 보충 번역하여 간행했기 때문이라고 한다. 그러나 이것도 한문본을 완역한 것은 아니라고 한다. 조광 교수는 또한 이 교리서가 예수회 계통의 교리서가 아니라는 점에서 신학적 견해의 미묘한 차이에 대해서도 주목을 해봐야 할 것을 강조하고 있다.

참 고 문 헌

1. 사료

『靈言蠡勺』

2. 단행본

프란체스코 삼비아시, 김철범·신창식(역), 『영언여작(靈言蠡勺)-동양에 소개된
스콜라철학의 영혼론-』, 일조각, 2007.

張曉 編著, 『近代漢譯西學書目提要: 明末至1919』, 北京大學出版社, 2012.

Nicolas Standaert, Handbook of Christianity in China Volume One: 635-1800,
Leiden; Boston; Köln: Brill, 2001.

3. 논문

배현숙, 「17·8世紀에 傳來된 天主敎書籍」, 『교회사연구』 제3집, 한국교회사연구
소, 1981.

조광, 「성사에 대한 교회의 가르침: 성교절요(聖敎切要)」, 『경향잡지』, 1994.

조현범, 「19세기 전후 북경 교회의 상황에 대한 소고」, 『신앙의 노래 역사의 향
기-圭雲 河聲來 선생 팔순기념 논총-』, 흐름출판사, 2014.

4. 사전

한국가톨릭대사전편찬위원회, 『한국가톨릭대사전』, 한국교회사연구소, 1985.

『수진일과(袖珍日課)』

분류	세부내용
문 헌 종 류	한문서학서
문 헌 제 목	수진일과(袖珍日課)
문 헌 형 태	목판본
문 헌 언 어	漢文
간 행 년 도	1639∼1659년 사이
저　　　자	카타네오(Cattaneo, Lazarus, 郭居靜, 1560∼1640) 페레이라(Ferreira, Gaspard, 費奇規, 1571∼1649) 디아즈(Diaz, Junior Emmanuel, 陽瑪諾, 1574∼1659) 후르타도(Furtado, Franciscus, 傅汎際, 1587∼1653) 휘구에레도(Figueredo, Rodericius, 費樂德, 1594∼1642)
형 태 사 항	706면
대　분　류	종교
세 부 분 류	교리(기도서)
소　장　처	Bibiotheca Apostolica Vaticana Bibliotheque Nationale de France 한국교회사연구소
개　　　요	각종 천주교 기도문(祈禱文)과 축문(祝文)을 모은 서책.
주　제　어	성교일과(聖教日課), 천주경(天主經), 성모경(聖母經), 신경(信經), 해죄시경(解罪時經), 회죄경(悔罪經), 성호경(聖號經), 조과(早課), 삼종경(三鐘經), 만과(晚課)

1. 문헌제목

『수진일과(袖珍日課)』

2. 서지사항

『수진일과(袖珍日課)』의 수진(袖珍)이란 소매 안에 넣고 다닐 수 있을 만한 작은 책(冊), 즉 휴대하기 쉬운 소형 책자의 의미이고, 일과(日課)란 일상생활 중에 바치는 기도를 뜻한다. 따라서『수진일과(袖珍日課)』는 지니고 다니기 편리하도록 만들어진 연중 기도서이다.

카타네오(Cattaneo, Lazarus, 郭居靜, 1560~1640), 페레이라(Ferreira, Gaspard, 費奇規, 1571~1649), 디아즈(Diaz, Junior Emmanuel, 陽瑪諾, 1574~1659), 후르타도(Furtado, Franciscus, 傅汎際, 1587~1653), 휘구에레도(Figueredo, Rodericius, 費樂德, 1594~1642) 등 다섯 예수회 선교사가 편찬하고, 부글리오(Buglio, Ludovicus, 利類思, 1606~1682), 페르비스트(Verbiest, Ferdinand, 南懷仁, 1623~1688) 신부가 중정(重訂)한 당시 통용되는 모든 기도문(祈禱文), 예식문(禮式文), 축문(祝文)을 모은 방대한 기도 모음서이다.

『수진일과』는 1638~1659년 사이에 초간 간행되었다는 것이 정설이다. 그러나 이 책의 대본은 1638년 이전에 구성된 것으로 추정된다. 『수진일과』가 편찬될 당시, 중국에서 널리 쓰이던 기도서는 1602년 소주(韶州)에서 발간된 롱고바르디(Longobardi, 龍華民, 1565~1655)의 『성교일과(聖敎日課)』다.『성교일과』는 이 후 여러 차례 그 내용이 개정되며 중간(重刊)되었고, 특히 디아즈 신부는 1638년 개정 작업에 참여하였다. 따라서『수진일과』는『성교일과』개정 작업 참여 후 이를 토대로 오랜 기간에 걸쳐 편찬한 수진본일 것이다.

본 해제 저본인 프랑스국립도서관 소장 모리스 쿠랑 수집본『수진일과』는 1665년 간행『성교일과』와 내용이 동일하여 1665년『성교일과』수진본인 듯하다. 실제로『수진일과』목차에도「천주성교일과(天

主聖敎日課)」라고 하였다.

『수진일과』에는 표지 다음 첫 면에 편집과 교정 참여 선교사 명단을 밝혔다. 즉 전정(全訂)한 카타네오, 페레이라, 디아즈, 후르타도, 휘구에레도, 중정(重訂)한 부글리오, 페르비스트 등이다. 그러나 참여 선교사들 면면을 살피면 이들이 동시에 함께 이 책 간행작업을 수행한 것이 아닌 것을 알 수 있다. 페르비스트는 1659년에야 중국에 입국하였다. 그에 반해 카타네오는 1640년, 휘구에레도는 1642년, 페레이라는 1649년, 후르타도는 1653년, 디아즈는 1659년에 사망하였다. 페르비스트 중국 입국 시기에 『수진일과』 편찬자 예수회 선교사 다섯 명은 이미 모두 사망하였고, 중정(重訂)에 이름을 올린 부글리오와 페르비스트가 남은 것이다.

따라서 프랑스국립도서관 소장 『수진일과』가 1665년 『성교일과』수진본이라면 부글리오와 페르비스트는 이미 오래전부터 간행되어 통용되던 『수진일과』에 1665년 새 『성교일과』를 싣고, 새 기도문들을 모아 속권(續卷)으로 첨부하며, 『수진일과』원 편찬인 다섯 명은 비록 오래 전 사망했음에도 전정(全訂) 명단에 올린 것으로 추정할 수 있다.

이 사실을 더 명확히 하는 것은 상권에서 책 본문을 시작하며 처음에 천주경(天主經), 성모경(聖母經), 우성모경(又聖母經), 신경(信經), 해죄시경(解罪時經), 회죄경(悔罪經), 천주십성(天主十誡) 등 일곱 기도문을 기록한 후 그다음 조과(早課) 항목부터는 새 면에 다시 「성교일과(聖敎日課)」 제목을 붙이고 '遠西耶穌會士龍華民譯'이라고 하여 이하 기도문이 롱고바르디의 「성교일과(聖敎日課)」를 전재한 것임을 밝히고 있다.

그러나 상권 중간 부분에 성모매괴경십오단(聖母玫瑰經十五端), 배구성모위사후경(拜求聖母爲死候經), 해죄전경(解罪前經), 해죄후경(解罪後經), 영성체전송(領聖體前誦), 기영성체송(己領聖體誦) 등은 새 면에 기록을 시작하며 '遠西耶穌會士費奇規述'이라고 이 기도문 여섯 개는 페레이라가 기술한 것임을 명확히 하였다.

그다음 이어지는 다섯 개 기도문 오주염주묵상규조(吾主念珠黙想規條), 성모염주묵상규조(聖母念珠黙想規條), 우급구인사의(遇急救人事宜), 요이 육단(要理六端), 성독설약(聖匵設略)은 다시 롱고바르디가 기술한「성교일과(聖教日課)」의 기도문이다.

특히 중권은 각 기도문마다 기술한 사람이 다르다. 중권은 서목(書目)을 『천주성교일과 중(天主聖教日課 中)』이라 하고 일곱 개 기도문을 실었다. 그러나 성체도문(聖體禱文)은 알레니(Aleni, J., 艾儒略, 1582~1649), 성호도문(聖號禱文)은 몬테이로(Monteiro, J., 孟儒望, 1603~1648), 수난도문(受難禱文)은 프로에츠(Froez, J., 伏若望, 1590~1638), 천신도문(天神禱文)은 디아즈, 성인도문(聖人禱文)은 롱고바르디, 성약슬도문(聖若瑟禱文)은 디아즈, 연옥도문(煉獄禱文)은 몬테이로가 기술하였다. 특히 알레니, 몬테이로, 프로에츠, 롱고바르디는 편찬자 명단에 올리지도 않은 예수회 선교사들이다.

하권은 처음 천주야소수난시말(天主耶穌受難始末)부터 마지막 구위범신자지영혼송(求爲凡信者之靈魂誦)까지 전편을 판토하(Pantoja, D. de, 龐迪我, 1571~1618)와 디아즈가 함께 전술(全述)하였다.

『수진일과』에는『성교일과』에는 없는 속권(續卷) 두 권을 두어 새로운 기도문들을 다수 첨부하였다. 편명을「증보일과(增補日課)」라고 하였는데 다양한 시기의 다수 예수회 선교사들 기도문을 실었다. 속권 1의「聖宗徒禱文」은 트리고(Trigault, N., 金尼閣, 1577~1628), 「선종예전(善終禮典)」은 부글리오가 지었다.

속권 2의 기도문 전체는 드 마이야(de Mailla, M., 馮秉正, 1669~1748, 중국 입국 1703)가 번역(譯)하였다. 단지 속권 2 마지막에 실은 교회력에 따른 주요 축일(祝日)을 기록한 표(表)「성교영첨예표(聖教永瞻禮表)」만 쿠플레(Couplet, P., 栢應理, 1624~1692, 중국 입국 1659)가 작성하였다.

프랑스국립도서관 소장『수진일과』외에 상·중·하 3권으로 편성된

1823년 중간본(重刊本) 『수진일과』가 있다. 1823년 마카오 교구 샤심 (Francisco chacim, 光) 주교가 감준한 『수진일과』인데 편찬자는 알 수 없고, 목차와 본문에 「천주성교일과(天主聖敎日課)」라고 되어 있어 1823년본도 『성교일과』 수진본임을 알 수 있다.

프랑스국립도서관 본과 마카오 본의 두 판본은 모두 상·중·하 3권으로 되어 있다. 그러나 수록된 기도문에는 차이가 있으며, 1823년 마카오 본에는 속권을 두지 않았다.

본 해제의 저본 프랑스국립도서관 소장 『수진일과』는 상권, 중권, 하권과 속권 일(續卷一), 속권 이 등 총 다섯 권으로 구성되어 있다. 다섯 권 모두 서문 없이 목록만 있다.

상권은 목록 6면 본문 138면, 중권은 목록 2면 본문 126면, 하권은 목록 8면 본문 122면으로 총 386면이다.

속권 두 권은 목록을 한꺼번에 제시하여 총 4면이다. 속권 일 본문 158면, 속권 이 본문은 142면으로 속권은 총 304면이다.

그리하여 『수진일과』는 총 706면에 달하는 방대한 기도서 모음집이다.

본 책 상·중·하는 1면 당 7행(行), 1행 당 16자(字)씩 썼다. 기도문 제목은 한 행에 제목만 썼다. 속권 역시 이 규정대로 동일하게 적용하였다.

한국교회사연구소에 1823년 중간본(重刊本) 『수진일과(袖珍日課)』가 소장되어 있다.

[저자]

『수진일과』 편역(編譯) 참여 선교사는 카타네오, 페레이라, 디아즈, 후르타도, 휘구에레도 전정(全訂), 부글리오, 페르비스트 중정(重訂)이다. 이들 일곱 예수회선교사들이 중국에서 모두 동시간대를 살지 않았으나 『수진일과』를 통해 편찬자로 함께 이름을 올렸다.

- 카타네오(Cattaneo, Lazarus, 郭居靜, 1560~1640)
  이탈리아인. 자(字): 앙봉(仰鳳).
  1581년 예수회 입회
  1594년 중국 입국. 소주, 남경 등지에서 전교,
  1608년 서광계의 청원으로 상해에 개교.
  1611년 이지조의 청원으로 항주에 개교
  1620년 가정의 진사(嘉定進士) 손원화(孫元化)의 요청으로 가정(嘉定)에 개교
  1627년 항주에 양정균(楊廷筠)이 성당, 사제관, 수도원 건립. 사망까지 항주본당에서 전교

  대표 저술: 『영성예주(靈性詣主)』, 『회죄요지(悔罪要旨)』

- 페레이라(Ferreira, Gaspard, 費奇規, 1571~1649),
  포르투갈인. 자(字) : 규일(揆一)
  1588년 예수회 입회
  1603년 중국 입국. 북경에서 마태오 리치와 함께 전교
  이후 소주에서 전교, 강서 건창(建昌)에 개교

  대표 저술: 『주연주보성인단(週年主保聖人單)』, 『매괴경십오단(玫瑰經十五端)』, 『진심총독(振心總牘)』

- 디아즈(Diaz, Junior Emmanuel, 陽瑪諾, 1574~1659),

포르투갈인. 자(字) : 규일(揆一)

1610년 중국 입국. 남경에서 전교.

1621년~1624년 북경에서 중국 주재 예수회 부책임자로 봉직.
그 후 남경·송강(松江)·상해(上海)·항주(杭州) 등지에서 전교. 영파(寧波)에 개교.

1634년 남창(南昌)에서 전교

1638년 복주(福州)에서 전교

1648년부터 연평(延平)에서 전교와 저술활동 전념.

1659년 항주에서 사망

대표 저술 : 『천주성교십계직전(天主聖敎十戒直詮)』, 『천문략(天問略)』, 『성경직해(聖經直解)』, 『수진일과(袖珍日課)』, 『대의론(代疑論)』, 『경세금서(經世金書)』

■ 후르타도(Furtado, Franciscus, 傅汎際, 1587~1653),
포르투갈인. 자(字) : 체재(體齋)

1608년 예수회 입회

1621년 중국 입국. 가정(嘉定)에서 페레이라 신부로부터 한어 익힌 후 항주에서 전교.

1633년 이후 섬서, 산동 등지에서 전교

1634년 서안(西安)에 성당과 사제관 건립

1636년 예수회 화북교성성회장(華北敎省省會長)으로 임명

1651년 교구 순찰사로 임명되어 마카오에서 직무.

1653년 마카오에서 선종

대표 저술: 『환유전(寰有詮)』, 『명리탐(名理探)』

- 휘구에레도(Figueredo, Rodericius, 費樂德, 1594~1642)

  포르투갈인. 자(字) : 심명(心銘)

  1608년 예수회 입회

  1622년 중국 입국, 항주 전교

  1627년 개봉(開封)에 개교, 전교

  대표 저술: 『성교원류(聖教源流)』, 『총독염경(總牘念經)』, 『염경권(念經勸)』

- 부글리오(Buglio, Ludovicus, 利類思, 1606~1682),

  이탈리아인, 자(字) : 재가(再可)

  1622년 예수회 입회

  1637년 중국 입국. 강남 지방에서 전교.

  1639년 북경 수력(修曆) 사업 참여

  1640년 사천성(四川省)에 개교. 면죽(綿竹) 성도(成都) 등지에서 전교.

  1643년 장헌충(張獻忠)에게 포로로 잡힘. 천문의기(天文儀器) 제조와 역서(曆書) 번역 명령받음.

  1647년 사천에 입성한 청군(淸軍)에게 잡힘

  1648년 북경 입경. 전교.

  대표 저술: 『초성학요(超性學要)』, 『미살경전(彌撒經典)』, 『천주정교약징(天主正教約徵)』, 『천학진전(天學眞詮)』, 『서방기요(西方紀要)』, 『성교요지(聖教要旨)』, 『기망일과(己亡日課)』, 『부득이변(不得已辨)』, 『사자설(獅子說)』 외 다수

■ 페르비스트(Verbiest, Ferdinand, 南懷仁, 1623~1688)

벨기에인. 자(字) : 돈백(敦伯)

1641년 예수회 입회

1659년 중국 입국, 서안(西安)에서 전교.

1660년 흠천감 감정 아담 샬(Schall von Bell, A., 湯若望)의 부름을 받아 북경에서 교무와 흠천감 업무 보좌.

1664년 역국대옥(曆局大獄)[22] 발발하자 고령의 아담 샬을 대신해 법정에서 서양신법과 천주교의 정당성 변론.

1669년 3월 흠천감감부(欽天監監副), 12월 흠천감감정(欽天監監正) 임명 받음.

1674년 세계지도「곤여전도(坤輿全圖)」제적.

1676년부터 예수회 중국성구회장(中國省區會長)

대표 저술:『교요서론(敎要序論)』,『도학가전(道學家傳)』,『망점변(妄占辨)』,『고해원의(告解原義)』,『선악보략설(善惡報略說)』,『의상지(儀象志)』,『의상도(儀象圖)』,『희조정안(熙朝定案)』,『곤여전도(坤輿全圖)』,『곤여도설(坤輿圖說)』,『적도남북성도(赤道南北星圖)』,『측험기략(測驗紀略)』,『서방요기(西方要記)』외 다수

---

22) 역국대옥(曆局大獄) : 1664년 8월부터 1665년 4월에 걸쳐 발생한 서양 역법과 천주교에 대한 교안(敎案). 서학 비판자 양광선(楊光先)이 1664년 아담 샬, 페르비스트 등 당시 북경에 있던 네 명의 예수회 신부와 기타 한인천주교인 흠천감 관리들을 대청률(大淸律) 모반과 요서저작(妖書著作) 2개조를 범한 대역죄로 고발한 사건이다. 재판 결과 1665년 3월 1일 아담 샬을 위시하여 흠천감의 교인 관리들에게 능지처사의 중형이 선고되었다. 그런데 선고 다음 날인 3월 2일과 3월 5일에 북경일원에 대지진이 발생하자 청 조정은 이것을 하늘이 아담 샬의 사형을 불허한다는 증거로 해석하여 3월 16일자로 사형이 감면되고 얼마 후 석방된 사건이다.

3. 목차 및 내용

[목차]

天主聖教日課（下卷）

天主耶穌受難始末

向天主父誦

向天主子誦

向天主聖神誦

向聖三誦

向天主耶穌誦

向聖母瑪利亞誦

五傷經規程

向諸品天神誦

向護守天神誦

向聖彌格爾天神誦

向本名聖人誦

向宗徒誦

向司敎聖師誦

向爲道致命聖人誦

向精修聖人誦

向童身聖女誦

求天主賜佑誦

求諸德誦

求信德誦

求望德誦

求愛德誦

求爲敎宗誦

求爲主敎誦

求爲傳敎誦

求爲皇帝誦

求爲官府誦

求免患難誦

求豐年誦

求安死誦

被誘感時誦

遇難求忍誦

遇雷霆暴風迅雨地震時誦

遇流疫求止誦

旱時求雨誦

霖雨求晴誦

遇火災求滅誦

遇吉得意時誦

遇凶失意時誦

啓行求佑誦

看書已前誦

遇本身誕日誦

遇領洗原日誦

求爲在生父母親友恩人誦

求爲我讐誦

求爲在敎適亡誦

求爲在敎已亡父母親友恩人誦

求爲凡信者之靈魂誦

增補日課

1) 續 卷一

五拜 五謝 七祈求 痛悔經 聖三光榮頌 彌撒內拜五傷後二章 領主保後衆人同
誦, 聖體仁愛經, 聖體聖母合讚 向十字聖架誦 聖殮布經 求恩祝文 認已罪 謝耶穌
代受艱難 向耶穌聖靈誦 向聖母托付誦 祈求聖教大行 求神赦誦 聖母喜樂經二章
聖母刺心重苦七章 奉事聖母經 聖若瑟七苦七樂經 向聖若瑟誦 求聖若瑟爲中國大
主保祝文 求聖若瑟爲本身每日主保祝文 向聖依納爵誦 向聖方濟各沙勿略誦 聖宗
徒禱文 爲已亡主教鐸德 善終禮典 聖心經 聖亞納誦 聖母冤旒等

2) 續 卷二

聖十字架禱文 天主聖神禱文 聖五傷方濟各禱文 聖伯多祿亞爾甘太辣祝文 與彌
撒規條 領聖灰聖枝二誦 物爾朋經 婚配祝文 聖體略節 領聖體問答 滌罪略 輔彌
撒經 主日酒聖水答應之經 輔安所經 聖教永瞻禮表

[내용]

『수진일과』는 천주교회의 기도 모음서이다. 『천주성교일과(天主聖教
日課)』라고도 한다. 실제로 목록에 天主聖教日課 上, 天主聖教日課 中, 天主
聖教日課 下라고 하였고 이은 두 권의 속권(續卷)은 천주성교일과 증보
편이라는 것을 목록에서 증보일과(增補日課)로 명확히 밝히고 있다.

그런데 『천주성교일과(天主聖教日課)』는 1602년 중국 소주(韶州)에서 초
간된 이탈리아 예수회 선교사 롱고바르디(Longobardi, 龍華民, 1559~
1654)가 편역(編譯)한 천주교 기도서이다. 상·중·하 3권으로 되어 있는
이 책의 내용 역시 천주교 신자들이 일상 행하는 기도문을 모아 놓은
것이다. 그러나 『천주성교일과』 초판에 수록된 기도문은 많지 않았
다. 세월이 흐르며 여러 차례 중간(重刊)되면서 기도문들을 덧실어서,

다수의 기도문은 롱고바르디 사후 추가된 것이다.

따라서 『수진일과』는 『천주성교일과』를 그대로 옮겨 쓰기, 일부는 따서 전용하고 일부는 변형하기, 새로운 기도문을 만들거나 혹은 서양 기도문 번역하기 등으로 이루어 진 듯하다.

『수진일과』 각 권, 각 항목의 내용을 살펴보면 다음과 같다.

1) 천주성교일과(天主聖教日課 上卷)

- 송경권어(誦經勸語)
  : 기도하기를 권하는 말. 본 해제 저본에는 목차에는 들어 있으나 본문에는 기재하지 않았다.
- 천주경(天主經)
  : 주의 기도. 예수 그리스도가 직접 가르치고 명한 기도문. 주의 기도는 모든 그리스도교도의 공동유산으로 사도시대 이후 교회 전례와 신앙고백의 일부가 되었다.
- 성모경(聖母經)
  : 예수 그리스도의 어머니, 성모 마리아에게 바치는 기도.
- 우성모경(又聖母經)
  : 성모 마리아에게 바치는 청원의 기도로 성모 마리아의 전구(轉求)를 간청.
- 신경(信經)
  : 사도신경(使徒信經). 그리스도교의 바탕이 도는 핵심교리를 담은 초대교회의 신앙 고백문으로 가톨릭 주요기도문의 하나.
- 해죄시경(解罪時經)
  : 천주, 성모, 여러 천신, 성인들에게 자신이 지은 죄를 뉘우

치며 다시는 죄를 짓기 않게 도움을 청하는 기도문.

- 회죄경(悔罪經)

  : 지극히 인자하고 선한 천주에게 지은 죄를 통회하며 다시는 죄를 짓지 않기를 맹세하는 기도문. 특별히 이 기도문 끝에는 작은 글자로 매일 조석으로 이 기도를 하고, 특히 영세할 때와 급한 환난를 당했을 때 바치면 영원히 (지옥에) 떨어짐을 면할 수 있다고 썼다.

- 천주십계(天主十誡)

  : 십계명을 열거. 끝에 "이 십계는 만유 위(萬有之上)의 천주를 사랑할 것과 다른 사람을 자신처럼 사랑하라(愛人如己)는 두 가지로 귀결된다."고 정의한 것이 특별하다.

- 조과(早課)

  : 신자들이 매일 아침 하는 기도.

- 성호경(聖號經)

  : 십자성호(十字聖號)를 그으며 하는 가장 짧으나 가장 중요한 기도문. 모든 기도의 시작 과 마침, 모든 일 전후에 이 기도를 한다. '성부와 성자와 성신의 이름으로' 모든 일을 한다는 의미이며, 동시에 하느님은 한 분이나 성부, 성자, 성신의 세 위격(位格)을 가진다는 삼위일체(三位一體)의 신앙 고백이다.

- 초행공부(初行工夫)

  : 하루를 천주의 은총으로 죄를 짓지 않고 선을 행하며 살 것을 다짐하며 도우심을 구하는 기도

- 기완공부(己完工夫)

  : 죽을 때 천주와 성모와 여러 성인 성녀들의 축복과 기도의 은덕으로 너그러운 용서 속 에 선종할 수 있기를 청하는

기도.

■ 출문축문(出門祝文)

: 집 문 밖을 나설 때 바치는 기도.

■ 진당축문(進堂祝文)

: 성당에 들어 갈 때 하는 기도.

■ 점성수(點聖水)

: 성수(聖水)를 찍으며 하는 기도.

■ 쇄성수(灑聖水)

: 성수를 뿌릴 때 하는 기도.

■ 여미사예(與彌撒禮)

: 미사가 거행될 때 신자로서 어떤 마음가짐으로 참례해야 하며, 미사 형식의 기본 전례는 어떤 것인지에 대한 설명문. 특별히 작은 글자체로 한 행에 두 줄씩 썼다.

■ 미사 전 축문(彌撒前祝文)

: 미사가 시작되기 전 마음을 모아 미사에 임하는 기도.

■ 거양성체(擧揚聖體)

: 미사에서 면병을 높이 들고 축성하여 성체(聖體)로 변화시킬 때 바치는 기도.

■ 거양성작(擧揚聖爵)

: 미사에서 포도주가 든 성작을 높이 들고 축성하여 성혈(聖血)로 변화시킬 때 바치는 기도.

■ 오상경(五傷經)

: 예수 그리스도가 십자가에 못 박혔을 때 난 다섯 상처(五傷), 즉 두 손 두 발의 상처와 창에 찔린 옆구리 상처를 기억하며 바치는 기도.

■ 반전반후축문(飯前飯後祝文)

: 식사 전과 식후에 하는 기도.

■ 삼종경(三鐘經)

: 해가 진 후, 종이 세 번 울릴 때 하는 기도.

■ 만과(晚課)

: 매일 저녁, 자기 전에 하는 기도.

■ 성모덕서도문(聖母德敍禱文)

: 성모를 공경하는 여러 칭호로 부르며 성모에게 드리는 탄원기도. 공동으로 바치는 기도문의 형식으로 계(啓)와 응(應)으로 나누었는데 계(啓)에서 '천상 은총의 어머니여', '지극히 지혜로우신 동정녀여', '천사들의 모후여' 등을 호칭하면, 각 호칭 때마다 응답하여 "우리를 위하여 빌으소서(爲我等祈)."라고 반복한다.

■ 성모매괴경십오단(聖母玫瑰經十五端)

: 구슬이나 나무알 열 개씩을 구분해 여섯 마디로 엮고 십자가를 단 염주형식의 묵주(默珠)를 사용해 성모 마리아에게 바치는 15단의 기도. 매괴(玫瑰)란 중국 남방에서 나는 아름다운 붉은 옥(玉)으로 중국 천주교에서 묵주의 기도를 매괴경이라 칭하였다. 서술자 페레이라 신부는 이 기도가 성모 마리아 일생의 사적(事跡) 즉, 예수 강생, 구속, 수난, 부활, 승천과 연관된 환희(歡喜) 5단, 통고(痛苦) 5단, 영복(榮福) 5단 내용의 묵상주제로 이루어졌으므로 15단의 각 주제를 묵상하면서, 성모 마리아를 통해 구원을 얻는 기도라고 해설하였다.

■ 배구성모위사후경(拜求聖母爲死候經)

: 죽음에 임했을 때 예수 그리스도와 함께 영생을 누리게 해 달라고 성모 마리아에게 비는 기도.

- 해죄전경(解罪前經)

  : 고해성사 전에 바치는 기도.

- 해죄후경(解罪後經)

  : 고해성사 후에 바치는 기도.

- 영성체전송(領聖體前誦)

  : 미사 중 성찬식에서 성체를 영할 때 바치는 기도.

- 기영성체송(己領聖體誦)

  : 미사 중 성찬식에서 성체를 영한 후 바치는 기도.

- 오주염주묵상규조(吾主念珠黙想規條)

  : 예수 그리스도의 33년 일생의 성스러운 자취(聖蹟)를 일상
  (一想)부터 삼십삼상(三十三想)까지 한 줄로 요약한 것을 묵
  상하며 바치는 묵주 기도.

- 성모염주묵상규조(聖母念珠黙想規條)

  : 성모 마리아의 63년 일생을 그 덕성을 찬미하고 평생의
  사적(事蹟)을 10씩 묶어 6꼭 지, 그에 청원 3가지를 덧붙여
  총 63개 묵상 주제를 가지고 바치는 묵주 기도.

- 우급구인사의(遇急救人事宜)

  : 정식으로 세례 집행이 불가능한 위급한 경우 사제를 대신
  해 예식을 생략하고 영세를 베풀 때 하는 격식과 도문의 해
  설. "我洗爾, 因父, 及子, 及聖神之名者, 亞孟(나는 성부와 성자
  와 성신의 이름으로 세례를 줍니다)"라는 도문과, 남성 여성
  세례명 각 4개씩을제시하였고, 세례를 주는 물의 종류 선택
  방법까지 상세히 지침 하였다.

- 요리육단(要理六端)

  : 천주교에 입교하려는 사람들이 반드시 알아야 하는 여섯
  가지 중요 교리.

■ 성독설략(聖匵設略)
: 교인들이 소지하는 복과 덕을 더하게 하고(增福德) 병과 해를 면하게 하는(免患害) 교 황이 반포하고 축성하는 성스러운 작은 갑(聖匵)의 효능에 대한 해설.

2) 천주성교일과(天主聖教日課 中卷)

중권의 모든 기도문은 공동 기도문 형식이다. 기도하는 사람들을 나누어 한 편에서 계(啓)를 하면 다른 편에서 응(應)으로 호응하도록 한다. 계가 기도의 지향을 밝히면, 응은 반복적으로 원의를 읊는다.

■ 성체도문(聖體禱文)
: 예수 그리스도의 성체(聖體)와 성혈(聖血)에게 비는 기도문. 계(啓)에서 천주의 속성에 따른 각각 다른 명칭으로 호칭하고, 응(應)은 "우리를 불쌍히 여기소서(矜憐我等)", "주여 우리를 구하소서(主救我等)" 등을 반복한다. 알레니(Aleni, J., 艾儒略, 1582~1649) 가지었다.

■ 성호도문(聖號禱文)
: 예수 그리스도에게 비는 기도. 계(啓)에서 예수의 속성에 따른 각각 다른 명칭으로 호칭하고, 응(應)은 "우리를 불쌍히 여기소서(矜憐我等)"라고 답한다. 또한 계(啓)에서 "모든 악에서" "마귀의 숨은 간계에서"라고 하면, 응(應)은 "예수여 우리를 구하소서(耶穌救我等)"라고 답한다. 몬테이로(Monteiro, J., 孟儒望, 1603~1648)가 지었다.

■ 수난도문(受難禱文)
: 예수의 수난 과정을 따라 십자가에 못 박혀 죽음에 이르

기 까지를 계(啓)와 응(應)으로 묵상하며 기도를 반복한다. 프로에츠(Froez, J., 伏若望, 1590~1638)가 지었다.

- 천신도문(天神禱文)

: 대천사(大天使) 가운데 하나인 미카엘과 여러 다른 천신(天神)들에게 바치는 기도. 각 각의 천사들을 하나씩 호칭하며 "우리를 위하여 빌어주소서(爲我等祈)"를 반복한다. 디아즈가 지었다.

- 성인도문(聖人禱文)

: 모든 성인과 성녀들을 호칭하며 "우리를 위하여 빌어주소서(爲我等祈)"라고 기도한다. 롱고바르디가 지었다.

- 성약슬도문(聖若瑟禱文)

: 성모 마리아의 정배(淨配)이며 예수 그리스도를 양육한 성 요셉에게 바치는 기도. 디아즈가 지었다.

- 연옥도문(煉獄禱文)

: 성모 마리아로부터 모든 성인 성녀에 이르기까지 연옥(煉獄)에 있는 영혼을 위해 빌어 달라는 기도문. 계(啓)에서 성인 성녀 이름을 호칭하면, "죽은 연옥 영혼을 위해 빌어 주소서(爲亡者煉靈祈求)"라고 반복적으로 응(應)한다. 몬테이로(Monteiro, J., 孟儒望, 1603~1648)가 지었다.

3) 천주성교일과(天主聖教日課 下卷)

- 천주야소수난시말(天主耶穌受難始末)

: 판토하(Pantoja, D. de, 龐迪我, 1571~1618)와 디아즈가 공저(全述)한 예수 그리스도 수난기. 예수 30세부터의 활동 시작과 여러 성스러운 자취(聖蹟), 유다스(茹答斯)의 배신, 재

판, 십자가상의 처형, 시신을 흰 포(白布)에 싸서 석묘(石墓)에 안치하기까지 예수 수난의 대략을 서술하였다. 예수의 제자들이 몸소 보고 책으로 적어 전하는 것을 적는다고 역사성과 사실성을 강조한다.

- 향천주부송(向天主父誦)
  : 천주 성부에게 바치는 기도.

- 향천주자송(向天主子誦)
  : 천주 성자에게 바치는 기도.

- 향천주성신송(向天主聖神誦)
  : 천주 성신에게 바치는 기도.

- 향성삼송(向聖三誦)
  : 성부와 성자와 성신 삼위(三位)에게 바치는 기도.

- 향천주야소송(向天主耶穌誦)
  : 천주 예수에게 바치는 기도.

- 향성모마리아송(向聖母瑪利亞誦)
  : 성모 마리아에게 바치는 기도.

- 오상경규정(五傷經規程)
  : 예수가 십자가에 못 박혔을 때 난 두 손, 두 발과 창에 찔린 옆구리 상처 등 다섯 상처(五傷)를 기억하며 기도드릴 때 지켜야 할 규정 해설.

- 향제품천신송(向諸品天神誦)
  : 천상의 여러 천사(天神)들에게 바치는 기도.

- 향호수천신송(向護守天神誦)
  : 하느님의 명에 따라 자신을 보호하는 임무를 맡은 천사에게 바치는 기도.

- 향성미격이천신송(向聖彌格爾天神誦)

: 성 미카엘 대천사에게 바치는 기도.

■ 향본명성인송(向本名聖人誦)

: 세례 때 성인의 이름을 받아(本名) 수호성인으로 특별히 공경하며 보호받고 그 품행과 성덕(聖德)을 본받고자 본명 성인에게 바치는 기도.

■ 향종도송(向宗徒誦)

: 성 베드로, 성 안드레아를 위시한 여러 사도들에게 드리는 기도.

■ 향사교성사송(向司敎聖師誦)

: 교회의 지도자, 스승들에게 드리는 기도.

■ 향위도치명성인송(向爲道致命聖人誦)

: 성스러운 교회의 도(道)를 위해 순교한 성인들에게 바치는 기도.

■ 향정수성인송(向精修聖人誦)

: 수행자 성인들에게 바치는 기도.

■ 향동신성녀송(向童身聖女誦)

: 정절의 덕을 지킨 성녀들에게 바치는 기도.

■ 구천주사우송(求天主賜佑誦)

: 천주의 도우심을 구하는 기도.

■ 구제덕송(求諸德誦)

: 길한 복이 충만한 것을 덕이라 하는데 이 같은 여러 덕을 구하는 기도.

■ 구신덕송(求信德誦)

: 믿음을 가진 덕(信德)을 갖추기를 구하는 기도.

■ 구망덕송(求望德誦)

: 영원한 생명을 지향하고 기대할 수 있는 정신적 능력인

망덕을 갖추기를 구하는 기도.

■ 구애덕송(求愛德誦)

: 천주와 이웃에게 사랑받기보다 사랑하고, 모든 선의 근원인 천주와 자신의 일치를 궁극 목적으로 삼는 애덕을 갖추기를 구하는 기도.

■ 구위교종송(求爲敎宗誦)

: 교황을 위한 기도.

■ 구위주교송(求爲主敎誦)

: 주교를 위한 기도.

■ 구위전교송(求爲傳敎誦)

: 전교하는 사제들을 위한 기도.

■ 구위황제송(求爲皇帝誦)

: 황제를 위한 기도.

■ 구위관부송(求爲官府誦)

: 관청이 정의, 지혜로우며, 어질고도 결단력을 갖추어서 위로는 선정을 돕고 아래로는 양 민을 교화시켜 천주를 공경하고 사람을 사랑하게 되기를 구하는 기도.

■ 구면환난송(求免患難誦)

: 환난을 모면하기를 구하는 기도.

■ 구풍년송(求豐年誦)

: 풍년을 비는 기도.

■ 구안사송(求安死誦)

: 편안한 죽음을 비는 기도.

■ 피유감시송(被誘感時誦)

: 유혹에 빠질 때를 위한 기도.

■ 우난구인송(遇難求忍誦)

: 어려움을 당했을 때 참아 견디어낼 수 있는 힘을 구하는 기도.

- 우뇌정폭풍신우지진시송(遇雷霆暴風迅雨地震時誦)
  : 벼락, 폭풍, 폭우, 지진을 만났을 때 하는 기도.

- 우유역구지송(遇流疫求止誦)
  : 유행병이 그치게 되기를 구하는 기도.

- 조시구우송(早時求雨誦)
  : 가뭄이 들었을 때 비가 오기를 비는 기도.

- 음우구청송(霪雨求晴誦)
  : 많은 비가 올 때 쾌청함을 구하는 기도.

- 우화재구멸송(遇火災求滅誦)
  : 불이 났을 때 잦아들기를 비는 기도.

- 우길득의시송(遇吉得意時誦)
  : 행운을 만나 뽐내고 싶을 때 드리는 기도.

- 우흉실의시송(遇凶失意時誦)
  : 불운을 만나 실의에 빠졌을 때 드리는 기도

- 계행구우송(啓行求佑誦)
  : 여정에 오를 때 도우심을 구하는 기도.

- 간서이전송(看書已前誦)
  : 책읽기 전에 드리는 기도.

- 우본신탄일송(遇本身誕日誦)
  : 자신의 생일날 드리는 기도.

- 우영세원일송(遇領洗原日誦)
  : 세례 받은 날에 드리는 기도.

- 구위재생부모친우은인송(求爲在生父母親友恩人誦)
  : 살아 계신 부모, 친구, 은인을 위한 기도.

- 구위아수송(求爲我讐誦)
  : 나를 [괴롭히는] 원수를 위한 기도.
- 구위재교적망송(求爲在敎適亡誦)
  : 죽은 신자 [아무개]를 위해 드리는 기도.
- 구위재교이망부모친우은인송(求爲在敎已亡父母親友恩人誦)
  :신자로서 이미 사망한 부모, 친구, 은인을 위한 기도.
- 구위범신자지영혼송(求爲凡信者之靈魂誦)
  : 모든 신자들의 영혼을 위한 기도.

증보일과(增補日課)

『성교일과』에 실린 것을 『수진일과』에 전재한 기도문 외에 다른 기도문들을 더 모아 증보한 것이다. 「증보일과」는 속편(續篇) 2권으로 되어 있다.

속편 기도문 내용은 『수진일과』본편에 이미 실린 기도문들도 있고, 전혀 새로운 내용의 기도문을 지어 실은 것도 있다. 예를 들어 「求聖 若瑟爲中國大主保祝文」은 중국의 큰 주보성인으로 정한 성 요셉에게 중국 교회를 지켜줄 것을 구하는 기도문이고, 「향성의납작송(向聖依納爵 誦)」은 예수회 설립자 로욜라(Loyola, Ignatius, 1495~1556) 성인을 향한 기도문이다. 또한 「향성방제각사물략송(向聖方濟各沙勿略誦)」은 인도에 예수회 포교 기반 구축, 일본에 최초로 그리스도교를 전교한 프란시스 하비에르(Xavier, Franciscus, 方濟各沙勿略, 1506~1552)에게 바치는 기도문이다.

「성종도도문(聖宗徒禱文)」은 트리고(Trigault, N., 金尼閣, 1577~1628), 「선종예전(善終禮典)」은 부글리오가 지었다.

속권 2의 기도문 전체는 드 마이야(de Mailla, M., 馮秉正, 1669~

1748, 1703년 중국 입국)가 번역하였다. 단지 속권 2 마지막에 실은 교회력에 따른 주요 축일(祝日)을 기록한 표(表) 「성교영첨예표(聖教永瞻禮表)」만 쿠플레(Couplet, P., 栢應理, 1624~1692, 중국 입국 1659)가 작성하였다.

4. 의의 및 평가

『수진일과』는 활동 시기가 다른 다수의 중국 예수회 선교사들이 참여하여 긴 기간에 걸쳐 많은 기도문을 수록한 책으로서의 의의가 크다. 즉, 1594년 중국에 입국해 활동한 카타네오부터, 그로부터 110년 후인 1703년 중국에 온 드 마이야에 이르기까지 총 15명이 『수진일과』 집필, 번역, 편찬인이었던 셈이다. 따라서 『수진일과』는 중국 초기 천주교회에서 통용된 주요 기도문을 가능한 한 총망라하여 간행된 기도서 서책이라 하겠다.

이같이 긴 시기에 걸쳐 많은 기도문을 수록한 기도서를 간행한 목적은 신자들에게 해당 시기마다 현실에 적합하고 적절한 기도문을 만들어 제공함으로써 시대의 징표를 구현하려 한 것이었을 것이다. 동시에 기도문을 통해 신자들의 교리 교육 효과도 기대할 수 있었을 것이다. 특히 천주경, 성모경, 사도신경, 예수수난시말, 성인들에게 바치는 기도 등은 그리스도교의 기본 교리인 천주의 존재와 속성, 예수의 일생과 구속사업, 성모의 일생, 사도들의 행적, 성인들의 덕성 등에 관해 짧으면서도 압축적으로 교육시킬 수 있고, 되풀이 암송되므로 기억하고 주입되었을 것이다. 이에 따른 신앙심의 고양 역시 기대할 수 있으므로 기도문과 기도문 모음 기도서의 중요성은 말할 수 없이 컸을 것이다.

조선에서의『수진일과』는 18세기 후반, 교회 창설 직후 전해져 한문본과 함께 내용 중 일부를 한글로 번역해 사용하였다. 이 기도서는 거듭되는 박해 속에서 신자들의 신앙을 보존하고 심화시키는 데 결정적 공헌을 하였고, 신앙의 자유를 얻은 이후로는 신앙의 활력소로서 한국교회 발전의 원동력 구실을 하였다.

5. 조선에 끼친 영향

『수진일과』는 조선에 18세기 후반, 교회 창설 직후 전해져 한문본과 함께 내용 중 일부를 한글로 번역해 사용하였다. 천주교를 반대하던 홍낙안(洪樂安)과 이기경(李基慶)의 언설이 기록된『사학징의(邪學懲義)』와『벽위편(闢衛編)』등 증언에 의하면, 초기 신자들은 아침기도 조과(早課)와 저녁기도 만과(晚課)를 외우며 신앙생활을 하였고, 또한 윤유일이 한글로 소개한 천주경(天主經-주의 기도)도 1784년 이승훈이 북경에서 세례를 받고 귀국할 때 가져온『수진일과』를 통해 이미 알고 있어서 신자들이 언문체 음에 따라 암송하며 신앙생활을 했다고 하였다.

또한 최필공(崔必恭)은 1790년 이전부터 한문서『수진일과』를 가지고 있었다. 정인혁(鄭獜赫)과 그의 삼촌은 최필공에게서『수진일과』를 빌려보았는데, 정인혁은 이 책 40여 장을 베껴서 매일 외웠다고 하며, 그의 삼촌도 한글로 번역한『수진일과』를 소지하였다.

김건순(金建淳)은 주문모(周文謨) 신부로부터『수진일과』세 권을 배웠으며, 1801년 신유박해 때 체포된 신자들로부터 압수한 서적 중에 한문본『수진일과』도 있었다. 따라서 1801년 신유박해 당시, 이 기도서 상당부분이 이미 번역되어 있었고 한문본도 다량 유통되고 있었음을 알 수 있다.

조선 천주교회 초기 신자들은 교리서나 신심 서적은 한글로 번역해 널리 사용했으나 기도서만은 번역하지 않고 윤유일 기도문처럼 한문서 기도문을 언문체 음에 따라 암송하였다. 존귀한 기도라고 여겨서 함부로 우리말로 옮기지 않은 것이다.

우리말 기도문은 1837년 제2대 조선교구장 앵베르(Imbert, 范世亭) 주교가 번역해 보급되었다. 앵베르 주교는 한문을 알지 못하는 신자들을 위해 중국 사천교구(四川敎區) 선교사이던 파리외방전교회 소속 모예(Moye, J. M.) 신부가 1780년 경 저술한 기도서『천주경과(天主經課)』와 예수회 계통 기도서『수진일과(袖珍日課)』를 원본으로 조선의 실상에 맞는 기도문을 번역하게하고 이를 감수해 신자들에게 보급한 것이다. 그런데 앵베르 주교 당시 전해지던 기도문들은 거의『수진일과(袖珍日課)』에서 택한 것들이었으며, 또한 새로 넣은 찬미경 같은 기도문들은『천주경과』의 것 대신『수진일과(袖珍日課)』에 실린 것을 번역한 것이 다수이었다. 이 기도문들을 모아 1862년『천주성교공과(天主聖敎功課)』가 출간되었는데 이 책이 한국천주교회가 최근까지 공식적으로 사용해 온 기도서이다.

1963년 제2차 바티칸공의회 이후 새로운 기도서가 나오기까지 이 책은 수없이 판본을 거듭하였으며, 새로운 기도문들이 추가되기도 하였다. 그러나 근본 변용 없이 한국교회의 공식 기도서로서 존속하였고, 그 근본은『수진일과(袖珍日課)』였던 것이다.

〈해제 : 장정란〉

참 고 문 헌

1. 사료

『袖珍日課』, 프랑스국립도서관(Bibliotheque Nationale de France) 모리스 쿠랑
    (Maurice Courant) 분류번호 7372

2. 단행본

장정란, 『그리스도교의 중국 전래와 동서문화의 대립』, 부산교회사연구소, 1997.

方豪, 『中國天主敎史人物傳』, 香港: 公敎眞理學會, 1967.

徐宗澤 編著, 『明淸間耶蘇會士譯著提要』, 臺北: 中華書局, 1958.

Adam Schall von Bell, Historica Relatio, Ratisbonae, 1672.

3. 논문

강정윤, 「그리스도교 미술의 동아시아 유입과 전개 : 17-18세기 예수회를 중심
    으로」, 석사학위논문, 이화여자대학교 대학원, 2004.

장정란, 「明末 淸初, 예수회선교사 아담 샬 (1592-1666)의 중국활동」, 『誠信史學』
    제10집, 성신여자대학교, 1992.

_____, 「昭顯世子 硏究에 있어서의 몇 가지 문제」, 『교회사 연구』 제9집, 한국
    교회사연구소, 1994.

4. 사전

『한국가톨릭대사전』 12권, 한국교회사연구소, 1995~2006.

『서학범(西學凡)』

분류	세부내용
문 헌 종 류	한문서학서
문 헌 제 목	서학범(西學凡)
문 헌 형 태	목판본
문 헌 언 어	漢文
간 행 년 도	1623년(杭州 刻)
저 자	알레니(P. Julius Aleni, 艾儒略, 1582~1649)
형 태 사 항	50면
대 분 류	종교
세 부 분 류	교육
소 장 처	Bibliotheca Apostolica Vatucana 北平國立圖書館 한국교회사연구소 동국대학교 중앙도서관
개 요	중세 유럽의 교육과 학문, 교육 과정, 교육 내용, 교육 이후의 과정 등을 설명한 서양 교육에 대한 개론서.
주 제 어	서학(西學), 문과(文科), 이과(理科), 의과(醫科), 법과(法科), 교과(敎科), 도과(道科)

1. 문헌제목

『서학범(西學凡)』

2. 서지사항

『서학범(西學凡)』은 이탈리아 태생의 중국 선교사 알레니(P. Julius Aleni, 艾儒略, 1582~1649)가 서양의 예수회를 배경으로 한 서구 교육 제도나 교육 과정 등을 한문으로 번역한 서구교육 개론서이다.

1623년(天啓3)에 간행된 초판본 외에 1626년(天啓6)의 중간본, 1628년(崇禎 원년)의 천학초함본 세 종류가 있다.

〈표 1〉『서학범』 이본(異本) 분류표

	초판본(1623년)	중간본(1626년)	천학초함본(1628년)
구성 순서	西學凡引 (許胥臣 識) 西學凡 (艾儒略答述 跋(熊士旗 題)	西學凡序 (何喬遠 書) 刻西學凡序 西學凡引 重刻西學凡 跋	刻西學凡序 (楊廷筠 題) 西學凡引(許胥臣 識) 西學凡(艾儒略 答述)

해제에 참고한 판본은 『천학초함(天學初函)』에 실린 것으로 그 구성은 양정균(楊廷筠)이 쓴 「각서학범서(刻西學凡序)」가 1면당 6줄, 1줄당 10자씩 12면(6줄×10자×12면), 허서신(許胥臣)의 「서학범인(西學凡引)」이 1면당 9줄, 1줄당 19자씩 5면(9줄×19자×5면), 애유략(艾儒略)의 『서학범』이 1면당 9줄, 1줄당 18자씩 33면(9줄×18자×33면)으로 되어 있다.

『천학초함』본의 「각서학범서(刻西學凡序)」와 초판 발간으로 『사고전서(四庫全書)』에는 『천학초함』의 「이편(理篇)」 9종 중 『직방외기(職方外紀)』를 제외한 8종은 수록되어 있지 않는데 그 이유에 대하여 『사고전서총목(四庫全書總目)』에 다음과 같이 밝혀져 있다. "그 「이편(理篇)」 중 다만 『직방외기(職方外紀)』만이 이문(異聞)을 넓혀 주는 것이기에 수록하였고 그 외의 것은 이미 배척하여 이를 빼버리고 이지조(李之藻)의 총편 목록에 이름만을 남겨 이단의 죄에 가담하고 있음을 밝힌다"고 하였다.

『서학범』저술과 관련된 내용을 알 수 있는 자료로는 초판본 당시의 허서신(許胥臣)의 「서학범인(西學凡引)」, 배척하여 이를 빼버리고 이지조(李之藻)의 총편 목록에 이름만을 남겨 이단의 죄에 가담하고 있음을 밝힌다"고 하여 『서학범』을 이단시하여 수록에서 제외한 것을 알 수 있다. 부처 약 150년 후인 청 건륭제(재위 1736~1795)의 칙령에 따라 편찬된『사고전서(1774)』의 해제집인『사고전서총목(四庫全書總目)』에 수록된 「서학범해제」[1]가 있다.

[저자]

저자 알레니의 자(字)는 사급(思及)이며 1582년(萬曆10) 이태리 브레시아(Brescia)에서 출생하여 18세인 1600년 웨니스 관구에 입회하여 철학을 수학하고 교육실습에 2년간 인문학 계통의 여러 방면의 학문을 가르치고 신학을 수학하였다. 1610년에 마카오에 도착하고 31세 때인 1613년 11월 북경에 도착하여 롱고바르디(龍華民, Longobald)를 만나 그의 명에 따라 서광계(徐光啓)와 상해에 갔다. 이후 절강성(浙江省) 항주(杭州)로 가서 이지조(李之藻), 양정균(楊廷筠) 등과 친교를 맺었는데 남경교난 때 이지조(李之藻)와 양정균(楊廷筠) 집이 있는 항주에 당시 많은 선교사가 이들 집에서 숨어 지냈다. 43세 때인 1625년(天啓5) 복주에 도착하여 복건에서 포교를 시작하여 전교하였으며 후에 매년 입교자가 8,9백 명이 되었다. 1649년(順治6) 67세로 연평에서 사망하였다.

---

1) 雜歌類 存目 2 - 江西總目 채진본.

알레니는 "타고난 자질이 총명하고 민첩하여 학문이 깊고 넓다"하여 "서방에서 온 공자(西來孔子)"라 칭송 받게 된 것은 그가 복건에서 24년을 교화와 선교 임무를 수행한 것 외에도 광동과 복건의 중국 선비들과 교류하여 중국인들이 그를 이와 같이 평가한 것으로 보인다. 이외에도 『희조숭정집(熙朝崇正集)』 초본 자료[2]를 보면 복건 중국 선비들이 알레니를 시제(詩題)로 하여 시를 증정한 사람이 모두 70여 명이나 된다. 이와 같이 중국 지식층과의 활발한 지적 교류를 통해 포교 활동을 중국 전통문화와 결합하려는 점 때문에 그는 '서래공자(西來孔子)'라는 칭호를 받은 것으로 보인다.

이는 "알레니는 1613년(萬曆4) 중국에 와 대륙 포교에 노력하였는데 1620년(泰昌원년) 항주에서 이지조의 어머니를 교화하여 세례를 받게 하였다. 1625년(天啓5)에는 복주에 가서 복건성에 개교하면서 관신학사와 교유하여 상당히 숭앙을 받은 것으로 보인다"[3]라는 기록에서도 확인된다.

알레니는 신학, 문학 등 다방면에 걸쳐 중국어로 30여 종에 가까운 저술을 남겼다. 『서학범(西學凡)』 외에 『직방외기(職方外紀)』, 『천주강생언행기략(天主降生言行記略)』, 『회죄요지(悔罪要旨)』, 『만물진원(萬物眞原)』, 『척죄정규(滌罪正規)』, 『회죄요목(悔罪要目)』, 『출상경해(出像經解)』, 『천주강생인의(天主降生引義)』, 『미산제의(彌撒祭義)』, 『성령편(聖靈篇)』, 『성몽가(聖夢歌)』, 『장미극유로(張彌克遺路)』, 『양홍원행로(楊洪園行略)』, 『희조숭정집(熙朝崇正集)』, 『오십여언(五十餘言)』, 『성례요리(聖體要理)』, 『야소성체도문(耶穌聖體禱文)』, 『사자경(四字經)』, 『성학조술(性學粗述)』, 『민괴십오단도상(玫瑰十五端圖像)』, 『경교비송(景教碑頌)』, 『도원정화(道原精華)』, 『기하요법(幾何要法)』, 『사방문답(四方問答)』, 『구탁일초(口鐸日抄)』

<hr/>

2) 『熙朝崇禎集』 巴黎國家圖書館本 1冊 Maurice Courant 문헌목록 7066. 方豪, 『中國天主教人物傳』, 香港, 1970, 186쪽에서 관련 시제를 상세히 밝히고 있다.
3) 王萍, 『西方曆算學之輸入』, 臺灣 中央研究員 近代史研究所, 1966 참조.

등이 있는데 대부분 종교관련 서적이고 『기하요법(幾何要法)』 등 서구의 과학을 소개한 서적도 있다.

이 중 알레니가 유럽의 교육과 관련된 내용을 소개한 자료는 세 종류이다. 먼저 서구의 교육 및 대학의 교육과정을 소개한 것이 『서학범(西學凡)』이라면 지리입문서로 각국의 교육을 간략히 소개한 것이 『직방외기(職方外紀)』이며, 서구의 문화 및 각종 제도의 사정을 소개한 것이 『서방문답(西方問答)』이다.

알레니는 마태오 리치 사후 3년 후인 1613년에 중국에 왔는데 이들 두 사람은 직접 만나 접촉한 일은 없지만 에스파니아 선교사 판토하(龐迪我, Pantoja)를 통해 그에 대한 이해를 할 수 있었다. 『직방외기(職方外紀)』는 마태오 리치가 명 만력제(신종)에게 지구전도를 헌상하자 이에 대한 설명서를 황제가 의뢰하여 판토하가 기고하고 알레니가 완성한 것이다.

3. 목차 및 내용

[목차]

목차는 별도로 작성하지 않았으며, 내용은 양정균(楊廷筠)의 「각서학범서(刻西學凡序)」, 허서신(許胥臣)의 「서학범인(西學凡引)」, 알레니의 『서학범(西學凡)』의 순으로 실었다. 서구의 학문을 문과(文科), 이과(理科), 의과(醫科), 법과(法科), 교과(敎科), 도과(道科) 등 여섯 개 분과로 나누어 설명하는데 이에 대한 번역 용어는 의역과 음역의 두 가지 방법을 병용하고 있다.

[내용]

1) 유럽의 학문 체계 : 육과(六科)

다음에 제시된 『사고전서총목(四庫全書總目)』의 「서학범해제」를 통해 서학범의 성격을 간략하게 알 수 있다. 명대에 서양인 알레니가 찬술한 『직방외기』가 이미 저술된 기록으로 나와 있다.

이 책에는 서양의 학교 설립과 인재육성의 제도를 잘 서술하고 있다. 대략 그 내용은 여섯 가지 교과로 나누는데 문과(Rhetorica, 勒鐸理加-수사학), 이과(Philosophia, 斐錄所費啞-철학), 의과(Medicina, 黙第濟納-의학), 법과(Lex, 勒斯義-법학), 교과(Canones, 加諾溺斯-종교학), 도과(Theologia, 徒錄日亞-신학) 등이 그것이다.

이들 각 교과의 교수에는 순서가 있으며 대체적으로 문과로부터 이과로 진입하는 것이 원칙이다. 문과는 중국의 소학과 같고 이과는 중국의 대학과 같다. 의과, 법과, 교과는 모두 그 직업과 관련되어 있고 도과는 그들의 법 중에 이른 바 본성과 명을 다하는 데 돌아가자는 것이다. 그들이 또한 힘을 쏟는 것 중 격물궁리(格物窮理)하는 것을 근본으로 하고 명체달용(明體達用)을 기능으로 삼는 것은 유학의 순서와 비슷하다. 특히 격물은 모두 기수(器數)의 끝이나 궁구되는 이치는 또한 신괴(神怪)와 거리가 있지만 힐책할 수 없는 것은 이른바 서로 다른 학문을 하기 때문이다.

극서의 여러 나라를 유럽이라고 총칭하는데 중국으로부터 구만리 떨어져 있다. 문자언어로 된 경전과 서적은 각각 본국의 성현들이 기록한 것이다. 그 교과의 분류와 인재를 시험보아 취하는 제도는 나라마다 법이 있지만 대동소이하다. 문과(文科)는 '레토리카', 이과(理科)는 '필로소피아', 의과(醫科)는 '메디치나', 법과(法科)는 '렉스', 교과(教科)는 '카노네스', 도과(道科)는 '테올로지아'라고 한다. 오직 무과만은 따로 교과를 설정하지 않는다. 지위가 낮은 (관리로서 취하는) 재관(材官)들은 지혜와 용기를 갖춘 자여야 하고 높은 지위의 관리는 세주(世胄), 즉 집안 대대로 국록을 취하는 집안의 어질고 뛰어난 인격을 갖춘 자여야 한다.

2) 문과(Rhetorica, 勒鐸理加 – 수사학)

(1) 문과의 성격 : 수사학(문학)

문과는 무엇을 말하는가? 언어는 얼굴을 보면 알 수 있지만 문자는 고금을 포함한다. 문자를 통해 성현의 뜻이 먼 지역에 싹을 틔우고 그 의미가 후세에 태어나는 것이다. 그 학습은 (가) 성현의 유명한 교훈, (나) 각국의 사서, (다)각종의 시문, (라) 스스로 지은 문장과 의론 등이다. 또는 예의규범, 음악에 맞춰 추는 춤, 경전을 찬송하여 읊는 것 등을 첨부하여 평가한다.

(2) 문과 평가의 방법

학교(公堂)에서 배우는데 공당에서 문필시험 본 후 행정기관(公所)에서 구술시험을 치른다. 시험(議論)의 방법 다섯 가지 항목은 (가) 사물, 일, 사람, 상황을 배워 원리를 통달하여 기본 바탕에 도움을 주는 것이다. (나) 수집된 자료를 순서대로 배치 정리하는 것이다. (다) 고어(古語) 중 아름다운 것을 뽑아 윤색하는 것이다. (라) 논의한 것을 잘 외우고 암송하는 것이다. (마) 시험관 앞에서 암송하는 것인데 (잘하면) 높은 자리에 올라 지식인들과 더불어 의논한다.

(3) 변론(의론)의 용도

대체로 의론이란 다른 사람의 의심을 풀어주고 그 의지를 발휘하여 잘 대처하게 하는 것이니 다른 사람의 마음에 이해되지 못하면 무익한 것이다. 따라서 언어의 경중과 완급, 용모, 시선, 손동작 등에 이르기까지 법도가 있다. 여러 사안 중 결정하거나 큰 일이 있어 결정하기 어려운 경우, 백성 중 사악한 풍속에 빠진 이가 있는 경우, 혹은 국가의 재앙을 방지하고 장애의 어지러움을 막는 일에 있어서 모름지기 학식을 갖추어 문과에 능한 선비가 필요하다.

3) 이과(Philosophia, 斐錄所費啞 - 철학)

(1) 이과의 학문적 성격

문과 수학을 마치면 선발하여 이학을 배우게 한다. 이학은 뜻과 이치의 큰 학문이다. 격물궁리, 즉 사물의 격을 이루고 이치를 궁구하는 것은 인간을 온전하게 하는 것이며 하늘에 가까워지는 것이다. 철학에는 다섯 가지 부류 항목이 있고 또 여기에서 여러 갈래로 나눌 수 있다. 대부분 오로지 전문으로 수학하면 3,4년이면 배울 수 있다.

(2) 논리학

논리학은 처음 일 년 동안 배우는 것으로 밝게 변증하는 방법이며 모든 학문의 기초가 되고 그 시비와 허실, 겉과 속을 변별하는 여러 방법이다. 총 6가지 분야로 (가)논리학의 모든 예측론으로서 이학에 사용하는 모든 명목에 대한 해석이다.

(나)모든 만물을 다섯 가지 범주로 분류하여 지칭하는 논리(萬物五公稱之論), 즉 ①만물의 근원이 되는 류[宗類로 예를 들면 생각하는 정신

[生覺靈], ②사물의 근본이 되는 류[本類]로 예를 들면 소·말·사람 등이고, ③만물의 서로 구분되는 류[分類]로 예컨대 소·말·사람이 서로 구분되는 이치이고, ④사물의 류마다 가진 독특한 성질로 예를 들면 인간은 말하고 말은 울부짖고 새는 지저귀며 개는 짖고 사자가 포효하는 등이고, ⑤물류에 갖추고 있다고는 들었으나 해당되는 물체는 없는 것으로 예를 들면 사람에게는 재주가 있는 것, 말에게는 색깔이 있는 것 등이다. (다) 이유(理有)의 논리로 형상을 밖으로 나타내지 않고 오로지 사람이 밝게 깨달아 아는 가운데 의리가 있는 것이다.

(라)십종론(十宗論)으로 이는 천지간에 만물을 열 가지 종부(宗府)로 분류한 것이다. (ㄱ)자립하는 것으로 사람, 만물과 같은 것이다. (ㄴ)의지하는 것으로 자립할 수 없고 의지하는 바가 있어야만 그것을 이루는 것이다. 오직 자립하는 것은 유독 하나의 근본을[宗]을 가지고 있으나 의지하는 것은 나누면 아홉 가지가 된다. ①기하(幾何)로 치수나 일·십 등과 같은 것이고, ②서로 연결된 것으로 예를 들면 군신부자 등과 같은 것이며, ③어떤 상태 예를 들면 흑백열감고(黑白熱甘苦) 같은 것이며, ④무엇인가 행하는 것으로 예를 들면 변하고, 다치고, 가고 말하는[化傷行言] 등이며, ⑤저수(抵受)로 예를 들면 당하는 것 상처 입는 것이고, ⑥어느 시점으로 예를 들면 주야연세(晝夜年歲) 등이며, ⑦어떤 장소로 예를 들면 있는 집과 위치[鄕房廳位] 등이고, ⑧신체의 자세로 예를 들면 서있고 앉아있고 엎드려 있고 옆으로 누워있는 것 등이고, ⑨취득하여 활용하는 것으로 예를 들어 관복을 사용하고 토지를 얻는 것 등이다. (마)변학(辯學)의 논리, 즉 학문을 변증하는 이론인데 변(辯)이란 시비득실을 확실하게 하는 여러 방법이다. (바)지학(知學)의 논리인데, 즉 실제적인 지식과 추측한 것 간의 착오에 대한 변별을 논한다.

(3) 자연과학(Physica)

두 번째 해에 전문적으로 배우는 것이 자연과학인데 이는 이학의 두 번째 학문체계이다. 자연과학(費西加)을 번역하면 성리의 도를 고찰하고 만물의 원리를 분석 판단하여 그 본말을 변증하고, 원래 그 성정에 바탕 하여, 그 당연함으로부터 원인을 추구한다. 이 학문은 범위가 매우 넓은데 다시 분류하면 여섯 개의 큰 영역으로 나뉜다.

(가)문성학(聞性學)으로 다시 8가지로 나뉜다. ①자연과학의 모든 예견론, ②사물의 속성에 관한 총론, ③형태를 유지하면서 스스로 설 수 있는 사물의 속성에 관한 총론, ④사물의 속성에 관한 세 가지 원론, ⑤변화하여 이뤄지는 것을 총체적으로 강론, ⑥사물의 속성이 그렇게 된 까닭에 대한 논, ⑦무엇인가에 의지하는 형상을 유지하는 모든 것에 대한 논(예컨대 운동, 행위, 저수(抵受), 처소, 기하), ⑧천지와 함께 그 시작의 유무에 대한 총론, (나)형상이 있으나 없어지지 않는 것, 예컨대 하늘에 속한 것, (다) 형상이 있으나 없어지는 것, 예컨대 사람과 짐승, 초목 등과 같이 생장이 다하면 죽어 없어지는 이치를 말함, (라)네 가지 원소로 구성된 본체 즉, 기(氣)·물·불·흙과 그것들이 서로 결합하여 사물을 이루는 것을 총체적으로 논함, (마)공중, 땅, 수중 등의 변화를 상술, (바)유형이나 살아 있는 사물에 대한 논의인데, 다시 다섯 가지로 나뉜다. ①살아 있는 만물의 근원이 되는 소위 영혼에 대한 총론, ②나서 자라는 혼과 그 능력을 논의,③지각의 혼과 인간의 다섯 가지 감각기관을 사용하여 사물을 인식하는 네 가지 분별의 역할에 대해 논의, ④영명함이 몸에 깃든 혼과 애욕을 밝혀 깨닫는 여러 이치를 논의, ⑤영혼이 몸을 떠난 후의 모든 기능이 어떻고 성명의 이치가 다한 것을 논하면 격물의 학문은 이뤄졌다 할 것이다.

(4) 형이상학(Metaphysica)

세 번째 해에는 철학의 세 번째 학문인 형이상학에 진입한다. 이는 본성을 탐구하는 형이상학의 원리이다. 자연과학(費西加)이 사물의 유형을 논의하는데 그친다면, 형이상학은 모든 유·무형의 근본원리를 총체적으로 탐구하는 학문으로 5대 부문으로 나뉜다. (가)학문과 학문 간의 경계를 미리 논함, (나)만물의 형상을 벗어난 형이상학적 이치와 그 분합의 원리를 총체적으로 논함, (다)사물의 진상과 아름다움을 총체적으로 논함, (라)사물의 원리와 본체와 형체와 그들이 존재하는 이유에 대해 논함, (마)천신(天神)에 대하여 논하며 만물의 창조주와 그것이 오직 유일한 존재이고 지순(至純), 무진(無盡), 무시종(無始終)하여 만물의 근원이 되는 여러 가지 뜻과 이치를 논한다. 인간학의 제 이론에 근거하여 논하지만, 아직 신학에서 경전과 천학에 의거하여 논하는 수준에 이르지는 못한다.

(5) 기하학(Methematica)

네 번째 해에는 삼 년 간 배운 것을 모두 총정리하고 또 추가로 기하학과 수제치평의 학문인 윤리학을 더 상세히 논한다. 기하학이란 서구에서 "Methematica(馬得馬第加)"라고 하는데 기하의 방법을 고찰하는 것을 말한다. 이학(理學)에서는 본래 그 성정 변화를 논하고 기하학에서는 오로지 물형의 척도와 수치를 전문적으로 연구한다. 척도가 완비되면 그 모두를 기하대수라고 하고 수치 그 일부를 기하산학이라고 한다. 이 척도와 수치가 가장 관련이 큰 것은 각기 천지간에 후박(厚薄), 원근(遠近), 대소(大小)와 주야의 장단, 절기의 분지(分至), 시작과 끝, 윤년과 윤달, 길이의 둘레와 직경, 땅과 바다의 넓이와 깊이를 아는 것뿐 아니라 농업은 이 척도와 수치로써 가뭄과 장마를 알고 의술은 이로써 기가 운행되는 것을 살피고 상업은 이로써 비축과 공급을 도모하고 공업은 이로써 견고한 것을 자세히 알면 자료가 아닌 것이 없다. 따라서 서구에서 숭상하는 바는 이 분야에 정통하면 그를 추천하여 국왕이 융숭한 예로써 그 분야 학문의 스승으로 여겨 존경한다.

(6) 윤리학(Ethica:厄第加)

수제치평(修齊治平)의 학문을 윤리학이라고 한다. 그 뜻은 의리의 학을 고찰하고 다시 철학에서 뜻하는 물정(物情)을 다룬다는 것으로 이는 세 가지를 포괄한다. (가)원리를 살피고 덕의 근본을 고찰하여 선을 따르고 악을 피하는 것이 수신하는 이유이다, (나)가정을 가지런히 하는 길, 즉 제가(齊家)를 논한다, (다)어진 사람을 선발하여 백성의 삶을 책임지게 하고 바르지 못한 자는 제거하는 것이 천하를 다스리는 이유이다. 그래서 자신의 몸이 이미 수양이 되고 가정이 가지런해지며 나라가 잘 다스려져 평안해지면 사람이 해야 할 도리가 거의 갖춰진 것이다.

철학이 이렇게 다 마치게 되면 이를 다시 네 가지 분야로 나눠 평가하여 의학이나 법학을 배우고 혹은 종교학이나 신학을 배운다.

4) 의과(Medicina, 黙第濟納 - 의학)

(1) 의학 중시의 이유

의학은 인간의 육체의 생사에 관한 권한을 조종한다. 대체로 인간이 꺼리는 것 중 질병보다 더한 것이 없는데 질병의 이름은 헤아릴 수 없이 많다. 옛 속담에 이르기를 "사람의 마음이 그릇되고 바르지 못한 것보다 더 심한 것이 없고 몸에는 잘못된 약보다 더 심한 것이 없다고 했고 또 병이 위중하면 열 사람 중 한 둘은 죽음에 이르지만 의사가 어리석으면 열 사람 중 일곱, 여덟 명은 죽게 한다"라고 하였다.

(2) 의사 양성과정

서구에서는 반드시 국가적으로 의학을 교육하는 학교를 설립하여 박학한 의사를 초빙한다. 대략 육년 이내에 의학에 관한 서적을 폭넓게 배운 다음 스승을 따라 매일 환자의 맥을 진찰하고 처방하며 그 효과를 실험하는 것을 배운다. 그리하여 그 배운 바를 평가하는데 의학에 정통하지 못하고 시험관의 명령을 따르지 않은 자는 의사가 될 수 없다.

5) 법과(Lex, 勒斯義 - 법학)

(1) 법학의 중요성

법학은 안팎으로 생사의 권한을 조종한다. 즉 국왕이 세상을 다스리는 공평한 법률로서 하늘이 명한 소리, 국가의 힘, 도덕의 으뜸, 오륜의 축, 고상함과 비속한 것들 중에 섞여 어지러운 것을 판단하는 기준(斧)이다. 세상이 법도가 없는 것은 마치 하늘에 해를 없애는 것과 같고 영민하고 총명한 정신을 소유한 인간이 벌레와 다를 바 없다.

가령 공법을 전문적으로 배우지 않는 사람이 나라를 다스린다면, 경중이 그 사람의 뜻에 맡겨져 있으니 어찌 위로 천리에 합하고 만사를 조종하며 세계를 평안하게 할 것인가? 무릇 군주는 하늘을 대신하여 정치를 하고 신하 또한 군주를 대신하여 국민을 다스리는 것이다.

(2) 법관 양성과정

서구의 국가들은 예로부터 법률을 교육하는 학교를 설립하여 인간 제반사를 재판하는 근본을 분명히 강론하였다. 특히 대신과 원로를 초빙하고 철학에 익숙한 자에게는 후하게 봉급을 주면서 그의 가르침을 듣는다. 육년을 기간으로 정하여 그 기간이 끝나면 엄격한 시험을 치러 분석, 판단하는 것이 정밀한 자는 국가의 중임을 맡고 직무를 부여받을 수 있다.

6) 교과(Canones, 加諾溺斯 – 종교학)

(1) 종교학의 중요성

종교학은 안으로 마음의 생과 사의 권한을 조정한다. 인간에게 마음이 죽는 것보다 더 중요한 것은 없으니 몸이 죽은 다음 영혼의 본체는 원래 불멸하는 것이다. 이른 바 안으로 마음이 살고 죽는다는 것은 전적으로 도덕의 유무로 생과 사를 구분하는 것이다. 이들 생사는 가장 큰 일로 도덕적인 삶을 산 자는 승천하여 천주의 총애와 도움을 받아 영원히 참다운 복을 누린다. 도덕적인 삶을 살지 못한 자는 천주의 준엄한 명령을 범하여 죽은 다음 영원히 재앙을 받게 된다. 그러므로 종교학은 예로부터 교황이 정한 교회내의 법도이다.

(2) 종교 분야 전문가 양성과정

대체로 종교학과 신학이라는 학문은 서로 구분이 되지만 천주의 교의를 자세히 분석해보면 모든 것을 밝혀놓고 있고 이렇게 천주교를 천명하는 일로 해결되지 않은 일이 없다. 그래서 종교학과 신학은 새의 두 날개로 마치 좌우 두 손과 같다. 수년간 교리를 전하고 익히는데 이미 철학을 수학한 사람은 이 학문의 원리에 쉽게 진입한다. 반드시 일상 범사의 규율과 조리를 통달하고 걸림이 없이 원만하게 응하여 부족함이 없게 된 다음에 평가하여 선발한다. 그 시험에 합격하면 교주가 관작과 작위, 직무를 수여한다. 이는 모두 예로부터 교황이 정한 바를 받들어 시행하는 것이다.

7) 도괘(Theologia, 徒錄日亞 - 신학)

(1) 신학의 중요성

신학은 서양의 Theology서 생사를 초월한 학문으로 인간학의 정수를 총괄하고 여기에 천학의 오묘함을 더한 것이다. 대체로 문자에 정통하고 교리에 투철하며 비록 인간사에 밝을 지라도 천학을 더 공부하지 않은 사람들로 하여금 만유의 시작과 끝, 인류의 본향, 생사의 큰일에 대한 것 등을 드러내 알게 하기 어렵다. 따라서 서구의 여러 나라에서는 예로부터 여러 학문에 마음을 기울여 왔으나 신학을 최대의 학문으로 삼았다. 예를 들면 이 분야학문을 이루고자 하는 사람은 강설하는 스승과 자리를 나누고 아침, 저녁으로 다시 서로 수학한 바를 천명하여 또한 반드시 4년은 걸려야 거의 이런 분야의 학문수학을 마칠 수 있다. 예로부터 성인들이 이런 종류의 학문을 천명한 바 있다. 성인이 있어 T.Aqunas(多瑪斯, 1224~1274)로 그의 저서는 매우 다양한 분야에 이르며 앞선 선현의 말씀을 취하고 개괄한 『신학대전』 개론서가 있다. 그 책 내용을 요약하여 세 분야로 나누어 제시한다.

(2) 신학의 내용

(가)신학에 관한 학문이다.

①천주의 본체를 논하고 천주를 논한다. ②유일하며 지극히 순수하며 완전하며 선하고 무시무종으로 항상 지극한 성령으로 모르는 바가 없고 참되어 조금의 오류도 허용치 않음을 논한다. ③유일신 천주와 삼위일체설에 대하여 자세히 설명하고 천주가 천지만물을 창조한 공을 논한다. ④천신이 누리는 복과 그들이 신을 모방하여 받는 고통을 논한다. ⑤인류가 처음 성품은 바르다는 것과 일신상의 온전한 복이

후일에 죄를 얻고 운명을 범하여 그 처음 바른 성품을 상실하고 여러 가지로 고통에 빠져드는 것을 논한다. ⑥천신이 만물을 돌보고 보호하며 만물이 그 명에 복종하지 않음이 없음을 논한다. ⑦천신이 명을 받아 유형한 사물을 주장하고 이끌며 보호하고 천주의 명을 인간에게 전해 사악한 마귀의 해를 거부하게 함을 논한다.

(나)인간이 궁극적으로 돌아가는 것과 전생과 후생의 참다운 복에 대하여 논한다.

①인간의 열한 가지 감정의 편벽된 것과 바른 것 각기 감정이 본래 향하는 곳, 그렇게 된 것과 그렇게 된 까닭, 조절하는 방법, 선악의 득실에 대한 앎을 자세히 논한다. ②네 가지 중추적인 덕과 천주를 향한 세 가지 덕을 자세히 논하고 모든 덕은 천주가 도와 이뤄진 것임을 논한다. 즉 천주의 일곱 가지 은혜와 참다운 복 여덟 가지 정신 열두 가지의 실효를 논한다. ③법을 지키고 죄를 피하여 천주로부터 총애와 도움을 받는 것을 논한다. 즉 천주의 총애와 보호하고 돕는 주체와 그 원인 및 효능, 공덕에 관한 논의로 종결한다. 또한 믿음과 소망과 사랑의 덕과 지혜, 옳음, 용기, 절도 및 그들과 상반된 모든 덕과 상반된 모든 죄를 자세히 논한다.

(다)천주께서 반드시 탄생하시어 세상을 구원한다는 것을 논한다. 천주가 많은 사람의 영성의 자취를 교화하는 것과 부활 승천하여 후일에 반드시 심판하고 인간의 죄를 사하고 수행하는데 힘을 더하여 참다운 복을 누리게 하고 다음에 장차 하늘에 올라 모든 복과 지옥에서 받는 모든 고통을 논한다.

요컨대 인간이 능히 생각하고 의심하는 것이며 인간으로 하여금 사물의 본말과 시종을 꿰뚫어 깨닫게 하고 사악한 것을 물리치게 하여 바른 데로 돌아가게 한다. 그러나 그 절차 목록은 네 권이 있는데 삼천 육백 가지 주제를 포함한다. 매 하나의 주제마다 각각 반론과 해답이 있고 전체적으로 요약이 이 책에 갖추어 있다.

(3) 신학교육과정 수료자의 진로

천학(天學)은 인간이 개발한 여러 학문이 아니고서는 입문할 수 없다. 그렇기 때문에 스승의 지도를 따라 반드시 두 가지 학문을 익혀 정통해야 배움이 이뤄진다. 이러한 수학이 끝나면 두 가지로 나뉘는데 교화를 임무로 받아 한 지역의 교화를 관장하거나 학문분야를 궁구하여 교회 단체에 가입하여 순수한 덕을 이루고 자신의 수양을 끊임없이 하는 것이다. 문학은 통달할 만큼 수준이지만 높은 지위는 사양하고 무거운 보수를 받지 않는다.

8) 맺는말

고경전(구약), 신경전(신약)이 널리 퍼지고 서양에서 간행된 것이 많지만 이 여섯 가지 학문에 관한 서적들은 인간으로서 밟아야 할 길에 들어가는데 반드시 말미암아야 하는 바이다.

(1) 국왕 및 대신에 의한 학교 설립

대부분 본국의 왕은 유명 도시에 공감(公監, 정부가 설립한 학교)를 세우고 스승을 청하여 융숭한 대접을 하면서 지도받도록 한다. 국왕은 배우고자 하는 뜻이 있는 지역 유지들을 위해 사원(社院, 私學)을 설립하여 배움을 돕는다.

(2) 철학의 중요성

반드시 철학으로부터 배운 다음에 세 가지 학문을 배워야만 비로소 근거가 되고 이 분야에 정통하고 깊이가 있다.

(3) 저자의 말

알레니는 구만리 떨어진 서양에서 이곳 중국에 와 앞서 소개한 모든 학문을 동지들과 함께 중국어로 번역하고자 십수년의 노력 끝에 이제 차례로 번역하였다. 어린 인재가 배우고 익히기 시작하여 본원을 통철하고 밝혀내면 스스로 넓은 안목으로 점차 동서양의 수많은 성인의 학문으로 하여금 일맥상통하게 할 것이다.

4. 의의 및 평가

1584년에서 1790년 사이 중국에서 한문으로 번역된 서양서적 중에서 서양 교육을 소개한 서적은 4종으로[4] 알레니의 『직방외기(職方外紀)』(1623) 6권, 『서학범(西學凡)』, 『서방문답(西方問答)』 2권,[5] 그리고 바뇨니의 『동유교육(童幼教育)』이다.

『서학범(西學凡)』[6]에 소개된 서양의 교육제도는 예수회 교단의 교육제도를 주로 한 것이었다. 1534년 로욜라가 교단을 조직한 이래 60년대에는 유명한 유럽의 200여 학교가 관리 하에 있었고 1710년경에는 600여

---

4) 王炳照·閻國華, 『中國教育思想通史』第四卷, 湖南教育出版社, 1997, 423쪽 참조.

5) 『西方問答』 Maurice Courant 문헌목록 1816, 1817.

6) 『西學凡』의 원서에 해당하는 것이 1586년, 1599년, 1832년에 출판된 'Ratio Studiorum et Institutiones Scholasticae Societatis Jesu'로 추정된다. 이 책은 일종의 대학 현람과 같은 서적으로 예수회 소속 대학들에서 개설한 교과목, 강의 시간, 시험 방식 등에 대한 내용을 담고 있다. 이 편람은 대학에서 실제로 수행되었던 강의들의 교과 제목들이 분류되어 있는데 이는 예수회에 속하는 학자들의 학문 분류에 대한 입장에 기초한 것이다. 『西學凡』은 Ratio를 그대로 번역한 것은 아니고 요약, 참조한 텍스트이다(염정삼, 「明代 말기 中國의 서양학문수용 : 『西學凡』과 『名理探』의 소개를 중심으로」, 『중국학보』 제63집, 한국중국학회, 2011, 71쪽 참조).

중학교와 20여 대학이 있었다. 예수회 교육제도는 1599년에 발표된 「예수회 교단 교육규정(Ratis atque institutio studiorum societatis)」에 따라 정해졌다. 따라서 알레니가 소개한 서구 교육의 내용은 이 규정에 따라 17세기 초 유럽 교육의 사정을 보여주고 있다.

중국 지식인들에 대한 영향으로 가장 큰 것은 『서학범(西學凡)』으로부터 접하지 못했던 서구교육에 대한 인식이 비롯되었다는 것이다. 중국은 서구의 학교와 교과 과정이 달랐는데 아시아 학교에서는 교육 내용이 윤리학, 결국 의리의 학으로 주체를 삼았다면 서구에서는 논리학, 수학, 천문학 등이 포함된 것으로 교과의 폭이 달랐다. 동양의 학교는 유교주의에 입각한 교육을 주목적으로 하였다면 서구 교육은 그리스도교에 입각하여 인간형성을 주목적으로 하고 있었다.[7]

알레니는 서양의 교육을 중국의 그것과 비교하여 제시하는데 서양에도 중국과 같이 성현들이 지은 경서집(經書集)이 있다고 설명하면서 "서양은 중국으로부터 구만리 떨어져 있으며 문자언어 경서집이 그 나라 성현들이 지은 것들이 있다"라고 하면서 관련지어 설명하고자 하였다.

또, 서구에서 학생의 교육에 대한 평가를 설명하기 위해 중국의 과거제도를 도입하여 소개하고 있는데 예를 들어 "그 과목으로 평가하여 인재를 활용하는 것이 비록 나라마다 제 각기 다른 제도가 있지만 대동소이하고 여섯 가지 교과에 다 포함된다."하여 중국과 서구의 교육 제도를 비교하여 설명하였다. 당시 중국은 과거제도를 통해 국가가 관리하는 교육제도였다면 서구는 교회에 의해 통제되거나, 국가에 의해 통제되거나 자유도시에 의해 운영되는 학교도 있어 직접 비교는 어렵지만 당시 중국인의 관심에 맞추어 서구 교육 제도를 연계하여 설명하려 한 시도로 볼 수 있다.

---

7) 多賀秋五郎, 「艾儒略の中國敎育思想にぁにゐ位置」, 『東洋史論集』, 1953, 270쪽 참조.

서구 교육을 개관하면서 대학의 전공 분야에 대한 설명을 모두 생사와 관련하여 소개하고 있는 점도 특징적인 면이다. 예를 들면 의학은 밖으로 인간 신체의 생사를, 법학은 내외 생사를, 교학은 내심의 생사를 도학은 생사를 초월한 학문으로 분류하고 있다.

『서학범(西學凡)』에 대한 한계도 지적되는데 서민 계층의 초등교육을 등한시하는 한편 부유계층의 중등교육 이상을 중시하는 중세적인 것이라는 한계,8) 예수교 소속 선교사들에 의해 전래되었고 유교에 적응주의적 맥락에서 해석되었으며 명·청대의 국가적 기호 또는 필요에 의해 받아들여졌다는 제약을 띤 것이므로 엄격한 의미에서 유럽 문명 그대로의 것은 아니었다.9) 그밖에 단편적이고 체계적이지 못한 점, 주장하는 학설이 그리스도교의 고사 및 예수의 행실을 상당히 자세하게 서술하고 있다10)는 점 등이 있다.

명·청대는 정치적으로 황제권과 유학이라는 학문과 전례문제를 포함한 중화사상을 바탕으로 하여 『서학범(西學凡)』에 대한 비판이나 수용이 이루어졌다. 그러나 이를 통해 서구교육이 일부 수용된 측면이 있다 할지라도 당시는 중화사상의 기초위에서의 보수적 수용일 뿐 직접적으로 교육체제에 별다른 변화를 일으킬 만한 영향을 주기는 어려웠다. 비판적인 시각, 특히 불교도를 비롯한 서구종교에 대한 비판적 입장을 적극적으로 표방한 경우를 제외하더라도 『사고전서(四庫全書)』에 수록되지 않은 점을 볼 때 국가의 공식적 입장에서도 이단서로 취급되었음을 알 수 있다.

---

8) 多賀秋五郎, 위의 글, 1953 참조.
9) 이원순, 『朝鮮西學史硏究』, 일지사, 1986, 307쪽 참조.
10) 方豪, 위의 글, 1970, 839쪽.

5. 조선에 끼친 영향

조선의 기록에서는 신유사옥(辛酉邪獄) 때 『서학범』에 대한 언급이 나타난다. 이가환(李家煥)이 아직 성교(聖敎)를 믿기 전 갑진을사(1784~1785)년간에 이벽(李蘗) 등이 이를 믿음을 보고 책망하기를 "우리 집에도 『직방외기』, 『서학범』 등이 있어서 한번 보았으나 기문벽서(奇文僻書)이어서 식견은 넓힐 만하나 안신입명(安身立命)에는 족하지 않다고 하자 이에 이벽(李蘗)이 이가환(李家煥)을 설득시켜 드디어 『천학초함』수종과 『성년광익』을 빌려보게 하였다"[11]고 황사영은 기록하고 있다.

또한 이 때 난을 당한 유관검(柳觀儉)은 자백하기를 "일찍이 『서학범』을 보았는데 그 중에는 문과, 도과, 의과, 이과가 있으며 매과(每科)에는 각기 선생이 있어 인재를 교육하여 공학(公學)에 올리며 그 재능을 보아서 조정에 올리면 그 재능에 근거를 두고 벼슬을 준다"[12]고 한 바 있다. 그러므로 『서학범』은 1623년 중국에서 만들어진 이후 1784년 이전에 전래되었을 것으로 추정된다.

〈해제 : 배주연〉

---

11) 『黃嗣永 帛書』 48行 "甲乙之際 聞李蘗等信從聖敎 責之曰 我亦見西洋書數卷(本家 有 職方外紀 西學凡 等) 不過 是寄文僻書 只可廣諳識見 安足以安身立命 李蘗據 理答之 家煥辭屈 遂求書細覽 李蘗與初函書數種 時有聖年廣益一部而恐家煥不信 靈蹟 不肯借看 家煥力爭之 盡取其時所有聖敎書".
12) 한국학문헌연구소, 『推案及鞫案』, 아세아문화사, 1978 "辛酉 邪學罪人嗣永 等推案".

참 고 문 헌

1. 사료

『西學凡』

李之藻, 『天學初函』 第一卷, 臺北: 學生書局, 1965.

한국학문헌연구소, 『推案及鞫案』, 아세아문화사, 1978.

2. 단행본

G.Aleni, 김귀성(역), 『17세기 조선에 소개된 서구교육』, 원미사, 2001.

이원순, 『朝鮮西學史硏究』, 일지사, 1986.

方豪, 『中國天主敎人物傳』, 香港, 1970.

徐宗澤, 『明淸間耶蘇會士譯著提要』, 臺北: 中華書局, 1949.

王萍, 『西方曆算學之輸入』, 臺灣 中央硏究員 近代史硏究所, 1966.

王炳照·閣國華, 『中國敎育思想通史』 第四卷, 湖南敎育出版社, 1997.

Louis Pfister, 馮承鈞(譯), 『入華耶穌會士列傳』, 臺灣商務印書館, 1960.

3. 논문

김상근, 「마태오 리치의 『천주실의』에 나타난 16세기 후반 예수회 대학의 교과
　　　과정과 예수회 토미즘(Jesuit Thomism)의 영향」, 『교회사학』 제4집, 한
　　　국기독교회사학회, 2004.

염정삼, 「明代 말기 中國의 서양학문수용 : 『西學凡』과 『名理探』의 소개를 중심
　　　으로」, 『중국학보』 제63집, 한국중국학회, 2011.

願宁, 「艾儒略和他的 『西學凡』」, 『世界歷史』, 1994.

多賀秋五郎, 「艾儒略の中國敎育思想にあにゐ位置」, 『東洋史論集』, 1953.

『영언려작(靈言蠡勺)』

분류	세부내용
문 헌 종 류	한문서학서
문 헌 제 목	영언려작(靈言蠡勺)
문 헌 형 태	목판본
문 헌 언 어	漢文
간 행 년 도	1624년
저 자	삼비아시(Francesco Sambiasi, 畢方濟, 1582~1649) 서광계(徐光啓, 1562~1633)
형 태 사 항	142면
대 분 류	종교
세 부 분 류	교리
소 장 처	Bibiotheca Apostolica Vaticana 臺灣中央研究院歷史語言研究所
개 요	영혼의 실체에 대하여 논함. 영혼의 생명능력과 감각능력을 논함. 영혼의 이성능력을 논함. 영혼의 존엄성이 천주와 비슷함을 논함. 영혼이 최고선을 지향하는 본성에 관해 논함
주 제 어	아니마(亞尼瑪, anima, 영혼), 비록소비아(費祿蘇非亞, philosophia, 格物窮理之學), 두사(陡斯, Deus, 천주, 하느님), 생혼(生魂), 각혼(覺魂), 액랄제아(額辣濟亞, gracia, 聖寵, 恩寵), 기함(記含, memoria, 기억), 명오(明悟, intellectus, 이성), 애욕(愛欲, appetitus, 욕구), 지미호(至美好, 최고선)

1. 문헌제목

『영언려작(靈言蠡勺)』

2. 서지사항

『영언려작(靈言蠡勺)』은 1624년 가정(嘉定)에서 판각되고 그해에 간행되었는데,[1] 원고가 작성된 것은 정확히 언제인지 알 수 없다. 삼비아시(Francesco Sambiasi, 畢方濟, 1582~1649)가 구술한 것을 서광계(徐光啓, 1562~1633)가 기록했다고 하므로, 양자가 함께 작업한 것이다. 서광계의 고향과 세거지(世居地)가 상해였지만, 당시 서광계는 북경에서 관직 생활을 하고 있었으므로, 이들 두 사람이 만나 이러한 책을 저술할 만한 시간은 없었을 것이다. 삼비아시가 북경에 머물렀던 기간은 그가 교난을 피해 서광계의 처소에 머물렀던 1617년 무렵뿐이다. 이때『영언려작』의 초고가 완성되었을 것으로 볼 수 있다. 가정에서의 초각 판본의 책은 현재 전해지지 않는다. 현전하는 본은 뒤에 항주(杭州)에 있는 신수당(愼修堂)에서『천학초함(天學初函)』을 간행할 때 중각(重刻)한 것이다.[2]

『영언려작』은 상·하 2권으로, 삼비아시가 천계(天啓) 4년 7월에 썼

---

1) 프란체스코 삼비아시 지음, 김철범·신창식 옮김,『영언려작(靈言蠡勺) - 동양에 소개된 스콜라철학의 영혼론 - 』, 일조각, 2007, 236~237쪽. Aloys Pfister著, 馮承鈞譯,『入華耶穌會士列傳』, 中華敎育文化基金董事會編譯委員會編輯, 商務印書館發行, 中華民國49년 11월 臺一版, 167쪽에는 1624년 상해(上海)나 가정(嘉定)에서 판각되었다고 한다. 그러나 이것이 최초의 판각본 또는 인쇄본인지는 확실하지 않은 것 같다.

2) 여기에는 원판이 나온 때와 장소가 나와 있지 않다.

다고 기록된 서문을 제외하고 모두 141개의 항목으로 구성되어 있다. 구체적으로 항목을 책에 표시해 놓은 것은 아니다. 각 면은 9줄이고, 각 항목의 첫 줄은 18자(字), 그 항목에 해당하는 나머지 줄들은 각각 17자로 되어 있다. 각 주제의 첫 번째 항목은 그 주제에 대한 전반적인 설명을 제시하고, 다음 항목부터는 그 주제에 대한 질문들을 하나하나 풀어나가는 구조로 되어 있다.

[저자]

저자인 프란체스코 삼비아시는 이탈리아 출신의 예수회 선교사로, 중국명 필방제(畢方濟), 자(字)는 금량(今梁)이다. 1582년 나폴리(Naples)왕국의 코센차(Cosenza)에서 태어나 1602년 10월 예수회에 입회하였다.[3] 아직 평수사였던 때인 1609년 3월 23일 포르투갈의 피에다데(Piedade)에서 배를 타고 같은 해 인도의 고아로 들어갔다. 이때 동료 선교사인 알레니(Julio Aleni, 艾儒略, 1582~1649)와 스피에르(Piere ban Spier, 史惟貞, 1584~1628)가 동행하였다. 그들은 그곳에서 마태오 리치의 요청대로 천문학 지식을 쌓기 위해 월식을 관찰하는 등 천문학 실험에 열중했다. 그 몇 개월 뒤 1610년 말경 마카오에 도달하였다.

원래는 일본에 가야 했으나, 시찰원(視察員) 발리냐니(Alexander Valignani, 范禮安, 1538~1606)가 그는 중국에 있어야 한다고 함으로써 마카오에 머물며 1년 동안 수학(數學)을 가르쳤다. 그 후 1613년 북경에 도착하기까지의 행적은 상세하지 않다.

---

3) 프란체스코 삼비아시, 김철범, 신창식(역), 위의 책, 233쪽. Aloys Pfister著, 馮承鈞譯, 『入華耶穌會士列傳』, 中華敎育文化基金董事會編譯委員會編輯, 商務印書館發行, 中華民國49년 11월 臺一版, 163쪽에는 1603년 4월 30일 입회(入會)했다고 한다.

그가 북경에 도착했을 때에는, 이미 마태오 리치가 세상을 떠났고 빠토하(Didace de Pantoja, 龐迪我, 1571~1618)와 우르시스(Sabbathinus de Ursis, 熊三拔, 1575~1620)가 뒤이어 활동하고 있었다. 1616년 5월 남경에서 예부시랑(禮部侍郞) 심각(沈㴞)이 천주교 박해를 시작하면서 북경의 유력한 관리들과 함께 북경 거주 선교사들도 압박을 받아, 삼비아시는 북경에서 마카오로 돌아가게 되었다. 이때 가정(嘉定)에 살던 손원화(孫元化)4)의 요청으로 가정에 머물렀고, 손원화는 그를 위해 예배당과 거처를 마련해주었다.

그는 교난이 아직 식지 않은 때에 다시 북경에 잠입하여, 서광계(徐光啓)의 집에 은신하였다. 서광계는 만력제(萬曆帝)에게 조선에 사신을 파견해 조선군의 도움으로 후금(後金)을 토벌할 것을 건의했고, 자신이 친히 삼비아시를 데리고 사신으로 가서 조선왕에게 전교해 세례를 준다면 백성들도 따를 것으로 생각하고 마태오 리치가 지은 책 등을 비롯해 만반의 준비를 했으나 파견 자체가 무산되었다.5)

1617년 심각이 관직에서 물러나 교난이 주춤해졌으나, 1621년에 예부상서(禮部尙書)가 된 심각이 다시 천주교가 백련교(白蓮敎)와 같다고 무고하여 교난을 일으켰다. 그러나 서광계와 양정균(楊廷筠)의 노력으로 크게 번지지 않았다.6) 이해에 사제로 서품된 삼비아시는 더 이상 북경에 있을 수 없어 남경으로 옮겨 전교 활동을 했다.

---

4) 손원화(孫元化) : 자(字) 초양(初陽), 가정(嘉定) 사람. 『明史』卷248 「徐從治傳」에 부견(附見)된다. 천주교 세례명은 이냐스(Ignace)이다. 천계(天啓) 연간(1620~1627)에 비로소 향시(鄕試)에 합격하여 산동성(山東省) 등래순무(登萊巡撫)에 임명되었다.

5) 문영걸, 「서광계(徐光啓)의 조선선교계획 전말」, 『한국기독교와 역사』 제39호, 2013을 참조하라.

6) 양정균(楊廷筠)의 『효란불병명설(鴞鸞不並鳴說)』은 명나라 만력 년간에 심곽이 남경교안(南京敎案)을 일으켰을 때, 천주교를 변호한 문헌이다. 여기에서는 천주교(西敎, 西學)가 사교(邪敎)인 백련교와 다른 점을 14개의 조목을 들어 비교하며 제시하고 있다.

이곳에서 초기에는 상황이 어려웠으나, 당시 예부(禮部)의 명을 받고 일식과 월식을 관찰한 사실로 인해 사대부들 사이에 이름이 알려져 있던 삼비아시는 잦은 왕래와 노력을 통해 그들의 마음을 열 수 있었다. 그 결과 상류층의 많은 사람들을 입교시켰다. 또한 그곳에서 신도들이 자발적으로 경비를 부담하여 두 곳에 성당을 건립하게 되었다.

1622년에는 서광계의 요청으로 상해(上海)에 머물며 부근 지역 일대의 교무(敎務)를 관리하였다. 삼비아시는 송강(松江)에서 한 가족 90명에게 세례를 주었고, 동시에 수재(秀才) 25명이 입교한 경우도 있었다.

1628년 송강(松江)에서 과로로 큰 병에 걸렸다가 완치된 후, 산서(山西)로 가는 길에 하남성(河南省) 개봉부(開封府)에서 한 천주교 상인(商人)의 부탁으로 머물고 있던 중, 북경에서 알고 지내던 관리들을 만나 그들의 도움으로 새로운 교소(敎所)가 성립되었고 여러 해 개봉에서 전교하였다. 뒤에 산동(山東)을 거쳐 다시 남경으로 돌아갔다. 1634년에 남경에서 삼비아시가 세례를 준 자가 600명이 되었다.

남경 교구(敎區)는 1616년과 1622년 두 차례의 교난(敎難)을 거치면서 심히 파괴당했다. 비록 양정균, 이지조(李之藻), 왕징(王徵), 구식사(瞿式耜) 등이 교세를 만회시켰지만, 심각의 증오를 해소시키지 못하여, 교무(敎務)를 발전시킬 수 없었을 뿐만 아니라, 옛 상황을 보존하기도 어려웠다. 삼비아시에 의해 마침내 남경 교구가 부흥되었는데, 이는 그가 문학과 수리에 정통하며 정직하고 어질어 사람의 마음을 끄는데 뛰어났기 때문이었다.

삼비아시는 조정(朝廷)의 부름을 받아 북경으로 들어갔다. 그에게 북극성의 고도를 측량하고 일식(日蝕)을 관찰하여 역법을 개량하도록 명하였다. 삼비아시가 일·월식을 예측한 것이 검증됨으로써 사람들로부터 더욱 중히 여김을 받게 되었다.

삼비아시는 때로 옛 교구를 순력(巡歷)했는데, 1635년에서 1636년 사이에는 구식사(瞿式耜)의 고향인 상숙(常熟)에서 300여 명에게 세례를 주었다. 1638년에는 페레이라(Thomas Pereyra, 徐日昇, 1645~1708)와 만밀극(萬密克) 두 신부가 남경에 도착해 삼비아시는 그들에게 교무를 맡기고 1644년까지 회안부(淮安府), 양주(揚州) 및 소주(蘇州), 영파(寧波) 등과 그 외의 강소·절강(江浙)의 성시(城市)를 다니며 전교하였다.

1644년 명나라가 망하고 청나라가 북경을 장악하자, 명의 유신들이 만력제의 손자 복왕(福王)을 회안(淮安)에서 맞아, 남경에서 홍광제(弘光帝)로 즉위시켰다. 그들은 한편으로 청나라와 화의를 논의하면서 다른 한편으로 삼비아시를 마카오에 사신으로 보내 포르투갈 군대의 도움을 구하고자 하였다. 다음해 3월말 교무를 브랑카티(Francesco Brancati, 潘國光, 1608~1671)에게 맡기고 삼비아시는 남경을 떠나 마카오로 갔는데, 도중에 남경이 함락되었다는 소식을 듣고 마카오에 머물렀다.

그 후 당왕(唐王)이 복건성(福建省) 복주(福主)에서 일어나 융무(隆武)를 연호로 하였다. 삼비아시와 당왕은 이미 상숙(常熟)에서 알게 된 사이였다. 당왕이 죄를 얻어 폐위되었을 때, 친족들은 모두 멀리하였지만, 삼비아시가 따뜻하게 대해주고 주위 대신들에게 탄원하여 마침내 9년 동안의 죄수 생활에서 풀려나도록 해주었다. 융무제는 삼비아시를 복주로 불러들였다. 삼비아시는 융무제의 신임을 얻어, 황제에게 천주교를 믿도록 권하였다. 융무제는 광주(廣州)에 교당(敎堂)을 짓도록 허락하였다.

1646년 융무제가 살해된 뒤에 즉위한 영력제(永曆帝)도 삼비아시에게 많은 특권을 부여하였다. 그리하여 삼비아시는 태감(太監)이며 독실한 그리스도교 신자였던 방천수(龐天壽)의 도움을 받아 광주(廣州)에 교당과 주택을 세웠다. 광주성(廣州城)이 청병(淸兵)의 공격을 받아 삼

비아시는 거의 죽을 위기를 맞기도 하였다.[7]

그들 청병 가운데 누에바에스파냐 부왕령(Nueva España, 新西班牙)에서 출생한 장군이 있었는데, 그는 원래 남경 교구 예수회 보좌수사(輔佐修士)였다가 청나라 군대에 투신해 무장이 된 자였다. 삼비아시는 그와 구면(舊面)이었으므로 그의 도움을 받을 수 있었다. 삼비아시는 광주와 그 부근 일대에서 계속 전교활동을 하다가 1649년 죽음을 맞았고 마카오 대안(對岸)에 있는 라파(Lappa)도(島)의 은갱촌(銀坑村)에 묻혔다고 한다.[8]

삼비아시의 유작(遺作)에는 『영언려작』 외에, 『수답(睡答)』과 『화답(畫答)』이 있다. 이 두 편은 합각(合刻)해서 제목을 『수화이답(睡畫二答)』이라 하였다. 그리고 1633년 숭정제(崇禎帝)에게 주소(奏疏)를 올렸다.[9] 마갈앵스(Gabriel de Magalhães[Magalhaens], 安文思, 1610~1677) 신부에 의하면 삼비아시는 『영혼불사(靈魂不死)』, 『도덕(道德)』, 『화(畫)』, 『성(聲)』의 단편들을 저술했다고 한다.[10]

---

7) 그의 동료 페레이라(Gaspard Ferreira, 費奇規, 1571~1649) 신부와 보좌수사(輔佐修士) 1명 역시 포르투갈 상인의 도움으로 청병의 도살(屠殺)을 면했다고 한다(Aloys Pfister著, 馮承鈞譯, 위와 같은 책, 167쪽).

8) 일설에는 광주성성(廣州省城) 북문(北門) 밖 금갱(金坑)에 묘가 있다고도 한다. 그러나 삼비아시가 죽은 후, 영력제는 그를 융무제가 하사한 땅에 묻었다고 하므로, 라파도의 은갱촌에 그의 묘가 있음이 확실하다(Aloys Pfister著, 馮承鈞譯, 위와 같은 책, 167쪽).

9) Aloys Pfister著, 馮承鈞譯, 위와 같은 책, 168쪽에 의하면, 로드리게스(Jean Rodriguez/Johannes Rodriguez, 陸若漢, 1651~1633년/1651~1634년) 신부가 이 해에 광주(廣州)에서 사망하여 삼비아시가 상소(上疏)하여 묘지를 청한 것이라고 한다. 프란체스코 삼비아시, 김철범·신창식(역), 위의 책, 237쪽에 의하면, 1634년 무렵 네 가지 구국책을 건의했다고 하고, 그 내용을 간략하게 제시하고 있다.

10) Aloys Pfister著, 馮承鈞譯, 위의 책, 168쪽.

3. 목차 및 내용

[목차]

[내용]

서문

　자신을 아는 것이 세상 수많은 학문의 뿌리이자 으뜸인데, 자신을 안다는 것은 자기 아니마(亞尼瑪, anima. 번역하면 영혼[靈魂], 영성[靈

性)의 존엄성과 본성을 아는 것이다. 결국 이것은 더 나아가 집안을 다스리고 나라를 다스리며 천하를 평화롭게 하기 위해서이다(齊家治國平天下). 삼비아시는 영혼에 관한 학문을 익히는 것이 집안을 다스리고 나라를 다스리며 천하를 평화롭게 하는 방법(術)이 되니, 사람을 다스리는 자는 이 학문을 익혀야 한다고 한다. 왜냐하면 아니마를 다스려 도리를 따르게 할 수 있으며, 여러 감정의 발산도 절제시킬 수 있기 때문이다.

여기에서 더 나아가 천상(天上)의 일을 알려고 한다면, 아니마를 더욱 깊이 배워야 한다. 그럼으로써, 인간 본래 자신의 본성(本性)을 생각하게 되며, 또한 대략이나마 천주의 본성을 깨달음으로써 그 본성이 지니고 있는 다양한 선성(善性)에 의거하여 그들 선의 근원으로 거슬러 올라갈 수 있기 때문이다.

천하 만물은 시작과 끝이 있다. 천주는 시작과 끝이 없다. 아니마는 시작은 있지만 끝이 없어 천주와 만물 사이에 있다. 필로소피아(費祿蘇非亞, philosophia; 격물궁리지학[格物窮理之學]으로 번역)는 아니마와 데우스(陡斯, Deus; 천주, 하느님)를 논하는 것인데, 아니마를 논함으로써 사람으로 하여금 자신을 깨닫게 하고, 데우스를 논함으로써 사람으로 하여금 그 근원을 깨닫게 하는 것이다.

권1

1) 영혼(아니마)의 실체를 논함(論亞尼瑪之體)

영혼(아니마)의 묘한 이치는 성경(聖經) 말씀과 천주에 대한 믿음의 빛에 의거해야 깨달을 수 있다. 아니마는 천주께서 창조하셨고, 무(無)에서(ex nihilo) 만들어진 것이며 죽지 않는다. 따라서 영혼은 우유(偶有; 依賴者

또는 屬性, accidens)가 아닌 자립하는 실체(自立體, substantia)이며 독자적 존재(本自在, ens per se)이다. 이는 인간이 갖고 있는 영혼은 식물의 생혼(生魂), 동물의 각혼(覺魂)과 달리 사람에게 머물러 있지만 질료(質料)에서 생겨난 것이 아니며 실체에 의존해 존재하는 것이기 때문에 사람이 죽을지라도 사라지지 않는다는 것이다. 영혼은 정신(이성)의 일종이며 죽은 뒤에 흩어져 버리는 기(氣)가 아니다. 그러므로 혹시 다시 살아나 영혼과 육신이 결합한다면, 살아 있음과 지각하기를 죽기 전과 같이 할 수 있을 것이다.

아리스토텔레스는, 영혼은 살아있는 신체의 원인이며 원리인데, 세 가지 의미에서, 즉 작용인(作用因), 목적인(目的因), 그리고 '영혼을 가진 신체의 실체로서(형상인 形相因; 模者 causa formalis)'라는 의미에서 신체의 원인이라고 했다. 그리고 여기에서 실체라고 한 것은 실체는 만물의 존재 이유이고, 생명은 생물들의 존재 이유이며, 영혼은 그것들의 원인이며 원리이기 때문이다. 토마스 아퀴나스 역시 이와 마찬가지로, 영혼을 육체로부터 독립적으로 그 자체 자립하는(subsistens) 어떤 것으로 보고 있다. 그리고 이러한 입장이 『영언려작』에 반영되어 있다.

영혼은 천주의 은총(額辣濟亞, 聖寵, gracia)과 사람의 선행(善行)에 힘입어 참된 복을 누리게 된다. 영혼의 목적인은 힘을 다해 하느님을 섬기는 것이고 이로써 천상의 참된 복을 누리게 된다. 천상의 참된 복은 사람의 의지와 힘으로 얻어지는 것이 아니다. 참된 복을 얻고자 하면, 먼저 선행의 공덕을 세워야 하는데, 선행의 공덕을 세우고자 한다면 반드시 천주의 도움을 받아야 하니, 선행의 공덕을 세운 것은 이미 천주의 도움을 받은 것이다.

천주의 도움에는 사람과 사물에게 차이 없이 주어지는 보편된 도움과 특별한 도움이 있는데, 사람에게는 특히 개과천선하여 의로워져야

하기 때문에 특별한 도움이 필요하다. 이 특별한 도움으로 인간은 죄를 깨닫고 날로 정의(正義)로 옮아가고자 하고, 실천하여 죽는 순간까지 잠시도 쉬지 않고 정의를 행할 수 있게 된다. 이렇게 살다가 죽은 뒤 참된 복을 얻는 것이다.

영혼은 사람의 한 부분으로, 형체도 모습도 없으므로 죽지도 않는다. 반드시 육신과 합쳐져야 사람이 될 수 있다. 따라서 만약 영혼이 육신을 벗어나면 사람은 사람이 되지 못한다. 영혼과 육신이 서로 합쳐지는 것은 곧 태어나는 것이며, 서로 떨어지는 것은 곧 죽는 것이다.

그리고 영혼은 피나, 심장 등 신체의 어느 한 곳에 머물러 있는 것이 아니다. 온몸에 온전히 존재하며 또 여러 부분에도 온전히 존재하면서 그 몸을 살리고 그 몸의 형상(模, forma)이 된다.

2) 영혼의 생명능력과 감각능력을 논함(論亞尼瑪之生能覺能)

모든 생혼(生魂)들은 세 가지로, 양육능력(育養之能), 성장능력(長大之能), 그리고 출산능력(傳生之能)의 세 가지를 갖고 있고, 모든 각혼(覺魂)들은 운동능력(動能)과 감각능력(覺能)의 두 가지를 갖고 있다. 감각능력에는 외감(外感; 外覺의 번역)과 내감(內感; 內覺의 번역)의 두 가지가 있다. 외감을 일으키는 외적 능력으로 다섯 가지 감각기관이 있다(눈, 귀, 입, 코, 몸). 내감을 일으키는 내적 능력에는 두 기관과 네 가지 기능(職, officium)이 있다. 두 개의 기관은 첫째, 공통감관(公司, sensus communis)으로 여기에서는 5개 감각기관(五司)에서 모아들인 소리·빛깔·냄새·맛 등을 받아들여 분별하는 기능을 한다. 둘째는 구상력(思司, phantasia sive imaginatio)인데, 여기에는 세 가지 기능이 있다. 첫째, 5개 감각기관에서 받아들인 감각들을 보관하는 창고 기능, 둘째는 지각(知覺)한 것들을 모으는 기능, 셋째는 이들 지각 내용을 보관하는 기능이다.

내적 능력의 두 기관 외에 관능(嗜司, sensualitas)이라는 별도의 기관이 있다. 이것은 외적 능력의 5개 감각기관과 내적 능력의 두 기관에서 모아들인 것을 좋아할 수도 있고 버릴 수도 있는데, 이것이 관능의 기능이다. 관능은 욕구능력과 분노능력으로 나뉘는데, 이 둘은 모두 좋아하고 버리는 일을 하는데, 욕구능력은 부드럽고 분노능력은 강인하기 때문에 양자는 대립관계에 있다.

천주는 인간의 영혼에게 생혼과 각혼의 능력을 모두 주셨다. 다만 인간의 욕구능력과 분노능력은 본래 이성(理, ratio)에 속하기 때문에 이성의 명령을 듣는다.

3) 영혼의 이성능력을 논함(論亞尼瑪之靈能)

천주께서 사람을 초목이나 금수와 크게 다르게 하신 것은 생혼과 각혼에 더하여 영혼을 주신 것이다. 영혼에는 내적 능력으로 세 기관(司)이 있는데, 기억(記含, memoria), 이성(明悟, intellectus), 욕구(愛欲, appetitus)이다.

(1) 기억을 논함(論記含者)

기억은 유형과 무형의 사물의 초상(肖像)을 보관해 두었다가 때가 되면 사용하는 것이다. 기억이라는 말에는 세 가지가 내포되어 있다. 기억할 수 있는 능력, 무언가를 기억하는 일, 그리고 습득한 초상, 즉 이미 기억하고 있는 그 무엇이다.

기억은 사물의 실체를 받아들이는 것이 아니라, 사물의 형상을 항구히 받아들여 두었다가 쓰려고 할 때 응용한다. 기억은 감각적 기억과 이성적 기억으로 나눌 수 있는데, 이성적 기억의 기능은 초상이 없는 무형의 사물도 기억해내는 것으로, 사람만이 갖고 있다.

이성적 기억은 이성이나 욕구처럼 영혼의 실체에 의존해서 존재한다. 이에 반해 감각적 기억은 두뇌의 두개골 정수리 뒷부분에 머물고 있다. 유형의 감관(司)은 유형의 사물을 받아들이므로 그것을 기억하려면 유형의 장소가 있어야 한다. 무형의 감관은 무형의 사물을 받아들이므로, 그것을 기억하려면 반드시 무형의 장소가 있어야 한다. 유형의 장소가 두뇌이고 무형의 장소가 영혼이다.

기억의 기능에는 구상적 기억과 추상적 기억이 있다. 구상적 기억은 이미 지나간 것을 기억하는 것이다. 추상적 기억은 한 사물을 근거로 다른 사물을 기억해내는 것이다. 추상적 기억은 많은 사물을 근거로 하나의 사물을 얻지만, 구상적 기억은 많은 사물을 필요로 하지 않고, 직접 그 사물을 기억해내는 것이다. 결국 이 두 가지는 모두 경험한 사물로서, 사물의 초상(物像)이 남아 있음으로 말미암는 것이다. 이를 통해, 사람의 영혼이 이미 육신을 떠나고 나면 구상적 기억은 남지만 추상적 기억은 없어진다. 영혼이 육신을 떠나면 기억하는 곳이 육신에 의존하지 않기 때문에, 다른 것을 받아들이면서 앞의 기억을 버리는 일이 없다. 이것은 영혼이 천사(天神)의 부류와 같기 때문이다. 추상적 기억은 이성(靈)이 없는 동물들은 할 수 없는 일이다.

지혜는 옛것을 바탕으로 오늘을 바라보고, 지나간 것으로 다가올 것을 아는 것이니, 사람은 기억이 있음으로써 지혜로울 수 있다. 서양에는 기억을 잘하기 위한 기술이 있다. 천주께서 이 기억하는 기관을 사람의 영혼에 부여한 까닭은 천주의 은혜를 기억하게 함으로써 감사하도록 하신 것이다.

(2) 이성을 논함(論明悟者)

이성은 능동이성(作明悟, intellectus activus)과 수동이성(受明悟, intellectus

passivus)으로 나뉜다. '능동'이란 터득할 수 있게 하는 것이고, '수동'이란 터득하게 되는 원인이니, 능동이성과 수동이성이 합쳐 하나가 됨으로써 이성의 작용을 완수할 수 있다. 그러므로 이 둘을 묶어 영혼의 능력(能, potentia)이라고 한다.

형상을 지닌 모든 사물은 다섯 개의 감각기관에 귀속되고 영혼은 이성을 이용하여 그 초상을 취해 통찰하게 된다. 그리고 형상이 없는 것들은 모두 이성에 귀속되어 이성적 원상(靈像, species intelligibilis)을 취하여 보관, 통찰하게 된다. 따라서 이성은 만물의 큰 창고이며, 만물이라 일컬을 수 있다.

형상의 눈(形目: 우리 육체의 눈)은 만물은 볼 수 있지만, 스스로는 볼 수 없는데 반해, 영혼의 정신적 눈(神目)인 이성은 만물을 볼 수도 있고 또한 자기 스스로를 볼 수도 있다. 그러므로 스스로를 밝히기도 하지만,11) 항상 밝히는 것은 아니다.

철학자들(格物之家)은 사물의 초상(物像)[인식형상]을 네 등급으로 나눈다: 첫째, 감각적 사물의 초상. 둘째는, 내적 사물의 초상. 셋째는 이성의 이성적 원상(靈像)이다. 이성이 사물을 밝힐 때가 되면 대상을 지향하고, 이미 밝힌 다음에는 대상을 벗어나 이성적 원상12)만 남게 된다. 넷째, 천사(天神)의 이성적 원상(靈像)이다. 인간이 갖고 있는 이성적 원상은 점차 터득해가야 함에 반해, 천사는 천주께서 만드실 때 만물의 이성적 원상을 동시에 갖추어 주었으므로 점차적으로 이루어가지 않는다.13)

---

11) 이성에 의해 가장 먼저 인식되는 것은 대상이고, 이러한 대상이 파악되는 방법으로서의 사유(思惟)행위 자체가 인식되는 것을 말한다. 아리스토텔레스는 이를 '사유 자체의 사유'라고 하였다.
12) 감각기관에서 받아들인 사물의 초상은 질료가 있는 것이므로, 아직 밝힐 수 있는 사물이 될 수 없다. 반드시 질료가 없는 것으로 변화시켜야 하는데 이것이 이성적 원상(靈像)이다.

5개의 감각기관들과 내적 능력의 두 기관인 공통감관(公司)과 구상력(思司)은 질료가 있는 것에 존재하고 육체가 사라지면 함께 사라져버린다. 그러나 이성은 오로지 영혼에 머물러 있어, 질료가 있는 것에 존재하지 않는다. 따라서 육체가 사라져도 이성은 사라지지 않고 죽지도 않는다. 또한 이성의 인식 대상과 그에 대한 인식 가능성은 무한하다.

이성의 작용에는 추상(抽象 abstractio: 直通을 번역한 것), 분리(分離 separatio: 合通을 번역한 것)와 추론(推論: 推通을 번역한 것)의 세 가지가 있다. 추상은 인간의 이성이 어떤 사물이 무엇이라는 단순한 개념 내용을 파악해내는 단순한 구분작용을 말한다. 따라서 여기에는 어떠한 오류도 있을 수 없다. 분리는 이들 개념들이 결합하여 논리학적으로 명제의 형태를 띠는 것이므로 오류를 범할 가능성 속에 있다. 추론이란 삼단논법처럼 논리학적으로 새로운 결론에 도달하는 사유과정을 말하는데, 여기에서도 언제나 오류를 범할 가능성이 있다.

추론은 오직 사람만이 할 수 있는데, 사람은 시간을 통해 점차적으로 추론해 깨달아가는 이성임에 반해, 천사(天神)는 시간을 필요로 하지 않고 앞뒤의 차례도 없는 지극한 이성(至靈)이다.

천주께서는 사람에게 이성을 통해 천주를 알아볼 수 있게 하셨다. 또한 이성은 작은 천하(天下)인 인간의 근본 동인이 된다. 이성은 영혼에서 하늘의 태양과 같은 존재이다. 이 때문에 만물의 이치를 탐구하여 그 근본을 깨닫게 되는 것이다.

---

13) 인간의 이성적 인식은 즉각적으로 완전하게 이루어지는 것이 아니다. 감각에서 출발하는 이성적 인식은 처음에는 불완전하고 불분명하다가 나중에 완전하고 명백한 것이 된다. 천사 또는 '복된 영혼들(천상의 영혼)'은 영원한 근거들 속에서 인식하기 때문에 즉각적으로 인식한다(프란체스코 삼비아시 지음, 김철범·신창식 옮김, 위의 책, 85쪽 주82)와 주84) 참조).

(3) 욕구를 논함(論愛欲者)

욕구는 본성적 욕구(性欲, appetitus naturalis), 감각적 욕구(司欲, appetitus sensitivus), 그리고 이성적 욕구(靈欲, appetitus intellectivus)의 세 가지로 나뉜다. 본성적 욕구는 만물에 보편적인 것이어서 생혼, 각혼, 영혼에 모두 지니고 있다. 감각적 욕구는 동물과 인간에게만 있다. 오로지 자기의 사욕만을 생각게 하는 것이다. 이성적 욕구는 인간과 천사에게만 있다. 이 세 가지 욕구는 각각의 본성(本情)에 따라 각각의 대상(向)이 있다. 본성적 욕구의 대상은 이로운 선성(利美好)이고, 감각적 욕구의 근본 대상은 즐거운 선성(樂美好)이며, 이성적 욕구의 근본 대상은 의로운 선성(義美好)으로, 이는 상급의 욕구(上欲)이다. 이성적 욕구는 가장 존귀하기 때문에, 이것만을 욕구(愛欲)라고 할 수 있다.

인간의 이성적 욕구는 스스로 주관하는 선택의지가 있으며, 이치에 맞는 지를 인식한 다음에 행위가 이루어지므로 자주적인 행위이다. 그 행위가 이치에 따르면 공로가 되고 이치를 어기면 죄가 된다. 대상들과 여러 사악한 마귀, 고난들과 형벌은 인간의 행위를 강제할 수 없다. 일체의 행위는 모두 욕구에 근거한 의지에서 비롯되며, 자주적으로 스스로 행한 것이므로 강제될 수 없고 공로와 죄가 그에 따라 돌아간다.

천주께서도 사람을 억지로 어떻게 할 수 없다. 천주께서는 사람이 자기 죄를 회개할 때에 은총를 주신다. 착한 행위를 하는가의 여부는 사람에게 달린 것인데, 결국 착한 행위를 하는 것도 천주의 은총이라 해야 한다.

천주는 세 가지 선성을 다 갖춘 완전한 선성이다. 세상 만물의 선성은 욕구의 부분적 대상일 뿐이고, 천주야말로 욕구의 온전한 대상이다. 비록 세상 만물을 다 얻는다고 해도 사람은 만족할 수 없고 평안할 수 없다. 천주의 참된 복을 얻어야 사람은 충분히 만족하고 평안해진다.

이러한 천주를 찾아 얻으려면 온갖 고통과 해로움을 받아야 하는데, 그럼에도 그렇게 하는 것은 참된 즐거움과 큰 이로움이 그 속에 있기 때문이다. 사람들은 오로지 육체를 따르고, 즐거움과 이로움만을 구할 줄 알지, 그것이 정의를 어기고 천주를 거스르는 것임을 모르기 때문에 온갖 죄악에 빠진다. 그래서 죄인을 어리석은 사람이라고 한다.

영혼에 있는 내적 능력의 세 기관(司)인 기억, 이성, 욕구 중에서 가장 존귀한 것은 욕구이다. 이것은, 욕구가 습득하고(사랑, 仁) 작용하고(스스로 움직이고 타자도 움직이게 한다) 지향하는(곧 바로 선을 이루어 참된 복을 얻게 한다) 것이 이성이 습득하고(지혜, 智) 작용하고(타자로 인해 움직인다) 지향하는(길을 열어주고 나아가게 하여 참된 복이 있다는 것을 알게 한다) 것보다 존귀하기 때문이다. 이렇게 욕구는 존귀하여 최고선(至美好)을 지향한다.

권2

1) 영혼의 존엄성이 천주와 비슷함을 논함(論亞尼瑪之尊與天主相似)

그리스도교 전통에서 인간은 창조주 하느님의 모상(imago, 형상)이며, 하느님과 유사성(similitudo)을 지니고 있다고 본다. 이는 창세기 1장 26절~27절에 근거한다. 하느님의 모상과 유사성으로서의 인간에 대한 해석은 교부철학 시대와 스콜라철학 시대를 거치면서 다양한 방식으로 해석되는데, 여기에서 삼비아시의 해석은 당시 그리스도교의 전통적 해석을 종합한 것이다.

천주와 인간의 유사성에 대해, 여러 단서들 중에서 본성(性), 형상(模)와 작용(行)의 세 가지 단서로 종합해 정리하였다, 본성에 대해서는 8개 항목으로 나누어 천주의 본성과 인간의 영혼의 본성의 동등성을 보이면서 다른 한편으로 차이성을 분명하게 논하고 있다.

형상(模)에 대해서는 7개 항목으로 나누어 인간의 영혼과 천주의 유사성을 논하는데, 그리스도교의 전통적인 영혼론에 따라 원형(exemplum)인 천주의 특성을 제시하고 이와 대비시키는 방식으로 그 모상(模像)인 인간의 영혼의 특성과 의미를 다양하게 논하고 있다. 따라서 천주는 우주를 대상으로 함에 반해 인간 영혼은 인간의 육체에 한정되어 논해진다는 한계점 등이 제시되고 있다.

작용(行)에 대해서는, 10개 항목으로 나누어, 천주는 우주와 만물, 세상을 대상으로 작용을 함에 반해, 인간의 영혼은 인간의 육체를 대상으로 작용하는 것을 대비시켜 그 작용의 유사성을 논하고 있다. 특히, 열 번 째에서 삼비아시는 인간 존엄성의 근거를 역설적으로 말하고 있다. 일반적으로 인간은 천주의 모상이기 때문에 천주의 존엄성을 닮아 존엄하다고 한다. 이에 반해 삼비아시는 천주의 모상인 영혼이 최고선이며, 궁극목적을 추구하기 때문에 궁극 목적의 존엄성으로 인해 궁극목적을 지향하는 인간의 존엄성이 인식된다고 한다. 이로써 결국 천주께의 귀의와 마음의 소원과 평안을 이룰 수 있다고 한다.

2) 영혼이 최고선을 지향하는 본성에 관해 논함(論至美好[14]之情)

삼비아시는 본장에서 끊임없이 최고선과 선성들, 원인의 선과 결과의 선들, 총체적 선성과 다른 선성들, 최고선과 온갖 선성들, 주인과 백성, 최고선과 선행들이라는 대비되는 언어를 구사하면서, 형이상학적 '절대선'과 '개별적 선들' 사이의 긴장[15]을 통해 논의를 전개해 가고

---

14) 여기에서 선성(善性)으로 번역되고 있는 '美好'는 철학용어로 말하면 '선(善, bonum)'을 가리키고 '至美好'는 '최고선(最高善, bonum ultimum)'을 가리킨다.
15) 이것은 형이상학적인 '절대선', '최고선'과 다원적인 현실 세계와 사회 속에서

있다. 여기에서는 '개별적 선'에 속하는 인간이 '최고선'을 지향해 가는 과정을 설명하고 있다.

하느님은 최고선이다. 최고선이라는 존재는 시작도 없고 끝도 없는 영원성이 있는데, 이는 하느님의 고유한 본질이다. 온간 선성(善性)들은 이 최고선에 힘입어 존재, 존속, 작용하며, 작용을 인지한다.

최고선은 볼 수 없고 들을 수 없으니, 오직 믿고 소망하며 그리워해야 한다. 이를 깨닫게 되면, 복되고 영원히 살도록 한다. 그런데 이 최고선, 참된 행복은 인간 스스로의 선행과 자유의지로는 얻을 수 없으며, 오직 천주의 은총을 통해서만 얻을 수 있다. 그리고 이 최고선을 추구하는 자에게는 공로를 쌓는 등의 현실적 유익을 얻게 한다.

하느님은 인간을 창조하시고 인간에게 육신과 영혼에 필요한 모든 것을 마련해 주셨다. 그리고 인간에게 초목과 동물에게는 없는 기억(記含), 이성(明悟), 욕구(愛欲)와 통치(主宰)의 능력을 인간에게 주어 보호, 존속하게 하시고 영혼이 인간에게 머물러 있게 함으로써 인간으로 하여금 최고선에 참여시킨다.

최고선은 지금은 자연의 빛인 인간의 지성(intellectus)의 힘에 의존해 차츰 인식할 수 있으나 미래에는 초자연적인 빛인 은총의 힘으로 완전하게 볼 수 있을 것이다.[16] 최고선에는 비교할 만한 대상이 없으

의 인간 행위 사이의 긴장을 말한다.

16) 하느님은 최고 존재이며 가장 단순하기 때문에 인간의 이성을 통해 인식할 수 있다. 그러나 하느님은 인간의 이성적 기능의 원리이면서 이성적 직관의 대상이기는 하지만, 하느님 자신의 무한한 존재성으로 인해 어떤 초상으로 환원될 수 없다. 따라서 인간의 이성이 하느님을 직관하기 위해서는 하느님과 유사해질 필요가 있다. 그러기 위해서는 인간의 인식 능력이 영광의 빛을 통해 증폭되어야 한다. 삼비아시는 최고선을 인식할 수 있는 방법으로 이 두 가지 단서 외에 5개의 단서를 더 제시하고 있다: '마음을 청결케 하는 것'; '그 맛을 보는 것'; '하느님과의 은밀한 친교(기도)'; '다섯 감각기관을 고요히 안정시키는 것'; '성경 묵상을 통해 깊은 뜻을 깨달음에 이르는 것'.

며 억만 가지 선성들의 모범이 된다. 이 최고선을 따르게 되면 여타의 선성들은 버릴 수 있게 된다. 최고선은 사변학문을 넘어서서 실천학문의 대상이다.

최고선은 예로부터 지금까지 위대한 재능과 완전한 지혜를 지닌 무수한 성인, 성녀(聖女)들이 그것을 위해 목숨을 바치고 끝없는 고통을 겪었던 사실을 통해 알 수 있다. 그리고 그들의 공덕(功德)의 원인은 이 최고선에서 말미암은 것이다. 또한 최고선의 존엄함은 죄를 지은 자에게 내리는 벌을 통해 알 수 있는데, 그 벌은 시간적으로 끝이 없고 그 고통에서 구해줄 방법이 없다.

최고선은 모든 행동의 원인(所以然, causa)이다. 움직이는 것은 어떤 것을 가능태에서 현실태로 이행시키는 것이다. 가능태에서 현실태로 이끌어가는 것은 현실태에 있는 어떤 존재자에 의하지 않으면 불가능하다. 이러한 움직임의 원인을 찾아가면 다른 어떤 것에 의해서도 움직여지지 않는 어떤 제일의 원동자에 필연적으로 도달하게 된다. 이 존재가 바로 하느님이다.

삼비아시는 토마스 아퀴나스의 설에 따라, '제거의 길(via remotionis)' 또는 '부정의 길(via negativa)'을 통해 하느님의 본질에 접근할 수 있음을 말하고 있다. 즉, 인간은 이 세상에서 하느님의 본질을 직관할 수 없다. 인간의 인식은 감각적 지각에 의존하고, 인간이 형성하는 관념은 피조물에 대한 경험에서 생겨나기 때문이다. 언어 역시 인간의 경험에 관련되고 인간의 경험 영역 안에서만 객관적인 의미를 지닌다. 따라서 본질에 다가가기 위해서는 이들 감각적, 세속적인 것을 모두 제거해야 한다.

그리고 최고선에 귀향(歸向)해야 반드시 선을 이루게 된다. 이 최고선을 목적으로 행동하는 것이라면 작은 것이라도 반드시 무궁한 보답을 받을 것이다. 그리고 그러한 행동하는 과정에 환난에 처할 수 있는데, 오히려 이 기회를 통해 구원을 받고 선으로 나아가게 된다.

최고선 앞에서는 도저히 구원될 수 없는 거대한 흉악함이란 없다. 비록 지독히 악한 자라도 최고선 앞에서는 스스로 참회하고, 자신의 악함을 인식하게 된다. 따라서 자신이 스스로 지독히 악하다고 생각하게 되면 이것은 이미 위대한 선이다.

최고선은 우리의 주인이며 우리는 그의 백성이다. 이는 우리의 큰 복이며 하늘의 은총이다. 우리가 이를 위해 죽으면 영생을 얻는다. 환난 중의 큰 안락이며, 빈곤 속의 부유함이다. 삼비아시는 서양에서 온 선교사들(泰西諸儒)이 전교(傳敎)하는 까닭이 여기에 있음을 피력하고 있다.

삼비아시는 또한 '예수' 그리스도를 명시하지 않았지만, 천주께서 만민을 사랑하셔서 친히 인간 세상에 내려오셔서 가르침의 빛을 세상에 두루 비추시고 참된 복을 얻도록 하셨다고 한다. 그리고 이 세상에 살아 있는 동안 천주를 섬기다가, 죽은 뒤에 천상에서 다 함께 만나 영원한 복을 누릴 것을 권하고 있다.

4. 의의 및 평가

아리스토텔레스 철학은 예수회 철학 교육의 기초가 되었는데, 이는 자연신학(natural theology)과 물리학, 천문학 등과 같은 여러 과학들은 그것 위에 세워졌기 때문이다. 이 철학을 잘 아는 것이 서양의 사상과 과학을 이해하기 위해 요구된다는 확신 외에, 그들은 중국의 도덕 철학을 인정했지만, 중국 사상(思想)에서 논리와 변증법이 결여되어 있음을 관찰하였고, 따라서 중국인들이 이것들과 친밀해지는 것이 필요하다고 느꼈기 때문이었다.

또한, 예수회 선교사들이 아리스토텔레스 철학에서 취한 중요한 주제들 가운데 하나는 영혼의 문제였다. 삼비아시와 서광계는 『영언려작』에서 아리스토텔레스의 De Anima(영혼에 관하여)의 이론을 제시하였다. 알레니(Julius[Julio/Giulio] Aleni, 艾儒略; 1582~1649)는 1624년에 쓴 『성학추술(性學觕述)』에서 『영언려작』과 Parva Naturalia(자연에 관한 단편들)의 개요를 소개하였다.[17]

이렇게 『영언려작』은 아리스토텔레스 철학과 함께 역시 그들의 교육 과정에서 배운 토마스 아퀴나스 신학에 근거하여, 마태오 리치의 『천주실의』에서 언급된 인간의 영혼 문제를 보다 더 확대하여 본격적으로 다루었다.[18] 토마스 아퀴나스의 신학과 관련해서는, 1645년이 되어서 불리오(Lodovico Buglio, 利類思; 1606~1682)가 부분적으로 토마스 아퀴나스의 Summa Theologiae(신학대전)를 부분적으로 번역하기 시작했고, 1654~1678년 동안 30권으로 된 『초성학요(超性學要)』를 발행하였다. 마갈란스(Gabriel de Magalhães, 安文思; 1610~1677)는 여기에 육체의 부활에 관한 절(부활론 2권)을 더하였다(1677년).[19]

『영언려작』에 사용된 영혼과 관련된 많은 개념어들의 한역(漢譯)에 있어서 삼비아시는 먼저 『천주실의』의 한역어를 그대로 차용하면서 처음 나오는 개념은 나름대로 한역하고 있다. 이때 구술 기록자인 서광계와 논의가 있었을 것인데, 적절한 역어를 찾지 못한 경우에는 라틴어를 음차해서 기록하고 있다. 그들의 이러한 성과가 30년 뒤 불리오의 『초성학요』에 적극 수용되었다.[20]

---

17) Nicolas. Standaert, *Handbook of Christianity in China*, v.1. 635~1800, Leiden: Boston: Brill, 2001, 606~607쪽.
18) 김철범, 「『영언려작』과 조선 지식계의 수용양상」; 프란체스코 삼비아시, 김철범·신창식 (역), 위의 책, 232쪽; Nicolas. Standaert, 위의 책, 613쪽.
19) Nicolas. Standaert, 위와 같은 책, 613~614쪽.
20) 김철범, 위와 같은 논문; 프란체스코 삼비아시, 김철범·신창식 (역), 위의 책,

5. 조선에 끼친 영향

신후담(愼後聃)은 1724년에 지은 『서학변(西學辨)』에서 『영언려작』
은 태서(泰西) 필방제(畢方濟)가 구술한 것으로 아니마(亞尼瑪)에 관하
여 네 편(篇)으로 나누어 기술한 것[21]이라고 하였다. 신후담은 『서학
변』에서 『영언려작』을 비판하였다.[22] 그는 1724년 1월에 처음으로 이
익(李瀷)을 찾아뵙고 서학에 접근할 수 있었고,[23] 이것이 계기가 되어
서학에 관한 문헌들을 보고 비판한 『서학변』을 지었다. 신후담은 이
익이 자신에게 "아니마 관련 글을 보면 뇌낭은 두개골과 정수리 사이
에 있는데, 기억을 주관하는 곳이다."[24]라고 했다는데, 이 글의 내용
은 『영언려작』의 내용과 거의 합치되는 것으로, 이익이 말한 "아니마

242쪽.

21) 李晩采, 『闢衛編』卷1, 京城: 闢衛社, 昭和 6年, 張14~32.
22) 신후담의 비판은 『영언려작』의 영혼론이 기본적으로 하늘의 복만을 구하려는
   사사로운 이익에 젖은 종교적 자세에서 비롯된 것이라는 시각에서 출발한다.
   기복적 색채를 지닌 종교적 성향을 집어내고 그것이 비학문적 태도를 비판하
   였다. 그는 성리학의 혼백론과 심학(心學), 성명설(性命說) 등에 입각해 반론을
   전개했는데, 정통 성리학의 입장을 철저히 고수하고 있고, 서양철학의 논리가
   미칠 파장을 우려하였다(김철범, 위의 논문, 246~247쪽). 吳知錫은 조선 성리
   학자들 가운데서도 신후담이 영혼의 문제를 다루는 것이 서학의 확산을 막을
   수 있다고 파악하고 『영언려작』을 중점적으로 변박했으며, 이러한 그의 태도는
   조선지식인의 서학 수용에 있어서 길라잡이 역할을 했다고 한다. 즉, 신서파와
   공서파의 씨앗은 그들의 선생인 이익의 태도에서 드러나는 것이기도 하지만
   신후담의 『서학변』에서 취했던 견해에서도 그 실마리를 발견할 수 있다고 한
   다(吳知錫. 「조선 후기 지식인 사회의 서학 윤리사상 수용과 이해 - 영혼, 신,
   윤리 개념을 중심으로 - 」, 숭실대학교대학원 박사학위논문, 2010, 55쪽). 신후
   담의 『영언려작』에 대한 비판 내용에 대한 분석은 吳知錫, 같은 논문, 58~63
   쪽을 참조하라.
23) 崔東熙, 「愼後聃의 西學辨에 관한 研究」, 『亞細亞研究』vol.15 - 2, 1972, 1~5쪽.
24) 愼後聃, 『河濱全集』下, 「遯窩西學辨·紀聞編」.

관련 글"은 『영언려작』을 말한 것이다. 신후담은 이식(李栻, 1659~
1729)을 찾아간 자리에서 이익이『영언려작』에 심취해 있었음을 증언
하고 있다.[25]

조선의 근기학파(近畿學派) 지식층은『천주실의』를 통하여 서양 중세
철학의 영향을 받았음이 논증되어 왔는데, 이들 조선 지식인들이『천
주실의』에 나오지 않는 내용에까지 생각이 미친 부분이 있는 것은 일
정 부분『영언려작』으로부터 착상된 것으로 보인다. 특히, 이익과 정
약용의 철학사상 가운데는『영언려작』의 영혼론과 접맥되는 대목들이
있다. 이것은 그들이 성리학의 사유체계가 어딘지 모르게 모순되고,
심지어 그 사상이 인간의 삶을 질곡에 빠뜨리는 이념으로 굳어져가는
현상을 우려하고 이에 대한 사상적 대안을 모색하던 그들에게『영언려
작』의 서양 철학사상이 중요한 동기를 제공했음이 분명하다.[26]

이지조(李之藻)의『천학초함』을 들여온 이승훈과 이벽도 그 안에 실
린『영언려작』을 보았을 것이 분명하고 그 외『천학초함』을 구해 읽
은 지식인들은 대체로『영언려작』을 접했을 것으로 추정되므로, 적지
않은 지식인들이 이 책을 읽었을 것으로 보인다.[27]

신유박해(辛酉迫害, 1801) 때, 권철신(權哲身)이 공술(供述)에서, 동생
인 권일신(權日身)과 같이 보고 동생도 처음에는 허황(虛謊)하여 믿을
만한 것이 못된다고 배척했으나 후에는 흠숭주재(欽崇主宰)의 설, 생혼

---

25) 김철범, 위와 같은 논문; 프란체스코 삼비아시, 김철범·신창식 (역), 위의 책,
   244쪽.
26) 김철범, 위의 논문, 247~266쪽.
27) 황윤석(黃胤錫)은 1762년 이필선(李弼善)에게『천학초함』을 빌려달라는 내용의
   서간을 보냈다(盧大煥, 「正祖代의 西器 수용 논의」, 『한국학보』 25-1, 一志社,
   1999). 홍대용은 10년 동안이나『천학초함』을 구하기 위해 노력했다고 한다(배
   현숙, 「17·8世紀에 傳來된 天主敎書籍」, 『교회사연구』 제3집, 한국교회사연구
   소, 1981).

(生魂)·각혼(覺魂)·영혼(靈魂)의 설, 화기수토(火氣水土) 사행(四行)의 설에 타당성이 있어 믿기 시작했다[28]고 말하였다.

전래 시기는 확실하게 지적할 수 없다. 1624년 이후 1724년 사이에 조선에 전래되었을 것으로 추정된다.

〈해제 : 송요후〉

---

28) 「辛酉邪獄罪人李家煥等推案」, 『推案及鞫案』 25冊, 影印本, 서울: 亞細亞文化社, 1978, 31～32쪽.

참 고 문 헌

1. 사료

『靈言蠡勺』

2. 단행본

프란체스코 삼비아시, 김철범·신창식 (역), 『영언려작(靈言蠡勺)-동양에 소개된
  스콜라철학의 영혼론-』, 일조각, 2007.

Aloys Pfister著, 馮承鈞譯, 『入華耶穌會士列傳』, 中華教育文化基金董事會編譯委
  員會編輯, 商務印書館發行, 中華民國49년 11월 臺一版.

Nicolas. Standaert, "Handbook of Christianity in China", v.1. 635-1800,
  Leiden: Boston: Brill, 2001.

3. 논문

문영걸, 「서광계(徐光啓)의 조선선교계획 전말」, 『한국기독교와 역사』 제39호,
  2013.

吳知錫, 「조선 후기 지식인 사회의 서학 윤리사상 수용과 이해-영혼, 신, 윤리
  개념을 중심으로-」, 숭실대학교대학원 박사학위논문, 2010.

정인재, 「서학의 아니마론과 다산 심성론」, 『교회사연구』 제39집, 2012.

崔東熙, 「愼後聃의 西學辨에 관한 研究」, 『亞細亞研究』 vol.15-2, 1972.

『영혼도체설(靈魂道體說)』

분류	세부내용
문 헌 종 류	한문서학서
문 헌 제 목	영혼도체설(靈魂道體說)
문 헌 형 태	목판본
문 헌 언 어	漢文
간 행 년 도	1627년
저　　　자	롱고바르디(Nicolas Longobardi/Niccolò Longobardo, 龍華民, 1559~1654)
형 태 사 항	26면
대 　분 　류	종교
세 부 분 류	천주교 교리(신학)
소 　장 　처	Bibliothèque nationale de France
개　　　요	먼저 영혼(靈魂)과 도체(道體) 각각에 대해 간략하게 설명하고, 영혼과 도체 각각에 대한 설명 내용에 대해 축자적으로 해설을 가하고 있다. 나아가, 양자의 같은 점과 다른 점을 열거하고 영혼이 천주와 닮은 점을 설명하여, 결국 인간의 영혼의 귀함을 알고 이로써 천주가 헤아릴 수 없이 귀함을 앎으로써 천주를 애모(愛慕)하고 공경해 섬기며 도체설에 매몰되지 않기를 원하고 있다.
주 　제 　어	영혼(靈魂), 도체(道體), (有體), 무위(無爲), 태극(太極), 성부(罷德肋), 성자(費略), 성령(斯彼利多三多, 聖神), 『영언여작(靈言蠡勺)』, 대도(大道), 불성(佛性)

1. 문헌제목

『영혼도체설(靈魂道體說)』

2. 서지사항

『영혼도체설』은 1권 목판본으로 되어 있다. 언제 어디에서 출판되었는지는 밝혀져 있지 않다. 롱고바르디의 자서(自序)에도 날짜가 기록되어 있지 않다.[1] 다만, 1918년 토산만(土山灣)에서 마르티니(衛匡國, Martino Martini, 1614~1661)의 『진주영성이증(眞主靈性理證)』과 함께 인쇄된 것이 있다고 한다.[2]

제목 "영혼도체설"이 큰 글자로 표지에 인쇄되어 있고, 그 뒷면에 첫줄과 둘째 줄에는 "교규(教規)를 준수하여, 무릇 경전(經典)과 제서(諸書)를 번역함에는 반드시 세 차례 상세하게 보고서야 비로소 출판을 허락하여, 이에 판각하였다. 검열한 자의 성명(性命)은 뒤에 있다."고 하고, 로(羅雅谷, Giacomo Rho, 1593~1638), 푸타도(傅汎際, Francisco Furtado, 1587~1653), 아담 샬(湯若望, Johann Adam Schall von Bell, 1591~1666) 세 사람의 이름이 함께 나온다.

다음 면에 "영혼도체"라는 제목과 함께 롱고바르디의 자서(自序)가 2면에 걸쳐 나오고, 그 다음 면부터 "영혼도체설"이라는 제목, "예수회 선교사 용화민이 지었다(遠西 耶穌會士龍華民撰)"는 말에 이어서 원문이

---

1) Nicolas. Standaert, *Handbook of Christianity in China Volume One: 635-1800*, Leiden; Boston; Köln: Brill, 2001, p.613에서는 1636년에 출판되었다고 나온다.
2) Albert Chan, S.J., *Chinese Books and Documents in the Jesuit Archives in Rome: A Descriptive Catalogue Japonica-Sinica* Ⅰ-Ⅳ, Routledge, 2015, p.152.

시작되고 있다. 한 면은 9줄이고, 각 줄은 19자로 되어 있다.

[저자]

롱고바르디 신부는 중국어 이름이 용화민(龍華民), 자(字)는 정화(精華)이다. 이탈리아 선교사로 1559(1565³))년 시칠리아의 칼타기로네(Caltagirone)의 귀족 가문에서 태어나 1582년에 예수회에 수도원에 입회하였다. 1597년 7월에 중국 마카오[澳門]에 도착해 1597년 12월부터 1611년까지 소주(韶州)에서 선교활동을 했고, 1610년부터 1622년까지 중국전교구 회장(中國傳敎區會長) 직을 맡았다.

1611년 5월에 북경에 도달하였는데, 중국부성(中國副省)은 총회장(總會長)인 M. Vitelleschi 신부의 명령에 의거하여 1618년에 일본교성(日本敎省)에서 분리되었다. 롱고바르디는 1619년에 스피에레(史惟貞, Pieter van Spiere, 1584~1627)와 함께 섬서전교구(陝西傳敎區)를 창건하였다. 1621년에는 항주(杭州)에 있었고, 1623년부터 1640년까지 북경의 회장을 맡았다. 1636년, 1645년에 산동(山東) 제남부(濟南府)에 있었다.

롱고바르디는 1631년 북경에서 쓴 글에서, 마태오 리치가 중국의 한적(漢籍) 경전에 나오는 '상제(上帝)'와 '천(天)'을 기독교의 '천주(天主, Deus)'와 비교하면서 대등시한 데 대해 이의를 제기했는데, 이 문제는 큰 논쟁거리로 떠올랐다.

논쟁의 일환으로 그는 1623년에 라틴어로 『공자와 그의 교리』(De Confucio ejusque doctrina tractatus)를 저술하여 중국 경전에 나오는 기본 개념들을 나름대로 해석하였다. 이 책은 중국 유가학(儒家學)을

---

3) [法]榮振華著, 耿昇(譯), 『在華耶穌會士列傳及書目補編』, 北京: 中華書局, 1995, p.377.

체계적으로 연구한 서구인의 첫 저서로서, 1701년에『중국 종교의 몇 가지 관점을 논함』이란 제목으로 프랑스어로 번역·출간되어 유럽 종교계와 학계에 큰 반향을 불러일으켰다.

이 책의 출간을 계기로 '상제' 및 '천'과 '천주' 간의 관계 문제에 관한 논쟁이 더욱 치열하게 전개되었다. 1627년 12월부터 1628년 1월까지 21명의 예수회 선교사들이 가정(嘉定)에 모여 이 문제를 집중 논의했는데, 롱고바르디 일파는 '상제'와 '천'은 '천주'와는 대응할 수 없는 개념이기 때문에 대역(對譯)할 수 없다는 강경 주장을 폈다. 이에 반해 다른 일파는 대역할 수 있다고 맞서 결국 최종적인 결론은 내리지 못하였다.

이 문제와 관련하여 유가의 전통적인 제사 문제가 제기되었는데, 다수 참가자들은 제사는 종교 신앙과 무관하기 때문에 무방하다는 입장을 표명하였다.

1654년 청 순치제(順治帝) 때 95세를 일기로 베이징에서 타계하였다. 선교사를 후대한 순치제는 고인의 초상화를 그리고 장례를 융숭히 치르도록 예우를 베풀었다.

이 외에 그의 저술로 다음과 같은 것들이 있다.

『지진해(地震解)』
『급구사의(急救事宜)』
『염주묵상규정(念珠黙想規程)』
『사설(死說)』
『천주성교일과(天主聖敎日課)』
『성약슬행실(聖若瑟行實)』

3. 목차 및 내용

[목차]

없음

[내용]

이 소책자에서는 영혼의 영적 본성을 설명하고 있는데, 영혼은 천주에 의해 창조되었고 인간의 육체에 스며들어 있다. 따라서 영혼은 질료와는 구별된다고 한다.

1) 영혼도체 자서(靈魂道體 自序)

사람의 겉은 육체이고, 안에는 영혼이 있어서, 양자가 서로 합해야 비로소 사람이 된다. 사람이 물(物)과 다른 까닭은 육체가 아니라 영혼이 있기 때문이며, 영혼은 귀하다. 나아가 영혼은 물과 다를 뿐만 아니라 더욱 위로 조물대주(造物大主)를 닮아서 또한 가장 귀하다. 우리들의 몸은 각각 이 가장 귀한 것을 갖추고 있는데, 사람들은 어리석어서 그것을 모른다. 마음이 그것을 알면 반드시 물(物)이라 부르지 않는다.

지금 영혼을 칭하는 것을 보면, 그것을 도체(道體)와 짝하게 한다. 이는 명실(名實)이 맞지 않음이 매우 심하므로 이 글을 지었다고 한다.

그리고 이로써, "도(道)를 향하는 군자(君子)와 함께 도체(道體)의 밖에서 영혼을 알고자 한다. 부지런하고 간절하게 천주를 모방하며 닮는 자에 부합하기를 구한다. 인륜이 물류(物類)에 굴복되지 않기를 원하며, 위로부터 은총이 주는 은혜를 떠맡는다.”고 그의 바람을 밝히고 있다.

2) 영혼도체설(靈魂道體說)

먼저 영혼과 도체(道體)에 대해 다음과 같이 설명하고 있다.

> “영혼(anima)은 신명(神明)⁴⁾의 체(體)이다. 시작은 있는데 끝이 없다. 천주(陡斯 Deus: 천지만물을 창조하고 주재하시는 주이다)가 창조하고 인신(人身)에게 부여되어 체모(體模)가 되며 주재(主宰)가 된다. 세상에 있으면서 선을 행하여 천주의 성총(聖寵)을 받음으로써, 하늘에 올라 복을 누리는 것이다. 도체에는 체(體)가 있으나 행함이 없다. 앞서는 것이 없이 먼저 창조되어[造先莫先], 일물(一物)도 부리지 못한다. 본래 마음과 뜻[心意]이 없으며, 본래 색상(色相)⁵⁾이 없으나, 만형만상(萬形萬相)을 이루는데 체질(體質)이 되는 것이다. 그런데, 영혼과 도체는 같은 것이 아니니, 곧 같은 바가 있으나, 그 다른 것을 감추지[掩] 않는다. 또한 영혼은 천주를 닮은 것[象肖]인데, 도체라고 칭하고 믿음은 왜곡된 것이다[誣].”

영혼과 도체 각각에 대해 간략하게 설명하면서, 양자는 같은 것이 아니며, 영혼을 도체라고 칭하고 믿음은 잘못된 것임을 말하고 이하에서 영혼과 도체 각각에 대하여 상세하게 풀이하고, 양자의 같은 점과 다른 점에 대해 아래와 같이 축자적(縮字的)으로 해설을 가하고 있다.

---

4) 신명(神明) : ① 신영(神靈); 신지(神祇). ② 사람의 정신과 지혜를 가리킴.
5) 색상(色相) : 육안으로 볼 수 있는 만물의 형상(形狀).

(1) 영혼을 풀이함(靈魂解).

'신(神)'은 기질(氣質)을 입지 않고 육안으로 볼 수 있는 형상(形狀)을 입지 않았다. 그 본체는 신령하며 살아 있는 것[生活]이다.

'명(明)'은 생각할 수 있고[思想] 통달할 수 있으며 자신을 알 수 있고 물(物)을 알 수 있음으로써 생혼(生魂)·각혼(覺魂)과 다르다.

'체(體)'라는 것은 확연하게 독립 자존하여 허환(虛幻: 환상)에 이르지 않는다.

'시작이 있음(有始)'은 천주께서 창조하고서야 있는 것으로, 그 이전에는 없었다는 것이다.

'끝이 없음(無終)'은 영명(靈明)한 체(體)가 공(空)과 무(無)로 돌아가지 않으며, 적멸(寂滅)에 들어가지 않고 영존하며 파괴(壞)되지 않는다.

'천주께서 창조하고 인신에게 부여했'다는 것은, 영혼은 기(氣)를 가두어 모은 것이 아니며, 형화(形化)에 이른 것이 아니며, 하늘로부터 내려온 것이 아니며, 땅에서 나온 것이 아니며, 또한 사방(四方)에서 보내온[來投] 것이 아니다. 오로지 천주에 의해 창조된 것이다. 또한 영혼은 주에 의해 창조되었으니 실로 주와는 이체(異體)이다. 하나는 배육, 양성[匠成][6]하는 것이고, 다른 하나는 주관자의 계획에 의해 이루어진 것[受成][7]으로 크게 분별(分別)된다. 그 창조는 재료를 사용하지 않았다. 대개 천주께서는 창조하시고자 하면 창조하신다. 그 전능하심으로써 무물(無物)로부터 낳아 인신(人身)에게 부여하였다.

'인신모체(人身體模)'라는 것에서 모(模)는 형물(形物)이다. 네 가지의

---

6) 배육, 양성[匠成] : 배육, 양성하다(培育養成). 『淮南子』「泰族」, "入學庠序 以脩人倫 此皆人之所有於性 而聖人之所匠成也."

7) 주관자의 계획에 의해 이루어진 것[受成] : 일을 처리함이 온전히 주관자의 계획에 의거해 행해짐을 가리키는 것이다. 곧 스스로 주장(主張)함이 아니다(引申爲 辦事全依主管者的計劃而行 不自作主張).

소이연(所以然: 그렇게 된 까닭) 중의 하나이다. 본륜(本倫)에서의 물(物)로 두고 타류(他類)에서의 물(物)로 하지 않는 까닭이다. 사람이 처음에 임신되었을 때, 아직 사람이 되지 않은 것은 모(模)가 아직 갖추어지지 않았다. 수십일 후, 형해(形骸)가 갖추어지면, 곧 천주께서 창조하고 부여한 영혼을 입음[蒙]으로써 그 몸[身]의 체모(體模)가 된다. 이에 사람의 부류[人類]가 되어, 날고 물에 잠겨 있는 동식물, 일체의 어리석고 민첩하지 못한[蠢冥]⁸⁾한 물과 다르다. 비유하자면, 물과 불은 그 체모가 다른 즉, 냉(冷)과 열(熱)로 성(性)이 다르다. 또한 모(模)에 의거해 기(器)를 이루는 것처럼, 모범(模範)이 이미 다르니 품류(品類)는 저절로 구별된다.

'인신주재(人身主宰)'라는 것은 사물에 대하여 홀로 주장(主張)이 있어 행동거지[行止]는 자신으로부터 말미암지 남의 강제를 받지 않는 것이다.

'재세행선(在世行善)'이라는 것은, 천주를 믿고 따르며, 또한 갖가지 선을 행하여 윤리를 도타이하며 강상(綱常)을 다해, 창조된 것이라는 일컬음을 저버리지 않는다. 대개 우리 인간은 살아 있는 동안 선이나 악을 행하는데, 죽은 후에 천주의 상벌이 그에 따른다. 사람은 잘 살면, 잘 죽을 수 있다. 신속히 스스로 힘쓰지 않을 수 있겠는가?

'주님의 성총(聖寵)을 받는 것'은, 사람이 선을 행하여 천주의 명(命)을 지켜 복종하며 섬김[昭事]⁹⁾이 삼가고 도타울 수 있으면, 자연히 주님의 마음을 크게 기쁘게 할 수 있으며, 그 성총을 받음으로써 선한 공로를 쌓음이 날로 새로워짐에 이르러 마지않게 된다. 그러므로 성총은 영혼의 생명이며 하늘로 올라가는 사다리와 배[梯航]이다.

'하늘에 올라 복을 누린다'는 것은, 인생이 최종적으로 귀숙(歸宿)함

---

8) 어리석고 민첩하지 못한[蠢冥] : 우준(愚蠢)과 같다.

9) 천주의 명(命)을 지켜 복종하며 섬김[昭事] : ① 근명하게 복종하며 섬김. ② 祭祀.

에 그 장소를 얻어 편안하게 있는 것이다.

(2) 도체를 풀이함(道體解).

'유체(有體)'라는 것은 스스로 존립해서, 공(空)하지도, 무(無)하지도 않으며 영원히 불멸하는 것이다.

'무위(無爲)'라는 것은 스스로 창조함이 없고, 스스로 마련함[施設]이 없는 것이다.

'앞서는 것이 없이 먼저 창조되었다(造先莫先)'는 것은 천주께서 만상(萬相)보다 먼저 창조하여, 이것보다 앞선 것은 일물(一物)도 없고 이것 이후에 비로소 만형만상(萬形萬相)이 나뉘어졌다는 것이다.(도(道)와 기(器)는 서로 유무(有無)가 되어야 한다. 본래 선후가 없다. 그러나 의도적으로 그것을 거슬러서 선후를 나누지 않을 수 없다. 비유하면, 해가 나와서 물(物)을 비추는데, 그 나올 때, 곧 그것이 비출 때에 당해서 스스로 나와서 비춘다고 할 수 있지, 스스로 비추어서 나온다고 할 수 없다. 이것은 원래의 선후는 시간의 선후가 아님을 일컫는 것이다. 앞서서 먼저 창조되었다는 것은 대개 원래 선후의 선(先)이다).

'일물(一物)'이라는 것은 그 체성(體性)의 시종(始終)이 오직 하나이며 둘이 아님이다.

'불물(不物)'이라는 것은 사람이 아니며, 또한 금수, 초목, 금석(禽獸草木金石) 등도 아니니, 이른바 '나도 아니고 물도 아니나(不我不物)', 물을 부릴[物物] 수 있는 것이다.10)

'본무심의(本無心意)'라는 것은 스스로 주장(主張)함이 없고 수긍함도 수긍하지 않음도 없고 다만 타물(他物)에 의한 재제(裁制)를 들을 따름인 것이다.

---

10) 물을 부릴(物物) 수 있는 것이다. : 물을 부리나, 물에 의해 부림을 받지 않는 것이다(物物而不物於物 : 駕馭外物 而不爲外物所驅使).

'본무색상(本無色相)'이라는 것은 스스로 색(色)과 상(相)이 없어 스스로 색(色)과 상(相)을 낳을 수 없으니, 색상(色相)이 옴에 그것을 받아들이고 물리칠[却] 수 없음이다.

'만형만상을 이루는데 체질이 됨(萬形萬相資之以爲體質)'이라는 것은 사람, 물(物), 곤충은 무릇 혈기(血氣) 및 괴연(塊然)한[11] 것이 있어, 체질이 되는데 도움이 되지 않음이 없다. 화공(畵工)이 반드시 안료(粉地)에 의지해 다섯 가지 색[五彩]을 내는 것과 같다.

유(儒)는 말하기를, 사물마다 하나의 태극(太極)을 갖추고 있다고 한다. 도(道)는, 사물마다 모두 대도(大道)라고 한다. 불교는 이르기를, 사물마다 모두 불성(佛性)이 있다고 한다. 모두 옳다. 이른바 태극, 대도, 불성은 모두 도체를 가리켜 말한 것이다. 이전 사람은 또한 그것을 태을(太乙), 태소(太素), 태박(太朴), 태질(太質), 태초(太初), 태극(太極), 무극(無極), 무성무취(無聲無臭), 허공대도(虛空大道), 불생불멸(不生不滅)이라고 하였다. 갖가지 명색은 도의 묘함을 형용하지 않음이 없을 따름이다.

(3) 양자가 같은 바를 논함.
네 가지로 논하고 있다.

① 그 근원을 거슬러 올라가면, 양자는 모두 천주께서 창조한 것이다.
② 종말 후라도 양자는 모두 영원히 불멸한다.
③ 체성(體性)에서 보면, 양자는 천주의 창조를 받아, 모두 일정(一定)한 체(體)에 속한다. 전후(前後)에 소장(消長)[12]과 손익

---

11) 괴연(塊然)한 : 구체적, 분명함을 형용함; 淸 沉謙, 『引聲歌』, "形體塊然 神明所寄."
12) 소장(消長) : 쇠하여 사라짐과 성하여 자라남.

(損益)13)으로 인한 부동함(異)이 없다.

④ 그 공력(功力)을 논하면, 양자는 모두 물(物)에 대한 실체(實體)일 수 있는데, 도체는 본래 형물(形物)의 체질(體質)이다. 일단 형물의 체모(體模)를 받은 즉, 형물의 전체(全體)가 이루어진다. 영혼은 본래 인간 몸의 체모(體模)이다. 일단 인간 몸의 체질에 부여된 즉, 우리 인간의 전체가 이루어진다. 그러므로 이르기를, 양자는 모두 체물(體物)일 수 있다.

(4) 양자의 다른 바를 논함.

열 가지로 논하고 있다.

① 도체는 나누면 천지가 되고, 흩어지면 만물이 된다. 천지만물은 모두 하나의 도체에 의해 이루어졌는데, 특이(殊異)함이 없다. 그러므로 만물일체라 한다. 영혼은 이와 달리, 사람 각각마다 하나씩 있고, 각각 전체를 갖추고 있으며, 피차각각 달라, 동일하지 않다.

② 도체는 천주에 의해 창조된 것으로, 원초(原初)에 한 번 창조됨에 그치고, 후에는 다시 창조되지 않았다. 영혼은 사람이 각각 태어날 때에 천주께서 각각 창조한 것이므로, 인간을 창조한 이래 창조하지 않은 때가 없었다.

③ 도체는 물(物)에 의탁하여, 물을 떠나 독립할 수 없다. 대개 도(道)와 물은 원래 서로 유무(有無)가 된다. 도가 없으면, 물은 이루어질 수 없고, 물이 없으면 도 역시 붙어 있을 데가 없다. 『무명공전(無名公傳)』에서, "너의 면모(面貌)를 빌리

---

13) 손익(損益) : 덜림과 더하여짐.

고 너의 육체와 뼈를 빌어 한가하게 왔다 갔다 한다." 도교
에서 영녕(攖寧)14)이라 하고, 불교에서 유마(維摩)라고 하는
것이 모두 이것을 일컬음이다. 영혼은 몸과 함께 살지만, 몸
과 함께 멸하지 않으며, 몸에 있기도 하고 몸을 떠나기도 하
여 모두 초연하게 홀로 존재하고 홀로 서 있는 것이다.

④ 도체는 본래 질체류(質體類)이다. 질체는 본래 일정한 형상
이 없어 만형만상을 받을 수 있다. 제형상(諸形象)의 체질이
된다. 반드시 이기(理氣)의 정조(精粗), 음양의 변화(變化)를
빌림으로써 형상(形象)을 이룬다. 영혼은 본래 신체류(神體
類)이다. 신체는 형상이 없을 뿐만 아니라, 질체도 없으나
부여받은 영명통달(靈明通達)의 성(性)은 천상에 있는 천사를
닮았다. 서양에서는 안요(諳若; 천사)라 일컫는 것이다. 스
스로 존재하고 스스로 서며, 장소에 구애받지 않고, 색상(色
相)15)을 입고 있지 않은 것이다.

⑤ 도체는 질체(質體)에 속하여 질(質)에 의지하는데, 정조(精
粗), 냉열(冷熱), 대소(大小) 등과 같은 것이 이것이다. 영혼
은 신체(神體)에 속하여 신(神)에게 의지하는데, 학문, 도덕,
선악 등과 같은 것이 이것이다.

⑥ 도체는 형이 있괴有形], 기가 있는[有氣] 것에 충만해 있으니
그 뼈대[骨子]가 되어, 귀하다고도 할 만하고, 천하다고도 할
만하며, 묶을 수 있고 흩을 수 있는 것이 도(道)의 이치이다.
영혼은 오직 천주께서 사람의 몸에 주어 그로 하여금 한 몸
의 주인, 백사(百事)의 왕이 되게 하셨다. 이 세상에 창조된

---

14) 영녕(攖寧) : 마음이 항상 조용하고 편안하여 외물(外物)에 의하여 혼란되지 아
니함.
15) 색상(色相) : 육안으로 볼 수 있는 만물의 형상(形狀).

성(性) 가운데 오직 인간이 가장 귀하다.

⑦ 도체는 어둡고[冥冥] 괴연(塊然)한 물(物)일 따름이다. 이성(理性; 明悟)이 없어 통달할 수 없다. 영혼에는 곧 이성[明悟]이 있어 천하의 이치를 통달할 수 있고 우리 인간이 어디에서 와서 어디로 향해 가는지를 궁구할 수 있고, 또한 나의 성명(性命)의 근본 중의 근본을 인식할 수 있음으로써 힘을 다해 소사(昭事)16)하는데, 반드시 공경하고 사랑하며[敬愛] 싫어하고 싫증냄이 없다. 이것이 인간이 금수와 크게 다른 점이다.

⑧ 도체는 뜻도 없고[無意] 행함도 없다[無爲]. 시키는 대로 듣고 그대로 하며, 반드시 그렇게 해야 한다. 이것을 일컬어 창조된 능(能)은 있어도 창조의 능(能)이 없다는 것이다. 영혼은 스스로 주장(主張)이 있어서, 행동거지가 자기에게서 말미암으며 물(物)에 의해 강제받지 않는다. 『논어(論語)』에서, "힘이 약한 한 사나이라도 그의 굳은 지조는 바꾸게 하거나 빼앗을 수 없다."17)고 한 것은 그 증거 중 하나이다.

⑨ 도체는 본래 평상시와 같이 변함이 없고[自如], 덕(德)도 없고 악도 없으며, 공죄(功罪)도 없다. 영혼은 덕과 악을 행할 수 있으며, 또한 공죄를 책임질 수 있다.

⑩ 도체는 본래 화복(禍福)이 없어 상벌을 내릴 수 없고, 또한 화복을 받을 수 없어 상벌을 받을 수도 없다. 영혼은 선과 악을 행할 수 있으며, 상벌을 받을 수 있다.

(5) 영혼이 천주를 닮음을 논함.

삼비아시(畢方濟, Francesco Sambiasi, 1582~1649)의 『영언여작(靈言

---

16) 소사(昭事) : 명덕(明德)으로써 상제(上帝)를 받들어 섬김.
17) 『論語』「子罕篇」, "三軍可奪帥也 匹夫不可奪志也"

蠡勺)』을 상세히 보도록 권하고, 여기에서는 대체적인 것을 말하고 있다. 열두 가지로 나누어 논하고 있다.

① 천지는 유일하신 천주께서 창조하셨고 통제하신다. 천주와 천지는 서로 각각 다르므로 다른 체(體)이다. 소천지(小天地)인 인간의 몸에는 오직 하나의 영혼이 있고 이에 의해 통어되나 영혼과 몸체 역시 각각 다른 부동체(不同體)이다.

② 천주께는 삼위가 있지만 성체(性體)는 오직 하나이다. 성부와 성자와 성령(聖神)의 3위는 모두 한 몸[一體]이다. 그러므로 하나의 주(主)라고 칭한다. 영혼에도 비록 세 힘[三力]인 기억(記憶), 이성[明達], 욕구[愛欲]가 있지만, 성체는 역시 오직 하나이다. 세 힘은 하나의 영혼을 벗어나지[越] 못한다.

③ 천주께서는 천지에 혼재해 계시며 또한 천지의 각 방면[各方]에 혼재해 계시다. 영혼은 전신(全身)에 혼재해 있으며 또한 전신의 각 지(肢)에 혼재해 있다.

④ 천주께서는 천지만물을 통제하시어, 생명을 주시고 또한 지각운동(知覺運動)을 주신다. 영혼 역시 전신의 온갖 뼈를 통제하며, 그로 하여금 생활하게 하고 또한 그로 하여금 지각운동을 하게 한다. 그러므로 영혼은 생명의 근원이라고 한다.

⑤ 천주는 순수하고 깨끗하시며 미묘(微妙)하시다. 소리, 색이 없으며, 장소에 얽매이지 않는다. 물에 머무르나[寓物] 물이 아니고, 물을 제어하나 물이 아니고, 그 본체이다. 지극히 영묘한 신(神)이다. 영혼 역시 신체(神體)이다. 몸에 머무르고 있으나 몸이 아니고 몸을 제어하나 몸이 아니다.

⑥ 영원히 끝이 없음이 유사하다. 천주는 원인[因]도 없고 유래[由]도 없고, 시작도 없고, 끝도 없다. 영혼은 비록 천주에 근

본을 두고 있고 천주에게서 말미암았으나, 일단 창조된 후에는 영원히 멸하지 않는다. 그러므로 시작은 있으나 끝이 없다.

⑦ 천주께서는 생겨나고[生活]부터 좋아할 수 있고 싫어할 수 있다. 영혼 역시 생겨나고부터 좋아하고 미워할 수 있다.

⑧ 천주의 본성은 스스로 밝게 비추고 스스로 통달하여, 사물의 시종(始終)에 대해 분명히 이해하고 있다. 영혼은 천주께서 주신 영명한 이성[通達]의 성(性)을 받아, 사물의 온갖 이치에 대해 유형과 무형을 무론하고 모두 추론해 통달[明達]할 수 있어서 유사하다.

⑨ 천주는 그 본체 안에 만물의 이치[理]와 상(像)을 포함하고 있다. 과거, 현재, 미래의 모든 것을 하나라도 버리는 바가 없다. 영혼 역시 외물(外物)의 상(像)을 쌓아둔다[載]. 상은 오관(五官)으로부터 들어와 기억이라는 기관[司]에 간직된다. 인간은 밤에 꿈을 꾸거나 혹은 낮에 생각하여 다른 곳의 물(物)을 보는 것은 영혼이 몸 밖으로 나와서 물이 있는 곳에 간 것이 아니다. 그 물의 상이 이전에 영혼의 본체에 있어서, 꿈이나 생각으로 보는 것이다. 그런 즉, 천주와 유사하다.

⑩ 천주께서 물(物)을 창조하심은 모두 그 물상(物像)에 의거해 창조한 것이다. 영혼이 물을 만드는 것 역시 그 기억한 바의 상에 비추어 만든 것이다.

⑪ 천주 스스로 주장(主張)이 있어, 그 뜻이 일어나는 대로 스스로 명(命)한다. 영혼의 행동거지 역시 자신에게서 나오며, 스스로가 행하는 것이지, 타에 의해 강요되는 것이 아니다.

⑫ 진복(眞福)이 영원함에 같은 것이 있다. 천주께서는 스스로 진정하고 온전한[眞全] 복을 마련하셔서, 본성자연(本性自然)

이 털끝만치도 밖으로부터 더하는 것을 필요로 하지 않는다. 영원히 변하여 바뀌지[變易] 않는다. 영혼은 한 번 천주의 성총(聖寵)을 얻으면 진정하고 온전한 복을 누리는 것 역시 영원히 바뀌지 않는다.

종합해서 보면, 도체는 영혼과 같을 뿐만 아니라, 또한 매우 다르다. 그리고 영혼만이 천주와 같다. 그러므로 양자는 동류라 칭할 수 없다.

천주께서는 인간을 창조함에 신형(神形)을 겸비하게 한 즉, 육체의 안에 도체가 아니라 특별히 영혼을 주셔 그 안에서 주재(主宰)하며 자신의 초상(肖像)이 되게 함으로써 만물을 멀리 초월하였다. 이것은 천주께서 인간에게만 베푼 은혜이다. 인간은 도체를 좇으면서 영혼을 경시해서는 안 된다.

영혼의 미묘(美妙)함을 도체로 귀속시켜, 결국 인성(人性)으로 하여금 불명(不明)하고 총명과 우둔함[靈頑]이 혼잡해 있게 하거나, 선이나 악에 대한 보응에 근거가 없어 미혹되게 해서는 안 된다. 사람이 영혼을 제대로 알지 못하여, 도체와 동등하다고 하고, 조물주이신 천주를 몰라, 도체를 천주에 비긴다. 또한, 태극(太極), 대도(大道), 허공(虛空) 등으로써 천지만물을 낳고 창조한 근본[本是]이라고 한다. 이는 사람을 억눌러 물(物)과 같게 하고[屈人同物], 지존하고 지극히 영명하신 천주를 억누르고 내려보내서 창조된 물과 같게 한 것이다.

결론으로 영혼과 도체의 같고 다름을 분석, 판단함은 인간 영혼의 귀함과 천주의 헤아릴 수 없이 귀함을 살펴, 천주를 애모(愛慕)하고 공경해 섬기며, 도체에 의해 매몰되지 않게 함으로써, 천주께서 사람을 낳은 뜻을 저버리지 않기 위함이라고 한다.

4. 의의 및 평가

『영혼도체설』은 도체설(道體說)에 대한 교리를 반박하기 위해 저술된 것이다. 1603년 마태오 리치의 『천주실의(天主實義)』가 나온 이래, 그 안에 포함되어 있던 몇 가지 교리적 측면들을 다룬 많은 한문서학서들이 예수회 선교사들에 의해 출판되는데, 『영혼도체설』도 그 가운데 하나로, 『영언여작(靈言蠡勺)』과 함께 영혼을 주제로 다루고 있다. 본문에서도 말하고 있는 바와 같이,

> "유(儒)는 말하기를, 사물마다 하나의 태극(太極)을 갖추고 있다고 한다. 도(道)는 사물마다 모두 대도(大道)라고 한다. 불교는 이르기를, 사물마다 모두 불성(佛性)이 있다고 한다. 모두 옳다. 이른바 태극, 대도, 불성은 모두 도체를 가리켜 말한 것이다."

라고 하여, 도체설에 대한 비판은 유교, 불교 및 도교를 비판하기 위한 것이다. 도체는 영혼과 같은 점도 있지만, 결코 동류가 아니다. 영혼은 천주께서 오직 인간에게만 베풀어주신 은혜이니, 도체를 영혼이나 천주로 여겨서는 안 된다고 한다. 『영혼도체설』은 영혼과 천주의 귀함과 천주께서 인간을 창조한 본뜻을 중국인들로 하여금 깨닫게 하고자 저술된 신학과 관련된 천주교 교리서이다.

5. 조선에 끼친 영향

정조 15년(1791) 진산(珍山)사건으로 홍문관에 소장된 서양서적들이

소각되었고 정조 15년 12월 내각(內閣)에서 관문(關文)을 내려 외규장각에 소장된 서학관련 서적들을 서울로 보내어 소각하게 되었다. 이때 소각된 서학관련 서적은 『척죄정규(滌罪正規)』, 『달도기언(達道紀言)』, 『태서인신설개(泰西人身說槪)』, 『주교연기총론(主敎緣紀摠論)』, 『비학(譬學)』, 『동유교육(童幼敎育)』, 『재극(齋克)』, 『수신서학(修身西學)』, 『인회약(仁會約)』, 『서양통령공사효충기(西洋統領公沙效忠紀)』, 『청량산지(淸凉山志)』, 『천주성교사말론(天主聖敎四末論)』, 『민괴(玫瑰)』, 『성기백언(聖記百言)』, 『도해고적기(渡海苦績記)』, 『외천애인극론(畏天愛人極論)』, 『회죄요지소인(悔罪要指小引)』, 『성수기언(聖水記言)』, 『진정화상(進呈畫像)』, 『진복훈전총론(眞福訓全摠論)』, 『여학고언(勵學古言)』, 『영혼도체설(靈魂道體說)』, 『환우시말(寰宇始末)』, 『주제군징소인(主制群徵小引)』, 『비록답휘(斐錄答彙)』, 『제가서학(齊家西學)』, 『천주강생언행기략(天主降生言行記略)』 등 27종 49책이었다.[18] 그런데 특이한 점은 이 도서명은 정조 6년의 형지안(形止案)부터 등장하고 있으며 더 이상 증감이 없었다. 이에 의거하면 『영혼도체설』은 정조 6년(1782) 이전에 전래되었다고 추측된다.

〈해제 : 송요후〉

---

18) 『(乾隆60年) 江華府 外奎章閣奉安 冊寶 譜略 誌狀 御製 御筆 及藏置書籍 形止案』 (奎9139).

참 고 문 헌

1. 단행본

금장태, 『한국유교의 과제』(서울대학교 한국학 연구총서6), 서울대학교출판부,
    2004.

장수일 편저, 「롱고바르디(Niccolo Longobardi)」, 『실크로드 사전』, 창비, 2013.
    10. 31).

[法]榮振華著, 耿昇(譯), 『在華耶穌會士列傳及書目補編』, 北京: 中華書局, 1995.

2. 논문

배현숙, 「17·8世紀에 傳來된 天主敎書籍」, 『교회사연구』 제3집, 한국교회사연구
    소, 1981.

『이십오언(二十五言)』

분류	세부내용
문 헌 종 류	한문서학서
문 헌 제 목	이십오언(二十五言)
문 헌 형 태	목판본
문 헌 언 어	漢文
간 행 년 도	1604년
저 자	마태오 리치(Matteo Ricci, 利瑪竇, 1552~1610)
형 태 사 항	30면
대 분 류	종교
세 부 분 류	교의(천주교 잠언집)
소 장 처	Biblioteca Apostolica Vaticana 한국교회사연구소
개 요	스토아 철학에 의거하여, 겸양, 마음의 평정, 극기, 어려움에 대처하기, 탐욕을 부리지 않기, 아첨하지 않기, 스스로 자랑하지 않기, 세상적인 것을 사랑하지 않기, 하느님을 경외하기, 지식과 행동을 일치시키기 등 25개의 삶의 문제들에 대해 언급.
주 제 어	난대사십이장(蘭臺四十二章), 하느님(上帝), 풍응경(馮應京), 왕여순(汪汝淳), 서광계(徐光啓), 성 프란치스코(Saint Francesco d'Assisi, 芳齊)

1. 문헌제목

『이십오언(二十五言)』

2. 서지사항

『이십오언(二十五言)』은 명말에 중국에 들어온 이탈리아 선교사 마태오 리치(Matteo Ricci, 利瑪竇, 1552~1610)가 저술한 천주교 잠언이다. 이 책은 천주교적 잠언서로, 겸양, 마음의 평정, 극기, 어려움에 대처하기, 탐욕을 부리지 않기, 아첨하지 않기, 스스로 자랑하지 않기, 세상적인 것을 사랑하지 않기, 하느님을 경외하기, 지식과 행동을 일치시키기 등 25개의 삶의 문제들에 대해 언급하고 있다.

『이십오언(二十五言)』의 바탕이 된 것은 헬레니즘 시대에 쓰여진 에픽테토스(Epictetus, 5·60년경~135년경)의 『엥케이리디온(ΕΥχειρίδιον, Encheiridion)』이다.[1] 에픽테토스는 스토아 철학자 무소니우스 루푸스에게 철학을 배우고 화려한 항구도시인 니코폴리스에 학교를 세워 평생 그곳에서 학생들에게 철학을 가르쳐 큰 평판을 얻었다. 그는 세네카, 마르쿠스 아우렐리우스와 함께 후기 스토아 철학을 주도적으로 이끈 세 명의 철학자 중의 한 사람이다. 본래 노예 출신에서 자유인이 되었던 그의 철학은 황제였던 마르쿠스 아우렐리우스에게 큰 영향을 주었다고 한다.

그의 제자인 루키누스 플라비우스 아리아누스(86~160)가 에픽테토스의 어록을 대화체로 남겨 놓은 것이 『담화록(Διατριβαί)』이다. 전체

---

1) 『이십오언』이 에픽테토스의 『엥케이리디온』을 선택해 번역한 것임을 지적한 것은 서강대학교에 재직 중이던 Christoper A. Spalatin 교수의 논문 *"Matteo Ricci's Understanding of Confucianism in East-West Relationship"*(『利瑪竇來華四百周年中西文化交流國際學術會議論文集』, 臺北: 輔仁大學出版社, 1985)이었다. 조너선 D. 스펜스는 그 뒤에 조너선 D. 스펜스, 주원준 옮김, 『마태오 리치, 기억의 궁전』, 이산, 2002에서 Spalatin의 연구 내용을 인용하였다(히라카와 스케히로 지음, 노영희 옮김, 『마태오 리치 - 동서문명교류의 인문학 서사시』, 동아시아, 2002, 500쪽).

는 여덟 권이었는데, 현재는 네 권만 전해지고 있다. 이 담화록에서 아리아누스가 직접 뽑아 놓은 도덕적 규칙들과 철학적 원리를 모은 요약본의 성격을 띠는 선집(選集) 내지 편람(便覽)이 바로『엥케이리디온』이다. 에픽테토스의 이들 작품들은 스토아 철학의 이론과 정수를 보여주고 있다고 한다.

이 책은 여러 사본이 존재하고, 여러 사람들이 주석을 붙였던 것을 보면, 고대시기에 많은 사람들에게 읽혀졌고 대중적 인기를 누렸음을 알 수 있다. 그 내용이 그리스도교적인 금욕주의와 도덕주의와 일치하는 면이 많다는 측면에서 그리스도교인들 사이에서 널리 읽혔다. 성경이 보급되지 않은 당시에 초기 그리스도교인들이 늘 손에 지니고 다니면서 애독했다고 한다. 초기 기독교 신학자인 오리게네스는『켈수스논박』(Ⅵ.2)에서, '플라톤은 학자들의 손안에만 있었으나, 에픽테토스(의『엥케이리디온』은) 그의 말을 통해 삶의 지혜를 얻고자 하는 평범한 사람들에게서 크게 찬양받았다'고 한다. 이 책에 대한 그리스도교인들의 관심이 많았던 만큼 이름 모를 사람들이 그리스도교적 시각이 들어간 주석과 다소 개작된 형태의 여러 사본들을 남겨 놓았다.[2]

『엥케이리디온』은 전부 53개의 장으로 구성되어 있는데, 마태오 리치는 이를 자신의 선교적 판단에 의거해 25개의 장으로 축약한 것이다.[3] 순서가 바뀌고 글귀를 수정하기는 했지만, 모든 문장이『엥케이

---

2) 에픽테토스 지음, 김재홍 옮김,『엥케이리디온 - 도덕에 관한 작은 책 - 』, 까치글방, 2003, 115~125쪽; 에픽테토스 지음, 김재홍 옮김/지음,『왕보다 더 자유로운 삶 - 에픽테토스의『엥케이리디온』,『대화록』연구 - 』, 서광사, 2013, 7~8쪽. 헬라스 판본 이외에도, 그리스도교 수도원에서 사용했던 다수의 교회용 사본이 전해지고 있다고 한다. 6세기경 아테네에서 활동했던 신플라톤주의자 심플리키우스가 상세한 주석을 붙인 것이 전해지고 있고, 1497년에 볼로냐에서 라틴어 번역판이 나온 이후, 18세기까지 유럽에서 영어, 불어, 독어로 번역되어 많은 사람들에게 꾸준히 읽혀졌다고 한다.

3)『엥케이리디온』의 중요한 원문 내용이 마태오 리치의『이십오언』에서 어떻게

리디온』을 인용한 것이다.[4] 마태오 리치는 1599년 8월 남경에서 『엥케이리디온』을 『이십오언』으로 번역하는데,[5] 그 이유에 대하여, 자신이 쓴 선교 보고서 겸 비망록인 『중국견문록』에서 3인칭 시점으로 다음과 같이 밝히고 있다.

　　"리치 신부가 쓴 『이십오언』의 내용은 아래와 같이 요약할 수 있다. 먼저 이 책에서는 오직 한 분의 신이 만물을 창조하고, 만물을 관장하신다는 것을 증명하였다. 그러고 나서, 사람이 불사불멸의 영혼을 가지고 있음을 증명하면서, 천주께서 행하시는 권선징악의 필연성을 설명하였다. 나아가 사람이 죽고 나서의 피타고

반영되고 번역되었는지를 비교, 평가한 것으로는, Christopher A. Spalatin, *"Matteo Ricci's Use of Epictetus's Encheiridion"*, Gregorianum 56(1975), 553~554쪽의 내용 대조표; 김재홍도 이에 대해 몇 가지만 예를 들어 설명하고 있다(에픽테토스 지음, 김재홍 옮김/지음, 『왕보다 더 자유로운 삶 - 에픽테토스의 『엥케이리디온』, 『대화록』 연구 - 』, 서광사, 2013, 407~417쪽을 참조); 히라카와 스케히로는 리치의 『이십오언』의 각 장이 『엥케이리디온』의 53개의 장들과 어떻게 대비가 되고 있는지를 제시하고 있다(히라카와 스케히로 지음, 노영희 옮김, 위와 같은 책, 506~507쪽을 참조).

4) 조너선 D. 스펜스, 주원준 옮김, 『메테오 리치, 기억의 궁전』, 이산, 2002, 189쪽.
5) 『이십오언』이 『엥케이리디온』을 직접 놓고 번역을 한 것인지, 아니면 기억에 의존해 발췌 의역해 소개한 것인지에 대해서는 학자들 사이에 견해가 다른데, 분명하게 알 수는 없다. 서광계의 발문에 보면, "선생(마태오 리치)께서 자기 나라에서 가지고 온 여러 경서들이 상자 속에 그득했는데 아직 번역되지 않은 것은 읽을 수 없었다."고 하는 것을 보면, 책을 직접 번역했을 가능성도 있다고 생각한다. 김재홍은 '번역이 아니라, 기억에 의존해 발췌 의역해 소개한 것이란 표현이 더 잘 어울린다'고 보고 있다(에픽테토스 지음, 김재홍 옮김/지음, 『왕보다 더 자유로운 삶 - 에픽테토스의 『엥케이리디온』, 『대화록』 연구 - 』, 서광사, 2013, 8~9, 407~417쪽). Jonathan D. Spence는 "이 책을 리치가 지녔을 수도 있다. 그러나 그가 수업 시간에 『엥케이리디온』을 외웠고, 30년 후 중국에서 그 책의 필요성을 깨달았을 때 기억에서 불러냈다고 생각하는 편이 아무래도 사실에 더 가까울 것 같다."고 한다(조너선 D. 스펜스, 주원준 옮김, 위와 같은 책, 189쪽).

라스식 윤회 이론을 철저하게 비판하였다. 이 책의 후반부에는 천주와 인간에 관련된 논문을 덧붙였다. 마지막으로, 모든 중국인들에게 만약 천주교에 관해 흥미가 있고, 더욱 깊이 있는 연구를 하고 싶으면 신부와 접촉하여 강론을 들을 것을 권하였다.”[6]

위에서 볼 수 있는 것처럼, 『엥케이리디온』을 『이십오언』으로 번역한 이유는 선교적 동기가 작용했음을 알 수 있다. 이러한 의도로 에픽테토스의 『엥케이리디온』을 완전히 새롭게 각색한 것이다. 원저자의 이름을 제시하지 않고, 스토아 철학의 핵심 내용을 전하면서도 그 안에 그리스도교의 교리와 신앙체계를 혼합시켜 중국인들에게 소개한 것이다. 그는 이에 대하여, 1605년 5월 9일 로마의 예수회 선교사 파비오 데 파비에게 보낸 한 편지에서,

"새롭게 『천주실의』라는 교리문답을 세상에 내놓은 것 때문에 대부분의 우상숭배자들은 화를 내고 있습니다. 그것은 그 책 안에서 그 종파의 잘못을 명확하게 논파하고 있기 때문입니다. 그들은 지금껏 이런 비난과 공격을 받은 적이 없습니다. … 적개심을 품은 불교 신자들에게 우리에 대한 증오심을 훨씬 부드럽게 한 것이 이 책 『이십오언』입니다. 이 『이십오언』은 다른 종교나 종파에 대한 논의를 전혀 하지 않고 다만 덕행에 관한 이야기를 스토아 학풍으로 말했을 뿐이며, 게다가 모든 종교에 적용되도록 썼으므로, 모든 사람들이 고마워하며 대단한 갈채를 보내고 있습니다. 모두들 『천주실의』도 이와 같이 써야 한다고 말합니다. 곧 우상을 숭배하는 상대와 논쟁을 하거나 반박하는 일이 없도록 말

6) 마태오 리치 저, 신진호·전미경 역,『마태오 리치의 중국견문록』, 서울: 문사철, 2011, 609쪽.

입니다."[7]

라고 하여 자신의 전교 방식을 제시하고 있다.

마태오 리치는 『교우론(交友論)』에 대한 중국 지식인들의 호평과 『이십오언』이 발간되기 전에 중국인 친구들에게 보여주었을 때 받은 칭찬을 근거로 중국 선교는 강론보다 문서를 통해 하는 것이 효과적이고 『논어(論語)』처럼 '어록' 스타일을 답습하는 것이 좋을 것이라고 판단하였다.[8] 또한 이러한 서적을 통해 그리스도교의 복음이 중국에 소개될 경우, 한자 해독이 가능한 조선, 일본, 베트남 등지에서 복음이 확산될 것이라 믿었다.[9]

마태오 리치는 1572년 후반부터 1573년 10월까지 1년 동안 피렌체의 예수회 학교에서, 1573년 후반부터 1577년까지 로마 대학의 학문학부에서 당시의 유럽 학문에 대해 공부하였고 당시 지적으로 최첨단을 걷는 인물로 육성되었다. 엄청난 문학 작품을 읽고 흡수하는 외에도, 그리스도교와 고대 그리스·로마의 관계 및 양자의 전통에서 비롯된 작품에 대해서도 깊이 정통하게 되었다. 반종교개혁기에 신(新) 스토아 사상이 부활하고 있었는데, 이는 후기 그리스 문화와 초기 로마 문화의 요소가 그리스도교의 사상적 흐름과 융합하여 일어난 그리스도교 인본주의의 한 변종이었다. 이 사상에서는 도덕적인 내용을 중시했기 때문에 이들 문헌에 대한 광범위한 문장의 암기가 필수적이었다. 따라서, 늙음과 죽음에 대한 견해를 제시한 세네카나 가혹하고 예측 불가능한 사회에서 개인의 인격을 보장하는 방법을 제시한 에픽테토스 등이 마태오 리치의 정신세계에 깊이 들어올 수 있었던 것이다.[10]

---

7) 히라카와 스케히로(平川祐弘) 지음, 노영희 옮김, 위와 같은 책, 537쪽.
8) 히라카와 스케히로 지음, 노영희 옮김, 위와 같은 책, 534쪽.
9) 김상근, 위의 논문.

1582년 마카오에 도착한 이후, 북경에의 진입을 목적으로 올라가던 중인 1599년 2월 6일 남경(南京)에 정착하고, 같은 해 8월 15일 『이십오언』을 저술했다. 그리고 1604년 북경에서 이 책은 재판(再版)되었다.

해제에 참고한 것은 이지조(李之藻) 편(編), 『천학초함(天學初函)』(臺灣學生書局 影印本, 1965)에 실려 있는 1604년에 나온 중각본(重刻本)으로, 풍응경(馮應京)11)의 서(序)와 서광계(徐光啓)12)의 발(跋)이 실려 있고, 신도후학왕여순(新都13)後學汪汝淳14))이 교재(較梓)했다고 나와 있다.

[저자]

마태오 리치(Matteo Ricci)의 중국 이름은 이마두(利瑪竇), 자는 서태(西泰)이다. 1552년 10월 6일 이탈리아 교황청 소속령 마체라타(Macerata)에서 출생하였다. 1561년 마체라타 예수회 초등학교에 입학하며 9세에 처음 예수회와 인연을 맺었다. 1568년 로마에서 법학 공부를 시작하였으나

---

10) 조너선 D. 스펜스, 주원준 옮김, 위와 같은 책, 185~193쪽.

11) 풍응경(馮應京, 1555~1606년) : 자(字) 가대(可大), 호(號) 모강(慕岡). 우이인(盱眙人). 1592년 진사(進士). 호부주사(戶部主事)가 되고, 호광첨사(湖廣僉事)에 발탁되었다. 세감(稅監) 진봉(陳奉)에게 거역하여 체포되었다. 1604년 풀려나, 집에서 사망하였다. 천계(天啓) 년간에 공절(恭節)로 시호가 주어졌다. 그는 그리스도교에 깊은 관심을 갖고 있던 마태오 리치의 친구들 중의 한 사람이었는데, 죽음으로 인해 세례를 못 받았다고 한다.

12) 서광계(徐光啓) : 1562~1633년. 자(字) 자선(子先), 호(號) 현호(玄扈), 오송(吳淞). 상해인(上海人)이다. 1592년 진사(進士)에 합격하였다. 1603년 포르투갈 선교사 나여망(羅如望 João da Rocha)에게 세례를 받았다. 세례명은 바울(保祿 Paul)이다. 이지조(李之藻), 양정균(楊廷筠)과 함께 중국 명대 천주교의 3대 기둥이라 일컬어진다.

13) 신도(新都) : 사천성(四川省)의 성도(成都).

14) 왕여순(汪汝淳) : 1551~1610년. 자(字) 사길(師吉), 호(號) 홍양(泓陽). 1571년 진사(進士)에 합격.

3년 후인 1571년 예수회에 입회하여 로마 예수회 성 안드레아 신학원에 입학하였다. 1572년부터 1년간 피렌체 예수회대학에서 수학 후 로마로 돌아가 1573년부터 1577년까지 로마예수회대학에서 철학과 신학을 수학 했는데, 특별히 이 시기에 클라비우스 신부에게서 천문학, 역학 등을 배우고, 자명종, 지구의, 천체관측기구 제작법을 전수받았다. 이때의 학습이 마태오 리치 28년 중국 선교의 신학적, 철학적, 과학적, 기술적 기초와 기반이 되었다.

동양 전교를 자원하고 1577년 여름에 포르투갈 코임브라로 가서 이듬 해 3월의 출항을 기다리며 포르투갈어를 학습하였다. 1578년 3월 출항 직전, 포르투갈 국왕 세바스티안(Sebastian)을 알현하고 격려를 받고 3월 24일 범선 '성 루이(St. Louis)호'로 리스본을 출발 9월 13일 인도 고아(Goa)에 도착하였다. 고아에서 신학을 수학하며 라틴어와 그리스어를 강의하였고 1580년에는 코친(Cochin)에 거주하며 사제서품을 준비하여 서품을 받았다.

1581년 고아로 귀환하여 머물다가 1582년 4월 26일 고아를 출발하여 8월 7일 마카오(Macao, 澳門)에 도착하였다. 마카오에서 일 년 간 한문과 중국어 학습 후, 1583년 9월 10일 루지에리(Michele Ruggieri) 신부와 함께 중국으로 입국하여 광동성 조경(肇慶)에 안착하였고, 이듬 해 10월『곤여만국전도(坤與萬國全圖)』를 출판하여 많은 유가 사대부 지식인들의 관심을 불러일으켰다. 그러나 1589년 조경에서 축출되어 소주(韶州)에 정착하였다. 소주에서 마태오 리치는『사서(四書)』의 라틴어 번역을 시작하며 중국어 발음의 로마자화를 시도하였고 드디어 1594년 11월 라틴어『사서(四書)』번역본을 완성하여 예수회 선교사 교과서로 활용하도록 하였다. 이때부터 승려복장 대신 유학자 복식을 착용하기 시작하였다. 1595년 4월 18일 운하로 남경(南京)을 향해 출발하여 6월 28일 남창(南昌)에 안착 후, 11월에 첫 한문 저서『교우론

(交友論)』, 이듬해 봄에는 『서양기법(西洋記法)』 초고를 저술하였다.

1597년 8월부터 중국 전교단(China Mission) 최초 책임자로 임명되었다. 1598년 9월 7일 북경(北京)에 최초로 입성하여 11월 5일까지 체류가능성을 모색하였으나 거주에는 실패하고 도로 남창으로 돌아 왔으나 이듬해인 1599년에는 남경에 정착할 수 있었다. 이때 『이십오언(二十五言)』을 편역(編譯)하였다.

1600년 11월에 황제에게 바치는 진공품(進貢品) 중 예수의 십자가상이 있었는데, 이것이 황제를 저주하는 부적으로 오인되어 마태오 리치가 천진(天津) 감옥에 억류당하는 사건이 벌어졌다. 그러나 그것이 도리어 전화위복이 되어 이듬해 1월 24일에 북경에 들어갈 수 있었고, 마침 중국 황제를 위해 한문가사 여덟 수의 『서금곡의팔장(西琴曲意八章)』 작사 기회를 얻었다.[15] 그리고 드디어 서양시계 자명종(自鳴鐘) 수리 임무를 맡아 북경 거주허가를 획득하여 북경을 중심으로 중국 전교를 시작하였다.

북경을 전교 중심지로 삼으며 많은 유가 사대부들의 후원과 도움을 얻어 본격적이고 활발한 문서선교를 펼칠 수 있어서 1602년 『곤여만국전도(坤與萬國全圖)』 개정판 출판, 이듬해인 1603년 『천주실의(天主實義)』 간행, 1607년 서광계(徐光啓)와 공동으로 유클리드 『기하원본(幾何原本)』 전반 6부 번역 출판, 1608년 『기인십편(畸人十篇)』 출판, 같은 해에 『Della entrata della compagnia Gesu e christianita nella Cina(예수회에 의한 그리스도교의 중국 전교)』 등 많은 중요 종교서를 집필하고 간행하였다.

그러나 누적된 과중한 업무로 인해 마태오 리치는 1610년 5월 11일 58세의 나이로 북경에서 사망하였다. 선교사들이 마태오 리치의 죽음

---

15) 서금(西琴) : 피아노의 전신 크라비어쳄발로.

과 그의 명 왕조를 위한 봉사 활동을 상소하자 만력제(萬曆帝)가 부성문(阜城門) 밖 공책란(公柵欄)에 묘역을 하사하여 안장함으로써 근대 동양 그리스도교를 설립하고 반석이 된 한 위대한 선교사의 일생이 마감되었다.

3. 목차 및 내용

[목차]

없음

[내용]

1) 풍응경(馮應京)의 「중각이십오언서(重刻二十五言序)」

『이십오언(二十五言)』은 서양 사람인 이마두가 지은 것으로 하늘의 이치에 근본을 두고 있다. 이 서양 학문은 오직 하늘을 섬기며 만백성들이 서로 이롭게 하고 구제함을 보여주고 있다. 이마두는 이 참된 도리를 중국에 전하고자 서쪽의 먼 나라에서 바다를 건너온 것이라 하여 이마두가 동래(東來)한 목적을 밝히고 있다.

이 『이십오언(二十五言)』을 외우면, 자신의 뜻을 굽히고 세속에 따라 처신하는 것을 끊고, '안(마음)'을 중시하고 '밖(외물)'을 경시하게 됨으로써 하늘의 덕에 이를 수 있게 된다. 따라서 반드시 무덤 속에서 자유(子遊)와 자하(子夏)를 일으켜 세워야만 공자의 도를 이을 수 있는 것은 아니라고 하여, 이마두의 이 저술이 유교적 도덕 수양에 마찬가지로 도움이 됨을 강조하고 있다.

또한 불교의 난대사십이장(蘭臺四十二章)16)과 비교하여 어느 것이 더 높이 쓰일 수 있는가를 분별하는 것이 필요함을 말하고 있다. 풍응경은 이마두의 이 책이 자신의 도덕적 수양에 도움이 되었다는 것을 밝히고, 다른 사람들에게도 양심을 찌르는 것이 될 수 있을 것이라 말하고 있다. 또한, "이 하늘을 함께 이고 있는 사람들로 하여금 새벽으로 나아가게 할 것이다"라고 하여, 동·서양은 지켜야 할 도리에 있어서 차이가 없다고 하고 있다.

2) 서광계(徐光啓)의 발(跋)

이마두의 학문은 그 핵심이 하느님(上帝)께 정성을 다하는 것으로 귀결된다. 쉬지 않고 부지런히 힘쓰며 밝게 섬기는 일을 종지로 삼아 아침부터 저녁까지 한 순간도 모든 생각이 섬기는 것에 있지 않은 경우가 없다. 따라서, 모든 감정과 유혹이 몸에 범접하지 못하고, 입에 오르내리지도 않고, 절대로 마음에 싹트지 못한다. 잘 닦고 정결하게 함으로써 받은 몸을 온전하게 천주께 되돌려 주기를 구한다.

그의 말 중에 충효의 가르침과 합치하지 않거나 사람의 마음과 세상의 도리에 무익한 것이 하나도 없다. 『이십오언(二十五言)』은 선(善)에 대한 의문을 말끔히 걷어주었다. 이 책은 이마두가 남경에 머무는

---

16) 한(漢)나라 궁중 도서관인 난대석실(蘭臺石室) 제14간(間)에 보관되었다는 최초의 한역(漢譯) 불경인 『사십이장경(四十二章經)』을 말한다. 후한 명제(明帝) 영평(永平)3년(60년) 중랑(中郞)인 채(蔡) 등이 천자의 명령을 받고 서역의 대월지(大月氏)에 사신으로 파견되어 그곳에서 최초의 한역 불경이 된 『사십이장경』을 베낀 것과 부처의 입상을 그린 것을 갖고 돌아와 난대석실에 안치했다는 기록이 있다.(마태오 리치(利瑪竇) 저작, 宋榮培 역주, 『교우론(交友論), 스물다섯 마디 잠언(二十五言), 기인십편(畸人十篇) ‑ 연구와 번역 ‑』, 서울대학교출판부, 2000, 414쪽).

동안 완성되었다(1599년 8월 15일경).

이마두는 박학다식한 진인(眞人)으로 중국 땅에 와서 머물며 자신에게 모범이 되어주었을 뿐만 아니라, 중국에게는 보배로, 찬란한 문화로 돌아갈 수 있도록 이끌어 주고 중국 문명의 훌륭함에 도움을 준다고 하여 풍응경과 마찬가지로 자신의 도덕적 수양과 중국의 이익에 도움이 된다는 점을 강조하고 있다.

3) 이십오언(二十五言)

『이십오언(二十五言)』은 뚜렷한 체계적인 구조가 없이 귀납적 추리나 연역적 추리를 통해 삶에 있어서의 문제들을 하나하나 논술해 가고 있다. 추리, 논증으로 사람을 설복시키는 것이 아니고 마음의 예지(叡智)로 사람을 일깨워 각오(覺悟)하도록 하는 방법을 취하고 있다. 전체적으로 25개의 문제를 다루고 있는데, 임의로 그것들을 25개의 장으로 나누는 것으로 한다.

- 제1장 : 사물에는 나에게 달려 있는 것도 있고, 나에게 달려 있지 않은 것도 있다.
  욕심, 의지, 힘씀(勉), 꺼림(避) 등은 나의 것으로, 모두 나에게 달려 있다. 재물, 작위 (爵), 명예, 목숨 등은 나의 것이 아니니, 모두 나에게 달려 있지 않다. 만약 자기 것을 자기 것이라 하고, 남의 것을 남의 것이라 하면, 기운이 안정되고 몸이 편안하여, 저촉되는 것이 없고, 원통하고 원망할 것이 없으니 저절로 해(害)가 없다.

- 제2장 : 근심과 불행의 이유에 대한 분석.

내가 얻고자 하는 것이, 오직 나에게 달려 있는 것만을 얻고자 하고, 내가 피하고자 하는 바는 오직 나에게 달려 있는 것만을 피하고자 하게 할 따름인 즉, 어찌 불행이 있겠으며 조금이라도 근심이 있을 수 있겠는가?

■ 제3장 : 아첨하지 말고 구차하게 칭찬하지도 말고, 정직함을 갖고 자기에게 성실을 쌓아가는 것으로 충분하다.

타인이 부유하고 크게 출세하여 갖가지 음식을 즐기며 고급 비단을 선물로 보내는 것은 그 만한 값을 치루었기 때문이다. 즉, 그는 아첨하고 아부함으로써 그러한 것들을 얻었을 따름이다. 당신이 그럴 수 없다면 그것을 마음에 담아두지 말라.

■ 제4장 : 어려운 일을 잘 처리하는 지혜.

승리할 운을 만났을 때, 이기는 것은 사람이 누구나 할 수 있는 것이다. 그러나 이길 수 없는 운을 만났을 때, 잘 운용해서 이기게 하는 것은 지혜로써 그 이길 수 없는 운을 뒤바꾸는 것이다.

■ 제5장 : 다른 사람의 비방을 논변하지 말라.

누구든지 자신의 큰 죄악을 알고 있다면, 타인의 작은 과실을 지적하여 논변할 여가가 없을 것이다. 성 프란치스코(芳齊)[17]는 자신이 세상 사람 중에서 가장 악한 사람이라고 하

---

17) 성 프란치스코(芳齊) : 원문에 '서방성인(西方聖人)'이라 하고 있다. Saint Francesco d'Assisi(1182~1226년)으로, 중국어로는 방제각(方濟各)이나 방제(方濟), 아서서(亞西西, Assisi)로도 표기되고 있다.

였다. 성 프란치스코의 행동을 볼 때, 우리들이 잘못이 없다고 건방 떨면서 우리를 헐뜯는 자들과 논변을 벌여서는 안된다.

■ 제6장 : 지나치게 사랑에 빠지지 말라.
도자기를 사랑한 즉, 그것이 깨져도 슬퍼할 만하지 않고, 처자(妻子)를 사랑한 즉, 그들이 죽어도 애통할 만하지 않다. 왜냐하면, 그러한 일은 항상 있는 것이고 불가피하기 때문이다.

■ 제7장 : 세상적인 염려를 버림으로써 마음을 안정(安靜)시켜라.
사소한 일을 예로 들어 말해 봅시다. 만약 등잔의 기름을 쏟고 등잔을 깨뜨렸다면, 그 놀라움과 분노를 막으면서, 묵묵히 자신에게 물어야 한다: "마음의 안정이 귀중한가? 천하(天下)가 귀중한가?" 마음의 안정이 귀중함은 의심할 나위가 없다.

■ 제8장 : 학문을 닦을 때는 남이 잘잘못을 따지는 것을 두려워하지 말라.
사람이 무릇 뜻을 세워서 학문 닦을 때는 곧바로 반드시 나의 잘잘못을 지적하고 따져 줄 사람이 있는가를 마땅히 미리 생각해야 한다. 우리가 지금 학문을 하는데, 그렇게 당당한 모습을 한 것도 아니고 태도가 장중한 것도 아니다. 그러나 스스로 우뚝 서서 하느님(上帝)의 명령을 엄숙하게 받들고 실천해 가는 대열에 줄을 서서, 조금의 과실도 저질러서는 안 된다. 이것이 군자가 되는 시작이다.

- 제9장 : 자랑하며 오만함을 꾸짖음.

  우리들이 도의(道義)에 맞게 사물을 이용할 수 있는 것은 우리가 할 일이다. 그러나 오만해서는 안 된다. 하물며 우리들의 의지에 달려 있지 않은 것들을 자랑할 수 있겠는가?

- 제10장 : 소유에 대한 미련을 버려라.

  물건이란 빌리지 않은 것이 없으니, 잃어 버렸다고 말하지 말라. 다만 돌려주었다고 말할 수 있을 따름이다. 물건에는 원래 주인(즉 하느님)이 있는 것이다. 다만 물건이 우리 수중에 있을 때에는, 마치 타인의 물건처럼 그것을 잘 보존하고 지켜야 한다.

- 제11장 : 좋지 않은 일에 대응하는 방법.

  만일 좋지 않은 일을 당하면, 군자(君子)는 반드시 선(善)으로 대응한다. 힘든 일을 당하면 노력으로 대응하고, 뇌물과 관련된 일을 당하면 청렴하게 대응하며, 원망스런 비방을 당하면 인내로써 대응한다.

- 제12장 : 이 세상에 있는 것을 마치 손님으로 머물고 있는 것 같이 여겨야 한다.

  잔치에서 자리를 배열하고 차린 음식이 푸짐하거나 빈약한 것은 주인에게 달린 것이니, 당신은 책망해서는 안 된다. 그러면 당신은 천주의 손님이 되어 하늘에서 잔치를 즐길 것이다. 당신은 이미 하늘 나라의 손님인데. 어찌 아직도 세상 사람들의 손님이 되려 하는가?

여기에서는 에픽테토스가 쓴 『엥케이리디온』의 내용을 일부 번역한 다음, 이를 "하늘나라에서의 잔치"에 초대받은 자임을 기억하라는 조언을 덧붙임으로써, 스토아 철학을 복음적인 내용으로 변형시키고 있다.[18]

- 제13장 : 인(仁)을 지키는 길.
  유교의 최고 덕목인 인(仁)은 상제(上帝, 하느님)를 공경하고 사랑하는 것이다. 상제는 만물을 낳은 근원이며 만물을 주재하는 주인이시니, 군자의 도리는 상제께서 실제 존재하심과 그분이 지극히 선함과 조금의 잘못도 없음을 믿고, 상제의 명령에 따라 삶을 사는 것이다. 외부의 이익 때문에 마음속의 인(仁)을 잃어 버려서는 안 된다. 군자는 아무리 다급한 상황이더라도 상제를 섬기는 예(禮)를 잠시라도 중단해서는 안 된다.

- 제14장 : 아버지나 형을 원망해서는 안 된다.
  비록 아버지나 형이 선하지 못하더라도 조물주(造物者)께서 우리들에게 귀속시켜 주신 것이니, 어찌 우리들이 그들의 선함과 악함을 택하도록 허용하시겠는가?

- 제15장 : 정신의 즐거움을 일으키는 방법.
  우리들이 육신의 즐거움을 이기게 하는 것이 좋은 것인가? 아니면, 육신의 즐거움이 우리를 이기게 하는 것이 좋은 것이겠는가? 육신의 즐거움을 취하는 순간은 잠시이고 가슴

---

18) 김상근, 「스토아철학과 명말(明末) 불교의 혼동: 에픽테토스의 『엥케이리디온』을 『이십오언』으로 번역했던 예수회 선교사 마태오 리치의 선교방식에 대한 의미론적 고찰」, 『선교신학』 제35집, 2014.

한가운데 오래도록 아픔을 남긴다.

- 제16장 : 자신을 이기고 덕(德)으로 나아가라.
부귀하게 되고 명망을 가지기만 바라지 말고, 단지 덕을 갖춘 올바른 사람이 되기를 원해야만 한다. 덕을 갖추는 최선의 길은 자신의 마음을 지키는 것이다. 덕이 있는 것이 진정한 복이다.

- 제17장 : 인생은 희극(戲劇)과 같다.
사람이 세상을 살아가는 것은 마치 배우가 무대 위에서 연기하는 것과 같다. 배우들은 분배된 지위의 높고 낮음, 길고 짧음을 갖고 기뻐하거나 근심하지 않는다. 각자의 배역에 따라 분장하며, 진지하고 성실하게 맡은 일을 해내어서 주인의 뜻에 들어맞도록 한다. 배연을 나누는 것은 전적으로 그에게 달려 있으며, 배역을 수행하는 것은 우리들에게 달려 있는 것이다.

- 제18장 : 대장부의 성실한 의지는 오직 정신적인 마음에만 있을 뿐이다.
먹고 마시고 여색을 밝히는 육신상의 일에 힘쓰는 어리석은 사내의 모습을, 육신을 나귀에 비유하고 정신적인 마음을 소중한 아들에 비유해서 설명하고 있다. 그는 나귀를 기를 때에는 마구간과 말구유를 돌보아 주고 여물을 많이 주며 굴레나 묶는 끈을 화려하게 하고 안장과 재갈에 장식을 하면서, 하나밖에 없는 아들은 돌아보지 않아 길에서 굶어 죽은 시체가 되게 했다. 오늘날 그런 사람들이 길에 가득하다.

■ 제19장 : 인간의 본성(人性)을 아는 방법.

우리들의 올바른 본성을 알고자 한다면, 다른 사람과 자신의 다르지 않다는 것을 살펴야 한다. 남의 처자식이 죽으면, "그것은 운명이다. 운수이다."라고 여기고 말한다. 그러나 자신이 사랑하는 이가 죽으면, 갑자기 정신이 타격을 받아 슬프다고 탄식하며 울부짖기를 죽기까지 마지않는다. 어찌 지난번에 다른 사람에게 한 말은 기억하지 못한단 말인가?

■ 제20장 : 자신의 분수에 넘치는 임무를 맡지 말라.

자신의 능력의 한계를 넘는 일을 지혜로운 사람은 맡지 않는다. 맡을 수 없는 일을 맡게 되면, 맡을 수 있는 일마저 잃게 된다.

■ 제21장 : 아는 것으로 오만하지 말고, 아는 것을 힘써 실천하는 것이 귀중하다.

유학을 공부하고자 하는 사람은 본성과 천명의 이치를 찾아 이해하고, 그것을 실천하려 해야 한다. 단지 문장이나 외우고 미묘한 뜻이나 드러내려 한다면, 유학자가 되려고 도모하다가 결국 광대가 되고 마는 꼴이다.

■ 제22장 : 소인배들의 해치려는 마음을 신중하게 경계하는 방법.

당신의 마음을 해치는 말을 하는 사람이 있으면, 화제를 바꾸거나 싫다는 표정을 분명히 나타내야 한다.

■ 제23장 : 비방에 대응하는 방법.

당신을 비방하는 사람이 있을 때, 당신은 그 사람이 자기 스스로에게는 그것이 마땅한 행위라고 여기고 있다는 것을 생각해야 한다. 그러므로 당신의 마음에 거스르는 사람을 만나면 당신은 그가 이러한 생각을 갖는 것은 그로서는 마땅한 것이라고 말하라. 그러니 이상하게 생각할 것이 없고 남에게 화낼 일이 아니다. 다른 사람의 못된 짓을 통해 자신의 덕을 키우는 것은 훌륭한 일이다.

■ 제24장 : 도덕을 몸소 실천함에 양보해서는 안 된다.
군자는 자기 자신을 뻐기지 않는다. 스스로 뻐기는 자는 실속이 없다. 당신이 학문하는 선비 사이에 있다면, 학술에 대해서는 적게 얘기하고 다만 몸으로 실천하면 된다.

■ 제25장 : 알면서 행하지 않는 것을 책망함.
학문의 요체는 첫째가 실천에 있다. 둘째는 토론으로 올바름을 증명함에 있다. 셋째는 옳고 그름을 분명히 구별하는 데 있다. 셋째는 둘째를 실천하는 근거이며, 둘째는 첫째를 마땅하게 하는 바이다. 그러나 우리는 이와 반대로 평생을 세 번째 것에서 질척거리고 있으며, 첫 번째 것은 돌아보지 않는다.

4. 의의 및 평가

마태오 리치는 중국에 들어오기 전에 아리스토텔레스의 형이상학과 스콜라 철학에 대해 훈련을 받았다. 따라서 『이십오언(二十五言)』은 『교우론(交友論)』(1595년 출판) 등과 함께, 마태오 리치가 서양과는 근원적으로 다른 유교적 문화권 안에서 자신과 전혀 다른 세계관을 가진 중국의 지성인들에게 어떻게 사상적으로 다가갔는가를 알아 볼 수 있는 좋은 자료이다.

이 책은 거의 그리스도교적인 내용의 소개 없이 스토아 철학적인 입장에서 풀어 쓴 지식인들의 정신적인 도덕수양론이라고 한다. 마태오 리치는 이 저작을 통하여, 중국의 지성인들로 하여금 동양과 서양은 언어와 문자만 다를 뿐 "똑같은 마음(同心)"에 "똑같은 도리(同理)"를 가졌다는 것을 서문과 발문에서 고백하게 하였다. 그리고 이러한 지적 융합의 분위기 속에서 마태오 리치가 『천주실의(天主實義)』를 발표한 것이라고 한다.[19]

이와 유사한 입장으로는, 마태오 리치가 그리스도교와 양립할 수 있는 것으로 서양 고대의 인문주의적 작품에 주목한 것은, 그가 그리스도교와 양립할 수 있는 것으로서 중국의 인문주의적 작품인 유교 고전에 주목한 것과 동일한 시각이었다고 한다. 예수회 선교사인 리치는 보편적이라고 자칭하는 종교로 전세계를 정복할 것을 꿈꾸며 동양에 왔으나, 현지 생활에 빠져들어 감에 따라 서양과 동양은 종교보다는 오히려 인문주의로 하나가 될 수 있다는 가능성을 발견했다고 주장하고 있다.[20]

---

19) 마태오 리치(利瑪竇) 저작, 宋榮培 역주, 『교우론(交友論), 스물다섯 마디 잠언(二十五言), 기인십편(畸人十篇) － 연구와 번역 － 』, 서울대학교출판부, 2000, 머리말.

20) 히라카와 스케히로 지음, 노영희 옮김, 위와 같은 책, pp. 537～538. 이와 관련하여, 마태오 리치가 『이십오언(二十五言)』을 번역, 출판하면서, 에픽테토스의 『엥케이리디온』이라는 인명과 서명을 표기하지 않고, 또한 그 번역서의 출판 허가를 이단 심문관에게 구하지 않고, 이 책이 왕긍당(王肯堂)과 풍모강(馮慕

또한, 『이십오언』이 기본적으로 라틴어판 에픽테토스의 『엥케이리디온』을 번역한 것이며, 『교우론』과 마찬가지로 비그리스도교도인 일반 독자층을 대상으로 하였고 마태오 리치는 "옛 성현(聖賢)"의 말을 근거로 서양에서 나온 지혜를 보여준 인문주의적 저서들의 원형을 창조하였다고 한다. 그리고 이러한 저술들은 명말의 접근방식을 대표하며 실질적으로 청대에 들어와 사라졌다고 한다.[21]

이에 반하는 주장으로, 마태오 리치의 『이십오언』은 치밀한 계획에 의해 의도적으로 의역(意譯)된 책이라고 보고 있다. 첫 시작 부분에서는 번역본의 원본이 되는 에픽테토스의 『엥케이리디온』을 따르고 있지만, 불교의 기본적 교리와 유사점과 상이점을 보여주면서 명대 말기의 중국 불교에 대한 차별성을 강조하려고 하였다. 그리고 제13장에서는 본격적으로 그리스도 신앙의 핵심과 하느님을 믿는 것에 대한 의미를 고찰한다. 마태오 리치가 시도한 것은 유교의 핵심적 가치인 '인'(仁)의 추구가 결국 그리스도교 하느님을 공경하고 사랑하는 일과 다른 것이 아니라는 것을 강조함으로써 이른바 불교를 배척하고 유교와의 접촉점을 강조하는 예수회 선교 정책을 그대로 반영하고 있다. 『이십오언』의 후반부는 이러한 척불보유론(斥佛補儒論)의 구체적인 도

岡: 馮應京을 말함)의 손으로 중국에서 멋대로 인쇄되어 자신도 모르는 사이에 유포되고 있다고 사후에 보고하는 방식을 취했다고 한다. 그 이유에 대해, 마태오 리치는 『엥케이리디온』이 반불교적 입장을 강화하는 데 도움이 될 것이나 에픽테토스는 그리스도교 신자가 아니었고 이 책이 당시 중국에서 한문으로 번역하기 좋은 책이라는 판단을 했지만, 그러한 판단이 로마에 있는 예수회 상사나 고아에 있는 이단 심문관이 일정할 것인지에 대해서는 알 수 없었고, 무엇보다도 중국 문화라는 전후 관계 속에서 이 책을 출판한 자신의 뜻을 예수회 상사 등의 서양을 중심으로 하는 사람들은 알 수 없을 것으로 생각했기 때문이라고 한다(하라카와 스케히로 지음, 노영희 옮김, 같은 책, 534쪽).

21) Nicolas Standaert, *Handbook of Christianity in China*, v.1. 635-1800, Leiden: Boston: Brill, 2001, 604~605쪽.

덕주의를 담고 있다고 한다.[22]

5. 조선에 끼친 영향

일명 근언(近言)이라고도 한다. 기록에서 직접『이십오언』을 언급한 것은 발견되지 않고 있다. 다만 이벽(李蘗)이『천학초함(天學初函)』을 구해 보았고[23] 홍대용(洪大容)도『천학초함』을 구하기를 10년간이나 노력했다고 한 것 등을 볼 때,『천학초함』의 일부인『이십오언』도 숙독 했을 것이다. 이벽은 이승훈(李承薰)을 통해서도 서적을 구해 볼 수 있었으므로,『이십오언』이 조선에 들어온 것은 이승훈이 북경에서 돌아온 해인 1784년으로 추정할 수도 있을 것이다. 1791년 서학서 소각 사건에 그 목록이 나와 있다고 한다.[24]

〈해제 : 송요후〉

---

22) 김상근, 위의 논문.
23) 『黃嗣永帛書』, 서울: 가톨릭대학한국교회사연구소, 1966, 49~48쪽;『推案及鞫案』 第25冊「辛酉邪學罪人嗣永等推案」(影印本, 서울: 亞細亞文化史, 1978), 758쪽.
24) 오지석,「조선후기 지식인 사회의 서학 윤리사상 수용과 이해」, 숭실대학교 박사학위논문, 2010, 139~140쪽.

참 고 문 헌

1. 사료

『二十五言』(鄭安德 編輯,『明末淸初天主敎和佛敎辯論資料選』第6冊, 北京大學宗
敎硏究所, 2000).

『推案及鞫案』第25冊「辛酉邪學罪人嗣永等推案」(影印本, 서울: 亞細亞文化史, 1978)

『黃嗣永帛書』, 서울: 가톨릭대학한국교회사연구소, 1966.

2. 단행본

마태오 리치(利瑪竇) 저작, 宋榮培 역주,『교우론(交友論), 스물다섯 마디 잠언(二
十五言), 기인십편(畸人十篇) -연구와 번역-』, 서울대학교출판부, 2000.

마태오 리치 저, 신진호·전미경 역,『마태오 리치의 중국견문록』, 서울: 문사철, 2011.

에픽테토스 지음, 김재홍 옮김,『엥케이리디온-도덕에 관한 작은 책-』, 까치글
방, 2003.

소현수,『마태오 리치 : 동양과 서양의 정중한 만남』, 서울: 서강대학교출판부,
1996(부록으로 "마태오 리치의 이십오언" 수록).

臺灣中央圖書館編,『明人傳記資料索引』, 中華書局, 1987.

히라카와 스케히로(平川祐弘) 지음, 노영희 옮김,『마태오 리치-동서문명교류의
인문학 서사시』, 동아시아, 2002.

Christopher A. Spalatin, Matteo Ricci's Use of Epictetus, Waegwan, Korea,
1975.

L. Carrington Goodrich edited, Dictionary of Ming Biography 1368-1644(明代
名人傳), Columbia University Press, 1976.

Nicolas Standaert, Handbook of Christianity in China, v.1. 635-1800, Leiden:
Boston: Brill, 2001.

3. 논문

김상근, 「스토아철학과 명말(明末) 불교의 혼동: 에픽테토스의 『엥케이리디온』을 『二十五言』으로 번역했던 예수회 선교사 마태오 리치의 선교방식에 대한 의미론적 고찰」, 『선교신학』 제35집, 2014.

오지석, 「조선후기 지식인 사회의 서학 윤리사상 수용과 이해」, 숭실대학교 박사학위논문, 2010.

임찬순, 「천주교와 유교의 靈魂에 관하여: 『天主實義』, 『靈言蠡勺』, 『西學辯』을 중심으로」, 한국정신문화연구원 석사학위논문, 1987.

Christopher A. Spalatin, Matteo Ricci's Use of Epictetus's Encheiridion, Gregorianum 56, 1975.

『주교연기(主敎緣起)』

분류	세부내용
문 헌 종 류	한문서학서
문 헌 제 목	주교연기(主敎緣起)
문 헌 형 태	목판본 (추정)
문 헌 언 어	漢文
간 행 년 도	미상
저 자	아담 샬(Adam Schall von Bell, 湯若望, 1592~1666)
형 태 사 항	330면
대 분 류	종교
세 부 분 류	교의서
소 장 처	Bibiotheca Apostolica Vaticana Bibliotheque Nationale de France
개 요	만물의 창조자 천주의 존재와 속성, 인간 영혼의 신비와 불멸성, 예수의 강생·수난·부활·승천, 그리스도교의 기원과 역사 등을 해설하며 중국의 성리학 이론도 비판한 천주교 교의서.
주 제 어	조물주(造物主), 천주(天主), 영혼불멸(靈魂不滅), 성교(性敎), 총교(寵敎), 야소(耶穌), 야소행실(耶穌行實), 태극(太極), 이(理), 기(氣). 음양(陰陽), 오행(五行)

1. 문헌제목

『주교연기(主敎緣起)』

2. 서지사항

1622년부터 1666년까지 중국에서 전교한 독일 태생 예수회 선교사 아담 샬(Johann Adam Schall von Bell, 湯若望, 1592~1666)의 한문종교서 다섯 종 중 마지막 저술 교의서이다.

『주교연기(主敎緣起)』의 저술 시기는 통상 1643년이라고 하나, 책 내용 중 명 왕조 말엽이라는 '명계(明季)'[1]의 표현으로 미루어 1644년 이후인 청(淸)대 초기작으로 보인다.

본 해제의 저본 바티칸교황청도서관 소장 복사본은 『주교연기』 목차부터 본문만 있어서 책의 판각 연도와 장소, 판각의 형태, 서문(序), 발문(跋) 유무 등은 알 수 없다. 다만 목판본으로 추정한다.

1면 당 아홉 줄, 1줄 당 20자씩, 두 면(面)이 한 장(張)을 이루는 한서(漢書)로 전 4권이다. 권1이 36장, 권2는 37장, 권3은 38장, 권4가 52장으로 총 163장, 326면, 목차 4면 포함 총 330면이다.

각 권마다 따로 번호를 매기지 않은 작은 항목을 두었다. 제1권 7항목, 제2권 6항목, 제3권 7항목, 제4권 6항목이다.

현재 로마 바티칸교황청도서관(Ⅲ, 224, 2-5)과 파리국립도서관(모리스 쿠랑 분류번호 6937-6939)에 소장되어 있다.

[저자]

아담 샬(Schall von Bell, Johann Adam, 1592~1666)은 독일 태생의 예수회 소속 중국 선교사로 중국 이름 탕약망(湯若望), 자(字) 도미(道未)이다. 마테오 리치를 이은 중국 천주교회 제2 창립자로 일컬어지는

---

1) 『主敎緣起』 권1, 3a.

데, 17세기 중반 명·청(明·淸) 왕조 교체기에 중국 천주교회의 유지 발전에 지대한 공헌을 했으며, 서양 선교사로는 최초로 정식 중국 관료가 되어 중국의 역법(曆法) 및 과학 발전에 기여하였다. 많은 저술을 통해 동서 문화 교류에 큰 영향을 미쳤다.

아담 샬은 1592년 5월 1일 독일 쾰른(Köln)에서 출생하였다. 1603년 쾰른 소재 예수회 중등학교에 입학한 그는 성직자가 될 것을 결심하고 1608년 로마에 있는 독일 학부(collegium germanum)에 입학하여 3년간 철학을 공부하였다. 1611년 예수회에 입회한 아담 샬은 수련기를 거친 후 1613년 신학 공부를 위해 로마 학부(collegium romanum)에 입학하여, 1616년 사제로 서품된 이듬해 여름 로마 학부를 졸업하였다.

동양의 선교사로 파견되기를 희망한 아담 샬은 졸업 즉시 로마를 떠나 포르투갈 리스본으로 가서 1618년 4월 리스본을 출발하여 10월 고아(Goa)에 도착하였다. 고아에서 약 1년 6개월을 머문 뒤, 다시 1619년 5월 고아를 출발하여 7월 15일 마카오에 도착하였다. 그러나 1616년과 1622년에 중국에서 일어난 두 차례의 박해로 1622년 가을까지 마카오에 머물며 이 기간 동안 1차 박해 때 추방당한 바뇨니(Alphonse Vagnoni, 王豐肅 또한 高一志, 1568~1640)에게서 중국어문을 학습하였다.

2차 박해에 따른 위험이 아직 완전히 가시지 않은 1622년 가을, 아담 샬은 마카오를 떠나 중국 내륙으로 진출하여 이듬해 1월 25일 북경에 도착하였다. 도착 직후 그는 유럽에서 가지고 온 수학 서적과 과학 기구들 목록을 중국 황실에 제출하였고, 중국 관리와도 친교를 맺으면서 1623년 10월 8일과 1624년 9월의 월식을 예측해 주기도 하였다. 이를 계기로 그는 월식에 관한 논문을 저술하였는데, 이 첫 한문 천문서는 서광계(徐光啓, 1562~1633)에 의해 예부(禮部)에 진정되었다.

북경에서 몇 년간 중국의 언어를 익힌 아담 샬은 1627년 여름, 섬서성 서안(陝西省 西安) 지역을 맡아 1630년까지 전교하였다. 1629년 서안 교회를 건립하였고, 최초의 한문 종교서『주제군징(主制群徵)』을 저술하였으며, 그리스도교 성인 전기인『숭일당일기수필(崇一堂日記隨筆)』도 번역하였다.

1629년 9월에 서광계의 건의로 역국(曆局)이 개설되자 아담 샬은 1631년 1월 3일부터 수력(修曆)에 참여하게 되었다. 그의 주 임무는 중국력의 개수(改修), 천문기기의 제작, 서양 역서의 번역 등이었는데, 이 수력 작업의 결과, 1631년~1634년까지 5차에 걸쳐 137권의『숭정역서(崇禎曆書)』가 황제에게 상정되었다. 이와 함께 그는 1634년에 해시계, 망원경, 콤파스, 성구(星球) 등 천문의기(天文儀器)를 제작해 황실에 진상하였고, 1640년~1641년에는 숭정제(崇禎帝)의 명에 따라 대포 20문과 경포 500문을 제조하였다. 그리고 이 경험을 토대로 1643년에는 포병술에 관한 저술『화공계요(火攻挈要)』3권을 출간하기도 하였다.

1644년 명·청(明淸) 왕조가 교체되자 아담 샬은 북경에 입성한 청조가 한인(漢人)들을 북경 남·북부지역으로 이주시킬 때, 북경 내성에 거주하며 선교와 수력을 계속할 수 있기를 청원하여 황제의 허가를 받았다. 그러면서 1645년 달력을 만들고, 또 왕조 교체기에 손상된 천문기기의 보수 계획과 8월 1일의 일식 예측 상소를 올렸다. 이에 청 조정에서는 아담 샬의 신법에 의해 수정된 역을 '시헌력(時憲曆)'으로 명명하여 천하에 반포했으며, 천문역법에 관한 그의 능력을 인정해 1644년 11월 25일 그를 국가의 역법을 총관하는 흠천감 감정(欽天監監正)에 임명하였다. 이후 1645년 11월 19일에 아담 샬은『숭정역서』를 수정 편찬한『서양신법역서(西洋新法曆書)』26권을 황제에게 바쳤는데, 이 역서 간행의 공으로 이듬해 5월 태상시소경(太常寺少卿)에 봉해졌다. 아담 샬은 특히 순치제(順治帝)와 개인적 친교를 맺었다. 황제는 그를 '존경하는 조부(祖父)'라는 뜻의 만주어 '마파(瑪法)'라고 불렀으며, 그를 자주 방문하여 여러 관작과 명예칭호[通玄敎師] 및 토지 등을 하사하였다. 그 중 대표적인 것은 1650년에 하사한 북경 선무문(宣

武門) 내의 교회 부지로, 1652년 아담 샬은 이곳에 자신이 설계한 중국 최초의 유럽식 교회인 남당(南堂)을 건축하였다. 또 1654년에는 그의 장지로 사용할 넓은 부지를 하사받기도 하였다. 이 관계 속에 순치제의 개종을 시도했는데, 그의 명성은 전 중국에 알려져 그리스도교 교세 확장에도 지대한 영향을 주었다.

그러나 아담 샬은 1664년 8월부터 1665년 4월에 걸쳐 발생한 역국대옥(曆局大獄)으로 큰 수난을 겪었다. 전부터 아담 샬의 서양 역법과 천주교의 사교성을 비판하던 양광선(楊光先)은 당시 북경에 있던 예수회 신부들과 흠천감 감원 등을 대청률(大淸律)의 모반과 요서저작(妖書著作) 2개조를 범한 대역죄로 고발하고, 모반의 우두머리로 아담 샬을 지목하였다. 재판은 1664년 8월부터 이듬해 4월까지 계속되었는데, 그 결과 1665년 3월 1일 아담 샬을 위시하여 흠천감의 교인 관리들에게 능지처사의 중형이 선고되었다. 그런데 선고 다음 날인 3월 2일과 3월 5일에 북경일원에 대지진이 발생하자 청 조정은 이것을 하늘이 아담 샬의 사형 선고를 불허한다는 증거로 해석하였고, 또 순치제의 모후(母后)인 효장문황후(孝莊文皇后)도 그를 옹호함에 따라 3월 16일자로 사형이 감면되었다. 석방된 아담 샬은 1666년 8월 15일 북경 동천주당(東堂)에서 사망하였다.

3. 목차 및 내용

[목차]

卷之一
論萬物不能無始曁不能自有

贖罪須主

天主選母降孕

耶蘇行實

耶蘇受難復活昇天

[내용]

『주교연기(主敎緣起)』총 4권은 그리스도교 교의서로, 우주만물을 창조한 주의 존재와 그 속성, 만물의 영장인 인간과 영혼의 신비, 영혼 불멸의 속성과 그 창조 주체, 그리스도교의 기원과 역사, 창조주의 구속 사업과 예수의 강생·수난·부활·승천까지 구체적으로 해설하였다.

'주교(主敎)' 즉 '천주의 교회' 또는 '천주의 가르침'을, 역설적이게도 '연기(緣起)'라는 불교 용어를 빌어 저술 제목으로 삼아 전체 내용을 미리 예시하며 그리스도교의 설립 유래와 유구한 역사의 당위성과 정통성을 중요 핵심 교의로 서술하고 있다.

권1

제1권은 일곱 작은 항목으로 나누었는데, '만물은 시작이 없을 수 없으며, 스스로 존재할 수 없음을 논함(論萬物不能無始曁不能自有)', '하늘(天)은 물체를 생산할 수 없고, 더불어 물체는 그렇게 된 까닭 없이 스스로 생겨날 수 없음을 논함(論天不能生物曁物不能無所以然而自然生)', '만물로써 그것을 만든 주인이 있음을 추정하여 알 수 있음(卽萬物推知有造物主)', '사람을 보면 (그 존재를 만든) 조물주가 있음을 추정하여 알 수 있음(卽人推知有造物主)', '조물주는 오직 하나이고 둘이 아님(造物主惟一不二)', '조물주는 형상이 없고, 시작과 끝이 없고, 안 계신 곳 없이 신묘함(造物主妙有無形無始無終無所不在)', '조물주는 그 위상은 셋이나 형상은 오직 하나(造物主位實有三而體惟一)' 등이다.

첫째 권에서는 피조물인 만물은 창조하는 주체가 없다면 존재할 수 없으며 특히 영적 존재인 인간을 보면 더욱 조물주의 존재를 믿게 된다는 우주 만물 창조의 당위성을 설명하고, 창조주이며 유일신인 천주의 존재와, 시간과 공간을 초월하는 속성을 논증하고, 그 위에 특별히 천주교의 중심 교의인 삼위일체(三位一體)[2] 교리까지 해설하였다.

권2

여섯 항목은 '사악한 신은 주가 아님(邪神非主)', '이미 죽은 사람은 주가 아님(已死之人非主)', '사람이 살고 죽는 까닭(人生死之故)', '영혼은 신비한 형상(靈魂爲神體)', '영혼은 천주로부터 만들어졌음(靈魂生于天主)', '영혼은 끝이 없음(靈魂無終)' 등이다.

둘째 권에서는 무형의 초인적 마력을 지닌 존재인 악마와, 사람이 사후 눈에 보이지 않으나 인간 세상에서 신통력을 갖는다는 인식에 대해 논증하였다. 죽음 후 육신으로부터 분리된 영혼은 불멸하나 명료한 상벌에 의해 천당과 지옥에서 그 대가를 받는 것으로 그것 자체가 신적인 존재가 아니라는 사실을 논증한다.

인간의 생사란 영혼이 육신에 담겨 있으면 살아 있는 것이고 영혼이 육신을 떠나면 죽은 것인데, 물질로 이루어진 육신은 영원히 존재할 수 없고 영혼은 담긴 그릇을 떠나도 불멸하므로 그것이 곧 사람의 생과 사라고 설명하였다. 그러면서 인간 영혼의 신비함과, 그 영혼의

---

2) 삼위일체(三位一體) : 성부(聖父), 성자(聖子), 성령(聖靈)의 세 위격이 하나의 실체인 하느님 안에 존재한다는 교의.

창조 주체가 바로 천주라는 것을 밝히며, 따라서 영혼은 시작은 있으나 끝은 없는 것이라고 그 불멸성을 해설하였다.

권3

일곱 항목은 '사람은 죽으면 반드시 상벌의 보응을 받음(人死必受賞罰之報)', '여러 다른 설들은 모두 그르다(諸異說皆非)', '(예수 그리스도 이전) 옛 교회는 주의 너른 은혜(性敎³⁾爲主公恩)', '천주의 십계가 베풀어진 이후(天主十戒列後)', '천주교회는 주의 은총이 더해진 것(寵敎⁴⁾爲主加恩)', '주의 교회와 아울러 옛 교회, 천주교회는 다른 종교가 미칠 수 없음(主敎兼性敎寵敎而非他敎可及)', '교리를 믿고 실행하는 일은 늘 지니고 변함없는 마음으로 귀하게 여겨야함(奉敎貴有恒心)' 등이다.

셋째 권에서는 우선 사람은 사후 선한 자는 반드시 영원한 복을 누리고 악한 자는 반드시 영원한 화(禍)를 받는데 그것은 사람의 공(功)과 죄를 증빙하는 것으로 천주는 지극히 공정하고 선하며 전지, 전능한 존재이기 때문이라고 설명한다.

인간은 사후 아무 것도 없이 빈 것(空無)으로 돌아간다는 설과, 윤회(輪廻)에 속하게 된다는 설들은 구체적으로 도교나 불교라고 지칭하지는 않으면서 모두 그르다고 비판하였다.

아울러 유교의 조상 제사에 대해서도 그 본래 의도는 이해할 수 있으나 진실로 조상신이 돌아와 제례에 참석하는 것은 아니라고 해설한다. 윤회설에 대해 특히 길게 공박하였다.

이어 인간이 없다면 인간 성정(性)이 없고, 인간이 없다면 가르침도

---

3) 성교(性敎) : 모세 이전 문자가 없었을 때 교리형식을 갖추지 못하고 본성적으로만 하느님을 섬기던 교회. 즉 구약 이전의 교회.
4) 총교(寵敎) : 천주교의 별칭.

없는 것인데, 가르침(敎)을 인간의 성정(性)에 맞추는 것이 바로 천주교로 이는 [유가(儒家)의] 오륜(五倫)이나 십계(十戒)가 모두 공통되는 점이라고 하였다. 십계를 모두 열거하며 천주를 만유 위에 사랑하라는 것과 사람을 자신처럼 사랑하라는 두 가지로 집약할 수 있다고 하였다.

그리고서 그리스도교 교회 역사에 대해 구체적으로 설명하였다. 즉 십계를 받은 이후의 교회와 그리스도 강림 이전의 교회, 그리고 그리스도에 의해 세워진 교회의 속성과 성격을 설명하였다. 또한 그 교회를 대하는 교인들의 근본 마음가짐에 대해서도 논설하였다.

권4

제4권 여섯 항목은 '천주가 만물과 사람을 만들고 더불어 교회를 세우신 대강(天主造物造人暨立敎之綮)', '천주가 손해를 감수하고 (신으로) 강생하지 않고 인간으로 태어나 스스로 속죄한 많은 이유(天主不因降生有損而降生自贖罪尙有多固)', '속죄는 모름지기 주(贖罪[5])須主)'(만이 할 수 있음), '천주는 어머니를 선택하여 잉태되어 태어남(天主選母降孕)', '예수의 행적(耶蘇行實)', '예수의 수난, 부활, 승천(耶蘇受難復活昇天)' 등이다.

넷째 권에서는 그리스도교 교회 설립 연혁을 해설하였다. 우선 엿새 동안의 천지창조 그리고 드디어 인간의 창조, 인류의 원죄(原罪)와 그리하여 예수의 강생과 구속 사업이 이루어질 수밖에 없었던 필연적 이유를 상세히 논증하였다.

그리고 예수그리스도 평생을 동정녀 성모에게서의 잉태로부터, 수

---

5) 속죄(贖罪) : 예수가 인류의 죄를 대신해 십자가에 못 박혀 죽음으로써 그 죄를 대속한 일.

난, 부활, 승천에 이르기까지 상세히 논거하며 서술하였다.

『주교연기』는 그리스도교의 기본교의인 창조주로서의 천주의 존재와 그 속성, 천지창조, 신의 우주 만물에 대한 주재(主宰), 인간 영혼의 존재와 그 불멸성, 천당과 지옥의 존재와 상선벌악의 의미, 인간의 원죄를 대신 갚기 위한 삼위일체 성자 위(聖子位) 예수의 강생, 수난, 부활, 승천 등을 주 내용으로 하고 있다.

그러나 『주교연기』의 더 큰 의미는 이 책이 교의서일 뿐 아니라 동시에 천주교의 보유(補儒) 역할을 강조하고 반(反) 성리학 이론을 체계적으로 구축한 대표적 호교론 저술이라는 점이다.

보유론6)으로는 유교의 오륜을 그리스도교의 십계와 동일시하고, 그리스도교의 본질과 그의 선교사로서의 임무를 설명하는데 있어서도 충(忠), 열(烈), 절(節), 효(孝) 등 유가적 중국이 지향하는 덕목이 결국은 그리스도교의 신이 인간에게 기대하는 덕목임을 강조함으로써 실제로 이 둘이 근본적으로 동일한 선을 추구하는 종교임을 시사하였다.

또한 이와 연관 지어 제례문제에 관해서도 정의하였다. 조상을 숭배하여 지내는 제사란 종교적 행위가 아니며 계속해서 보존해야 할 우량한 습속이라고 보았다. 그러나 조상을 기리는 제사는 미풍양속이며, 계속 지켜나가야 할 예(禮)이지만 영혼이 찾아와서 실제로 제례에 참여하는 것은 아니라고 강조함으로써 가능한 미신적 관념을 피하려고 하였다.

이 외에도 전래되는 중국의 습속 중, 장례나 제례 중의 지전(紙錢) 소각, 사술(邪術)로써 초혼(招魂)하는 등은 허용될 수 없는 것으로 엄격

---

6) 보유론 : 중국에서 원시유교가 함유하고 있었던 종교적 가르침이 역사가 흐르며 상실 혹은 망각되었고, 불완전하거나 더 이상 적정하지 않은 형태로 남아 있는데 천주교가 이것을 보완하는 역할을 할 수 있다는 예수회 선교단의 사상적 적응주의이다.

히 금지해야 한다고 하였다.

성리학 비판은 그리스도교 교의를 설명하는 중 그리스도교에서는 인정할 수 없는 성리학의 기본 사상, 곧 태극(太極), 이(理), 기(氣). 음양오행(陰陽五行) 등에 관한 것이다. 일반적으로 난해하고 모호한 성리학 이론을 알기 쉽게 내용 요점을 소개, 설명하고 그것을 하나씩 분석, 비판하는 형식으로 이론을 전개하였다.

태극 비판에서는 성리학 우주론에서 태극의 창조주체론(創造主體論), 즉 우주 만물이 자존(自存,) 자립(自立)하는 원초적 원리인 태극으로부터 생성되었다는 이론을 풀어 설명한 후 태극으로부터 질료와 형상이 생겨서 몸(體)이 되고, 몸이 이루어진 후에야 사물의 성정(性情)이 생겨서, 태극이 만물의 근원이고, 따라서 만물은 태극에 귀속된다는 성리학 이론을 그 본말이 전도된 것이라고 부인하였다.

태극이 지고(至高)하고 초월적이며 자존 자립하는 존재라는 태극의 본질에 관한 이론에 대해서도, 태극은 실체(實體)가 아니며 도리어 하나의 속성(屬性)이라고 하였다.

또한 태극이란 오직 하나만이 존재하는 유일(唯一)한 것이나 만물의 모든 개체는 각각 자신 안에 하나씩의 태극을 구비하고 있고, 그럼에도 태극은 완전한 전체로 존재한다는 태극의 전체성이론(全體性理論)에 대해서도 비판하였다. 예로부터 태극이 숭상된 적은 없었고, 후세 성리학자들이 태극의 위상을 높이기 위해 상제조차 태극에서 나왔다고 주장하고 있다고 밝히고 있다.

특히 태극에 관한 강력한 비판은 성리학의 유물론적, 무신론적 이론의 중심사상이 태극 이론이며 태극의 원초적 원리성, 유일성, 내지 창조자로서의 역할과 그에 대한 숭배 사상 등은 그리스도교의 신의 존재와 속성에 완전히 상응할 수 있는 것이므로 그리스도교에서 절대로 인정할 수 없는 성리학 이론이 태극에 관한 것이었기 때문이다.

태극에 관한 비판은 태극의 실제 형상으로서 만물의 기원으로 인식하는 음양(陰陽)과 천지(天地)에 대한 비판에도 동시에 적용되었다.

인간의 혼과 정신을 태극과 이(理), 기(氣)에서 유래한 것이며, 육신도 음양천지에서 비롯된 것으로 보아 사후에는 모두 소멸해 버린다는 물질원리적 성리학 인간론에 대해,『주교연기』에서는 혼과 육신을 절대적으로 대조되는 관계로 인식하며 인간이란 반드시 신의 창조에 의해서 존재하게 되는 것이며 그 증거로 신으로부터 부여된 인간의 영혼과 마음(心)을 들고 있다. 영혼과 마음 역시 음양천지는 물론, 부모도 부여할 수 없는 초월적, 무형, 신적인 것으로서 창조주로부터 받은 것임을 강조하였다.

특히 천지는 하늘과 땅, 그리고 그에서 의미를 넓혀 우주 공간 전체를 일컫는 자연이라고 하였다. 천지란 주(主)가 창조하여 태초로부터 그 안에 머물며 "안 계신 곳 없이 임하여 있는 곳(無所不在)" 즉 피조된 공간의 개념으로 규정짓고 있어서 성리학에서 천지를 만물의 생성요소로 여기는 것과는 근본적으로 다르다.

성리학의 우주론에서 오행(五行)이란 우주에 운행되는 다섯 종류의 생명의 원소(元素)이다. 크게는 자연이 하나의 오행으로 성립된 것이고, 작게는 인간이 하나의 오행으로서 존재하는 것이다. 즉, 우주의 근본인 태극의 동정에 의해 음양이 되고, 음과 양의 움직임에 따라 수(水), 화(火), 목(木), 금(金), 토(土)의 오행이 생기는데 이 오행에서 인류를 포함한 만물이 생성된다는 것이다.

『주교연기』에서는 오행설(五行說)에 관해서는 언급조차 없이 무시하고 당시 서구에서 정통설로 인정하고 있었던 화(火), 기(氣), 수(水), 토(土) 사행설(四行說)로 단순 대치시키고 있다. 성리학의 물질원리적 여러 이론에 대해 유신론적으로 비판하던 입장에서 반대로 오행에 관해서는 자연계의 단순한 구성원소로서의 사행을 설명하였다.

사행이란 외적인 형세에 따라 그 형상이 정해지고, 다른 물체에 부수되어서만 존재할 수 있는 약하고 열등한 물질일 뿐이라는 것이다. 따라서 창조주가 없다면 이들은 무(無)로 되어 존속할 수 없어서, 사행 자체가 주(主)에 의해 창조되고 존속되는 단순한 물질로 오직 주의 주제에 의해 어길 수 없는 자연계의 공공한 질서를 지키고 있는 것이라고 물질원리적으로 해설하였다.

4. 의의 및 평가

『주교연기』에서는 성리학의 기본적 이론 구조를, 이(理)는 태극과, 기(氣)는 음양오행 및 혼과 정신과 연결지어 비판하였다. 그러나 성리학 이론을 비판하고 있으나 성리학 자체를 부정하는 비판이라고 할 수는 없고, 성리학 사상이 그리스도교 교의를 근본적으로 부정하는 것이거나 혹은 양자(兩者)의 이론이 극히 대립되어 도저히 용납될 수 없는 부분에 한하여 비판하였다. 이는『주교연기』가 전교를 위한 종교서로서 성리학 전문 비판서가 아니라는데 그 이유가 있겠으나, 보다 근본적으로는 타협하고 적응해야 한다는 중국 예수회 선교사들의 적응주의 선교관이 사상적으로도 성리학에 대한 비판을 자제하게 한 주된 원인이기 때문일 것이다.

『주교연기(主敎緣起)』는 아담 샬의 교의서이며 동시에 성리학 사상 비판서이다. 그리스도교에서는 인정할 수 없는 성리학 사상의 기본 핵심 이론을 객관적이고 과학적으로 분석, 비판하는 형식으로 서술하여 반 성리학 이론서의 역할도 충실히 수행하였다. 따라서『주교연기』는 중국 선교에 있어 예수회 선교사들이 확립한 기본적 사상 원칙을 명료하게 보여주는 예로서 그 의의가 크다.

5. 조선에 끼친 영향

　『주교연기』는 학문을 좋아하는 중국의 선비들에게 두루 알려지고 읽혔고[7] 또한 조선에도 전래되었다. 『주교연기』가 조선에도 널리 알려지고 읽혔다는 명확한 증거는 1791년 정조(正祖) 15년에 있었던 홍문관 소장 서양제서소각(弘文館 所藏 西洋諸書燒却)을 통해서이다. 1791년 5월 전라도 진산에서 천주교 신자 윤지충(尹持忠)이 모친상을 당해 그의 종제(從弟) 권상연(權尙然)과 더불어 신주(神主)를 불태우고 제사를 드리지 않으며 발생한 이른바 진산사건을 계기로 같은 해 11월에 홍문관 소장 서양서 24종을 불태웠는데 이중 『주교연기』가 소각서에 포함되어 있었다.[8]

〈해제 : 장정란〉

---

7) 위예개(魏裔介)는 아담 샬 70회 생일 축문에서 『주제군징』, 『주교연기』, 『진복훈전』 등 아담 샬의 저서들이 학문을 좋아하는 중국의 선비들에게 두루 알려지고 또 읽히고 있다고 하였다. 『主制羣徵』 贈言附, 1919, 新會, 2a쪽.
8) 『朝鮮王朝實錄』「正祖實錄」卷33, 正祖 15年 11月 癸未條.

참 고 문 헌

1. 사료

『主敎緣起』, Vaticana Raccolta Generale Oriente Ⅲ, 224, 2-5

2. 단행본

장정란, 『그리스도교의 중국 전래와 동서문화의 대립』, 부산교회사연구소, 1997.

최소자, 『동서문화교류사연구』, 서울: 삼영사, 1987.

方豪, 『中國天主敎史人物傳』 卷二, 湯若望 條, 香港 1970.

徐宗澤 編著, 『明淸間耶穌會士譯著提要』, 臺北: 中華書局, 1949.

L. Pfister, Notices biographiques et bibliographiques sur les Jesuites de l'ancienne Mission de Chine 1553-1773, Chang-Hai, 1932.

3. 논문

박종홍, 「서구사상의 도입 비판과 섭취」, 『한국천주교회사논문선집』 제1집, 한국교회사연구소, 1976.

이원순, 「명청래 서학서의 한국사상사적 의의」, 『한국천주교회사논문선집』 제1집, 한국교회사연구소, 1976.

장정란, 「예수회선교사 아담 샬(Johann Adam Schall von Bell, 1592-1666)의 性理學批判」, 『東亞硏究』 제25집, 서강대학교 동아연구소, 1992.

_____, 「아담 샬의 生涯와 儒敎觀」, 『宗敎神學硏究』 제7집, 서강대학교 종교신학연구소, 1994.

4. 사전

『한국가톨릭대사전』 12권, 한국교회사연구소, 1995~2006.

『주제군징(主制羣徵)』

분류	세부내용
문 헌 종 류	한문서학서
문 헌 제 목	주제군징(主制羣徵)
문 헌 형 태	목판본(絳州 刻)
문 헌 언 어	漢文
간 행 년 도	1629년
저 자	아담 샬(Adam Schall von Bell, 湯若望, 1592~1666)
형 태 사 항	118면
대 분 류	종교
세 부 분 류	교의서
소 장 처	Bibioteca Apostolica Vaticana Bibliothèque Nationale de France
개 요	우주 만물의 존재와 속성을 통해 신(神)의 존재와 그의 창조물에 대한 다스림을 자연과학적 이론으로 해설한 천주교 교의서.
주 제 어	주(主), 물(物), 인(人), 향징(向徵), 주제(主制)

1. 문헌제목

『주제군징(主制羣徵)』

2. 서지사항

『주제군징(主制羣徵)』은 1622년부터 1666년까지 중국에서 전교한 독일 태생 예수회 선교사 아담 샬(Johann Adam Schall von Bell, 湯若望, 1592 ~1666)의 한문 교의서로 그의 종교서 다섯 종 중 첫 번째 저술이다.

아담 샬이 서안(西安)에서 전교하던 시기에 집필되어 1629년 상·하 두 권으로 강서성(江西省) 강주(絳州)에서 초간 되었다. 면 당 아홉 줄, 1줄 당 20자씩, 두 면이 한 장(張)을 이루는 한서(漢書)로 상권 30장, 하권 28장, 총 58장, 목차 포함 총 118면에 이른다. 이 책이 바티칸 교황청 도서관에 소장되어 있으나 책 표지 등이 뜯겨나가 일실되었다.

프랑스 파리국립도서관에도 초판본 다섯 권이 모리스 쿠랑(Maurice Courant) 문헌(목록 3417호)으로 소장되어 있다.

『주제군징』은 판본을 거듭한듯하나 현재 알 수 있는 것은 1915년 천진대공보관(天津大公報館)에서 구두점만 찍어 명 각본(明刻本)과 동일하게 출판한 중인본(重印本)이다. 서문을 마량(馬良)과 영화(英華)가 썼다. 영화는 책 말미에 공정자(龔鼎孳), 김지준(金之俊), 위예개(魏裔介) 3인의 아담 샬 70세 생일 축하문을 실으며, 많은 시문들이 있었으나 모두 없어져 세 사람의 글만 실을 수 있어 애석하다고 하였다. 이 때 장건(張謇)이 제목『주제군징(主制群徵)』을 제자(題字)하며 '군(群)'을 '군(羣)'으로 바꾸어 썼다.

이후 1915년 제3판이 1919년 신회(新會)에서 영인본 상·하 합본으로 발간되었다. 면 당 13줄, 1줄 당 33자씩, 두 면이 한 장을 이루는 한서로 서·목록 3장, 상권 13장, 하권12장, 부록으로 증언(贈言附) 8장, 발(跋) 2장 총 38장으로 76면이다. 진원(陳垣)이 발문을 쓰고, 부록으로 청대 문인 사대부들이 아담 샬에게 헌정한 시문들을 모아 책 말미에 실었다. 1915년판에 실었던 3인의 축하문을 포함한 5인의 글과 18인의 시(詩)들인데 상해 서가회(徐家匯) 장서루(藏書樓)에서 찾아 싣는다고 발문에서 밝혔다.

이후 오상상(吳相湘)이 주편한 『천주교동전문헌속편(天主教東傳文獻續編)』제2册 (대만 학생서국 1966), 495~615쪽에 바티칸 도서관 소장본을 영인해서 실었다.

본 해제 저본은 1966년 판『천주교동전문헌속편(天主教東傳文獻續編)』이다.

[저자]

아담 샬(Schall von Bell, Johann Adam, 1592~1666)은 독일 태생의 예수회 소속 중국 선교사로 중국 이름 탕약망(湯若望), 자(字) 도미(道未)이다. 마태오 리치를 이은 중국 천주교회 제2 창립자로 일컬어지는데, 17세기 중반 명·청(明·淸) 왕조 교체기에 중국 천주교회의 유지 발전에 지대한 공헌을 했으며, 서양 선교사로는 최초로 정식 중국 관료가 되어 중국의 역법(曆法) 및 과학 발전에 기여하였다. 많은 저술을 통해 동서 문화 교류에 큰 영향을 미쳤다.

아담 샬은 1592년 5월 1일 독일 쾰른(Köln)에서 출생하였다. 1603년 쾰른 소재 예수회 중등학교에 입학한 그는 성직자가 될 것을 결심하고 1608년 로마에 있는 독일 학부(collegium germanum)에 입학하여 3년간 철학을 공부하였다. 1611년 예수회에 입회한 아담 샬은 수련기를 거친 후 1613년 신학 공부를 위해 로마 학부(collegium romanum)에 입학하여, 1616년 사제로 서품된 이듬해 여름 로마 학부를 졸업하였다.

동양의 선교사로 파견되기를 희망한 아담 샬은 졸업 즉시 로마를 떠나 포르투갈 리스본으로 가서 1618년 4월 리스본을 출발하여 10월

고아(Goa)에 도착하였다. 고
아에서 약 1년 6개월을 머문
뒤, 다시 1619년 5월 고아를
출발하여 7월 15일 마카오에
도착하였다. 그러나 1616년
과 1622년에 중국에서 일어
난 두 차례의 박해로 1622년
가을까지 마카오에 머물며
이 기간 동안 1차 박해 때 추
방당한   바뇨니(Alphonse
Vagnoni, 王豊肅 또한 高一志,
1568~1640)에게서 중국어문
을 학습하였다.

〈그림 1〉 정일품(正一品) 관복을 입은 청(淸) 흠
천감감정(欽天監監正) 아담 샬 (작가
소장처: 미상)

2차 박해에 따른 위험이 아
직 완전히 가시지 않은 1622년
가을, 아담 샬은 마카오를 떠나
중국 내륙으로 진출하여 이듬
해 1월 25일 북경에 도착하였
다. 도착 직후 그는 유럽에서 가지고 온 수학 서적과 과학 기구들 목록을
중국 황실에 제출하였고, 중국 관리와도 친교를 맺으면서 1623년 10월
8일과 1624년 9월의 월식을 예측해 주기도 하였다. 이를 계기로 그는
월식에 관한 논문을 저술하였는데, 이 첫 한문 천문서는 서광계(徐光啓,
1562~1633)에 의해 예부(禮部)에 진정되었다.

북경에서 몇 년간 중국의 언어를 익힌 아담 샬은 1627년 여름, 섬서
성 서안(陝西省 西安) 지역을 맡아 1630년까지 전교하였다. 1629년 서안
교회를 건립하였고, 최초의 한문 종교서 『주제군징(主制群徵)』을 저술

하였으며, 그리스도교 성인 전기인 『숭일당일기수필(崇一堂日記隨筆)』도 번역하였다.

1629년 9월에 서광계의 건의로 역국(曆局)이 개설되자 아담 샬은 1631년 1월 3일부터 수력(修曆)에 참여하게 되었다. 그의 주 임무는 중국력의 개수(改修), 천문기기의 제작, 서양 역서의 번역 등이었는데, 이 수력 작업의 결과, 1631년~1634년까지 5차에 걸쳐 137권의 『숭정역서(崇禎曆書)』가 황제에게 상정되었다. 이와 함께 그는 1634년에 해시계, 망원경, 콤파스, 성구(星球) 등 천문의기(天文儀器)를 제작해 황실에 진상하였고, 1640년~1641년에는 숭정제(崇禎帝)의 명에 따라 대포 20문과 경포 500문을 제조하였다. 그리고 이 경험을 토대로 1643년에는 포병술에 관한 저술 『화공계요(火攻挈要)』 3권을 출간하기도 하였다.

1644년 명·청(明淸) 왕조가 교체되자 아담 샬은 북경에 입성한 청조가 한인(漢人)들을 북경 남·북부지역으로 이주시킬 때, 북경 내성에 거주하며 선교와 수력을 계속할 수 있기를 청원하여 황제의 허가를 받았다. 그러면서 1645년 달력을 만들고, 또 왕조 교체기에 손상된 천문기기의 보수 계획과 8월 1일의 일식 예측 상소를 올렸다. 이에 청 조정에서는 아담 샬의 신법에 의해 수정된 역을 '시헌력(時憲曆)'으로 명명하여 천하에 반포했으며, 천문역법에 관한 그의 능력을 인정해 1644년 11월 25일 그를 국가의 역법을 총관하는 흠천감 감정(欽天監監正)에 임명하였다. 이후 1645년 11월 19일에 아담 샬은 『숭정역서』를 수정 편찬한 『서양신법역서(西洋新法曆書)』 26권을 황제에게 바쳤는데, 이 역서 간행의 공으로 이듬해 5월 태상시소경(太常寺少卿)에 봉해졌다. 아담 샬은 특히 순치제(順治帝)와 개인적 친교를 맺었다. 황제는 그를 '존경하는 조부(祖父)'라는 뜻의 만주어 '마파(瑪法)'라고 불렀으며, 그를 자주 방문하여 여러 관작과 명예칭호[通玄教師] 및 토지 등을 하사하였다. 그 중 대표적인 것은 1650년에 하사한 북경 선무문(宣

武門) 내의 교회 부지로, 1652년 아담 샬은 이곳에 자신이 설계한 중국 최초의 유럽식 교회인 남당(南堂)을 건축하였다. 또 1654년에는 그의 장지로 사용할 넓은 부지를 하사받기도 하였다. 이 관계 속에 순치제의 개종을 시도했는데, 그의 명성은 전 중국에 알려져 그리스도교 교세 확장에도 지대한 영향을 주었다.

그러나 아담 샬은 1664년 8월부터 1665년 4월에 걸쳐 발생한 역국대옥(曆局大獄)으로 큰 수난을 겪었다. 전부터 아담 샬의 서양 역법과 천주교의 사교성을 비판하던 양광선(楊光先)은 당시 북경에 있던 예수회 신부들과 흠천감 감원 등을 대청률(大淸律)의 모반과 요서저작(妖書著作) 2개조를 범한 대역죄로 고발하고, 모반의 우두머리로 아담 샬을 지목하였다. 재판은 1664년 8월부터 이듬해 4월까지 계속되었는데, 그 결과 1665년 3월 1일 아담 샬을 위시하여 흠천감의 교인 관리들에게 능지처사의 중형이 선고되었다. 그런데 선고 다음 날인 3월 2일과 3월 5일에 북경일원에 대지진이 발생하자 청 조정은 이것을 하늘이 아담 샬의 사형 선고를 불허한다는 증거로 해석하였고, 또 순치제의 모후(母后)인 효장문황후(孝莊文皇后)도 그를 옹호함에 따라 3월 16일자로 사형이 감면되었다. 석방된 아담 샬은 1666년 8월 15일 북경 동천주당(東堂)에서 사망하였다.

3. 목차 및 내용

[목차]

首以物公向徵 ─ 計四段

次以物私向徵 ─ 卽後十條前六條屬物體後四條屬物行

一. 以天向徵

二. 以氣向徵

三. 以地向徵

四. 以海向徵

五. 以人身向徵

六. 以生覺容體向徵

七. 以天行向徵

八. 以地生養向徵

九. 以覺類施巧向徵

十. 以覺類內引向徵

下卷

一. 以天地之美徵

二. 以人物外美徵

三. 以人物內美徵

四. 以諸物弱緣徵

五. 以世人同心徵

六. 以人異面異聲徵

七. 以人世缺陷徵

八. 以鬼神徵

九. 以無主悖理徵

十. 以人心之能徵

十一. 以氣之玄玅徵

十二. 以靈魂常存徵

十三. 以主宰無失徵

十四. 以神治徵

十五. 以聖跡徵

[내용]

책 제목『주제군징(主制羣徵)』즉 '천주가 (우주)를 주재하시는 수많은 증거'가 시사하는 대로 상·하 두 권의 저서에서 아담 샬은 우주 만물의 존재와 속성을 통해 신(神)의 존재와 그의 창조물에 대한 다스림을 해박한 자연과학적 지식을 바탕으로 논리적으로 해설하고 있다.

상권에 속한 항목은 크게 으뜸(首)과 버금(次)으로 나누었다.

으뜸은 '만물이 공적으로 지향(首以物公向徵)'하는 바로써 천주가 우주만물을 창조하고 그것을 주재함을 증명하였다.

버금은 '만물의 사적 지향(次以物私向徵)'으로써 천주의 존재와 만물의 주재를 증명하는데, 이를 위해 열 개의 작은 항목을 두었다. 그 중 앞의 여섯 항목은 만물의 체제(物體)를 통한 증명으로 '하늘(天向徵)', '공기(氣向徵)', '땅(地向徵)', '바다(海向徵)', '사람의 몸(人身向徵)', '생존하고 지각하는 (만물의) 생김과 몸의 (쓰임새)(生覺容體向徵)'가 지향하는 것을 통해서 천주의 존재와 그의 주재함을 증명하였다. 이은 네 개 항목은 만물의 운행(物行)을 통한 증명으로 '천체의 운행(天行向徵)', '땅이 (만물을) 살게 하고 양육함(地生養向徵)', '감각동물의 영특한 행동(覺類施巧向徵)', '감각동물의 내적 본능이 지향하는 바(覺類內引向徵)'를 통해서 천주의 존재와 그 주재함을 증명하였다.

즉 상권에서는 자연계의 모든 존재와 현상으로써 창조 주체이며 주재 주체인 천주의 존재를 증명하려 하였다. 하늘, 공기, 땅, 바다, 사람의 몸, 생존하고 지각하는 만물의 생김과 몸의 쓰임새가 지향하는 모든 현상을 통해 천주의 존재와 그 주재를 먼저 증명하고, 그 다음 단계로 우주와 만물이 지향하며 운행되는 것을 통해 천주의 존재를 실체적, 자연과학적으로 입증하고 있다.

하권은 총 15개 항목으로 '하늘과 땅의 아름다움(天地之美徵)', '사람과 사물의 외적 아름다움(人物外美徵)', '사람과 사물의 내적 아름다움(人物內美之徵)', '많은 사물들이 연약하여 (서로) 연계하여 있음(諸物弱緣徵)', '세상 사람들의 같은 마음(世人同心徵)', '사람들의 얼굴과 목소리의 다름(異面異聲徵)', '인간세상의 결함(人世缺陷徵)', '귀신(鬼神徵)', '천주는 없다는 어긋난 논리(無主悖理徵)', '사람의 마음이 가진 능력(人心之能)', '공기의 현묘함(氣之玄妙徵)', '영혼의 상존(靈魂常存徵)', '천주 주재하심의 완벽함(主宰無失徵)', '신비한 다스림(神治徵)', '성스러운 발자취(聖跡徵)' 등을 포함하였다.

곧 하권에서는 인간을 위한 창조주의 배려로서의 자연, 그 주체인 사람과 사물의 외적 내적 아름다움, 그러나 많은 사물들이 연약함으로 인해 서로 연계해야 존재할 수 있는 한계와 인간세상의 결함을 설파한다. 귀신의 존재와 그것까지도 천주에 의해 창조된 선신과 악신 중 한 존재라는 것, 천주의 주재가 없다면 모든 것이 어긋날 수밖에 없는 이치와, 천주가 부여한 사람의 마음이 가진 능력, 영혼의 불멸성, 천주 주재의 완벽함과 신비한 다스림, 그리고 이 세상에 온 예수 그리스도의 성스러운 발자취(聖跡) 등으로 창조주와 그의 피조물에 대한 창조와 주재하심을 설득력 있게 해설하였다.

아담 샬은 특히 이 『주제군징』에서 자신의 천문학과 의학, 물리학, 생물학적 해박한 지식을 바탕으로 수많은 존재의 실체와 자연현상을 과학적으로 설명하며 그 위에 '창조주로서 우주만물에 대한 천주의 다스림'이라는 일관된 신학적 논리를 구축하였다.

『주제군징』의 내용에 있어 또 다른 큰 의미는 이 책이 천주교 교의 서일뿐 아니라 동시에 반(反) 성리학적 이론을 개진함으로써 중국 전교에 있어 예수회의 사상적 원칙을 천명한 대표저술이라는 점이다.

아담 샬은 태극(太極), 이(理), 기(氣), 음양(陰陽), 오행(五行), 혼(魂)과 정신(精神) 등 일반적으로 난해하고 모호한 성리학 이론을 알기 쉽게 설명한 후 그것을 객관적, 과학적으로 분석, 비판하였다. 태극에 대해서는 하권 제4항 제물약연징(諸物弱緣徵), 음양 천지론에 대해서는 하권 제10항 인심지능징(人心之能徵), 혼과 정신에 대해서는 하권 12항 영혼상존징(靈魂常存徵)에서 영혼 불멸과 그것을 주재하는 천주의 존재를 설명하며 동시에 성리학 이론을 비판하였다. 또한 하권 제8항 귀신징(鬼神徵)에서는 귀신이란 열등하고 유한하여 자존(自存)할 수 없으므로 신에 의해 창조되고 주재되는 실체이며, 음양(陰陽) 이기(二氣)의 소생은 아니라고 설명하였다.

그러나 아담 샬은 성리학 이론을 비판하고는 있으나 도리어 이를 통해 책의 저술 목적인 중요한 기본 교의인 창조주의 본질과 속성에 관해서 설명하고 있다. 즉, 천주는 유일하고 시작과 끝이 없으며, 스스로 존재하는 그리고 홀로 지극히 높고 전미(全美), 자족(自足), 무한량(無限量)이며 만물의 근원이라는 가르침을 직접적 비교를 통해 개진하였다. 또한 하권 10항 인심지능징(人心之能徵), 13항 주재무실징(主宰無失徵)에서는 영혼은 천주에 의해 창조되어 시작과 끝이 없는, 영원히 존재하는 신적인 것으로 정의하며, 동시에 그리스도교의 중요 교리인 사후의 상벌과 연관하여 영혼불멸의 필요성도 역설하였다.

특기할 점은 중국에서 우주의 다섯 생명원소로 인식하던 오행을 당시 서구의 불(火)·물(水)·공기(氣)·흙(土)의 사행(四行)으로 대치하며 그 본질 자체가 천주에 의해 창조된 단순물질이라고 주장한 것이다. 하권 4항 제물약연징(諸物弱緣徵)에서 사행이란 외적인 형세에 따라 그 형상이 정하여 지고 다른 물체에 부수되어서 만이 존재할 수 있는 약하고 열등한 물질일 뿐이라고 하였다. 따라서 창조주가 없다면 이들은 무(無)로 되어 존속할 수 없어서, 사행 자체가 주(主)에 의해 창조되고 존속되는 단순한 물질로서 오직 주의 재제에 의해 어길 수 없는 자연계의 공공한 질서를 지키고 있을 뿐이라고 물질 원리적으로 주장하였다.

4. 의의 및 평가

아담 샬이 성리학 이론에 관한 그의 견해를 밝히고 있는 것은 『주제군징』 일부분에 불과하다. 그럼에도 불구하고 아담 샬의 이 저술은 이 분야를 연구하는 학자들에게 마태오 리치의 『천주실의(天主實義)』, 샴(A.de la Charme ; 孫璋, 1728~1767)의 『성리진전(性理眞詮)』(1753年 刊行)과 더불어 그리스도교 선교사들의 반 성리학 저술 중 가장 탁월한 것으로 거론한다.[1] 그 이유는 일반적으로 난해하고 모호한 성리학 이론을 알기 쉽게 내용의 요점을 소개, 설명한 후 그것을 하나씩 객관적이고 과학적으로 분석, 비판하는 형식으로 이론을 전개하고 있고, 또한 서술에도 단순하나 명확한 표현의 한문을 구사하고 있기 때문이다. 다시 말하자면 그의 저술 중 성리학에 관한 비판이 비록 양적으로 방대하지는 않으나, 그리스도교에서는 인정할 수 없는 성리학 사상의 기본핵심을 들어 비판하고 있기 때문에 그리스도교 측의 성리학 비판서로서의 역할을 충분히 수행하였기 때문이라고 하겠다. 따라서 『주제군징』은 중국 선교에 있어 예수회 선교사들의 사상 정책을 명료하게 보여주는 예로서도 그 의의가 크다.

---

1) 方豪, 『中國天主敎史人物傳』 1, 香港 1970, 13쪽.

5. 조선에 끼친 영향

아담 샬이 저술한 종교서는 널리 알려지고 많이 읽혔던 것으로 보인다. 아담 샬의 70회 생일 축문에서 위예개(魏裔介)는 『주제군징』, 『주교연기』, 『진복훈전』 등 아담 샬의 서적들이 학문을 좋아하는 중국의 선비들에게 두루 알려지고 또 읽히고 있다고 하였다. 실제로 아담 샬의 종교서들은 20세기 초엽까지도 계속해서 판본을 거듭하였으며 또한 이 책들은 조선에도 전래되었다. 1644년 소현세자(昭顯世子)가 조선으로 돌아올 때 아담 샬은 그가 갖고 있던 모든 종교서와 과학서를 선물하였다고 해서, 늦어도 이때 아담 샬의 종교 저술들이 조선에 들어왔을 가능성이 높다.

소현세자 이전과 그 이후에도 한문서학서는 연행사(燕行使)에 의해 끊임없이 유입되었는데, 일부는 선교사들의 기증에 의해, 일부는 북경 유리창(琉璃廠)에 있는 서점을 통해 각종 서적을 구입할 때 함께 입수되었다. 이원순 선생은 1603년 북경 사행원 이광정(李光庭)의 마태오 리치 세계지도 반입으로부터 1783년 이승훈(李承薰)의 입연(入燕)까지 180여 년 동안 조선에 유입된 한문서학서의 도서목록과 수량의 정확한 파악은 불가능하며 다만 열독인사(閱讀人士)들의 기록으로 그 도서목록을 알 수 있다고 하였는데 이익(李瀷)과 안정복(安鼎福)이 『주제군징(主制羣徵)』을 열심히 읽은 것은 분명하다고 주장하였다.[2]

그러나 아담 샬의 종교서가 조선에도 널리 알려져 읽혔다는 더욱 명확한 증거는 1791년 정조(正祖) 15년에 있었던 홍문관 소장 서양제 서소각(弘文館 所藏 西洋諸書燒却) 사건을 통해서이다. 1791년 5월 전라

---

2) 李元淳, 「明淸來 西學書의 韓國思想史的 意義」, 『韓國天主敎會史論文選集』 제Ⅰ집, 1976, 146쪽 참조.

도 진산에서 천주교 신자 윤지충(尹持忠)이 모친상을 당해 그의 종제 (從弟) 권상연(權尙然)과 더불어 신주(神主)를 불태우고 제사를 드리지 않은 이른바 진산사건을 계기로, 같은 해 11월에 홍문관 소장 서양서 24종을 불태웠는데 이중 아담 샬의 종교서로는 『숭일당일기수필』을 제외한 나머지 4종, 즉『주제군징』,『주교연기』,『진정서상』,『진복훈 전』이 모두 소각서에 포함되어 있었다.[3]

이 책은 조선 후기의 진보적 유학자들이 서양의 과학지식을 이해하 고 습득하는데 중요한 하나의 계기가 되었으며 그 중 자연과학에 관 심이 많던 이익(李瀷), 안정복(安鼎福), 홍대용(洪大容) 등은 『주제군징』 을 상세히 읽고 일부 이론은 자신의 글에 인용하기도 하였다.

〈해제 : 장정란〉

---

3)『朝鮮王朝實錄』「正祖實錄」卷33, 正祖 15年 11月 癸未條.

참 고 문 헌

1. 사료

『主制羣徵』, 吳相湘(編), 『天主教東傳文獻續編』 第2冊, 臺灣 學生書局, 1966.

2. 단행본

장정란, 『그리스도교의 중국 전래와 동서문화의 대립』, 부산교회사연구소, 1997.

方豪, 『中國天主教史人物傳』, 香港 1970.

徐宗澤 編著, 『明淸間耶穌會士譯著提要』, 臺北: 中華書局, 1949.

Pfister, L. Notices biographiques et bibliographiques sur les Jesuites de l'ancienne Mission de Chine 1553~1773, Chang-Hai, 1932.

3. 논문

박종홍, 「서구사상의 도입 비판과 섭취」, 『한국천주교회사논문선집』 제1집, 한국교회사연구소, 1976.

이원순, 「명청래 서학서의 한국사상사적 의의」, 『한국천주교회사논문선집』 제1집, 한국교회사연구소, 1976.

장정란, 「예수회선교사 아담 샬 (Johann Adam Schall von Bell, 1592-1666)의 性理學批判」, 『東亞硏究』 제25집, 서강대학교 동아연구소, 1992.

한우근, 「천주교 초기전파와 그 반향」, 『한국천주교회사논문선집』 제1집, 한국교회사연구소, 1976.

4. 사전

『한국가톨릭대사전』 12권, 한국교회사연구소, 1995~2006.

『제가서학(齊家西學)』

분 류	세 부 내 용
문 헌 종 류	한문서학서
문 헌 제 목	제가서학(齊家西學)
문 헌 형 태	목판본
문 헌 언 어	漢文
간 행 년 도	1630년
저 자	바뇨니(Alfonso Vagnoni, 王豊肅·高志一, 1566~1640)
형 태 사 항	268면
대 분 류	종교
세 부 분 류	윤리, 교육
소 장 처	Bibliothèque nationale de France
개 요	적응주의 포교를 위해 유교와 천주교의 융합을 윤리적 차원에서 접근한 책으로 각 권을 부부(夫婦), 동유(童幼), 복비(僕婢), 전도(佃徒)의 입장으로 나누어 각각의 윤리적 역할과 책임을 설명한 윤리 교육서.
주 제 어	서학(西學), 교육(敎育), 윤리[厄第加], 천학[陡羅日亞], 제가(齊家), 제부인(齊夫婦), 제복비(齊僕婢), 제산업(齊産業)

1. 문헌제목

『제가서학(齊家西學)』

2. 서지사항

『제가서학』은 알폰소 바뇨니(Alfonso Vagnoni, 王豊肅·高一志, 이탈리아: 1566~1640)로 1630년 산서(山西)에서 신사(紳士)층 후원자들의 도움을 받아 목판본으로 출간한 한문서학서이다.

1624년 바뇨니가 마카오를 떠나 다시 중국으로 들어올 당시 산서 지역에는 강주(絳州)를 중심으로 한(韓)씨 집안의 한운(韓雲), 한림(韓霖),[1] 한하(韓霞) 형제와 단(段)씨 집안의 단곤(段袞),[2] 단습(段襲), 단의(段扆) 형제는 모두 충실한 천주교 신자로 바뇨니의 전교 사업을 적극 후원했다. 특히 한림(韓霖)과 단곤(段袞)은 바뇨니를 도와 빈민구제와 성소확장, 교회 건립 등 모든 교구사업의 후원을 주도했으며 한문 저작에 적극 동참했다.[3]

『제가서학』은 총 5권으로 이뤄져 있는데 권1과 권2는 대만 보인대학신학원에서 출간한 『서가회장서루명청천주교문헌』 제2책에 수록되어 있고, 권 3부터 권 5까지는 대북이씨학사에서 출간한 『법국국가도서관명청천주교문헌』 제2책에 수록되어 있다.

1줄당 20자씩 9줄로 268면 총 48240자 분량이다. 한림, 단곤, 양천정은 권1부터 권5까지 모두 교정에 참여하였고 위두추(衛斗樞)는 권1, 권4의 교정에 참여하였고 진소성(陳所性)은 권4, 권5의 교정에 참여하였다. 서양 선교사 비기규(費奇規), 용화민(龍華民), 등옥함(鄧玉函) 3인이 공정(共訂)하고 양마락(陽瑪諾)이 준(准)하였다.

---

1) 한림(韓霖) : 자는 우공(雨公).

2) 단곤(段袞) : 자는 구장(九章).

3) 蕭若瑟, 『天主教傳行中國考』, 民國叢書 第1編 11, 上海書店, 1989, 河北省 獻縣 天主堂 1931年版 影印, 204쪽 참조. “高一志大德不凡 熱心傳道 又得韓君段君左右之力 敎遂大開”

[저자]

알폰소 바뇨니(Alfonso Vagnoni, 1566~1640)의 자(字)는 칙성(則聖), 초명(初名)은 왕풍숙(王豊肅)이며 후에 고일지(高一志)로 개명하였다. 1566년 이탈리아 트라파니(Trapani, 特洛伐雷洛)에서 태어나 18세 때인 1584년 예수회에 입회하였다. 1603년 4월 성요한 호를 타고 1604년 7월 마카오에 도착, 39세 때인 1605년 3월 남경으로 들어갔다. 그는 남경의 선교 책임자로서 포르투갈 출신인 사무록(Semedo, 謝務祿)[4]과 함께 선교 활동을 펼쳐 45세인 1611년 5월 3일 '성십자교당(聖十字敎堂)'을 완공하여 남경을 중국 선교의 주요 거점으로 성장시켰다. 그러나 5년 후 1616년 5월, 남경의 예부 책임자인 심곽(沈漼)에 의해 주도된 남경 교난을 겪어 사무록(謝務祿)을 포함한 서양 선교사들과 함께 체포되어 감금되었다. 이 때 이지조(李之藻), 양정균(楊廷筠), 서광계(徐光啓) 세 명이 남경의 소식을 듣고 성교(聖敎)를 보호하여 변호하니 교세가 더욱 확장되는 결과를 초래하였다. 이에 심곽(沈漼)은 황제의 교지라고 전하면서 북경의 서양인 방적아(龐迪我), 웅삼발(熊三拔)과 남경의 왕풍숙 사무록을 함께 풀어주어 마카오로 추방시켰다. 이 때 그는 마카오에서 2년여 동안 머물면서 저술과 전교 활동에 힘썼으며 1624년 난이 가라앉은 후, 이름을 왕풍숙에서 고일지로 바꾸고 산서(山西) 강주(絳州)로 가서 15년간 선교와 구휼 활동에 힘쓰다가 74세인

---

4) 사무록/증덕소(P.Alvarus de Semedo, 謝務祿/曾德昭, 1585~1638) : 자는 계원(繼元), 초명(初名)은 사무록(謝務祿). 포르투갈 태생으로 1613년 남경에 도착했으며 1616년 남경 교난을 겪어 고일지(高一志)와 함께 투옥된 후 마카오로 추방되었다. 1620년 증덕소(曾德昭)로 개명하고 전교에 힘쓰며 처음에 항주(杭州)에서 활동하다가 강서, 강남을 거쳐 서안(1621년)에 있었다.1644년 예수회 회장을 맡았으며 1649년 광주로 옮겨 활동하다가 투옥되어 탕약망(湯若望)과 뜻을 함께 하였으며 그 후 그 곳에서 활동하다가 1658년 사망하였다. (徐宗澤, 『明淸間耶穌會士譯著提要』, 臺北: 中華書局, 1949 참조).

1640년 4월 병사하였다.[5]

그는 山西 지역으로 들어가 생을 마칠 때 까지 15년간 왕성한 전교를 펼치며 모두 23종의 한문 저작을 남긴 것으로 알려져 있는데 실제 문헌 기록으로 확인되는 바뇨니의 한문 저작 목록은 다음과 같다.

(1) 『교요해략(敎要解略; 聖要解略)』 2권 : 1626년 강주(絳州)에서 초각

(2) 『성모행실(聖母行實)』 3권 : 1631년 강주에서 인(印)

(3) 『천주성교성인행실(天主聖敎聖人行實)』 7권 : 1626년 강주에서 인(印)

(※ 『성인행실(聖人行實)』 1629년?)

(4) 『사말론(四末論)』 4권 : 1640년 간(間)

(5) 『칙성십편(則聖十篇)』 1권 : 1626년 이후 복주(福州)에서 인(印)

(6) 『십위(十慰)』 1권 : 1640년 간(間), 강주에서 인(印)

(7) 『여학고언(勵學古言)』 1권 : 1632년

(8) 『수신서학(修身西學)』(『서학수신(西學修身)』) 5권 : 1630년 이후 강주 인(印)

(9) 『제가서학(齊家西學)』(『서학제가(西學齊家)』) 5권 : 1624년 이후

(10) 『서학치평(西學治平)』 4권 : 1630년 이후

---

5) 바뇨니의 중국 전교는 크게 두 시기로 구분할 수 있는데 첫 번째가 1605년에서 1616년 교난 때까지 남경에서 활동한 시기이고, 두 번째가 1624년 12월에서 1640년 4월 사망할 때까지 산서에서 강주를 중심으로 활동한 시기이다. 그는 마태오 리치의 노선을 따라 우선적으로 그 지역의 유력한 신사층과 돈독한 관계를 맺으며 그들의 지원을 받았다. 하지만 전교활동의 주안점은 빈민 구제를 통한 교세 확장에 있었는데 그가 산서에서 활동했던 15년간 세례를 받은 사람은 8천여 명에 이른다. 특히 1634년 대기근 때에는 1530여명이 세례를 받았다고 한다. (楊森富, 『中國基督敎史』, 臺灣商務印書館, 1968, 74쪽 참조).

(11) 『민치서학(民治西學)』 2권(『서학치평(西學治平)』의 속편(續篇))

(12) 『동유교육(童幼敎育)』 2권 : 1620년 인(印)

(13) 『환우시말(寰宇始末)』 2권

(14) 『비녹휘답(斐錄彙答)』 2권

(15) 『비학경어(譬學警語)』 2권 : 1633년

(16) 『신귀정기(神鬼正紀)』 4권 : 1633년 강도 인(印)

(17) 『공제격치(空際格致)』 2권 : 1624년 후

(18) 『달도기언(達道紀言)』 1권

(19) 『추험정도론(推驗正道論)』 1권

이 중에서 조선에 전래된 것으로 정법류(政法類)(1), 성서격언류(聖書格言類)(4), 진교변호류(眞敎辯護類)(1), 신철학류(新哲學類)(3) 총 9종이며 이들은 외규장각목록(1782)에 기록되어 있어 서적 유입 시기는 1782년 이전으로 볼 수 있다. 정법류는 『동유교육』, 성서격언류는 『비록휘답(斐錄彙答)』·『사말론(四末論)』·『려학고언(勵學古言)』·『달언기언(達道紀言)』(1636), 진교변호류로는 『천주성교사말론(天主聖敎四末論)』, 신철학류로는 『서학수신(西學修身)』·『서학제가(西學齊家)』·『환우시말(寰宇始末)』 등이 있다.

실제 문헌 기록으로 확인되는 바뇨니의 한문 저작 목록 중에서 조선에 전래된 것으로 정법류(政法類)(1), 성서격언류(聖書格言類)(4), 진교변호류(眞敎辯護類)(1), 신철학류(新哲學類)(3) 총 9종으로 외규장각목록(1782)에 기록되어 있어 서적 유입 시기는 1782년 이전으로 볼 수 있다. 정법류는 『동유교육(童幼敎育)』, 성서격언류는 『비록휘답(斐錄彙答)』·『사말론(四末論)』·『려학고언(勵學古言)』·『달도기언(達道紀言)』(1636), 진교변호류로는 『천주성교사말론(天主聖敎四末論)』, 신철학류로는 『수신서학(修身西學)』·『제가서학(齊家西學)』, 『환우시말(寰宇始末)』 등이 있다.

그는 번역보다는 술(述)·찬(撰)·저(著) 등을 남겼는데 성경의 해제

성인의 행실, 천주교의 정통성 주장에 대한 것이 중심이고 더불어서 실용적인 천문·역법에 대한 것보다는 교육·수신·철학·정치에 대한 것을 소개시켰다. 종교사학자인 바르토니는 바뇨니를 일러 "중국에 파견된 선교사 중에서 교내외로 존경을 받는 인물로 마태오 리치를 제외하고는 바뇨니를 능가할 사람이 없다"고 평가한 바 있다.[6]

3. 목차 및 내용

[목차]

齊家西學 卷之一 齊夫婦

定偶	第一章	擇婦	第二章
定職	第三章	和睦	第四章
全和	第五章	夫箴	第六章
婦箴	第七章	偕老	第八章
再婚	第九章		

齊家西學 卷之二 齊童幼

敎育之原	第一章	育之功	第二章
敎之主	第三章	敎之助	第四章
敎之法	第五章	敎之翼	第六章
學之始	第七章	學之次	第八章
潔身	第九章	知恥	第十章

---

6) Bartoli, 『中國耶蘇會史』 在華耶蘇會十列傳及書 上冊, 北京中華書局, 1996.

[내용]

제부부(齊夫婦)

제1장 배우자의 결정[定偶]

'가정의 근본'으로서 남편과 아내, 즉 가정 운영의 주체로서 부부가

지니는 중심적 지위에 대한 선언으로 시작하였다.

"부부가 있은 연후에 자녀가 있고 부부와 자녀가 있은 연후에 안으로는 노비(僕婢)가, 밖으로는 소작농(佃徒)이 있고, 각종의 집안 일이 생겨난다. 고로 부부가 집안의 근본이다."

정해진 배우자(定偶) 즉, 일부일처(一夫一婦)의 당위성에 있음을 보여주는 것이다. 한 가정의 근본이자 중심으로서의 부부는 일부일처라는 대칭적 한 쌍의 개념이 배타적으로 수립되어야 안정적이며 반드시 바름이 있다는 것은 마땅히 정해진 직분(定職)을 지키고 마땅히 다해야 한다는 것이다.

『역경』 "단(彖)"에 이르기를 남자는 밖에서 정해진 지위가 있고 여자는 안에서 정해진 지위가 있으니 대등한 형상인 내외는 즉, 일부(一婦)는 이부(二夫)를 얻을 수 없으며 일부(一夫)도 이부(二婦)를 얻을 수 없다는 점을 강조하였다.

후세 사람들이 조물주가 원래 옳게 여긴 뜻을 살피지 않고 부인이 있는데도 다시 첩을 얻으니 바름이 어그러졌다고 하였다.

부부가 화목하면 서로 사모하고 서로 믿고 서로 결합하고 서로 성숙하게 된다. (부인)이 많으면 화목이 흩어지고 신뢰가 쇠락하여 서로 거리가 생기게 되니 어찌 정해진 직분을 다할 수 있겠는가 하였다.

대개 여자들의 성질(婦性)은 쉽게 화를 내고 쉽게 질투하고 의심이 많고 욕심이 많아 하나도 다스리기 어려운데 어찌 하물며 많은 이(부인)를 다스리겠는가라고 하였다.

유명한 현인인 플라톤(罷辣多)은 일찍이 "현명한 부인을 얻는 것은 복이요 부인을 얻지 않고 자유자적하는 것은 더 큰 복이다"라고 한 일화를 예로 든다. 혹자가 결혼의 어려움을 묻자 "아내를 얻어 편안한 날은 딱 이틀뿐인데, 방에 들어가는 첫날과 출상하는 마지막이다"라고 하였다. 이학의 스승인 소크라테스(束格辣)은 결혼한 것을 늘 후회했고, 어느 날 혹자가 결혼에 대해 묻자, "물고기가 통발에 들어가긴 쉬어도 나오긴 어렵다"고 답했다고 하였다.

제아일닉(第阿日搦) 현인이 말하기를 "사람이 행하기 이전에 가히 후회하는 일이 다섯 가지인데 그 중 최고는 혼인이다. 그 고달픔이 끊이지 않으니 아직 경험해 보지 못한 자는 생각하여 막을 수 없다고 하였다.

제2장 부인 선택[擇婦]

제1장에서 살펴 본 바와 같이 혼인은 오히려 하지 않는 것이 좋으나 부득이 하게 된다면 부성(婦性)의 화(禍)가 크기 때문에 반드시 일부일부의 원칙을 따라야하고 이러한 까닭에 제2장에서는 그 한 명의 아내를 고르기 위한 조건으로 다음의 다섯 가지 계율을 명시하였다.

(1) 빈부에 차이가 있게 하지 마라. 가난하면 좁고 비루함을 감당하기 어렵고 부유하면 교만하여 복종시키기 어렵다. 빈부의 정도가 같아야 마음이 조화로워 다스리기 쉽다. 옛 성현이 친구에게 경계하기를 부유한 데 장가가지 말라. 부유한 데 장가가는 것은 호랑이 같은 짝을 얻는 것이니 좋은 배우자를 얻는 것이 아니다. 가난한데 장가가지 말라. 가난한데 장가가는 것은 천한 노비를 얻는 것이니 바른 짝이라 할 수 없다. 비대아(比大義) 명 선비가 교지하기를 부인의 집과 남편의 집이 대등하면 두 가지 근심을 면하는 것이라 하였다. 리고아(理古義)가 나라 제도를 정하는 중에 여자가 혼인할 때에 예단을 지나치게 많이 하지 못하게 하는 것은 여자가 악하나 부유한 자가 쉽게 혼인하고 현명하나 가난한 자

가 혼인하기 어렵게 될까 두려워해서이다.

(2) 나이에 차이가 있게 하지 마라. 리고아(理古義)가 혼인 제도에 있어서 어림(穉)과 나이 듦(老) 모두를 경계하였는데 어린 여자는 아직 기가 완성되지 않아 아내로 맞이하면 그 몸을 손상시키고 그 배움을 약화시키고 자식을 나약하게 한다. 늙은 여자는 이미 기가 허하여 부인으로 맞이하면 그 힘을 소모시키고 그 지혜를 감소시키고 자식을 요절하게 한다. 혼인은 어느 때 하는 것이 이로운 가에 대하여 청하여 물으니 답하기를 어림(幼)과 늙음(老) 모두 이롭지 않다. 비유하기를 어린 사람이 늙은 사람과 혼인하는 것은 어린 나무가 썩은 나무에 의지하는 것과 같아서 오래지않아 모두 상하게 될 따름이다.

(3) 병약한 자를 맞이하지 마라. 병약한 여자는 자식을 생육할 수 없으며 생육한다 해도 병약하지 않은 자식이 없다. 옛말에 이르기를 어미가 자식을 가졌을 때 자식에게 전하지 않은 것이 없다하였으니 건강하면 건강한 자식을 낳고 병약하면 병약한 자식을 낳는다. 그 정(精)한 이를 골라야 반드시 좋은 이를 거두게 된다.

(4) 지나치게 똑똑하거나 멍청해서는 안 된다. 똑똑하면 생각이 지나치고 법도를 뛰어넘어 권세를 휘두르고 질서를 어지럽힌다. 멍청하면 본업을 다할 수 없고 어진 남편의 가르침을 따를 수 없다.

(5) 현명하지 않으면 아내로 들이지 마라. 현명한 부인이면 가난하고 못 생겼다 하더라도 자식을 기르고 집안을 다스릴 수 있다. 현명하지 않으면 비록 존귀하고 부유하고 총명하다 하더라도 자식을 기름에 있어 불초한 자식이 나오고 집

안을 다스림에 있어 아무런 성과가 없다. 옛 명사가 말하길 장가가는 것은 '주사위를 던지는 것(擲骰)'과 같아서 다행히 현명한 이를 만나면 화락(和樂)이 그치지 않고 불행하게 현명하지 못한 자를 만나면 한스러움이 그치지 않는다. 아내 고르기에 실패했을 때 남자는 큰 어려움에 빠지게 된다. 악처는 어떤 맹수보다도 무섭고, 그와 짝을 이루느니 사나운 호랑이를 만나는 게 나으며 악처는 힘으로 가히 복종시킬 수 없으며 법이 없어 가히 다스릴 수 없다. 그러한 아내가 죽었을 때는 "다행이다"라는 위로를 받는다. 장가들 적에 바라는 바는 재물도 미색(美色)도 아니라 덕(德)일 따름이다. 대개 부부의 화합과 자손의 양육, 가정의 도가 번성하는 것은 유독 덕을 잇는 것일 뿐이다. 성경에 이르기를 현명한 부인의 좋은 점을 상세히 말하였는데 "현명한 부인은 원방(遠方)의 진귀한 보물이요, 한 집안의 문장이요, 내치(內治)의 법도요, 어진 지아비의 안식처요, 자식의 밝은 하늘이요, 시종들의 기둥이요, 친척들의 의지처요, 궁핍과 추위에 처한 자들의 온실이요 우환(憂患)에 빠진 자들의 위안처인데, 그런 부인을 얻는 것은 하느님이 허여하신 바이지 사람의 힘이 할 수 있는 바가 아니다"라 하였다.

제3장 역할 설정[正職]

세상의 어떤 만물도 전능하지 않으니 모두 서로에게 의지하여 이루어져야 함을 강조하였다. 조물주가 태초에 남자 하나와 여자 하나를 내시어 짝을 짓게 하시고 화목하게 가정을 이뤄 바른 도로써 만세에 전하게 하신 것을 보면, 부부의 직분은 무엇보다 서로 돌아보고 서로 구제하며 서로 의지하고 서로 성취함에 있는 것을 가장 중요하게 생각하였음을 알 수 있다. 한 사람이 병들면 한 사람이 섬기며 한 사람이 근심하면 한 사람은 위로하고 한 사람이 미혹되면 한 사람은 깨어 있고 한 사람이 간사하면 한 사람은 바르고 한 사람이 음탕하면 한 사람은 대쪽 같아야 한다는 것이다. 서로 도와 서로 편안하니 늙어서도 그치지 않으니 이어서 바른 도가 생겨 자라게 되니, 한 사람은 재화의 생산을 주로 하고 한 사람은 아이의 양육을 주로 한다는 점을 강조하였다. 어머니의 직분은 뱃속에 아이를 잉태하고 가슴에 품고 마시고 먹게 하는 것이고 아버지의 직분은 품을 떠나면 가르치고 깨우치며 병이 들면 낫게 하고 장성하면 가정을 꾸리게 하고 불초하면 꾸짖는 것이다.

밖과 안이 비록 각각 주요하나 여자는 음(陰)이고 남자는 양(陽)이니 부인은 반드시 남편을 따라야 한하며 이를 기거(耆居)의 표지로 삼아야 한다는 것이다.

또 부부는 해와 달에 비유할 수 있는데, 달은 음을 담당하여 만물에 은택을 내리지만 그 빛은 모두 해에게서 나온 것으로 만약 해를 가리면 그 빛을 잃을 뿐만 아니라 만물이 어그러지므로 아내의 존귀한 여화와 권력은 전적으로 남편에게 달려 있는 것이다. 만약 기세를 타고 권력을 휘두른다면 반드시 영광이 사라지고 집안은 어지럽게 될 것이다.

제4장 화목[和睦]

조물주가 태초에 남자 하나를 만들고 다시 남자의 갈비뼈를 하나 취하여 여자 하나를 만들어 짝으로 삼게 하시니 이들이 만민의 조상으로 남편이 아내보다 높은 것은 흙을 빚어 만드셨기 때문이고 아내가 남편보다 낮은 것은 그의 갈비뼈로 만드셨기 때문이라는 점을 들었다. 이로 보건대 서로 친하고 화목하기가 한 몸처럼 해야 되며 이들을 다 만들고 명하시기를 "두 사람은 한 몸(二人一體)이니 쫓아 보내서도 다른 데로 시집을 가서도 안 된다" 하였다.

제5장 구성원의 화합[全和]

부부는 화목이 중요한데 화목을 상하게 하는 것에는 다음의 4가지 요인이 있다고 하였다.

(1) 사음(邪淫) : 부부의 화목은 남편이 다른 아내를 알지 못하고 아내가 다른 남편을 알지 못하는 것이다. 부부의 도는 해와 달의 만남과 같아서 한 번도 황도(黃道)와 적도(赤道)를 벗어나지 않지만 해는 항상 빛을 주고 달은 항상 그 빛을 받으므로 아름다운 것이다. 만약 지구의 그림자를 만나 식(蝕)이 생기면 추해진다.

(2) 의심 : 애정의 형세는 다른 마음의 끼어듦을 허락하지 않는데 한번 의심이 생기면 애정도 사라지고 화목의 의사도 없어진다. 사람의 마음은 변하기 쉬워서 애정도 사라지고 화목의 의사도 없어진다. 사람의 마음은 변하기 쉬워서 아침에 사랑하다가도 저녁에 미워지고 저녁에 사랑하다가도 아침에 미워지니 스스로도 그 이유를 알지 못한다. 하물며 마귀가 사람을 유혹해 질투를 일으키면 좋았던 마음도 쉽게 멀어지고 아무런 이유 없이 상황이 꼬여나가면 그로부터 의심이 생겨나기도 한다. 그래서 남편은 반드시 귀머거리가 되어야하고 아내는 장님이 되어야 하는데, 그 이유는 귀머거리여야 아내의 말과 다른 사람의 참소를 듣지 않고, 장님

이어야 남편의 잘못과 밖에서 들어온 사단을 보지 않을 수 있기 때문이다.

(3) 분노 : 여성은 허약하여 쉽게 노하고 남성은 총기 있고 굳세서 쉽게 노한다. 그런 까닭에 집안일의 번잡함이나 자녀로 인한 수고로움, 하인들의 우매함과 생각지 못했던 여러 돌발적인 일들이 터지면 부부의 화는 더욱 치열하게 타오른다. 대개 어떤 일에 촉발되어 문득 화를 내는 것은 흔히 있는 일이지만 오랜 화를 풀지 않는 것은 사람의 마음이 아니다. 화를 식힘에 있어서는 참음(忍) 만한 것이 없다. 옛날 서쪽 땅의 한 현인이 친구를 초대했는데 부인이 계속 소란스럽고 무례하게 굴자 친구가 불안하여 가겠다고 했다. 주인이 말하길 "나는 32년을 참았는데 그대는 이 잠깐을 못 참는가?" 친구는 그 말에 승복했고 부인 또한 그 말을 듣고 잘못을 고쳤다. 위대한 현인 소크라테스의 부인 크산티페는 성격이 사나웠다. 혹자가 어떻게 참는지를 묻자 현인이 답했다. "물레방아의 바퀴가 시끄럽지 않은 때가 없으나 그것을 원망하는 사람은 없다. 내가 아내를 보는 것 또한 이와 같다"

(4) 직분 넘기 : 부부는 각기 정해진 지위가 있는데 그 직분을 넘어 침범하게 되면 화목을 잃는다는 점을 강조하였다.

제6장 남편에 대한 잠언[夫箴]

옛말에 이르길 "신하의 본보기는 임금이고 아내의 본보기는 남편이다"라고 하였다. 남편의 바름과 간사함이 아내에게 통하지 않는 것이 없으니 남편이 아내를 바로 하여 그 집안을 다스리고자 한다면 화목으로 결합하는 것이 가장 좋다. 남편이 갖춰야 할 덕목은 가장, 즉 가정에서의 리더 혹은 지배자로서의 덕목이라 할 수 있다.

(1) 남편은 아내를 선함으로 선도하고 지혜를 일으켜야 한다. 이는 마치 광풍이 사람의 옷을 억지로 벗기려 하면 사람은 더욱 옷을 부여잡고 태양이 따뜻한 열기로 훈훈하게 하면 사람 스스로 옷을 벗어 받아들이는 것과 같다.

(2) 남편은 나약해서는 안 된다. 여자의 성정은 이기기를 좋아하고 스스로 주인 삼기를 좋아해서 남편이 나약하면 반드시 그 위를 올라탄다. 아내가 남편의 권력을 훔치면 한 집안에 두 명의 주인이 있게 되는 것이다. 장차 부림을 당할 주인은 그 집안을 다스릴 수 없다.

(3) 남편은 희희낙락해서는 안 된다. 혼인의 도(道)는 절제와 공경으로 해야 한다. 혹자가 외도하지 않음을 자랑하자 한 성인이 나무라며 말했다. "집 안에서 취해 있는 것이나 집 밖에서 취해 있는 것이나 다를 바가 무엇인가. 부부 간에 방탕한 것이 어찌 죄가 아니겠는가." 그러므로 부부 사이에는 구별이 있고 예로써 대해야 하는 것이다.

(4) 남편은 비밀을 말해서는 안 된다. 아내는 생사의 배우자요 전체 중의 반이요, 가정 운영의 조력자이니 집안의 일은 마땅히 그녀와 함께 도모해야 한다. 그러나 집 밖의 일과 정치, 혹은 친구가 부탁한 비밀스러운 일은 부인에게 맡겨서는 안 된다. 여자들의 성정은 새로 듣거나 가벼운 말을 좋아하고 비밀이란 걸 알지 못하며 소문을 전하는 것을 쾌감으로 여긴다.

(5) 남편은 사사로운 사랑을 해서는 안 된다. 여자들의 성정은

매우 교활해서 남편을 유혹해 자기를 따르도록 만든다.

(6) 남편은 아내에 대해 교만해서도 인색해서도 안 된다. 아내와 남편이 이미 한 몸이 되면 남편은 아내를 가벼이 여긴다. 옛 철학자가 말하길 처를 가벼이 여기고 공경하지 않음은 아내를 노비로, 자식을 종으로, 자신을 일군으로 여기는 것이다. 남편이 아내를 가벼이 여기지 않고 공경하고 후히 대하면, 마치 해가 달을 비춰 달빛이 빛나고 만물이 풍성해지듯 한 집안이 윤택해진다.

제7장 부인에 대한 잠언[婦箴]

현명한 부인이 따라야 할 덕목은 다음의 다섯 가지가 있다는 점을 들고 있다.

(1) 첫째, 꾸미는 것을 좋아하지 말라. 꾸밈을 좋아하는 것은 아름다움을 가장하는 것이 아니라 오로지 추악함을 가리는 것일 뿐이다. 말하길 부녀의 바른 꾸밈은 진귀한 옷이 아니라 곧은 덕(貞德)을 갖추는 것이다. 저번에는 망가지고 이번에는 성하고 저번에는 투기하고 이번에는 공경하고 저번에는 음란함을 깨우쳐주고 이번에는 음란함을 덮는다면 어찌 믿을 수 있을 것인가. 지혜로운 남편은 부인에게 옷의 화려함이 아니라 덕의 아름다움을 요구할 뿐이다. 대개 부녀가 밖에서 화려하다면 반드시 안은 황폐하게 된다.

(2) 둘째, 밖으로 나다니는 것을 좋아하지 말라. 나다니는 것을 좋아한다는 것은 직분을 잃고 의혹을 생기게 한다.
부인이 밖에 나가 노닐게 되면 보지 말아야 할 것을 보고 듣지 말아야 할 것을 듣게 되어 돌아와도 밖에 유혹된 생각이 때때로 마음에서 일어나니 고요함이 오염된 자는 흔들리게 된다고 하였다.

(3) 셋째, 말하는 것을 좋아하지 말라. 옛 말에 부인의 속성은 힘은 적고 말은 많으니 노인, 부인, 아동이 지키지 못하는 것이 함묵(緘黙)이라 하였다. 말을 적게 해야 지혜와 청렴, 정절, 근신과 같은 여러 미덕이 온전히 드러난다. 그렇지 않으면 그 몸과 집안의 일이 드러나고 여러 사람들의 단점이 언급되며 분란이 일어나니 작은 문제가 아니다. 옛 유명한 철학자가 말하기를 "사람이 사는 집에는 모두 두 개의 문이 있어 그 내부 사정이 새어나가는데 하나는 대문이고, 또 다른 하나는 아내의 입이다. 대문은 모두 엄격하게 방비(防備)를 하나 아내의 입은 단속을 소홀히 하니 왜인가"라고 하였다.

(4) 넷째, 한가로움을 좋아하지 말라. 한가로움은 모든 악의 매개이다. 바른 의무를 행하다 쉬게 되면 사악한 생각이 싹트고 안의 일이 끝나면 바깥의 유혹이 들어온다. 부인의 바른 직분은 문지방 안의 일을 맡는 것으로 쉴 틈이 많지 않다. 따라서 한가로움을 좋아하면 집안의 일은 반드시 황폐해진다. 성경에 이르길 '한가로움이 이르면 장궤가 비니 부잣집의 가장 큰 근심은 바로 한가로움을 좋아하는 부인이다'라고 하였다.

(5) 다섯째, 사치스러움을 좋아하지 말라. 성격에서 현명한 부인의 덕을 칭찬할 때면 반드시 그 어진 남편이 모아놓은 자산을 잘 보존하는 일에 대하여 서술하였다. 선지자는 부부의 도를 묘사하면서 두 마리 소가 함께 밭을 갈아 곡물이

가득 차게 되는 것을 그렸는데 그것의 의미는 부부가 기왕
혼인의 멍에를 짊어지게 됐다면 마땅히 뜻을 합치고 힘을
아울러 집안의 자산을 풍성하게 해야 한다는 것이다.

제8장 부부해로[偕老]

혹자가 "이미 결혼했는데 다시 하는 것이 어떠합니까?"라고 물으니
답하길 성경에 만물을 만들 때 처음 남편을 만들고 부인을 만들어 둘
로 하여금 서로 화합하여 자식을 기르고 해로하여 헤어지지 않아야
한다고 하였다.

제9장 재혼(再婚)

혹자가 배우자가 죽는다면 재혼할 수 있는지 묻자 답하길 가능하기
는 하다. 그러나 재혼하지 않는 것이 더 높은 절개를 보여주는 일이며
그 이유를 다음과 같이 말하였다.

(1) 사람은 정결(貞潔)함에 있어 하늘의 신을 닮아 세속을 초월하
    고 혼인에 있어 땅의 짐승을 닮아 비루한 속세에 따른다. 홀
    아비와 과부의 절개는 혼인의 절개에 비해 더욱 정결하다.
(2) 결혼한 부부는 같은 족쇄를 찬 한 쌍의 죄수이다. 서로 당
    기고 끌려가며 피할 수도 헤어질 수도 없다. 서로 따르고
    인내하며 집안일의 중요한 임무를 함께 짊어지고 가다가
    죽음에 이르러서야 편안한 휴식을 얻는다. 한 사람이 죽으
    면 혼인의 맺음이 비로소 풀어지며 스스로 주인 되는 자유
    를 얻을 수 있거늘 어찌 다시 혼인하여 이제 막 얻은 자유
    를 잃는다는 말인가

(3) 혼인의 어려움은 매우 번잡하고 무거우며 일을 만나지 않는 곳이 없으며 면할 수 있는 시간이 없다. 혼인을 하고 후회하는 사람은 십에 아홉이며 혼인하고 편안해하는 사람은 열에 하나이다. 다행히 거기를 벗어났는데 그 안에 몸을 던지니 무엇 때문인가. 이미 큰 바다의 험난함을 벗어났음에도 다시 그곳을 떠돌다 파도 속에 죽기를 구하니 족히 불쌍히 여길 필요가 없다.

(4) 물론 후사가 없거나 나이가 젊을 경우 지향과 바람이 확실치 않고 역량이 부족하여 시세(時勢)에 위태롭고 일상을 살아가는 데 고충이 있을 경우 재혼은 할 수 있다. 그러나 성인 앙박삭(盎博削)은 이렇게 말했다. "배우자를 잃은 사람은 외로이 살 것을 근심하지 말라. 정결한 사람은 홀로 있고 은둔하길 좋아하니 천신이 그와 함께 할 것이다. 또한 어찌 살까 근심하지 말라. 천주께서 너의 목숨을 보호하고 너의 일을 주관하실 것이다. 만약 자녀 때문에 재혼을 한다면 흔히 전의 아이를 버리고 후의 아이를 기르게 되는데 두 아이 사이에서 공정치 못한 죄를 면하기 어려울 것이다. 또 후사를 잇기 위해 재혼을 한다 하는데 재혼을 하면 반드시 아이를 낳아 잘 키운다는 보장이 있는가.

제복비(齊僕婢)

제1장 복비의 기원[僕婢之原]

대주(大主)가 처음 사람을 만들었을 때 서로를 부리게 하려고 한 것은 아니었으나, 원죄(元罪)에 물든 뒤로부터 사람들에게 복비(僕婢)의 개념이 생겼다. 그러나 어리석고 가난한 사람들은 지혜롭고 부유한 사람에게 복비로서 부림을 받지 않으면 지혜를 깨우치고 삶을 이어갈 방법이 없기 때문에, 사회의 안정을 유지하기 위한 측면에서 존재의 의의가 있다고 하였다.

제2장 복비의 등급[僕婢之等]

복비는 5등급이 있으며, 첫 번째는 족류(族類)이니 천한 사람의 자식이 천한 사람이 되는 것이고, 두 번째는 부로(俘虜)이니 적국과의 전쟁에서 포로가 되는 것이고, 세 번째는 견벌(譴罰)이니 죄로 인해 처벌을 받아 국가의 공무(公務)에 부역하는 것이고, 네 번째는 자육(自鬻)이니 가난한 자가 자녀 또는 자신을 파는 것이고, 다섯 번째는 약매(掠賣)이니 강도에게 붙잡혀 억지로 부역하는 것이라 하였다.

제3장 주인의 직분[主之職]

주인의 권리는 천주(天主)가 부여한 것이므로 천주의 명령과 다스림을 본받아 그 직분을 다해야 하며, 어진 부모처럼 자애롭게 대하고 바르게 명령하며 재주에 맞게 부려서 순하게 인도하는 한편 그들의 잘못과 나태함을 꾸짖어야 한다고 하였다.

제4장 주인의 자애로움[主之慈]

주인이 하인을 다스릴 때는 무엇보다 자애의 정을 중요하게 여겨야 하고, 다만 자애는 반드시 의(義)에 근본을 두어야 하고, 친압하여 공경을 잃어 주인과 종이 전도되는 상황을 만들어서는 안 된다는 점을 강조하였다.

제5장 주인의 명령[主之命]

주인의 권리는 상주(上主)에게서 얻은 것이므로, 주인이라 하더라도 바르지 않은 명령을 내릴 권한은 없다. 의(義)에 맞는 것, 분수에 있어 마땅히 해야 하는 것, 능력이 감당할 수 있는 것이 정(正)에 해당한다고 하였다.

제6장 하인에 대한 양육[役之育]

하인을 어떻게 양육하느냐에 따라 주인의 어짊과 각박함이 드러나게 되니, 대주(大主)가 만물을 사랑하듯이 주인도 하인을 후하게 양육해야한다고 하였다.

제7장 하인에 대한 교육[役之敎]

주인은 하인을 양육해야 할 뿐만 아니라 교육해야 하고 하인들은 성품이 둔하여 어린아이처럼 법도나 윤리, 예의, 세상일에 대해 무지하므로 때문에 하인들을 잘 가르쳐야 주인의 일을 도와 제 역할을 할 수 있다고 한 것이다.

제8장 하인의 선택[役之擇]

하인들은 성품이 거칠거나 사벽(邪僻)되거나 게으르기 때문에 제대로 선택하지 않으면 그 해가 매우 크다고 언급하였다. 하인을 선택할 때에 외모에 현혹되지 말고 이전의 행적을 살피고 그 말만을 믿지 않아야 한다. 되도록 장년인 사람 보다 가르침이 잘 통하는 어린 사람을 선택하여, 이를 주인이 잘 교육하면 반드시 집안에 도움이 되는 하인이 될 것이라 하였다.

제9장 하인의 처벌[役之懲]

하인은 원래 성정이 둔한데다, 사람의 마음은 일정하지 않아서 바른 절조를 지키기 어려우니 죄로써 처벌해야 하며, 하인의 잘못은 주인의 명예와 집안을 망하게 할 수도 있기 때문에 하인의 잘못이 작을 때에 미리 다스리는 것이 중요하다고 하였다.

제10장 하인을 처벌하는 법[懲之法]

하인을 처벌할 때에 주인은 마음을 노엽게 하지 말고, 거친 말을 하지 말고, 형벌을 남용하지 말아야 한다는 점을 강조하였다. 마음이 동요하여 노하게 되면 말이 거칠게 나오고 또 형벌을 남용하게 되기 마련으로 그렇게 하면 하인의 잘못을 꾸짖으려다 자신의 입을 더럽히고 하인에게 수치심을 느끼게 만들어 효과가 없다는 것이다.

제11장 하인의 직분[役之職]

하인의 직분들 다음과 같이 6가지로 들고 있다. 첫 번째는 천주(天主)에게 충성하듯 주인에게 충성하는 것이고, 두 번째는 마음과 행실에 정성과 공경을 다하는 것이고, 세 번째는 주인을 잘 섬겨 언제나 충성을 다하는 것이고, 네 번째는 사리에 맞지 않는 명령을 듣지 않는 것이고, 다섯 번째는 주인이 어리석더라도 충성을 다하는 것이고, 여섯 번째는 주인의 일에 성실하여 항상 애쓰는 것이다.

제산업(齊産業)

제1장 재산[資財]

재산과 집의 관계는 신체에 맥락(脈絡)이 있는 것과 같고 재산을 모으는 원칙을 덕(德), 성(誠), 근(勤), 검(儉) 네 가지로 들었다. 재산이 있더라도 지혜가 없으면 이를 유지할 수 없어 재산이 없더라도 지혜가 있으면 끝내 부유하게 되며, 그밖에 시세를 잘 살펴서 무역하며 남을 후하게 대접하고 자신은 소박한 생활을 유지하며 과시하지 않고 실용적인 삶의 태도를 가지는 것이 부를 이루는 방법이라 하였다.

제2장 농업[農務]

농업은 인간의 지혜나 배움으로 만들어진 것이 아니고 조물주(造物主)가 명한 바로 개벽한 뒤로 노력 없이도 풍성한 수확을 거두었으나 죄를 지은 이후로는 고생을 겪어야 얻을 수 있게 되었음을 언급하였다.

제3장 밭의 선택[擇田]

밭을 다스릴 때에는 무엇보다도 땅의 기운이 맑고 지력이 넉넉한지를 따져야 하고 물이 범람할 수 있으므로 강에 너무 가깝지 않아야 하고 근처에 샘이나 시내가 있는 곳이 유리하며, 소송이나 침탈을 당하기 쉬운 곳은 피해야 한다는 점을 들어 토지 선택의 기준을 말하였다.

제4장 농인의 선택[宅農]

땅을 선택했다면 농인이 이를 다스려야 하며, 농사를 전업으로 하는 사람 중에 성정과 그간의 행적을 잘 살펴 고르되, 그들의 노고를 후하게 보상하여 주인의 밭을 잘 경작할 수 있도록 해야 한다고 하였다.

제5장 농인의 직분[農職]

훌륭한 농인이 되기 위한 10가지 요체를 다음과 같이 들고 있다. 첫 번째로 땅을 잘 살펴 알맞은 농작물을 심는 것이고, 두 번째로 곡식의 종류에 따라 적합한 토지를 아는 것이고, 세 번째로 시기를 잘 헤아려 그에 맞게 농삿일의 과정을 진행하는 것이고, 네 번째로 자신의 능력이 감당할 수 있는 만큼 토지를 받는 것이고, 다섯 번째로 지혜를 발휘하여 농삿일에 힘을 덜 들이게 하는 방법에 대해 연구하는 것이고, 여섯 번째로 지력이 소모되지 않게 토지의 상황에 따라 알맞게 비료를 주는 것이고, 일곱 번째로 물을 효율적으로 이용하는 것이고, 여덟 번째로 농사에 보탬이 될 수 있도록 가축을 활용하는 것이고, 아홉 번째로 다른 일을 하게 되거나 주인의 부림을 받는 등 예측하기 어려운 여러 기회에 대응하는 것이고, 열 번째로 묻기를 좋아하고 널리 의논하는 것이라 하였다.

제6장 땅을 다스림[治地]

곡식과 토지 및 각국의 지향이 모두 다르기 때문에 서양과 중국을 서로 참고 및 보완하여 서술한 것으로, 토지와 농부를 선택한 이후의 농사에 관해 토지를 다스리는 사항을 열거하였는데, 둘레에 제방을 쌓아 장마물이 들어오거나 가축이 짓밟는 것을 예방하고, 지세를 평평하게 하여 햇빛과 물을 골고루 받게 하고, 돌과 모래 및 잡초를 제거하는 등의 일이라 하였다.

제7장 씨를 뿌림[播種]

씨는 모양이 좋고 꽉 찬 것을 골라서 세척한 다음 깨끗하고 건조하게 보관하고 발아율의 차이 때문에 척박한 땅에는 많이 뿌리고 기름진 땅에는 적게 뿌리며, 골고루 뿌리되 흙을 덮어 새들이 쪼아 먹지 못하게 하는 것이 기본 요령이라 하였다.

제8장 나무를 심음[種樹]

나무를 심는 것 또한 농업 가운데 중요한 일이라 하고, 나무는 땔감 및 과실을 얻을 수 있으며 다른 곡식의 손실을 메울 수 있다는 장점을 언급하였다.

나무를 심는 방법과 계절에 따른 관리 사항 및 가지를 접붙이는 요령에 대해 설명하고. 특히 서양에서 뽕나무를 번식하고 관리하는 방법을 덧붙여 그 중요성을 강조하였다.

제9장 밭에 비료를 줌[壅田]

곡식을 수확한 뒤에 남은 잡초를 불태운 다음 밭을 갈거나, 석회를 뿌리거나 가축과 사람의 분뇨 및 낙엽 등을 비료로 만들어 뿌리는 것이 농사에 있어서 매우 유익하다고 하고, 비료로 쓸 수 있는 다양한 재료들을 열거하였고 비료로 만드는 과정과 및 비료를 뿌리는 방법에 대해 상세히 설명하였다.

제10장 치수[水法]

치수하는 데 있어 중요한 2가지는 물이 너무 많을 때 이를 제거하는 것과 물이 없을 때 이를 끌어오는 것이라는 점을 들었다.

제11장 곡식의 저장[貯穀]

곡식이 익으면 베어서 말린 다음에 낟알을 취해서 다시 말리고, 바짝 말린 뒤에 저장하고, 지대가 높고 바람이 통하는 곳에 보관하는데, 그렇지 않으면 쉽게 썩게 된다는 점을 강조하였다.

제12장 목축[養牲]

목축을 하면 농부가 농삿일에 드는 힘을 덜 수 있다고 하면서 말이나 나귀 등도 부리고 일을 하는 데는 편하나 오랜 노동을 견디지 못하고 진흙이나 비탈진 곳에서는 일을 시키기 어렵기 때문에 이러한 점에서 제약이 적은 소를 주로 쓴다고 하였다. 크기와 관계없이 어리고 튼튼한 소를 골라 신중히 키우고 과한 노동을 시키지 않는 등 소를 관리하는 요령에 대해 설명하고 이어서 좋은 양과 돼지, 말 등을 구분하는 기준과 습성 및 유익한 점을 열거하였다.

제13장 새와 벌레[禽蟲]

농부는 장포(場圃)와 지당(池塘)을 소유하고 있기 때문에 이익을 극대화하기 위해 대부분 새와 벌레 등을 함께 기른다고 하면서 새는 닭과 거위, 오리, 비둘기가 소개되어 있으며, 각 새의 생태와 기르는 방법을 설명하였다.

4. 의의 및 평가

바뇨니의 『제가서학(齊家西學)』은 유교와 천주교의 융합이 사회의 도덕, 즉 영성(靈聖)이 아닌 윤리의 차원에서 어떻게 전개될 수 있는지를 보여주는 텍스트이다.

'제가(齊家)'라는 개념은 『대학(大學)』의 삼강령팔조목(三綱領八條目) 중

하나로 수신(修身)하지 않으면 집안을 바로잡을 수 없다고 하여 제가(齊家)에 앞서 수신(修身)을 그 선행 요건으로 삼는다. 바뇨니가 유가의 '수신제가치국평천하(修身齊家治國平天下)'의 논리에 따라 『제가서학(齊家西學)』, 『수신서학(修身西學)』, 『치평서학(治平西學)』 등과 같은 서학(西學) 버전 기획물을 연속으로 출간한 것을 볼 때 이와 같은 기획은 예수회의 기본 선교 전략인 '적응주의'의 계승이자 실천이었다고 할 수 있다. 예수회의 적응주의는 유교와 그리스도교의 융합을 의미한다. 이들에게 유교와 두 종교의 융합이 가능했던 이유는 도덕과 정신적 수양의 측면이 강하고 상대적으로 종교성이 취약했던 유학이 종교성이 분명하며 유일신을 갖는 기독교와 대립하지 않는 것으로 보였기 때문이다.[7]

특히 부부의 윤리를 다루고 있는 「제부부(齊夫婦)」는 남녀의 사랑과 결혼에 관한 유교의 도덕과 천주교의 도덕이 어떤 지점에서 함께 하고 다시 나뉘는지를 통해 융합, 즉 예수회의 적응주의가 당시 사회의 현실 속에서 어떤 새로운 담론의 형성을 가능하게 했는지를 살펴볼 수 있는 자료이다. 바뇨니도 유학 담론에 발달되어 있지 않은 영(靈)적인 문제, 초자연적인 것에 대한 보완을 불교나 도교가 아닌 천주교가 훨씬 더 높은 차원에서 대체하고 그것이 중국 개종의 주요한 발판이 될 수 있을 것이라는 믿음을 갖고 있었다. 남녀의 사랑과 결혼이라는 지극히 세속적인 테마가 기독교의 초월적 신성성과 만났을 때 중국적 상황에서 나올 수 있는 담론의 방향은 어떠한지를 보여준다.

1) 결혼 문화

동서(東西) 간 결혼 문화에 대한 일치된 인식으로는 결혼이 세대를

---

7) 데이비드 E 먼젤로, 이향만·장동진·정인재(역), 『진기한 나라, 중국 : 예수회 적응주의와 중국학의 기원』, 나남, 2009, 60쪽 참조.

연결해주는 주요한 과업이며 음양(陰陽)의 상보적 관점으로 인식하고 있다는 점이다. 한 남자와 한 여자가 배우자로 삼아 부부가 되어 인류의 대를 전해 내려오게 함으로써 만민(萬民)의 종조(宗祖)가 되게 한다거나, 부부가 있어야 자녀가 있고 부부가 있어야 안으로 복비(僕婢)와 밖으로 전도(佃徒), 그리고 여러 가지 일이 생겨난다거나 우주라는 큰 집에는 각 집마다 작은 우주가 있고 큰 집에는 하나의 음기운인 여성과 하나의 양기운인 남성이 존재한다는 등의 내용이 그렇다.

바뇨니는 동서 간 관점의 차이를 보여주고 있는 결혼 제도로 조혼제, 일부다처제, 점성술에 의존하는 혼인 문화 등을 지적하였으며 이에 대해서 비판적 시각을 보인다. 축첩제를 비판한 배경에는 가정의 화합, 자녀교육, 경제 등을 주요인으로 든다. 선교사들의 입장에서 축첩은 쾌락과 죄악의 산물로 비도덕적으로 보였지만, 중국 사대부들에게는 보호와 구제의 대상으로 서로 대조적으로 보였다는 점에서 동서양 윤리관의 간극을 엿볼 수 있다.

2) 부부 역할 기대

전통적으로 중국에서 부부의 역할은 음양과 내외, 일월 등에 기초하여 이들 양자 간의 조화와 보완을 요구했다. 『예기(禮記)』 내칙편(內則篇)에 보면 "남불언내 여불언외(男不言內 女不言外)"라고 하여 가정에서 남성과 여성의 역할을 각각 규정하고 있다. 이 남성의 영역과 여성의 영역으로 성별 이분화 된 질서 속에서 남녀의 예는 행해진다. 이처럼 유교의 관계적 자아의 형성 기제에는 간과할 수 없는 남녀 간의 차이가 있고, 그것의 핵심이 바로 성별화된 '내(內)'·'외(外)'로 표현되는 공과 사의 엄격한 구분인 것이다. 즉 사적인 영역은 여성의 영역이요, '출세'를 의미하는 공적인 활동 영역은 남성의 영역인 것이다. 한 마디로 남성은 수신에서 제가로, 제가에서 치국으로, 치국에서 평천하로 확장되는 수행 공간의 확장이 있는 반면, 여성에게는 오직 수신에 그 범위가 제한되어 있다는 사실이다.[8]

바뇨니는 주역(周易)의 내용을 인용하여 부부 역할 기대를 소개하고 있으며 이는 동양의 음양이론(陰陽理論)에 따라 양육하는 것은 어머니의 역할이라고 규정한다. 하지만 양자 간의 역학 관계는 중국의 전통적 음양론과 크게 벗어나지 않는 것으로 바뇨니가 안과 밖의 공간으로 정하여 제 역할이 정해진 부부관계는 대등(對等)한 관계가 아닌 주객(主客)의 관계로 이해되는 한계를 지닌다.

3) 농업에 관한 지식

바뇨니는 노비를 다루는 주인의 태도를 언급하고 농업에 관련된 지식들을 정리하였다. 재산을 모으는 원칙을 덕(德), 성(誠), 근(勤), 검(儉) 네 가지로 들고 또한 지혜의 중요성을 강조하였다. 이어 농사가 잘되는 방법에 대하여 밭, 농인을 잘 선택하고 그것들을 잘 다스리는 방법에 대하여 자세히 설명하였다. 씨를 뿌리고 나무를 심고 비료를 주고, 물을 잘 다스리고, 곡식을 잘 보관하기 위해 효과적으로 저장하고, 소를 비롯한 가축(양, 돼지, 말) 등을 관리하는 요령 등을 예를 들어 설명하고 있다. 이는 축적된 지식을 바탕으로 농업을 비롯한 제산업에 대한 지식을 정리하여 실생활에 적용하여 이롭게 하고자 하는 바뇨니의 실용적 인식이 드러난 것으로 볼 수 있다.

---

8) 『大學』, 「首章」 "釋明明德 修身而後齊家 家齊而後國治 國治而後天下平 自天子以至於庶人 壹是皆以修身爲本 其本亂而末治者 否矣"; 허라금, 「婦德의 실천을 통해 본 儒敎」, 『유교사상연구』 제57집, 한국유교학회, 2014, 228쪽 참조.

5. 조선에 끼친 영향

안정복(安鼎福)이 1749년 윤동규(尹東奎)에게 보낸 서신 기록이 있다. 『외규장각목록(外奎章閣目錄)』에 존재하는 것으로 미루어 볼 때 적어도 1782년 이전에 전래되었다고 볼 수 있다. 조선에 전래된 중국본 서학서 중 마태오 리치의 저서(천문·산법·지리·정법·서교류)가 11종, 그 다음으로 많은 것이 바뇨니의 저서 9종이다.

『제가서학(齊家西學)』이 조선에서 유실된 것은 예교문제로 인한 서학서 소각사건(1791)이 한 원인이 될 것이다. 이 때 소각된 서적류에 『제가서학(齊家西學)』이 확인되기 때문이다.[9] 서학의 이(理), 즉 종교·윤리적인 면이 부정적 반응의 대상이 되었다면 『제가서학(齊家西學)』도 그 부류의 대상에 포함될 가능성이 높다. 특히 축첩제를 비롯한 가부장제 중심의 유교사회 안에서 이러한 규범 체제를 흔드는 윤리 교육서의 유입으로 혼례·제례 문화 등 예교 논쟁에 대한 이념적 충돌이 촉발되었으며 소각 사건은 이에 대한 확산을 막기 위한 방책이었던 것으로 볼 수 있다.

〈해제 : 배주연〉

---

9) 진산사건으로 인한 한문서학서 소각령(1791년)이 내려졌을 때 소각된 서적은 『동유교육』과 『제가서학(齊家西學)』을 비롯하여 23종으로 확인된다. 대부분이 전교를 위한 한문서학서인데 대개 17세기 전반에 저술된 서학서들이었다(『정조실록』 권33, 정조15년 11월 계미조; 최소자, 1982, 25쪽).

참 고 문 헌

1. 사료

『齊家西學』

『大學』

『正祖實錄』

2, 단행본

데이비드 E 먼젤로, 이향만·장동진·정인재(역), 『진기한 나라, 중국 : 예수회 적
　　응주의와 중국학의 기원』, 나남, 2009.

方豪, 『中國天主敎史人物傳』, 香港, 1970.

徐宗澤, 『明淸間耶穌會士譯著提要』, 臺北: 中華書局, 1949.

蕭若瑟, 『天主敎傳行中國考』 民國叢書 第1編 11, 上海書店, 1989(河北省 獻縣
　　天主堂 1931年版 影印).

楊森富, 『中國基督敎史』, 臺灣商務印書館, 1968.

Bartoli, 『中國耶蘇會史』 在華耶蘇會士列傳及書 上冊, 北京中華書局, 1996.

3. 논문

김귀성, P.A. Vagnoni의 「齊家西學"구조와 부부윤리」, 『교육사상연구』 27권2호
　　한국교육사상연구회, 2013.

허라금, 「婦德의 실천을 통해 본 儒敎」, 『유교사상연구』 제57집, 한국유교학회,
　　2014.

『진도자증(眞道自證)』

분류	세부내용
문 헌 종 류	한문서학서
문 헌 제 목	진도자증(眞道自證)
문 헌 형 태	목판본
문 헌 언 어	漢文
간 행 년 도	1718년
저 자	샤바냑(Emeric Langlois de Chavagnac[Chavaignac; Dechavagnac], Emeran de C., 沙守信, 1670~1717)
형 태 사 항	246면
대 분 류	종교
세 부 분 류	교리
소 장 처	Bibliothéque Nationale de France Biblioteca Apostolica Vaticana 동아대학교 한림도서관 대구가톨릭대학교 중앙도서관 국립중앙도서관
개 요	조물자와 수조자의 본연의 성(性)과 이(理)에 대한 설명. 천주, 순신(純神)과 인류에 관한 사(事)와 도(道). 성경, 예수 강생, 구원 등에 대한 의혹을 논박하고 증거를 댐. 천주교의 주요 교리와 천주께 빨리 귀의할 것을 권함.
주 제 어	이마두, 혁창벽, 성리(性理), 삼위일체(體一合三/造物者一合三), 성령(聖神), 수조자(受造者), 순신(純神), 천신(天神), 아담(亞當), 하와(厄娃), 성 요한(若翰, 세례 요한), 교황(敎宗), 유대 나라(如德亞國), 아브라함(亞巴浪/亞巴郎), 믿음·소망·사랑(信望愛), 사추덕(四樞德)

1. 문헌제목

『진도자증(眞道自證)』

2. 서지사항

『진도자증』은 중국에 들어온 프랑스 출신 예수회 선교사 샤바냑 (Emeric Langlois de Chavagnac, 沙守信, 1670~1717)이 천주교를 변호 하여 쓴 것이다. 『한국가톨릭대사전』에는 샤바냑이 죽은 후 1년 뒤인 1718년 북경에서 4권 2책으로 초간되었고, 그 이후, 1796년 북경교구 장 구베아(Gouvéa, 湯士選) 주교의 감준 아래 중간되었고, 그 후로 상 해의 토산만(土山灣)에서 1858년, 1868년, 1917년, 1927년에 각각 중간 되었다고 한다.[1]

『한국기독교박물관 소장 기독교자료 해제』에서는, 숭실대학교 한국 기독교박물관에 소장된 『진도자증』은 중국 청 동치(同治) 7년(1868) 상해 자모당(慈母堂)에서 발행되었다고 한다. 또한, 이 책은 샤바냑이 1717년 죽고 1년 뒤인 1718년 같은 예수회 선교사인 적창벽(赫蒼壁)과 자공(子栱)에 의해 「정지도자증기(訂眞道自證記)」가 덧붙여져서 간행되 었다고 한다.[2]

한국교회사연구소에는 1887년 홍콩(香港)에서 간행된 4권 1책의 연

---

1) 한국가톨릭대사전편찬위원회, 『한국가톨릭대사전』, 한국교회사연구소, 1985, 1105 좌쪽.
2) 숭실대학교 한국기독교박물관, 『한국기독교박물관 소장 기독교자료 해제』, 서 울: 숭실대학교 한국기독교박물관, 2007, 428~429쪽. 여기에서 '적창벽'은 혁창 벽의 잘못이며 자공(子栱)은 혁창벽(赫蒼壁)의 자(字)이니, 수정이 요망된다.

활자본과 1868년 상해 자모당에서 발행된 4권 2책의 한문 목판본『진도자증(眞道自證)』이 소장되어 있다.

서종택(徐宗澤)은 2권으로 된『진도자증』이 1718년 북경에서 인쇄되었다고 한다.[3] Nicolas. Standaert는 1718년에『진도자증』이 간행되었다고 하면서, 마태오 리치의『천주실의(天主實義)』(1603년) 이후 중국인들을 대상으로 한 신학 관련 교리서들의 전개 과정을 설명하는 중에, 자연신학(natural theology) 계열의 교리서들 가운데 하나인『진도자증』이 차지하고 있는 위치에 대해 간단히 제시하고 있다.

"1700년경, 1692년(강희31년) 강희제(康熙帝)의 용교령(容敎令; 正敎奉傳)[4] 이후, 全 중국의 개종(改宗)이 가까운 장래에 닥쳐올 것 같은 때에, 대화의 욕구는 줄어들었고 교리문답서들은 갈수록 더 유럽 교리 교육의 단순한 해설서들이 되어갔는데, 다른 한편으로 중국의 종교들, 특히 불교와 도교의 반박이, 비록 선교의 초기부터 존재해 왔지만, 더욱 날카로워져 갔다. 이와 관련하여, 1718년에 간행된『진도자증』의 제목과 내용은 흥미로운 사실들을 보여주고 있는데, 여기에서 작자인 샤바냑(沙守信)은 이성(reason; 자연신학)과 성경(계시: 초자연신학)에만 의지하고 있다. 그는 중국 경전들과 유교로부터 도움을 얻고 있지 않다. 그리고 불교와 도교에 대해 침묵하고 있다."[5]

---

3) 徐宗澤 編著, 『明淸間耶穌會士譯著提要－耶穌會創立四百年紀念(1540-1940年)－』, 臺北: 中華書局, 1958, 408쪽.
4) 용교령(容敎令; 正敎奉傳) : 청나라 강희제는 1692년 3월 22일, 로마가톨릭교를 인정하고, 그들의 교회와 선교사들에 대한 공격을 금하며, 그들의 전도와 중국인들이 그리스도교를 행하는 것을 합법화하는 유지(諭旨)를 내렸다.
5) Nicolas. Standaert, *Handbook of Christianity in China, v.1. 635-1800*, Leiden: Boston: Brill, 2001, 614~615쪽.

1687년, 쿠플레(Philippe Couplet, 柏應理, 1624～1692)[6]가 일단(一團)의 예수회 선교사들을 이끌고서 Confucius Sinarum Philosophus(공자, 중국인들의 철학자)[7]를 발행한 것처럼, 당시 예수회 선교사들은 최초의 예수회 선교사들보다 훨씬 자세하게 중국 고전을 연구했지만, 그러한 것들이 그들이 저술한 교리서들 속에서 중국의 철학 및 종교와 더 이상의 깊은 대화로 나아가지 못하였다.[8]

이 해제에 참고한 판본은 『서가회장서루명청천주교문헌속편(徐家匯藏書樓明淸天主敎文獻續編)』 第26冊(鐘鳴旦 等編, 臺北, 臺北利氏學社, 2013)에 실려 있는 것이다. 원본의 표지에는 강희 신축년(康熙 辛丑年, 1721) 황성당장교재간(皇城堂藏較梓刊)이라고 있다. 다음 쪽에 "極西耶穌會士 沙守信述, 馬若瑟,[9] 赫蒼壁,[10] 殷鐸澤[11]이 함께 訂, 利國安[12]이 准했다"고 있다.

---

6) 쿠플레(Philippe Couplet, 柏應理, 1624～1692) : 벨기에 선교사. 1640년 예수회에 가입. 1656년 폴란드 선교사 보임(M.P. Boym)을 따라, 1659년 중국에 도달. 강서(江西), 복건(福建), 절강(浙江), 강소(江蘇) 상해(上海) 등 여러 곳에서 선교활동을 하였다. 1664년 흠천감교안(欽天監敎案) 때 광주에 압송되었다가 1671년 다시 강남으로 되돌아 왔다. 1681년 중국 예수회선교회에 의해 교황청에 파견되었다. 그는 중국에서의 선교사업 상황과 중국어로 미사를 행하는 문제 등을 교황청과 예수회 총회에 보고하고 해결책을 구하였다. 그는 1682년 10월 로마 교황청에 중국 선교사들이 저술하거나 번역한 한문서학서 4백 권을 교황청에 증정하였다. 유럽에 10년간 머물고 있으면서, 많은 저서를 출간하였다. 그리고 프랑스 루이14세와 예수회 총회를 설득해 제르비용, 부베 등 5명의 프랑스 선교사들을 중국에 파견하였다. 1692년 다시 중국으로 향하던 중 선상에서 사고로 사망하였다.

7) 공자의 전기와 사서(四書) 중, 대학(大學), 중용(中庸), 논어(論語)의 역주가 실려 있다.

8) Nicolas. Standaert, 앞의 책, 614쪽.

9) 마약슬(馬若瑟) : 원명 Joseph Henry Rarie de Prémare. 이름은 용주(龍周), 자(字) 약슬(若瑟), 필명(筆名) 온고자(溫古子). 1666년 출생. 1698년 중국에 도달. 광주(廣州), 강서성(江西省) 요주(饒州), 건창(建昌), 북경, 구강(九江) 등지에 거류. 강서성에서 20여 년을 전교하였다. 1724년 옹정제(雍正帝)가 천주교를 탄압할 때, 그는 다른 전교사들과 함께 쫓겨나 광주로 돌아왔다. 이때부터 학문에 몰두하고

다음에 진도요인(眞道要引) 17면, 진도자증전지(眞道自證全旨) 2면, 1718
년 혁창벽(赫蒼壁)이 지은 정진도자증기(訂眞道自證記) 18면, 자서(自序) 2
면, 권1 38면, 권2 58면, 권3 66면, 권4 42면으로, 모두 246면으로 이루
어져 있다. 한 면은 8줄로 되어 있고 각 줄은 24자로 되어 있다.

[저자]

샤바냑은 프랑스 인 신부로 1670년 3월 1일 프랑스 서북부에 위치한
루앙(Rouen)에서 출생하였다.[13] 1685년 9월 17일 파리에 있는 수도원에

오로지 저술에 힘썼다. 또한 광범위하게 도서를 수집 프랑스로 보냈다. 이로써
중서(中西)문화를 서로 통하게 하였다. 1726년 "그는 한적(漢籍)『역경(易經)』을
학습할 것을 격려할 때,『구약(舊約)』에 대한 숭배를 파괴하였기" 때문에, 교정
전신부(敎廷傳信部)에 의해 소환되었다. 후에, 그는 또 다시 중국에 왔고, 1736
년 마카오에서 죽었다(鄭安德 編輯,『明末淸初天主敎和佛敎辯論資料選』第20冊,
北京大學宗敎硏究所, 2000, 299~300쪽).

10) 혁창벽(赫蒼壁) : 자는 유량(儒良) 또는 자공(子栱), 원명은 Julien Placide Hervieu.
프랑스 인으로 1671년 출생. 1701년 광주(廣州)에 도달. 남경, 황주(黃州), 구강(九江),
광주, 마카오(澳門) 등지에 거류. 마카오에서 1746년 사망(鄭安德 編輯, 위의 책,
299~300쪽).

11) 은탁택(殷鐸澤) : 자는 각신(覺新; 覺斯[徐宗澤(編著),『明淸間耶穌會士譯著提要 - 耶
穌會創立四百年紀念(1540-1940年) -, 臺北: 中華書局, 1958, 393쪽]). 원명은
Prospero Intorcetta. 이탈리아 인으로 1625년 출생. 1659년 강서성 건창(建昌)에
도달했고, 주로 북경, 광주, 마카오, 로마에 있다가, 중국에 돌아와 항주(杭州)에서
전교하다가 1696년 그곳에서 사망하였다(鄭安德 編輯, 위의 책, 299~300쪽).

12) 이국안(利國安) : 자는 약망(若望). 원명은 Giovanni Laureati. 이탈리아 인으로
1666년 출생. 1690년 이후 섬서성(陝西省), 광동성(廣東省) 불산(佛山), 상천도
(上川島), 필리핀, 복주(福州), 하문(廈門), 개봉(開封), 복건성(福建省) 연평(延
平), 북경, 광주, 남창(南昌) 등지에서 전교. 1727년 마카오에서 사망(鄭安德 編
輯, 위의 책, 299~300쪽).

13)『한국가톨릭대사전』에는, 출생연도가 미상으로 나와 있다(한국가톨릭대사전편
찬위원회,『한국가톨릭대사전』, 한국교회사연구소, 1985, 1105좌쪽).

처음으로 들어갔다. 신부로 서품된 것은 1699이다. 1701년 9월 9일 중국 광주(廣州)에 도달하였다. 1704년과 1709년 강서성(江西省) 무주(撫州)에 도달하였고, 그리스도교 교도들에게 안디옥의 성 이그나티우스(Saint Ignatius of Antioch, 聖 依納爵)[14]을 강술(講述)하는 종교 활동을 하였다. 1704년 1월 20일 강서성 무주에서 발원(發願)하였다.[15] 그는 1701년 광주(廣州)에 도달하고 오래지 않아 명을 받들어 강서성으로 가서 전교하였는데, 영혼을 구원하는 마음이 간절하여 감화된 자들이 매우 많았다. 1706년에 은홍서(殷弘緒, Franciscus-Xaverius d' Entrecolles; Francois-Xavier D'Entrecolles)[16]가 재화법국성야소회회장(在華法國省耶穌會會長)으로 승

14) 성 이그나티우스(Saint Ignatius of Antioch, 聖 依納爵) : 사도 베드로와 요한의 제자로 35～107년까지 살면서 주후 70년부터 107년까지 수리아 안디옥 교회의 제3대 감독으로 사역했던 인물로, '이그나티우스 데오포로스(Ignatius Theophoros)' 즉 헬라어로 '하나님을 전하는 자' 혹은 '하나님의 심부름꾼', '하나님으로 부터 태어난 사람'이라고도 불렸던 교회지도자였다. 로마의 트라야누스 황제 때(98～117) 로마로 압송되어 원형극장에서 들짐승에 의해 순교 당했는데, 그는 1세기 말부터 2세기 초까지, 즉 사도들이 순교당한 직후, 그리스도교가 유대 땅에서 출발하여 헬라와 로마 세계로 퍼져나가는 전환기에 크게 쓰임 받았던 대표적 인물이다.

15) [法]榮振華著, 耿昇(譯), 『在華耶穌會士列傳及書目補編』, 北京: 中華書局, 1995, 130～131쪽.

16) 은홍서(殷弘緒) : 자 계종(繼宗). 프랑스 인. 1662년 출생. 1698년 6월 광주(廣州)에 도달했다. 곧 강서성으로 가고, 요주(饒州)에서 전교하였고 신도들이 매우 많았다. 1712년에 구강(九江)에 갔는데, 그때 교난(敎難)을 만났다. 그는 교우들에게 열심히 천주를 섬기도록 독려하였다. 또한 친히 교우들을 이끌고 8일 동안 피정(避靜)하였다. 강서성에 7년을 머물렀다가, 1706년 법국성야소회회장(法國省耶穌會會長)에 임명되었고, 13년간 재임하였다. 북경에 20년간 머물렀고 1741년에 사망하였다(徐宗澤 編著, 『明淸間耶穌會士譯著提要 - 耶穌會創立四百年紀念(1540-1940年) - , 臺北: 中華書局, 1958, 404～405쪽). 조선과 관련해서는, 조선 연행 사신인 이기지(李器之)의 『일암연기(一菴燕記)』(1720년 7월～1721년 1월 사행)에, 1720년 10월 28일 은홍서(殷弘緒)가 『천주보의(天主寶義, 천주실의의 오기인 듯)』 2책을 이기지와 정태현(鄭泰賢)에게 나누어 주었다고 있다(신익철, 「연행록을 통해본 18세기 전반 한중 서적교류의 양상」, 『泰東古

진하여, 샤바냑이 그를 이어 강서성 전체의 교무(敎務)를 주관하게 되었다.[17] 1717년 9월 14일 강서성 요주(饒州)에서 세상을 떠났다.

3. 목차 및 내용

[목차]

없음

[내용]

1) 진정한 도의 중요한 증거(眞道要引)

진정한 도의 중요한 증거 다섯 가지를 제시하고 있다.

첫째는, 진도에는 어리석음이 없고 거짓이 없으며 흠이 없다. 둘째, 인간의 본원(本原), 인간의 현재와 인간의 귀착이라는 세 가지 질문을 분명히 할 수 있어야 한다. 셋째, 천주는 인간을 창조하고 이끌어 그 도를 완전하게 하시는데, 만물(萬物), 인심(人心), 그리고 성경(聖經)의 세 가지가 각각 그 도를 나누고 있다. 넷째, 성경에는 조물주의 인(印)이 있다. 조물주는 미래에 대해서 뜻을 정해 놓으셨다. 성경은 조물주가 계시를 준 사람에 의해 기록된 것이다. 그 기록의 증험이 조물주의

典研究』 제25집, 2009). 그는 이기지에게 조선에 천주교를 포교하려는 속내까지 대담하게 드러내고 있었다고 한다(신익철, 「18-19세기 연행사절의 북경 천주당 방문 양상과 의미」, 『교회사연구』 제44집, 2014).

17) 徐宗澤 編著, 『明淸間耶穌會士譯著提要 - 耶穌會創立四百年紀念(1540-1940年) -』, 臺北: 中華書局, 1958, 408쪽.

인이다. 조물주가 정한 뜻은 곳곳에서 나타나고 있다. 이 일들은 옛날부터 지금까지 전부 맞았다. 유·불·도(儒佛道)는 온전치 못하며, 성경(聖經)의 뜻에 진도가 있고, 이것을 얻으면, 의심이 풀리고 모자라는 것은 완전해질 수 있다. 진도는 진유(眞儒)를 해치지 않는다. 천주교(天主敎)를 받드는 자는 진유(眞儒)가 될 수 있다. 다섯째, 진도는 사방에서 두루 행해지며 지역에 구애받지 않는다.

2) 이 책의 전반적인 내용(全旨)

이 책은 4권인데, 제1권은 성(性)을 궁구함으로써 그 이(理)를 헤아리고, 제2권은 사(事)를 살핌으로 그 도(道)를 추구하고, 제3권은 옳고 그름을 따져 변론함으로써, 의심을 풀며, 제4권은 대의를 요약함으로써 그 길을 보인다.

3) 진도자증을 논함(訂眞道自證記)

여기에서는 책의 제목을 대다수 서사(西士)가 "천주성교(天主聖敎)"로 하는데, 사(沙)선생이 "진도자증(眞道自證)"이라고 한 이유에 대해 겸손하게 의리(義理)만이 들어 올려지기를 바라는 뜻에서 나온 것이라 하고 있다.
그리고 성교(聖敎)에는 세 개의 뜻이 내포되어 있다.
첫째, 도리(道理)가 진실하여 근거가 있고, 황당무계하지 않다. 둘째, 규계·예의(規誡禮儀)는 근원이 하나이고 치우침이 없이 곧고 올바르다(中正). 셋째, 도리, 규계, 예의 삼자는 서로 관통하고, 모두 천하만민이 알고, 세워야 하는 공로이며, 살아 있는 자로 하여금 선을 이루게 하고 죽은 자로 하여금 복을 얻게 하는 것이다.
위 세 가지에서 하나가 부족해도, 성교가 아니다. 지금 세상에는 이와 맞는 교가 없다. 불교와 도교는 위의 세 가지가 없어 교라고 칭할 수 없다. 유교는 위의 세 가지와 맞는지를 논하고 있다. 예수회 선교사 혁창벽(赫蒼璧)과 한 중국인 사이의 논쟁이 서술되어 있는데, 마태오 리치가 말한 바 천학(天學), 사(沙)선생이 말한 진도(眞道) 및 성교(聖敎)에는 마땅히 알아야 할 사(事)와 예(禮)가 들어 있는데, 이들은 조물주가 정한 것이고, 때에 응해 개원(改元)한다는 뜻을 반포하였다고 한다. 그리고 그것을 일컬어 신명(新命)이라 한다. 조물주는 만민의 아버지이며, 천지의 임금이니, 자식과 신하처럼 순종으로 섬겨야 한다. 불교와 도교를 좋아하거나 유학자가 원고(遠古)에 빠져 이를 어겨서는 안 된다고 한다.

4) 권1 성리(性理[18])

(1) 총설
온 세계의 이(理)는 창조자(造物者)와 창조된 자(受造者)의 두 실마리를 통해 볼 수 있다. 양자는 성리(性理)의 본원이다.

(2) 첫째, 조물주(天主)
천주는 천지, 신·인·만물(神人萬物)을 낳은 대주재(大主宰)이다. 형상이 없고 소리, 냄새가 없으며, 지극히 순수한 신이다. 창조된 천사(天神)와 비교될 수 없다. 중국인들이 생각하는 귀신에서의 신과 다르다. 지존하여 대응할 수 있는 것이 없다. 유일하며 스스로 있는(自有) 자이다. 영명체(靈明體)이다, '자유(自有)'에는 두 가지 뜻이 함유되어 있다. 하나는, 스스로 있어서 창조되지 않았다는 것, 다른 하나는, 스스로

---

18) "성은 각각 갖고 있는 자의 본연이다. 이는 본연에서 나온 이이다. 기(氣)에 대응해서 말한 것이 아니다."라고 성리학적인 개념과 다름을 분명히 밝히고 있다.

있어서 있지 않을 수 없다는 것이다.

영명(靈明)이라는 것은, 지혜(智)와 뜻(意), 욕(欲)과 정(情), 인(仁)과 의(義)가 있으며, 감응(感應)의 신적 능력(神能)이 있으며, 좋아하고 싫어함의 공리(公理)가 있으며, 자주적(自主的)인 척도나 기준이 있다. 선(善)을 통하여 밖에 베푸는 것은 자연적인 것이 아니고, 그 뜻이 원하여 행한 것이다. 따라서, 천주를 섬기는 자는 믿고 바라고 사랑해야 하며, 만물의 위에 계신 분으로 높여야 한다.

(3) 둘째, 창조자 삼위일체설에 대한 풀이(造物者一含三解)

천주의 묵계(默啓)와 성경에 기록된 바를 통해 천주를 알 수 있다. 성경에 삼위일체(體一位三), 성부(父)·성자(子)·성령(聖神)을 말하고 있다.

① 천주 3위(位)의 관계

무릇 살아 있는 것에는 영성(靈性)이라는 것이 있다. 안으로 일물(一物)을 비추면 반드시 안에서 일물의 상(像)이 생긴다. 일물을 사랑하면, 반드시 안에 하나의 그것을 사랑하는 정(情)이 일어난다. 천주 역시 그러하다. 창조된 신령(神靈)에는 한계가 있어서, 내상(內像)과 내정(內情) 역시 무한할 수 없다. 오직 주만이 그 본체가 무한하므로 그 일체가 상생(相生)하여 일어나는 내상, 내정 역시 무한하다. 지극히 활발하여 의부하는 것 없이 자연히 선다.

② 천주 삼위일체의 이치

천주 본체가 발한(生發) 정(情)과 상(像)은 상생상발(相生相發)하여, 발하는(生發) 것과 그것을 받은 것(受生發)과의 구별이 있다. 그것을 하나라고 일컫지 않는다. 차례를 매겨 셋으로 한다. 3자는 지극히 활발할 뿐만 아니라, 또한 무한, 자연하여 함께 서 있는 것이다. 그러므로 위(位)라고 칭한다. 3자는 같은 서열의 셋이다. 모두 천주 본체의 안에 내포되어 있는 것이다. 먼저 하나가 있다가 나중에 셋으로 나뉜 것이 아니며, 먼저 셋이 있다가 후에 합쳐져 하나가 된 것이 아니다. 셋은 곧 하나이다. 삼위는 일체일성(一體一性)이다. 위는 구별되나 체는 나뉘지 않는다.

그 상생(相生)의 순서는 모두 무시(無始)부터 본체의 자연에서 나왔다. 크고 작음, 앞뒤의 차이가 없다. 삼위는 선후의 차이는 없으나, 상생의 순서는 있다. 상생의 순서에는 반드시 생을 베풂(施生)과 생을 받음(受生)의 구별이 있다. 생을 베푼 자가 성부이고, 생을 받은자가 성자이다. 부자 사이에 서로 발하는 신애(神愛)를 성령이라 한다.

(4) 셋째, 창조된 자(受造者)

천주 삼위일체의 이치는 내도(內道)이고, 천지·신·인·만물을 낳은 도는 외도(外道)이다. 내도는 자연이고, 무시(無始)부터 있는 것이고, 외도는 천주의 바램이고 있을 수도 있고 없을 수도 있다.

천지, 신·인, 만물은 모두 무에서 있게 된 것이고 존재를 준 자는 천주이다. 만물은 스스로 있는 것이 아니고 존재를 받은 것이니, 스스로가 주인이 아니고, 주인이 있는 것이다. 주가 있는 자는 곧 주를 위해 살며, 주를 위해 존재하며, 주를 위해 죽는다. 그러므로 만물은 모두 천주께 귀속된다.

만물은 3등급으로 나눌 수 있다. 첫째는 순신(純神)으로, 천사(天神)와 마귀(魔鬼)를 가리킨다. 무형상(無形像)의 실체(實體)이며 자립(自立)의 신이다. 자립은 스스로 있음을 말함이 아니니, 홀로 있고 홀로 이루며, 영존불멸한다. 둘째는, 순형(純形)인데, 천지, 초목, 금수 등의 물이 이것이다. 기질(氣質), 많고 적음, 경중, 모양, 강유(剛柔)와 동정(動靜)이 있다. 셋째는, 신의 형상을 겸유한 인간으로, 그 본품(本品)은 신(神)과 형(形)의 사이에 끼어 있다. 신과 같은 것은 영명(靈明)이 있는 체인 영혼(神魂)이고 물과 같은 것은 형상이 있는 육신이다. 육신은 영혼의 종(僕卒)이다.

인간은 소천지(小天地)이며 한계가 있다. 만물이 인간에게 갖추어져 있다. 인간의 육체는 외물(外物)에 접(接)한 즉 살고, 떨어지면 죽는다. 외물이라는 것은 잠시도 없을 수 없다. 마음에 만족함이 있기를 구하나 무궁한 욕심은 끝내 채울 수 없다. 천지 만물은 인간을 위한 것이나, 만물로 사람을 복되게 함은 불가능하다.

만물이 천주를 대신해서 사람을 기른다. 사람은 만물을 취해 이용한다. 만물은 사람의 마음을 빌려 조물주에게 만물의 마음을 이르게 한다. 사람은 매일 만물의 받듦을 받는다. 곧 만물에게는 공물을 받는 임금이고 천주에게는 역시 은혜에 보답하는 신하이다. 따라서 사람이 사람인 까닭은 천주를 정성을 다해 공경함이다.

천주는 헤아릴 수 없는 은혜로 사람에게 베풀었다. 천지 만물이 사람을 섬김은 모두 천주께서 명한 것이다. 천주는 지극히 공정하셔서, 일신(一身)의 내외를 모두 천주께 돌리며 천지 만물을 주를 위해 쓰는 선한 자와 그렇지 않은 자에 대해 반드시 응보하신다.

세상적인 복은 천주의 상이라 칭할 수 없다. 인간의 무궁한 바램은 무궁한 복으로만 채울 수 있다. 선한 자는 세상의 종말 때, 천주의 명으로 무덤에서 부활하여 영원히 진복(眞福)을 누린다. 악한 자는 영원한 지옥의 벌을 받는다.

5) 권2 사건들과 그것들에 나타난 도(事道)

(1) 총설

조물주, 신과 사람 모두에게 주장(主張)이 있고 각각 자신의 뜻대로

(自專) 할 수 있다. 그 행함은 순종적이고 선하거나, 혹은 거스르고 악하니, 모두 마음이 한 바에 따른 것이다. 행함을 통해서 사(事)를 알고, 그 사를 통해 그 도(道)를 알게 된다.

(2) 첫째, 천사는 사악한 무리와 올바른 무리로 나뉘어졌다(神分邪正)

천주께서는 태초에 무수한 순신(純神)을 창조하였다. 그들은 자태가 아름답고 바르고 사악함이 없었다. 9등급으로 나뉘어 있었고 주의 명령을 받들었다. 천주는 그들에게 자신의 주장으로 선악을 선택하도록 하셨다. 그들 중에는 천주의 명을 공경해 따르고, 자기의 근원이 있음을 알고 지존으로 받들어 스스로를 낮춘 바르고 선한 신이 있었는데, 이들을 천사(天神)라고 하고. 이들에게 영원한 천당을 상으로 주셨다.

근본을 잊고 오만하게 천주를 업신여기며 자족하는 자도 있었는데, 그는 스스로 주와의 관계를 끊고, 다른 신을 꾀어자기에게 속하게 하였다. 그는 악신(惡神)의 우두머리이며 따르는 자는 모두 반신(叛神)이다. 주는 그들을 멸망시켜 죽이고, 지옥에 떨어져 영원한 고통을 받게 하셨다. 이들을 마귀라 한다. 마귀가 세상에서 해독을 끼치는 것은 천주가 선인(善人)의 공로를 단련시키고, 이로써 악인의 죄를 증오함이다.

(3) 둘째, 인류(상)

천하 만민은 원래 한 조상에 속한다. 모두 같은 뿌리이고 일가이다. 남자 아담(亞當), 여자 하와(厄娃)가 인류의 원조(原祖)이다. 천주는 이 둘은 그 본성이 순선(純善), 무욕하였고, 그 정(情)은 순미(純美)하고, 혼란하지 않았다. 천지 만물은 주의 명령을 준수하고 따르며 아담과 하와에게 복종하였다. 천주는 그들의 부모로, 아담과 하와는 주의 은혜에 감사하며 충효를 다하였다. 정해진 운명의 날 수가 채워지면 살아서 천당에 오르게 하였다.

그러나 마귀는 사람이 주의 보살핌을 받아 장차 하늘에 올라 그의 위(位)를 보좌할 것에 대해 질투하였다. 또한 천주도 이것을 틈타 사람의 마음을 시험하고자 하였다. 결국, 원조의 범죄로 천주의 은혜를 잃게 되었다.

인류는 결국 만물의 주께 거스르고 만물은 사람의 원수로 변하였다. 인간의 마음의 명민(明敏)은 혼미(昏迷)로, 사랑은 사욕(私慾)으로 변하였다. 주장(主張)은 치우쳐서 바르지 않았다. 본성(性)이 형(形)에게 부림을 당하여, 사람이 만물에게 제어되어 선을 행하기 어려워졌다. 천주의 인자(仁慈)는 의(義)를 위해 노하고, 인간의 높은 위(位)는 버려지고 마귀에 의해 부림을 당하여, 천당의 즐거움은 얻을 수 없고, 지옥의 고통은 피할 수 없게 되었다.

인류는 더욱 더 타락의 길을 걷게 되었다. 주에 대한 두려움에서 우상을 세워 지공(至公), 지엄(至嚴)하신 주에 대한 두려움을 면하고자 하였다. 우상숭배에 빠지고 도를 준수하는 자가 거의 없게 되었다.

그러나 주님은 원조(原祖)가 세상을 무너뜨린 때문에 재생(再生), 구세의 은혜를 마련해 두셨고, 인류의 무너짐이 이러한 상황에 이르자, 인류를 멸하지 않고 인(仁)을 베풀어 인류를 구원하고자 하셨다. 아담과 하와가 범죄한 후 인간은 옛 의(原義)를 잃고 죄인이 되었으나, 주의 사랑은 전과 같이 중(重)하였다. 이에 구속자가 있어야 했고, 구세자의 오심은 다시 죽임이 아니라 다시 살림을 위한 것이다.

(4) 셋째, 인류(하)

① 구세의 도

천주는 원조(原祖) 자손 중에서 다시 한 사람을 세워 인류의 재조(再祖)로 삼았는데, 그가 예수이며 그는 한(漢) 애제(哀帝) 년간 동정녀에게서 태어났다.

예수는 무궁한 공덕으로 아담에 대한 주의 의(義)의 분노를 그치게 하였다. 하나는 괴세자(壞世者)로 만악(萬惡)과 만화(萬禍)의 뿌리이고, 하나는 구세자로 만덕과 만복의 원천이다. 괴세에 속하는 자는 밤의 사람, 옛 백성, 서자(孽子)이다. 천주가 미워하는 바이다. 구세에 속하는 자는 낮의 사람, 새로운 백성, 의로운 자녀이다. 천주가 좋아 하는 바이다.

예수는 구세자로 하늘에서 내려와 사람의 죄를 소멸시키고 세상을 구원하였다. 예수는 사람이면서 천주이다. 예수는 천주성(天主性)과 인성(人性)이 결합하여 구세자가 되었다. 원성(原性)은 천주이고 사람의 성(性)을 취했으니, 성이 둘이다. 천주이며 인간, 인간이면서 천주이다. 인성은 아담의 혈육이므로 아담이 남긴 죄와 만민이 지은 허물을 맡을 수 있다. 천주성은 지존이고 무한이다. 예수는 인간에게 형제의 의(義)가 있어 인류의 장형(長兄)이다.

② 구세(救世)의 사(事)

구세의 은혜는 이미 개벽 이래로 있어왔고, 예수의 인간 구원의 공로는 이미 정해지고 천주의 뜻 안에 있었다. 예수 강생 이전을 전교(傳敎: 성현을 낳아 세상의 인심을 만회토록 한 것, 세상 각지에서 성전[聖傳]을 얻어 그 지[旨]를 연 것)와 경교(經敎: 성경[聖經]을 얻어 구원의 증거를 준비한 것)의 시기라 한다면, 강생 이후는 신교(身敎)의 시기이다. 전교에는 달이 햇빛을 빌려 몽롱하게 비춰 그저 걷기에 족하다. 경교에는 새벽의 서광 같이 해가 오르기 시작한다. 신교에는 태양의 빛이 사방에 가득 차 있다.

예수는 재세의 33년 동안, 소경의 눈을 뜨게 하고 귀머거리를 듣게 하고, 저는 자를 걷게 하고, 병든 자를 치유하였고, 죽은 자를 부활시킴으로써 전능함을 증명하였고, 만민의 죄를 스스로 지고, 만민을 위해 희생이 됨으로써 속죄 제물로 죽었다.

이러한 예수의 공로는 중국 상(商)나라의 탕왕과 비교될 수 없다. 예수의 공로와 사랑은 인간의 것과 비할 수 있는 것이 아니고, 만방(萬邦), 만민(萬民), 만세(萬世)의 일이다.

예수의 인류 구원에 관한 예언은 성경에 기록되어 있었다. 구세자 예수는 사해(四海)의 주, 영원한 나라의 왕, 만세의 사(師), 만민의 목자이며, 천하 만민이 머리를 조아려 공경한다. 세례 요한은, "세상 죄를 대신 지신 어린양이다."라고 하였다.

예수는 속죄 제물로 죽는 과정에서도 지극한 인(仁)을 보여주었다. 자신을 못 박은 사람을 원망하지 않았다. 위로 하늘이 어두워지고, 아래로 땅이 흔들렸다. 해와 달이 빛을 잃고, 산이 무너지고 돌이 부딪쳤다. 옛 무덤이 저절로 열리고 성소의 휘장이 저절로 갈라졌다. 이 모든 것은 수난자가 진주(眞主)임을 증명한다. 천주의 의(義)의 분노가 그쳤고 인류의 원복(原福)이 회복되었다. 그는 3일만에 죽음에서 부활하고 세상에 계시던 40일 동안, 제자 중 하나를 세워 교황(敎宗)으로 삼고 그에게 천하를 정신적으로 목양(神牧)토록 하였다. 이후 승천하심으로 구세의 공로를 마쳤다. 예수를 떠나서는 영원한 벌을 면치 못한다. 이 세상이 끝나면 이제 영원한 것이 시작된다.

(5) 넷째, 현도(現道)를 총결(總結)함.

천주께서 계심을 인정하지 않는 것은 교(敎)가 아니며, 무심(無心)의 주는 주가 아니다. 진주(眞主)라는 칭호를 석가와 옥황 등에게 붙여서는 안 되고, 세속에서 공경하는 선대(先代)의 사람을 신으로 섬겨서는 안 된다.

진주에게는 심(心)이 있고 인간에게는 주장(主張)이 있다. 그러므로 세계에는 자연히 그러한 이(理)가 있을 뿐만 아니라, 고의로 그렇게 함으로 이루어지는 사(事)가 있다. 고의로 그러함이 있는 사는 전(傳)으로써, 경(經)으로써, 사(史)로써 궁구할 수 있다. 자연의 이(理), 성리(性理)로는 온 세계의 도를 다 알 수 없다고 하여, 도교와 유교를 비판하였다.

6) 권3 의혹을 논박하고 증거를 댐(駁疑引據)

(1) 총론
성경에서 의심되는 것 중 하나가 예수 강생(降生)이다.

(2) 첫째, 이전의 도는 이치에 맞지 않은 것이 없었다(前道於理無不合)
예수는 천주성(天主性)과 인성(人性)의 두 가지 성(性)이 있다. 한(漢)나라 때 태어난 것은 인성이다. 천주 성자(聖子)가 인성과 결합하여 강생한 것이다. 구세자가 어머니를 통해 태어나지 않는다면, 원조(原祖)의 혈맥이 아니므로 만민을 속죄하는 책임을 맡을 수 없다.

성자(聖子)는 하나의 인성에 얽혔지만, 실제로는 인신(人身)에 의해 얽매이지 않아, 강생하기 전처럼 강생한 후에도 무소부재하였다.

예수의 체내에 천주 본성과 인성이 있으므로, 그 인성이 지존(至尊)과 결합하여 성자(聖子)의 자리에 있을 수 있는 것이다. 이러한 지존자가 스스로 굽혀 비천에 이르도록 지선(至善)을 행하였다. 이로써 또한 지존(至尊)과 지극히 비천함(至卑)가 합일되었다. 천주의 강생은 인류에 대한 지극한 자애(慈愛)에서 나온 것이니 인간은 주의 무궁한 은혜 안에 있지만, 구원을 받는가의 여부는 인간 자신이 어떻게 응하는가에 달려 있는 것이다.

인간의 죄를 구속함에는 두 가지가 필요한데, 하나는, 공로를 행함이고, 다른 하나는 그 공로를 행함에 값을 치루는 것이다. 공로를 행함은 인성(人性)에서 나오고, 공로에 값을 치름은 천주성에서 이루어진다. 그러므로 인류에 대한 구속은 천주성과 인성의 양성을 겸한 자인 예수에 의해 이루어질 수 있는 것이다. 이는 인(仁)과 의(義)의 덕과 함께, 지엄(至嚴), 지존(至尊), 지선(至善)이 다 발현된 것이다.

구세의 도는 만민의 공도(公道)로 만국에 행해지므로, 강생이 어디에서 있었는가는 중요할 것이 없지만, 유대 나라에 강생한 것은 그 까닭이 있다.

(3) 둘째, 이전의 도는 천주께 가장 마땅했다(前道於天主最宜)

천주성(天主性)에는 몇 가지 단서들이 있다. 첫째, 천주의 덕은 헤아릴 수 없다. 둘째, 그 헤아릴 수 없는 덕은 하나하나가 모두 무한하다. 셋째 천주는 그 무한한 덕을 행하시기를 좋아한다. 넷째, 덕을 행하기를 좋아하나, 행함의 여부는 온전히 천주의 뜻에 달려 있다. 다섯째, 모든 덕은 천주에게 마땅하고 아름답다.

천주께서는 덕을 천지의 신·인·만물(神人萬物)에게 행하시는데, 특히 인류 모두에게 빠짐없이 무한하게 행해진다. 원세(原世: 원조[原祖]가 아직 범죄하지 않은 세상)와 달리, 지금은 주(主)께서 인간에게 베풂이나 혹은 인간의 주께의 보답이 무한에 이를 수 있다. 이에 비로소 천지에서는 주의 덕이 드러나고 무한에 걸쳐 행하여지게 되었다. 만물에 사람이 없으면 천주께 통할 수 없다. 만민에게 예수가 없으면, 천주께 도달하기에 족하지 않다. 예수가 만민의 마음이 되고부터, 천주와 화합되었다. 구세자가 있음으로 천지를 창조한 순수한 뜻이 비로소 완전해질 수 있다.

(4) 셋째, 도의 확실한 증거를 논함(論道確據)

천주께서는 아담과 하와가 범죄한 이후부터, 인간에 대한 구세의 뜻을 갖고 계셨다. 그 증거는 성경에 나타나 있었다. 성경에 구세자에 관해, 그가 어느 때 오고, 어디에서 태어나며, 어느 조상에 속하고, 후에 행할 바의 신화(神化)는 어떠한지 수 천 년 전에 예언되었다. 때에 이르러 예수가 태어남으로 성경에 기록된 바와 모두 합치되었다.

또한, 성경에 기록된 예수의 출생과 33년간의 삶과 죽음에서 보여주신 그 도(道)는 천주의 도임을 스스로 증명한다. 그의 도는 참되고, 선하고 온전하며 훌륭하다. 예수의 선은 연약한 선이 아니니, 연약함 중에 강함이 있다. 인(仁)한 가운데 의(義)가 있다.

승천한 후에, 예수가 예언한 대로, 구세자를 죽인 나라는 진멸되어 백성들이 뿔뿔이 흩어졌지만, 그의 가르침은 세월이 흐르면서 계속 지경을 넓혀갔다.

서양 선교사들이 먼 이국에 죽음을 무릅쓰고 온 것은 오직 천주의 도를 전하기 위함이다. 마태오 리치가 중국에 온 이후 잇달아 들어온 선교사들의 행한 바가 그 증거이다.

7) 권4 교(敎)

(1) 총론

교(敎)가 교된 까닭은 참됨, 선함, 훌륭함(休)이다. 참됨은 도리의 헛됨이 없음이다. 선함은 계율이 극히 아름다움에 있다. 훌륭함은 인간에게 실행을 권함에 있다. 성교가 참됨은 위의 세 권에서 보았다. 성교가 선하고 훌륭한 까닭에는 다섯 가지가 있다. ① 명(命)한 바의 선에 실질이 있다. ② 인도한 바의 길이 바르다. ③ 나아가는 길이 적절하다. ④ 선을 행함에 본으로 삼을 식(式)이 있고, 본받을 만한 법이 있다. ⑤ 마음의 병에 치료자가 있고, 미치지 못함에 보완함이 있다.

(2) 첫째, 교의 경륜(敎之經綸)

성교(聖敎)가 중요하게 여기는 것은 사람이 되게 함에 있으니, 사람으로 하여금 자기의 분수를 알게 하고, 자신의 위(位)를 잃지 않게 함이다. 인간은 세상에서 천주와 금수의 사이에 있다. 천주교는 사람으로 하여금 이 3자 중에 어느 한 편에 치우치지 않게 한다. 즉, 천주의 앞에 굴복하고 인간에게 공평하며, 금수보다 높이 있어야 한다.

따라서 뜻은 깨끗하고, 선에 힘쓰며, 세상적인 복보다 영원한 복을 지향해야 한다. 육체는 영혼이 주재하며 마음은 하찮은 욕망이 아닌 무궁한 것을 원해야 한다. 사람은 천주의 살아 있는 모습이니, 금수에 떨어져 불초(不肖)한 자로 되지 않기 위해 사추덕(四樞德: 智, 義, 勇, 節)을 선행의 관건으로 해야 한다.

천주교는 심약(心弱)한 사람의 신력(神力)이 증가하도록 하는데 도움이 된다. 그러한 자들로 하여금, 첫째, 정신의 더러움를 씻고 재생(再生)하게 한다. 둘째, 마음을 길러, 예수에 합하게 하고 선을 체현하며 덕을 윤택하게 한다. 셋째, 그 뜻을 힘쓰며, 믿음을 굳게 하여, 세 원수(三仇: 마귀, 세속, 육신)를 이겨 승리에 이르게 한다. 넷째, 이로써 그 정신적 상처를 치료하고 그 마음의 고질병을 치료함으로써 스스로를 새롭게 한다. 다섯째 직(職)을 주어 이(理)로써 신화(神化)한다. 여섯째, 부부 관계를 바르게 한다. 한 남편에 한 아내로써 후손을 화목케 한다. 일곱째, 평생을 삼갔던 것처럼 죽음도 삼가고, 선으로 이기게 해야 한다.

진교(進敎)의 예(禮)는 구세자에게로 돌아가는 것이니 곧 재생의 예이다. 예의 안에서 행해야 할 공로는 천주교의 가르침을 확신하고, 계율을 온전히 지키기로 마음을 정하는 것이다. 나아가, 이전에 범한 죄를 천주께 통회하며 바른 길로 나아갈 뜻을 세워야 한다. 최종적으로 세례를 받음으로 원죄가 소멸되고, 본죄(本罪; 인간 자신이 스스로 지은 죄)가 용서된다. 구세의 공로가 이에 사람에게 통하고 구세의 무형의 표(號)[19]가 그 마음에 새겨진다.

이때가 되어서야 예수의 사람이 된다. 천주는 예수의 공로로 그 사람의 죄를 사하고, 원은(原恩)을 돌려주고, 의로운 자녀의 높은 지위를 회복시키며, 영복(永福)의 근거를 내려주시고, 선을 행하는 자질을 더하신다. 믿음·소망사랑(信望愛)의 덕을 부여하신다. 신심(神心)을 여시고 신병(神病)을 치유하시며, 신력(神力)을 더하셔서, 새로운 사람이 되게 하신다.

이하에 경교요문(經敎要文)과 진복팔단해략(眞福八端解略)이 열거 되어 있다.

(3) 둘째, 교의 어려움은 핑계를 댈 수 없다(敎之難不可諉)

천주(삼위일체설), 천지·신·인(神人)·만물에 관한 설, 원죄(原罪), 구세자에 관한 교리들은 이치적으로 옳고, 성경에 근거하고 있으며 인간의 생각으로는 도저히 미치지 못하는 바가 있으니, 믿기 어렵다고 핑계를 댈 수 없다.

생명을 구원하기 위해서는 행하기 어려움을 일컬어서는 안 된다. 영원하며 존귀하고 영광된 생명을 구하기 위해서는 큰 간난을 마땅히 받아야 한다. 선을 이루는 어려움은 자신을 이기는데 있다. 자기를 이기는 것은 남에게 의지하지 않고 짐승과 한 무리가 되지 않는 것이다. 위로 지존, 지선의 주를 받들고 그 명을 듣고 성(性)을 따라 행한다.

벌을 받는데서 오는 어려움은 지옥의 고통인데, 지옥의 고통은 중(重)하고 영원하다. 잠시의 복은 사람들이 모두 구하는데, 모두 그것을 얻는 것이 아니다. 그러나 영복(永福)은 누구든지 구한 즉 얻는다.

천주의 지극히 자애로운 덕이 지금까지 당신의 잘못을 고치기를 기다

---

19) 구세의 무형의 표(號) : 인호(印號)라 한다.

리고 있다. 그런데 당신은 아직도 내년이라 하고 있다. 천주는 죄를 회개하는 자에게 확실하게 그 죄의 용서를 허락하신다. 회개에 늦은 자에게는 내년을 허락하지 않는다. 사람은 죽음을 면할 수 없으며, 그 때가 언제인지를 알 수 없다. 죽음은 다만 한 번이고 화복은 이에 의거해 정해진다.

4. 의의 및 평가

『진도자증』은 천주교 주요 교리의 해설과 불교의 비판, 그리고 천주교에 대해 중국인들이 갖고 있는 의문점의 규명 등을 주된 내용으로 싣고 있다.

천주교의 교리와 관련하여 『진도자증』에는 지옥(地獄)에 대한 설명은 나오는데, 연옥(煉獄)이라는 용어는 나오지 않고, 연옥 교리도 설명되어 있지 않다.

『진도자증』의 전체적인 내용을 볼 때, 보유론(補儒論)적 성격에서 벗어난 것 같다. 불교와 도교는 완전히 종교가 아닌 것으로 제쳐두고, 유교와 당시 유학(유학자)의 성격에 대한 평가가 행해지고 있다. 또한 종래 중국인들을 끌어들이기 위해 이용되었던 기(器)와 관련된 학(學)이 선교사들에게는 중요하지 않음을 공식적으로 표명하고 있다. 자신들은 선교를 위해 중국에 왔다는 것을 확실하게 천명하고, 중국의 현실을 좋지 않게 보고 있다.

중국에 있어서, 천주교는 (변혁을 가져다 줄만한) 새로운 것으로 제시하고 이에 의해 중국이 바뀌어져야 할 것을 말하고 있다. 유학자가 먼 과거(遠古)에 빠져 이를 어김은 범죄하는 것이니 큰 벌을 면치 못한다고 한다. 진도(眞道)인 천주교는 진유(眞儒)를 해치지 않으며, 천주교를 받드는 자는 진유(眞儒)가 될 수 있다고 하고, 또한, 조상 숭배에 대해서도 간략하게 부당함을 언급하고 섬겨서는 안 된다고 주장하고 있다. 서양 중심적인 사고가 보이고 있는데, 이러한 서술 경향은 위에서 언급했던 바와 같은 당시의 시기적 상황과 밀접하게 관련되어 나온 것으로 생각된다.

『진도자증』은 오직 천주교 교리에 입각한 선의 실천을 통한 세복(世福)이 아닌 영적 진복을 추구할 것을 신분의 귀천, 빈부의 구별이 없이 지식인뿐만 아니라 모든 사람들에게 갈파하고 있다. 따라서 신분적 평등, 일부일처제의 강조를 통한 남녀평등의 이념 등이 널리 퍼질 수 있는 계기가 되었을 것이다. 구세의 도는 만민의 공도(公道)로 만국에 행해지므로, 예수의 강생이 어디에서 있었는가는 중요할 것이 없다고 한 것도 독자들에게 중국 중심의 세계관에서 벗어나게 하는 인식을 제공할 수 있었을 것이다.

5. 조선에 끼친 영향

안정복(安鼎福)은 『천학문답(天學問答)』에서 이 책에 대해 논급하였다. 즉 천주는 자비를 폐(廢)하고 친히 와서 세상을 구(救)했고 또 만민의 죄를 위해 자기 자신의 귀중한 생명을 바쳐 십자가에 못박혀 죽었다고 하였다. 이미 상제(上帝)가 친히 강생했다고 하고 또 감히 못박혀 죽었다고 하였으나 죽지 않았으니 그 우매무지가 존엄을 업신여기고 스스로 잘난 체함이 심하다[20]고 하였다.

이기경(李基慶)은 금령(禁令) 전인 정미년(1787) 10월 이승훈의 무

---

20) 安鼎福,『順菴先生文集』冊上 卷17,「天學問答」, 影印本, 서울: 성균관대학교 大東文化研究院, 1970, 380上쪽.

리가 다시 천학(天學)을 숭상한다고 들어 의아하게 생각하고 전에 빌려 본『천주실의』에는 심히 미혹할 만한 것이 없는데, 저렇게 열렬한 것은 무슨 까닭인가 하여 이승훈에게 말하자 수진본(袖珍本)으로 만든『진도자증』세 권을 밤중에 갖고 왔었다[21]고 하였다.

김건순(金建淳)은 기유년(1789) 이준신(李儁臣)으로 말미암아『기인십편(畸人十篇)』,『진도자증』각 2권을 보았다[22]고 하였다.

이합규(李鴿逵)는『삼본문답(三本問答)』,『진도자증』2권,『성교일과(聖敎日課)』2권을 손가(孫哥)의 어머니에게 빌려주었다[23]고 하였다.

정인혁(鄭獜赫)은 공술에서 기유년(1789) 봄에 권일신(權日身)이 최필공(崔必恭)에게서『진도자증』을 빌려 보았다고 하였다.[24] 최필공은 양가(梁哥)에게 빌려 등서(謄書)하였으며, 다시 손경원(孫景元)과 그것을 책지(冊紙)와 바꿨다고 공술했다가,[25] 뒤에 서문(西門) 안 석정동(石井洞)에 사는 최주부(崔主簿)에게 빌려 보았으며 등서(謄書)해 두었으나 아버지가 소각시켰다[26]고 번복하였다.

홍정하(洪正河)는『진도자증증의(眞道自證證疑)』를 저술하여 서양 선교사들이 먼 바다를 건너와 도를 전하는 것에 대해, 오륜(五倫)의 입장에서, 임금, 어버이, 동기(同氣), 부부, 자녀와 가문의 성(姓)을 버리고 오직 붕우(朋友) 한 가지 만을 버리지 않았다고 비판하였다.[27] 또한, 황(皇)은 군(君)인데, 군(君)은 덕이 있음으로 칭해지는 것이 아니고 그 위치로 칭해지는 것이며 군에게 덕이 없다고 해서 그 위(位)에서 버릴

---

21) 『正祖實錄』卷33, 정조 15년 11월 甲申, 264下左쪽.
22) 「辛酉邪獄罪人李基讓等推案」;『推案及鞫案』冊25, 한국교회사연구소, 1978, 238쪽.
23) 邪學懲義, 72쪽.
24) 『承政院日記』, 正祖 15年 11月 12日 癸未, 冊90, 93中右쪽.
25) 李基慶, 『闢衛編』, 「崔必恭推案初招」, 128~129쪽.
26) 위의 책, 「崔必恭推案再招」, 130쪽.
27) 『가톨릭대사전』12권, 한국교회사연구소, 2006, 9751쪽.

수 없으며 신(臣)이 유덕(有德)하다고 해서 왕위를 넘볼 수는 없는 것이다. 그러나 교황(敎皇)은 현자 중에서 택했으니 군도(君道)가 끊어지고 신도(臣道)가 어지럽다고 평하였다.[28]

홍익만(洪翼萬)은 공술에서, 을사년(1785)에 김범우(金範禹)의 집에서 사서(邪書)를 보았으나 『진도자증』은 갑인년(1794) 이승훈(李承薰)에게서 빌려 보았는데 그 뜻이 심오하여 미처 깨닫지 못하는 사이에 깊이 빠졌다[29]고 하였다.

홍낙안(洪樂安)은 장서(長書)에서 말하기를 이승훈이 북경에서 가져온 책은 『천주실의(天主實義)』, 『기하원본(幾何原本)』, 『수리정온(數理精蘊)』이라고 주장하나 북경에서 갖고 온 책이 유익한 수학책이라면 왜 그 부친과 숙부가 이를 불태웠겠으며, 『진도자증』, 「영혼편(靈魂篇)」 등은 이전에는 보이지 않던 책이므로 이승훈이 몰래 갖고 온 책이 틀림없다고 말하였다.[30]

『진도자증』을 최초로 보았을 만한 인물은 안정복, 김범우로, 그들은 1785년 이전에 보았을 것인데, 1784년 이승훈이 귀국한 후이다. 『진도자증』은 1718년 간행된 후, 늦어도 1784년 이승훈에 의해 전래되었다.[31]

『진도자증』이 이승훈이 1784년 북경에서 선물로 받아 조선에 들여온 『만물진원(萬物眞原)』, 『성세추요(盛世芻蕘)』의 두 교리서들에는 잘

---

28) 許伋, 『大東正路』 卷6, 「眞道自證證疑」, 張12.
29) 『邪學懲義』, 126쪽.
30) 洪樂安, 『魯巖奏議』 卷1, 後26下쪽.
31) 배현숙, 「17·8世紀에 傳來된 天主敎書籍」, 『교회사연구』 제3집, 한국교회사연구소, 1981. 유은희는, 1718년에 초간된 『진도자증』에 비해 50여년이나 늦은 1773년에 초간된 『盛世芻蕘』가 초기 한국 천주교회에서 널리 읽혔다는 점에서, 『진도자증』이 이승훈이 들여오기 이전에 부경사행원들에 의해 이미 조선에 유입되었을 가능성을 주장하고 있다(유은희, 「한역 서학서 『진도자증(眞道自證)』은 어떤 책인가?」; 서종태 외, 『신앙의 노래 역사의 향기 - 圭雲 河聲來 선생 팔순기념 논총 -』, 흐름출판사, 2014).

드러나지 않는 사회교리의 편린들이 종종 드러나고 있어 젊은 시절 다산 정약용(丁若鏞)의 개혁의지를 추동하는 하나의 요인이 되었을 가능성이 커 보이며, 또한 정약용과 그의 동료들의 부족한 교리지식을 『진도자증』이 상당히 보완해주었을 것으로 보인다고 한다.[32]

〈해제 : 송요후〉

---

32) 원재연, 「18세기 후반 정약용의 서학(西學) 연구와 사회개혁 사상」, 『교회사학』 9호, 2012. 원재연은 조광이 「丁若鏞의 民權意識 연구」, 『아세아연구』제19집, 1976에서 다산의 민권의식을 분석하면서 그의 국민주권론, 참정권, 평등의식, 민중저항권의 고취 등에 대하여 상술했는데, 『천주실의』나 『진도자증』과 같은 서학서의 내용과 다산의 개혁사상을 구체적으로 비교하지는 않았지만, 다산의 개혁사상의 요소가 그의 서학공부에서 유래하였을 가능성만을 조심스럽게 거론했다고 한다.

참 고 문 헌

1. 단행본

숭실대학교 한국기독교박물관,『한국기독교박물관 소장 기독교자료 해제』, 서울: 숭실대학교 한국기독교박물관, 2007.

徐宗澤 編著, 『明淸間耶穌會士譯著提要-耶穌會創立四百年紀念(1540-1940年)-』, 臺北: 中華書局, 1958.

[法]榮振華著, 耿昇(譯), 『在華耶穌會士列傳及書目補編』, 北京: 中華書局, 1995.

鄭安德 編輯,『明末淸初天主敎和佛敎辯論資料選』第20冊, 北京大學宗敎硏究所, 2000.

鐘鳴旦 等編,『徐家匯藏書樓明淸天主敎文獻續編』第26冊, 臺北; 臺北利氏學社, 2013.

Nicolas. Standaert, Handbook of Christianity in China Volume One: 635-1800, Leiden; Boston; Köln: Brill, 2001.

2. 논문

배현숙, 「17·8世紀에 傳來된 天主敎書籍」, 『교회사연구』 제3집, 한국교회사연구소, 1981.

신익철, 「연행록을 통해본 18세기 전반 한중 서적교류의 양상」, 『泰東古典硏究』 제25집, 2009.

_____, 「18-19세기 연행사절의 북경 천주당 방문 양상과 의미」, 『교회사연구』 제44집, 2014.

원재연, 「조선후기 천주교 서적에 나타난 良知說에 대하여」, 『陽明學』 제20호, 2008.

_____, 「18세기 후반 정약용의 서학(西學) 연구와 사회개혁 사상」, 『교회사학』 9호, 2012.

유은희, 「한역 서학서 『진도자증(眞道自證)』은 어떤 책인가?」, 『신앙의 노래 역사의 향기-圭雲 河聲來 선생 팔순기념 논총-』, 흐름출판사, 2014.

3. 사전

한국가톨릭대사전편찬위원회, 『한국가톨릭대사전』, 한국교회사연구소, 1985.

『진복직지(眞福直指)』

분류	세부내용
문 헌 종 류	한문서학서
문 헌 제 목	진복직지(眞福直指)
문 헌 형 태	목판본
문 헌 언 어	漢文
간 행 년 도	1673년
저 자	루벨리(Andrea Giovanni Lubelli[Lobelli], 陸安德, 1611~1685)
형 태 사 항	286면
대 분 류	종교
세 부 분 류	교리
소 장 처	한국교회사연구소 北京大學校 圖書館 特藏閱覽室
개 요	이 세상의 행복은 진복이 아니며, 진복은 천주의 계율을 지키고 공덕을 얻기 위해 덕을 실천함에 있다고 함. 사람이 어디에서 진복을 찾을 수 있는지를 보이고 천주께서 인간의 복의 최종적인 귀착점임을 말함. 천주께서 우주와 인간을 창조한 뜻이 무엇인지를 밝히고, 천상의 복에만 소망을 두며 세상에서의 고통을 끝까지 인내할 것을 말함.
주 제 어	솔로몬(撒辣茫), 하만(亞慢), 영복(永福), 영고(永苦), 태극(太極), 천주십계(天主十誡), 진복(眞福), 영혼삼사(靈魂三司), 이성(明悟), 욕구(愛欲), 기억(記含), 추덕(樞德), 루시퍼(露際弗兒), 모세(梅瑟), 시내산(錫乃山), 윤회(輪廻), 전생(轉生), 거룩한 공회(聖厄格勒西亞: Ecclesia), 공심판(公審判), 사심판(私審判), 부활(復活), 신량(神糧), 복자(福者)

1. 문헌제목

『진복직지(眞福直指)』

2. 서지사항

권두 삽화에는 예수회 상징(emblem)이 있고 다음 면에 작자인 육안덕(陸安德)과 검열관들의 이름-은리격(恩理格, Christian Wolfgang Herdtricht, 1625~1684), 백응리(柏應理, Philippe Couplet, 1622~1693), 필가(畢嘉, Giandomenico Gabiani, 1623~1694), 성제리(成際理, Feliciano Pacheco, 1622~1687)-과 출판을 허락한 발과네라(Tommaso Valguarnera: 1608~1677)의 중국 이름 만다마사(萬多瑪斯)가 나온다.

이어서 은강(鄞江, 浙江省)의 강정괴(康庭槐)가 강희 경술(康熙 庚戌, 1670) 중춘월(仲春月: 음력 2월)에 쓴 서문이 나온다. 그는 그 해 2월에 월(粤, 廣東)로 공부하러 갔다가 처음으로 성당 예배에 갔고, 지나는 길에 채(蔡) 선생을 방문했는데, 그로 인하여 루벨리를 만났다고 한다. 채 선생이 소매에서 『진복직지(眞福直指)』한 권을 주어 읽게 되었다고 하고 이어서 책의 내용에 대한 자신의 생각을 서술하고 있다.

이어서 루벨리의 자서(自序)가 나오는데, 여기에서는 1673년 음력 정월 18일 광동(粤) 동천주당(東天主堂)에서 판각, 인쇄했다고 하는 것을 보면, 책을 실제로 저술한 것은 오래 전이었음을 알 수 있다. 그 옆에 예수회를 상징하는 다른 모양의 도장 두 개가 찍혀 있다.

상, 하권 두 권으로 되어 있다. 상권과 하권 각각의 목차가 2면에 걸쳐 나오고, 이어서 상권 116면, 하권 126면으로 되어 있다. 한 면은

8줄, 한 줄에 18자(字)로 되어 있고, '천주(天主)', '오주(吾主)', '성모(聖母)' 등이 줄의 처음에 나올 경우, 한 자 위로 올려 시작하고 있다. 인쇄 상태가 다소 좋지 않은데, 하권 58면(29下)-64면(32下), 111면(56上)-112면(56下)의 일부는 판독할 수 없다.

[저자]

루벨리(陸安德)의 중국어 본명은 육태연(陸泰然)이고 자(字)가 안덕(安德)이다. 이탈리아 인으로 1611년[1] 나폴리왕국의 레체(Lecce)에서 태어났다. 1628년 3월 나폴리에서 처음으로 수도원에 들어가 1639년경에 신부로 서품되었다. 1640년 3월 26일 중국으로 출발하여, 인도의 살세테(Salcette)에서 3년을 보낸 후에 마카오에 도착하였고, 1646년 2월 26일 배가 뒤집힌 사건에서 그 혼자만 살아남았다. 1647년에 중국 호남(湖南)에 있었다. 1650년에 나온 그에 관한 기록에 의하면, 그는 6년 동안 전교구(傳教區)에서 지냈는데, 이교도(異教徒)에게 체포되어 8개월을 갇혀 있었다고 한다. 1659년부터 1665년까지 광주(廣州)에 있었고, 여기에서 버려진 아이들을 보살폈다. 1659년 3월에 교당(教堂)과 주원(住院)을 수축하였다. 1664년 주원의 회장을 맡았다. 1665년 박해받은 시기에 체포되어 북경으로 압송되었다. 1674~1676년에는 중국부성회장(中國副省會長), 1676~1680년에는 일본성회장(日本省會長), 1680~1684년에는 순안사(巡按使: missi dominici)

---

1) 루벨리의 출생과 사망 연대에 대해, Nicolas Standaert, *Handbook of Christianity in China Volume One: 635-1800*, Leiden; Boston; Köln: Brill, 2001, 149쪽에서는 1610~1683년으로 나오고, [法]榮振華著, 耿昇(譯), 『在華耶穌會士列傳及書目補編』, 北京: 中華書局, 1995, 389~390쪽과 Univ. of San Francisco의 *The Ricci Institute Library Online Catalog*, 利瑪竇研究所藏書樓目錄: http://riccilibrary.usfca.edu/listAuthor.aspx?authorID=157에 의하면, 1611~1685년으로 나온다.

를 맡았고 후에 또 산서(山西), 섬서(陝西)와 호광(湖廣)으로 갔다. 1685년 11월 2일[2] 마카오에서 세상을 떠났다.[3]

이외에 루벨리가 저술한 서적은 다음과 같다.

성교략설(聖敎略說); 성교요리(聖敎要理); 강도규구(講道規矩); 성교문답지장(聖敎問答指掌, 聖敎問答, 1676년 雲間敬一堂 재인쇄); 묵상규구(黙想規矩, 1676년경; 黙想道規?); 묵상대전(黙想大全); 만민사말도(萬民四末圖); (天主)성교촬언(聖敎撮言, 1676년 雲間敬一堂 재인쇄); 직복직로(眞福直路, 1670); 선생복종정로(善生福終正路, 1676).

3. 목차 및 내용

[목차]

---

2) 주1)을 참조
3) [法]榮振華著, 耿昇(譯), 『在華耶穌會士列傳及書目補編』, 北京: 中華書局, 1995, 389~390쪽.

[내용]

상권

1) 제1장. 세상의 복을 누리면 진복을 얻을 수 없다(享世福不能得眞福).

이 장은 첫째 날에 보는 것으로 되어 있다. 사람의 본정(本情)은 진복을 얻기를 원하며, 생각하는 모든 것이 진복을 향해 있다. 그러므로 힘쓰고 노고하면서도 쉬고자 하지 않음은 진복을 구하기 위함이다. 그러나 애씀에도 불구하고 진복을 얻을 수 없는 것은 세상 사람이 인정하는 진복은 세상의 복을 누리는데 불과한 것이기 때문이다.

진복의 기묘함에는 네 가지가 있다. 첫째, 사람의 마음을 포만케 하고, 둘째, 흉화(凶禍)을 다 제거하며, 셋째, 위험을 두려워하지 않으며, 넷째, 장구함을 향수한다. 세상의 복록은 인심을 포만케 할 수 없고, 늘 흉험(凶險)을 두려워하게 하고 장구하게 향수할 수 없다. 세상의 복은 위의 네 가지를 온전히 갖추고 있지 않으므로 진복은 세상의 복과 같지 않다.

세상의 복에는 육신에 속한 것-음식, 재화, 미색-과 인신(人神)에 속한 것-높은 지위(高位), 명예(영광: 光榮), 큰 권세(大權), 학술(배움: 智術)-이 있는데, 솔로몬과 하만(Haman, 亞慢)[4] 등 성경에 나오는 인물들을 예로 들면서 각각의 것은 위의 네 가지 기묘함이 없다는 것을 보임으로써 진복이라 칭할 수 없음을 설명하고 있다. 그리고 마지막으로 솔로몬 왕의 "천하의 것은 모두 헛된 것(虛僞)이다. 모두 고통스런 것이다."라고 했으니, 천하의 것을 누림에는 진복이 없음을 알 수 있다고 한다.

2) 제2장. 추리하여 진복이 어디에 있는지를 밝힐 수 있다(推理能明眞福何在).

이 장은 둘째 날에 보는 것으로 되어 있다. 여기에서는 인간이 무엇 때문에 헛되이 고생하며 세복을 찾는가를 생각하고자 한다. 영혼에는 기억(記含, memoria), 이성(明悟, intellectus), 욕구(愛欲, appetitus)의 세 기관(司)이 있다. 이성은 심오한 도리를 밝힐 수 있고, 애욕은 아름다움을 향하고 추악함을 멀리한다. 그러나 애욕은 맹인과 같아서 이성의 인도를 받아야 한다. 또 이성은 몸 안에 있으면서 오관(五官: 눈, 귀, 입, 코, 피부[몸])을 이용한다. 따라서 이성은 칠정(七情)에 의해 혼란되어 옳고 그름(眞僞)와 좋고 나쁨(好歹)을 분별할 수 없다. 애욕은 이성에 의해 이끌려야 하는데, 나쁘고 거짓된 것을 사랑하고 참되고 좋은 것은 버리니, 이것이 온갖 잘못의 이유이다. 그래서 세복이 인간의 진복이라고 오인한다. 지금 진복은 분명하게 나타낼 수 없으므로 오관을 써서, 형적(形蹟)이 있는 사물을 보고 도리를 추론함으로써 드러나지 않은 진복을 밝힐 수 있다고 한다.

우선, 유형(有形)의 사(事)를 보고 도리(道理)를 추론하여 알 수 있는 것에 조물자(造物者)가 반드시 있는 것이라고 하고, 조물주가 있음을

---

4) 하만(Haman, 亞慢) : 구약성경 에스더(Esther) 서에 나오는 인물.

보여주는 근거들과 그의 특성에 대해 설명하고 있다. 조물자는 근원이 없는 근원(無原之原), 무시무종(無始無終)이며, 천지 만물의 진주(眞主), 전지전능(全知全能)의 신으로 시작이 없이 늘 스스로 존재한다(無始常自有)고 규정하고 있다.

이어서 유교의 태극(太極)이 천지(天地)·인(人)·물(物)을 낳았다는 설에 대해, 태극은 혼돈이고 천지에 뒤섞여 있으며 만물의 재료이며 물(物)의 원질(元質)에 불과하므로 모든 것은 조물주에 의해 조성된 것이라고 한다. 또한 태극은 영명(靈明)하지 않고 심지(心志)가 없고, 생명이 없다는 것을 보여주며 조물주의 존재를 입증하고 있다.

불교(釋家)에서는 공(空)을 교(敎)로 하여 공이 만물이 될 수 있다고 하는 것은 매우 불합리하며, 도교(道家)에서 무(無)가 만물의 근원이 된다고 하는 것도 옳지 않다고 한다.

천지만물 이전에는 아무 것도 없었으니, 스스로 이루어질 수 없고 따로 그것들을 조성(造成)한 자가 있는데, 이를 상제(上帝)라 칭할 수 있다. 그러나 우리들 대부분은 천주(天主)라 칭한다. 적은 사람들이 상제라 칭하는 것은 잘못된 설 때문이다. 즉, 상제는 태극·천지(天地)의 뒤에 있고, 상제는 또 옥황(玉皇), 창천(蒼天)이라 부른다는 것이다. 옥황은 사람인데 죽은 후 송조(宋朝)가 상제로 봉(封)했다고 한다. 이렇게 사람들이 오인하고 있기 때문에 조물주는 오로지 천주라 칭하고 적은 사람이 상제라 칭한다고 한다.

이후에는 조물주를 천주라고 칭하고 천주에 대하여 다음과 같이 설명하고 있다.

① 천주는 스스로 존재하는 분이시다.
② 천주에게는 무궁한 미(美)가 있으며 반드시 무형(無形)의 체(體)이다. 천주는 순신(純神)이며 전선(全善)·전의(全義)·전자(全慈)·

전지(全智)·전능(全能) 등의 무수한 아름다움(美好)이 있다.

③ 천주는 한량(限量)이 없으며, 무소부재(無所不在)하다.

④ 천주의 복은 한량(限量)이 없으며 궁진(窮盡)함이 없다. 밖으로부터 오는 것이 아니며 그 본성에 스스로 존재하는 것이다. 천주는 무궁한 복을 누리시며, 만신(萬神)과 만인(萬人)의 진복이 되신다. 그러므로 신·인(神人)의 모든 원욕(願欲)을 포만(飽滿)시키실 수 있다. 만약 사람의 마음이 정결, 화평하여 칠정(七情)의 요란(擾亂)이 없고 천주를 생각하며 진심으로 사랑한다면, 세상에서뿐만 아니라 승천하여 천주를 보며 온전한 복의 쾌락을 누린다.

만국(萬國)의 복을 최다, 최대로 총합하고 끝이 없는 해에 이르기까지 추산해도 천주의 무한한 진복과 비교할 수 없다. 인간의 이성(明悟)는 비록 몸은 세상에 있으나 마음은 천당에 있어서, 몸을 떠나 천주를 보며 진복을 누리기를 원한다. 세상 사람이 만복의 근원을 버려두고, 그 힘을 그릇되게 써서 고생하며 천하의 거짓된 복을 찾으니 애석하다고 한다.

3) 제3장. 천주께서 사람을 낳은 것은 진복을 누릴 수 있게 하기 위함이다(天主生人爲得享眞福)

이 장은 셋째 날에 보는 것으로 되어 있다. 천주께서 6일 동안의 천지 창조 과정을 설명하고 있다.

제2일에 12중천(重天)으로 나누었다고 하고 각각의 하늘에 이름을 제시하고 있는데, 제12중천이 천당이라고 한다. 천당에는 무수한 천사(天神)들이 있고 천주를 명백하게 볼 수 있는 곳이며 천사(天神)와 성인(聖人)들이 진복을 누리는 곳이다.

제6일에 천주께서 남자와 여자를 창조하시고 각각 이름을 아담(亞當)과 하와(厄襪)라 하셨으니 만민의 시조이다. 천주께서 먼저 천지만물을 창조하시고 나서 사람을 창조한 까닭은 인간을 위한 것이고, 우리 인간을 창조한 것은 천주를 섬기기 위한 것이라고 한다. 인간이 힘써 천주께 봉사할 때 만물이 진정으로 인간의 것이 된다고 한다.

제7일은 천주께서 예배일(瞻禮)로 정하셨는데, 이는 천지, 인간, 만물을 창조하신 큰 은혜에 감사함이다.

천주께서는 천지, 인간, 만물을 창조하시고 항상 보존하시니, 만물은 모두 천주의 관리를 받는다. 그래서 만물로 하여금 각기 제자리를 얻게 하고 각각에게 아름다움을 주시고 그 본성에 부합하게 한다.

다만, 인간에게는 제자리가 없고 그 본성에 부합하는 복이 있음을 보지 못하여, 그 마음을 채울 수 있는 물(物)이 없다. 천주께서는 우리들을 다른 만물들과 다르게 창조하셨음을 알고, 만물을 우리들로 하여금 도리에 따라 쓰도록 하신 것에 감사해야 한다. 또한 유형(有形)의 사(事)를 보고 추론해 천주를 알고 섬길 수 있게 한다. 천주의 아름다운 복락을 생각한 즉, 죽은 후 승천하여 천주를 뵙고 온전한 복을 누릴 수 있다고 하고, 이것에 대해 상세하게 입증을 시도하고 있다.

먼저 인성(人性)을 육신과 영혼의 둘로 나누고, 영혼은 인신(人神)으로 육신은 영혼이 없으면 곧 죽으니, 영혼은 존귀하고 육신은 비천하다고 한다. 영혼은 천사(天神)처럼 영원히 사멸하지 않는다고 하고 먼저 영혼은 무형(無形)의 체(體)이며 신(神)이라는 설을 입증한다.

영혼이 신이라는 것은 이성(明悟)과 욕구(愛欲)가 극히 넓어서 만물이 채울 수 없기 때문이다. 그리고 그의 생각은 매우 경쾌하고 신속하여 어디든지 생각하는 곳에 있을 수 있고, 또한 천주, 천사를 생각하여, 이성 안에서 천주, 천사의 상(像)을 만들 수 있기 때문이다. 또한 선덕(善德)을 바라고, 천주와 여러 무형의 것을 애모(愛慕)할 수 있기 때문이다. 또한, 인간은 한 가지 사물을 볼 때 상반되는 정(情)이 있는데, 곧 육신의 정욕(情欲)과 욕구(愛欲)의 절제(節制)이니, 욕구는 육신에게 수고하며 고난을 받고 죽어 영광을 얻을 수 있게 한다. 즉, 욕구에는 육신(身)과 정욕(情)을 초월하는 능력(能)이 있으므로 영혼을 신이라고 한다.

영혼이 이미 신이므로, 상반된 정(情)이 없고 사멸의 근거(根)가 없다. 천주 역시 창조한 물(物)을 무너뜨리지(壞) 않으므로 영혼은 불멸한다. 육신이 늙고 쇠약해져도 이성은 더욱 정명(精明)해지는 것을 보면, 영혼은 육신과 달리 죽지 않는다.

중인(衆人)들은 영원한 삶(常生)을 사랑하고 영원한 것을 앙망한다. 인간이 죽은 후 영생, 진복을 얻지 못하고, 영혼이 육신과 함께 죽어 금수(禽獸)보다 심한 고통을 받을 수 없다. 그리고 선한 자는 이 세상에서 대체로 고난을 당하고 악인은 안락하게 지내는데, 죽은 후에 상벌이 없다면 악인이 선인보다 더욱 복을 받는 것이니 이러한 이치는 없다고 한다.

사람의 마음은 사후가 남아 있으며 두려워할 만한 곳이 있음을 자인(自認)하고 있다고 한다. 영혼의 두 기관인 이성(明悟)과 욕구(愛欲)는 세상적인 것으로는 채워질 수 없으며 반드시 천상(天上)의 것으로만 채워지고 온전한 복을 누릴 수 있다. 사람은 나무를 거꾸로 한 것과 같아서, 위에 있는 머리가 곧 뿌리이며, 사지(四肢)는 가지인데, 천상에 그 뿌리를 심고 견고하게 천상에 있어야 영생과 영복을 얻을 수 있다고 한다.

이어서 천주께서 천하를 잘 관리하신다면, 어째서 부귀와 빈천, 권위와 복역(僕役), 평안과 고난이 있는가? 이것은 선하고 악한 사람에게 상벌을 주는 것인데, 현세의 선악에 대한 것이 아니다. 반드시 전세(前

世)의 선악에 대해 현세에 상벌을 주는 것이니, 윤회(輪廻)해서 전세(前世)의 공죄(功罪)를 받는 것이 아닌가라는 질문에 대해 설명하고 있다.

부귀와 빈천, 권위와 노복 모두 천지간에 한결 같을 수 없다. 사람들에게는 각자의 맡겨진 일이 있다. 천주께서는 사람으로 하여금 각자의 마땅한 곳에 자리잡게 하시고, 공로를 쌓은 자에게는 반드시 상을 주시고 악을 행한 자에게는 반드시 벌을 주신다. 따라서 현세의 편안함과 관계없이 그 사람의 행위에 따라 사후에 진복을 주시기도 하고 지옥의 영원한 고통의 벌을 주시기도 한다. 선한 자에게 현세에 고통을 주는 것이나 악한 자에게 세상에서 벌을 주시는 것에는 다 천주의 뜻이 있는 것이다.

따라서 윤회설은 크게 잘못된 것이다. 천주께서는 육신의 쾌락을 상으로 주어 공로에 보답하지 않기 때문이다. 선덕(善德)을 행함은 영혼의 공로이며 영혼에게 상을 주신다. 세상적인 즐거움은 모두 사악한 것으로, 사람에게 득죄(得罪)의 연고(緣故)가 되게 한다. 인간은 영혼이 육신과 합쳐져야 비로소 인간이 된다. 영혼이 육신의 밖에 있다면 온전하게 갖춰진 것이 아니다.

천주께서 허다한 영혼을 창조할 수 있는 것은, 천주께 무한한 능력이 있기 때문이다. 윤회에는 전능할 필요가 없다고 하고, 부활(復生)과 윤회를 비교하고 있다. 신생(新生)하는 사물은 매일 볼 수 있다. 부활은 천주께서 할 수 있으나 늘 행하는 것은 아니다. 천주께서 만물을 낳는 것을 제일성원(第一性[primary]原)이라 하고, 천주께서 부활을 명(命)한 것을 일컬어 초성적원(超性[supernatural]的原)이라고 한다.

윤회는 죽었다가 또 태어나는 것이니 반드시 성원(性原)의 사(事)가 아니라 초성(超性)의 사이다. 초성의 사에는 초성의 큰 능력이 필요하다. 천주께서는 전능을 써서 윤회라는 이치에 어긋나는 일을 하지 않는다. 만물은 각각 모두 본성이 있는데, 인성(人性)은 금수성(禽獸性)은 크게 다르다. 사람은 영생(靈生)으로 영혼이 안에 있다. 금수에게는 영혼이 없다. 사람이 금수로 전생(轉生)함은 있을 수 없다.

또한, 전생을 믿어서 말을 타지 말아야 한다, 결혼해서는 안 된다, 노비를 부려서는 안 된다고 하는 것은 전혀 이치에 맞지 않는다. 이러한 것은 천하의 일을 무너뜨리는 것이고, 영혼이 윤회한다면, 기억(記憶)과 이성(明悟)의 두 기관은 전세(前世)에 해 온 일을 기억해야 하는데 그렇지 못하다. 또한 윤회를 믿으면, 영복(永福)을 바라지 않고 영고(永苦)를 두려워하지 않으며 탐심이 일어나 내세의 부귀가 현재 부귀를 얻는 것만 못하다고 생각하게 한다. 이는 마귀가 사람을 속여 악을 행하도록 하는 계모(計謀)이니, 우리는 천상(天上)에 마음을 두어야 하며, 천상이 우리들이 영복을 받고 공로에 응보를 받는 곳이라고 한다.

사람이 세상에 있을 때에는 천주의 무한한 빛을 볼 수 없는 것은 눈이 햇빛을 볼 수 없는 것과 같다. 사람의 이성(明悟)은 연약하여 육신이 가리어 덮고 또한 유형(有形)의 사(事)에 의해 가로막힌다. 천주께서는 우리들에게 세상에서 공로를 쌓고, 선덕을 행하고 애경(愛敬)을 생각하고 천주를 섬기라고 가르치신다. 이로써 사람은 천당에 오르고, 천주는 사람의 영명(靈明)을 이루게 하고 천주를 보고 그 복을 받아 누릴 수 있게 하신다.

4) 제4장. 천주십계는 사람이 진복을 누릴 수 있게 한다(天主十誡成人得享眞福).

이 장은 넷째 날에 보는 것으로 되어 있다. 천주께서는 우리들이 공로를 쌓고 선을 행하고 악을 멀리 해, 천당의 영복을 얻을 수 있도록 가르침을 내려주셨다. 천주의 성교(聖敎)는 둘로 나뉘는데, 하나는 '믿음(信)'으로 사람의 마음을 열어 이성(明悟)를 이룬다. 다른 하나는 '행함(行)'으로 사람이 선을 행하도록 인도하여 욕구(愛欲)을 이룬다. 행해야 하는 것은 십계, 사추덕(四樞德) 등이다.

〈천주십계〉

모세(梅瑟) 유대 나라의 성인으로 시내산(錫乃山)에서 돌판에 십계를 받은 것에 대해 설명하고, 십계는 승천의 길이어서, 십계를 지키는 자는 천주의 의자(義子)가 되고 성총(聖寵)을 받아 천주처럼 되어 서로 사랑함이 있고, 천사와 함께 천주의 앞에서 진복을 누린다.

십계는 우리들로 하여금 세상의 나쁜 쾌락을 절제하게 한다. 십계를 지킴이 순리(順理)이며, 영성(靈性)의 마땅한 일이다. 십계를 지킬 수 없으면 칠정(七情)에 의해 어지러워져 마귀에게 유혹되고 세속을 따라 도리를 거스른다고 한다.

(1) 제1계: 천주만을 만물의 위에 흠모하고 공경하라.

이 계율은 자기의 본심을 바치고 천주를 만물의 주로 인정하며, 굳은 마음으로 천주께서 드러내신 갖가지 단서들을 믿는 것이라고 한다. 천주의 자비는 무한하셔서 소망할 만하고 우리들이 의뢰할 바이므로 진심으로 애모(愛慕)해서, 오히려 죽을지언정 천주께 범죄해서는 안 된다. 사람들은 하나의 주만을 공경해야 한다.

그러므로 불(佛), 보살(菩薩) 등 사신(邪神)을 절대로 섬겨서는 안 된다. 흙이나 나무로 된 상(像)에 능력이 있어서, 사람을 보호할 수 있다고 오인(誤認)해서는 안 된다. 각종의 사술(邪術)-점치는 것, 풍수 보기, 건초(建醮), 지전(紙錢) 태우기 등-은 허망한 법술이며, 천주께 죄를 짓는 것이다. 수명의 장단, 빈부와 귀천은 모두 천주께서 정하신 바이니 사람들은 전능하신 천주께서 보우(保佑)해주실 것을 기구(祈求)

해야 하는데, 천주께서는 극히 자비하시니 구함에 응하지 않음이 없다고 한다.

(2) 제2계: 천주 성명(聖名)을 부르며 헛되이 맹세하지 말라.

사람이 사묘(寺廟)에 들어가서 맹세하고 소원을 빌면 반드시 큰 죄를 받는다. 만약 사람이 좋은 일을 위해 천주께 소원을 빌었으면, 마땅히 지켜 행해야 하며, 지키지 않고 행하지 않음은 제2계를 범하는 것이다. 따라서 가벼이 소원을 빌어서는 안 된다. 또한 거짓된 일로 소원을 빌거나, 악한 일을 위해 소원을 비는 것은 천주께 죄를 짓는 것이니 반드시 지켜서는 안 된다고 한다.

(3) 제3계: 예배일(瞻禮之日)을 지켜라.

예배일에는 모든 일을 그만두고 오로지 힘써 천주를 공경하라고 한다. 천주께서 6일 동안 천지, 사람, 사물을 만드시고 일곱째 날에 쉬셨다. 이로써 사람들에게 6일 동안은 자신의 집의 일을 하고, 제7일에는 신(神)의 일을 해서 전심으로 천주께 감사하면 천주께서 자연히 사람에게 복을 내려주심을 가르쳤다고 한다. 적어도 예배일을 지키는 것을 천주에 대한 사랑과 결부시키고 이로써 진복을 얻을 수 있다고 한다.

(4) 제4계: 부모님께 효경(孝敬)하라.

앞의 세 가지 계는 마음과 입으로 천주를 섬기며 실제로 신의 일을 하는 것이라면, 뒤의 7가지 계들은 남을 자신과 같이 사랑하는 것이다. 사람이 가장 사랑하는 자는 부모이므로 천주를 애경(愛敬)한 후에는 부모를 효경(孝敬)하는 계가 있다고 한다.

이 계율은 인간의 본분으로 마땅히 행해야 하는 것인데, 이로써 천상의 복을 누리며 또한 장수(長壽)도 내리신다고 한다. 현재 부모의 은혜를 잊는다면, 자연히 무형(無形)의 대부모(大父母)인 천주의 은혜도 잊을 것이라고 한다. 여기에서는 부모의 도리도 강조하고 이를 제대로 수행하지 못함이 천주께 죄가 된다고 한다. 또한 가복(家僕)은 가주(家主)의 명을 잘 들어야 함을 말하고 있다.

부모의 장례의식에 대해서도 언급하면서, 천주교에서는 중국의 고례(古禮)를 써도 된다고 한다. 그러나 승려를 불러서 불사(佛事)를 치르며, 지전(紙錢)을 태워서는 안 된다고 한다. 음식물로써 부모님의 영혼이 와서 흠향케 함도 예에 어긋남이 심하다고 한다. 다만, 음식을 영위(靈位)에 배설하는 자는 부모께서 와서 흠향할 리가 없음을 안다고 먼저 설명해야 한다. 사람은 이로써 부모에 대한 진실한 사랑을 표하여 죽은 자를 섬김을 산 자를 섬김과 같이 할 따름인 것이다. 또한 부모의 보우(保佑)를 구해서는 안 되며, 사람은 단지 효경의 덕을 행하는 것이고, 천주께만 도움을 바랄 수 있다고 한다. 부모가 이미 교인인 경우에는 부모께서 천당에서 천주께서 우리들을 도와주시기를 구할 수 있다고 한다.

(5) 제5계: 살인하지 말라.

마음으로 사람을 원망하지 말고 입으로 사람을 욕하지 말고 남의 생명을 해치는 일을 하지 말라는 것이다. 낙태, 익녀(溺女) 역시 살인죄와 같다. 자살은 죄를 회개하지 않고 죽어 속죄할 수 없으므로 매우 큰 죄이다. 부모와 가주(家主)가 도리(理)로써 자녀와 비복(婢僕)에게 벌을 주는 것이나, 국가 법률을 도리에 의거해 지켜 관부(官府)에서 사람을 때리고 죽이는 것은 죄가 아니라고 한다. 가축을 희생으로 죽이는 것은 천주께서 금수를 창조한 원칙에 맞으므로 무죄라고 한다. 천하의 사람은 모두 형제로 한 조상에서 나왔으니 서로 사랑해야 한다. 천주께서 사람을 창조한 것은 사람으로 하여금 승천하여 복을 누리게 하기 위함인데, 천상에서는 모두 서로 사랑하니, 세상에서도 천당에서 처럼 서로 사랑해야 한다.

(6) 제6계: 간음하지 말라.

일부일처(一夫一妻)의 정리(正理) 이외에 간음하는 것은 모두 유죄이 다. 남색(男色)은 극히 큰 죄로 규정하고 있다. 부인이 자녀를 낳지 못 할 때, 취첩(娶妾)하는 것에 대해서도 이 계율을 어기는 것이라고 한다. 우리들은 이 죄를 면하기가 어려우므로 매일 천주께서 보우(保佑)하여 이러한 죄에 빠지지 않게 해주시기를 간절히 기구(祈求)해야 한다.

(7) 제7계: 도적질하지 말라.

사람이 분에 맞지 않게 취하는 것을 금하고 남의 물건을 손괴하는 것을 삼가도록 한다. 이 계율을 범했다면, 원래 주인에게 하나하나 돌 려주어야 한다고 한다. 이 계율을 어기는 것을 영혼 및 천국의 영복의 상실과 결부시키고 있다.

(8) 제8계: 거짓 증거하지 말라.

무고(誣告) 등의 일을 금하는 것이다. 성경에서, "만악(萬惡)이 모두 혀에서 나온다"는 말을 인용하며, 사람이 영복을 얻기를 원한다면, 입 을 제어하고 다스려야 한다고 한다.

(9) 타인의 처를 원하지 말라.

이 계율은 간음의 욕구를 금하는 것이다.

(10) 타인의 재물을 탐하지 말라.

이 계율은 도적질의 탐욕을 금하는 것이다.

이들 계율들에 대하여, 생각으로 범한 것도 역시 유죄라고 규정하고 있다. 즉, 마음으로 천주의 명(命)을 어겼으니 마음으로 죄를 지은 것이다. 따라서 악한 생각이 마음속에 머물게 해서는 안 되고 속히 물리쳐야 한다고 한다. 망상(妄想)을 끊기 위해서는 다섯 기관-눈, 귀, 코, 입, 사지(四肢)-를 바르게 지키고, 유혹에 빠지지 않도록 천주께 기구(祈求)해 도움을 간절히 구해야 한다고 한다.

5) 제5장. 선덕이 사람으로 하여금 진복을 이루게 한다(善德成人於眞福).

이 장은 다섯째 날에 보는 것으로 되어 있다. 모든 세속의 영광은 거짓된 것으로 밖으로부터 오고, 오직 선덕만이 세계의 진실한 영광으로 (마음) 안에 있다. 영혼에 선덕이 없는 것은 사람이 벌거숭이로 몸을 드러내는 것과 같고 더욱 의지할 데가 없다.

선덕은 영성(靈性)이 있는 것으로 온갖 사물을 훨씬 능가한다. 영광에 덕이 없으면, 곧 교만이다. 대권(大權)에 덕이 없으면, 곧 탐폭(貪暴)이다. 지학(智學)에 덕이 없으면, 곧 간교(奸巧)이다. 신령(神靈)에 덕이 없으면, 곧 악마(邪魔)이다. 본성의 여러 영성이 있는 것들 중에서, 오직 덕이 극히 크다. 사람의 기묘함은 선덕에서 나온다.

사람이 귀중하게 여기는 물건은 먼 데서 온 것이거나 희귀한 것이다. 선덕이라는 보물은 우리 안에 있는데, 많이 있을수록, 그 사람의 귀중함을 발한다. 선덕한 자는 국가의 영광이며, 부모의 행복이며 공중(公衆)이 의뢰하는 것이며, 사람을 다스리는 법이다. 그런 즉, 어리석은 사람을 불러일으키고, 잘못을 교도(引導)하며, 중인(衆人)의 사표(師表)이다.

선덕의 빛이 사람의 마음에 비취면, 사람의 영혼을 돋우어 진복의 길로 갈 수 있게 하니, 살아서는 사람의 영혼을 온전케 하며, 죽은 후에는 천주 앞에서 복을 누리게 한다.

다음에는 사추덕(四樞德)에 대하여 논하고 있다. 사추덕(四樞德)은 지(智), 의(義), 용(勇), 절(節)의 중요한 덕(樞德)들을 말한다. 이들 덕에 대한 전반적 설명과 함께 덕마다의 단서들과 개별의 덕에 유사한 덕들(相近之德)의 사례들, 또한 각 덕을 어기는 사례들을 자세하게 나열하고 있다.

다음에는 애긍신형(哀矜神形)의 덕-형애긍(形哀矜)과 신애긍(神哀矜)의 덕-에 대해 설명하고 있다.

다음에는 초성(超性)의 덕-믿음(信), 소망(望), 사랑(愛)-에 대해 설명하고 있다. 이 덕은 자성(自性)의 힘을 써서는 행할 수 없고, 천주의 보우(保佑)에 의지해야만 행할 수 있다고 한다. 우리들이 십계를 준수하고 온갖 선덕(善德)을 행하는 것을 돕는다고 한다. 그리고 이어서 세 가지 덕 각각에 대해 설명하고 있다.

다음에는 성총(聖寵)의 중요성에 대해 설명하고 있다.

사람이 십계를 지키고 사추덕 등을 이루며, 세 초성의 덕이 있으면, 선덕이 모두 온전해지며 사소한 악이 모두 제거된다. 이러한 사람은 진실로 복자(福者)의 아름다운 상(像)이다. 그런데 아직 일찍이 온전하게 이를 이룬 적이 없다. 오직 천주만이 온전하게 선덕과 영광과 복을 이루신다고 한다.

하권

6) 제6장. 천주의 심오한 이치는 또한 죄를 지음이 매우 해가 된다(天主深奧之理又罪之深害)

이 장은 여섯째 날에 보는 것으로 되어 있다. 앞 절에서 설명한 것은 천주께서 나타내 보이신 것으로 믿어 의심할 수 없고, 다만 이치를 추론한 즉 이해할 수 있다. 이치를 추론해도 이해할 수 없는 것이 있는데, 곧 성부, 성자와 성령(聖神)의 삼위일체설이라고 하고, 이에 대해 매우 논리적으로 설명하고 있다.

먼저, 성부, 성자와 성령의 삼위(三位)를 설정해 놓고, 이 삼위가 일체임을 설명한다. 천주는 유일무이한데, 이 삼위는 각각 천주이며 천주의 본성-전능(全能), 무한무량(無限無量), 무시무종(無始無終)-을 공유하고 있다. 이것은 사람의 이성을 초월하는 가장 심오한 이치로, 인간이 비록 밝힐 수 없지만 이치에 합당한 것이라고 한다.

천주께서는 각 물(物)에게 각 류(類)의 물을 낳을 수 있도록 부여한 것처럼, 자신의 본성에도 독생(篤生)의 능(能)이 있으며, 각 물(物)이 본성(本性) 모양을 낳은 것처럼, 천주도 마찬 가지이다. 천주는 자기 본성의 원초적인 지(智), 원초적인 선(善)이 무궁한 것을 안 즉, 안에서 지묘(至妙)한 상(像)을 낳는데, 이것이 스스로 생활하는 것이며 아들을 낳은 것이라 일컫는다. 그 가운데 여러 정묘함은 천주 성부와 다르지 않고 이를 천주 성자라 한다. 그리고 이 양사 자이에서 무궁한 애정(愛情)을 발하는데, 이를 천주 성령이라 한다.

따라서 삼위에는 크고 작음의 구분이나 선후의 구별이 없어 일체일성(一體一性)이라 하고, 이에 대해 설명하고 있다.

다음에는, 인간이 무엇 때문에 세상의 악한 쾌락에 미혹되어 진복에로의 길을 잃어버리는지, 진복을 받고자 하는데 왜 무수한 장애를 만나는지를 설명하고 있다.

먼저, 마귀의 유래를 설명하고, 천사 루시퍼(露際弗兒)를 따르는 마귀들에게 천주는 인간을 유인하는 것을 허락하였다. 따라서 사람이 그들의 유혹에 따르면 천주께 죄를 얻고 그 노복이 된다. 천주께서는 어떤 때에는 그에게 사람을 해치고 인간의 죄를 벌하게 하셨다.

다음에는 마귀가 인류의 조상인 아담과 하와를 통해 어떻게 죄에
물들게 했는지를 설명하고 있다. 만민의 원조인 아담의 득죄는 천주
의 명령을 어긴 것이다. 이 죄악 때문에 천하의 온갖 고난과 죄와 죽
음이 나왔고 허다한 사람이 지옥에 떨어진 것이다.

인간이 천주께 죄를 짓는 것은 전능하신 천주의 원수가 되는 것이
다. 죄를 짓는 것은 마귀의 유혹과 속임을 따름에서 말미암은 것이다.
천주의 지의(至義)는 반드시 죄에 대해 벌을 준다. 천주께서는 무소부
재, 무소불능(無所不能)하시므로 벌을 피할 수 있는 곳이 없다. 그런데
천주의 지자(至慈)와 지의(至義)는 병행하면서도 어그러지지 않는다.
악을 미워하면서도 죄인을 불쌍히 여기신다. 천주께서는 사람을 지극
히 사랑하여 영원한 복을 누리기를 원하시며, 특히 천주의 무한한 자
비만이 우리들의 죄를 구원하기를 바랄 수 있으니, 천주께서 친히 강
림하셔서 우리를 대신하여 속죄하셨다.

육신의 즐거움을 다룸에 있어서 영혼의 영복을 잊어서는 안 되는
데, 영복 가운데는 몸의 부분도 있다. 영혼이 승천하면 육신도 훗날
부활하여 극히 큰 복락을 누린다고 한다.

7) 제7장. 천주께서 강생하여 속죄함은 인간의 복락을 완전하게 하심이 다(天主降生贖罪完全人之福樂)

이 장은 일곱째 날에 보는 것으로 되어 있다. 여기에서는 천주께서
인간의 죄를 구속하시면서 마귀의 죄를 구속하지 않는 이유에 대해
설명하고 있다. 마귀는 최초로 죄를 지었는데, 천주께서 그들의 죄를
구속한다면, 인간들도 천주의 용서를 바라고 더욱 악을 저지를 것이
다. 마귀의 죄는 인간의 죄에 비해 더욱 커서 용서할 수 없다.

세 부류의 천사 중에서 오직 한 부류만이 죄를 얻어 사악해졌는데,

인류의 시조의 원죄(原罪)는 인류 전체를 오염하여 사악하게 하였다. 천주께서는 인류를 불쌍히 여기셔서 죄를 구속하시고 인류가 승천하여 천사의 수를 보충하도록 하였다. 인간의 마음은 천사와 달리 바꾸기에 용이하기 때문이다.

그래서 천주 성자께서 달갑게 강림하여 우리 인류를 위해 대신하여 죄를 지신 것이다. 천주와 인간 사이는 무한의 간격이 있는데, 강생하여 사람이 된 것에는 기이한 바가 많이 있다고 하고 다섯 가지를 들고 있다. 특히, 천주의 무한의 기지(奇智)로 십자가라는 가장 치욕스런 흉구(凶具)를 이용한 것을 들고 있다. 그리고 천주 강생에 대한 예언과 천주는 정해진 때가 되어 강생한 것임을 밝히고 있다.

이어서 천주 강생의 내력에 대해 설명하고, 이어서, 예수(耶穌)의 30세 이후의 전교 활동에 대해 설명하고 있다. 우리가 지향해야 하는 복, 천당에 오르기 위해 긴요한 것, 천당에 오르는 것을 막는 것, 팔복(八福)[5] 등 예수께서 말씀한 바를 설명하고 있다. 그리고 천주교의 가르침은 "천주를 만물의 위에 사랑하라"와 "남을 사랑하기를 자신과 같이 하라"의 둘로 귀결된다고 하고, 제자들에게 천하에 전파할 것을 명했다고 한다. 예수께서 십자가에서 못 박혀 죽으신 의미와 예수께서 제자 유다에 의해 팔려 십자가에 못 박혀 죽고 부활하기까지의 과정을 자세하게 설명하고 있다. 사람이 받은 사죄(赦罪)의 은혜는 주님의 허다한 고난을 통해 이루어졌으므로 경홀하게 여기지 말아야 한다.

---

5) 원문에는 "승천으로 인도하는 층계에는 8개의 계단이 있다(指引升天梯有八級)"라고 나온다.

8) 제8장. 우리 주 예수는 온전한 복을 이룬 자이므로 승천할 수 있다(吾主耶穌成全福者的會升天).

이 장은 여덟째 날에 보는 것으로 되어 있다. 예수는 부활하셔서 여러 차례 제자들과 많은 성인(聖人)들에게 40일 동안 나타나셨고 세상에 전교하여 진복에의 길로 이끌도록 명령하셨다. 성령 강림을 기다리라 하시고 많은 사람들이 보는 앞에서 하늘로 오르시어 성부의 우편에 앉으셨다. 그리고 후에 살아 있는 자와 죽은 자를 심판하러 오실 것이라고 하였다.

오순절 성령 강림 때 사람들에게 내려진 7은(恩)에 대해 설명하고 있다. 예수는 세상에 거룩한 공회(聖厄格勒西亞: Ecclesia), 즉 교인들의 모임을 만드셨다. 교회(敎會)를 성스럽고 공의롭다고 하는 이유 네 가지를 말하고 천주교를 지켜야만 승천해 진복을 누릴 수 있다고 한다. 이어서 성모 마리아의 공덕과 교인들 사이에 공로(功勞)가 서로 통하는 것(相通功) 세 가지에 대해 설명하고 있다.

이어서 7성사(聖事之蹟: 撒格勒孟多: sacrament) 각각에 대해 간략하게 설명하고, 거룩한 공회의 네 가지 규율(四規)-예배일 지키기, 해죄(解罪)하기, 영성체(領聖體) 받기, 금욕하기(守齋)-을 말하고 있다. 이와 관련하여 천주교의 재(齋)는 순정(純淨)하지 않고 불교의 재가 더 순정하다는 말에 대해, 천주교의 재의 기묘한 점 6가지, 불교의 재가 악한 점 8가지를 들어 어느 것이 참되고 거짓된 것인지를 밝히고 있다. 천주를 위해 장재(長齋)를 하는 경우의 문제점을 지적하고 있다.

9) 제9장. 천주께서는 죄인에게 사후에 영고로 벌주신다(天主罰罪人死後永苦).

이 장은 아홉째 날에 보는 것으로 되어 있다. 세상 사람은 죽음을 두려워하고 죽음이라는 말을 듣고자 하지 않으며 죽음을 생각하고자 하지 않는다. 선사(善死)의 길을 늘 대비할 것을 생각해야 한다. 그렇지 않으면 가장 큰 잘못이다. 죽음이 중대한 것이라고 생각하지 않는 것은 마귀에게 속은 것으로 행실을 바로잡으려 하지 않는다.

죽은 후에는 영원히 있을 곳에 도달해야 하는데, 이 길은 매우 길어서 공로(功勞)라는 신량(神糧)이 있어야 좋은 거처에 도달할 수 있다. 만약 죽은 후의 영원한 고통을 두려워한다면 살아 있을 때 선사(善死)에 대비해야 영고(永苦)를 면하고 영복(永福)을 받을 수 있다. 죽은 후에는 어찌 할 수 없다.

그 방법으로는 빨리 천주교를 믿거나 성수(聖水)를 받아야 하며, 통회하고 죄를 회개해야 한다. 절대로 불교, 도교나 사술(邪術)을 믿어서는 안 된다. 선사(善死)는 이사하는 것이니, 세상의 빈천한 집을 버리고 천당으로 이사해 영복을 누리는 것이다.

죽은 후에는 세상의 모든 것에서 떠나 영혼만 홀로 남고 영원한 세상이 시작된다. 천주 앞에서 엄한 공의의 심판 때가 오고, 순식간에 지옥으로 내겨가거나 천당으로 오른다고 하여 사심판(私審判)에 대해 말하고 있다.

이어서 세계 종말 때의 공심판(公審判)이 또 있다. 육신이 행한 선과 악은 영혼과 함께 역시 부활(復活)에 즈음해서 응보를 받는다. 예수께서는 강림하셔서 산자와 죽은 자를 심판하시겠다고 하였다. 이에 의거하여 공심판의 내력에 대해 설명하고 있다.

지구상에 전쟁과 천재지변 후에 하늘에서 큰 불을 내려 모든 것을 태운 뒤에, 천주께서 명하셔서 각 사람의 불타고 남은 사회(死灰)가 다시 원신(原身)이 되게 하고 또한 천당과 지옥에 있던 영혼과 합하여 부활하게 하신다. 이들 모두 심판대에 오르고, 주 예수께서 오셔서 심판하여 선한 자는 오른 편에 악한 자는 왼편에 두시고, 악한 자들은 땅이 갈라져 떨어져 들어가고, 선한 자들은 예수와 함께 천당에 오른다.

다음에는 지옥의 고통이 어떠한가를 성경과 성인(聖人)이 말한 바에 의거해 설명하고 있다. 지옥은 땅 한 가운데(地心中)에 있고 가장 어둡고 가장 더럽다고 하며, 지옥의 모습과 어떠한 고통들이 있는지 말하고 있다. 그리고 신약성경 누가복음 16장 19절-31절에 나오는 거지 나사로와 부자의 이야기를 들어 지옥의 고통을 말하고 있다.

지옥은 신체의 5사(五司)만이 아니라, 영혼의 3사(三司: 기억, 이성, 욕구)도 고통은 받는다고 하고 그 각각에 대해 설명한다. 그리고 이 고통은 영원하며 다함이 없음을 강조한다.

10) 제10장. 천당의 영복에 대한 풀이(天堂永福略講)

이 장은 열째 날에 보는 것으로 되어 있다. 천당을 풀이하는 것은 어려운데, 발견되지 않았고 세상에는 볼 수 있는 사람이 없기 때문이다. 성경에서 말한 것은 모두 비유이며 은어(隱語)여서 논할 수 없는데, 세상에는 이것을 설명할 수 있는 말이 없기 때문이다.

요한(若望) 사도가 신약성경 요한계시록 21장에서 말한 천당의 모습은 비유로써 말한 것이라 하고, 천당은 복자(福者)들을 위한 곳으로, 지상의 것이 극히 경천(輕賤)함에 비해 천상의 것은 극히 존귀하여 만국의 군왕, 공후(公侯), 백관의 존귀와 영광을 합해도 복자(福者)의 영광에 비할 수 없다고 한다.

이어서 복자(福者)가 어떤 사람인지, 복자의 전신 5사(全身五司) 각각의 복과 복자의 네 가지 신구(身軀)의 아름다움(四身軀之美), 복자의 영혼의 세 기관(靈魂三司)의 기묘함에 대해 설명하고 있다. 이어서 영혼이 승천하여 천주로부터 받는 영복(永福)을 설명하면서, 천하의 말로 천상의 일을 이야기함은 영복의 무한한 아름다움을 더럽히는 것이니,

천상의 심오한 일들은 인간이 이야기할 수 없다고 한다.

따라서 세상의 복은 영복과 비교할 수 없다고 한다. 천하의 온갖 즐거움은 모두 비루하고, 온갖 진보(珍寶)는 모두 먼지이며, 세상의 영광은 복자의 영광에 비하면, 모두 부끄러워할 만한 것이다. 진복에 대하여, 다윗(David. 達未德), 성 이그나티우스(St. Ignatius Loyola. 聖意納爵), 성 프란체스코(St. Francesco d'Assisi. 方濟各) 등 성인들의 말을 인용하면서 설명하고 있다.

천주께서 인간을 창조한 뜻은 세상의 가볍고 잠깐의 복을 누리게 함이 아니고 천상의 영복을 누리게 하기 위함이다. 천주께서 우리에게 승천하라고 부르시면 부지런하고 간절하게 천당으로 가는 길을 가면서, 늘 소망하는 천상의 복을 생각해야 하며, 마음속으로 천주의 깊은 은혜에 감사해야 진복을 얻어 끝없이 누릴 수 있다.

4. 의의 및 평가

이 책은 이 세상의 행복은 진복이 아님을 보이고자 하고 있다. 진복은 천주의 계율을 지키고 공덕을 얻기 위해 덕을 실천함에 있다고 한다. 복으로 나아가는 진도(眞道)는 어려운 길이다. 상권(上卷)에서는 사람이 어디에서 진복을 찾을 수 있는지를 보이고자 하고 있다. 특히, 천주교의 조물주의 존재의 타당성과 유교의 태극, 불교의 공(空), 도교의 무(無)의 불합리성을 설명하면서 조물주의 특성을 설명하고 있다. 하권(下卷)에서는 천주께서 인간의 복의 최종 귀착점임을 보이고자 하고 있다. 천주께서 우주와 인간을 창조한 뜻이 천상의 영복을 누리도록 하기 위함임을 분명하게 보이고 있다. 욕망의 죄악에 빠지지 않도록 늘 보호해 주시는 천주께 감사하고 천상의 복에만 소망을 두며 천주의 현신인 예수께서 십자가에 달려 죽으시기까지 인내한 것처럼 세상에서의 고통을 끝까지 인내할 것을 말하고 있다.

전반적으로 쉽고 간결한 문체로 되어 있어, 지식인보다는 일반 민중을 대상으로 저술된 것으로 보이나, 그 교리적 내용은 상당히 깊고 일관되게 현세가 아니라 천상의 진복을 소망할 것을 말하고 있다. 특히, 삼위일체설과 천국의 모습에 대해 논리적이면서 비유적으로 잘 설명하고 있다. 불교와 도교 및 일반 사술(邪術)에 대해 교리적인 측면에서 비판하고 있을 뿐만 아니라, 실제 신앙생활이라는 측면에서도 철저하게 배척할 것을 강조하고 있다.

5. 조선에 끼친 영향

신유사옥(辛酉邪獄) 때 윤현(尹鉉)의 집에서 발각되어 소각되었다.[6] 조선에 전래한 자와 전래된 시기는 밝혀지지 않고 있다.

〈해제 : 송요후〉

---

6) 『邪學懲義』, 影印本, 서울: 韓國敎會史硏究所, 1977, 385쪽.

참 고 문 헌

1. 단행본

[法]榮振華著, 耿昇(譯), 『在華耶穌會士列傳及書目補編』, 北京: 中華書局, 1995.

Nicolas Standaert, Handbook of Christianity in China Volume One: 635-1800, Leiden; Boston; Köln: Brill, 2001.

Albert Chan, S.J., Chinese Books and Documents in the Jesuit Archives in Rome: A Descriptive Catalogue Japonica-Sinica Ⅰ-Ⅳ, Routledge, 2015.

2. 논문

배현숙, 「17·8世紀에 傳來된 天主教書籍」, 『교회사연구』 제3집, 한국교회사연구소, 1981.

『진정서상(進呈書像)』

분류	세부내용
문 헌 종 류	한문서학서
문 헌 제 목	진정서상(進呈書像)
문 헌 형 태	목판본 (목판화)
문 헌 언 어	漢文
간 행 년 도	1640년
저 자	아담 샬(Adam Schall von Bell, 湯若望, 1592~1666)
형 태 사 항	114면
대 분 류	종교
세 부 분 류	교리
소 장 처	Bibiotheca Apostolica Vaticana Bibliotheque Nationale de France
개 요	명(明) 숭정제(崇禎帝)에게 바치기 위해 글과 그림으로 서술한 예수의 일대기.
주 제 어	성모마리아(聖母瑪利亞), 천주야소(天主耶穌), 구세(救世), 성적(聖蹟), 성도(聖徒), 부활(復活), 상승천국(上昇天國)

1. 문헌제목

『진정서상(進呈書像)』

2. 서지사항

『진정서상(進呈書像)』은 1622년부터 1666년까지 중국에서 전교한 독일 태생 예수회 선교사 아담 샬(Johann Adam Schall von Bell, 湯若望, 1592~1666)의 서화(書畵) 한문종교서이다.

명 숭정제(崇禎帝)에게 바치기 위해 1640년 예수의 일대기 그림을 목판화(木版畵)로 인쇄하고 설명을 붙여 간행되었는데 『진정서상』이 번역·저술된 경위는 아담 샬의 회고록[1]에 의하면 다음과 같다.

1640년 궁중보고에서 마태오 리치가 1601년 만력제(萬曆帝)에게 선물하였던 대서양금(大西洋琴) 클라비 쳄발로(Clavi-cembalo)가 발견되었다. 숭정제(崇禎帝)가 서양악기 연주 듣기를 원했으므로 아담 샬은 이것을 보수, 조율하고, 악기 다루는 법을 적고 찬송가에 주해를 붙였다. 1640년 9월 8일 황제에게 악기를 바치며 아담 샬은 그 기회에 두 종류의 서양 성물(聖物)도 함께 선물하였다. 하나는 예수의 일생을 그림으로 그리고 상대 면에 그림 설명을 붙인 양피지의 호화로운 책이었다. 아담 샬은 그림 설명문을 한문으로 번역하고, 이상의 경위를 상세히 쓴 자서(自序)와 천주교에 대한 대강의 총설(總說)을 붙여 책 제목을 『진정서상(進呈書像)』으로 하여 함께 바쳤다. 『진정서상(進呈書像)』은 몇 해 후 일반 신도들에게 보급하고 또한 전교용으로 사용하기 위한 책자로 대량 출판되었다.

다른 선물 하나는 예수 앞에 삼왕(三王)이 기도하고 있는 모습을 색 밀랍으로 만든 조각품이다.[2]

---

1) Adam Schall von Bell, Historica Relatio, Ratisbonae, 1672.
2) Ibid. 192r.

본 해제의 저본은 프랑스국립도서관 모리스 쿠랑 『진정서상(進呈書像)』으로 두 면(面)이 한 장(張)을 이루는 한서(漢書) 1권이다.

책 표지 다음 면부터 아담 샬의 「진정서상자서(進呈書像自序)」를 실었다. 자서는 1면 당 일곱 행(行), 1행 당 16자씩, 총 6면으로, 이 책을 번역해 황제에게 진정되게 된 경위를 상세히 설명하였다. 말미에 "崇禎十三年歲次庚辰孟冬朔後一日 耶穌會士湯若望撰"이라고 써서 서문 작성 일시와 작성자를 명확히 밝히고 있다. 「자서」에서 특별한 점은 글 높임 형식인 대두(擡頭)를 사용한 것이다. "闕廷", "熙朝", "皇上", "上", "賚子", "褒", "聖天子", "御覽", "聖明", "宸衷", "隆知", "覽書", "皇", "主名" 등은 한 글자를 높여 썼다. 그러나 "天主" 및 "神祖"는 두 글자를 높여 극상으로 표시하였다.

「自序」에 이어 내용 상 도론(導論)에 해당하는 아담 샬의 글 「進呈書像」 여덟 면을 두었다. 「自序」와 글자체가 다르고, 쪽 번호도 전(前)을 붙여 前一, 前二…로 독립적으로 매겼다. 1면 당 아홉 행, 1행 당 20자씩으로 이는 본문과 글자체 및 한 면의 구성이 동일하다.

이곳 「진정서상」에는 간략한 「천주정도해략(天主正道解略)」·「시상위삼왕조헌(是像爲三王朝獻)」·「해서면사상(解書面四像)」·「열서서법(閱書書法)」을 두었다.

「천주정도해략(天主正道解略)」에서는 천주의 존재, 인간 세상을 구하러 온 천주, 33년간의 구세 후 남긴 경전[聖經] 63편, 종도들의 포교, 그리하여 천주는 바른 도(正道)라고 밝혔다.

「시상위삼왕조헌(是像爲三王朝獻)」은 다른 선물 밀랍 조각상에 대한 해설로 별을 관측해 예수 탄생지에 도착한 세 명의 왕과 지참한 선물 내역, 그 앞에 경배 받는 성모 마리아와 아기 예수를 설명하였다.

「해서면사상(解書面四像)」은 책 표지에 그려진 네 명의 성경 기록자(四聖史) 마태오(瑪竇), 마르코(瑪爾謌), 루카(路嘉), 요한(若翰)과 각 상징 동물에 관해 해설하였다.

「열서서법(閱西書法)」은 서양 글자는 왼쪽에서 오른쪽으로 읽는 다는 것, 첫 면이 중국 책으로는 끝 면에 해당한다는 것, 오른쪽 끝을 다 읽으면 그 아래 왼쪽부터가 다음 줄이 된다는 것 등을 설명하였다. 이상까지가 『진정서상(進呈書像)』 소개 글에 해당하며, 이어 다음 면에 한 면 전체가 그림인 책 표지가 나타나는데 이곳부터가 『진정서상』 본문이다.

본문에서는 우선 앞 여섯 면에 총설(總說)을 실었다.

총설 다음에 나오는 본 내용은 책을 펼친 양면 좌우에 그림과 해설이 들어가도록 하였다. 오른쪽 면에 그림, 왼쪽 면에 그림에 대한 설명을 썼는데 그림 면 첫 줄에 제목을 써서 그림과 해설의 내용을 요약 제시하였다. 특이한 것은 한 면 내에 설명을 끝내기 위해 어느 해설 면은 9행 20자 원칙을 깨고 12행, 1행 23~24자씩 쓴 경우도 있고 한 칸에 두 행을 쓴 것도 보인다.

그림은 총 46개로 46면에 걸쳐 그려졌고, 해설 면까지 합해 총 93면이다. 책 말미에는 예수회 선교사 김미격(金彌格, N. Trigault), 용화민(龍華民, N. Longobardi), 만심극(萬審克)의 교정, 회장 부범제(傅汎際, P. Furtado)의 인준 표지가 있다. 『진정서상』은 총 114면이다.

[저자]

아담 샬(Schall von Bell, Johann Adam, 1592~1666)은 독일 태생의 예수회 소속 중국 선교사로 중국 이름 탕약망(湯若望), 자(字) 도미(道未)이다. 마태오 리치를 이은 중국 천주교회 제2 창립자로 일컬어지는데, 17세기 중반 명·청(明·淸) 왕조 교체기에 중국 천주교회의 유지 발전에 지대한 공헌을 했으며, 서양 선교사로는 최초로 정식 중국 관료가 되어 중국의 역법(曆法) 및 과학 발전에 기여하였다. 많은 저술을 통해 동서 문화 교류에 큰 영향을 미쳤다.

아담 샬은 1592년 5월 1일 독일 쾰른(Köln)에서 출생하였다. 1603년 쾰른 소재 예수회 중등학교에 입학한 그는 성직자가 될 것을 결심하고 1608년 로마에 있는 독일 학부(collegium germanum)에 입학하여 3년 간 철학을 공부하였다. 1611년 예수회에 입회한 아담 샬은 수련기를 거친 후 1613년 신학 공부를 위해 로마 학부(collegium romanum)에 입학하여, 1616년 사제로 서품된 이듬해 여름 로마 학부를 졸업하였다.

동양의 선교사로 파견되기를 희망한 아담 샬은 졸업 즉시 로마를 떠나 포르투갈 리스본으로 가서 1618년 4월 리스본을 출발하여 10월 고아(Goa)에 도착하였다. 고아에서 약 1년 6개월을 머문 뒤, 다시 1619년 5월 고아를 출발하여 7월 15일 마카오에 도착하였다. 그러나 1616년과 1622년에 중국에서 일어난 두 차례의 박해로 1622년 가을까지 마카오에 머물며 이 기간 동안 1차 박해 때 추방당한 바뇨니(Alphonse Vagnoni, 王豊肅 또한 高一志, 1568~1640)에게서 중국어문을 학습하였다.

2차 박해에 따른 위험이 아직 완전히 가시지 않은 1622년 가을, 아담 샬은 마카오를 떠나 중국 내륙으로 진출하여 이듬해 1월 25일 북경에 도착하였다. 도착 직후 그는 유럽에서 가지고 온 수학 서적과 과학 기구들 목록을 중국 황실에 제출하였고, 중국 관리와도 친교를 맺으면서 1623년 10월 8일과 1624년 9월의 월식을 예측해 주기도 하였다. 이를 계기로 그는 월식에 관한 논문을 저술하였는데, 이 첫 한문 천문서는 서광계(徐光啓, 1562~1633)에 의해 예부(禮部)에 진정되었다.

북경에서 몇 년간 중국의 언어를 익힌 아담 샬은 1627년 여름, 섬서성 서안(陝西省 西安) 지역을 맡아 1630년까지 전교하였다. 1629년 서안 교회를 건립하였고, 최초의 한문 종교서 『주제군징(主制群徵)』을 저술하였으며, 그리스도교 성인 전기인『숭일당일기수필(崇一堂日記隨筆)』도 번역하였다.

1629년 9월에 서광계의 건의로 역국(曆局)이 개설되자 아담 샬은 1631년 1월 3일부터 수력(修曆)에 참여하게 되었다. 그의 주 임무는 중국력의 개수(改修), 천문기기의 제작, 서양 역서의 번역 등이었는데, 이 수력 작업의 결과, 1631년~1634년까지 5차에 걸쳐 137권의『숭정역서(崇禎曆書)』가 황제에게 상정되었다. 이와 함께 그는 1634년에 해시계, 망원경, 콤파스, 성구(星球) 등 천문의기(天文儀器)를 제작해 황실에 진상하였고, 1640년~1641년에는 숭정제(崇禎帝)의 명에 따라 대포 20문과 경포 500문을 제조하였다. 그리고 이 경험을 토대로 1643년에는 포병술에 관한 저술『화공계요(火攻挈要)』3권을 출간하기도 하였다.

1644년 명·청(明淸) 왕조가 교체되자 아담 샬은 북경에 입성한 청조가 한인(漢人)들을 북경 남·북부지역으로 이주시킬 때, 북경 내성에 거주하며 선교와 수력을 계속할 수 있기를 청원하여 황제의 허가를 받았다. 그러면서 1645년 달력을 만들고, 또 왕조 교체기에 손상된 천문기기의 보수 계획과 8월 1일의 일식 예측 상소를 올렸다. 이에 청 조정에서는 아담 샬의 신법에 의해 수정된 역을 '시헌력(時憲曆)'으로 명명하여 천하에 반포했으며, 천문역법에 관한 그의 능력을 인정해 1644년 11월 25일 그를 국가의 역법을 총관하는 흠천감 감정(欽天監監正)에 임명하였다. 이후 1645년 11월 19일에 아담 샬은『숭정역서』를 수정 편찬한『서양신법역서(西洋新法曆書)』26권을 황제에게 바쳤는데, 이 역서 간행의 공으로 이듬해 5월 태상시소경(太常寺少卿)에 봉해졌다. 아담 샬은 특히 순치제(順治帝)와 개인적 친교를 맺었다. 황제는 그를 '존경하는 조부(祖父)'라는 뜻의 만주어 '마파(瑪法)'라고 불렀으며, 그를 자주 방문하여 여러 관작과 명예칭호[通玄教師] 및 토지 등을 하사하였다. 그 중 대표적인 것은 1650년에 하사한 북경 선무문(宣武門)

내의 교회 부지로, 1652년 아담 샬은 이곳에 자신이 설계한 중국 최초의 유럽식 교회인 남당(南堂)을 건축하였다. 또 1654년에는 그의 장지로 사용할 넓은 부지를 하사받기도 하였다. 이 관계 속에 순치제의 개종을 시도했는데, 그의 명성은 전 중국에 알려져 그리스도교 교세 확장에도 지대한 영향을 주었다.

그러나 아담 샬은 1664년 8월부터 1665년 4월에 걸쳐 발생한 역국대옥(曆局大獄)으로 큰 수난을 겪었다. 전부터 아담 샬의 서양 역법과 천주교의 사교성을 비판하던 양광선(楊光先)은 당시 북경에 있던 예수회 신부들과 흠천감 감원 등을 대청률(大淸律)의 모반과 요서저작(妖書著作) 2개조를 범한 대역죄로 고발하고, 모반의 우두머리로 아담 샬을 지목하였다. 재판은 1664년 8월부터 이듬해 4월까지 계속되었는데, 그 결과 1665년 3월 1일 아담 샬을 위시하여 흠천감의 교인 관리들에게 능지처사의 중형이 선고되었다. 그런데 선고 다음 날인 3월 2일과 3월 5일에 북경일원에 대지진이 발생하자 청 조정은 이것을 하늘이 아담 샬의 사형 선고를 불허한다는 증거로 해석하였고, 또 순치제의 모후(母后)인 효장문황후(孝莊文皇后)도 그를 옹호함에 따라 3월 16일 자로 사형이 감면되었다. 석방된 아담 샬은 1666년 8월 15일 병으로 북경 동천주당(東堂)에서 사망하였다.

3. 목차 및 내용

[목차]

없음

[내용]

예수 그리스도의 생애를 동정성모마리아에게 잉태되는 순간부터 탄생, 성장, 구속사업, 십자가상의 죽음, 부활, 승천에 이르기까지 일대기를 그림으로 그리고 글로 해설한 것이다.

그림 면 앞에 붙인 제목을 보면 그림과 설명의 내용을 단박에 파악할 수 있다.

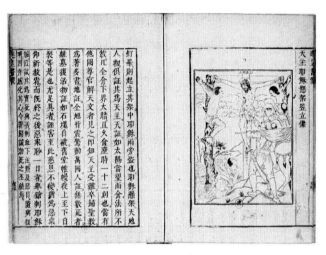

〈그림 1〉 제44면-天主耶穌懸架竪立像

『진정서상(進呈書像)』 본문의 해당 면, 제목, 해설 내용은 다음과 같다.

- 제4면- 천주총귀일주상(天地總歸一主像) : 천주는 하늘과 땅을 조성하고 주재하는 존재여서 온 세상은 주(主)에게 귀속된다. 그러나 [천지를] 조성한 주(主)와 속죄하여 구한 주는 하나이며 둘이 아니다. 천주는 본래 형태가 없으나 강생하

여 인간의 상을 취하였기에 사람으로 그림.

- 제5면- 천신보지고금제일성덕동녀위천주강생지모상(天神報知古今第一聖德童女爲天主降生之母像) : 천사가 고금의 으뜸 성덕을 지닌 동정녀 마리아에게 천주의 강생을 알림.

- 제6면- 성모마리아감천신언왕견표저상(聖母瑪利亞感天神言往見表姐像) : 성모마리아가 사촌 엘리사벳에게 가서 천신의 감응을 전하는 장면. 오른편에 서 있는 엘리사벳의 남편 즈가리아(Zacharias)는 성전 제관으로 이 노부부도 천주의 전능으로 아들 세례자 요한을 먼저 잉태하였음.

- 제7면- 성모마리아종계상(聖母瑪利亞宗系像) : 성모마리아 가계(家系) 족보.

- 제8면- 천주초강생상(天主初降生像) : 천주 탄생. 아기이름 예수(耶穌).

- 제9면- 삼왕조배천주야소상(三王朝拜天主耶穌像) : 삼왕이 와서 아기 예수에게 경배 드림.

- 제10면- 성모마리아헌성자야소어주당상(聖母瑪利亞獻聖子耶穌於主堂像) : 장자(長子)를 생후 40일 후 성전에 봉헌하는 옛 예법에 따라 예수를 바치는 성모마리아.

- 제11면- 천주예수유령강도상(天主耶穌幼齡講道像) : 12세의 어린 예수가 도(道)를 강의함.

- 제12면- 천주예수수세상(天主耶穌受洗像) : 요한으로부터 세례를 받음.

- 제13면- 천주예수재필승마상(天主耶穌齋畢勝魔像) : 예수의 40일간 산중 수행 때, 사람 형상의 마귀의 유혹을 물리침.

- 제14면- 천주예수재연성적상(天主耶穌在宴聖蹟像) : 친척 혼인 잔치에서 물을 술로 만든 기적.

■ 제15면- 천주예수도해성적상(天主耶穌渡海聖蹟像) : 여러 무리들과 바다를 건널 때 풍랑으로 배가 뒤집히려하 자 풍랑을 잠재운 기적.

■ 제16면- 천주예수기탄상(天主耶穌起癱像) : 몸이 마비된 환자를 일으켜 세운 기적.

■ 제17면- 천주예수기사상(天主耶穌起死像) : 죽은 여성을 다시 살려낸 기적.

■ 제18면- 천주예수회도진복상(天主耶穌誨徒眞福像) : 산중에서 예수가 12명 제자에게 참된 복(眞福) 여덟 가지를 가르침.

■ 제19면- 천주예수우기사상(天主耶穌又起死像) : 장례행렬 중 극심히 애통해하는 어머니를 가엾이 여겨 죽은 이를 다시 살린 기적.

■ 제20면- 천주예수유파종상(天主耶穌喩播番種像) : 씨 뿌리는 이의 비유를 통한 예수의 가르침.

■ 제21면- 천주예수우견성도전교상(天主耶穌偶遣聖徒傳敎像) : 예수의 말씀을 들으려 따르는 5천명 무리를 빵 다섯 개와 물고기 두 마리로 먹인 기적.[3]

■ 제22면- 천주예수향중성적상(天主耶穌餉衆聖蹟像) : 사도들을 전교에 파견하다.

■ 제23면- 천주야소보해성적상(天主耶穌步海聖蹟像) : 예수가 바다 위를 걸은 기적.

■ 제24면- 천주예수현성용상(天主耶穌顯聖容像) : 예수가 성스러운 모습을 드러냄.

■ 제25면- 천주예수노론애인무택상(天主耶穌論愛人無擇像) : 예

---

3) 본 해제의 저본 프랑스국립도서관 모리스 쿠랑 본에서 제21면 그림 설명과 제22면 그림 설명이 뒤바뀌었다. 오류이나, 저본에 따라 그대로 설명을 붙인다.

수의 가르침은 다른 사람을 자기 자신처럼 사랑하라는 것.

- 제26면- 천주예수유주자긍사상(天主耶穌喩主慈肯赦像) : 천주
  는 자애로워 모든 것을 사면해 준다는 깨우침. 돌아 온 방
  탕한 아들을 용서하고 받아주는 아버지에 비유.

- 제27면- 천주예수론선악수보상(天主耶穌論善惡殊報像) : 선행
  과 악행은 반드시 그 보답을 받는다는 가르침.

- 제28면- 천주예수우기사상(天主耶穌又起死像) : 제자들이 바
  람과 파도에 위급해지자 예수가 이를 진정시킨 것.

- 제29면- 천주예수반도취난상(天主耶穌返都賕難像) : 예수가
  도성으로 돌아가 수난에 임하다. 나귀를 타고 군중들 환영
  속에 입성.

- 제30면- 천주예수구시공심판상(天主耶穌口示公審判像) : 예수
  가 말씀으로 보여준 공심판[4] 묘사.

- 제31면- 천주예수수난전석행고례상(天主耶穌受難前夕行古禮
  像) : 예수 수난 전날에 옛 예법에 따라 어린 양을 바치는
  의식을 행함.

- 제32면- 천주예수탁족수훈상(天主耶穌濯足垂訓像) : 예수가
  제자들 발을 씻어주며 사랑과 정을 표현하는 모범를 보임.

- 제33면- 천주예수창정제례상(天主耶穌創定祭禮像) : 최후의
  만찬에서 빵과 포도주가 예수의 몸과 피가 되는 제례[성체
  성사를 제정.

- 제34면- 천주예수산유기도상(天主耶穌山圍祈禱像) : 예수가

---

4) 공심판 : 사후의 심판은 사심판(私審判)과 공심판(公審判)이다. 사심판은 죽음과
동시에 육신을 떠난 영혼이 천주 앞에 가서 받는 심판이고, 공심판은 세상의 끝
에 예수가 재림할 때 죽은 모든 사람들이 영혼과 육신의 결합으로 다시 부활하
며 받을 대 심판이다.

성 밖 동산에서 고뇌의 기도.

- 제35면- 천주예수취집상(天主耶穌就執像) : 예수의 체포.

- 제36면- 천주예수취해상(天主耶穌就解像) : 예수의 재판.

- 제37면- 천주예수피도배반상(天主耶穌被徒背畔像) : 제자 베드로(伯鐸羅)가 예수를 모른다고 세 차례 부정함.

- 제38면- 천주예수우취해상(天主耶穌又就解像) : 예수가 본국왕(本國王)에게 재판받음.

- 제39면- 천주예수수달상(天主耶穌受撻像) : 악한 군중(惡衆)들에게 매질 당하는 예수.

- 제40면- 천주예수수회욕상(天主耶穌受侮辱像) : 예수에게 가시 면류관을 씌우고 모욕하는 악한 군중들.

- 제41면- 천주예수피관추위상(天主耶穌被官推諉像) : 악한 군중들이 십자 형틀을 준비하고 관리에게 사형 언도를 압박함.

- 제42면- 천주예수긍부형가상(天主耶穌肯負刑架像) : 예수가 기꺼이 십자가를 짊어짐.

- 제43면- 천주예수방정형가상(天主耶穌方釘刑架像) : 예수를 십자가에 못 박음.

- 제44면- 천주예수현가견립상(天主耶穌懸架竪立像) : 예수의 십자가를 곧추 세움.

- 제45면- 천주예수수사수예상(天主耶穌受死受瘞像) : 예수의 죽음과 산 근처 동굴 무덤 안치.

- 제46면- 천주예수사후부활상(天主耶穌死後復活像) : 사망 사흘 만에 부활한 예수.

- 제47면- 천주예수부활후견신이도상(天主耶穌復活後見身二徒像) : 부활 후 길을 가던 제자 두 명 앞에 나타난 예수.

- 제48면- 천주예수우견신다묵성도상(天主耶穌又見身多黙聖徒像)

: 제자 토마스(多黙)를 제외한 다른 제자들에게 나타났던 부활한 예수는 의심하는 토마스 앞에 다시 모습을 보임.

■ 제49면- 천주예수구세공필상승천국상(天主耶穌救世功畢上昇天國像) : 세상을 구제하는 일을 마친 예수가 부활 40일 만에 천국으로 승천.

이상과 같이 『진정서상』은 그림과 설명문으로 꾸민 예수의 생애와 그리스도교에 관한 소개서이다. 그러나 생동감 있고 흥미로운 그림과, 요소요소에 자연스럽게 설명되는 천주교 교리의 핵심 내용들은 교리서로서 높이 평가받을 만하며, 특히 그림 해설에서 인물의 정확한 배치 소개와 상세한 설명으로 책 전체 내용 파악에 완벽을 기한 것도 이 책의 뛰어난 장점이다.

그럼에도 본 해제의 저본인 프랑스국립도서관 모리스 쿠랑 본은 제목과 내용이 바뀌는 오류를 드러낸다. 즉 제21면- 天主耶穌偶遣聖徒傳敎像 그림의 설명과 제22면- 天主耶穌餇衆聖蹟像 설명이 뒤바뀌었다.

4. 의의 및 평가

이상 『진정서상』은 황제에게 바치기 위해 인쇄 제작된 의미 있는 책이다. 제목과 그림만으로도 예수의 일대기를 소상히 알 수 있고 해설이 단순하면서도 명료해서 천주교의 실체를 정확하고 일목요연하게 파악할 수 있도록 하였다.

또한 그리스도교 교의나 교리의 핵심을 자연스럽게 예수의 생애와 연계시켜 설명함으로써 교리서로서의 소기의 역할을 효과적으로 해내고 있다.

특히 명대 말엽 만력(萬曆) 연간 이후 판화는 그 양과 질에서 중국 최고의 전성기를 구가한 시기였으므로 미술사적 의의도 지대하다고 하겠다.

5. 조선에 끼친 영향

아담 샬이 저술한 종교서는 조선에도 전래되어 널리 알려지고 많이 읽혔던 것으로 보인다. 1644년 소현세자(昭顯世子)가 환국할 때 아담 샬은 그가 갖고 있던 모든 종교서와 과학서를 선물하였다고 해서, 늦어도 이때 아담 샬의 종교 저술들이 조선에 들어왔을 가능성이 높으며 『진정서상(進呈書像)』 역시 이 때 유입되었을 것이다.

그러나 『진정서상』이 조선에도 알려졌다는 명확한 증거는 1791년 정조(正祖) 15년에 있었던 홍문관 소장 서양제서소각(弘文館 所藏 西洋諸書燒却) 사건을 통해서이다. 1791년 5월 전라도 진산에서 천주교 신자 윤지충(尹持忠)이 모친상을 당해 그의 종제(從弟) 권상연(權尙然)과 더불어 신주(神主)를 불태우고 폐사한 사건을 계기로[5] 같은 해 11월에 홍문관 소장 서양서 24종을 불태웠는데 이중 아담 샬의 『진정서상』이 소각서(燒却書)에 포함되어 있었다.[6]

천주교 평신도 지도자 최필공(崔必恭, 1744~1801)[7]이 『진정서상』을 숙독하였다는 기록도 보여서 일반 신자들에게도 알려진 서적이었

---

4) 韓佑劤, 「天主教 初期傳播와 그 反響」, 『韓國天主教會史論文選集』 제1집, 127f쪽.
6) 『朝鮮王朝實錄』, 「正祖實錄」, 卷33, 正祖 15年 11月, 癸未條.
7) 최필공(崔必恭, 1744~1801) : 김범우(金範禹)에게서 교리를 배워 1790년 천주교 입교. 세례명 토마스. 신유박해 시작 직전인 1800년 12월 17일 체포, 이듬해 4월 8일 정약종(丁若鍾), 이승훈(李承薰) 등과 함께 서소문 밖 형장에서 참수되어 순교하였다.

음을 알 수 있다.

<해제 : 장정란>

참 고 문 헌

1. 사료

『進呈書像』, 프랑스국립도서관(Bibliotheque Nationale de France) 모리스 쿠랑
　　　(Maurice Courant) 분류번호 6757

2. 단행본

장정란,『그리스도교의 중국 전래와 동서문화의 대립』, 부산교회사연구소, 1997.

方豪,『中國天主教史人物傳』, 香港: 公敎眞理學會, 1967.

徐宗澤 編著,『明淸間耶蘇會士譯著提要』, 臺北: 中華書局, 1958.

Adam Schall von Bell, Historica Relatio, Ratisbonae, 1672.

3. 논문

강정윤,「그리스도교 미술의 동아시아 유입과 전개 : 17-18세기 예수회를 중심
　　　으로」, 석사학위논문, 이화여자대학교 대학원, 2004.

장정란,「明末 淸初, 예수회선교사 아담 샬(1592-1666)의 중국활동」,『誠信史學』
　　　제10집, 성신여자대학교, 1992.

＿＿＿,「昭顯世子 硏究에 있어서의 몇 가지 문제」,『교회사 연구』제9집, 한국
　　　교회사연구소 1994.

4. 사전

『한국가톨릭대사전』12권, 한국교회사연구소, 1995～2006.

『천주성교백문답(天主聖教百問答)』

분 류	세 부 내 용
문 헌 종 류	한문서학서
문 헌 제 목	천주성교백문답(天主聖教百問答)
문 헌 형 태	목판본
문 헌 언 어	漢文
간 행 년 도	1675년
저 자	쿠플레(Philippe Couplet[Coplet], 栢應理, 1623~1693)
형 태 사 항	38면
대 분 류	종교
세 부 분 류	교리
소 장 처	숭실대학교 한국기독교박물관 Bibliothèque nationale de France
개 요	천주는 어떤 분이신가로부터, 천지창조, 삼위일체, 예수의 강생과 부활, 사후의 심판, 천당과 연옥, 지옥, 세례, 고해와 보속 등 천주교의 기본 교리에 대해 전반적으로 간단하게 다룸. 주기도문과 사도신경 등 그리스도 교도들이 기본적으로 알아야 할 기도문들을 실음.
주 제 어	성부(罷德肋. Pater), 성자(費略. Filius; Filio), 성령(斯彼利多三多. Spiritus Sanctus; Spiritu santo, 聖神), 성체(聖體), 연옥(煉獄), 예수(耶穌), 부활(復活), 회죄경(悔罪經), 천주성교요리육단(天主聖教要理六端), 성호경(聖號經), 천주경(天主經), 성모경(聖母經), 신경(信經), 우성모경(又聖母經), 호수천신축문(護守天神祝文), 본디오 빌라도(般雀比刺多), 거룩한 공회(公厄格勒西亞: 公 Ecclesia; 公教會)

1. 문헌제목

『천주성교백문답(天主聖敎百問答)』

2. 서지사항

『천주성교백문답』은 벨기에 신부 쿠플레(Philippe Couplet[Coplet], 栢應理, 1623~1693)가 썼는데, 1권으로 되어 있고, 발행 날짜와 장소가 기록되어 있지 않다. 쿠플레가 쓴 서문에 "康熙乙卯年嘉平月之望日"라고 있어 1675년(康熙 14) 음력 12월 15일에 썼음을 보이고 있다. 학자들은 같은 해에 판각되었다고 보고 있다.[1] 이 책은 『사말진론(四末眞論)』과 같은 해에 발행되었기 때문에, 상해(上海) 경일당(敬一堂)에서 역시 발행되었다고 생각된다. Pfister가 북경에서 발행되었다고 한 주장은 아마도 잘못된 것이다.[2]

겉표지에는 제목 '聖敎百問答'과 함께 라틴어로 '100 quaesita et responsa | circa res fidei | a p. Philippo Couplet. S.J.'라고 필사되어 있다. 그 다음 장의 왼쪽 페이지에는 예수회를 상징하는 그림(emblem)이 있고 그 둥근 주위를 시계 반대 방향으로 돌아가면서 신약성경 필리핀 신자들에게 보낸 서간[빌립보세] 제2장 10절의 말씀을 중국어로 다음과 같이 번역해 기록하였다.

---

1) 方豪, 『中國 天主敎史 人物傳』第2冊, 香港 : 公敎眞理學會, 1970, 182쪽.

2) Albert Chan, S.J., *Chinese Books and Documents in the Jesuit Archives in Rome. A Descriptive Catalogue: Japonica-Sinica I-IV*, Armonk, New York, and London: M.E. Sharpe, 2002, p. 155. http://riccilibrary.usfca.edu/view.aspx?catalogID=5368 (2016. 3.15).

"居上天神, 居中世人, 居下惡鬼, 悉跪而敬吾主耶穌聖號

그리하여 예수님의 이름 앞에 하늘과 땅 위와 땅 아래에 있는 자들이 다 무릎을 꿇고 하늘에 있는 자들과 땅에 있는 자들과 땅 아래에 있는 자들로 모든 무릎을 예수의 이름에 꿇게 하시고"

이어서 쿠플레의 서문이 나온다. 다음 쪽에 『천주성교백문답(天主聖敎百問答)』이라는 제목이 있고 그 옆줄에 쿠플레가 썼다는 것(耶穌會後學栢應理述)과 출판이 구베아(Antonio de Gouvea, 何大化, 1592~1677)에 의해 승인되었다는 것이 나온다(耶穌會值會何大化准).

각 쪽은 다섯줄로 되어 있고, 각 줄마다 간단한 질문이 윗부분에 '문(問)'자 아래 두 줄로 제시되고 그 같은 줄 아래에 답(答)이라는 글자 아래 두 줄로 질문에 대한 답이 간략하게 서술되어 있다. 이어서 회죄경(悔罪經), 천주성교요리육단(天主聖敎要理六端), 성호경(聖號經), 천주경(天主經), 성모경(聖母經), 신경(信經), 우성모경(又聖母經), 호수천신축문(護守天神祝文)들이 나온다.

[저자]

쿠플레는 자(字)가 배리(裴理), 신말(信末)이다. 스페인 지배 하의 네덜란드 메헬렌(Mechelen, 현재 벨기에)에서 태어났다.[3] 1640년 10월 11일 예수회에 들어갔다. 1654년 5월 6일 벨기에 루벤(Leuven)에서 인도로 갈 것을 요구하였다. 1656년 Michal Boym(卜彌格) 신부를 따라 중국에 왔다.[4]

---

3) [法]榮振華著, 耿昇譯, 『在華耶穌會士列傳及書目補編』上冊, 北京: 中華書局, 1995, 161쪽에는 1622년 5월 31일에 태어났다고 한다. 方豪, 『中國 天主敎史 人物傳』第2冊, 香港: 公敎眞理學會, 1970, 180쪽에는 1624년(明 天啓4년)에 태어났다고 한다.

4) Michal Boym 신부는 남명(南明) 영력제(永曆帝)의 도움 요청에 대한 교황의 답

그는 강서(江西), 복건(福建), 호광(湖廣), 절강(浙江) 등의 성(省)들에서 활동하였다. 그는 강남(江南) 지역에서 오랜 동안 많은 사업을 행하였는데, 송강(松江), 상해(上海), 가정(嘉定), 소주(蘇州), 진강(鎭江), 회안(淮安) 및 숭명(崇明) 등지에서 활동하였다.[5] 강남 일대에서 허찬증(許纘曾)의 모친인 서감제대(徐甘第大, 徐光啓의 손녀)의 후원으로 많은 교당을 중건하였다. 1664년(康熙 3) 교난(敎難) 때에는 40일 동안 각 향촌을 시찰하며 440명에게 세례를 주었다. 절강(浙江)의 선교사들이 핍박을 받아 떠날 때에는 브란카티(Francesco Brancati, 潘國光, 1607~1671)의 명을 받아 교우들을 찾아가 위문했다.

1681년 12월 5일(양력)에 마카오(澳門)에서 네덜란드 배를 타고 로마로 돌아가, 교황청에 중국어로 미사를 거행하는 것을 허락해 줄 것을 청구하였다. 그는 로마로 돌아갈 때 중국인 오어산(吳漁山)[6]을 데리고 가고자 했으나 이루지 못하였다. 그는 가져 간 400책(冊)을 교황에게 헌정하였다. 이 중에는 불리오(Ludovicus Buglio, 利類思., 1606~1682)의 『미살경전(彌

서를 갖고 갔다고 한다(Mungello, David E., *Curious Land: Jesuit Accommodation and the Origins of Sinology*, University of Hawaii Press, 1989, 253~254쪽).

5) 1659년 강서에 도달하고, 1661년에 복건, 이후 호광, 절강에, 그리고 1663년에 남경, 1665년 교난 가운데 소주에 도달하였다. 후에 광주(廣州)로 쫓겨났다가 1671년 돌아와 1673년 송강에 도달하고, 1677년 숭명도(崇明島)에 들어갔다. 1681년 로마로 파견되어 1681년 12월 5일 마카오를 떠나 1682년 10월 8일 네덜란드에 도착하였다([法]榮振華著, 耿昇譯, 『在華耶穌會士列傳及書目補編』上冊, 北京: 中華書局, 1995, 161쪽).

6) 오어산(吳漁山, 1632~1718년) : 이름 오력(吳歷), 자(字) 어산(漁山). 강소성(江蘇省) 상숙(常熟) 출신. 그는 저명한 화가로 청대 '사왕(四王: 王時敏, 王鑑, 王石谷, 王原祁)' 및 운수평(惲壽平)과 더불어 '청육가(淸六家)'로 통칭되었다. 산수화, 수묵화뿐만 아니라, 시(詩)와 서(書)에도 뛰어났다. 그는 청나라 군이 강남 지역민들에 대해 살육을 자행하는 것을 보고, 천주교에 정신적으로 의탁하고자 했고, 쿠플레와 알게 되어 1675년 세례를 받았다. 1681년 쿠플레와 함께 마카오에 가서 천주교 신학을 공부하고 1688년 강남으로 다시 돌아와 중국인 신부가 되었다. 상해(上海), 가정(嘉定) 일대에서 전교하였다.

撒經典)』도 있었고 이 책들은 바티칸도서관에 수장(收藏)되었다. 중국어로 미사를 드리는 것은 비준(批准)을 얻지 못하였다. 1692년 다시 중국으로 떠나는데, 가는 길에 인도의 고아(Goa. 臥亞; 果阿) 부근 해상에서 풍랑을 만나 머리에 부상을 입어 세상을 떠났다(1693년 5월 16일).

쿠플레의 그 외의 저술들은 다음과 같다.

- 耶穌會士傳略(라틴어): 1686년 프랑스 파리에서 중국어로 聖教信證으로 번역, 출판됨.[7]
- 四末眞論(BnF 6998. Jap-Sin Ⅰ, 102)
- 推定歷年瞻禮日法(永定歷年瞻禮日法. Jap-Sin Ⅰ, 104)
- Confucius Sinarum philosophus ⋯ sive, Scientia Sinensis latine exposita
  Tabula chronologica Monarchiae sinicae(1687년 프랑스 파리에서 출판).
- Elementa linguae tartaricae
- Histoire d'une dame chrétienne de la Chine
- Il natural lume de Cinesi : teoria e prassi dell'evangelizzazione in Cina nella Breve relatione di Philippe Couplet S.J.(1623~1693). Catalogus librorum sinicorum
  Breve Relatione dello stato e qualità delle missioni della Cina[Jap-Sin 131][8]

7) 方豪, 『中國 天主敎史 人物傳』第2冊, 香港 : 公敎眞理學會, 1970, 182쪽.
8) http://riccilibrary.usfca.edu/view.aspx?catalogID=5368 (2016.3.15).

3. 목차 및 내용

[목차]

없음

[내용]

1) 서언(敍言)

천주교의 교리(理)는 지극히 무궁하여 백 개의 문답으로 어찌 다 포괄할 수 없다. 그렇지만 이 문답들에 내포된 의(義蘊)는 넓고 깊다. 서양에서 온 선교사들이 그 천주교 교리의 깊은 뜻을 한, 두 마디로 다 드러낼(闡) 수 없지만, 또한 수많은 말로도, 그 믿음을 열기가 어렵다. 그러나 비록 한, 두 마디의 말이라 할지라도 천주교에 대해 갖고 있는 의심을 풀기에 족한데, 이는 천주교를 믿고 실행하는 자들에게 있어서, 말을 습속(習俗)이 아니라 초성(超性)의 교리(理)로써 한 즉, 그것이 쉽게 들어오고 뜻이 쉽게 이해된다. 이에 교리를 취하는 큰 실마리(大端)로 백 가지 문답을 만들어 아침, 저녁으로 읽고 외우도록 가르침으로써 마음에 깊이 새길 수 있기를 바란다. 그러면 묻는 대로 즉시 답이 나올 정도가 될 것이다. 이로써 의심이 없어지고 그 심오함에 통하여 저절로 깨달아 알게 된다. 이것은 어리석은 자를 성스럽게 만드는 공(功)이 된다. 매일 몇 개씩 질문함으로써, 가르치는 자나 배우는 자가 서로 진보를 이루도록 한다.

2) 백문답(百問答)

질문들은 몇 개의 항목들로 분류해 볼 수 있다.

(1) 천주는 어떠한 분인가에 대하여: 문답1-3.

불교, 도교와 허다한 민간의 신들과 다르다. 천지의 진정한 주재(主宰), 만민의 공부(公父), 공군(公君)이다. 시작도 없고 끝도 없다. 모든 것을 온전히 갖추고 있다. 무소부재하다.

(2) 삼위일체에 대하여: 문답4-11

진주(眞主)는 오직 하나이다. 천주성(天主性)은 유일한데, 위(位)에는 세 개가 있다. 성부(罷德肋. Pater)와 성자(費略. Filius; Filio)와 성령(斯彼利多三多. Spiritus Sanctus; Spiritu santo, 聖神)이다. 제1위 성부는 나를 비추어 낳았기 때문에 부(父)라 칭한다. 제2위 성자는, 거울 안의 상(像)이, 빛을 준 자에게서 빛을 받은 것처럼, 생명을 준 자에게서 생명을 받았으므로 자(子)라 칭한다. 부와 자 두 위는 서로 애정을 발하는데, 모두 천주 성체(性體)이다. 거울 안의 상 같이 성(性)이 있으므로 성령(聖神)이라 한다.

천주 성체의 전선(全善), 전지(全知), 전능(全能)함이 삼위 각각에게 있어 삼위 사이에는 크고 작음, 선후의 차이가 없다. 위는 비록 셋이라도, 모두 하나의 성(性), 하나의 체(體), 하나의 천주이다. 하나가 셋을 포함하고 있고, 셋이 하나에 포함되어 있다.

(3) 천지창조에 대하여: 문답12-17

천주는 시작이 없이(無始) 시작되었고 창조가 없이 태어나셨다. 천지 만물은 전능자 천주께서 창조하셨다. 따라서 천지 만물은 조물주가 관리한다. 화복생사(禍福生死) 모두 천주에게서 나온 것이니 무엇이든 순종하며 받아야 한다.

천주께서 천지만물을 창조함은 사람에게 쓸 것을 제공하기 위함이니, 그 은혜에 감사하며 높이 공경하고 순종하는 자녀가 되어야 한다.

(4) 천주를 섬기는 것에 대하여: 문답18-21

만민은 천주가 낳았음을 깨닫고 천주께 효경(孝敬)해야 한다. 그렇지 않으면 반드시 영벌(永罰)을 받는다. 불(佛), 노자 역시 천주께서 낳은 사람이므로 받들 이유가 없다.

(5) 천주 십계에 대하여: 문답22-27

천주를 믿고 바라고 사랑하며 십계(十誡)를 온전하게 지켜야 한다. 십계는 천주께서 주신 것이다. 천주께서는 마음의 죄도 금하신다. 천주십계는 주님 사랑하기를 무엇보다 우위에 두어야 하며, 남을 사랑하기를 자신과 같이 하고 자기가 바라지 않은 것을 남에게 베풀지 말라는 것으로 귀결된다.

(6) 천사(天神)와 마귀에 대하여: 문답28-32

천주께서 무형의 순신(純神)을 창조하시고 그를 써서 일을 돕도록 하고 인류를 지켜 보호하고, 만물을 육성(扶植)하여 영복을 누리게 하였다. 사람이 일단 모태에서 나오면 각자에게 수호천사가 있어서 종신토록 주야로 떨어지지 않는다. 그 보호의 은혜에 대해 늘 감사해야 한다. 마귀는 원래 천주께서 창조한 신이다. 오만한 마음이 발하여 주께 배역하였으므로, 강등하여 마귀가 되었고 영벌을 받는다. 선악은 사람이 스스로 주장(自主)하는 것인데, 마귀가 사람을 꾈 수 있지 사람을 강제할 수 없다. 주님은 마귀가 꾀는 것을 허락하심으로써 사람의 덕을 시험하시고 그에 대해 응보하신다.

(7) 천주 강생에 대하여: 문답32-39

중국 한(漢)나라 애제(哀帝) 원수(元壽)2년 동지(冬至) 후 4일 유대(如德亞)에 내려왔다. 성령(聖神)으로 동정녀에게 임신하였고 영혼을 부여하여 인성(人性)이 되었다. 강생함에도 천주의 본성(本性)에는 변함이 없었다. 삼위는 강생에 동행했는데, 오직 제2위인 성자(聖子: Filius)만 인성(人性)에 접하여서, 사람이라고도 칭하고 천주라고도 칭한다.

(8) 성모(聖母)에 대하여: 문답40-42

천주께서 강생하심에 있어서 성모를 어떻게 선택했는지, 동정녀가 어떻게 모친(母)이 되면서 동정(童貞)을 잃지 않을 수 있었는지, 그리고 마리아(瑪利亞)에게 성모로 존호를 붙이는 까닭에 대해 언급하고 있다.

(9) 예수에 대하여: 문답43-62

예수를 구세자(救世者), 마귀가 두려워하는 것이며, 환난에 대한 위로이시며, 삶의 소망이며, 죽은 뒤의 안식처로 규정하고 있다. 이후에 예수를 구세자로 칭하는 까닭, 제왕의 영광을 취하지 않고 비천한 몸으로 강생한 이유에 대해 설명하고 있다.

특히, 십자가에 못 박혀 죽으심에 대한 질문과 답변이 많다. 예수께서 십자가에 못 박혀 죽으심으로 만민의 죄를 속(贖)하셨다는 것, 십자가에 못 박히심은 인간을 사랑함이 지극함 및 인간의 죄의 중(重)함을 보이신 것이며, 이는 또한 하느님의 의(義)를 보이고자 하신 것임을 말하고, 인간의 무궁한 죄의 빚(罪責)을 보상(補償)한 것임과 오직 예수만이 그것을 할 수 있음을 강조하고 있다. 그리고 이를 통해 천주와 같은 존엄을 얻게 되었다고 한다.

이어서 예수의 부활과 승천에 대해 설명하고, 예수께서 못박힌 십자가(聖架)는 세상을 구속한 도구(具), 마귀를 이긴 표(表: 표적), 영복(永福)의 근원이라 결론짓고 있다.

(10) 심판(審判)에 대하여: 문답63-65, 68

사람이 죽으면, 그 영혼은 천주의 앞에서 심판을 받는데, 이는 천주의 공의(公義)를 보이심이다. 그리고 이 심판을 통해 악인은 영원히 고통을 당하고 선인은 영원한 안락을 누리게 하시므로 공의로운 것이다. 세상에 살 때에도 선악의 응보를 받는다. 천주교를 받아들인 자나 받아들이지 않는 자 모두 주님의 소생이므로 심판에 따라 응보를 받는다.

(11) 육신의 부활에 대하여: 문답66-67, 69

천하 사람들의 몸(本身)은 반드시 부활함을 언급하고 있다. 이러한 부활은 창조주이신 천주께 어려울 것이 없다고 한다.

(12) 인간의 영혼에 대하여: 문답70-71

사람이 금수와 다른 점은 영혼이 있다는 것이며, 몸이 비록 흙으로 돌아가도 영혼은 영원히 존재하며 소멸되지 않는다. 영혼은 몸을 떠나면 천당이나 지옥 중 하나로 간다.

(13) 천당, 지옥과 연옥(煉獄)에 대하여: 문답72-80

천당에서는 천사(天神)과 선인(善人)이 영복(永福), 즉 주님의 진복(眞福)을 누리며 영원히 사는 곳이다. 지옥은 마귀와 악인이 영원히 화

(禍)를 당하는 곳이다. 땅의 깊은 곳(地心)의 맹렬한 불이 그 화이다. 지극한 고통으로 영원한 죽음이 있으니, 끝나는 때가 없다. 이는 주님을 거역한 죄를 짓고 영구히 잘못을 깨닫고 뉘우치지 않음에서 말미암은 것이다.

아이들이 세례(聖水)를 받지 않고 죽은 경우에 대해 설명하고 있다. 특히, 연옥이 어떤 곳인지, 교우(敎友)를 연옥에서 속히 나와 천당에 오르게 할 수 있는 방법에 대해 설명하고 있다. 이에 반해 지옥은 한 번 들어가면 영원히 나올 수 없으므로, 생전(生前)에 어떻게 살아야 지옥의 고통을 면할 수 있는 지를 밝히고 있다.

(14) 세례와 고해(告解), 보속(補贖)에 대하여: 문답81-91

세례는 원죄와 본죄를 모두 제거하여 천국인(天國人)이 되게 하는 의례라고 하고, 영세 후에 큰 죄를 범하면 이전의 공(功)은 물론 천국을 잃어 마귀의 무리가 되며 장차 지옥으로 떨어진다고 한다. 따라서 이전의 공을 잃지 않는 방법으로 고해와 이전의 허물에 대한 보속을 말하고 있다. 만민의 죄과를 주 예수께서 속하셨음에도 보속해야 한다고 한다.

그리고 고해의 예(禮)에 대해 설명하고, 그것을 거친 후에 어떻게 살아가야 하는지를 말하고 있다.

(15) 성체(聖體)에 대하여: 문답92-98

여기에서는 성체가 주 예수의 성스런 몸(聖軀), 천주의 본성이며, 성체 대례(大禮)는 예수 수난의 넓은 은혜를 늘 생각토록 함임을 밝히고 있다. 육안으로 보이는 면병(麪餠)을 어째서 주님의 성체라 하는지, 성체를 받는 예(禮)에 대해 설명하고 있다.

(16) 천주교의 참됨에 대하여: 문답99

천주교에서 인간의 지혜를 초월하는 여러 단서들은 온전히 믿어 의심하지 말아야 한다.

(17) 예수가 천지 만물의 진주(眞主)임에 대하여: 문답100

성경에서의 예언과 예수께서 베푸신 성적(聖蹟) 등에서 예수가 천지 만물의 진주임을 증명하고 있음에 대해 말하고 있다. 그리고 세상 사람들이 그를 믿고 사랑하고 따르면, 진실로 천국 사람이 되므로, 세상에 살아 있는 동안 믿는 자가 될 것을 권하고 있다.

2) 이 문답들의 뒤를 이어서 「회죄경(悔罪經)」, 「천주성교요리육단(天主聖敎要理六端)」,9) 「영세(領洗)의 예(禮)」,10) 「성호경(聖號經)」, 「천주경(天主經)」,11) 「聖모경(母經)」, 「신경(信經)」,12) 「우성모경(又聖母經)」, 「호수천신축문(護守天神祝文)」이 나온다.

---

9) "이상의 여섯 개의 단서를 상세하게 강구(講究)하여 밝힌(講明) 즉, 영세(領洗)와 교를 받듦(奉敎)을 허락한다."고 나와 있다.

10) 영세(領洗)의 예(禮) : 깨끗한 물(淸水)을 이마에 뿌리며 이르기를, "(남녀에게 각각 어울리는 세례명을 부르면서, '내가, 罷德肋(성부)와 費略(성자)와 斯彼利多三多(성신)의 이름으로 너에게 세례를 준다. 아멘' 혹은 이르기를, '某여, (성)부와 (성)자와 성신의 이름으로 너에게 세례를 준다. 아멘.'이라고 한다. 두 가지 축송(祝誦)은 모두 같은 것이니, 한 글자도 바꿔서는 안 된다."고 나온다.

11) 천주경(天主經) : '주기도문'을 말한다.

12) 신경(信經) : '사도신경'을 말한다. 예수 그리스도(耶穌基利斯督). 마리아(瑪利亞). 본디오 빌라도(般雀比剌多). 거룩한 공회[公厄格勒西亞(公 Ecclesia; 公敎會; a congregation)] 등의 용어가 그대로 나오고 있다.

4. 의의 및 평가

이 책이 나온 것은 서문에서도 언급한 것처럼, 천주교의 교리를 백 개의 문답으로 다 제시할 수는 없지만, 비록 한, 두 마디의 말이라 할 지라도 천주교에 대해 갖고 있는 의심을 풀기에 족하다고 한 바에서, 정말로 천주교를 믿는 자들이 알고 있어야 할 가장 교리들 중에서 가 장 요체가 되는 것을 제시했다고 하겠다. 그 내용을 보면, 알레니 (Guilio Aleni, 艾儒略, 1582~1649)의 『삼산논학기(三山論學記)』, 삼비아 시(Francesco Sambiasi, 畢方濟, 1582~1649)의 『영언여작(靈言蠡勺)』, 샤바냑(Emeric Langlois de Chavagnac, 沙守信, 1670~1717)의 『진도자 증(眞道自證)』 등에 나오는 내용들이 보인다.

여기에서는 특히, 예수와 관련된 문답이 20개나 되어 가장 많은 부 분을 차지하고 있다. 여기에 부가하여 예수와 관련시킬 수 있는 '부 활', '성체(聖體)', 100번째 문답에서 '예수가 진주(眞主)임에 대하여' 구 약을 예수 출현에 대한 예언적 관점에서 보고, 예수의 성적(聖蹟) 등에 대해 상당히 길게 설명해 놓은 것을 보면, 그리스도론을 중심으로 하 고 그리스도교의 선교적 의도가 강하게 작용한 것으로 보인다.[13]

"만민은 천주가 낳았음을 깨닫고 천주께 효경(孝敬)해야 한다. 그렇 지 않으면 반드시 영벌(永罰)을 받는다. 불(佛), 노자 역시 천주께서 낳

---

13) 조광, 「일백 개의 조목으로 제시된 교리 - 『천주성교백문답』 - 」, 『경향잡지』 제 84권, 1992.9, 88쪽에서는, 이 책의 내용 구성을, 신론에 관한 조항 12개, 그리 스도론에 관한 것 30개, 창조론에 관계되는 것 5개, 천신·마귀론 4개, 천주 십 계 5개, 천당·연옥·지옥·심판에 관한 것 17개, 성사론 17개, 그리고 기타 조목 들로 구성되어 있다고 한다. 그리고 이러한 구성을 볼 때, 이 책은 삼위일체인 천주와 예수 그리스도에 중심을 두고 논하고 있음을 알 수 있는데, 이러한 특 징에서 이 책이 삼위일체인 천주와 그리스도의 강생 구속에 관하여 올바른 지 식을 전해주기 위해서 간행되었음을 추정할 수 있다고 한다.

은 사람이므로 받들 이유가 없다.", "천주만이 진주(眞主)"라고 한 것은 보유론에서 벗어나 있고, 지배체제 입장에서는 수용하기 어려운 바가 아니었을까 한다.

또한, 연옥에 대해, 그곳이 어떤 곳인지, 어떻게 하면 빨리 나오게 할 수 있는지, 지옥과는 어떻게 다른지에 대해 자세히 설명되고 있는 것도 다른 교리서들에서는 보이지 않는 것이다.

「천주성교요리육단(天主聖教要理六端)」을 비롯해 기본적인 기도문들이 나와 있는 것을 보면, 이 책이 주로 천주교에 입교하여 세례를 받기까지의 초보 신자들을 교육시키고 세례를 주기 위한 교육적 목적이 있었던 것이었다고 생각된다.[14]

5. 조선에 끼친 영향

「강진고을신문」(2008-08-09)에 의하면, 강진군, 청자문화제 개막일 (2008년 8월 9일)에 조선후기 서학사상을 도입한 정약전(丁若銓, 1758～1816), 정약종(丁若鍾, 1760～1801), 정약용(丁若鏞, 1762～1836) 삼형제와 정약종의 사위였던 황사영(黃嗣永) 등 다산가(茶山家)의 천주교 관련 미공개 유물 41점이 공개되었는데, 그 가운데 하나가 『천주성교백문답(天主聖教百問答)』이었다. 조선 천주교의 기원이 이승훈이 중국에서 영세를 받고 돌아온 1784년이라고 할 때, 이 책은 이 무렵에 들어와 조선지식인들에게 읽혀졌고, 기본적인 천주교 교리의 전파에 큰 역할을 했을 것으로 생각된다. 정약종의 『쥬교요지』에도 영향을 주었을 것이다.

---

14) 중국에서 예수회 선교사들의 기도서에 대한 번역의 역사가 어떻게 전개되었는 지는 Nicolas Standaert, *Handbook of Christianity in China Volume One: 635-1800*, Leiden; Boston; Köln: Brill, 2001, 628～629쪽을 참조하라.

『성교백문답(聖敎百問答)』 또는 『백문답(百問答)』으로도 불렸다. 1884
년 제7대 조선교구장인 주교 블랑(Blanc, 백요왕. 재임 1882~1890년)이
쿠플레의 『천주성교백문답(天主聖敎百問答)』을 '성교백문답'이라는 간략
한 제목으로 번역해 간행하였다.[15] 이 교리서는 블랑 주교가 기존 교리서
에 만족하지 아니하고 새로운 교리서 편찬을 시도하여 만들어진 것이다.
'백문답'으로도 불린 이 교리서는 1884년 서울 명동 성당 안에 설치된
'성서활판소'에서 순한글로 간행되었다.[16]

블랑 주교는 개항기 이후 점차 증가하는 예비 신자들 가운데 노인
이나 어린이를 위해 간추린 교리서를 만든 이후, 청년 지식인들을 위
해 좀 더 수준 높은 교리서 『천주성교백문답(天主聖敎百問答)』을 번역,
간행한 것이다. 그는 개항기 신앙의 자유를 얻은 이후 많은 사람들이
입교하게 될 것임을 전망하고 이들에게 정확한 신관과 그리스도에 관
한 가르침을 주어, 이들이 범신론과 다신론 등에 빠지지 않고 천주교
신앙에 전념할 수 있는 기본자세를 견지해 나가기를 바랐던 것으로
생각된다.[17]

〈해제 : 송요후〉

---

15) 한국카톨릭대사전편찬위원회, 『한국가톨릭대사전』, 한국교회사연구소, 1985,
   1130좌쪽; 숭실대학교, 『한국기독교박물관 소장기독교자료 해제』, 서울: 숭실대
   학교 한국기독교박물관, 2007, 412~413쪽; 한국교회사연구소 편집부 편, 『한국
   교회사 연구자료 제15집』 所收의 『성교백문답』(1884년판의 영인본), 서울: 한국
   교회사연구소, 1985.
16) 재단법인 대한인쇄연구소 http://www.kpri.or.kr/right13.htm
17) 조광, 「일백 개의 조목으로 제시된 교리 - 『천주성교백문답』 - 」, 『경향잡지』 제
   84권, 1992.9, 85~88쪽.

참 고 문 헌

1. 단행본

金玉姬 編著, 『韓國敎會史 論·著 解題集-資料 및 目錄集』, 서울: 殉敎의 脈, 1991.

숭실대학교, 『한국기독교박물관 소장기독교자료 해제』, 서울: 숭실대학교 한국기
독교박물관, 2007.

한국교회사연구소 편집부 편, 『한국교회사 연구자료 제15집』所收의 『성교백문
답』(1884년판의 영인본), 서울: 한국교회사연구소, 1985.

方豪, 『中國 天主敎史 人物傳』第2冊, 香港 : 公敎眞理學會, 1970.

[法]榮振華著, 耿昇譯, 『在華耶穌會士列傳及書目補編』上冊, 北京: 中華書局, 1995.

Albert Chan, S.J., Chinese Books and Documents in the Jesuit Archives in
Rome. A Descriptive Catalogue: Japonica-Sinica I-IV, Armonk, New
York, and London: M.E. Sharpe, 2002.

Mungello, David E., Curious Land: Jesuit Accommodation and the Origins of
Sinology, University of Hawaii Press, 1989.

Nicolas Standaert, Handbook of Christianity in China Volume One: 635-1800,
Leiden; Boston; Köln: Brill, 2001.

2. 논문

조광, 「일백 개의 조목으로 제시된 교리-『천주성교백문답』-」, 『경향잡지』 제84
권, 1992.

황규남, 「한국 천주교의 교리서 변천에 대한 역사적 고찰」, 가톨릭대학교 석사
학위논문, 1993.

3. 사전

한국카톨릭대사전편찬위원회, 『한국가톨릭대사전』, 한국교회사연구소, 1985.

『천주성교십계직전(天主聖教十誡直詮)』

분류	세부내용
문 헌 종 류	한문서학서
문 헌 제 목	천주성교십계직전(天主聖教十誡直詮)
문 헌 형 태	목판본 (추정)
문 헌 언 어	漢文
간 행 년 도	1642년
저 자	디아즈(Diaz, Emmanuel, 陽瑪諾, 1574~1659)
형 태 사 항	195면
대 분 류	종교
세 부 분 류	교리
소 장 처	Bibliotheque Nationale de France, 한국교회사연구소
개 요	그리스도교의 기본 교리인 십계명(十誡命) 해설서.
주 제 어	흠숭(欽崇), 진주(眞主), 오주야소(吾主耶穌), 성모(聖母), 첨례일(瞻禮日), 애(愛), 경(敬), 순명(順命)

1. 문헌제목

『천주성교십계직전(天主聖教十誡直詮)』

2. 서지사항

포르투갈 출신 예수회 선교사 디아즈 (Diaz, Emmanuel, 陽瑪諾, 1574

~1659)가 저술한 십계명(十誡命)에 관한 종교 교리서이다. 1642년 북경(北京)에서 간행되었다. 1659년, 1738년에 재간되고 1798년 북경교구장 구베아(Gouvéa, 湯士選) 주교의 감준으로 중간되었으며 1915년 상해(上海) 토산만(土山灣) 출판에서도 재편집되어 간행되었다.

『천주성교십계직전』은 두 권으로 상권은 서문 14면, 총론 13면을 포함하여 총 104면, 하권은 총 91면으로, 책 전체 총195면이다. 본문은 1면 당 8행(行), 15자(字)씩 썼으나, 제목 등 특히 강조하려는 경우에만 한 행에 큰 글씨로 한 줄씩 쓰고 일반 서술은 한 행에 작은 글씨로 두 줄씩 쓰고 있다.

상권에는 동국기(佟國器)[1]의 서문(敍十誡)과 주종원(朱宗元)[2]의 서문(十誡序)이 실려 있고, 저자 서문은 없다.

---

1) 동국기(佟國器, ?~1684) : 요양(遼陽)의 만주 귀족가문 출신으로 강희제의 외조부 동도뢰(佟圖賴)의 조카이다. 복건(福建, 1653~55), 남간(南贛, 1655~58) 및 절강(浙江, 1658~60) 순무(巡撫)를 지냈는데 복건성, 강서성, 절강성 일대 주민들이 그의 생사(生祠)를 지어 공적을 찬양할 정도의 모범적 관리이기도 했다. 부인 아가다의 헌신으로 1674년 남경에서 영세하였다. 마르티니(Martino Martini, 衛匡國, 1614~1661) 신부는 절강순무(浙江巡撫) 동국기의 지원 하에 포교활동을 크게 벌여, 당시 중국에서 가장 화려한 교회를 지었다고 한다. 1664년 양광선의 역국대옥 때 동국기의 이름도 등장하나 그 만이 교난을 피할 정도의 위상을 지녔던 인물이다. 많은 한문서학서 서문을 지었다. Hummel, *Eminent Chinese of the Ch'ing Period*, Washington, 1943, 792~794쪽; 方豪, 中國天主敎史人物傳, 第Ⅱ冊, 香港 公敎眞理學會, 1973, 49~54쪽.

2) 주종원(朱宗元) : 절강성 은현(鄞縣)인으로 순치5년(1648) 거인(擧人)이다. 은현 현지(縣志)에 「박학선문(博學善文)」이라 기재되어 있다. 저술로 23세 때 지은 「답객문(答客問)」이 있어서 이미 23세 이전에 천주교에 입교한 것을 알 수 있다. 항주(杭州)와 영파(寧波)를 중심으로 열성적으로 전교활동에 힘썼으며 디아즈 신부의 한문서학서 저술을 도와 『경세금서(經世金書)』와 『천쥬성교십계직전』 서문을 썼고, 몬테이로(J. Monteiro, 孟儒望) 신부의 『천학략의(天學略義)』가 영파에서 출간될 때는 교정을 맡기도 하였다. 주종원의 천주교 관련 저술로는 『천주성교활의론(天主聖敎豁疑論)』이 있다. 중국 천주교 역사에서 주종원은 서광계(徐光啓), 이지조(李之藻), 양정균(楊廷筠)을 이은 중국 교회의 걸출한 인물로 꼽는다. 方豪, 위의 책, 91~98쪽.

한국교회사연구소에 1642년 중국 초판본을 1798년 일본 교토(京都) 시태대당(始胎大堂)에서 탕아입산(湯亞立山) 주교가 인준하여 재간행한 『천주성교십계직전(天主聖敎十誡直詮)』 상·하 합본 한 권과, 1798년 중국 간행본의 한글 번역 필사본 『십계진전(十誡眞詮)』 상·하(상권 145장, 하권 152장) 두 권이 소장되어 있다.

[저자]

저자 디아즈 (Diaz, Junior Emmanuel, 陽瑪諾, 1574~1659)는 포르투갈 출신 예수회 선교사이다. 1610년(明 萬曆 38) 중국에 입국해 남경(南京)에서 전교하던 중 1616년 남경교난으로 마카오에 피신하였다가 다시 중국으로 돌아와 1621년부터 3년 동안 북경에서 중국 주재 예수회 부책임자로 봉직하였다. 그 후 남경·송강(松江)·상해(上海)·항주(杭州) 등지에서 전교하며 영파(寧波)에 최초로 천주교회를 열었다. 1634년 남창(南昌), 1638년 복주(福州)에서 전교하고 그 후 다시 박해를 피해 마카오로 피신하였다가 1648년부터 연평(延平)에서 전교와 저술활동에 전념하였다. 1659년 항주에서 사망하여 항주성 밖 대방정(大方井)에 안장되었다. 저술로는 『천주성교십계직전』 외에 『천문략(天問略)』, 『성경직해(聖經直解)』, 『수진일과(袖珍日課)』, 『대의론(代疑論)』, 『경세금서(經世金書)』 등이 있다.

3. 목차 및 내용

[목차]

상권

一. 欽崇一天主萬有之上

二. 毋呼天主聖名以發虛誓

三. 守瞻禮之日

하권

四. 孝敬父母

五. 毋殺人

六. 毋行邪淫

七. 毋偸盜

八. 毋妄證

九. 毋願他人妻

十. 毋貪他人財物

[내용]

상권에서는 십계명에 관한 개론적 해설인 총론과 제1계부터 3계까지를 다루고 있다. 서문 14면, 총론 13면을 포함하여 총 104면인데, 제1계를 특히 중요하고 상세하게 다루어 50면에 걸쳐 기술하였다.

제1계 "하나이신 하느님을 흠숭하여라(欽崇一天主萬有之上)": 이 계명이 천주가 옛 교인들을 직접 가르치신 것임을 밝히고(天主訓古教人), 8개의 항목으로써 이를 증명하며 그 실천 방법을 제시하였다. 곧

첫째 우주 안에 진정한 주인이 정해져 있으며(宇宙內定有眞主),

둘째 진정한 주는 오직 하나(眞主獨一)이다.

셋째 사람마다 반드시 진정한 주를 흠숭해야 마땅하고(人人必宜欽崇眞主),

넷째 우리 주 예수를 흠숭(欽崇吾主耶蘇)해야 하고,

다섯째 성 십자가를 흠모하고 숭배해야(欽崇聖架)하며,

여섯째 성모를 흠숭하고(欽崇聖母),

일곱째 성인들을 흠숭(欽崇聖人)해야 한다.

여덟째는 첫째 계명을 위반하는 여러 단서들(違首誡諸端)에 대해 설명하였다.

제2계 "하느님의 이름을 함부로 부르지 마라(毋呼天主聖名以發虛誓)": 총 10면, 4항목으로,

첫째 맹세란 무엇인가(誓者何).

둘째 맹세의 종류(誓之類).

셋째 맹세의 가부(誓之可否).

넷째 헛된 맹세에 대한 벌(虛誓之罰)을 설명하였다.

제3계 "주일을 거룩히 지내라(守瞻禮之日)"; 주로 첨례 날에 관한 내용이다. 첨례 일이란 천주와 구세주, 천사와 성인들, 거룩한 신비와 구세사적 사건들 등을 기념하거나 특별히 공경하도록 교회가 별도로 정한 날을 뜻한다. 이 모든 축일은 구세(救世)의 역사를 표현하는 것으로 신자들로 하여금 일 년 내내 그리스도교회 중심적 사실과 인물들을 상기시키는데 있다. 총 16면 여섯 항목으로,

첫째 예를 지키는 날의 특별함(禮日之奇).

둘째 첨례 일을 지킬 필요성(守瞻禮日之要).

셋째 천주가 첨례 일을 만드신 뜻(天主立瞻禮日之意)

넷째 첨례 일에 금하는 일(瞻禮日所禁之工).

다섯째 첨례 일에 마땅히 행해야 할 일(瞻禮日宜行之工).

여섯째 제례를 드리는데 대한 보답(與祭之報) 등이다.

하권은 제4계부터 제10계까지를 다루었는데 총 91면이다.

제4계 "부모에게 효도하여라(孝敬父母)"; 에서는

첫째 효경의 뜻(孝敬之意)을 사랑(愛), 공경(敬), 순명(順命), 양친(養親)의 네 항목을 포함시켜 설명하였다.

둘째 진정한 부모(父母之類)란 무엇을 뜻하는가.

셋째 효경에 대한 보답(孝敬之報), 불효에 대한 징벌(不孝之懲) 등을 설명하였다.

제5계 "사람을 죽이지 마라(毋殺人)"; 에서는 그 가르침이 살인하지 말라는 것이며 살생을 금하는 것은 아니라고 설명하고, 특별히 살생에 대한 불교의 윤회사상을 집중적으로 비판하였다.

그리고서 살인의 죄악, 원한, 질투, 분노, 욕하고 저주함, 원수를 용서하는데 대한 보답, 복수에 대한 징벌 등을 34면의 많은 지면을 할애하여 상세히 해설하였다.

제6계 "간음하지 마라(毋行邪淫)"; 에서는 사음의 종류(邪淫之類), 사음을 피하는 법(避邪淫法), 사음에 대한 벌(邪淫之罰)로 비교적 간략하다.

제7계 "도둑질을 하지 마라(毋倫盜)"; 에는 강도, 절도, 빚을 진 사람, 주인이 정해져 있지 않은 물건(遺物), 재물 갈취, 도적의 마음에 대한 의문 해설, 도둑질에 대한 징벌 등 구체적인 사례를 들어 설명하였다.

나머지 제8계 "거짓 증언을 하지 마라(毋妄證)", 제9계 "남의 아내를 탐내지 마라(毋願他人妻)", 제10계 "남의 재물을 탐내지 마라(毋貪他人財物)"는 비교적 간략히 그 의미를 해설하였는데, 이 계명들은 그 뜻이 명료하여 특별히 상세한 설명이 필요하지 않기 때문인 듯하다.

『천주성교십계직전』은 그리스도교의 중요 기본교리인 십계명을 신자들에게 상세히 설명하여 가르칠 필요에 의해 저술된 교리서이다.

4. 의의 및 평가

『천주성교십계직전』은 기본 종교교리서로 디아즈는 십계명의 각 조목을 신학적(神學的) 측면과, 유교적(儒敎的) 측면에서 상세히 해설하며 이를 통해 참다운 진리의 길을 걸어야 함을 역설하였는데, 문장 또한 간결하면서 아름다워 지식인 계층에게 선호되었다.

5. 조선에 끼친 영향

『천주성교십계직전(天主聖敎十誡直詮)』은 조선에는 18~19세기에 전래되어 『십계진전(十誡眞詮)』이라는 제목으로 번역, 필사되었다.

한국교회사연구소에 1798년 중국간행본의 교토(京都) 시태대당(始胎大堂) 소장본판(藏板) 『천주성교십계직전(天主聖敎十誡直詮)』 상·하 합본 한 권과, 1798년의 한글 번역 필사본 『십계진전』 상·하 두 권이 소장되어 있다.

〈해제 : 장정란〉

참 고 문 헌

1. 사료

『天主聖敎十誡直詮』, 始胎大堂, 京都, 1798.

『십계진전(十誡眞詮)』(한글번역 필사본)

2. 단행본

최소자, 『동서문화교류사연구 -명·청시대 서학수용-』, 삼영사, 1987.

方豪, 『中國天主敎史人物傳』, 第 I 册, II册, 香港 公敎眞理學會, 1973.

徐宗澤 編著, 『明淸間耶蘇會士譯著提要』, 臺北 中華書局, 1958.

Hummel, A. W.(ed.), Eminent Chinese of the Ch'ing Period, Washington, 1943.

Pfister, Notices biographiques et bibliographiques, Chang-hai, 1932.

『척죄정규(滌罪正規)』

분 류	세 부 내 용
문 헌 종 류	한문서학서
문 헌 제 목	척죄정규(滌罪正規)
문 헌 형 태	목판본
문 헌 언 어	漢文
간 행 년 도	1627년
저　　　자	알레니(Julius[Julio/Giulio] Aleni, 艾儒略, 1582~1649)
형 태 사 항	244면
대 분 류	종교
세 부 분 류	천주교 교리 및 성례의식
소 장 처	한국교회사연구소 Bibliothèque nationale de France
개　　　요	성찰(省察)의 개념과 그 종류 등. 통회(痛悔)의 의미, 효과 및 절차. 고해(告解)의 의미와 관련 예규(禮規). 보속(補贖)의 의미와 속죄(贖罪)의 세 가지 공로, 그리고 수행법.
주 제 어	성 바울(聖保琭), 십계(十誡), 회개(恭弟利藏), 용서(亞弟利藏), 비슙(俾斯玻), 신부(神父, Sacerdote; 撒責爾鐸德, 司鐸), 다윗(達味德), 솔로몬(撒辣茫芯), 삼손(三箏), 노아(諾厄)의 홍수. 롯(樂德)

1. 문헌제목

『척죄정규(滌罪正規)』

2. 서지사항

『한국가톨릭대사전』에서 『척죄정규』는 이탈리아 출신의 예수회 선교사 알레니(Aleni, 艾儒略, 1582~1649)가 저술한 성찰, 통회, 고해 및 고해성사에 대한 설명서로 알레니 사후 1849년 4권으로 간행되었다[1]고 한다.

L. Pfister는 다만 청(淸) 도광(道光) 29년(1849) 상해(上海) 중각본(重刻本)만을 기록해 놓았다. 파리 국립도서관은 『척죄정규략(滌罪正規略)』이라는 책을 소장하고 있는데, 무림중인(武林重印)이고 간행 연도는 없다.[2]

Standaert는 이 책이 명말 천주교 공동체들에서의 성례와 성례 관습들에 관해 논한 몇 안 되는 책들 중 하나이고, 고해 성사와 성찬(성체성사)를 주로 다루고 있으며 1627년에 발간되었다고 한다.[3] 명(明) 천계(天啓) 5년(1625년) 섭향고(葉向高)가 알레니를 복건성으로 들어오게 하였고, 1627년에는 삼산(三山: 福州)에 있는 섭을 알레니가 방문하면서 섭향고, 관찰 조공(觀察 曹公)과의 사이에서 천주교 교리를 논했다는 것이 『삼산논학기(三山論學記)』에 나온다. 이때에는 알레니가 활발하게 그 지역 지식인들과 교유하며, 전교 활동을 하고 있었다.

현재 한국교회사연구소에 1849년 중국에서 나온 한문(漢文) 목판본과 1900년 향항(香港)에서 나온 한문 연활자본(鉛活字本), 4권 2책의 한글로 번역된 필사본이 소장되어 있다. 그리고 한글로 번역된 필사본은 『텩죄정규(滌罪正規)』로, 『한국교회사 연구자료(韓國敎會史 研究資料)』第17輯(1986)에 실려 있다.

해제에 참고한 『척죄정규』는 『야소회라마당안관명청천주교문헌(耶穌

---

1) 한국가톨릭대사전편찬위원회, 『한국가톨릭대사전』, 한국교회사연구소, 1985, 1120쪽.
2) 方豪, 『中國天主敎史人物傳』 第1冊, 香港公敎眞理學會, 1970, 194쪽.
3) N. Standaert, S.J., *Handbook of Christianity in China*, v. 1, 624쪽.

會羅馬檔案館明淸天主教文獻)』第4冊(鐘鳴旦 等編, 臺北, 臺北利氏學社, 2002)에
실려 있는 영인본인데, 원래는 2책 4권으로 된 것이다. 표지에는 한자
제목과 함께 라틴어로, "Tractatus de Sacramento paenitentiae a p. Julio
Aleni, S.J. 4 tomi."라고 필사되어 있다. 다음 장에는 다시 책 제목과
'思及艾先生著', '閩中景敎堂刻'이라고 있어, 복건성(福建省)의 경교당(景敎堂)
이라는 천주교 교당4)에 의해 발행되었는데, 발행 날짜는 없다. 다음
쪽에 같은 예수회 전교사 바뇨니(Alfonso Vagnoni, 高一志/王豊肅, 1566~
1640), 디아스(Manuel Dias Jr., 陽瑪諾, 1574~1659), 페레이라(Gaspar
Ferreira, 費奇規, 1571~1649)가 교정했다고 한다. 이어서 무림(武林: 杭州)
에서 양정균(楊廷筠)이 이 책을 소개한 서문이 실려 있는데, 역시 날짜가
기록되어 있지 않다.

책의 목록이 있고, 다음에 내용이 전개되고 있는데, 한 면은 9줄로
되어 있고 각 줄은 19자로 되어 있다. 1권 62면, 2권 56면, 3권 48면,
그리고 4권 56면으로 구성되어 있다.

[저자]

알레니 신부는 이탈리아 인으로 중국어 이름은 애유략(艾儒略),5) 자
(字)는 사급(思及)이다. 1582년(萬曆 10) 이탈리아 브레시아(Brescia)에
서 출생했다. 1608년경 신부 신품(神品)을 받았다. 1609년 원동(遠東)
에 파견되어 1610년 마카오(澳門)에 도달, 스피라(de Spira, 史惟貞,

---

4) 경교당(景敎堂)의 위치는 복주(福州)라고 한다.(University of San Francisco, *The Ricci
Institute Library Online Catalog*[利瑪竇硏究所藏書樓目錄] 滌罪正規[Jap-sin 1, 79].
2015년 12월 4일 12시 3분 http://riccilibrary.usfca.edu/view.aspx?catalogID=2862)
5) 애유략(艾儒略) : 유략(儒略)은 그의 세례명 Julio의 역음(譯音)이고, 애(艾)는 그
의 본명 Aleni의 제일 첫 자의 역음이다(方豪, 『中國天主敎史人物傳』第1冊, 香港
公敎眞理學會, 1970, 189쪽).

1584~1627) 신부와 함께 광주(廣州)에 들어가고자 시도했으나 뱃사공에 의해 팔려 구금되었다가 몸값을 내고 풀려나 다시 마카오로 돌아왔다.

1613년에 비로소 내지로 들어가 처음에는 북경에 파견되어 갔다. 같은 해 개봉(開封) 유태교당에 파견되어 유태교 경전을 구했으나 거절되었다. 그후 서광계와 함께 상해로 갔다가, 모(某) 대리(大吏)가 서학을 논해주기를 요청하여 양주(揚州)로 갔다. 모 대리는 천주교로 개종, 세례명을 Pierre(Peter)라 하였다. 그가 섬서(陝西) 요직에 임명되어 함께 갔는데, 오래지 않아 복건총독(福建總督)에 임명되어 내려가면서, 알레니는 산서(山西)로 들어갔다.

1619년(1620년 전후)에는 절강성(浙江省) 항주로 갔다. 이곳에는 양정균(楊廷筠), 이지조(李之藻) 외에 Martin(瑪爾定)이라는 세례명을 가진 진사(進士)가 있었다. 그는 신앙심이 독실하였고 이로 인해 항주 교회가 자급(自給)할 수 있었다. 모두 250인에게 세례를 행하였다. 1620년에는 산서(山西) 강주(絳州)로 가서 산서전교구(山西傳敎區)를 창건하였다. 1623년에는 구태소(瞿太素, 子名 Matthieu, 마태오)의 초청으로 강소성 상숙(常熟)으로 가 가르침을 시작하였다. 그의 종형(從兄)인 도마(Thomas)가 알레니에게 세례를 받았고[6] 그의 힘의 의지해 몇 주 사이에 입교자가 220여 명이 되었다.

1624년 각로(閣老) 섭향고가 사직하고 귀향하는 길에 항주를 거쳤는데, 알레니가 만나기를 청하였다. 섭향고는 복건으로 오도록 초청하였다. 섭향고는 아직 입교하지 않았으나 교사(敎士)들을 선대하였고, 1616년 남경교안(南京敎案)이 일어났을 때에 옹호해주었다. 알레니는 오랜 동안 복건에 전교할 뜻을 갖고 있었고 1625년 복주(福州)에 들어

---

6) 方豪, 『中國天主敎史人物傳』 第1冊, 香港公敎眞理學會, 1970, 189쪽에는 구식사(瞿式耜)라고 한다.

가[7] 드디어 복건에서 최초로 가르침을 펴게 되었다. 복주에는 한 유명한 문사(文士)가 있었는데, 그는 전국에 매우 명망이 있었고 관리들로부터 존경을 받았다. 그는 2년 전에 항주에서 이미 세례를 받았고 천주교의 전파를 매우 원하고 있었다. 그는 복주의 고관, 학자들을 소개하면서, 알레니가 학식과 교리가 모두 뛰어남을 칭찬하였다. 알레니는 오래지 않아 성 안에서 전교하였고 사대부와 한 차례 변론한 후에 세례를 받은 자가 25명이었는데, 그 중에 수재(秀才)가 여러 명이 있었다. 1625년 4월에 복건전교구(福建傳敎區)를 창건하였다.

1634년에는 복건성 천주(泉州), 흥화(興化)에서 세례를 받은 자가 257명이 되었다. 영춘(永春)과 그 부근으로 가서 전교하였을 때에는 매년 새로운 입교자가 8. 9백 명이 되었다. 1638년(崇禎 11) 모든 신부가 중국에서 축출되었다. 당시 교당이 매우 많았는데, 천주 한 부(府)에만 13개소가 있었다. 이때 성(省) 전체에서 교당 1개소만 제외하고 모두 몰수되었다. 교도들 중에서는 거액의 벌금을 내거나 투옥된 자들이 있었고, 그 외의 모든 교도들이 고통을 당하였다. 전교사들은 모두 마카오로 돌아갔다. 알레니도 1639년 마카오로 피하였다. 그러나

---

7) 李嗣玄, 『泰西思及艾先生行述』, 法國國家圖書館藏, 中文編號1017, 康熙二十八年 [1689]抄本에는, "을축(乙丑, 1625, 천계 5) 상국(相國) 섭공(葉公)이 정치에서 물러나 귀향하며 무림(武林, 杭州)을 경유하는 도중에 선생을 만나, 서로 늦게 보게 된 것을 한탄하며 힘써 복건으로 들어올 것을 청하였다. 선생 역시 남쪽으로 내려갈 뜻을 표하여 곧 함께 배를 타고 왔다."라고 하는데 반해, 섭향고가 저술한 『거편(蘧編)』, 臺北 : 偉文圖書, 1977, 卷17, pp.522~524)에 의거하면, 천계(天啓) 4년 7월 18일(양력:1624년 8월 31일)에 경성을 떠나, "9월 초순 회안을 지났다. …… 무림을 지나는데, 순무(巡撫) 왕공(王公)이 서호에서 술을 마시자고 정답게 초빙했는데, 그 뜻이 또한 진심에서 우러났다. 이로 해서 11월 20일 삼산(福州)에 이르렀다. 12월 초10일 집(福淸; 福唐)에 도달하였다." 이에 의거하면, 알레니가 복주에 도달한 때는 11월 20일 전후, 대략 1624년 12월 29일이 된다. 杜鼎克 (Adrian Dudink)은 알레니가 복주에 들어간 때를 1625년 4월로 보고 있다.(林金水, 「艾儒略與《閩中諸公贈詩》研究」, 『淸華學報』 제44권 제1기, 민국103년 3월).

알레니는 이로 인해 기가 꺾이지 않고 복건으로 몰래 들어가 각로(閣老) 장모(張某)에게 도움을 구하였다. 그는 알레니의 막역한 친구였으며 복건총독(福建總督)이 된 지 거의 15년이 되었다. 알레니는 전교사, 교도들을 변호하는 글을 올려, 천주교 재산을 돌려받고, 전교도 예전과 같이 하게 되었다.

1641년 알레니는 현명, 온후하고 중국 풍속을 잘 알고 있으므로 중국부성회장(中國副省會長, 中國副區區長)에 발탁되어 7년간(1641~1648) 맡았다. 1647년부터 1648년까지 청(淸)의 중국 정복 기간에는 복건성 연평(延平)으로 들어갔다. 1649년(南明 永曆 3, 淸 順治 6) 6월 10일 연평에서 사망하였고, 시신은 복주(福州) 북문 밖 십자산(十字山)에 매장되었다.

『척죄정규』외에 그의 유저(遺著)는 다음과 같다.

(1) 天主降生言行紀略 8卷

(2) 出豫經解 1卷

(3) 天主降生引義 2卷

(4) 彌撒祭義 2卷

(5) 三山論學記 1卷

(6) 悔罪要旨 1卷

(7) 萬物眞原(萬有眞原) 1卷

(8) 聖夢歌(性靈篇) 1卷

(9) 利瑪竇行實(大西利先生行跡) 1卷

(10) 張彌克遺跡 1卷

(11) 楊淇園行略 1卷

(12) 熙朝崇正集 4卷

(13) 五十言 1卷

(14) 聖體要理 1卷

(15) 耶穌聖體禱文(週主日禱文과 합하여) 1卷

(16) 四字經 1卷

(17) 聖學觕述 8卷

(18) 玫瑰十五端圖像

(19) 景教碑頌註解

(20) 西學凡 1卷

(21) 幾何要法 4卷

(22) 西方答問 2卷

(23) 職方外紀 6卷

(24) 1612년 11월 8일 일식 관측 기록: Mémoires de l'Académie des sciences, Ⅶ, 706. 마카오(澳門)에서 편찬됨.

(25) Carta del P. Jul. Aleni escrita a Fogan por nov. 1629. sobre las cosas de la China, M. S. Bibliothèq. du Marquis de Vilîena.

(26) Tractatus super undecim punctis a decem Patribus S. J. decisis circa usum vocabulorum sinensium in rebus sacris, Pekin, 1628.

(27) 口鐸日抄

(28) 道原精萃 중에 실려 있는 창세제편(創世諸編)에 관한 내용.

(29) 彌撒初義: 1629년 복주각본(福州刻本). 알레니가 로마 미살 도문(彌撒禱文)을 한문으로 옮긴 것.

※ 파리국립도서관 한적신장(漢籍新藏) 일련번호2753 및 3084의 서적의 제목이 애선생행술(艾先生行述) 곧 알레니의 전기. 이 안에 알레니의 유상(遺像)이 있다.

3. 목차 및 내용

[목차]

[내용]

1) 권1 성찰을 논함(論省察).

(1) 총설

성교(聖敎)에는 죄를 사(赦)하는 권능과 죄를 풀어주는 예(禮)가 있다. 그 예의 순서는 성찰, 통회(痛悔), 고해(告解), 보속(補贖)의 네 과정인데, 천주의 구원을 얻기 위해서는 어느 하나도 빠뜨릴 수 없다. 성찰은 크고 작은 여러 죄들을 범하는 것을 경계하고, 지은 죄를 반성하여 스스로 알게 하고, 다음에는 죄를 회개하는 진리(眞理)를 논하고, 그 다음에는 죄를 고하는 성규(聖規)를 논하며, 마지막으로 죄를 보상(報償)하는 실제적인 공덕을 논한다. 이로써, 사람의 죄를 풀고, 이후에 큰 허물이 없도록 할 수 있다.

인간에게 육신의 병은 약으로 처방할 수 있는데, 일단 죽으면 다시 소생할 수 없다. 그러나 영혼의 병은 스스로 반성하고 진정으로 회개하며, 신부에게 고해하고 고통으로 보상해야 치유될 수 있다. 우리들은 육신뿐만 아니라, 영혼을 위하고자 해야 한다. 육신을 위해 도모하지 않더라도, 더욱 영혼을 위해 도모해야 한다. 육신을 구원하지 않으면, 세상의 복을 누리지 못함에 그치는데, 영혼을 구원하지 않으면, 하늘의 복을 누리지 못한다.

(2) 성찰은 사람이 자신의 과오를 깨닫는 것이고 이를 통해 과오를 고치는 기초가 된다. 사람의 죄의 단서는 생각(念)과 말(言)과 행동(事)과 불완전함(缺)으로, 이것들이 천주의 십계(十誡)에 위배됨에서 말미암는다. 십계는 천지 진주(眞主)의 명령이고 온갖 이치의 기강(紀綱)이

며 인간이 말미암은 바의 대도(大道)이다. 그 과오를 바로잡는 기준이다. 네 종류의 성찰 및 십계를 범한 여러 죄의 조목을 나열해 놓아 스스로 비춰보기에 편하도록 한다.

네 가지 성찰인 성념(省念), 성언(省言), 성사(省事), 성결(省缺)에 대해 설명하고, 네 가지의 성찰을 한 뒤에, 죄를 풀고자(解罪) 하면, 범한 각 죄와 그것을 몇 번 범했는가를 회고해 마음에 기억해 두어야 고(告)하기에 편하다고 하고, 망각에 대비해야(神忘)할 것을 말하고 있다. 시일이 오래되어 잊어버린 것를 기억해내는데 도움이 되는 것이 십계이다.

이하에서 '천주십계(天主十誡)'를 제시하고 있다. 여기에서는 유일신인 천주와 그가 천지 만물을 창조하였으며 우리를 낳고 기르신 아버지이심, 천주의 강생과 인간 구원에 대한 독실한 믿음을 강조하고 있다.

이에 의거해 당시 중국에서 행해지고 있던 불교, 도교, 민간 신앙 및 결사 활동을 이단을 섬기는 죄로 규정해 확실하게 배척하고 있다. 유교적인 제사 행위에 대한 언급이 없는 것이 특이하다. 이 외에 낙태를 살인죄로 보고, 자살을 중죄라고 한다. 일부일처(一夫一妻)가 정도(正道)이므로 자식을 얻기 위해, 또는 아들을 낳기 위해 첩을 얻는 것은 천주께 죄를 짓는 것이라고 한다.

십계와 함께 7죄종(罪宗. 宗罪7端)으로 인해 나타나는 다양한 죄의 사례들을 나열하고 있다. 그 일곱 가지는, 교만(驕傲), 탐욕스럽고 인색함(貪吝), 색욕(迷色), 질투(嫉妬), 분노(憤怒), 식탐(饕餮), 나태(懈惰)이다.

여러 가지 죄들은 곧 회개하고 고쳐야 하며 기록해 둠으로써 고해(告解)하기에 편하도록 할 것과 세세하게 반성하기 위해 세 단계의 반성법인, 일성지법(日省之法), 월성지법(月省之法), 세성지법(歲省之法)을 말하고 있다.

2) 권2 통회를 논함(論痛悔).

(1) 죄의 회개에 대한 총설(悔罪總說)

사람에게는 과오가 없을 수 없다. 과오가 있으면 빨리 회개해야 한다. 그런데 그 방법을 바로 알고 진실하고 간절하게 행해야 천국에 들어갈 수 있다.

(2) 진정한 회개의 온전한 의미(眞悔全義)

죄의 회개를 서양어로 '공제리장(恭弟利藏, convertio[라틴어]; convertire[이탈리아어])'이라 하며, 파쇄(破碎)라는 말과 같다. 사람이 죄과가 있는데, 집요하게 천주의 명령에 복종하려 하지 않을 때는, 스스로 통회해 그 마음을 파쇄하고서야 복종시킬 수 있다. 성경에는, 그 마음을 깨뜨려 스스로 순종하며 굴복하는 자를 천주께서 버리시지 않는다고 하였다.

따라서 죄의 회개는 사람의 마음속에서 일어나야 하며, 정기적으로 고해(告解)의 예(禮)를 행해야 한다.

(3) 죄를 회개함이 온전치 못함(悔罪不全)

진정하고 온전한 통회의 의(義)는 5개의 단서-① 천주를 위하라(爲主); ② 지극히 간절하라(至切); ③ 고칠 것을 결정하라(定改); ④ 고해를 바라라(願解); ⑤ 용서를 바라라(望赦)-를 포함하고 있다. 이들 중 어느 하나라도 빠지면 온전한 회개가 되지 못한다. 심(心)과 예(禮)가 모두 온전히 이루어져야 한다. 간절한 마음이 있다면, 예가 다소 미비하더라도 승천의 복을 얻는다.

(4) 죄의 크고 작음을 논함(論罪大小)

죄에는 죽을 죄(死罪), 미미한 죄(微罪)의 두 종류가 있다. 사죄는, 세례를 받은 후에 거듭 교계(敎誡)를 어기는 사람으로, 이러한 사람의 영혼은 비록 있으나 없는 것 같고, 비록 살아 있으나 죽은 것 같다. 미죄는, 십계를 준봉해 허물이 없는데, 세미한 곳에서 선을 다할 수 없은 경우이다. 행선(行善)의 뿌리가 남아 있어 아직은 치료할 수 있다.

(5) 죄에 대한 회개의 효과(悔罪之效)

회개의 효과를 알려면, 죄과가 몸에 끼치는 해에 대해 밝혀야 한다. 성경과 여러 성현들의 말에 의거해, 사죄(死罪)의 해 열 가지를 들고 있다.

(6) 진정한 회개를 계발함(啓發眞悔).

진심어린 통회를 하는 방법 8가지를 들고 있다.

(7) 회죄경(悔罪經)

죄에 대한 회개는 사람의 자발적이며 거짓 없이 참된 정성에 있지 말에 있지 않다. 그런데 사람이 성경을 입으로 암송하면, 밖으로부터 속마음(感衷)을 느끼며 통회는 더욱 쉽게 발한다. 그러므로 회죄 성경을 열거한다고 하고 있다. 여기에는 "나의 주 예수 그리스도. 당신은 진정한 천주이다."고 밝히고, 죄과에 대한 보상을 통해 죄의 용서를 내려주시고 항상 지켜주시기를 기다린다는 것을 언급하고 있다.

(8) 해죄와 관련된 문답(悔罪問答)

여기에서는 죄의 회개와 관련된 다양한 사례들에 대해 질문과 답변의 방식을 통해 설명하고 있다.

권2하

(9) 잘못을 고침을 논함(論改過): 잘못을 고치는 좋은 방법(改過良規)

죄를 회개하는 것은 잘못을 고치기 위한 것이다. 만약 천주의 용서를 받은 후 다시 범했다면, 그 죄는 더욱 무겁다. 잘못을 고침에는 반드시 천주의 도움에 의뢰해야 한다. 그러므로 매일 성경을 계속 외워, 유혹에 빠지지 않도록 해달라고 구해야 한다. 또한 선한 마음을 발하여 실제적인 공로를 세움으로 주 예수와 여러 성인의 훌륭한 자취를 간절히 본받아야 한다고 하고, 8가지 방법을 제시한다.

(10) 정절을 지키며 음란을 막는다(守貞防淫).

사람의 마음의 병 가운데 색욕의 병이 가장 비참하다. 비록 성현(聖賢)이라도 막기가 어려우니, 천주의 보살핌이 있어야 한다고 하고, 이러한 은혜를 받고자 하면, 생각해 두기(存想)의 공로와 본받기(履蹈)의 공로를 써야 한다고 하고, '생각해 두기(存想) 12단서(端)'와 '본받기(履蹈)의 7단서(端)'을 제시하고 있다. '생각해 두기 12단서'에는 '더러운 쾌락의 생각', '이 몸은 내가 주인이 될 수 있는 것이 아님을 생각하라', '욕망이 마음을 움직일 때에는, 훗날 죽은 뒤 무덤에서의 모습을 상상해보라.'는 등의 말을 하고 있다.

'본받기의 7단'에서는 성모(聖母)을 덕을 본받을 것과, 매일 자신을 엄하게 성찰할 것, 오관(五官)의 사용을 스스로 삼갈 것, 다윗(達味德), 솔로몬(撒辣茫), 삼손(三箣)의 예를 들면서, 색욕의 죄를 도피하고서야 이길 수 있다는 등의 말을 하고 있다.

3) 권3 고해를 논함(論告解)

(1) 고해 성사로 죄의 사함을 얻는 것의 본래 의미(解罪原義)

사람의 죄에는 원죄(原罪)와 자범죄(自犯罪)가 있다. 자범죄는 망념(妄念), 망언(妄言), 망행(妄行)의 세 항목으로 귀착된다. 성심으로 자범죄를 통회해 영세(領洗)한 후, 또 죄를 범함이 있다면, 다시 성세(聖洗)를 받아 멸하기를 구(求)할 수 없으므로, 따로 해죄례(解罪禮)를 행해야 한다고 하고 '해죄례의 근거'와 '해죄례의 담당자'로 비숍(俾斯玻)과 신부(撒責爾鐸德[8])에 대해 언급하고 있다.

(2) 죄를 풀 때 일어나는 의문들(釋罪疑問)

여기에서는 해죄례를 반드시 해야 하는 이유, 사교(司教)의 앞에서의 고해가 갖는 문제, 사람이 천주의 용서하고자 하심을 보고 쉽게 죄를 범하는 문제, 고해 때 사실대로 고하려 하지 않는 문제 등등에 대해 질문과 답변의 형식으로 설명하고 있다.

(3) 해죄 관련 일(解罪事宜)

여기에서는 실제 해죄와 관련된 여러 사례들에 대해, 질문과 답변이 이어지고 있다.

(4) 해죄의 사정(解罪情節)

해죄례를 행함에는 16개의 단서로, '대면하듯이(直)', '겸손하게(謙)', '집중해서(純)', '진실하게(實)', '매일매일(恒)', '간결하게(去文飾)', '거침

---

8) 살책이탁덕(撒責爾鐸德) : Sacerdote의 음역(音譯), 간칭(簡稱)「鐸德」, 후에 사탁(司鐸); 교화를 담당하는 사람이라는 뜻. 신부(神父)의 '眞道로 만민을 교화한다'는 직무(職務)를 아주 잘 배합한 것. '本地化'의 번역 과정을 보이는 것.

없이(通達)', '참된 마음으로(發本情)', '부끄러움을 갖고(羞愧)', '완전히 (全)', '은밀히(密)', '애절하게(哀切)', '곧바로(速)', '강인하게(剛)', '뉘우치며(自責)', '순종(順命)'을 들고 있다.

(5) 해죄한 후에 다시 보완함(解罪復補)

고해가 완전하지 않으면, 헛된 것이 되고 이는 불완전하게 해(解)한 죄를 또 하나 증가시킨 것이므로, 반드시 다시 보완해 고함으로써 용서를 구해야 한다고 한다.

(6) 해죄한 내용은 누설하지 않는다(解罪不洩)

신부나 탁덕(鐸德)은 듣고서 비밀을 지켜야 한다. 해죄(解罪)한 본인에게도 다시 그에 관해 말해서는 안 된다. 이로써 해죄자(解罪者)는 안심하고 모두 말할 수 있다. 입에서 벗어난 말은 천주와 신부만 알고 타인은 결코 모르도록 한다.

(7) 해죄의 예규(解罪禮規)

천주교 신자(奉敎者)가 자신의 죄를 해(解)하려 할 때의 절차와 방법을 보여주고 있다.

4) 권4 보속을 논함(論補贖)

(1) 보속의 본래 의미(補贖原義)

인간이 천주에게 죄를 지었으면, 반드시 진심으로 통회하고 실토해 해(解)를 구해야 하는데, 이미 해한 후, 죄의 결과에 대한 보상을 수행하지 않으면 해죄의 공로는 결함이 있게 되어, 해죄의 온전한 예라고 할 수 없다.

(2) 속죄의 세 가지 공로(贖罪三功)

사람이 천주께 죄를 짓는 근원으로, 몸이 편안히 즐기는 것을 사랑함, 재리(財利)를 탐함, 오만이다. 이러한 죄에 대한 보상(補罪) 방법은 재계(齋戒)하여 스스로 고통을 주는 것, 재물을 베푸는 것, 마음에 두려움을 갖고 여러 덕·의(德義)를 닦는 것이다.

인간 만물은 모두 정신·혼백(神魂), 육체, 세상 물질(世物)의 세 가지 종류로 귀속된다. 나를 공격하는 원수 역시 세 가지가 있으니, 마귀(邪魔), 즐기고 좋아하는 욕심(嗜慾), 탐욕과 인색함(貪吝)이다.

인간은 주께, 남에게, 그리고 자기에게 죄를 짓는다. 그러므로 세 가지 공로가 있어야 한다고 한다. 그 세 가지 공로는, 1) 기도와 간구로 악마(邪魔)를 이기는 것; 2) 금욕을 통해 욕심(嗜慾)을 이기는 것; 3) 물질을 베풀어 남을 구제하여 탐욕과 인색함을 이기는 것이다.

주 예수는 이 세 가지 공로를 '의(義)'라고 표현하셨다고 하고, '의'를 행할 때 지켜야 할 도리를 말하고 있다. 예를 들면, 남이 모르게 베풀 것, 은밀하게 기도할 것, 금식할 때 초췌한 모습을 보이지 말고 오히려 단정히 하라는 것이다.

(3) 애긍과 구제를 베풂이 속죄의 첫 번째 공로임을 논함(論哀矜施濟爲贖罪之第一功).

덕(德)은 인(仁)을 최고로 하는데, 인의 작용(用)에는 두 가지가 있다. 마음속에 있는 것을 애긍, 밖에 있는 것을 물질을 베풂(捨施)이라 한다. 양자는 반드시 모두 오로지 천주를 위함에서 나와야 비로소 공덕을 이룬다(오른손이 베푼 것을 왼손이 알게 해서는 안 된다).

애긍에는 유형적인 외적으로 드러나는 것과 내적 영혼에 대한 애긍으로 나뉘며, 애긍하여 구제를 베푸는 공로에는 10가지의 묘의(妙義)가 있다고 한다. 그리고 이 10가지 중 가장 궁극적인 것은 "사후(死後)에 무궁한 진복을 얻는 것"이다.

(4) 재계하고 마음을 괴롭힘이 속죄의 두 번째 공로임을 논함(論齋戒苦心 爲贖罪第二功).

사람의 세 가지 원수 중, 죄과에 유인해 들이는 것으로 그 가까운 것이 육체의 정(情)이다. 이 원수를 구제(驅除)하고자 함에, 재계·고심 (齋戒苦心)함으로써 이겨내는 것이 가장 좋은 방법이다.

재례(齋禮)에는 세 가지가 있으며, 각각에는 그 행해야 할 까닭이 있다고 한다. 지재(持齋)⁹⁾는 사람의 계명에 의한 것이 아니라 각자의 역량에 따라서 행하는데, 이는 천주께서 기뻐하는 것이나 마귀(邪魔)가 싫어하는 것이니 우리에게 크게 유익되는 바가 있다고 한다. 그 결과 희열의 얼굴을 하게 되고, 주 예수를 본받으며, 조용히 천주께 향하여 보좌하며, 물질을 베풀며, 명예를 구하지 않게 된다고 한다.

그리고 지재에는 심재(心齋), 구재(口齋), 신재(身齋), 미재(味齋)의 네 가지가 있다고 한다.

(5) 천주께 받들어 기도함이 속죄의 세 번째 공로임을 논함(論奉禱天主爲 贖罪之第三功).

우리는 경건하게 천주를 받드는 것이 제선(諸善)의 뿌리가 됨을 인정하는데 힘써야 한다. 천주를 인정한다면, 그 은덕을 느끼고 보답하고 따르겠다는 마음을 품어야 한다. 경건하게 받든다면, 그 명령을 감히 범하지 않고, 혹 조금이라도 범했다면, 용서를 구해야 한다. 천주께서 나를 창조하고 지키고 깨우치신 헤아릴 수 없는 큰 은혜는 군

---

9) 지재(持齋) : 종교적인 이유로 육류나 특정 음식을 삼가다.

주·부모·스승과 비할 수 있는 것이 아니다. 이 은혜는 몸을 죽여도 보답하지 못한다. 진실되게 인식하고 경건하고 성실하게 받들어 섬길 수 있어야 나의 본분을 다할 수 있을 따름이다. 영원히 계율을 지키며 기쁘게 받드는 것이 천주께 기쁨을 줄 수 있다.

(6) 고행하며 수행함에 천주께 의지해야 죄를 보상받는다(論苦修必賴天主寵有方爲補罪).

고생을 참아내며 죄를 보상(補罪)하는 우리의 공로는 아주 미미하여 아름답다고 하기에는 부족하다. 천주께서 불쌍히 여기고 사랑하여 그 것을 받아들여야 용서를 바랄 수 있다.

성바오로(保琭)은, "가산(家産)을 다 써서 모두 가난한 자들에게 베풀며 자신의 몸에 고통을 극하게 하려 불에 태운다고 할지라도, 천주의 사랑을 얻지 못하면, 끝내 무익한 것이다."[10]라고 하였다. 성경에서, "악인의 제사는 천주께서 싫어하신다."고 하였다.

(7) 여러 의혹을 자세하게 풀음(細釋諸疑).

죄를 보상하는 것(補贖)과 관련된 다양 사례들에 대한 질문과 답변이 이루어지고 있다.

(8) 전대의 신자는 어떻게 그 몸을 스스로 꾸짖음으로써 자기의 죄를 속했는가를 논함(論前代奉敎者何如自責其身以贖己罪).

성경에 이르기를, 이 세상에서 그 몸을 사랑하는 자는 진실로 그 몸을 미워하는 것이고 이 세상에서 그 몸을 미워하는 자는 진실로 그 몸을 사랑하는 것이라고 하였다. 본향에 도달하기를 바라며 몸이 사물에 끌려 그릇될 것을 염려하고, 속히 도달할 수 없음에 대해 근심과 걱정으로 자

---

10) 1코린 13;13 이하 참조.

신을 엄하게 책망한 성인(聖人)들을 만분의 일이라도 본받는다면, 크게 지혜롭고 분별 있는 자가 되고 무궁한 진복을 바랄 수 있다고 한다.

4. 의의 및 평가

알레니의 『삼산논학기(三山論學記)』가 유교 지식인들에 대한 천주교의 주요 교리에 관한 설명서라고 한다면, 『척죄정규』는 거기에서 한 단계 더 나아가 신실한 교인이 천주의 구원을 얻기 위해 거쳐야 하는 성찰, 통회, 고해, 보속이라는 성례의 네 과정에 대해 다양한 예를 들어가면서 설명한 것이다.

알레니는 오랜 동안 복건성에 전교할 뜻을 갖고 있었고, 섭향고의 초청으로 1625년 복건성 복주에 들어가 복건에서 최초로 천주교에 관한 가르침을 편 자가 되었다. 그는 복주의 고관, 학자들과 사귀면서, 그들의 칭송을 받았고 사대부들과의 변론을 통해 세례를 받은 자들도 많이 나오게 되었다. 알레니에 대한 사대부 지지자들은 시로써 알레니 개인과 그가 들여온 천주교에 대해 찬미하고 선전하였다. 이들 시들을 모아 편집한 것이 『민중제공증태서제선생시초집(閩中諸公贈泰西諸先生詩初集)』인데, 여기에 시를 올린 71명 중 10명이 복주 사람이었다.[11] 『척죄정규』가 1627년에 복건성 복주에서 발간된 것은 이러한 상황 속에서 나온 것이 아닌가 한다.

알레니는 중국 전통의 참회 관습인 공과격(功過格)의 가치를 부정하고, 참회는 우리의 죄를 용서할 수 있는 유일한 분이신 천주를 향할 때에만 효과적일 수 있다고 한다. 천주교인들은 선행을 기록하는 것

---

11) 方豪, 『中國天主教史人物傳』 第1冊, 香港公敎眞理學會, 1970, 188쪽.

이 7죄종 중의 첫 번째인 오만한 행위이기 때문에 죄과들만을 기록하기 때문이다.

공과격 체제에는 그리스도교의 회개 매뉴얼과 유사성이 있다. 천주교는 다만 부정적 행위들에 대해서만 하고 있지만, 양자는 많은 행위 사례들을 체계적으로 범주화하고 있다. 공과격에 제시된 201개 항목에 달하는 죄들은 십계와 7죄종에 따라 정리된 알레니의 『척죄정규』에 포함되어 있다.

알레니는 『척죄정규략(滌罪正規略)』으로 1권으로 된 작은 판본을 발행했는데, 이 책에는 죄의 목록들이 나열되어 있고, 간단한 회개 안내서로서, 4권으로 된 원래 판본보다 더 넓은 지역으로 확산시키고자 하는 의도에서 나왔을 것이다. 죄에 대한 전반적인 정리와 분류에서, 알레니의 회개 매뉴얼(설명서)은 서양의 모델을 따르고 있다. 그러나 중국인 개종자들에 의해 사용되어야 했으므로, 그 내용은 철저하게 중국적 환경에 적응되었다.

예수회 선교사들과 유학자 개종자들은 천주교 교리가 정통 유교도덕 원칙들과 충분히 일치되며, 실제로 그것들을 실현하는데 기여할 수 있다고 주장해 왔다. 예를들어 천주교 자료에 보이는 죄의 목록에서 가장 무거운 죄는 효의 결여이다. 그 외에 신분이 낮은 자가 윗사람에게 복종하지 않는 것; 학생이 스승에게 복종하지 않는 것; 백성들이 관부(官府)의 법을 어기는 것; 부인이 남편을 섬기지 않는 것; 가장(家長)이 자신의 노비를 잘못 다루는 것; 남편이 부인에게 일용할 물품들을 공급하지 않는 것 등은 죄를 짓는 것이다. 알레니는 사회적 불평등이 자연스런 것이며, 천주에 의해 의도된 것이다. 그리고 가난한 자들이 없다면, 어떻게 부유한 자들이 물질을 베풂으로써 공로를 이룰 수 있겠는가라고 하였다.[12]

유일한 예외가 축첩에 대한 절대적 금지이다. 죄의 목록에서, 축첩은 남색(男色), 외설물을 즐기는 것, 그리고 사창가에 가는 것보다도 더 높은 순위에 있다. 정상적인 결혼 생활로 아들을 얻지 못한다고 할지라도, 축첩은 안 된다고 하고 있다. 이러한 축첩의 금지는 중국에서 심각한 문제와 논쟁을 야기시켰다. 많은 중국인들이 천주교가 부도덕하다고 여긴 것은 효자는 아들을 얻기 위해 모든 수단을 강구해야 한다는 유교 원칙에 반했기 때문이다.

유교 세계에서, 도덕적 좌절을 겪고 반성하는 유학자들에게, 유일한 해결책은 자기 수양의 강화였다. 신의 응벌, 용서하는 초인적인 힘, 신부, 그리고 구속(救贖) 의식(儀式)이라 것은 없었다. "하늘에 죄를 짓는다(得罪於天)"는 개념은 있었지만, 여기에는 분명하게 정의된 종교적 내용과 의식적(儀式的) 표현이 결여되어 있었다. 감정만 있었지, 의식적으로 충분히 발달되지 못하였다. 여기에 천주교가 들어와 그 틈새를 채워줄 수 있었다. 천주교는 죄와 하나님의 응벌의 본질에 대해 일관된 신앙을 제공했을 뿐만 아니라, 몇 가지 유력한 의식들-세례, 고해와 성찬식과 같은 성례들-을 제공했기 때문이다.[13]

서양 기독교 전통 중의 '기억(記憶)'에 대한 중시가 이 책에서 보이고 있다. 기억은 고해와 해죄의 전통에 있어서 매우 핵심적인 부분이다. 만약 자신의 말과 행위를 명료하게 기억해 낼 수 없다면, 완벽한 고해를 진행할 방법이 없다. 그러므로 교인들은 기억술을 발전시켰는데, 중국 전교에서 마태오 리치는 기억술에 뛰어나 한 때 이름이 세상에 널리 알려졌다. 『척죄정규』에서도 진정한 고해와 완벽한 참회를 하고자 한

---

12) 艾儒略, 『口鐸日抄』; 『耶穌會羅馬檔案館明清天主教文獻』第7冊, edited by Nicolas Standaert(鐘鳴旦), Adrian Dudink(杜鼎克), 臺北 : 台北利氏學社, 2002, 卷1, 18b; 卷2, 31a.

13) Erik Zürcher, *Buddhism in China-Collected Papers of Erik Zürcher*, edited by Jonathan A. Silk, Leiden·Boston: Brill, 2013, 628~634쪽.

다면, 제일 먼저 과거에 저지른 잘못을 온전하게 기억해 내야 한다고 한다. 이와 관련하여 일기가 도움이 되는데, 이는 선악 투쟁의 과정을 기록함으로써 과오에 대한 회개의 완벽을 구하거나 혹은 자신 및 지도자가 반성 및 교도(教導) 때 완벽한 기록을 제공하기 위한 것이다.[14]

5. 조선에 끼친 영향

정조 15년(1791)에 천주교 서적을 소각했을 때 외규장각(外奎章閣) 수장(收藏)의 중국본(中國本)이 화(禍)를 당했으며,[15] 신유사옥(1801) 때 한신애(韓新愛)의 집에서도 2권이 발각되었다.[16] 따라서 정조 6년(1782) 이전에 조선에 전래되었다.[17]

이 책은 한글로 번역이 이루어졌는데, 그 시기는 확실하지 않다. 필사본으로 남아있는 한글번역본은 한국교회사연구소에 소장되어 있다. 지질 등을 감안할 때 아마도 19세기 후반에 한문으로 된 원본으로부터 한글로 번역된 것으로 생각된다. 그러나 한글번역본은 필사본으로 남아있지 간행되지 않았다.

이 책의 제1권에서는 천주십계를 제시하면서 각 계명별로 저촉되는 죄의 종류를 제시해 주고 있다. 이와 같이 계명별로 성찰을 유도하는 방법은 1864년에 간행된 "성찰기략"과 같은 박해시대의 양심성찰서에

---

14) 王汎森, 『權力的毛細管作用: 淸代的思想, 學術與心態』, 台北: 聯經出版社, 2014, 286~287쪽.
15) 『江華府外奎章閣奉安冊寶譜略誌狀御製御筆及藏置書籍形止案』, 寫本, 正祖 19年, 張 22-25.
16) 『邪學懲義』, 影印本, 서울: 韓國敎會史硏究所, 1977, 379~380쪽.
17) 배현숙, 「17·8世紀에 傳來된 天主敎書籍」, 『교회사연구』 제3집, 한국교회사연구소, 1981.

직접 영향을 미친 것으로 생각된다. 이 책은 박해시대에 우리 나라에 소개되었던 고해성사와 관련된 책자 가운데에서는 가장 풍부한 내용을 담고 있어서, 그리스도교의 새로운 윤리의식을 조선에 심어주는데 큰 역할을 했을 것이다.

윤리의식은 인간이나 사회에 관한 생각과 직접 연결된다. 이 책을 통해 제시된 그리스도교의 윤리는 유교 가치관에 입각한 당시 사람들의 생각과는 상당한 차이를 드러내는 것이다. 그리스도교 신도들은 이 책을 비롯한 교회의 윤리서에 근거하여 윤리기준을 새롭게 정하고자 했다. 그리고 이 새로운 윤리를 실천해 가면서 봉건주의의 병폐에 찌든 사회를 바꾸어보려 한 것이다. 박해시대의 신도들은 그리스도교 윤리를 통해서 인간의 평등성을 실천해 나갈 수 있었다. 그리고 드러나는 결과만을 가지고 선(善)이나 악(惡)을 가늠하지 않고, 선을 추구하는 과정에서 윤리성을 발견하는 지혜에 관하여 새롭게 일깨울 수 있었다. 선과 악에 대한 이러한 견해는 전통윤리에서 간과되고 있는 부분이었다.

박해시대 신도들이 실천한 그리스도교 윤리는 새로운 인간관과 사회관 그리고 하느님에 대한 인식을 제시했고, 이를 강화시켜 주었다. 당시 그리스도교 윤리는 결코 근대적 가치만을 함축하고 있는 것은 아니었다. 오늘날 윤리학자들은 서양의 중세 신학 사조에서 파생된 박해시대 당시의 그리스도교 윤리를 죄론(罪論, peccatology)이라고 격하한다. 당시 그리스도교 윤리에 근대적 요소가 많지 않았다 하더라도, 『척죄정규』 등을 통해 제시된 그리스도교 윤리가 유교 지상주의 조선사회에 미친 영향은 대단히 컸다.[18]

〈해제 : 송요후〉

---

18) 조광 이냐시오, 「새로 세운 윤리의 기준 : 척죄정규(滌罪正規)」, 『경향잡지』, 1995.

참 고 문 헌

1. 단행본

[法]榮振華著, 耿昇(譯), 『在華耶穌會士列傳及書目補編』, 北京: 中華書局, 1995.

Nicolas Standaert, Handbook of Christianity in China Volume One: 635-1800, Leiden; Boston; Köln: Brill, 2001.

Albert Chan, S.J., Chinese Books and Documents in the Jesuit Archives in Rome: A Descriptive Catalogue Japonica-Sinica Ⅰ-Ⅳ, Routledge, 2015.

2. 논문

배현숙, 「17·8世紀에 傳來된 天主教書籍」, 『교회사연구』 제3집, 한국교회사연구소, 1981.

『천주실의(天主實義)』

분류	세부내용
문 헌 종 류	한문서학서
문 헌 제 목	천주실의(天主實義)
문 헌 형 태	목판본
문 헌 언 어	漢文
간 행 년 도	1603년
저 자	마태오 리치(Matteo Ricci, 利瑪竇, 1552~1610)
형 태 사 항	285면
대 분 류	종교서
세 부 분 류	천주교 교의서
소 장 처	臺灣 國立中央研究院 歷史語言研究所 Bibliotheque Nationale de France Bibiotheca Apostolica Vaticana 가톨릭대학교 성신교정 도서관 한국교회사연구소
개 요	보유론(補儒論)적 적응주의 선교 사상을 집약해서 신의 존재와 천주교에 관해 논설한 교의서.
주 제 어	서사(西士), 중사(中士), 천주(天主), 영혼불멸(靈魂不滅), 천당(天堂), 지옥(地獄), 상성벌악(賞善罰惡), 천주강생(天主降生)

1. 문헌제목

『천주실의(天主實義)』

2. 서지사항

  그리스도교가 유학을 보완해 준다는 예수회의 보유론(補儒論)적 적응주의 선교 사상을 집약한 마태오 리치(Matteo Ricci, 利瑪竇, 1552~1610)의 저서이다.

  『천주실의』는 루지에리(Michele Ruggieri)가 리치와 함께 1583년 조경(肇慶)에 도착해 이듬해 『천주실록(天主實錄)』(후에 『천주성교실록(天主聖教實錄)』으로 개칭)을 발간할 때부터 당시 예수회 동양순찰사(Visitator) 발리냐노(Alexandro Valignano)의 지시로 기획된 책이다. 단지 『천주실록』이 불교를 의식하며 육화·속죄 등 계시 신학적 내용을 전하는 반면, 『천주실의』는 유교를 의식하며 불교와 도교에 대한 비판적 입장에서 자연 이성(ratio natura)에 기반을 두었다. 따라서 『천주실록』은 중국에서 보편화 되지 못하고 유가사상과의 연관성을 이끌어내지 못했다는 한계가 있어, 이에 리치가 『천주실록』을 대폭 수정하여 전체 8편, 상하 2권의 『천주실의』를 새로 저술한 것이다. 따라서 『천주실의』는 중국 선교를 시작한 예수회 선교사들의 사상적 적응주의 과정을 명료하게 보여주는 단적인 예로서도 그 의의가 크다.

  『천주실의』는 1593~1596년 사이 저술되어 1603년 북경에서 제1판본이 간행되었다. 이 책이 북경 일원 중국 지식인들에게 급속히 유포되며 입교자가 나타나자 발리냐노가 1604년 광동성 소주(昭州)에서 제2판본 간행을 독려하였고, 그 후 1607년 천주교인 사대부 이지조(李之藻)가 항주(杭州)에서 제3판본을 간행하였다.

  현존 『천주실의』는 1603년 판각본을 1607년 항주에서 제3판본으로 간행한 것이다. 1965년 대만 학생서국 출판 이지조, 『천학초함(天學初函)』권1에 수록되어 있다. 총 285면(상권: 서문 및 발문 26면 포함 140

면, 하권: 145면)으로 1면 9행, 1행 20자다. 이지조의 3판 서문(「天主實義重刻序」, 1607), 풍응경(馮應京)의 초판 서문(「天主實義序」, 1601), 마태오 리치의 서문(「天主實義引」, 1603), 왕여순(王汝淳)의 3판 발문(「重刻天主實義跋」, 1607)을 갖추었다.

본 해제 저본은 위의 이지조(李之藻), 『천학초함(天學初函)』 卷1 (杭州 1607 重刻本)의 1965년 대만 학생서국(臺灣 學生書局) 간행본이다.

[저자]

마태오 리치(Matteo Ricci)의 중국 이름은 이마두(利瑪竇), 자는 서태(西泰)이다. 1552년 10월 6일 이탈리아 교황청 소속령 마체라타(Macerata)에서 출생하였다. 1561년 마체라타 예수회 초등학교에 입학하며 9세에 처음 예수회와 인연을 맺었다. 1568년 로마에서 법학 공부를 시작하였으나 3년 후인 1571년 예수회에 입회하여 로마 예수회 성 안드레아 신학원에 입학하였다. 1572년부터 1년간 피렌체 예수회대학에서 수학 후 로마로 돌아가 1573년부터 1577년까지 로마예수회대학에서 철학과 신학 수학

〈그림 1〉 마태오 리치
중국인 예수회 수사 유문휘(游文輝 1557~1633)의 1610년 작품 (소장처: 로마 예수회 본부)

했는데, 특별히 이 시기에 클라비우스 신부에게서 천문학, 역학 등을 배우고, 자명종, 지구의, 천체관측기구 제작법을 전수받았다. 이때의 학습이 마태오 리치 28년 중국 선교의 신학적, 철학적, 과학적, 기술적 기초와 기반이 되었다.

동양 전교를 자원하고 1577년 여름에 포르투갈 코임브라로 가서 이듬 해 3월의 출항을 기다리며 포르투갈어를 학습하였다. 1578년 3월 출항 직전, 포르투갈 국왕 세바스티안(Sebastian)을 알현하고 격려를 받고 3월 24일 범선 '성 루이(St. Louis)호'로 리스본을 출발 9월 13일 인도 고아(Goa)에 도착하였다. 고아에서 신학을 수학하며 라틴어와 그리스어를 강의하였고 1580년에는 코친(Cochin)에 거주하며 사제서품을 준비하여 서품을 받았다.

1581년 고아로 귀환하여 머물다가 1582년 4월 26일 고아를 출발하여 8월 7일 마카오(Macao, 澳門)에 도착하였다.

마카오에서 일 년 간 한문과 중국어 학습 후, 1583년 9월 10일 루지에리(Michele Ruggieri) 신부와 함께 중국으로 입국하여 광동성 조경(肇慶)에 안착하였고, 이듬 해 10월『곤여만국전도(坤輿萬國全圖)』를 출판하여 많은 유가 사대부 지식인들의 관심을 불러일으켰다. 그러나 1589년 조경에서 축출되어 소주(韶州)에 정착하였다. 소주에서 마태오 리치는『사서(四書)』의 라틴어 번역을 시작하며 중국어 발음의 로마자화를 시도하였고 드디어 1594년 11월 라틴어『사서(四書)』번역본을 완성하여 예수회 선교사 교과서로 활용하도록 하였다. 이때부터 승려 복장 대신 유학자 복식을 착용하기 시작하였다.

1595년 4월 18일 운하로 남경(南京)을 향해 출발하여 6월 28일 남창(南昌)에 안착 후, 11월에 첫 한문 저서『교우론(交友論)』, 이듬해 봄에는『서양기법(西洋記法)』초고를 저술하였다.

1597년 8월부터 중국 전교단(China Mission) 최초 책임자로 임명되었다.

1598년 9월 7일 북경(北京)에 최초로 입성하여 11월 5일까지 체류가 능성을 모색하였으나 거주에는 실패하고 도로 남창으로 돌아 왔으나 이듬해인 1599년에는 남경에 정착할 수 있었다. 이 때『이십오언(二十

五言)』을 편역(編譯) 하였다.

1600년 11월에 황제에게 바치는 진공품(進貢品) 중 예수의 십자가상이 있었는데, 이를 황제 저주 부적으로 오인하여 마태오 리치는 천진(天津) 감옥에 억류당하는 사건이 벌어졌다. 그러나 그것이 도리어 전화위복이 되어 이듬해 1월 24일에 북경에 들어갈 수 있었고, 마침 중국 황제를 위해 한문가사 여덟 수의 『서금곡의팔장(西琴曲意八章)』작사 기회를 얻었다.[1] 그리고 드디어 서양시계 자명종(自鳴鐘) 수리 임무를 맡아 북경 거주허가를 획득하여 북경을 중심으로 중국 전교를 시작하였다.

북경을 전교 중심지로 삼으며 많은 유가 사대부들의 후원과 도움을 얻어 본격적이고 활발한 문서선교를 펼칠 수 있어서 1602년 『곤여만국전도(坤與萬國全圖)』 개정판 출판, 이듬해인 1603년 『천주실의(天主實義)』 간행, 1607년 서광계(徐光啓)와 공동으로 유클리드 『기하원본(幾何原本)』 전반 6부 번역 출판, 1608년 『기인십편(畸人十篇)』 출판, 같은 해에 『Della entrata della compagnia Gesu e christianita nella Cina(예수회에 의한 그리스도교의 중국 전교)』 등 많은 중요 종교서를 집필하고 간행하였다.

그러나 누적된 과중한 업무로 인해 마태오 리치는 1610년 5월 11일 58세의 나이로 북경에서 사망하였다. 선교사들이 마태오 리치의 죽음과 그의 명 왕조를 위한 봉사 활동을 상소하자 만력제(萬曆帝)가 부성문(阜城門) 밖 공책란(公柵欄)에 묘역을 하사하여 안장함으로써 근대 동양에 그리스도교회를 설립하고 반석이 된 한 위대한 선교사의 일생이 마감되었다.

---

1) 서금(西琴) : 피아노의 전신 크라비어챔발로.

3. 목차 및 내용

[목차]

[내용]

서양 그리스도교 문화와 스콜라철학의 전문 학식을 갖춘 서양 학자 (西士)와 유·불·도 삼교(三敎)에 통달한 중국 선비(中士)가 총 8편 174

항목에 걸쳐 의견을 주고받으며 토론하는 대화체 문장으로 서술되었다. 중국인 학자를 통해서는 중국 신유학(新儒學) 및 불교와 도교적 관점에서 그리스도교 교의와 교리, 교회에 관해 질의, 반론을 거쳐 이해에 도달하도록 하고, 서양인 학자를 통해서는 중국 선진(先秦) 원시유학(原始儒學)에 의거해 그리스도교를 해설해서 납득시키는 호교론을 전개하였다.

권1

제1편 천주가 만물을 창조하고 그것을 주재하며 안양하심을 논함

: 천주교 교의의 근본[原]인 천지 만물을 창제하고 때에 맞추어 그것을 주재하는 자명한 신[天主]의 존재를 세 가지 논거에 의해 증명한다. 첫째 배우지 않고도 할 수 있는 양능(良能), 둘째 혼도 지각도 없는[無魂無知覺] 사물이 일정한 도수(度數)에 따라 움직이는 질서, 셋째 감각적이고 이성적이 아닌 존재가 이성적 일을 하는 것은 반드시 이성을 가진 존재가 이끌었기 때문이며 이 존재가 천주이다.

또한 시작도 없고 끝도 없는 만물의 근원인 천주의 존재와, 본래의 근원으로서의 유일한 존재인 천주를 논하고 증명하였다.

아울러 인간은 온갖 존재들보다 뛰어난 지능[靈才]을 부여받아서 안으로는 정신적 영혼을 받고 밖으로는 사물의 이치를 볼 수 있으나 신과 그 속성(屬性)에 대한 소극적 인식을 가졌음을 논하였다.

제2편 세상 사람들이 천주를 잘못 알고 있는 것에 대한 풀이

: 불교·도교를 논박하고, 유교에 대하여는 태극설(太極說)을 제외하고는 인정하는 논리를 편다. 도교의 무(無)와 불교의 공(空)은 천주의

도리에 크게 어긋나니 숭상할 수 없고, 유교의 유(有)나 성(性)은 다 알지는 못 하나 도리에 가까운 듯하다고 하였다. 태극은 하늘과 땅의 실체[天地之實]를 창조하지 못하며 만물의 제1원인에 이(理)나 태극(太極)은 해당될 수 없다고 하였다.

아울러 천주는 중국 옛 경전에서 말하는 상제(上帝)라는 것을 밝히면서, 『중용(中庸)』·주자(朱子)의 『주해[朱註]』·『주송(周頌)』·『상송(商頌)』·『대아(大雅)』·『주역(周易)』·『예기(禮記)』·『상서(尚書)』의 「탕서(湯誓)」와 「탕고(湯誥)」·『금등(金縢)』 등을 전거로 들어 증명하였다.

제3편 사람의 영혼은 불멸하여 동물[의 각혼]과 크게 다름을 논함

: 이 세상 혼에는 하품인 초목의 혼 생혼[生魂], 중품인 동물의 혼 각혼[覺魂], 상품인 인간의 혼 영혼[靈魂]이 있는데, 영혼은 생혼과 각혼을 함께 가지고 있으며 영혼은 몸이 죽어도 죽지 않고 영원히 불멸한다고 해설하였다. 그러면서 인간의 영혼과 동물의 각혼이 다른 것을 다섯 개 단서를 들어 증명하고, 영혼이 불멸할 수밖에 없는 이유도 다섯 가지로 논증하고 있다.

제4편 귀신 및 사람의 혼에 관한 이론(異論)을 분석하고, 천하 만물은 한 몸[一體]이라고 말할 수 없음을 풀이함

: 귀신과 인간의 영혼의 다름을 중국 고전에서 예를 인용하며 신령(神靈)에 대한 신앙과 인간 영혼이 신령하다는 것을 입증하였다. 또한 만물의 분류도표[物宗類圖]를 작성해서 사물들을 실체와 속성으로 구분하고 그 밖의 존재양상을 종과 류의 관계로 그린 하나의 도표로 설명하고 있다. 그러면서 천주는 무형(無形)하여 있지 않은 곳이 없으며, 모든 장소에 온전하게 존재하고 계시며[全在於全所], 각각의 부분들에

온전하게 계신다[全在各分], 라는 천주교 기본 교의를 해설하였다

권2

제5편 윤회의 여섯 방도[六道]와 살생을 금하는 오류를 논박하며 재계(齋戒)와 소식(素食)을 올리는 바른 뜻을 논함

: 윤회설의 창시자는 그리스의 철학자 피타고라스(Pythagoras)로 불교가 그것을 이어받아 '육도(六道)'설을 보태었는데 수백 가지 거짓말이 책으로 묶여 경(經)이라 불리게 되었다고 비판하며, 여섯 점 근거를 들어 윤회설을 공박하였다.

또한 만물이 모두 인간을 위해 창조되었기에 불교에서 윤회설을 근거로 살생을 금하는 것은 옳지 않다고 하였다.

아울러 재계(齋戒)와 소식(素食)의 바른 뜻과 방법을 해설하고 천주교에서의 재계와 소식의 원칙도 덧붙여 설명하고 있다.

제6편 의지는 소멸될 수 없음을 설명하고, 아울러 사후에 반드시 천당과 지옥의 상벌로써 세인들이 행한 선악에 응보가 있음을 논함

: 천주교 교의에서 중요한 참된 자유의지에서 비롯한 덕(德)과 선(善)에 대한 지향의 정당성을 유교 선비들의 수신제가인 정심성의(正心誠意)와 묶어 유교 경전을 인용해 해설하였다. 또한 『상서(尚書)』의 여러 편을 예로 들어 인용하며 중국 성인들의 가르침도 선을 권면하는데는 상(賞)으로, 악을 막는 데는 반드시 징벌(懲罰)로써 한 것처럼 천주교에서는 그 원칙을 적용하는데 단 그것은 사후 영원한 상벌로만 바르게 실현되는 것이라고 설명하였다. 따라서 천당·지옥은 반드시 있어야 하며 그 당위성을 네 가지 근거를 들어 증명하면서, 천당의 지

극한 완벽함과 아름다움, 지옥의 형벌과 재앙의 비참함도 묘사하였다.

제7편 인간 본성의 본래적 선을 논하고 천주교인의 올바른 배움을 서술함

: 중국 선비가 천주를 섬기는 올바른 도리를 묻고, 서양 선비는 인간은 선도 악도 다 행할 수 있는 존재로서 본성 자체에 본래 악이 있는 것은 아니고 다만 선의 부재 상태를 일컫는데 천주가 이런 본성을 인간에게 부여한 것은 인간을 사랑하여 선을 실천하는 공로를 늘려주기 위함이라고 해설하였다. 군자(君子)가 힘써 닦는 인의예지(仁義禮智)에 도달하려는 학문의 높은 뜻은 자기를 완성함으로써[成己] 천주의 거룩한 뜻[聖旨]으로 귀의하는 것이다. 무릇 덕은 그 핵심이 '인(仁)'인데 인이란 바로 "천주를 사랑하라, 천주를 사랑하는 것보다 더 높은 것은 없다. 천주를 사랑하는 사람은 남을 자기처럼 사랑하라!"[愛天主 爲天主 無以尙! 而爲天主者, 愛人如己也."]라고 인간성과 선악, 자유의지와 인간의 목적을 설명하며, 천주교 교의의 핵심인 천주에 대한 사랑과 이웃에 대한 사랑을 주축으로 하는 교설을 펼쳤다.

제8편 서양풍속이 숭상하는 바를 일괄하여 말하고, 서양의 성직자가 결혼하지 않는 까닭의 의미를 논하며, 아울러 천주께서 서양에 강생하신 이유를 해석함

: 서양 여러 나라는 그리스도교 도리를 배우는 것을 기본으로 삼고, 각기 다른 나라 군주라도 모두 그리스도교 도리를 보존하고 올바로 전파하기에 힘쓴다는 것, 교황의 지위와 직분, 수도회와 수도자에 대한 설명, 성직자의 독신과 그 의미, 끝으로, 원죄와 예수의 실체와 강생, 천주교 귀의로 결론지었다.

이상 8편의 내용은 천주의 존재와 그 속성을 설명하며 창조, 영혼 불멸, 천당과 지옥, 상선 벌악 등 그리스도교의 기본 교리를 풀이한 것이다. 불교와 도교의 공허한 가르침과 그 중 특히 불교의 윤회설을 배격하며. 신유학의 이(理)도 만물의 참된 본원이 아니며, 오직 천주만이 구원을 가져다줄 수 있다고 하였다. 중국 유학 고전(古典)에도 이 진실이 밝혀져 있으나 오래 잊혔을 뿐으로 이제 천주교를 통해 옳은 가르침을 다시 받아들여야 한다는 보유론(補儒論)을 근저에 깔고 있다. 말미에는 기본적이고 구체적인 서양 그리스도교의 실체를 설명하고 인간에게 부여된 자유의지의 목적이 천주와 이웃에 대한 사랑에 있음을 밝혀 그리스도교 수용을 통한 새로운 사회 규범의 실천을 강조하였다.

곧 『천주실의(天主實義)』는 자연 이성을 토대로 한 아퀴나스의 신학, 아리스토텔레스의 만물유혼설, 인간의 영혼불멸설, 불교와 도교 비판, 수덕신학에 대한 이해를 중심 내용으로 하고,[2] 그 전달방법으로는 르네상스 인문주의자들이 표방한 『플라톤의 대화(Dialogue)』형식을 빌려 중국인 사대부와 그리스도교 신학 및 스콜라 철학의 대변자 사이에 이루어지는 대화체로 구성하였다. 상대방이 질문을 하면 곧바로 답하지 않고 계속 질문을 던져 스스로 답을 찾아 가도록 유도하여 설득해 나가는 방법인 것이다.[3]

4. 의의 및 평가

『천주실의(天主實義)』를 통해서 마태오 리치는 그가 중국과 중국인,

2) 송영배, 『동서 철학의 교섭과 동서양 사유 방식의 차이』, 논형, 2004, 25~26쪽.
3) 김혜경, 『예수회의 적응주의 선교』, 서강대 출판부, 2012, 360~364쪽.

중국의 학문과 종교, 역사에 얼마나 통달하였는가를 증명해 보였다. 그리하여 이 책은 중국 지식인들의 주목을 끌며 명 말의 사상계에도 큰 영향을 미쳤다. 명대 말엽의 대표적 양명학 좌파 사상가 이지(李贄, 호:卓吾, 1527~1602)는 『천주실의』를 읽은 후 두 차례나 리치를 만났다. 성리학자들로부터 비난을 받자 그는 "후세 유가들이 왜곡시킨 성리학보다는 오히려 천주교 교리 안에 공자의 가르침과 더 가까운 교의가 있음을 발견했을 뿐"이라고 하였다.[4] 그는 리치와의 만남을 통해 자신의 신념을 더욱 강화하게 되었다.

또한 『천주실의』는 많은 유가 사대부들이 서학을 신앙으로 받아들이도록 한 계기가 되었고, 그러나 동시에 다수 유학자와 불교 승려들의 반(反)서학·반(反) 천주교 현상을 야기 시켰다.

나아가 『천주실의』는 조선, 일본 등 한자문화권 이웃나라에도 출간 직후부터부터 널리 전파되어 서학과 그리스도교 수용을 촉진시켰다.

한편 유럽 각국에서도 『천주실의』는 동양에 관한 관심과 흥미를 불러일으켜 중국유행(中國風, Chinoiserie)의 맹아가 되었다.

5. 조선에 끼친 영향

조선 지식인들은 『천주실의』에 대해 발간 직후부터 이미 지대한 관심을 표명하며 학술적 논의의 대상으로 삼았다. 유몽인(柳夢寅, 1559~1623)이 『어우야담(於于野譚)』에 『천주실의』 상·하 8편 편목을 소개하며 촌평을 실었고, 1614년 간행된 『지봉유설(芝峰類說)』에도 이수광

---

4) 신용철,「李卓吾와 마태오 리치의 交友에 관하여 : 16세기 東·西文化 接觸의 한 架橋」,『명청사연구』제3집, 명청사학회, 1994, 41~55쪽.

(李睟光, 1563~1628)이 「천주실의발문(天主實義跋文)」을 실었다. 그 후 이익(李瀷, 1681~1763)이 「발천주실의(跋天主實義)」를 통해 『천주실의』를 학문적으로 논평하며 큰 관심이 불러 일으켜, 제자 신후담(愼後聃, 1702~1761), 안정복(安鼎福, 1712~1791), 이헌경(李獻慶, 1719~1791) 등이 『천주실의』를 위시한 한문서학서를 연구하여 신후담은 『서학변(西學辨)』, 안정복은 『천학고(天學考)』와 『천학문답(天學問答)』, 이헌경은 『천학문답(天學問答)』등을 통해 유학적 관점에서 이 책을 비판하였다. 조선 후기의 탁월한 수학자 홍정하(洪正河, 1684~?) 역시 『천주실의증의(天主實義證疑)』를 통해 비판하였다.

그러나 한편, 세계교회사에 유례없는 1784년 한국 천주교회의 자생적 창설은 『천주실의』가 단초가 된 서학연구의 연장선상에서 이루어진 결과다. 이벽(李檗, 1754~1786), 권철신(權哲身, 1736~1801), 권일신(權日身, 1741~1791), 이승훈(李承薰, 1756~1801), 정약종(丁若鍾, 1760~1801), 정약용(丁若鏞, 1762~1836) 등 남인 소장학자들은 『천주실의』의 논설을 그리스도교 교리로 이해하며 신앙으로 승화시켜 신앙 실천운동을 일으켜서, 조선 천주교회 창설에 이 『天主實義』가 결정적 영향을 주었다.

조선에서는 교회 창설 후 한문을 모르는 서민층을 위해 한글 『텬쥬실의』가 번역되어 사본으로 다량 유포되었다.

〈해제 : 장정란〉

참 고 문 헌

1. 사료

『天主實意』, 吳相湘(主編), 影印本 『天學初函』 卷一, 臺北, 學生書局, 1965
마태오 리치(利瑪竇), 송영배 등(역), 『천주실의』, 서울대학교 출판부, 1999.

2. 단행본

최소자, 『동서문화교류사연구』, 서울: 삼영사, 1987.

조너선 스펜스, 주원준(역), 『마태오 리치, 기억의 궁전』, 이산, 1999.

徐宗澤 編著, 『明淸間耶穌會士譯著提要』, 臺北: 中華書局, 1949.

榮振華 著, 耿昇 譯, 『在華耶穌會士列傳及書目補編』, 北京: 中華書局, 1995.

Joseph Dehergne, Répertoire des Jésuites de Chine de 1552-1800, Institutum
Historicum Letouzey & Ane, Roma Paris, 1973.

3. 논문

김동찬, 「利瑪竇(Matteo Ricci)의 中國宣敎와 補儒論: 天主實義를 中心으로」, 가
톨릭대학교 석사학위논문, 1973.

김혜경, 「마태오 리치의 적응주의 선교와 서학서 중심의 문서선교의 상관성에
관한 고찰」, 『선교신학』 제27집, 2011.

『칠극(七克)』

분류	세부내용
문 헌 종 류	한문서학서
문 헌 제 목	칠극(七克 또는 七克大全)
문 헌 형 태	목판본 (추정)
문 헌 언 어	漢文
간 행 년 도	1614년
저　　　자	빤또하(Diego de Pantoja, 龐迪我, 1571~1618)
형 태 사 항	433면
대 분 류	종교
세 부 분 류	윤리 (수양서)
소 장 처	Bibiotheca Apostolica Vaticana Bibliotheque Nationale de France 가톨릭대학교 성신교정 도서관 국립중앙도서관 한국교회사연구소
개　　　요	죄악의 근원이 되는 일곱 가지 뿌리(교만, 질투, 탐욕, 분노, 식탐, 음란, 게으름)를 덕행(德行)으로 극복함으로써 자신을 이겨야(克己) 한다는 그리스도교 윤리 수행서(修行書).
주 제 어	칠극(七克), 칠죄종(七罪宗), 교만, 질투, 탐욕, 분노, 식탐, 음란, 나태, 복오(伏傲), 평투(平妬), 해탐(解貪), 식분(熄忿), 색도(塞饕), 방음(坊淫), 책태(策怠)

1. 문헌제목

『칠극(七克)』

2. 서지사항

스페인 출신 예수회 선교사 빤또하(Diego de Pantoja, 1571~1618)
가 중국에서 선교하며 한문으로 저술한 그리스도교 윤리 수양서(修養
書)이다.

『칠극』은 1614년 북경에서 총 7권으로 처음 간행되었다. 그 후
1643년 재판, 1798년에는 구베아(Gouvea)[1] 주교의 감준을 받아 제3판
이 발행되었다. 또한 1849년, 1873년에도 재 간행되고, 1857년에는 두
권으로 된 축약본이 『칠극진훈(七克眞訓)』이란 제목으로 발간되는 등
북경, 상해, 대만 등지에서 완본, 4권, 2권 등으로 편집되어 판을 거듭
해 간행되었다. 또한 1629년 『천학초함(天學初函)』 총서에 수록되어
이후 『칠극』은 한자 문화권 안에서 더욱 널리 읽힐 수 있게 되었다.

『칠극』은 서술 형식과 글자체를 통일하여 두 면(面)이 한 장(張)을
이루는 한서(漢書) 전 7권 총 433면의 방대한 저서이다.

책머리에는 서문에 속하는 4편의 글이 있다. 정이위(鄭以偉)[2]의 칠
극서(七克序), 웅명우(熊明遇)[3]의 칠극인(七克引), 진량채(陳亮采)[4]의 칠
극편서(七克篇序), 저자인 빤또하의 칠극자서(七克自序)로 총 26면이다.

---

1) 구베아(Gouvea, Alexander de, 湯士選, 1571~1808) : 포르투갈인. 성 프란치스코
　회 소속 선교사, 주교. 자(字) 자선 (子選). 1782년 교황 성 비오 10세에 의해 북경
　교구장으로 임명. 청(淸)의 흠천감정. 국자감 산학관장(國子監算學館長)으로 중국
　의 역산서 편찬에 참여. 1742년 교황 베네딕토 14세가 발표한 교서를 적용, 공자
　숭배. 중국의례. 조상 숭배를 철저히 금지시켰다. 또한 조선 전교에도 관심을 갖
　고 1794년 조선 최초의 성직자로 주문모(周文謨) 신부를 조선에 파견하였다.
2) 정이위(鄭以偉) : 명대 말기의 상요(上饒)인. 자(字) 자기(子器). 예부상서(禮部尙
　書) 역임
3) 웅명우(熊明遇) : 강서성(江西省) 남창현(南昌縣) 진현(進賢)인. 자(字) 양유(良孺).
　만력 연간 진사. 병부상서(兵部尙書) 역임.
4) 출신 미상.

이 중 칠극서는 8면으로 1면 당 7줄, 1줄 당 17자, 칠극인은 4면으로 1면 당 7줄, 1줄 당 15자, 칠극편서는 8면으로 1면 당 7줄, 1줄 당 14자, 빤또하의 칠극자서는 6면으로 본문과 동일하게 1면 당 10줄, 1줄 당 22자이다.

자서(自序) 다음 면에는 책 전체 내용의 핵심을 제시한 목차 2면을 두었다. 천주교에서 말하는 죄의 근본 일곱 가지 실마리(天主教要言罪宗七端)와 죄의 일곱 가지 실마리를 이겨내는 일곱 가지 덕(又言克罪七端有七德)을 열거하였는데, 마치 책 전체 내용의 도론 성격의 목차로 방대한 분량의 『칠극』을 읽기 시작하는 독자에게 입문(入門)의 역할을 하여 대단히 유용하다. 당시 발간된 다른 한문서학서에는 볼 수 없는 독특한 체재이다.

본문은 1면 당 10줄, 1줄 당 22자씩 썼다. 권1이 76면, 권2는 42면, 권3은 47면, 권4는 58면, 권5는 56면, 권6은 52면, 권7은 72면으로 총 403면, 서문, 내용 요약 목차, 본문, 발문(跋文)을 합쳐 총 433면에 달한다.

각 권마다에는 따로 번호를 매기지 않은 작은 항목을 두었다. 제1권 10항목, 제2권 4항목, 제3권 1항목, 제4권 3항목, 제5권 1항목, 제6권 2항목, 제7권 1항목이다.

일곱째 권의 책 말미에는 맺음말에 해당하는 왕여순(汪汝淳) 후발(七克後跋) 2면이 실려 있다.

교정, 출간은 양정균(楊廷筠)5)이 하였다.

본 해제의 저본은 1614년 이지조(李之藻) 집(輯), 『천학초함(天學初

---

5) 양정균(楊廷筠, 1557~1627) : 항주부(杭州府) 인화(仁和) 인. 자(字) 중견(仲堅), 호(號) 기원(淇園). 만력(萬曆) 20년(1592) 진사. 여러 관직을 역임하고, 1609년 강소성 남직독학(南直督學)을 끝으로 퇴임하였다. 1611년 세례명 미카엘로 천주교에 입교하였는데, 서광계(徐光啓), 이지조(李之藻)와 더불어 중국 천주교회의 삼대주석(三大柱石)으로 일컫는다. 서학 관련 저술로『대의편(代疑篇)』,『성수기언(聖水紀言)』,『효란불병명설(鴞鸞不竝鳴說)』 등이 있다.

函)』제2책(第二册) 수록『칠극(七克)』[吳相湘 (주편),『천학초함(天學初函)』(二), 臺北, 學生書局, 1965년 영인본]으로, 원 저본 책 표지가 떨어져나가 책의 판각 연도와 장소, 판각의 형태 등은 알 수 없다. 다만 목판본으로 추정한다.

현재 로마 바티칸교황청도서관(Ⅲ, 223)과 프랑스 파리 국립도서관(모리스 쿠랑 분류번호 3371호)에 소장되어 있다.

[저자]

빤또하(Diego de Pantoja, 1571~1618)는 스페인 출신 예수회 선교사로 중국 이름은 방적아(龐迪我), 호는 순양(順陽)이다. 1589년 예수회에 입회하여 1596년 사제로 서품된 후 동양선교를 자원, 일본으로 배속되어 1599년 마카오에 도착하였다. 당시 동양순찰사 발리냐노(Alexander Valignano, 范禮安)는 빤또하를 중국 남경(南京)에 있던 마태오 리치(Matteo Ricci, 利瑪竇)에게 파견하여 남경에서 마태오 리치와 함께 1600년 북경으로 가서 북경 최초의 전교 근거지를 마련하고 활동하였다.

빤또하는 수학, 천문학, 역학(曆學)에 능통하여 우르시스(Sabbatinus de Ursis, 熊三拔)와 더불어 1611년부터 명 왕조의 역법개정(修曆) 사업에 기용됨으로써 서양 선교사로는 최초로 비공식 흠천감감원(欽天監監員)이 되었다.

1616년 근대 중국 천주교 역사 상 첫 번째 공식적 그리스도교 박해인 남경교난(南京敎難)이 일어나자 빤또하는 우르시스와 더불어 박해의 부당함을 지적하는 상소문 「변게(辨揭)」를 올렸다. 그러나 지속된 교난으로 1617년 3월 우르시스와 함께 북경에서 광주(廣州)로, 광주에서 마카오로 추방되었다. 빤또하는 마카오에서 재입국을 기다렸으나 이듬해 초인 1618년 1월 47세의 젊은 나이로 병사하였다. 비록 중국에서 오랜 기간 전교하지 못했으나 빤또하는 그의 『칠극』으로 인해 '가장 위대한 스페인의 한학가(漢學家)'로 지칭된다.

3. 목차 및 내용

[목차]

없음

[내용]

『칠극(七克)』은 책의 제목에서 이미 책 전체에 담을 내용을 제시하고 있다. 즉 죄악의 근원이 되는 일곱 가지 뿌리인 칠죄종(七罪宗; 교만, 질투, 탐욕, 분노, 식탐, 음란, 나태)을 덕행(德行)으로 극복함으로써 자신을 이겨야(克己) 한다는 의미를 '칠(七)'과 '극(克)'의 단 두 단어로 함축하였다.

『칠극(七克)』은 한 권에 하나의 죄종을 다루었다. 매 권 마다 제목을 두고, 제명(題名)의 다음 줄에 제목풀이를 달아 저술목적을 도론(導論) 삼아 정의하였다. 본문에서는 먼저 해당 죄목에 관해 성찰한 후, 그 죄의 극복 방법을 제시한다.

권1

복오(伏傲-교만을 누르다)에서는 '교만은 마치 사자처럼 사나운데 이는 겸손으로 눌러야한다. (그래서) 복오편을 짓는다(傲如獅猛以謙伏之作伏傲)'고 하고, 교만이란 무엇이며 그 폐해는 무엇인지에 대해 정의하였다. 즉, 교만이란 분수에 넘치는 영화를 바라는 것으로 그 실마리는 많지만 첫째 선(善)이 자신에게서 나온다고 생각하여 하느님(天主)께 돌리지 않는것, 둘째 선의 근원이 천주임을 알면서도 자신의 공적으로 돌리는 것, 셋째 가지고 있지 않는 것을 자랑하는 것, 넷째 남을 경멸하여 자신은 뭇사람과 다르다고 생각하는 네 가지로 모을 수 있다고 하였다.

10개 항목(十支)으로 분류하여 교만을 극복하는 방법을 구체적으로 제시하였다.

- '교만을 이겨내기는 어렵다(克傲難)'.
- '겉으로 드러난 복(육신의 행복) 때문에 교만해지는 것을 경계함(戒以形福傲)'
- '마음의 덕으로 (교만을) 극복했다고 여기는 것을 경계함(戒以心德伐)'
- '(자신은 남과) 다르다고 여기기를 좋아하는 것을 경계함(戒好異)'
- '명예를 좋아하는 것을 경계함(戒好名)'
- '선함을 가장하여 명예를 낚으려는 것을 경계함(戒詐善釣名)'
- '예찬 듣는 것을 경계함(戒聽譽)'
- '귀해짐을 좋아하는 것을 경계함(戒好貴)'
- '겸손의 덕을 논함(論謙德)'
- '자신을 알아 겸손함을 지킴(識己保謙)'

권2

평투(平妬-질투를 가라앉히다)에서는 '질투는 마치 파도처럼 일어나니, 용서로써 이를 평정해야한다. (그래서) 평투를 짓는다(妬如濤起以恕平之.作平妬)'고 하였다. 질투란 남이 복된 것을 근심하고 남의 재앙을 기뻐하는 것으로 질투는 교만의 벗이다. 남의 나쁜 점을 생각하고, 남의 잘못을 헐뜯고, 남에게 재앙이 생길 것을 바라는 악(惡) 모두 질투의 갈래라 정의하였다.

4개 항목(四支)으로 경계할 것과 실행할 것을 분류하였다.

- '남의 나쁜 점을 생각하고 헤아리는 것을 경계함(戒計念人惡)'
- '남을 헐뜯는 말을 하는 것을 경계함(戒讒言)'
- '헐뜯는 말을 듣는 것을 경계함(戒聽讒)'
- '사람을 어질게 대하고 사랑함(仁愛人)'

권3

해탐(解貪-탐욕을 풀다)에서는 '탐욕은 마치 손아귀에 (물건을) 쥐고 있는 것처럼 단단한데, 베풂으로써 이를 풀어야 한다. (그래서) 해탐을 짓는다(貪如握固以惠解之作解貪)'고 하였다. 탐욕과 인색하다는 것은 끝없이 재물을 바라는 것으로 탐욕의 마음은 하늘과 땅 속 모든 물건을 얻고 싶어 하고 따라서 탐욕의 마음은 날로 깊어갈 수밖에 없다고 설명하였다.

결론으로 '베풂의 덕을 논함(論施舍德)'을 작은 항목으로 설정하여 남에게 은혜를 베푸는 최선의 방법을 제시하였다. 참된 덕을 가진 이는 무엇보다 사람을 사랑하며, 그 표징이 남에게 베푸는 것을 좋아하는 것으로 그것이 은혜가 된다고 하였다.

해탐을 극복하는 방법(一支)
- ■ '베풂의 덕을 논함(論施舍德)

권4

식분(熄忿-분노를 꺼트림)에서는 '분노는 타오르는 불과 같으니, 참음으로써 이를 꺼야한다. (그래서) 식분을 짓는다(忿如火熾以忍熄之作熄忿)'고 하였다. 분노란 원수를 갚으려는 것으로 사나운 말과 욕설, 다툼과 싸움, 살상과 지나친 형벌 등이 모두 분노에서 나오는 것이다. 분노를 없애는 참음이란 침착한 마음으로 해를 받아들이고, 나에게 해를 준 이를 미워하지 않는 것으로 착한 사람들의 갑옷과 투구이다. 세상 변화에 맞서고, 마귀들을 이겨내고, 모든 사욕을 공격하고, 모든 덕을 지키고, 분노를 막고, 혀를 묶고, 마음을 다스리고, 평안함을 기르고, 두려움을 진정시키고, 다툼을 끊고, 근심을 떨쳐버리고, 부유함의 방자함을 누르고, 가난함의 굴욕을 떨쳐버리게 하는 것이 참음이며, 높은 지위에 있으면 겸손함을 지키게 하고, 어려움에 처해 있으면 용기를 잃지 않게 한다고 설명하였다.

분노를 없애는 방법 세 항목(三支)은 다음과 같다.

- ■ '원수를 사랑하라(愛讐)'
- ■ '참음의 덕목으로 어려움에 맞선다(以忍德敵難)'
- ■ '고생과 어려움으로 덕을 늘이다(窘難益德)'

권5

색도(塞饕-탐을 내어 먹고 마시는 것을 막다)에서는 '탐을 내어 먹고 마시는 것은 마치 구렁텅이가 (무엇이거나) 집어삼키는 것과 같은데, 절제로써 이를 막아야 한다. (그래서) 색도를 짓는다(饕如壑受以節塞之作塞饕)'고 하였다. 음식과 술을 탐하는 것은 우리 몸에 가장 가까이 있는 적으로, 즐김에 절도가 없다는 것이다. 먹고 마시는 즐거움은 사람의 혀가 누리는 순간적 즐거움이며, 탐을 내어 먹고 마시는데 거리낌이 없으면 음란한 일과 게으름을 부르고 사람을 가난하게 만든다. 특히 탐도의 재앙 중 가장 큰 것은 술로서, 절도에 맞게 마시면 정신을 길러주고, 근심을 없애주며, 힘을 늘려주지만 절도를 넘어서면 거꾸로 된다. 술에 취하면 선한 생각은 모두 사라지게 되고, 악한 생각은 술에 취할수록 더욱더 생겨난다고 경고하였다.

이 편 말미에 결론 삼아 '절제의 덕을 논함(論節德)'을 작은 항목으로 설정하였다. 이 편에서는 다른 편에서와 달리 불교에서 동물의 살생과 식용을 금하는 근거로 삼는 윤회설(輪回說)과 인과응보(因果應報) 이론을 공격, 비판하고 있는 것이 특징이다.

색도의 한 방도(一支)
■ '절제의 덕을 논함(論節德)'

권6

방음(坊淫-음란함을 막다)에서는 '음란함은 마치 물이 넘쳐나는 것과 같으니, 마음을 곧고 바르게 함으로써 막아야 한다. (그래서) 방음을 짓는다(淫如水溢以貞坊之作坊淫)'고 하였다. 음란이란 더러운 재미를 즐기면서 스스로 막지 못하는 것으로, 다른 욕망은 밖에서 들어오지만 음란은 마음에서 나온다. 세찬 감정의 불길인 음욕은 한 번 일어나면 선(善)에 대한 생각, 덕(德)에 대한 바람, 의로운 행실은 모두 타서 재가 된다. 음욕은 처음은 비록 달다고 하더라도 끝이 괴롭다고 정의 내리고, 남색(男色)의 사악함에 대해 특히 역설하였다.

정덕(貞德)과 결혼의 바른 뜻(婚娶正議)을 작은 항목(二支)으로 두어 음욕에 대한 바람을 끊는 공덕인 정덕의 고귀함, 결혼의 바른 의미로서의 남녀의 동등성과 일부일처제의 정당함을 설명하였다.

방음의 두 가지(二支)
- '정결의 덕(貞德)'
- '결혼의 바른 뜻(婚娶正議)'

권7

책태(策怠-나태를 채찍질하다)에서는 '나태는 마치 둔하고 힘이 빠진 말과 같다. 부지런함으로써 이를 채찍질해야 한다. (그래서) 책태를 짓는다(怠如駑疲以勤策之作策怠)'고 하였다. 나태란 덕행을 싫어하고 두려워하는 것인데, 모든 욕망에 거리낌이 없고, 귀찮은 일을 견뎌내지 못하고, 선에 대한 굳은 자세가 없고, 여가를 바라고, 하는 일 없이 놀고, 잠이 많은 것들이 모두 그 가지라고 하였다. 하느님이 준 보물인 한정된 시간을 부여받은 인간은 왜 근면해야하는가를 특히 강조하였다. 또한 천주를 섬김에 부지런했던 사람들이 사후 받을 수 있는 보답, 나태했던 사람들이 받게 되는 고통에 대해서도 다각도에서 다양하게 해설하였다.

말미에 결론 삼아 책태의 한 방법(一支)을 제시하였다.

■ '부지런함의 덕(論勤德)'

이상과 같이 『칠극』 각 권은 모두 그 전반에서 죄의 근원인 사악(邪惡)의 본질을 밝히고 후반에는 그 악을 극복할 수 있는 방법으로서의 덕성(德性)을 제시하였다. 특히 빤또하는 각 권마다 성서를 자주 인용하고, 아우구스티누스, 프란치스코, 그레고리우스 등 성인들과 아리스토텔레스, 세네카, 소크라테스, 알렉산더 대왕 등 현인들의 사상과 교훈을 풍부하고 흥미롭게 인용하며 해설하였다.

빤또하는 『칠극』을 통해 신(神) 중심적 윤리관을 소개하였다. 당시 중국은 인간 중심 윤리관이었으나, 『칠극』에서는 논점을 하느님인 천주에게 맞추어 인간 내면에 적용되는 윤리도 천주와 연결될 때에만 의미가 있는 이상적 그리스도교 인간상을 제시하였다. 곧 예수 그리스도의 죽음과 부활 등 교리를 전하기보다 인간 세상살이에 초점을 맞추어 그 구체적 삶 안에서 사악함을 극복하고 덕을 닦는 법을 먼저 알리려 한 것이다.

궁극적으로 빤또하는 『칠극』을 통해 그리스도교적 인간상과 그 수양론을 유가 지식인들에게 소개 이해시키고, 나아가 그리스도교의 보유론적(補儒論的) 역할을 강조하면서 전교하려던 것이다. 특히 인의(仁義) 등 유교에서 가장 중요하게 여기는 용어를 자주 사용하는 것을 통해 빤또하의 집필 의도를 한층 뚜렷이 파악할 수 있다. 권4 '분노를 꺼트림' 편에서 빤또하는 "어진 이는 옳지 않은 것에 성을 내어서 그의 죄를 고쳐 그를 바꾸어 놓을 방법을 찾는다. 그 사람이 죄를 뉘우치고 고치면 분노는 가라앉는다. 성 크리소스토무스(Johannes Chrisostomus)[6]는 성을 내지

---

6) 크리소스토무스(347?~407년) : 4세기의 대표적 그리스 교부(教父). 콘스탄티노플 총대주교. 본명은 요한. 뛰어난 설교로 호소력 있게 사람들을 위로하여 '황금의 입'이란 뜻의 '크리소스토무스'로 불렸다. 386년 사제가 되어 398년까지 12년

않아야 하는데 성을 내었다면 스스로 죄를 저지른 것이고, 마땅히 성을 내어야 하는데도 성을 내지 않았다면 남을 죄에서 건져주려고 하지 않는 것이니 그 죄는 똑같다고 하였다. 따라서 이치에 맞게 성을 낸다면 이는 의(義)를 위해서 일을 하는 것이며 참으로 선(善)을 돕는 것이다. 그러나 만약 이치를 넘어서서 분수를 어기고 주인이 된다면 참으로 인의(仁義)를 해치게 될 것이다."라고 하여 유교와 그리스도교 용어를 적당히 취사선택 하여 설명함으로써 그리스도교의 보유 역할을 드러내고 있다.

4. 의의 및 평가

『칠극(七克)』은 마태오 리치의 『천주실의(天主實義)』와 함께 명·청 시대 중국과 조선 지식인들에게 가장 자주 언급된 중요 한문서학서이다.

특히 조선에서는 일찍부터 한글로 번역되어 많은 사람, 특히 천주교 신자들의 신앙생활에 큰 영향을 끼친 수양서이다.

이 책은 18세기 이래 조선의 지식인들에게 주목받았고, 조선 천주교회 창설자들에게 큰 영향을 끼쳤다.

5. 조선에 끼친 영향

『칠극(七克)』이 언제 조선에 전래되었는지는 명확하지 않다. 그러나

동안 안디옥 교회에서 목회하며 창세기, 마태복음, 요한복음, 로마서, 갈라디아 서, 고린도서, 에베소서, 디모데서, 디도서를 강해했는데, 그의 영적 해석과 실천 적 적용은 유명하다. 398년 콘스탄티노플 대주교에 추대되었다. 가톨릭과 동방 정교회, 성공회에서 모두 성인으로 추앙한다.

광해군 때 허균(許筠, 1569~1618)이『칠극』을 중국에서 가지고 왔다
는 기록이 유몽인(柳夢寅, 1559~1623)의『어우야담(於于野談)』에 실려
있어, 출간 직후 이미 조선에 전래되어 지식인들에게 읽힌 듯하며, 18
세기 중엽부터는 조선 지식인들이『칠극』에 관해 논평을 시작하였다.

이익(李瀷, 1618~1763)은『성호사설(星湖僿說)』에서 이 책이 우리
유학(吾儒)의 극기설(克己說)과 한가지라고 전제한 다음『칠극』내용을
설명하였다. 그리고『칠극』에는 절목(節目)이 많고, 설명의 순서가 정
연하며, 비유가 적절하여 간혹 유학에서 미처 발견하지 못한 점도 있
다. 이는 극기복례(克己復禮)에 크게 도움 되는 것이 있다고 긍정적으
로 평가하였다.

반면 안정복(安鼎福, 1712~1791)은『칠극』은 공자(孔子)의 가르침에
대한 주석에 불과하며, 그 안에 비록 심각한 내용이 있다 하더라도 취
할 바가 못 된다고 혹평하였다.

이익의 제자 홍유한(洪儒漢, 1726~1785)은 1770년부터 천주교의 가
르침에 따른 생활을 시도했는데, 그가 실천한 윤리 내용을 보면『칠극』
을 읽고 따른 것으로 추정된다.

1779년 주어사(走魚寺)[7) 강학 때 이벽(李檗, 1754~1786)이『칠극』을
소개하였고, 이때를 전후해 이익의 종손 이가환(李家煥, 1742~1801)과
정약용(丁若鏞, 1762~1836)도 이 책을 읽었고 특히 정약용은 마태오
리치와 빤또하의 저술을 함께 논설하였다.

---

7) 주어사(走魚寺) : 경기도 여주시 산북면 주어리 앵자봉(鶯子峰) 동쪽 기슭에 있던
   사찰. 1779년 권철신(權哲身)의 주도로 한문서학서 강학이 이루어진 장소로 한
   국 천주교회의 요람지이다. 참석자는 정약전(丁若銓)·김원성(金源星)·권상학(權
   相學)·이총억(李寵億) 등이었고 후에 소식을 듣고 이벽(李檗)이 가담하였다. 강
   학의 내용은 주로 유교경전을 통하여 우주와 인간의 근본문제를 다루는 것이었
   으며, 한문서학서를 통한 천주교 교리의 검토도 집중적으로 이루어져 천주교 신
   앙에까지 이르게 되었다. 한국민족문화대백과 참조.

윤지충(尹持忠, 1759~1791)은 1791년 진산사건으로 체포되어 전주에서 신문을 당할 때 천주교 교리를 설명하며 "『칠극』은 이러합니다. 교만을 이기기 위한 겸손, 질투를 이기기 위한 애덕(愛德), 분노를 이기기 위한 인내, 인색을 이기기 위한 희사의 너그러움, 탐식(貪食)을 이기기 위한 절식(節食), 음란을 이기기 위한 금욕, 게으름을 이기기 위한 근면, 이 모두가 덕을 닦는 데 도움을 줌이 명백하고 정확합니다."라고 하였다.

『칠극』은 한국천주교회 초창기 창설 작업에 참여한 조선 지식인들의 필독서이었고, 프랑스 선교사들 입국 이전까지 천주교 신자들의 윤리생활을 이끌어 주고 수양의 길을 가르쳐 준 대표 서적이다.

『칠극』은 교회 창설 초기부터 한글로 번역되었을 가능성이 높다. 현재 한글 번역 필사본들이 절두산순교자기념관과 한국교회사연구소에 남아 있다.

〈해제 : 장정란〉

참 고 문 헌

1. 사료

『七克』, 吳相湘(主編), 影印本 『天學初函』 卷二, 臺北, 學生書局, 1965

빤또하, 박유리(역),『칠극(七克)』, 일조각, 1978.

2. 단행본

方豪,『中國天主教史人物傳』 卷一,「龐迪我 條」, 香港, 1970.

3. 논문

김승혜,「칠극에 대한 연구」,『교회사 연구』 제9집, 1994, 한국교회사연구소.

박종홍,「서구사상의 도입비판과 섭취」,『한국천주교회사논문선집』 제1집, 한국
　　　교회사연구소, 1976.

조광,「하느님 중심의 새로운 윤리관: 칠극(七克)」,『경향잡지』 제85권 제5호 통
　　　권 1502호, 1993.

L. Pfister, Notices biographiques et bibliographiques sur les Jesuites de
　　　l'ancienne Mission de Chine 1553~1773, Chang-Hai, 1932.

『곤여도설(坤輿圖說)』

분류	세부내용
문 헌 종 류	한문서학서
문 헌 제 목	곤여도설(坤輿圖說)
문 헌 형 태	목판본
문 헌 언 어	漢文
간 행 년 도	1672년(北京 印: 金熙祚 收入指海)
저 자	페르비스트 (F.Verbiest, 南懷仁, 1623~1688)
형 태 사 항	233면
대 분 류	과학
세 부 분 류	지리
소 장 처	숭실대학교 기독교박물관
개 요	전체 2권으로 구성되어 상권은 지체지원·지구남북양극·지진·산악·강하·기행·풍·운우·사원행의 순서와 형태·인물 등을 하권은 오대주의 지리와 사해총설, 이물도와 칠기도에 대하여 해설한 세계 인문 지리서.
주 제 어	곤여(坤輿), 지체지원(地體之圓), 해외제국(海外諸國), 오대주(五大洲), 사원행(四元行), 이물도(異物圖), 칠기도(七奇圖)

1. 문헌제목

『곤여도설(坤輿圖說)』

2. 서지사항

『곤여도설』은 세계 인문 지리서로 벨기에 출신 예수회 선교사 페르비스트(F.Verbiest, 南懷仁, 1623~1688)가 1672년 상·하 2권으로 북경에서 처음 판각하였다.

그 후 1674년 판본으로 숭실대학교 한국 기독교박물관에 3종이 소장되어 있는데 목판본『곤여도설』상권과 필사본『곤여도설』상권, 『곤여도설』이다.[1] 숭실대의 필사본 둘 가운데『곤여도설 상』은 상권의 본문, 하권의 목록, 각종 도판을 배치하는 순서로 편집되어 있고, 『곤여도설』은 하권의 본문으로만 구성되어 있다. 이 필사본 둘을 서로 연결하면『곤여도설』상·하 2권이 된다. 다만 필사본은 각종 도판을 하권의 목록 다음에 배치한 점은 사고전서본(四庫全書本)『곤여도설』에 각종 그림이 하권의 가장 뒷부분에 배치되어 있는 것과 차이가 난다. 알레니가 지은 서문이 실려 있는데 이 책이 조물주의 신비로운 드러나 있는 온 세상을 문밖으로 나가지 않고도 두루 알 수 있게 해 준다는 내용이다.

해제의 저본은『사고전서』[2]에 실려 있는 목판본으로 1672년 지해영인본(指海影印本)이다. 서문이 없고 앞부분에『곤여도설』에 대한「흠정사고전서제요(欽定四庫全書提要)」가 있으며 1면당 9줄, 1줄당 19자, 총 4면으로 구성되어 있다.

---

1) 숭실대의 목판본은『곤여도설』상·하권 가운데 상권만 있는 낙질본으로 알레니의 서문이 실려 있고 표점이 있다. 첫 항목 말미에 강희 갑인년(1674)에 이 책이 간행되었음을 뜻하는 간기(刊記)가 한 줄 붙어 있으며, '곤여도' 항목 마지막 부분에 '중국과 외국을 곤여도에 배치하면서 따른 원칙'에 관한 세목이 6면 붙어 있는데, 그 끝에 강희 갑인년(1674) 남회인이 설정한 방법이라 언급되어 있다. 그러나『사고전서』본에는 이 부분이 없다.
2)『四庫全書』卷 史部 地理類 指海本.

목차는 따로 제시되어 있지 않고 『곤여도설』 상권은 앞부분에 '지해제십이집(指海第十二集)'으로 서양인 남회인이 지었음을 표기하고 있으며 1면당 9줄, 1줄당 21자, 64면이며 『곤여도설』 하권은 1면당 9줄, 1줄당 21자, 168면으로 상·하 2권은 총 233면이다.

『곤여도설』 하권의 뒷부분인 169면에서부터 214면까지는 세계 각지의 신이한 동물 23종의 그림과 해설을 담은 「이물도(異物圖)」, 215면에서 216면까지는 선박의 그림과 해설인 「해박도(海舶圖)」, 217면에서 229면까지는 7대 불가사의에 대한 그림과 해설인 「칠기도(七奇圖)」,[3] 230면에서 233면까지는 로마의 콜로세움의 그림과 해설인 「공락장도(公樂場圖)」 등을 실었다.

「흠정사고전서제요」의 서두에 "강희제(康熙帝) 관리 흠천감 감정 서양인 남회인이 지은 이 책은 상권은 곤여에서부터 인물을 아울러 살펴 15조로 나누어 살펴 천지가 만들어진 바를 말하였고 하권은 해외 여러 나라의 산천 민풍 산물을 오대주로 나누어 실었다. 끝으로 서양의 일곱 가지 기이한 그림을 실었으니 알레니의 직방외기와 서로 상세하고 생략하는 것이 비슷하기도 하고 다르기도 하다"라고 언급하였다.

[저자]

중국에서 활동한 벨기에 출신의 예수회 선교사로 자(字)는 돈백(敦伯)이다. 1641년 예수회에 입회하여 벨기에, 에스파니아, 로마 등지에서 수학하였다. 1659년 마르티니를 따라 마카오에 도착하여 이후 서안(西安)에서 전교하였다. 1660년 북경에 들어와 강희제의 총애를 받

---

3) 페르비스트는 예수회 선교사들의 지리 문헌에 등장하는 기이한 이야기만 골라 『곤여외기(坤輿外紀)』라는 별도의 책으로 편집하였다.

아 흠천감(欽天監)에서 아담 샬을 보좌하였다. 1664년 역국대옥(曆局大獄)[4] 때, 페르비스트는 고령의 아담 샬을 대신해 법정에서 서양신법과 천주교의 정당성을 변론하며 위기에 잘 대처하였다. 1665년 그리스도교 배척 운동으로 광동(廣東)으로 추방, 투옥되었다가 1666년 복직하여 죽은 아담 샬을 이어 흠천감을 맡아 공력(公曆) 제작을 감독하였다. 서양의 역법을 도입하여 중국의 달력을 고치고 북경 관상대에 천문 관측기계를 도입하였고 지리학, 지질학, 세계지도 등을 제작하였다.

천문(天文)과 역산(曆算) 관련 지식으로 강희제(康熙帝)의 신임을 얻은 페르비스트는 1669년 3월 흠천감감부(欽天監監副), 12월에는 흠천감 감정(欽天監監正)으로 임명되어 새로운 유럽식 천문의기의 제작, 감원들에게 천문학과 수학을 강학하였다. 페르비스트는 천문역법 뿐 아니라 다른 과학 기술 방면에도 많은 공헌을 하였는데 특히 그가 1674년 제작한 세계지도「곤여전도(坤輿全圖)」는 마태오 리치의「곤여만국전도(坤輿萬國全圖)」와 더불어 중국인에게 세계에 대한 새로운 인식을 확대시켰다. 페르비스트는 청 왕조를 위한 대포 주조, 외교 통역과 번역 업무도 수행하였으며, 개인적으로는 강희제의 수학, 물리학, 천문학 교사였다.

『성체답의(聖體答疑)』,『교요서론(敎要序論)』등의 교리서 저술 뿐 아니라「곤여전도」,『곤여도설』등의 지리서를 저술하였다. 또한『의상지(儀象

---

4) 1664년 8월부터 1665년 4월에 걸쳐 발생한 서양 역법과 천주교에 대한 교안(敎案). 양광선(楊光先)이 1664년 아담 샬, 페르비스트 등 당시 북경에 있던 네 명의 예수회 신부와 기타 한인천주교인 흠천감 관리들을 대청률(大淸律) 모반과 요서 저작(妖書著作) 2개조를 범한 대역죄로 고발한 사건이다. 재판 결과 1665년 3월 1일 아담 샬을 위시하여 흠천감의 교인 관리들에게 능지처사의 중형이 선고되었다. 그런데 선고 다음 날인 3월 2일과 3월 5일에 북경일원에 대지진이 발생하자 조정은 이것을 하늘이 아담 샬의 사형을 불허한다는 증거로 해석하여 3월 16일자로 사형이 감면되고 곧 석방된 사건이다.

志)』,『강희영년역법(康熙永年曆法)』,「의상도(儀象圖)」,「간평규총성도(簡平規總星圖)」,「적도남북성도(赤道南北星圖)」 등의 천문학 관련 지도와 기구서를 저술하였으며 천체의(天體儀), 황도경위의(黃道經緯儀,) 적도경위의(赤道經緯儀) 등의 의기를 제작하기도 하였다.5)

이와 같이 페르비스트를 위시한 선교사들의 조정에 대한 헌신적인 봉사로 강희제는 서양 학술과 종교 전파에 매우 관대하고 개방적 태도를 보여 1691년 3월 천주교 공허(公許)의 칙령을 내렸다. 아편전쟁 이전 그리스도교가 중국 조정으로부터 받은 유일한 관방 승인문서이다. 페르비스트는 1676년부터 예수회 중국성구회장(中國省區會長)을 맡은 중국천주교회사에서 마태오 리치와 아담 샬을 잇는 승계자였다.

오삼계(吳三桂)를 비롯한 삼번(三藩)의 난 때에는 대포를 제작하여 그 공으로 공부시랑(工部侍郞)이 되었다. 1678년 전교활동을 부흥시키기 위해 유럽의 선교사에게 공개장을 보내어 J.부베 등을 중국에 오도록 권유하여 청나라 전교 활동의 기초를 닦았다.

페르비스트는 1688년 1월 28일 65세로 북경에서 사망하였는데 강희제는 대신(大臣) 두 명을 보내 황제의 친필 조문을 낭독하게 하고 장례비와 '근민(勤敏)'의 시호(諡號)를 하사하였는데, 중국 선교사 중 황제의 시호를 받은 것은 페르비스트가 유일하다.

---

5) 이 외에도 페르비스트의 저서로는 『道學家傳』, 『妄占辨』, 『妄推吉凶之辨』, 『告解原義』, 『善惡報略說』, 『熙朝定案』, 『坤輿外紀』, 『驗氣說』, 『神威圖說』, 『測驗紀略』, 『西方要記』 등 총 20종이 있다. 徐宗澤, 『明清間耶蘇會士譯著提要』, 臺北: 中華書局, 1949 참조

3. 목차 및 내용

[목차]

없음[6]

[내용]

상권은 지체지원(地體之圜), 지구남북양극(地球南北兩極), 지진(地震), 산악(山嶽), 해수지동(海水之動), 해지조석(海之潮汐), 강하(江河), 천하명하(天下名河), 기행(氣行), 풍(風), 운우(雲雨), 사원행지서병기형(四元行之序並其形), 인물(人物) 등을 포함한다.

1) 『곤여도설』 상

「곤여도설」 항목은 '곤여[7]'에 대한 설명이다. 먼저 지형·지진·산악·해조·해수의 움직임·강하·인물·풍속·각 나라의 산물 등은 모두 마태오 리치의 책, 알레니의 『직방외기』, 바뇨니의 『공제격치』, 우르시스의 『표도설(表度說)』 등에서 간추려 뽑고 그 밖의 다른 사람들의 새로운 주장을 더하여 만든 책이라는 점을 밝힌다. 지구의 도수, 5대주의 구

---

6) 숭실대 필사본 「곤여도설」 상권(유물번호 0406,23.9x15.4)은 본문 뒤에 '곤여도설목록'이라 하여 하권의 목록에 해당하는 부분이 붙어 있고 각 그림과 해설이 있다. 7대 불가사의의 그림과 해설에는 '七奇圖說'이라는 제목이 있으나 그 외에는 제목이 없다. 후대 필사 과정에서 상권 전체에 하권의 목록과 도판 및 해설을 한 책으로 묶은 것으로 추정된다.

7) 곤여(坤輿) : 대지를 뜻하는 말로 우주를 수레에 비유하여 하늘은 수레의 덮개, 땅은 수레의 타는 부분으로 인식한 것에서 나온 말로 볼 수 있다.

분, 지구의 경위도, 사계절과 한서주야(寒暑晝夜) 등이 나라에 따라 다른 이유, 지구의 동쪽과 서쪽 간 시차, 대척점이 되는 지역, 곤여도에서 각 방향의 경위도를 결정하는 기준 등에 관하여 설명하는 내용이다.

「중국여외국재곤여도내포열지리(中國與外國在坤輿圖內布列之理)」는 나라 간의 거리, 남북의 너비 등을 산정한 근거, 채택한 원칙 등에 대하여 설명하는 내용이다.

「지체지원(地體之圓)」은 지구의 동 서 사이에 시차가 있다는 것, 지구가 네모날 때 일어날 수 있는 여러 상황을 설명하면서 지구가 둥글다는 것을 논증하는 내용이다.

「지원(地圓)」은 대지와 물이 함께 한 원구(圓球)가 되는 이유, 무거운 물체의 성질, 대지가 공중에 떠 있으면서도 떨어지지 않는 이유 등을 설명하면서 땅이 둥글다는 것을 논증하는 내용이다.

「지구남북양극필대천상남북양극불리천지중심(地球南北兩極必對天上南北兩極不離天之中心)」은 대지가 스스로 회전력을 갖추고 하늘의 양극을 향하는 것은 물건이 자석에 붙는 것과 같은 이치이고 대지는 대체로 남북 양극을 향해 달린다는 것 등을 설명하면서 땅과 하늘의 두 극이 서로 대응함을 논증하는 내용이다.

「지진(地震)」은 지진이 땅 속의 텅 빈 곳에서 일어나는 이유, 흙 속의 기운이 뜨거워져 땅이 움직이게 되는 이유, 지진의 지속 시간과 범위에 대해 설명하는 내용이다.

「산악(山岳)」은 산악의 생성과 인간에게 주는 이로움을 설명하고, 올림푸스산, 에트나화산을 비롯한 여러 나라의 유명한 산들을 열거하고 있다.

「해수지동(海水之動)」은 해수가 동서로 남북으로 흘러가는 이유 등 해수의 움직임에 관해 설명하는 내용이다.

「해지조석(海之潮汐)」은 해조의 높이가 지역에 따라 다른 이유, 해조와 달의 운행의 관계, 해조의 작용, 해수가 짠 이유 등에 관해 설명하는 내용이다.

「강하(江河)」는 강과 하천은 대부분 해수로부터 나온다고 설명하고 황하·인더스강·볼가강·나일강·아마존강 등을 비롯한 유명한 강들을 열거하고 있다.

「풍(風)」은 바람의 본질, 바람이 부는 때, 봄바람과 바다바람이 쇠를 녹슬게 하는 이유, 바람이 항상 가로 비켜 부는 이유 등에 관해 설명하는 내용이다.

「운우(雲雨)」는 구름과 비가 맺히는 모양, 우박의 크기가 다른 이유 등에 관해 설명하는 내용이다.

「사원행지서병기형(四元行之序并其形)」은 사원행(四元行)에 차례와 상하가 있는 이유, 사원행이 안정되지 못할 경우 발생하는 문제들, 사원행의 모양이 둥글다는 것 등에 관해 설명하는 내용이다.

「인물(人物)」은 적도로부터 동일한 거리에 있는 인물이 서로 비슷한 이유, 사는 곳에 따라 사람의 얼굴 모습이나 음성이 다른 이유를 설명하는 내용이다.

2) 『곤여도설』 하

하권은 오대주의 지리 개관 및 사해총설(四海總說), 해상(海狀), 해족(海族), 해산(海産), 해박(海舶) 등을 포함한다. 권말에는 「이물도(異物圖)」가 첨부되어 있는데 「동물(鳥·獸·魚·蟲)」과 「칠기도(七奇圖)」를 포함하였다.

「아세아주(亞細亞州)」는 아시아주에 대한 총론과 함께 인도[印弟亞]·페르시아[百爾西亞]·타타르[韃而靼]·실론[則意蘭]·수마트라[蘇門答剌]·자바[瓜哇]·보르네오[渤泥]·루손[呂宋]·몰루카[馬路古]·일본8)·지중해 제도에 대한 내용이 실려 있다.

「구라파(歐羅巴)」주는 유럽에 대한 총론이다. 일부일처제의 결혼제도, 소·중·대학의 교육제도, 구빈원(救貧院)·육아원(育兒院)·귀인원(貴人院) 등의 복지제도, 자발적 납세와 공정한 집행을 논하고 에스파냐[以西把尼亞]·프랑스[拂郞察]·이탈리아[意大里亞]·독일[熱爾瑪尼亞]·플랑드르[法蘭得斯]·폴란드[波羅尼亞]·우크라이나[翁加里亞]·덴마크와 주변 국가들[大泥亞諸國]·그리스[厄勒祭亞]·모스크바대공국[莫斯哥未亞]·서북해 여러 섬들[西北海諸島]에 대해 소개하는 내용이다.[9]

「리미아주(利未亞州)」는 아프리카의 이집트[阨入多]·리비아[亞費利加]·누미니아[奴米弟亞]·[카나리아섬[福島]·상투메섬[聖多黙島] 등에 대해 소개하는 내용이다.

「아묵리가주(亞墨利加州)」는 아메리고 베스푸치의 탐험에 의해 아메리카가 발견되었다는 총설에 이어 남아메리카의 페루[白露]·브라질[伯西爾]·칠레[智加]·카스티아[金加西]를 소개하고 북아메리카에 속하는 멕시코[墨是可]·플로리다[花地]·뉴프랑스[新拂郞察]·뉴펀들랜드[拔革老]·앨버타[㬤未蠟]·캘리포니아[加里伏爾泥亞]와 서북지방의 인디언[西北諸蠻方]·아메리카 여러 섬[亞墨利加諸島]에 대하여 소개하는 내용이다.

「묵와랍니가(墨瓦蠟尼加)」는 마젤란에 의해 발견되어 마젤라니카라고 하는데, 당시 사람들이 하나의 대륙으로 보고 있는 듯 하지만 저자도 이곳에 대해서 자세히 알지 못한다고 밝히고 있다.

「사해총설(四海總說)」은 나라가 바다를 싸고 있는 지중해와 바다가 나라를 싸고 있는 환해(環海)로 바다를 구분하여 설명하는 내용이다.

---

8) 알레니의 『직방외기』에는 없는 내용으로 페르비스트가 추가하여 삽입한 부분이다. 일본에 대한 지리적·민족적 특성, 토산품 등을 언급하였다.
9) 『직방외기』의 지명과 비교할 때 시간에 따른 변화를 반영하여 독일, 모스크바대공국 등에서 차이가 나며 다루는 국가를 줄여 요약적으로 제시하였다.

「해상(海狀)」은 적도아래와 북해, 동서의 두 홍해, 소서양 등의 오대양 모습을 설명하는 내용이다.

「해족(海族)」은 고래·상어·악어 등의 물고기와 바다짐승 등을 소개하는 내용이다.

「해산(海産)」은 진주조개·산호 등의 해산물을 소개하는 내용이다.

「해박(海舶)」은 대양을 항해하는 선박의 돛, 배의 둘레, 닻의 길이 등 시설물을 설명하는 내용이다

「이물도(異物圖)」는 기이한 동물 23종의 그림과 해설이다. 자바 섬의 발 없는 새, 인도의 일각수, 인도의 코뿔소, 유대의 카멜레온, 남인도의 양, 이탈리아의 비버와 독거미, 리투아니아의 획락(獲落)이라는 짐승, 독일의 도룡뇽, 에디오피아의 여우원숭이, 이집트의 나일악어, 아프리카의 사자와 하이에나, 에디오피아의 기린, 페루의 칠면조, 칠레의 소(蘇)라는 짐승, 브라질의 부리가 몸길이 정도 되는 까치, 아나콘다, 바다에 사는 날치와 서릉이라는 사람처럼 생긴 물고기, 고래와 상어 등의 그림과 해설로 되어 있다.

「해박도(海舶圖)」는 바다를 운행하는 선박의 표준 그림과 해설이다. 승선인원, 돛과 돛의 높이, 닻과 닻줄의 무게 등을 그림과 함께 간략하게 설명하는 내용이다.

「칠기도(七奇圖)」는 고대 세계 7대 불가사의인 ①바빌론성[亞細亞洲巴必鸞城], ②로도그 섬에 있는 태양의 신 헬리오스의 청동상[銅人巨像], ③이집트의 피라미드[利未亞洲厄日多國孟斐府尖形高臺], ④소아시아의 마우솔로스의 묘[亞細亞洲嘉略省茅素祿王塋墓], ⑤에페수스의 아르테미스 신전[歐羅巴洲亞嘉亞省供木星人形之像] ⑥올림피아의 제우스 신상[亞細亞洲厄弗俗府供月祠廟], ⑦알렉산드리아 파로스 섬의 등대[歐羅巴洲亞嘉亞省供木星人形之像] 등의 그림과 해설이다.

「공락장도(公樂場圖)」는 로마 원형 경기장인 콜로세움의 그림과 해

설이다.

4. 의의 및 평가

페르비스트의 『곤여도설』은 마태오 리치 이후 아담 샬과 알레니, 그리고 페르비스트로 이어지는 서양 선교사들의 축적된 업적을 집약한 것으로 평가할 수 있다.

17세기 초 마태오 리치는 「곤여만국전도」를 그리고, 이어서 알레니는 직방외기를 써 세계를 중국에 알렸으며, 그 후반 페르비스트는 『곤여도설』을 쓰고 다시 「곤여전도」를 그렸는데 『곤여도설』의 내용 중 지리 관련 지식은 알레니의 『직방외기』에서 인용한 부분이 많다.

이제까지 다방면으로 진행되었던 지식의 집적이라는 측면은 1670년 즈음 청조 강희제의 후원 아래 페르비스트의 주도로 간행된 지리서의 성격을 통해서도 드러난다.

1669년 『서방요기(西方要記)』를 시작으로 1672년 『곤여도설』을 편찬하고 1674년 이를 바탕으로 대형 양반구형 세계지도인 「곤여전도」[10]를 간행한다. 하지만 새로운 내용을 소개하기보다는 이전의 저술을 편집·종합한 성격이 강하다. 자신이 서두에서 밝힌 것처럼 그의 도설에는 지구설에 관해서는 우르시스의 『표도설(表度說)』, 4원행론을 비롯한 자연 과학 철학은 바뇨니의 『공제격치』, 세계 지지는 알레니의 『직방외기』에서 발췌한 내용이 포함되었다. 다시 말해 리치 이후 천

---

10) 곤여전도 : 1674년 북경에서 판각 인쇄한 것으로 1856년 광동(廣東)에서 중간되었으며, 규장각 도서의 목판은 이것을 바탕으로 1860년(철종11)에 다시 판각한 것이다. 이 지도는 서울대학교박물관, 숭실대학교박물관, 성신여자대학교박물관 등에 병풍으로 남아 있다.

문학, 자연과학, 지도 및 지지의 세 방면으로 나뉘어 진행되었던 그간의 저술이 『곤여도설』에 요약되어 수렴된 것이다.

중요한 변화가 있었다면 페르비스트는 자신의 업적에 공적 지위를 부여했다는 점이다. 이는 그가 새 왕조의 천문관서 흠천감의 관료가 되고 강희제의 신임을 받던 상황에서 가능했던 것이다. 그의 저술에는 '흠천감정 남회인'과 같이 그의 관직명이 부각되었는데, 천문 역법에 대한 전문성을 갖춘 관료로 공식적으로 인정받았음을 드러낸 것이다.

5. 조선에 끼친 영향

유입 시기에 대한 상세한 기록이 남아 있지는 않으나 페르비스트의 『곤여도설』은 알레니의 『직방외기』에 이어 지도와 함께 볼 수 있는 세계 인문 지리서로서 조선 학자들의 주목을 끌었을 것이다.

지수재(知守齋) 유척기(兪拓基)의 다음 기록은 중국에서 겪은 『곤여도설』 열람에 대한 일화를 직접적으로 언급하고 있다.

  "경종 원년(1721) 유척기가 왕세제(王世弟) 책봉 주청사로 연경에 들어갔을 때 수차례에 걸쳐 천주당을 방문하였다. 하루는 신부 맥대성(麥大成)과 더불어 오랜 담론 끝에 서양서적을 보여주기를 청하니 후일 숙소 십방원(十方院)으로 보내 줄 것을 약속하였다. 그 다음 해 2월 초1일에 신부는 약속대로 『곤여도설』을 십방원으로 보내었다."

또 이규경은 『오주연문장전산고(五洲衍文長箋散稿)』의 '지리류(地理

類)',11) '오수류(鳥獸類)',12) '인사류(人事類)'13) 등에서 기이한 인종이나 동물 등을 서술하면서 『곤여도설』의 기록을 인용하고 있다.

〈해제 : 배주연〉

---

11) 『五洲衍文長箋散稿』「天地」地理類.
12) 『五洲衍文長箋散稿』「萬物」鳥獸類.
13) 『五洲衍文長箋散稿』「人事」人事類.

참 고 문 헌

1. 사료

『坤輿圖說』

『五洲衍文長箋散稿』

『頤齋亂藁』

2. 단행본

오상학, 『조선시대 세계지도와 세계인식』, 창비, 2011.

임종태, 『17·18세기 중국과 조선의 서구 지리학 이해』, 창비, 2012.

정기준, 『고지도의 우주관과 제도원리의 비교연구』, 경인문화사, 2013.

徐宗澤, 『明淸間耶蘇會士譯著提要』, 臺北: 中華書局, 1949.

王云五, 『叢書集成初編』, 臺北: 中華書局, 1985.

『공제격치(空際格致)』

분류	세부내용
문 헌 종 류	한문서학서
문 헌 제 목	공제격치(空際格致)
문 헌 형 태	목판본
문 헌 언 어	漢文
간 행 년 도	1633년
저 자	바뇨니(Alfonso Vagnoni, 王豊肅·高志一, 1566~1640)
형 태 사 항	194면
대 분 류	과학
세 부 분 류	천문
소 장 처	서울대학교 규장각 숭실대학교 기독교박물관 필사본
개 요	유성·혜성·바람·구름·안개·지진 등에 관한 천문학 지식과 우주 변화를 불·공기·물·흙의 근본 물질로 설명한 사원행설(四元行說) 등에 대한 자연 과학 이론을 서술하였다.
주 제 어	공제(空際), 사원행(四元行), 원정(元情), 원동(元動), 본소(本所), 성리(性理)

1. 문헌제목

『공제격치(空際格致)』

2. 서지사항

『공제격치』는 17세기 이탈리아 출신 예수회 신부 바뇨니가 저술한 내용을 명나라 학자 한운(韓雲)과 진소성(陳所性)이 교정하여 1633년에 간행한 것이다.

판본의 형태는 서울대 규장각에 소장되어 있는 필사본,[1] 숭실대학교 박물관에 소장되어 있는 필사본(『공제격치』의 하 부분만 수록), 『천주교동전문헌 삼편(二)』에 실린 목판본이 있으며 해제에 참고한 저본은 목판본이다. 『사고전서』 권125에도 실려 있다.

본문에 들어가기 전 서문인 '인(引)'을 20자씩 4줄 수록하고 있는데 여기에서 저자는 4원소를 근거로 하여 '공제격치'를 헤아려 보고자 하는 뜻을 밝히고 있다.[2] 본문은 1면당 9줄, 1줄당 20자씩 총 194면으로 구성되며 권상 말미에 4원소인 화·기·수·토(火氣水土)의 성질을 냉온건열(冷溫乾熱)로 설명한 그림인 「사행정도(四行情圖)」[3]가 실려 있다.

『사고전서』 총목 125권 기록을 보면 『공제격치』 2권은 직예총독(直隷總督) 채집본이라 되어 있고 그 설명에 따르면 "명대에 서양인 알폰소 바뇨니가 서양 이론을 펴냈는데, 불·공기·물·흙을 커다란 사원행

---

1) 2권 2책 필사본으로 규장각 장서목록 古 7100-2-1, 사이즈는 29.3x17.2cm.
2) 공중에 걸려 있는 것은 변화의 자취로 다양하고 기이하고 밝게 드러난다. 그리고 그 까닭을 연구하는 것은 옛날의 격치의 학문으로 항상 어렵게 여겼다. 이에 앞으로 그 대략을 헤아려보려 하는데 먼저 그 변화의 중요한 근거를 추론하여 밝힌 후에야 가능할 것이다. 중요한 근거는 오직 4원소이니, 이른바 물·불·공기·흙이 그것이다.(空際所賭 變化之蹟 繁矣 奇矣 明著矣 而究其所以然者 古格致之學 恒以爲難 玆余將測其略 須先推明其變化之切根 然後可 切根者 惟四元行 所謂 火氣水土是也 「卷上 一」)
3) 저본인 목판본은 목차상에 「사행정도(四行情圖)」가 없지만 본문에 실려 있고, 서울대 규장각 소장 필사본은 목차상에는 제목이 보이지만 실제 본문에는 누락되어 있어 서로 대비된다.

(四元行)4)으로 삼고 중국 오행에서 금과 목을 같이 사용하는 것을 잘 못되었다고 여겨 그가 이 책을 지어 자신의 이론을 펼쳤다. 그러나 그가 살피고 측정한 천문에서 오성(수성·금성·화성·목성·토성)을 폐지하지 못했고, 천지의 스스로 그러한 기를 억지스런 말로 없애려고 했으나 어찌할 수 있었겠는가? 그 망령됨을 이루고도 남을 뿐이었다"5) 라고 언급하고 있다.

[저자]

저자 알폰소 바뇨니(Alfonso Vagnoni, 1566~1640)의 자(字)는 칙성(則聖), 초명(初名)은 왕풍숙(王豊肅)이며 후에 고일지(高一志)로 개명하였다. 1566년 이탈리아 트라파니(Trapani, 特洛伐雷洛)에서 태어나 18세 때인 1584년 예수회에 입회하였다. 1603년 4월 성요한 호를 타고 1604년 7월 마카오에 도착 39세 때인 1605년 3월 남경으로 들어갔다. 그는 남경의 선교 책임자로서 포르투갈 출신인 사무록(謝務祿, Semedo)6)과 함께 선교

---

4) 한문서학서를 통해 사행론을 동양에 처음 소개한 사람은 마태오 리치로 1603년 간행한 『천주실의』에서 화·기·수·토를 사행으로 명명하여 소개하였고 1605년 저술한 『건곤체의(乾坤體義)』에서 「사행원론」이라는 장을 통해 그것을 비교적 상세하게 기술한 바 있다. 이후 1633년 바뇨니가 『공제격치』를 저술하여 사행론을 전론(專論)하였고 그 외에 페르비스트가 17세기 후반에 저술한 『곤여도설(坤輿圖說)』 등 자연과학 방면의 여러 저작에서 반복적으로 언급되었다.

5) 明西洋人高一志撰西法 以火氣水土爲四大元行 而以中國五行兼用金木爲非 一志因作此書 以暢其說 然其窺測天文 不能廢五星也 天地自然之氣 而欲以强詞奪之 烏可得乎 適成其妄而已矣

6) 사무록/증덕소(謝務祿/曾德昭, P.Alvarus de Semedo, 1585~1638) : 자(字)는 계원(繼元), 초명(初名)은 사무록(謝務祿). 포르투갈 태생으로 1613년 남경에 도착했으며 1616년 남경 교난을 겪어 고일지(高一志)와 함께 투옥된 후 마카오로 추방되었다. 1620년 증덕소(曾德昭)로 개명하고 전교에 힘쓰며 처음에 항주(杭州)에서 활동하다가 강서, 강남을 거쳐 서안(1621년)에 있었다.1644년 예수회 회장을

활동을 펼쳐 45세인 1611년 5월 3일 '성십자교당(聖十字敎堂)'을 완공하여 남경을 중국 선교의 주요 거점으로 성장시켰다. 그러나 5년 후 1616년 5월, 남경의 예부 책임자인 심곽(沈潅)에 의해 주도된 남경 교난을 겪어 사무록(謝務祿)을 포함한 서양 선교사들과 함께 체포되어 감금되었다. 이 때 이지조(李之藻), 양정균(楊廷筠), 서광계(徐光啓) 세 명이 남경의 소식을 듣고 성교(聖敎)를 보호하여 변호하니 교세가 더욱 확장되는 결과를 초래하였다. 이에 심곽(沈潅)은 황제의 교지라고 전하면서 북경의 서양인 방적아(龐迪我), 웅삼발(熊三拔)과 남경의 왕풍숙 사무록을 함께 풀어주어 마카오로 추방시켰다. 이 때 그는 마카오에서 2년여 동안 머물면서 저술과 전교 활동에 힘썼으며 1624년 난이 가라앉은 후, 이름을 왕풍숙에서 고일지로 바꾸고 산서(山西) 강주(絳州)로 가서 15년간 선교와 구휼 활동에 힘쓰다가 74세인 1640년 4월 병사하였다.[7]

　실제 문헌 기록으로 확인되는 바뇨니의 한문 저작 목록 중에서 조선에 전래된 것으로 정법류(政法類)(1), 성서격언류(聖書格言類)(4), 진교변호류(眞敎辯護類)(1), 신철학류(新哲學類)(3) 총 9종으로 외규장각목록(1782)에 기록되어 있어 서적 유입 시기는 1782년 이전으로 볼 수 있다. 정법류는 『동유교육(童幼敎育)』, 성서격언류는 『비록휘답(斐錄彙答)』, 『사말론(四末

맡았으며 1649년 광주로 옮겨 활동하다가 투옥되어 탕약망(湯若望)과 뜻을 함께 하였으며 그 후 그 곳에서 활동하다가 1658년 사망하였다. 徐宗澤, 『明淸間耶穌會士譯著提要』, 臺北: 中華書局, 1949 참조.

7) 바뇨니의 중국 전교는 크게 두 시기로 구분할 수 있는데 첫 번째가 1605년에서 1616년 교난 때까지 남경에서 활동한 시기이다, 두 번째가 1624년 12월에서 1640년 4월 사망할 때까지 산서에서 강주를 중심으로 활동한 시기이다. 그는 마태오 리치의 노선을 따라 우선적으로 그 지역의 유력한 신사층과 돈독한 관계를 맺으며 그들의 지원을 받았다. 하지만 전교활동의 주안점은 빈민 구제를 통한 교세 확장에 있었는데 그가 산서에서 활동했던 15년간 세례를 받은 사람은 8천여 명에 이른다. 특히 1634년 대기근 때에는 1530여명이 세례를 받았다고 한다. 楊森富, 『中國基督敎史』, 臺灣: 商務印書館, 1968, 74쪽 참조.

論)』, 『려학고언(勵學古言)』, 『달도기언(達道紀言)』(1636), 진교변호류로는
『천주성교사말론(天主聖敎四末論)』, 신철학류로는 『수신서학(修身西學)』,
『제가서학(齊家西學)』, 『환우시말(寰宇始末)』 등이 있다.

그는 번역보다는 술(述), 찬(撰), 저(著) 등을 남겼는데 성경의 해제
성인의 행실, 천주교의 정통성 주장에 대한 것이 중심이고 더불어서
실용적인 천문, 역법에 대한 것보다는 교육, 수신, 철학, 정치에 대한
것을 소개시켰다. 종교사학자인 바르토니는 바뇨니를 일러 "중국에
파견된 선교사 중에서 교내외로 존경을 받는 인물로 마태오 리치를
제외하고는 바뇨니를 능가할 사람이 없다"고 평가한 바 있다.[8]

3. 목차 및 내용

[목차]

---

8) Bartoli, 『中國耶蘇會史』 在華耶蘇會十列傳及書 上冊, 北京中華書局, 1996 참조.

雷降之體, 雷之奇驗, 彗孛, 天河

氣屬物象

空際異色, 虹霓, 雲窟, 圍光, 墮條, 多日之象, 風

水屬物象

雨雲, 風雨預兆, 霧, 雪, 雹, 氷, 露霜, 蜜飴, 海之源派, 海之動, 海之潮汐, 江河,
水之臭味, 溫泉

土屬物象

地震

地內火

[내용]

『공제격치』는 유성·혜성·바람·구름·안개·지진 등에 관한 천문학
지식과 우주 변화를 불·공기물·흙의 근본 물질로 설명한 아리스토텔
레스[9]의 4원소설[10] 등에 대한 이론을 서술하고 있다.

'공제(空際)'는 공중 또는 허공이라는 뜻으로 하늘 또는 그것이 일정
한 범위 안으로 연장된 우주[11]를 뜻한다. '격치(格致)'란 『대학』의 격

---

9) 『공제격치』에는 아리스토텔레스가 '성리지사(性理之師)'라는 칭호와 함께 언급되
   면서 『성리총령(性理總領)』·『성리정론(性理定論)』·『성리정론(性理正論)』·『성리실
   론(性理實論)』 등이 그의 저작으로 인용되었다.
10) 4원소설은 고대 그리스의 자연철학자 엠페도클레스가 주장한 것을 아리스토텔
   레스가 운동과 정지 그리고 만물의 생성 이론으로 더 다듬은 학설로 불·공기·
   물·흙의 네 가지 물질이 땅의 만물을 생성하고 변화시킨다는 이론이다.
11) 이러한 우주관은 아리스토텔레스에서 기원 후 2세기 프톨레마이오스에 의하여

물치지(格物致知)에서 유래한 말로 사물에 나아가 앎을 이룬다는 뜻으로 '사물을 연구하여 알아내다'라는 의미이다. 하늘을 연구하여 알아내는 것은 천문학, 기상학 같은 자연 과학과 관련되어 지구과학 개설서로 규정되기도 하지만[12] 자연과학 외에도 신학적 관점[13]이나 아리스토텔레스의 형이상학[14]이 반영되어 있기도 하다.

상하 2권으로 된 책이지만 내용으로 보면 크게 3부로 구성되어 있다. 제1부와 제2부는 상권에 들어 있는데 제1부는 원소의 본성에 대한 논의이고, 제2부는 땅에 대한 논의이다. 하권의 제3부는 4원소가 만물을 생성하고 변화시키는 논의인데, 곧 4원소가 자연현상을 일으키는 문제에 대해서 다루고 있다.

1) 원소의 본성에 대한 논의 [元行性論]

전반부의 핵심 내용은 불·공기·물·흙 4원소의 본질적인 성질을 기술하고 그것들에게 절대적 무게라는 본성과 그에 상응하는 우주 내에서의 본연의 위치가 우주의 중심이며, 가장 가벼운 불은 우주의 중심에서 먼 바깥이 본연의 위치가 된다. 그리고 상대적으로 중간 정도의 무거움과 가벼움을 지닌 물과 공기는 각각 중간의 위치를 본연의 위

더욱 정교하게 된 우주관으로 이어지는 유한 우주론이다. 즉 우주가 오늘날처럼 무한히 펼쳐져 있다고 보는 것이 아니라 이 책의 내용처럼 지구를 중심으로 아홉 개 또는 여러 개의 하늘이 겹겹이 둘러싸고 있다는 관점이다. 16세기 말에 중국에 온 마태오 리치는 이 우주관을 그대로 간직하고 있었고 (송영배, 「마태오 리치가 소개한 서양 학문관의 의미」,『한국실학연구』제17집, 2009, 18쪽 참조) 이후 서양 선교사들은 그의 우주관을 그대로 따랐다.

12) 김인규, 「조선후기 실학파의 자연관 형성에 끼친 한역서학서의 영향」,『한국사상과문화』제24집, 2004, 266쪽 참조.

13) 이는 토미즘을 완성한 토마스 아퀴나스의 교부 철학과 관계된다.

14) 이는 토마스 아퀴나스가 자신의 철학에 반영한 것으로 이 책에서는 형상과 질료 그리고 4원인설(質料因, 形相因, 運動因, 目的因)등이 포함되어 있다.

치로 가진다고 하였다.

제1부는 4원소의 기본 개념에 해당하는 원소의 본성에 대해 논의한다. 원소의 이름, 원소의 수, 오행과 4원소의 차이, 원소가 위치하는 본성적 장소의 순서, 원소의 형태, 본성적 장소에 존재하는 원소의 두께, 원소의 성질, 원소의 운동, 원소의 순수함 등을 서술하였다.

제시하는 기본 개념인 4원소는 달의 천구 아래에서 존재하는데 4원소는 물질의 최소 단위로서 소멸되거나 생성되는 것이 아니라 원래부터 존재하는 물질이다. 이것들이 모여 혼합체인 사물을 형성하는데 나무와 동물 사람 등이 그것이고 그 사물이 소멸될 때 다시 4원소로 분리된다는 것이다. 그래서 각각의 원소는 서로 다른 질료와 형상을 가지고 있다고 정의하였다.

또 4원소는 각각의 고유한 성질을 가지고 있으며 동시에 고유한 위치를 차지하는데 이것을 본성적 장소(本所)라고 하였다. 4원소가 본성적 장소를 이탈한 경우는 강제운동에 의한 것인데 이 때 이것들은 항상 본성적 장소로 되돌아가고자 하여 반드시 상승 또는 하강의 직선운동을 한다고 설명하였다. 그것은 원소 각각의 가볍고 무거운 성질 때문이라고 보았다.

4원소의 모양은 본성적으로 모두 원형이며 맨 아래에 흙, 그 다음에 물, 그 위에 공기, 최상층에 불이 존재한다고 하였다. 여기에서 아리스토텔레스의 운동 개념이 소개되는데 순수한 운동은 4원소의 직선운동과 천체의 원운동만 있고 나머지는 불규칙적인 강제운동으로 설명한다.[15] 모든 천체 운동의 중심이 되는 종동천의 개념도 여기에서 나

---

15) 원행(元行), 원정(元情), 원동(元動)은 자연계 모든 현상의 실체와 속성, 존재와 운동에 관한 설명을 포괄하는 기본 개념들이다. 원동을 제외하면 통용범위는 월천(月天) 이하의 영역으로 한정된다. 월천 이상의 영역은 원행·원정 등으로 설명되지 않는다. 『공제격치』 인(引)에서 언급한 "사행은 공제 변화의 절근(切

타나지만 종동천(宗動天)을 주관하는 것이 신이라는 내용은 없다.

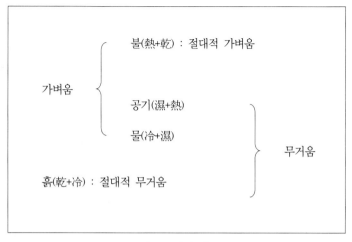

<그림 1> 달의 천구[16]

2) 땅에 대한 논의 [地論]

땅, 곧 지구에 대한 설명이기는 하지만, 원소로서의 흙에 대한 설명만 다룬 것은 아니다. 곧 땅이 포함하고 있는 여러 원소들을 함께 다루고 있다. 제2부의 도입부에서 흙과 물과 공기와 불의 순서로 원소에 대하여 설명하였다.

먼저 흙은 4원소 가운데 본성적으로 가장 낮은 곳에 위치하는 원소이다. 땅, 즉 지구는 정지해 있으며 둥근 구체로 그 둘레는 9만 리이다. "지구를 하늘에 비교하는 데는 반드시 비례가 있다고 하지만 오직

根)"이라 하였는데 이 때 공제는 월륜천 이하의 영역 전체를 가리키는 것이다.
16) 아리스토텔레스가 말하는 원소의 본성적 위치와 성질을 나타낸다. 냉열건습 가운데 둘로 짝지어진 것 중 앞의 것이 그 원소의 본원적 성질이며 가까운 원소와 공통적인 성질을 공유하고 있다.

8중천[17) 이상의 하늘에서만 비교하면 점과 같다"고 하면서 천체와 비교한 지구의 크기는 한 점에 불과하다는 점을 설명하였다.

땅은 하늘의 중심에 매여 있고 치우쳐 있지 않다고 하면서 그 증거로 월식, 흙의 본성, 땅의 끌어당기는 힘이라는 세 가지 점을 들어 설명하였다. 이는 지구가 정중앙에서 태양을 가리기 때문에 일어나는 일이며 흙이 낮은 자리로 향하는 본성과도 일치한다는 것이다.

또 물에 대해서는 그 몸체가 땅처럼 둥근 것이며, 땅과 물의 두께를 비교해 보면 땅이 더 두껍고, 지표면과 수면의 넓이를 따지자면 어느 것이 더 넓은지 확답을 못하고 있다. 땅과 물의 높낮이를 비교해서는 당연히 땅보다 물이 높지만 현실적으로 볼 때 물 위에 있는 땅도 있다는 점을 지적하였다. 물이 땅의 중심을 향하는가라는 물음에 물의 본성적 장소는 오직 지면일 뿐이라고 하면서 지세를 따라 내려가 땅과 함께 하나의 구체를 이룰 뿐이라 하였다.

공기에 대해서 동양적 전통에서 오행에 넣지 않은 점에 대하여 비판하며, 공기에도 층이 있고 운동이 있음을 설명하였다. 공기는 상·중·하의 세 층으로 나뉘며 상층은 불과 가까워 항상 뜨겁고 하층은 물 및 흙과 가까운데, 물과 흙은 항상 태양열을 받아 따뜻한 연기를 발산하므로 공기 또한 따뜻하다. 중간층은 위로는 하늘에서 멀고 아래로는 땅으로부터 멀어서 춥다. 공기의 상층에서 선호하는 종동천의 원운동은 중간층이나 하층에서는 부자연스러운 일이라고 언급하고 있다.

특히 사원행 이론을 통해 의도했던 또 하나의 중요 내용은 기(氣)가

---

17) 8중천 : 지구를 중심으로 회전하는 아홉 개의 천체 중 여덟 번째. 월천(月天), 수성천(水星天), 금성천(金星天), 일천(日天), 화성천(火星天), 목성천(木星天), 토성천(土星天), 항성천(恒星天), 종동천(宗動天)의 아홉 하늘은 아리스토텔레스와 톨레미의 이론을 약간 수정한 교부(敎父) 과학의 구중천설(九重天說)이다. 박성래, 『과학사서설』, 한국외국어대학교출판부, 2000, 48쪽 참조.

지니는 전통적인 기능과 의미를 부정하고 단지 물질적인 것에 지나지 않는다고 규정한 것이다. 「기행유무(氣行有無)」에서 기가 없으면 새가 날 수 없는 것과 채찍을 휘두르면 소리가 나는데 이것은 채찍과 기라는 두 물질이 부딪혀서 소리가 나는 것, 양쪽이 문이 있는 경우 한쪽의 문을 닫으면 반대쪽의 문이 열리는 것 등 모두 물질적인 기에 의해서 그러하다는 것이다.

끝으로 원소로서의 불의 유무, 불의 모양과 두께, 본성적 장소를 떠난 지상의 불에 대해서도 논의하였다. 특히 불과 공기의 두 원소는 열 때문에 서로 친하여 보존할 수 있으나 건조함과 습함 때문에 서로 적대적이어서 서로 무너뜨리고 없앤다는 점을 지적하였다. 지상에 있는 불의 몸체는 작지만 강력한 힘으로 공기를 공격하면 공기도 쉽게 변하여 불이 되어 스스로 길러져 두 원소가 서로 공격하고 서로 적대적이어서 서로 무너뜨리나 도리어 또 서로 도와주고 보탬이 되어 서로 길러주고 보존하게 되니 조물주의 공이 이와 같다고 언급하였다.

이와 같이 상권의 내용은 4원소·천체·지구·지리 등이 포함되어 있어 『공제격치』가 단지 기상학이나 지구과학을 다루고 있다는 언급으로는 포괄할 수 없는 내용이 많음을 알 수 있다.

3) 만물을 생성하는 원소 [元行生物論]

하권의 제3부는 기상학이나 지구과학과 관련된 내용으로 채워져 있다. 물론 자연현상의 배경에는 4원소의 운동이 있으며 하권의 목차에 4원소가 만물을 생성하는 논의를 하고 도입 글에서도 각 원소의 대립과 영향으로 다른 물건으로 변하거나 변하지 않은 것들이 있는데 안개나 무지개처럼 변한 것 가운데는 변하였으나 그 물건을 이루지 못하고 자기 부류를 떠나지 않은 것과 금속이나 암석처럼 변하여 다른 물건을 이룬 것으로 분류하였다.

그래서 변하였으나 다른 물건을 이루지 못하고 그 부류를 떠나지 않은 물상을 불에 속한 것, 공기에 속한 것, 물에 속한 것, 흙에 속한 것으로 분류하고 목차를 두어 설명하였다. 따라서 2권인 제3부에서는 모두 앞의 네 가지 물상을 세부적 항목으로 나누어 자세히 다루고 있다.

4. 의의 및 평가

『공제격치』는 아리스토텔레스의 『기상학(Meteorologica)』을 참조하여 천둥·번개·지진·폭풍·해류 등과 같은 지상계에서의 여러 자연 현상들을 설명하고 있는 자연 과학 개설서이다. 특히 전반부인 「원행성론」과 「지론」 부분은 우주 중심에 정지해 있는 구형의 지구를 전제로 기독교적 신의 섭리가 조화롭게 펼쳐 있음을 입증하기 위해 4원소설에 뿌리를 둔 서양의 중세적인 우주론을 논증하는 내용으로, 서양과학의 소개를 통해서 기독교적 신의 섭리를 전파하려는 예수회 선교사들의 적응주의 의도가 깔려 있다.

여기에 13세기 아리스토텔레스의 자연과 우주에 대한 이론과 중세 교부 철학의 신학적 관점이 종합되어 있는데 토미즘의 논리에 따르면 신이 부여한 자연 이성을 활용하여 신이 창조한 피조물을 밝혀내는 것은 또 하나의 신에게 다가서는 방법이며 이것이 아리스토텔레스 사상을 적극 수용한 주된 이유인 것이다.

최대한 이성적으로 자연을 이해하고자 하는 의도로 4원소에 대한 개념과 천체의 구조, 그리고 차갑고 따뜻하고 습한 곧 '한열건습(寒熱乾濕)'이라는 4원소의 성질에 따라 변화하는 자연의 여러 현상을 4원소의 결합과 대립 및 운동을 가지고 설명하고자 하였다.

사행론으로 도출되는 지구 관련 우주론을 나열해보면 다음의 세 가지로 요약된다.

> 1) 지구구형설 : 흙이 사방으로부터 공기의 중심으로 모이고 그
>   것이 응결하여 구형을 이룸
> 2) 지구중심설 : 월식/지구 위 장소에 따라 힘의 크기와 방향
>   일정함이 그 증거
> 3) 지구정지설 : 무거운 성질을 가진 땅이므로 장소 이동 회전
>   불가

결국 사행론은 지구의 자전과 공전을 모두 부정하고 재래의 천동설을 지지하는 논거로 활용되었던 것이다. 이는 자연관 또는 자연학의 측면에서 한편으로는 동양적 전통을 불식하고 다른 한편으로 서양 중세의 전통을 피력하고자 했던 선교사들의 의도가 표현된 것이라 할 수 있다. 여기에는 사행론이 지구구형설·지구중심설·천동설과 같은 서양 중세의 우주론과 결합되어 동시에 동양적 자연학의 핵심 기제인 오행론과 대응하는 형태를 띠었다는 사실이 크게 작용하였다.

이와 같이 실제 과학적 사실과는 다른 한계점들을 가지지만 『공제격치』에서 다룬 내용은 17세기 초까지의 서양인들이 알고 있는 과학 지식과 지리상의 발견으로 경험한 서양 세계 이외의 내용들도 예시 자료로 포함되어 있다. 그 중에는 동양 전통의 사례들을 비판한 자료도 포함되었다. 기본적으로 아리스토텔레스의 이론을 바탕으로 하지만 그것을 증명하기 위해 동원되는 사례와 인용 자료 등은 동서를 막론하여 지리적·역사적 사건을 도입하였던 점을 알 수 있다.

물론 그 내용은 현대 과학에 비추어볼 때 맞는 것도 있고 전혀 부합

되지 않는 것도 있으나, 17세기 초 바뇨니가 『공제격치』를 통해 여러 자연현상에 대한 과학적 이해와 접근을 했다는 점에서 의의를 가진다 하겠다.

5. 조선에 끼친 영향

사원행론(四元行論)으로 불리기도 했던 사행론은 불·공기·물·흙을 네 원소로 상정하여 만물의 존재와 운동을 설명하는 이론이다. 그것은 명칭에서 드러나는 바와 같이 동양의 오행론과 대비되는 것으로 소개되고 이해되었는데, 이러한 4원소 개념을 가지고 특히 오행의 상생과 상극설을 비판하였다.

실제로 조선의 학자들은 사행론의 수용을 통해 오행론 비판의 계기를 갖기도 하고 오행론 비판·극복하는 과정에서 사행론을 중요한 참고 자료나 대안으로 활용하기도 하였다. 특히 실학자의 자연관 형성에 있어서 많은 영향을 끼쳤는데 이는 음양오행론에 대한 인식과 지구설, 지전설, 공전설 등을 통해서 알 수 있다.

『공제격치』가 조선의 학자들에게서 언급된 사례로는 1749년 안정복이 윤동규에게 책을 보냈다는 사실을 들 수 있다. 안정복은 천주교와 불교의 유사성을 근거로 천주교를 비판하였는데 천당·지옥설 등과 더불어 그 사례로 언급된 것 가운데 하나가 "사행과 불교의 사대(四大)가 같다"는 사실이었다.[18]

이익은 "서학에는 제법 실용처가 있다"[19]고 언급하고 구체적으로

---

18) 『順菴先生文集』 卷6, 「答權旣明甲辰」(2).
19) 『河濱集』 卷2, 「內篇」·「紀聞篇」. "西學卽頗有實用處".

땅속에는 '빈 공간[空洞]'이 있기 때문에 지진이 발생하거나 개천의 물이 끊어진다고 하면서 "우리나라에도 종종 깊이를 알 수 없는 석굴이 있는 것을 보아도 증험할 수 있다"[20]고 한 데서 찾아볼 수 있는데 이 내용은 『공제격치』 3부 중 지진에 해당하는 내용이다.

1781년 간행한 『규장총목』의 서학서 목록 17종 중에서도 발견되는데 이는 1776년 서호수 일행이 정조의 명에 따라 청국으로부터 구입해 온 『고금도서집성(古今圖書集成)』 5022권 안에 포함되어 있던 것으로 추정된다.

『공제격치』의 전래와 유포와 더불어 18세기 후반 조선의 학자들에게서는 사행론의 영향이 활발하게 나타났는데 황윤석·홍대용·박지원·박제가·정약용 등이 오행을 반성적으로 검토하고 그 비판에 나섰으며 그 과정에서 명시적으로 또는 암묵적으로 사행론에서 영향 받은 흔적을 드러내었다. 1790년 가을에는 증광시(增廣試)의 고관이었던 이가환이 오행을 책제(策題)로 내고 사행론으로 답안을 작성한 정약전을 일등으로 뽑아 물의를 일으키기도 하였다.[21]

특히 18세기 이래 사행론의 유포와 오행론에 대한 반성의 결과가 두드러지게 나타난 것은 19세기 최한기에 와서이다. 최한기는 서양의 사행설이 동양의 오행설보다 진전된 것임을 인정하면서도 제대로 된 이론은 아니라고 판단하였다. 그는 화·수·토를 기의 하부구조로 말하고 만물을 기·화·지로 설명하고자 하였다.[22]

〈해제 : 배주연〉

---

20) 『星湖僿說』 卷1, 「天地門」·「地震風雷」.
21) 『與猶堂全書』 1集 卷15, 「貞軒墓誌銘」; 「先仲氏墓誌銘」; 「自撰墓誌銘集中本」.
22) 그의 견해로 기(氣)는 모든 우주의 근원으로 화·수·토보다 상위 개념이어서 이것들과 같은 등급으로 볼 수 없으며 이 점에서 일기(一氣)로 만물의 근원을 삼겠다는 것이 최한기의 생각이었다.

참 고 문 헌

1. 사료

『空際格致』

『星湖僿說』

『順菴先生文集』

『與猶堂全書』

『河濱集』

2. 단행본

A.Vagnoni, 『공제격치』, 이종란(역), 한길 그레이트 북스, 2012.

박성래, 『과학사서설』, 한국외국어대학교출판부, 2000.

이현구, 『최한기의 기철학과 서양 과학』, 성균관대 대동문화연구원, 2000.

方豪, 『中國天主教史人物傳』, 香港, 1970.

徐宗澤, 『明淸間耶穌會士譯著提要』, 臺北: 中華書局, 1949.

楊森富, 『中國基督教史』, 臺灣: 商務印書館, 1968.

Bartoli, 『中國耶蘇會史』 在華耶蘇會十列傳及書 上册, 北京中華書局, 1996.

3. 논문

김문용, 「조선후기 한문서학서의 사행론과 그 영향」, 『시대와 철학』 제16집, 2005.

김인규, 「조선후기 실학파의 자연관 형성에 끼친 한역서학서의 영향」, 『한국사상과문화』 제24집, 2004.

송영배, 「마태오 리치가 소개한 서양 학문관의 의미」, 『한국실학연구』 제17집, 2009.

『어제율려정의속편(御製律呂正義續編)』

분 류	세 부 내 용
문 헌 종 류	한문서학서
문 헌 제 목	어제율려정의속편(御製律呂正義續編)
문 헌 형 태	필사본
문 헌 언 어	漢文
간 행 년 도	1713년
저 자	페레이라(Thomas Peoreira, 徐日昇, 1645~1708) 페드리니(Theodorico Pedrini, 德禮格, 1670~1745)
형 태 사 항	76면
대 분 류	과학
세 부 분 류	음악
소 장 처	서울대학교 도서관 고문헌자료실 서울대학교 규장각 목판본 국립국악원 박물관 자료실
개 요	오선보와 음절, 조이론, 음표와 쉼표이론과 쓰임 등 서양음악 이론을 최초로 소개한 서양음악이론서.
주 제 어	율려(律呂), 오선(五線), 삼품(三品), 칠급(七級), 육자정위(六字定位)

1. 문헌제목

『어제율려정의속편(御製律呂正義續編)』

2. 서지사항

『어제율려정의속편』은 예수회 선교사 페레이라(Thomas Peoreira, 徐日昇, 1645~1708)와 라자리스트회 선교사 페드리니(Theodorico Pedrini, 德禮格, 1670~1745)가 편찬에 참여하여 오선보와 음절, 조이론, 음표와 쉼표이론과 쓰임 등 서양음악에 대한 이론을 적은 책이다.

1713년(강희52) 강희제의 명에 의해 지어진 『어제율려정의』[1]는 상편·하편·속편 그리고 후편의 4편으로 구성되어 있다. 상편·하편·속편의 3편은 상편인 제1, 2책이 상편「정율심음(正律審音)」으로 2권, 제3, 4책이 하편「화성정악(和聲定樂)」 2권, 제 5책인 『어제율려정의속편』은 「협균도곡(協均度曲)」으로 편찬하였다. 상·하편에서는 강희제 때 정해진 14율과 관현·악기제조 등 중국 음악에 대한 이론을 대상으로 정리하였고 『어제율려정의속편』에서는 예수회 선교사 페레이라와 페드리니가 서양의 음악에 대한 이론을 정리하였다.[2] 마지막으로 『후편』 120권은 1746년(건륭11)에 완성한 책으로 청대 궁정음악의 악보와 무보(舞譜)·악기도(樂器圖) 등을 기록하였다.

본 해제의 저본은 『어제율려정의속편』 필사본으로 그 구성을 살피면 세마 왕탄수가 재심해서 마감하고[洗馬 臣 王坦修 覆勘], 총교관 왕연서가 편수하였음[總校官 編修 臣 王燕緖]을 밝히고 「협균도곡(協均度曲)」 목차를 제시한 후 「속편총설」에서 책의 내용과 만들어진 경위 등을

---

1) 명대 주재육(朱載堉, 1536~1610)이 1596년 편찬한 『율려정의(律呂精義)』는 내편 10권과 외편 10권 총 20권으로 구성된다. 송대 채원정(1135~1198)이 1187년 지은 『율려신서(律呂新書)』, 청대 『율려정의(律呂正義)』와 함께 중국의 3대 악서(樂書)이다.

2) 『어제율려정의』를 1713년에 시작하여 1년 12개월 동안에 상·하·속편까지 모두 5권을 완성하였다고 전한다. 薛宗明, 『中國音樂史』 樂譜篇, 臺灣商務印書館, 1981 참조

설명한다. 한 면은 16줄 21자로 구성되며 총 76면이다. 「속편총설」에서 페레이라와 페드리니에 대한 언급이 다음과 같이 나타난다.

"서양의 포르투갈 사람 서일승은 음악에 정통한 사람으로 12율과 7조의 법칙을 현음(絃音)의 청(淸)과 탁(濁)의 2균(均)에 도입하여 서로 전해지고 소리가 화(和)하는 것을 근본으로 책을 썼다. 그 책의 대요(大要)는 두 가지이다. 하나는 관율현도(管律絃度)의 소리가 생기는 원인과 소리가 서로 어울리고 어울리지 않는 원인에 대해 논하였다. 또 다른 하나는 음의 차례와 도수를 정하는 규칙을 세운 것이다. 또 강(剛)과 유(柔)의 두 기호로 음양의 2조를 구분하여 서로 다름을 말하였고, 장단(長短)과 지속(遲速) 등의 기호로 성자(聲字)의 분(分)을 정하는 규칙을 세웠다. 이와 같은 방법에 따라 입문하는 것은 간편한 지름길이다. 그 후 이어서 이탈리아인 덕례격이 쓴 「정율학(精律學)」은 서일승이 전하는 것과 그 근원이 같다."

강희제는 선교사 페레이라와 페드리니를 궁정에서 서양문화를 가르치게 하였으며 여기에는 음악이론도 포함되었다. 서양음악이론의 방법으로 입문하는 것은 간편한 지름길이라고 언급하고 있다.

[저자]

페레이라의 자는 인공(寅公), 1645년 포르투갈에서 태어났다. 18세에 예수회에 입회하여 1666년 인도를 거쳐 1672년 마카오에 왔다. 페르비스트는 그가 음악에 정통하다고 여겨 조정에 불러 1673년부터 페르비스트를 도와 흠천감에서 함께 일하였으며 페르비스트가 죽자 그

직을 이어 맡았다. 1689년 황제의 명을 받아 프랑스 선교사 제르비용 (J. F. Gerbillon, 張誠, 1654~1707)과 함께 북쪽으로 가서 네르친스크 [尼布楚]와의 양국 국경을 협의 하여 두 사람의 공으로 흑룡강 북쪽 2천리를 회복하였으니 역사가들의 기림을 받았다. 페르비스트가 죽은 후 각지의 전교가 어려움을 겪자 1691년 강희제에게 나가 전교지유 (傳敎之諭)를 금한 것을 풀어줄 것을 요청하였다. 그 이후 30년 동안 전교에 큰 어려움이 없었으니 공의 힘이 컸다. 1706년 중국 예수회 회장을 하였으며 1708년 1월에 사망하였는데 황제가 애석하게 여겨 특별히 표창하고 은 2백량을 하사하였다. 저서로 「남선생행술(南先生行述)」, 「율려정의(律呂正義)」가 있다.

3. 목차 및 내용

[목차]

協均度曲

卷 一
續編總說
五線界聲
二記紀音
六字定位
三品明調
七級名樂

上中下三品紀樂名七級

半分易字

新法七字明半音互用

樂音長短之度

八形號紀樂音之度

用八形號之規

八形號定爲三準

八形號配合音節

八形號準三分度

平分度三分度互易爲用

樂音間歇度分

樂圖總例

[내용]

『어제율려3)정의속편』인 「협균도곡(協均度曲)」에서 설명하고 있는 서양음악이론은 크게 두 가지로 나누어진다. 하나는 관악기와 현악기에 적용되는 음률(音律)이론이고 또 하나는 서양음악의 기보(記譜)이론이다. 이러한 기보이론에 관한 도표와 내용들을 그림으로 나타내어 각 쪽에서 설명하고 있어 기보이론에 관한 도표, 아래에는 그것을 설명하는 식의 구성 체계를 취하고 있다. 『속편총설』을 포함하여 모두 18개 항목으로 나누어 설명하였다. 항목에 따라 도식화하면 다음과 같다.

---

3) 율려 : 중국 악율(樂律)의 총칭으로 육율(六律)의 음과 육궁(六呂)의 음을 말하는데 율음[陽]은 황종, 태주, 고선, 유빈, 이칙, 무역이고 려음[陰]은 대려, 협종, 중려, 임종, 남려, 응종으로 12율려이다.

순	항목	소개된 내용
1	속편총설(續編總說)	어제율려정의 속편의 개관, 12율과 7조가 생긴 유래, 저술의 목적
2	오선계성(五線界聲)	오선과 덧줄의 기보법
3	이기기음(二記紀音)	강악(剛樂)과 유악(柔樂)에 사용되는 임시표에 대한 설명
4	육자정위(六字定位)	여섯자의 음이름(鳥·勒·鳴·乏·朔·拉)
5	삼품명조(三品明調)	높은음자리표, 낮은음자리표, 가온음자리표
6	칠급명악(七級明樂)	중국의 현악기에 대한 7급의 표기법과 임시표의 사용법
7	신법칠자명반음호용 (新法七字名半音互用)	7급의 높은음자리표, 가온음자리표에 사용되는 음역
8	반분역자(半分易字)	상행하는 音과 하행하는 音의 음역, 표기법과 읽는 법
9	신법칠자명반음호용 (新法七字名半音互用)	여섯 음이름에 犀(si)를 첨가한 이유
10	악음악장단지도 (樂音長短之度)	음의 길고 짧음에 대한 규칙, 박을 잡기 위해 손을 젓는 방법
11	팔형호기악음지도 (八形號紀樂音之度)	여덟 가지 음표의 이름과 기보법, 빠르기의 순서
12	용팔형호지규 (用八形號之規)	여덟 가지 음표의 빠르기와 사용법
13	팔형호정위삼준 (八形號定爲三準)	세 가지 박자표의 이름과 기보법, 박자표에 따른 음표의 길고 짧음
14	팔형호배합음절 (八形號配合音節)	4성부에 사용되는 음표와 한마디 안의 박자
15	팔형호준삼분도 (八形號準三分度)	3분할 박자에 따른 음표의 길이, 박자 젓는 법
16	평분도삼분도호역위용 (平分度三分度互易爲用)	겹박자와 홑박자의 사용법(변박자일 때 사용하는 음표), 점음표
17	악음간헐도분 (樂音間歇度分)	여덟 가지 쉼표(민쉼표), 점쉼표, 겹점쉼표
18	악도총례(樂圖總例)	소개된 양악(洋樂) 이론의 전체적인 요약, 박자에 따른 음표의 기보법

1)「속편총설(續編總說)」

책의 서설과 같은 항목이면서 전체 내용을 개관하고 중국 음 체계인 12음과 7조의 유래를 설명한다. 중국의 전통 음악 이론은 낮은 음역, 가운데 음역, 높은 음역의 세 음역으로 나뉜다. 낮은 음역의 12율려는 배음(倍音) 또는 탁성(濁聲)이라 했고, 가운데 음역의 12율려는 정려(正呂) 또는 중성(中聲), 그리고 높은 음역의 12율려는 반려(半呂) 또는 청성(淸聲)으로 구분된다. 여기에서 저자는 서양음악을 동양에서 수용하는 근거를 마련하기 위해 중국의 전통적 사상인 음양의 개념과 함께 청과 탁의 개념으로 서양음악이론을 강(剛)과 유(柔)라는 틀에 맞추어 소개했다. 또 책을 쓴 목적은 음악이론을 말하는 사람에게는 거가 있게 하고 이를 이용하는 사람에게는 일정한 규칙이 되기 위해서라고 밝히고 있다.

2)「오선계성(五線界聲)」 : 오선으로 소리의 경계를 정하다

서양의 기보법인 오선과 덧줄의 용법을 설명하였다. 오선은 줄이 다섯이고 그 사이에 4칸이 있어 모두 9위(位)이므로 아홉 음까지 표기할 수 있는데 그 밖을 벗어나면 오선의 상하에 짧은 줄(덧줄을 말함) 하나를 그어 모두 열다섯 음까지 표기할 수 있다고 하였다. 덧줄은 하나까지만 소개되어 있다. 서양음악이 오선보를 사용하여 음의 높낮이를 기보한다는 것을 다음과 같이 설명한다.

"대개 곡을 만드는데 사용되는 음은 일곱 가지이다. 여덟 번째 음은 첫 번째 음과 합한다. 오선을 사용하여 음의 순서를 구별한다. 오선 보다 적으면 음을 다 기록하기에 부족하고, 그보다 많으면 번잡하여 계산하기가 힘들어진다. 오선 사이에는 네 칸이 있어 다섯 개의 선과 더불어 아홉 개의 위치를 만들게 된다. 이것으로 음들을 기록하기에 충분하다. 아홉 음의 범위를 벗어나는 경우, 별도로 오선의 아래, 위에 한 개의 짧은 선을 그어 네 음을 더할 수 있다. 즉, 열 세 음을 그릴 수 있다."

3) 「이기기음(二記紀音)」: 두 가지 기호로 음을 표기하다.

#(shap)과 b(flat)의 기초적인 기능을 소개하였다. '두 가지 기호'는 샵(#)과 플랫(b)을 가리킨다. 샵이 붙은 음과 플랫이 붙은 음을 각각 '강한 음'과 '약한 음'으로 설명한다.

낮은 음역의 유악은 부드러운 반면 힘이 없는 곡조이며 높은 음역의 강악은 강하고 거친 음악으로 이해되었다. 탁성과 유악, b(flat)을 서술하고 청성과 강악 그리고 #(shap)을 설명하는 순서를 취하고 있다. '음양'의 발음 순서를 고려한 것으로 보인다.

4) 「육자정위(六字定位)」: 여섯 음으로 음의 위치를 정하다.

서양음악의 여섯 음인 도, 레, 미, 파, 솔, 라의 여섯 음을 각각 烏, 勒, 鳴, 乏, 朔, 拉로 소개, 온음과 반음을 구분하여 설명하였다.

'여섯 가지 음'은 발음의 유사성을 따라 烏(ut)-勒(re)-鳴(mi)-乏(fa)-朔(sol)-拉(la)로 번역되어 있으며, 다음의 인용문에서 볼 수 있듯이 'mi'와 'fa' 사이가 반음관계이고 나머지는 온음 관계임도 명시하고 있다.

아래로부터 위로 차례대로 烏ut, 勒re, 鳴mi, 乏fa, 朔sol, 拉la 여섯 음의 분량(分)을 살펴보면, 烏에서 勒까지가 온음(全分), 勒에서 鳴까지도 온음, 鳴에서 乏까지는 반음(反分), 乏에서 朔까지는 온음, 朔에서 拉까지도 온음이다.[4]

---

4) 중국 전통 음계는 궁(宮)·상(商)·각(角)·징(徵)·익(羽)의 5성이었으나 북조와 수

5) 「삼품명조(三品明調)」 : 세 가지 품으로 조를 분명히 하다.

음자리표에 관한 이론으로 상·중·하 3품으로 각 조의 차이점을 밝힌 항목이다. 중국음악이론에서 조(調)를 상·중·하의 3품으로 설명하는데 상품은 높은 음역의 12율인 청성에 해당하는 것으로 높은음자리표, 중품은 중간 음역의 12율인 중성에는 가온음자리표를, 하품은 낮은 음역의 12율인 탁성에는 낮은음자리표에 해당하는 것으로 설명한다.

6) 「칠급명악(七級名樂)」 : 일곱 가지 음이름

중국 고금의 일곱 개의 현으로 연주하는 위치에 음절을 붙여 서양음악이론을 적용하였다. 현악기에 사용되는 음은 높은 음역인 청성과 낮은 음역인 탁성을 바꾸어 가면서 사용하며 이 일곱 개의 현음 중에서 제3악명, 즉 셋째 줄에 해당하는 음인 미와 파에만 강의 기호인 #(shap)과 유의 기호인 ♭(flat)을 붙인다. 그 이유를 제3악명의 음은 강과 유의 교차점이기 때문이다.

7) 「신법칠자명반음호용(新法七字名半音互用)」 : 일곱 음의 새로운 법칙

「육자정위」에서 소개한 여섯 개의 음절에 새로운 법인 犀si를 더하여 일곱 개의 음절을 밝힌 부분이다. 여섯 글자로 일곱 가지 음을 나타내려고 하니 일곱째 음이 비어 있게 된다. 이에 서양음악이론에 따라 7음을 추가해 일곱 음절을 맞추었다는 것이다. 즉 「반분역자」에서 반음의 관계 때문에 상행하는 음을 읽을 때와 하행하는 음을 읽는 음

당 시대에 중앙아시아의 7음계가 소개되면서 변궁(變宮)·변치(變徵)의 2변성이 첨가되면서 반음이 있는 7음 음계가 형성되었다. 사용된 7음 음계는 궁·상·각·변치·치·우·변궁의 순서로 구성되며 서양의 파·솔·라·도·레·미로 읽으면 반음의 위치는 같으나 음정상으로는 반음의 위치가 다르다.

절이 다르게 설명되고 있으므로 이러한 불편을 없애기 위해서 犀si를 추가하였다. 「상중하삼품기악명칠급(上中下三品紀樂名七級)」은 음과 음자리표의 운용에 관한 내용이다.

8) 「악음악장단지도(樂音長短之度)」 : 음 길이의 원리

음표의 길고 짧음을 표기하는, 즉 리듬에 관한 설명이다. 음악은 높고 낮은 차서가 있기 때문에 오선과 육자(六字), 세 개의 음자리표인 삼품(三品), 칠급(七級)을 사용하여 표기하듯이, 음의 길이를 표기할 수 있어야 절주가 완성되는 것으로 보아 음표의 길이를 표기하는 방법을 소개하였다.

9) 「팔형호기악음지도(八形號紀樂音之度)」 : 여덟 가지 기호로 음가를 나타낸다.

빠른 순서로부터 본다면, 가장 짧은 음표부터 긴 음표로 표기하는 용어를 최속(最速), 속(速), 소(小), 반(半), 중(中), 완(緩), 장(長), 배장(倍長)의 여덟 단계가 설명된다. 여기에 소개된 싯가를 현대 서양음악의 음표와 비교해 본다면 16분음표의 짧은 싯가까지 나타난다.

위에서 설명하는 음가를 나타내는 여덟 가지 기호(八形號)는 다음과 같은 형태로 제시되며, 이는 곧 음표들의 명칭이 된다.

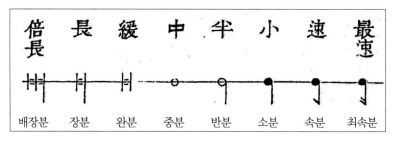

〈그림 1〉 음가에 따른 음표의 구분

2분음, 4분음, 8분음, 16분음 등의 음표를 설명하는 데 있어서 길이와 빠르기를 나타내는 단어를 혼용하고 있다. 즉, 두 배로 긴 박(倍長), 긴 박(長), 느린 박(緩), 중간 박(中), 반 박(半), 작은 박(小), 빠른 박(速), 가장 빠른 박(最速)으로 표현한다. 다음은 기준이 되는 한 박자를 설명하는 부분 인데, 용어를 번역하는 기본적인 원칙은 그 의미를 드러내도록 하는 것이었음을 지적하고 있다.

"손모양을 한 번 내리고 올리면 (∨한) 박자, 따라서 이 한 박자가 중간 박(中分)이 된다. … 모양을 살펴보면 그 이름을 알 수 있고, 이름은 의미를 담고 있다. 작곡을 할 때 이러한 음의 장단과 완급을 알아야 한다."

이들 박자를 표시하는 음표는 다음 악보와 같이 각각 동일한 음가를 지닌 쉼표와 대응된다.

10) 「팔형호배합음절(八形號配合音節)」 : 여덟 가지 기호로 음절을 배합한다.

4성부 곡의 기보에 관한 설명이다. 4성부 가운데 가장 높은 성부는 높은음자리표로 '최고성(最高聲)'이라 표기하며, 위로부터 두 번째 성부는 높은음자리표로 '고성(高聲)'으로 표기, 위로부터 세 번째 성부는 가온음자리표로 '중성(中聲)'이라 표기, 가장 아래의 성부는 낮은음자리표로 '하성(下聲)'이라 표기한다.

11) 「용팔형호지규(用八形號之規)」 : 여덟 가지 기호를 사용하는 규칙

음표의 쓰임에 대해서 배장분과 장분은 너무 느리기 때문에 사람

소리는 불가능하고 악기에서나 가능하고 완분은 내려가는 조에서만 사용할 수 있다고 하였다. 또 소분·속분·최속분은 음절이 너무 촉박하므로 올라가는 조에서만 사용할 수 있다고 밝히고 있다.

- 「팔형호정위삼준(八形號定爲三準) : 여덟 가지 기호는 세 가지 기준으로 정한다.
- 「팔형호준삼분도(八形號準三分度) : 여덟 기호를 삼분할로 나눈다.
- 「평분도삼분도호역위용(平分度三分度互易爲用) : 평분도와 삼분도는 서로 혼용된다.

위의 〈음가에 따른 음표의 구분〉 살펴본 여덟 가지 기호의 쓰임과

- 「음악간헐도분(樂音間歇度分)」 : 음악이 쉬는 부분의 기준(쉼표)을 설명한 후
- 「악도총례(樂圖總例)」 : 앞에서 살핀 기보 방식을 종합적으로 정리한다.

4. 의의 및 평가

청조 강희제(1654~1722) 시기에 방대한 분야의 지식을 집대성하는 편찬 사업의 일환으로 전통 음악과 새로운 음악에 대한 연구가 이루어졌는데, 『어제율려정의』는 그 성과이다. 특히 중국의 전통 음악이론을 다루고 있는 상·하편에 이어 저술한 『어제율려정의속편』은 서양

음악의 음계와 조성, 박자와 리듬을 중심으로 한 음악 기초 이론을 소개한 최초의 서양음악이론서라는 점에서 그 특별한 의의가 있다.

국가 통치 질서를 확립하는 데 있어 음악의 영향력을 중시한 강희제 재위 때 서양 음악에 대한 연구도 어느 때보다 활발히 이루어지게 된다. 이론적 탐구를 중시한 황제의 명으로 당시 여러 학문 분야의 전통 문헌들을 체계적으로 정리하는 작업이 국가적으로 진행되고 있었으며,[5] 이러한 작업의 일환으로 전통 음악 이론에 대한 재검토의 필요성도 제기되었다. 이러한 시대적 요구와 맞물려 당시 소개된 서양의 음악 이론은 전통 체계를 보완할 수 있는 신지식, 즉 연구의 대상으로서 인식되었으며 새로운 서양의 음악 이론에 대해서도 진지한 접근이 이루어졌던 것이다.

비록 소개된 이론이 르네상스에 만들어진 음률과 기보체계에 관한 기초적 이론이기는 하지만 중요한 것은 이 책을 통해 동양에서 최초로 서양음악이론을 접하면서 새로운 변화의 계기가 된다는 점이다. 음악 용어의 번역은 기본적으로 발음이나 형태의 유사성에 따라 명명하는 방식을 따랐는데 특히 음악 원리의 해석에 있어서 상징성과 음/양 이원론적인 측면을 발견할 수 있다. 나아가 음악 이론에 대한 설명이 인간사에 대한 비유나 변화 속의 조화로움과 같은 철학적인 논의로 이어지고 있다는 점도 중국적인 해석의 특징이라고 볼 수 있다.

이와 같이 체계화된 서양음악이론을 중국의 전통음악체계에 적용하여 서양음악이론 수용의 근거를 마련했다는 점에서 『어제율려정의속편』의 특별한 의의가 있으며 이는 중국뿐 아니라 조선의 음악에 대한 세계관의 변화에도 영향을 미치는 계기가 되었다. 이는 서양음악 이론을 중국 고유 문자와 사상적 기반에서 정리한 최초의 성과로 이를 통

---

5) 강희제의 명에 따라 역학, 율학, 산학의 분야를 100권으로 집대성한 『율력연원 (律曆淵源)』은 율학의 『율려정의(律呂正義)』 5권을 비롯하여, 천문학의 『역상고성(曆象考成)』 42권, 산학의 『수리정온(數理精蘊)』 53권으로 구성되어 있다.

해 중국에서 조선으로 전해진 서양 음악 이론의 기초가 마련되었다.

또한 책의 편찬 과정이 선교사와 중국학자들 간의 공동 작업이었으므로 동·서양 음악의 소통과 교류라는 측면에서 주목할 수 있을 것이다. 그러나 양자 간에 의사소통이 얼마나 자유로울 수 있었는지, 그리고 복잡한 서양음악 이론이 얼마나 잘 전달되었을 것인지는 의문이며 중국 지식인들의 입장에서 생소한 서양 음률 체계에 대해 자의적인 해석이 이루어졌을 가능성도 있어 이러한 측면에서 한계를 가진다 하겠다.

5. 조선에 끼친 영향

1765년 홍대용은 청에서 조선인으로서는 처음으로 오르간을 연주하고 돌아와 그 기록을 『연행록』[6]을 남겼는데 이 때 양금을 들여와 개조하여 조율 악기로 사용했다. 높은 음자리표는 '양(陽)', 낮은음자리표는 '음(陰)', 높은음은 '청(淸)', 낮은음은 '탁(濁)' 등의 방법으로 표시하여 사용했으며 이는 중국에 들어와 있던 서양음악이론을 수용하는 기반을 제공하였던 것으로 볼 수 있다.

홍대용, 박지원, 정약용 등 조선 후기 실학자들은 『어제율려정의』를 참고하여 황종의 척도[7]나 기후(氣候)설[8]에 관하여 변증하였다. 정조 때 악서 『악통(樂通)』 편찬 시에도 이 책을 참고로 하였다는 기록이 있으며 『승정원일기』, 『일성록』, 『실록』 등에서도 『어제율려정의』

---

6) 『乙丙燕行錄』, 1745년(영조42).
7) 황종음을 맞추는 척도로서 황종율관 제작은 전통적으로 중국과 조선에서 중요한 관심사였다.
8) 황종음 척도를 위한 적합한 기장 크기에 대해 중국과의 기후 차이를 고려해 제시한 논의를 말한다.

를 다수 언급하고 있다.

최한기는 『기측체의(氣測體義)』에서 "서양사람 서일승(徐日昇)은 음악에 정통하였는데, 그의 방법은 오로지 현음(弦音)의 청탁 2균(均)을 순서에 따라 번갈아 가면서[遞番] 소리를 조화하는 것으로써 근본을 삼았다"고 언급한 바 있다.

서양음악에 대한 본격적인 관심은 이규경에 와서 두드러지는데 특히 『오주연문장전산고(五洲衍文長箋散稿)』와 『구라청사금자보(歐邏鐵絲琴字譜)』 등에서 『어제율려정의속편』에서 밝힌 바 있는 '오선보(五線譜), ♯과 ♭의 두 기호, 7음의 음계와 8가지 박자, 낮은·가온·높은 3가지의 음자리표' 등 서양음악이론을 구체적 예를 들어 정리하여[9] 서양음악 이론의 도입이 근대개화기 이전이었음을 보여준다.

〈해제 : 배주연〉

---

9) 서악(西樂)은 서일승(徐日昇)·덕격리(德格里)가 청나라 초기에 잇달아 중국으로 들어오면서부터 비롯되었다. 그가 말한 악의 대요(大要) 두 가지가 있는데, 하나는 관율(管律)·현도(絃度)가 소리를 내는 것 중에 성자(聲字)가 서로 맞고 안 맞는 까닭을 논했고, 하나는 음을 살피고 법도에 맞는 규칙을 정했으니, 강(剛)은 '♯', 유(柔)는 '♭'의 두 기호를 써서 음·양 두 음조의 다름을 분별하고 배장(倍長)은 '벼', 장(長)은 'ᄇ', 완(緩)은 'ᄇ', 중(中)은 'ㅇ', 반(半)은 'ᄀ', 소(小)는 'ᄀ', 속(速)은 'ᄀ', 最速은 'ᄀ' 등 형호(形號)를 써서 성자의 구분을 조절했는데 황종의 척도를 말하지 않고 격팔상생도 말하지 않았으나 은연중에 고악(古樂)과 합치되고 있다.

5선(線)으로 성음을 구분했고 3품(品)으로 조를 밝혔는데 낮은 음에서부터 높아지는 'ᄋ'은 상품(上品)이고, 올라갈 수도 있고 내려갈 수도 있는 'ᄇ'는 중품(中品)이고, 높은 음에서부터 낮아지는 'ᄋ'은 하품(下品)이다. 여섯 가지가 위치를 정해서 7음을 갖추었으니, 이것이 곧 도[烏]·레[勒]·미[鳴]·파[乏]·솔[朔]·라[拉]라는 것인데 도에서 레, 레에서 미, 파에서 쏠, 쏠에서 라까지는 모두 전반음(全音)이지만, 미에서 파까지만 반음이다. 여기에서 새로운 법으로 서(犀) 한 자를 보충하여 미·파의 부족한 것을 도와 7음이 비로소 온전하게 된다. (「俗樂辨證說」)

참 고 문 헌

1. 사료

『四庫全書』經部 樂類, 臺灣商務印書館

2. 단행본

徐宗澤, 『明淸間耶蘇會士譯著提要』, 臺北: 中華書局, 1958.

薛宗明, 『中國音樂史』 樂譜篇, 臺灣: 商務印書館, 1981.

3. 논문

이서현, 「율려정의 속편에 나타난 서양 음악 이론의 중국적 해석」, 『음악사연구』
　　　제2집, 음악사연구회, 2013.

이기정, 「이규경의 서악이론」, 『음악과 민족』 창간호, 민족음악연구소, 1991.

『직방외기(職方外紀)』

분류	세부내용
문 헌 종 류	한문서학서
문 헌 제 목	직방외기(職方外紀)
문 헌 형 태	목판본
문 헌 언 어	漢文
간 행 년 도	1623년(杭州)
저 자	알레니(P. Julius Aleni, 艾儒略, 1582~1649)
형 태 사 항	227면
대 분 류	과학
세 부 분 류	지리
소 장 처	Bibiotheca Apostolica Vaticana 한국교회사연구소, 서울대학교 규장각한국학연구원, 충남대학교 도서관, 영남대학교 도서관
개 요	제1권에서 제4권까지는 네 개의 세계 각 분도(分圖: 亞細亞圖, 歐羅巴圖, 利未亞圖, 亞墨利加圖)로 나누어 각 주의 경도와 총설을 제시한 다음 자연지리는 물론 역사, 정치, 기후, 풍속, 사회, 종교, 특산물 등에 대해 설명하고 제5권에서는 사해총설(四海總說)과 7개 항목에 걸쳐 해양 지리에 대하여 논술한 세계 인문지리서.
주 제 어	세계 인문지리서(世界 人文地理書), 대륙총설(大陸總說), 사해총설(四海總說)

1. 문헌제목

『직방외기(職方外紀)』

2. 서지사항

『직방외기』는 이탈리아 출신 예수회 신부 알레니(P. Julius Aleni, 艾儒略, 1582~1649)가 1623년 8월 증역(增譯)한 것으로 대륙의 역사·기후·풍토·민속 등과 대양의 해로·해산물·섬 및 남극에 대해서 서술하고 지도를 함께 첨부한 세계 인문지리서이다.

『직방외기』란 '직방사(職方司)'1)의 관할 대상, 즉 원근변강(遠近邊疆)이나 종속관계(從屬關係)에서 벗어난 아직 왕래가 없는 나라들에 대하여 그 곳의 풍토·제도·기후 등을 자세하게 기록하고 있다는 뜻이다.

원래 마태오 리치가 가져온『만국도지(萬國圖誌)』에 대하여 예수회 선교사 판토하(Pantoja, 龐迪我, 1571~1618)와 우르시스(Ursis, 熊三拔, 1575~1620)가 만력 황제의 명에 따라 지도를 번역하였는데 각본 되지 않은 채 있다가 알레니가 이를 바탕으로 하고 일부 자료를 보완하여『직방외기』로 간행한 것이다.2)

---

1) 직방사(職方司) : 명청대의 관청 이름.『중문대사전』에는「주례하관(周禮夏官)」을 인용하여 "직방씨(職方氏)가 있어 천하의 지도를 손에 쥐고, 사방(四方)에서 들어오는 공무를 맡아 보았는데, 그 뒤에 한 동안 그 일을 맡은 관청이 있지 않았다. 명청 대는 직방사(職方司)로 바꾸고 천하의 지도와 멀고 가까운 곳의 경계를 담당하여 삼 년에 한 번씩 천자에게 보고하였다. 중화민국 초까지도 내무부에 소속되어 있었지만, 곧 없어졌다"고 하였다. 중문대사전 편찬위원회,『중문대사전』7, 대북:중국문화대출판부, 1973, 941쪽.
2) 이지조(李之藻)의「刻職方外紀序」에는『직방외기』를 수집하여 간행하게 된 사정을 다음과 같이 기록하고 있다. "나라가 번성하였을 때, 성스러운 덕과 교화가 백성들에게 두루 미쳤고 먼 곳에 있는 나라들까지 복종하여 조공하지 않음이 없었다. 나의 벗 마태오 리치는『만국도지(萬國圖誌)』를 가져왔고 나의 벗 판토하는 서양에서 새긴 지도를 번역하라는 황제의 명을 받들어, 보고 들은 것을 근거로 책을 번역하여 황제께 바쳤다. 왕도의 교양 있는 선비들 가운데 이것을 즐겨 이야기하는 이들이 많았다. 그러나 아쉽게도 그것은 각본 되지 않은 채 전해 오고 있다. (중략) 수도의 선비 중에서 그들의 원고를 베낀 사람들도 있었으나 그

초판본은 1623년 항주(杭州)에서 간행되어 1629년 이지조가 모아 엮은 『천학초함』에 편입되었고, 『사고전서』3)에 수록되어 있다. 이외에도 『묵해금호(墨海金壺)』본, 『수산각총서(守山閣叢書)』본, 『외번여지총서본(外藩輿地叢書本)』본 등 여러 종류의 판본이 있다.4)

해제에 참고한 저본은 『천학초함』 제3책(李之藻 輯, 臺灣 學生書局, 1965)에 수록된 자료이다.5)

『사고전서』에는 『천학초함』의 이편(理篇) 9종 중 『직방외기』를 제외한 8종은 수록되어 있지 않는데 이에 대하여 『사고전서총목』에 다음과 같이 밝히고 있다. "그 이편(理篇) 중 다만 『직방외기』만이 이문(異聞)을 넓혀 주는 것이기에 수록하였고 그 외의 것은 이미 배척하여 이를 빼버리고 이지조(李之藻)의 총편 목록에 이름만을 남겨 이단의 죄에 가담하고 있음을 밝힌다"는 기록에서 『직방외기』 정보의 유용성을 당시에 인정하였음을 알 수 있다.

『직방외기』의 구성은 이지조(1565~1629)의 「각직방외기서(刻職方外紀序)」, 양정균(1557~1626)의 「직방외기서(職方外紀序)」, 구식곡(瞿式穀)(1591~?)과 허서신(許胥臣)이 쓴 「직방외기소언(職方外紀小言)」, 그리고 알레니 자신이 쓴 서문 등의 서문 네 편 및 소언 두 편을 차례로

들은 모두 원래의 지도 모습에 흠을 내어 제대로 된 모습으로 완성하지는 못하였다. 올해 여름 벗 양정균과 서양 신부 알레니가 기록들을 모으고 더하여 책으로 엮어 『직방외기』라 이름 지었다."

3) 『사고전서』를 추려 편찬한 청대 장해붕(張海鵬)의 『묵해금호(墨海金壺)』(총 727권, 한대에서 청대까지 사료 115종 수록)와 전희조(錢熙祚)의 『수산각총서(守山閣叢書)』(장해붕(張海鵬), 『묵해금호(墨海金壺)』의 잔본을 증보하여 만든 총서)에도 수록되어 있다.

4) 方豪, 『中國天主敎人物傳』, 香港, 1970, 837쪽 참조.

5) 『직방외기』 권두(卷頭)에 실린 「각직방외기서」 끝에 "天啓癸亦日躔天駟浙西李之藻書於龍泓精舍"라고 되어 있어 이 글이 명 희종(明 熹宗) 3년(1623) 초간 당시에 쓴 것으로 볼 수 있다.

신고 본문을 싣는 것으로 이루어져 있다.

이지조의 「각직방외기서」는 1면당 6줄, 1줄당 9자씩 19면이며 양정균의 「직방외기서」는 1면당 6줄, 1줄당 10자씩 10면이고 구식곡의 「직방외기소언」은 1면당 9줄, 1줄당 19자씩 3면이고 허서신의 「직방외기소언(職方外紀小言)」은 1면당 9줄, 1줄당 19자씩 3면이고 알레니의 「직방외기자서」는 1면당 9줄, 1줄당 19자씩 6면, 본문은 1면당 9줄, 1줄당 19자씩 186면으로 총 227면으로 구성된다.[6]

[저자]

저자 알레니의 자(字)는 사급(思及)이며 1582년 브레시아(Brescia)에서 출생하여 1597년 수학과 철학을 배우기 위해 성 안토니오 대학에 들어갔으며, 거기서 2년 동안 인문학 과정을 거치고 18살인 1600년에 예수회에 가입하였다. 그는 당시 예수회의 수도사들이 유럽과 그 밖의 곳에서 하고 있는 일들의 대략을 알고 인도로 가려는 열망을 표명하였다. 1600년에 라틴어로 쓴 편지는 이런 사실을 잘 보여 준다.[7] 그이유는 "나에게 주어진 특수하고 명확한 은혜에 대하여 하느님을 위한 위대하고 특별한 임무를 알았기 때문이다"고 하였다.[8]

---

6) 方豪, 『李之藻輯刻天學初函考』, 臺灣: 華岡學報, 1966의 『직방외기』 내용에 대한 기록은 다음과 같다. "職方外紀 五卷 首卷一卷 西海艾儒略增譯 東海楊廷均彙記 前有李之藻刻職方外紀序 楊廷均序 艾儒略小言 萬國全圖 書中幷附亞細亞圖 歐羅巴圖 利未亞圖 亞墨利加圖"

7) Mario Colpo가 "Societatem exoptant novem"과 "alii adalias religiosorum fanilias missi"를 재인용한 것이다. (Mario Colpo, op. cit, 74쪽)

8) 이는 Mario Colpo, op. cit, 74쪽 이런 내용은 Mario Colpo가 Archivum Romanum Societatis Iesu (예수회 로마 가톨릭 문서보관소)에 있는 서류에서 인용한 것을 재인용하였다. 천기철, 330쪽.

알레니는 중국에 온 다른 선교사들처럼 수학, 기하학, 천문학, 지리학, 종교, 철학, 의학, 역사 등 여러 방면의 학습 경험을 가졌는데 Mario Colpo에 따르면 알레니는 동방으로 여행 중에 1610년 10월 봄베이 근처에서, 그리고 그 해 12월에는 마카오에서 월식을 관찰하고 그 결과를 Magni 신부에게 보고했다고 한다.[9] 여행 중에도 과학적 실험을 계속 했다는 것은 과학에 대한 열의를 보여주는 것이기도 하겠지만 앞서 중국에 파견된 선교사들의 과학적 지식에 대한 요청이 매우 절실했음을 엿볼 수 있기도 하다.

예수회 선교사들이 처음 중국에 왔을 때 중국인들은 그들에게 냉담한 반응을 보였는데 이지조는 중국인들이 선교사에게 보인 편견의 원인을 첫째 무지와 자만, 둘째 공부에 대한 나태와 방종, 셋째 자신의 의견에 대한 아집, 넷째 다른 사람이 자신보다 잘 할 수 있음을 꺼리는 습성 등으로 들고 있다.[10] 알레니는 중국인들의 편견을 없앨 수 있는 확실하고 효과적인 방법 중 하나가 지리적인 정보를 담은 학술서의 간행이라 생각했다.

　"인도와 중국 그리고 일본과 그 밖의 많은 새롭게 발견된 곳에
　관해 신부님께 편지를 써야 하는 많은 것, 그에 대해 내가 맨 처
　음 신부님께 보내드리리라 생각하는 최초의 지도를 만들기를 희
　망합니다. 왜냐하면 진실을 말하기 위해서 지리적인 문제들이 눈
　에 보여 져야 합니다."[11]

---

9) Mario Colpo, op. cit, 82쪽.
10) 이는 알레니의 『西學凡』에 대하여 許胥臣이 서문을 하면서 이지조의 의견을 인용한 곳에서 볼 수 있다. 艾儒略, 「西學凡引」, 『西學凡』, 亞細亞文化史, 1977.
11) 줄리오 알레니, 천기철(역), 『직방외기 : 17세기 예수회 신부들이 그려낸 세계』, 2005, 일조각, 334~335쪽 참조.

중국인들이 세계에 대하여 가지고 있었던 지식은 매우 제한된 것이었으므로 이 때문에 알레니는 지리서 간행에 대한 의지를 가지고 있었던 것으로 보이며 『직방외기』의 간행은 사실에 근거하는 부정할 수 없는 진실을 보여주고자 하는 의지를 보여주는 성과이다.

3. 목차 및 내용

[목차]

職方外紀 卷二

歐邏巴總說

職方外紀 卷三

利未亞總說

職方外紀 卷四

亞墨利加總說

墨瓦蠟尼加總說

職方外紀 卷五

四海總說

1. 海名[바다 이름]
2. 海島[바다 가운데 섬들]
3. 海族[바다에 사는 것들]
4. 海産[해산물]
5. 海狀[바다의 모습]
6. 海舶[배]
7. 海道[뱃길]

[내용]

내용은 크게 서문, 오대주총도계도해(五大州總圖界度解), 각 대륙별 총설과 국가별 문화사, 사해총설(四海總說)로 이루어져 있다. 제1권부터 제4권까지는 각 권을 지역별로 항목을 설정하고 그에 따라 인문지리적인 서술을 더한 지리서로 각 권 앞에 지도를 첨부하였으며, 제5권은 해양지리를 적었다.

1) 직방외기 수(首) : 오대주총도계도해[五大州總圖界度解]

천지를 설명하고 양극 적도 황도에 대하여 언급하고 계절의 변화 천체 전환에 따른 천문의 변화 그리고 지구의 경위도에 관하여 개설하고 지구를 이도(二圖)로 표시하게 된 사정을 설명하였다. 또한 아세아[亞細亞], 구라파[歐羅巴], 아프리카[利未亞], 아메리카[亞墨利加]의 지도를 각각 설명하였으나 마젤라니카[墨瓦蠟尼加]에 대한 설명은 소략하다.

먼저 천체의 운동과 지구의 기후·환경에 대하여 자세하게 설명한다. 이에 따르면 우주는 지구를 중심으로 아홉 겹의 유한한 층으로 구성되어 있으며, 그것의 한가운데에 지구가 위치하고 있다고 하면서[12]

지구가 둥글기 때문에 어디에서든 중심이 될 수 있음을 강조한다. 또 위도와 경도를 사용하여 지구상의 지점을 좌표로 표시한 것, 지구의 기후·현상을 다섯 가지 지대로 나누어 설명한 것은 더욱 발전된 것이었다.[13)

다음으로 다섯 대륙에 대한 총체적인 설명과 그 대륙에 소속된 국가에 대한 설명은 대륙별 총설과 국가별 문화사에 실려 있다. 자세히 살펴보면 대륙별 총설에는 아시아, 유럽, 아프리카, 아메리카, 마젤라니카 등 다섯 대륙에 대한 총설이 실려 있다.

2) 직방외기 권1 : 아시아 총설[亞細亞 總說]

다섯 대륙 가운데 아시아를 가장 먼저 소개하고 각 대륙별 영역은 먼저 경도와 위도로 표시하고, 이에 해당하는 지역 이름을 밝혔다. 여기서 말한 대륙별 영역은 오늘날 대륙의 영역과 거의 비슷하며 이러한 대륙과 나라의 이름이 오늘날까지 그대로 불리고 있다. 지역별, 국가별 문화사에는 지역 또는 국가별로 그 자연환경과 사람들의 생활 풍습, 역사와 문화 등을 간략히 설명하고 있다. 아시아는 '아시아 총설'에 이어서 이스라엘을 가장 자세하게 설명하고, 중앙아시아 회교도 지역은 매우 간략하면서, 내용 역시 황당한 이야기로 이루어져 있다.

---

12) 이러한 우주관은 1543년 코페르니쿠스의 지동설이 발표되면서 무너지기 시작했으나 교황청은 공식적으로 지동설을 받아들이지 않았다. 결론적으로 예수회 선교사들이 소개한 우주 이론은 틀린 것이었다.
13) 지구의 남북을 위도로 나누어 적도를 중심으로 남북으로 각각 23.5도 지역, 즉 47도 사이가 열대 지역이다. 그리고 남극과 북극에서 각각 23.5도 사이의 지역이 남반부와 북반부의 한 대 지역이다. 그 다음의 남북 각각 43.5도 사이의 지역이 남반부와 북반부의 온대 지역이 되므로 지구의 기후는 다섯 지대로 나누어진다.

3) 직방외기 권2 : 유럽 총설[歐羅巴 總說]

'유럽 총설'에서는 유럽 사람들의 생활 습성과 정치 제도, 방위 체제 등에 대해 자세하게 소개하고 각 나라의 역사와 문화 등에 대해서도 자세히 설명한다. '유럽 총설'은 다른 대륙의 총설과는 달리 문화적 전통, 사람들의 생활 풍토, 각 국의 환경 등에 대하여 매우 자세하게 설명하였다. 유럽 문화는 대단히 우수하며, 사람들은 매우 도덕적이라는 점을 부각시키고 있다. 그리고 천주교 교리에 바탕을 둔 유럽 여러 나라들의 사회보장제도는 중국보다 완벽하다는 자부심을 은근히 드러내고 있다.[14]

4) 직방외기 권3 : 아프리카 총설[利未亞 總說]

편중된 시각이 두드러지게 나타나는데 이 지역 사람들의 야만성에 대하여 다음과 같이 기록하였다. "흑인들은 모래 가운데 앉거나 누워도 병이 나지 않는다. 그들이 사는 곳은 몹시 지저분하여 마치 돼지우리와 같다. 흑인들은 코끼리 고기를 즐기며, 사람도 역시 잡아먹는다. 시장에는 사람고기를 파는 곳이 있는데 모두 익히지 않은 채로 넣는다. 그래서 그들은 이가 뾰족하고 날카로워서 마치 개의 어금니처럼 가지런하지 못하다." 흑인들이 매우 야만적이어서 사람을 잡아먹는다고 하면서 더 심한 것은 사람 고기를 파는 가제가 있다는 것이다. 여기서는 흑인들이 평상시에 사람 고기를 식품으로 쓰고 있는 것처럼 말하고 있다. 유럽 사람들의 흑인에 대한 시각이 얼마나 왜곡되어 있는가를 보여주고 있다.

---

14) 나라 안에 에보라[阨物辣]와 코임브라[哥應拔]라는 대학 두 곳이 있다. 그곳에서 학문을 강의 하는 이름난 현인들은 일찍이 나라 임금의 부름을 받은 사람들인데, 비록 강의를 그만 두어도 살아 있는 동안에는 급여가 끊어지지 않는다. 유럽의 이름난 선비 가운데 많은 이들이 이 대학에서 나왔다.

5) 직방외기 권4 : 아메리카 총설[亞墨利加總說]

아메리카는 세계에서 네 번째로 큰 대륙을 모두 합쳐서 일컫고 땅이 세계의 반을 차지하고 있다고 하면서 콜럼버스의 신대륙 발견을 언급하고 그곳의 지리적 여건, 자연 환경, 사람들의 생활 풍속 등을 소개하였다. 이외에 「마젤라니카 총설」을 함께 싣고 있으나[15) 이에 대하여는 "그곳의 사람과 생활 습관, 자연 환경, 가축을 기르는 일과 짐승과 물고기 등에 관한 것은 모두 전해지는 것이 없다"라고 하면서 총설만 실었고, 지역에 대한 설명은 없다.

6) 직방외기 권5 : 사해총설[四海總說]

대륙별 총설이 육지에 관한 설명이라면, 「사해총설」은 바다에 관한 모든 것을 바다의 이름, 바다 가운데에 있는 섬들, 바다에서 사는 것들, 해산물, 바닷의 모습, 배, 뱃길로 나누어 실었다. '바다의 이름'에서는 세계의 바다를, 중국을 중심에 두고 동서남북으로 나누어 자세하게 이름을 지었다. '바다 가운데에 있는 섬들'에는 세계의 큰 섬에 대해 설명하고, 태평양에는 7440개의 섬이 있음을 말한다. '바다에서 사는 것들'에서는 바다에서 사는 특이한 동물들에 대해 설명하고, '해산물'에서는 식물들을 간략하게 언급하였다. '바다의 모습'에서는 바다의 기상 상태와 조수를 설명하는데 실제로 항해한 경험을 토대로 한 것이어서 매우 정확하고, '배'에서는 당시 선박의 구조와 선원 조직, 역할 등을 설명하였다. 또 바다에서 폭풍을 만났을 때 대응하는 요령, 항해방법 등을 자세하게 기록하고 '뱃길'에서는 알레니가 리스본 항에

---

15) 이는 알레니가 잘못 알고 있었던 것으로, 당시에는 '마젤라니카'라는 대륙이 있다고 잘못 생각하였으며 이는 실제로 남아메리카 끝에 위치한 티에라델푸에고 섬을 가리킨다고 보아야 한다.

서 출발하여 중국까지 온 길을 설명하였다.

4. 의의 및 평가

중국의 예수회 선교사 알레니가 증역한 세계 인문 지리서『직방외기』는 천주가 창조하였고 그의 의지대로 움직이는 천체의 현상들을 객관적이고 과학적으로 밝혀 설명하기 위하여 저술되었다고 할 수 있다. 예수회는 기본적으로 천주교가 원시유학의 진리를 완성했다는 보유론적·적응주의적 입장, 중국보다 더 발전한 서양의 과학과 기술을 천주교 포교의 수단으로 활용하려는 입장을 가지고 있었는데[16] 알레니 역시 예외가 아니었다.

저자는 이 책에서 다룬 천문, 인류, 어류, 곡식 등 모든 존재가 조물주에 의해 창조된 것임을 인지시키고자 적응주의 선교 방식으로 세계 인문 지리에 관한 상세한 정보를 담은『직방외기』를 남겼다.

천주의 뜻에 가깝게 다스려지는 교화된 지역으로 유럽을 상정하고 그곳의 모습은 세계의 다른 지역과 차이가 있음을 부각시키고자 하였는데 이는 유럽과는 다른 중국을 비롯한 여타 지역의 사람들은 유럽을 본보기로 삼아 변해야 할 것임을 암시하는 것으로 이들은 종교를 통해 교화되어야 할 대상인 것이다.

---

16) 도날드 베이커, 김세윤(역),『조선후기 유교와 천주교의 대립』, 일조각, 1997, 27 ~36쪽 참조.
　　과학을 천주교 포교의 수단으로 생각한 예수회에서는 서양 천문학의 우수성을 중국에 알리기 위해 심지어 중세와 철학 및 신학과 마찰을 빚은 코페르니쿠스 지동설을 천동설로 왜곡하여 소개하였으며, 케플러의 주장에서 지동설 부분만을 누락시켜 소개하기도 하였다. 안외순, 「서학수용에 따른 조선실학사상의 전개양상」,『東方學』제5집, 동양고전연구소, 1999, 396쪽 참조.

이 책에 담긴 지리적인 정보는 내용면에서 지금까지 알려지지 않은 세계 각지의 나라들에 대한 비교적 객관적인 사실들을 상세하게 전하고자 하였다. 가능한 종교적 색채를 부분적으로 감추고 객관적 사실들을 예로 들어 설명하였는데 특히 「오대주총도계도해」의 우주와 둥근 지구의 모습에 대한 설명은 중국 중심의 세계관에 상당한 영향을 미칠 수밖에 없었다.

> "지구가 이미 둥글다면, 어느 곳이든 가운데가 아닌 곳이 없다. 따라서 동서남북과 같은 방향 구분은 사람들이 제각기 사는 곳을 기준으로 이름 붙인 것에 지나지 않으며, 처음부터 정해진 기준이 존재하는 것은 아니다."

이는 지구가 둥글기 때문에 어느 한 곳이 중심일 수 없고 자신이 있는 곳이 곧 중심이 될 수 있음을 말하고 있는데 이러한 점에서 이 책의 저술은 '중국이 세계의 중심'이라는 중화주의적 사고방식에 의문을 가지는 계기가 되었다. 즉 『직방외기』는 중국 중심의 세계관을 타파하여 근대적 지리관으로 계몽시키려는 데 큰 공헌을 한 지리서였던 것이다. 이외에도 이 책의 저술 목적은 중국 이외에도 많은 국가와 여러 민족이 존재하며 자기의 역사와 문화를 발전시키고 있음을 중국 지식인들에게 알려주는 데 있었다.[17]

그러나 본보기로 보여준 교화된 다른 세계, 즉 유럽에 대한 지나친 미화는 이 책이 가진 한계로 지적된다. 『직방외기』는 형식상 세계 인문 지리서의 체제를 갖추고 있으나 그 실제 내용은 지나치게 유럽 중심으로 서술되어 있다. 적응주의적 선교 전략의 일환으로 예수회 종

---

17) 이원순, 「성호이익의 서학세계」, 『교회사연구』 제1집, 한국교회사연구소, 1977, 14쪽.

교가 진실한 방법이라는 증거로 이상화된 유럽을 들추어내려 한 것이 저자의 중요한 의도의 하나였다. 그는 최대한 유럽 사회의 이상화된 모습을 보여주어 증거를 확보하려 했는데 이 책의 유럽에 대한 설명은 이러한 점을 잘 보여 준다. 먼저 각 주(州)별로 할애한 지면의 분량을 보면 아시아 8면, 아프리카 5면, 아메리카가 8면인데 비하여 유럽은 15면이나 된다.

"가는 곳마다 모두 가난한 이들을 위한 기관이 있어 한 편으로 홀아비와 과부, 고아와 불쌍한 늙은이들을 오로지 돌보아 준다", "사람들은 길 가운데서 주인이 잃어버린 물건이나 가축으로 길렀던 것들을 만나면 반드시 그 주인을 찾아서 그것을 되돌려주지만, 주인을 찾지 못하면 그것을 기른다"라는 내용을 보면 유럽 사람들은 모자람이 없는 환경에서 생활하며, 그 사랑은 가축에게까지 미치고 있음을 드러낸다. 즉 문화적이고 도덕적인 유럽 사람들이 좋지 않은 풍속에 빠져 있는 사람들을 교화시켜야 하며, 이것이 곧 조물주의 뜻이라는 것이다. 이를 위해 유럽을 제외한 다른 지역들에 대한 기록들은 편중된 시각을 그대로 드러내며 극명한 대조를 이룬다.

이러한 한계에도 불구하고 『직방외기』는 경험을 통해 검증된 사실들을 근거로 새로운 세계의 인문 지리에 대한 지식을 심어주어 당대 중국과 그 주변국들에게 의식의 확대, 자아의 각성을 촉발시킨 계기가 되었다는 점에서 세계 인문 지리서로서의 의미하는 바가 크다.

5. 조선에 끼친 영향

『직방외기』가 조선에 처음으로 들어온 것은 1631년 7월의 일로, 1630

년 진주사(陳奏使)로 북경에 갔다가 이듬해 돌아온 정두원이 연행시 등주에서 로드리게스(Rodrigues, 陸若漢, 1561~1634)를 만나 왕에게 전하기 위한 물품들을 조선에 가져왔는데 그 중에 이 책이 들어 있었다.[18]

『직방외기』의 국내 유입은 그동안 소문으로만 듣던 '직방 외의 지역'에 대한 상세하고 종합적인 정보를 전했다는 점에서 의의를 지닌다. 아래의 표는 정두원이 『직방외기』를 국내로 반입한 이후 문헌에서 인용된 경우를 조사하여 정리한 것이다.[19]

〈표 1〉『직방외기』에 대해 언급한 학자와 문헌

학자	문헌	내용
정두원(1581~?)	『國朝寶鑑』6, 인조9년(1631)	입수 경위 설명
이익(1681~1763)	『星湖僿說』「女國·陸若漢·一日七朝·梛冠」, 『星湖先生全集』「跋職方外紀」	내용 인용, 전반적인 평가
신후담(1702~1761)	『西學辨』「職方外紀」, 『河濱全集』「紀聞編」	내용 인용, 전반적인 평가
안정복(1712~1791)	『順菴集』「雜著」	단순 평가
위백규(1727~1798)	『存齋集』「西洋諸國圖」	단순 평가
황윤석(1729~1791)	『頤齋亂藁』「表紙記錄」	단순 평가
홍유한(1726~1785)	『隴隱遺稿』「遺墨」	단순 평가
이가환(1742~1801)	『黃嗣永帛書』47	단순 평가
이규경(1788~?)	『五州衍文長箋散稿』「地球辨證說」	단순 평가
권일신(?~1791)	『正祖實錄』33	단순 평가
최한기(1803~1875)	『氣測體義』「各樣水火」, 「人物氣結成石」	단순 인용

18) 『國朝寶鑑』 인조9년 신미 7월조. "진주사 정두원이 명나라 서울에서 돌아와 서양 화포, 염초화, 천리경, 자명종 및 각종 도서 등을 올렸다. 陸若漢 신부가 찾아와 신이 화포 일 문을 얻어 우리나라에 가서 바치고 싶다고 했더니 즉석에서 허락한다. 아울러 기타 서적과 기물들을 주기에 그것들을 뒤에 적었다. 『치력연기』 1책, 『이마두천문서』 1책, 『원경설』 1책, 『천리경설』 1책, 『직방외기』 1책, 『서양국풍속기』 1책, 『서양국공헌신위대경소』 1책, 『천문도』, 『남북극양폭』"

19) 줄리오 알레니, 천기철(역), 앞 책, 350쪽 참조.

이익은 「발직방외기」에서 지구가 둥글다는 것과 경위도의 개념을 인식하였고 콜럼부스 항해와 마젤란의 세계 일주 여행 등 근대적 지리 정보를 받아들여 중국인이 미처 알지 못한 것을 서양인이 알고 있다는 사실에 놀라워하였다.[20] 대서양은 극대하여 끝이 없으므로 일찍이 서방의 국가에서도 역시 대양 외에 땅이 있는 것을 몰랐다[21]고 소개함으로써 새로운 지리관을 가져 동시대의 학자에게 영향을 미치게 되었다. 여전히 중국이 세계의 중심이라는 선입견을 버리지 못하는 한계를 가졌으나 서양의 학술이 중국보다 앞섰고 정확하다는 사실을 인정하였다. 즉 서양의 종교에 대해서는 부정적인 견해를 보이면서도 서양의 과학 기술에 대해서는 '전인들이 밝히지 못했던 새로운 사실들을 밝혔다'는 찬사를 아끼지 않았다.

안정복도 「천학고(天學考)」에서 "여덕아국(如德亞國)은 옛날의 대진국(大秦國)인데 불림(拂菻)이라고도 하니, 곧 천주(天主)가 하강(下降)한 나라이다."[22]라고 하면서 『직방외기』를 통해 세계 지리에 관한 정보를 접하였음을 드러낸다. 벽서(闢西)의 수장(首長)으로서 「천학고」와 「천학문답」을 써서 중화적 세계관에 입각하여 불교와 같은 이단인 서교 배척에 앞장섰으나 서기에 대한 긍정적 입장은 스승 이익과 맥을 같이 하였다.

신후담은 「서학변(西學辨)」에서 『직방외기』를 평하여 "세계는 오대주(五大州)로 되어 있으며 유럽의 학문은 천주상제를 존숭하는 것을 제 1의(義)로 삼는다"고 하면서 '서학(西學)은 사학(邪學)'이라는 관점에

---

20) 이익은 "정두원이 가져온 물품 중에서 천문과 직방이란 두 종류의 글을 얻어 보았으나 그 나머지는 보존된 것이 없다"(『星湖僿說』 제4권, 「萬物門」)고 언급 하였다.
21) 『星湖先生全集』, 「跋職方外紀」.
22) 『順菴先生文集』, 「答黃耳叟」.

서 저술된 만큼 이 책에 대한 거의 모든 내용들에 대해 부정적인 평가를 내린다. 중화적 세계관에서 유럽의 다른 나라들은 오랑캐의 궁벽한 지방에 불과하여 중국과 같은 대열에 놓고 혼동하는 것은 질서를 모르는 것이라고 언급하였다.

또 『직방외기』 '마젤라니카 총설'에 "마젤라니카를 세계에서 다섯 번째 대륙이라 하면서 그곳의 경위도와 남극과의 거리가 얼마인지에 대한 자료가 정확하지 않아서 함부로 말할 수 없다"고 한 부분을 들어 정확하지 않은 사실을 말하는 것은 군자의 태도가 아니라고 비판한다.

특히 그는 스승 이익과 달리 서양의 과학·기술 교육을 도덕성과 무관하여 무익한 것, 신학 교육을 도덕성을 해치는 부도덕한 것이자 이단으로 규정하였다. 또 이에 대처하는 과정과 방법에서 철저히 주자성리학의 논리, 중화주의적 의식을 드러내기도 함으로써 전형적인 주자성리학자의 모습을 보여주었다.[23]

이 책은 앞서 살핀 성호학파의 근기(近畿) 남인 지식인뿐만 아니라 호남의 학자 위백규, 황윤석 등의 세계에 대한 인식변화에도 영향을 주었다. 위백규는 그의 문집에서 『직방외기』의 내용을 종종 옮겼는데 이스라엘[如德亞]에서 예수가 강생하여 33년 동안 세상에 살았다는 것과 세계 각국의 지리적 정보, 생활모습 등을 진술하고 특히 에스파냐가 중국과 비견되어 묘사된 점에 주목하였다.[24]

황윤석은 그의 문집 중 「서양」을 보면 에스파니아[以西把尼亞], 이스라엘[如德亞], 프랑스[佛狼機] 등 서양 각 국의 사정들을 기록하였다.[25]

---

23) 차미희, 「17·18세기 조선 사대부의 독서 양상과 서양 교육 이해」, 『한국사연구』 제128집, 2005, 205~206쪽.
24) 『存齋集』.
25) 『직방외기』는 황윤석이 무자년에 참고한 서목 가운데 『역상고성』·『수리정온』과 함께 발견되었다.
   『이재난고』 제1책 권6, 551쪽 참조.

이 밖에 『직방외기』를 읽은 것으로 확인되는 이는 홍유한, 이규경, 이가환, 권철신, 최한기 등을 들 수 있다. 특히 이규경의 경우는 『오주연문장전산고』[26)]에서 『직방외기』를 수차 언급, 인용하고 특히 「지구변증설(地球辨證說)」에서는 『직방외기』에 기록된 5대주에 관한 학설에 대하여 문제 제기를 하기도 하고, 「남돈백곤여외인물변증설(南敦伯坤與外人物辨證說)」에서 『곤여외기(坤與外紀)』를 변(辨)하면서 『직방외기』, 『해국도지(海國圖誌)』가 오히려 더 해박하다고 평하기도 하였다.[27)]

〈해제 : 배주연〉

---

26) 이규경은 『五洲衍文長箋散稿』 「地球辨證說」, 「南敦伯坤與外人物辨證說」, 「大地有五洲五帶九重諸名號辨證說」 등에서 『직방외기』를 인용하고 논평하였다.

27) 이외에 신유사옥 때 문초에서 이가환이 아직 성교를 믿기 전 갑진·을사(1784~1785)년 간에 이벽 등이 이를 믿음을 보고 책망하기를 "우리 집에도 『직방외기』, 『서학범』 등이 있어서 한번 보았으나 기문벽서(奇文僻書)여서 식견은 넓힐 만하나 안신입명에는 족하지 않다"고 하자 이에 이벽이 이가환을 설득시켜 드디어 『천학초함』 수종과 『성년광익』을 빌려보게 하였음(「황사영백서」 48行)을 기록하고 있다.

참 고 문 헌

1. 사료

『職方外紀』

『國朝寶鑑』

『星湖先生全集』

『順菴先生文集』

『五洲衍文長箋散稿』

『存齋集』

李之藻, 『天學初函』第一卷, 臺北: 學生書局, 1965.

2. 단행본

도날드 베이커, 김세윤(역), 『조선후기 유교와 천주교의 대립』, 일조각, 1997.

줄리오 알레니, 천기철(역), 『직방외기: 17세기 예수회 신부들이 그려낸 세계』, 2005, 일조각.

方豪, 『李之藻輯刻天學初函考』, 臺灣: 華岡學報, 1966.

____, 『中國天主教人物傳』, 香港, 1970.

徐宗澤, 『明淸間耶蘇會士譯著提要』, 臺北: 中華書局, 1949.

3. 논문

김귀성, 「J.aleni 著 漢譯西歐敎育資料가 아시아 교육에 미친 영향 : 『西學凡』, 『職方外紀』를 중심으로」, 『한국교육사학』 제21집, 한국교육사학회, 1999.

안외순, 「서학수용에 따른 조선실학사상의 전개양상」, 『東方學』 제5집, 동양고전연구소 1999.

이원순, 「성호이익의 서학세계」, 『교회사연구』 제1집, 한국교회사연구소, 1977.

_____,「職方外紀와 愼後聃의 西洋敎育論」,『역사교육』제11·12집, 역사교육연구회, 1969.

차미희,「17·18세기 조선 사대부의 독서 양상과 서양 교육 이해」,『한국사연구』제128집, 2005.

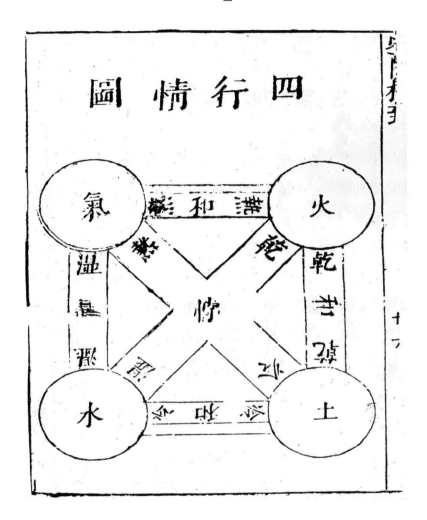

『천문략(天問略)』

분류	세부내용
문 헌 종 류	한문서학서
문 헌 제 목	천문략(天問略)
문 헌 형 태	목판본 (추정)
문 헌 언 어	漢文
간 행 년 도	1615년
저 자	디아즈(Emmanuel Diaz, 陽瑪諾, 1574~1659)
형 태 사 항	100면
대 분 류	과학
세 부 분 류	천문
소 장 처	프랑스국립도서관(Bibliotheque Nationale de France)
개 요	르네상스시기의 천문학자 티코 브라헤(Tycho Brahe)의 천동설과 지동설과의 중간적 우주체계 이론에 입각한 서양 중세 천문학 소개서 내지 개설서.
주 제 어	십이중천(十二重天) 칠정(七政) 천(天) 일(日) 월(月) 수성 (水星) 화성(火星) 금성(金星) 목성(木星) 토성(土星) 일식 (日蝕) 주야(晝夜) 시각(時刻) 월식(月蝕)

1. 문헌제목

『천문략(天問略)』

2. 서지사항

『천문략』은 포르투갈 출신 예수회 선교사 디아즈(Emmanuel Diaz, 陽瑪諾, 1574~1659)가 저술한 천문서(天文書)로 1615년 북경에서 간행되었다.

한서 한 권으로, 제(題)와 서(序) 총 14면과 본문 86면 등 전체 100면이다. 서문에 해당하는 주희령(周希令)의 「제천문략(題天問略)」, 공정시(孔貞時)의 「소서(天問略小序)」, 왕응웅(王應熊)의 「각천문략제사(刻天問略題詞)」 및 디아즈의 「자서(天問略自序)」를 두었다. 각자 친필로 제문와 서문을 쓰고 말미에 인장을 찍은 것이 특징이다. 공정시는 서문 끝에 만력 을묘 하 4월(萬曆乙卯夏四月), 디아즈는 자서 끝에 만력 을묘 중추월(萬曆乙卯仲秋月)이라고 명확한 시기를 밝혀 서문들은 『천문략』이 간행된 1615년에 작성되었다는 것을 알 수 있다.

본문은 한 면당 10행(行), 한 행 당 22자이다. 문답체제로 되어 있다.

항목을 특별히 나누지는 않았으나 크게 여섯 범주를 정해서 서로 밀접하게 관련되는 내용을 한 범주에 묶어 각각 한 항목씩 질문과 답변 형태로 설명하였다. 질문을 "문(問)"이라 던지고, 그에 대해 "왈(曰)"로 설명하는 형식을 취하였다.

이 책은 한문서학(漢文西學) 천문서(天文書)답게, 내용의 이해를 돕기 위해 설명이 실린 해당 면 상단에 한 면 3분의 2 크기의 천문도해(天文圖解)가 그려져 있다. 그림이 있는 면은 본문 전체 86면 중 도합 23면이다.

책 전체 교열은 서문을 지은 주희령(周希令), 공정시(孔貞時), 왕응웅(王應熊) 등 세 명의 중국학자가 하였다.

『천문략』은 『천학초함(天學初函)』과 『사고전서(四庫全書)』「자부(子部)

천문산법류(天文算法類)」, 오성란(吳省蘭) 편집 『예해주진(藝海珠塵)』에 수록되어 있다.

[저자]

저자 디아즈(Emmanuel Diaz, 陽瑪諾, 1574~1659)는 포르투갈 출신 예수회 선교사이다. 1610년(明 萬曆 38년) 중국에 입국해 남경(南京)에서 전교하던 중 1616년 남경교난으로 마카오에 피신하였다가 다시 중국으로 돌아와 1621년부터 3년 동안 북경에서 중국 주재 예수회 부책임자로 봉직하였다. 그 후 남경·송강(松江)·상해(上海)·항주(杭州) 등지에서 전교하며 영파(寧波)에 최초로 천주교회를 열었다. 1634년 남창(南昌), 1638년 복주(福州)에서 전교하고 그 후 다시 박해를 피해 마카오로 피신하였다가 1648년부터 연평(延平)에서 전교와 저술활동에 전념하였다. 1659년 항주에서 선종하여 항주성 밖 대방정(大方井)에 안장되었다. 저술로는 『천문략』 외에 『천주성교십계직전(天主聖敎十誡直詮)』, 『성경직해(聖經直解)』, 『수진일과(袖珍日課)』, 『대의론(代疑論)』, 『경세금서(經世金書)』 등이 있다.

3. 목차 및 내용

[목차]

없음

[내용]

천문학 개론인 본문은 중국 선비(中士)의 각 질문에 대해 서양 선비(西士)가 설명하며 답변하는 형식을 취한 문답체제로 되어 있다. 항목을 각각 나누지 않았으나 크게 여섯 범주를 정해서 같은 범주에 속해 서로 상관이 밀접한 질문 다수를 함께 묶었다. 여섯 범주는 다음과 같다.

① 하늘(天)은 여러 층으로 겹쳐 있다는 것과 칠정, 즉 해(日)·달(月)·수성(水星)·화성(火星)·금성(金星)·목성(木星)·토성(土星)의 근본자리(天有幾重及七政本位)
② 해(日)는 하늘의 움직임에 따라 운행됨과, 해가 적도에서 떨어져 있는 도수(日天本動及日距赤道度分)
③ 일식(日蝕)
④ 밤낮의 시각은 (해가) 북극에서 땅으로 솟는데 따라 각각 길고 짧음이 있음(晝夜時刻隨北極出地各有長短)
⑤ 달(月)은 제1중천이며 달은 하늘의 움직임에 따라 운행됨(月天爲第一重天及月本動)
⑥ 월식(月食)[1]

『천문략』은 르네상스 시기의 덴마크 천문학자 티코 브라헤(Tycho Brahe, 1546~1601)의 천동설(天動說)과 그 이후 지동설(地動說)과의 중간적 우주 체계 이론에 입각한 천문서라 할 수 있다.

즉 서양 중세 천문학의 내용인 기원 후 2세기경 그리스의 고대 천문학자이자 수학자 프톨레마이오스(Klaudios Ptolemaeos, 87?~165?)

---

1) 월식(月食) : 月蝕을 '蝕'이 아닌 '食'으로 썼다. 잘 못 기록한 듯하다.

의 십이중천설(十二重天說) 체계를 핵으로 하고, 티코 브라헤의 관측 성과를 받아들여 재편된 서양의 천문학 소개서인 것이다.

프톨레마이오스는 BC 2세기 중엽 그리스의 천문학자 히파르코스 (Hipparchus)의 학설을 통합해 자신의 체계를 완성한 후 천동설(天動 說)에 의한 천체의 운동을 수학적으로 기술하였다. 천체가 비교적 간단한 기하학적 모델로 움직인다고 가정하고, 히파르코스의 사인표[正弦表]를 사용하여 해·달·행성의 위치를 계산했으며, 그에 따른 일식·월식 현상을 예보하는 방법을 상세히 설명하였다. 십이중천설은 곧 이 이론에 의거해 지구를 중심으로 하늘(天)이 고도를 달리하며 12개의 얇은 껍질로 지구를 둘러싸며 형성되어 있는데, 달은 최하위인 제1중천에, 태양은 제4중천에 위치하여 본천(本天)의 움직임에 따라 운행된다는 주장이다. 즉 지구가 우주의 중심에 있고 태양계의 천체들은 달·수성·금성·태양·화성·목성·토성의 순서로 자리하고 있다는 것이다.

티코 브라헤는 태양 중심설과 지구 중심설을 절충한 우주체계를 제안했는데 오행성이 태양 둘레를 공전하고, 태양과 달이 지구 둘레를 공전하는 보정된 천동설이다. 이 우주체계는 지구를 중심으로 하여 태양은 1년에 1회 지구주위를 돌고, 혹성은 각기 일정한 주기로 태양 주위를 회전한다는 이론이다.

디아즈는 『천문략』에서 이 두 가지 이론을 절충하여 서양 천문학을 소개하고 있다.

특별히 『천문략』에는 북경 및 그 인근지방(北京及隣近地方晝夜長短日 出日入朦曨影刻分)을 필두로 남경(南京), 산동성(山東省), 산서성(山西省), 섬서성(陝西省), 하남성(河南省), 절강성(浙江省), 강서성(江西省), 호광성 (湖廣省), 사천성(四川省), 복건성(福建省), 광동성(廣東省), 광서성(廣西 省), 운남성(雲南省), 귀주성 및 그 인근지방(貴州省及隣近地方晝夜長短日 出日入朦曨影刻分)에 이르기까지 명(明) 시대의 두 개 수도 북경·남경과

13개 지방구획 성(省), 즉 전 중국을, 한 면 씩 할애하여 절기에 따른 해돋이(日出)와 해넘이(日入), 낮의 길이(晝長短)와 밤의 길이(夜長短), 빛과 그림자의 상관관계(朦朧影)를 시각과 분으로 상세히 나누어 일목요연하게 작성한 표(表)가 있다. 총 15면에 달한다.

『천문략』이 서구 중세 천문학을 바탕으로 이론을 전개하여서 최신 서양 우주론을 알린 것은 아니나, 본문 끝 부분에는 갈릴레오 갈릴레이(Galileo Galilei)가 망원경을 이용해 달, 금성, 토성 등을 관측한 내용을 소개하고 책 마지막 면은 토성을 그림 그려 해설하며 마무리하였다. "근세 서양에 천문학에 정통한 명사가 육안(肉眼)의 한계를 절감하고 정교한 기구를 처음 만들어 관측에 사용했는데 60리 밖에 있는 한 척(一尺) 크기의 물체도 눈앞에 있는 것과 다름이 없다."고 했는데 이는 1609년 갈릴레오가 망원경을 이용해 측정한 토성의 관측결과를 기록한 것으로 당시로서는 가장 새로운 천문지식을 소개한 것이다.

그러나 디아즈는 서문에서도 스스로 "이 책이 천문론의 입문서인 동시에 천당으로의 길잡이가 되기를 바란다."고 밝혔듯 종교적 저술 의도도 숨기지 않았다. 즉 가장 높은 제12중천(第十二重天)은 부동천(不動天)으로 천주와 여러 성인이 머무르고 있는 천당이 바로 그곳이라고 소개하였다.

4. 의의 및 평가

『천문략(天問略)』은 서양 중세천문학 소개서 겸 개설서로 기본 핵심 이론인 십이중천설은 전통적 천원지방(天圓地方)의 개천설·혼천설 등 전통 개념에 익숙한 동양의 지식인들에게 큰 충격을 주며 우주관의 변화를 촉구한 한문 서학천문서이다.

조선 역시 1631년 연행사로 중국에 갔던 정두원(鄭斗源, 1581~?)이 일찍이 이 책을 반입하였으며, 그 위에 조선지식인들이 최초로 접한 서양천문이론서여서 그 영향이 지대하였다.

이 같은 중세적 천체관은 서양에서는 1543년 코페르니쿠스(Copernicus)가 지동설(地動說)을 주장하며 그 이론적 근거를 상실하였지만, 그리스도교의 정통 교의에 입각해 전교하던 명말 청초의 예수회 선교사들은 여전히 중세적 우주관을 고수해야하는 한계를 보인 대표적 천문서가 『천문략』이라 하겠다.2)

5. 조선에 끼친 영향

『천문략』은 조선에 일찍 알려졌다. 1631년 부경사신(赴京使臣) 정두원(鄭斗源)이 산동반도 등주(登州)에서 우연히 예수회 선교사 로드리게즈(Johannes Rodriguez, 陸若漢, 1561~1634)3)를 만나 서양과학에 대한 지식을 얻고 역관(曆官) 이영준(李榮俊)을 서양의 천문 역법을 배우도록 중국에 머무르게 하였는데, 이영준은 이 때 『천문략』을 독파하고 로드리게즈에게

---

2) 서양에서 지동설이 공인된 것은 1758년이고, 프랑스 출신 예수회 선교사 브누아 (Michel Benoist, 蔣友仁)가 1767년 『곤여도설(坤輿圖說)』에서 소개하며 중국에 처음 알려졌다. 이 무렵 조선에도 알려졌을 것이다.

3) 로드리게즈(陸若漢, Johannes Rodriguez) : 포르투갈 태생 예수회 선교사. 1577년부터 일본에서 선교하며 시마바라 신학교 교사 겸 일본어에 능통한 통역사로 활동하고 나가사키에서 저서 <일본문전>을 출판하였다. 일본의 그리스도교 금교령으로 1614년 중국 마카오로 건너가 1634년 사망할 때까지 주로 마카오에서 활동하였다. 강재언, 『서양과 조선』, 학고재, 1998; 方豪, 中國天主敎史人物傳, 第Ⅱ册, 香港 公敎眞理學會, 1973, 참조.

서신을 보내 천체의 구성과 역법에 관해 질의하고 답신을 받기도 하였다. 이는 조선 지식인이 의도적으로 서구과학에 접근을 시도한 최초의 예로 특기할 만하다.

『천문략』은 조선에 전래되어 비록 최신 서양 우주론은 아니었지만 개천설(蓋天說)이나 혼천설(渾天說)⁴⁾ 등 중국 고대 천체관에 머물러 있던 조선 학자들에게 큰 반향을 불러일으켰다. 특히 십이중천설은 조선시대 지식인들이 최초로 접한 서양의 우주관으로서 지대한 영향을 미치며 우주 구조에 대한 관심도 고조되었다. 이익(李瀷)은 『천문략』을 열독한 후 지은 「발문(跋天問略)」에서 "『천문략』의 내용은 양마락이 중국 학사의 질문에 조목별로 답한 것이다. 그 십이중천설(十二重天說)을 논한 부분이 매우 뛰어난데 "의당 전서(全書)에 상세히 논하였으므로 다시 자세히 싣지 않는다."라고 하였으니, 그 전서가 다 번역되지 않은 것이 애석하다."고 썼다.⁵⁾ 이익의 서양천문학에 입각한 우주관은 주로 『천문략』을 통해 형성되었다고 할 수 있다.

〈해제 : 장정란〉

---

4) 개천설(蓋天說)이나 혼천설(渾天說) : 개천설은 하늘과 땅이 모두 평면이며, 하늘은 둥글고 땅은 네모라는 천원지방설(天圓地方說, 일차 개천설)과, 천지가 모두 둥근면(曲面)이며 북극지방이 높은 삿갓(蓋笠) 모양이라는 이차 개천설이 있다. 혼천설은 후한(後漢) 장형(張衡)의 혼천의설(渾天儀說)이며, 천(天)·지(地)의 모양은 새의 알(鳥卵)과 같은 것으로 천(天)이 지(地)를 둘러쌓고 있으며, 하늘이 수레바퀴 모양으로 돌아감이 혼연(渾然)하다고 하였다. 한 대(漢代) 이후 모두 혼천설을 신봉하고 조선에서도 혼천설을 추종하였다.
5) 한국고전번역원, 한국문집총간 성호전집 제55권 제발(題跋) - 跋天問略, 김성애 (역), 2010.

참 고 문 헌

1. 사료

吳相湘(主編), 影印本 『天學初函』 卷二, 臺北, 學生書局, 1965

2. 단행본

이원순, 『조선 서학사 연구』, 일지사, 1986.

方豪, 『中國天主教史人物傳』, 第1冊, 香港 公教眞理學會, 1973.

徐宗澤(編著), 『明淸間耶蘇會士譯著提要』, 臺北 中華書局, 1958.

Pfister, Notices biographiques et bibliographiques, Chang-hai, 1932.

3. 논문

강영심, 「17·18세기 조선의 외국역법서적수입과 문화변동」, 이화여자대학교 한국문화연구원학 술대회자료집, 2005.

심종혁, 「예수회 중국 선교사들과 서양과학의 조선 전래」, 『신학과 철학』 20호, 2012.

17세기 예수회 선교사 저작 지도류(地圖類) 개관

16세기 후반 이후 중국의 예수회 선교사들은 적응주의 포교 방식의 일환으로 종교뿐만 아니라 천문·역법 등과 같은 서양의 최신 과학을 동양에 전파하는 역할을 수행하였다. 특히 효율적 전교(傳敎)를 위해 기존 전통적 중국 중심의 세계관에 변화가 요구되었는데 서구식 세계지도의 제작은 중화적 세계관을 변화시키는 중요한 수단으로 적극 활용되었다.

1. 중국 선교사들에 의한 서구식 세계 지도의 제작

1) 마태오 리치

「산해여지전도(山海輿地全圖)」, 「곤여만국전도(坤輿萬國全圖)」, 「양의현람도(兩儀玄覽圖)」

마태오 리치는 종교를 비롯하여 지도 제작과 지리 분야에도 큰 영향을 끼쳤는데 광동(廣東)의 조경(肇慶)에 첫 선교 근거지를 확보한 직후, 조경 지부(知府) 왕반(王泮)의 제안을 받아들여 1584년 최초의 한역 세계지도인 「산해여지전도」를 제작하였다. 이후 1600년 남경의 「산해여지전도」, 1602년 북경판 「곤여만국전도」, 「양의현람도」 비롯하여 10여 판본 이상의 세계지도를 제작하였다. 그가 제작한 이 지도들은 여러 곳에서 각각 다른 판으로 출판되면서 중국인들의 인기를 끌어 대중판도 나왔으며 조선에도 수입되어 영향을 미쳤다.

지도명	제작시기	제작주체·판본	제작지	특징
「산해여지도」 (山海輿地圖)	만력12년 (1584)	왕반 각판	자오칭	
「산해여지도」 (山海輿地圖)	만력23~25년 (1595~1598)		쑤저우	왕반 본 개정
「만국이환도」 (萬國二圜圖)	만력29년 (1601)		베이징	서광계의 서문
「산해여지전도」 (山海輿地全圖)	만력28년 (1600)	오중명 각판	베이징	왕반 본 수정
「곤여만국전도」 (坤與萬國全圖)	만력30년 (1602)	이지조 각판	베이징	오중명 본 수정
「곤여만국전도」 (坤與萬國全圖)	만력30년 (1602)	각공모(刻工某) 각판	베이징	이지조 본 복각
「양의현람도」 (兩儀玄覽圖」	만력31년 (1603)	풍응경·이응시 각판	베이징	이지조 본 개정
「산해여지전도」 (山海輿地全圖)	만력32년 (1604)	곽자장(郭子章) 각판	귀저우	오중명 본 축소 판각
「곤여만국전도」 (坤與萬國全圖)	만력20~36년 (1602~1608)			
「곤여만국전도」 (坤與萬國全圖)	만력36년 (1608)	궁정(宮廷)각판	베이징	
「곤여만국전도」 (坤與萬國全圖)	1644년 이후?	청조 판 6폭	베이징	이지조 본 수정 판각
「곤여만국전도」 (坤與萬國全圖)	1708년	조선본, 필사본	서울	최석정(崔錫鼎) 서문

    1584년 최초 판본은 현존하지 않으나 중국 도착 후 얼마 되지 않은
시기에 제작된 것으로 지명의 표기 및 내용에서 오류가 많았던 것으
로 보인다. 본격 수정 작업은 1600년 대 이루어 졌으며 1602년 이지조
가 그의 지도를 6폭의 「곤여만국전도」로 간행하였다. 이 판본은 이후

사본들의 활용되기도 하여 가장 영향력이 컸다. 현재 바티칸도서관, 일본 교토대 도서관과 미야기현립도서관 등에 있다. 1603년에는 8폭의 대형 세계지도인 『양의현람도』가 제작되었다. 큰 특징은 1602년판의 「구중천도」가 「십이중천도」로 바뀐 것으로 현재 한국의 숭실대 기독교 박물관과 중국의 요녕성박물관에 각각 1부씩 보관되어 있다.

특히 이지조의 권유와 협조로 제작된 1602년 북경판 「곤여만국전도」가 널리 알려진 것으로 168x372cm 크기의 6폭 병풍으로 제작된 대형 전도이다. 하늘과 땅에 관한 유럽의 '우월한' 지식을 총괄한 문헌으로 그것은 대륙과 해양의 윤곽, 그 위의 여러 나라를 표현한 지도였을 뿐만 아니라 그가 로마대학에서 당대 유럽 천문학의 대가 클라비우스(C.Clavius, 1538~1612)에게서 배운 과학지식이 잘 정리된 종합적인 우주론 문헌이다. 거기에는 지구설, 일월식의 기제, 아리스토텔레스의 구중천(九重天) 모델과 4원소설 등이 정리되었고, 15세기 말 이후 100여년에 걸쳐 진행된 '지리적 발견'의 성과가 다섯 대륙과 여러 나라에 대한 간략한 설명의 형태로 표현되었다.[6] 대형의 세계전도로서 지리뿐만 아니라 천문, 역법 등에 관한 방대한 내용을 수록하였다.

중앙에 난형(卵形)의 세계지도가 그려져 있고 그 주위에 설명을 위한 지도와 그림, 천문학적 주기 등이 수록되어 있다. 지명뿐아니라 지지적(地誌的) 기술을 수록하여 지도와 지지를 결합한 양식을 띤다. 지도 제작의 기초 자료는 1569년 메르카토르(Mercator, 1512~1594)의 세계지도와 1570년 오르텔리우스(Ortelius, 1527~1598)의 세계지도를 모본으로 참고하여 '보르도네 난형도법[7]'이라는 투영법으로 제작하였다.

---

6) 「곤여만국전도」와 그 도설은 클라비우스의 『싸크로보스코의 『천구론』에 대한 주석』(Commenatary on the Sphere of Sacrobosco, 로마, 1581년 판)을 대본으로 이용했다.
7) 전체적으로 계란의 타원의 형상을 하며 위선은 직선, 경선은 중앙을 제외하고 동

그러나 서구식 세계지도는 지도와 지지가 분리되는 형식이 일반적인데 마태오 리치는 중국에서 20년 간 생활하면서 동양인들의 정서적 특징을 반영하여 하고 싶은 말을 주기(註記)에 담아 둘을 결합 시키는 양식을 활용하였다.

2) 알레니 : 「만국전도(萬國全圖)」

1623년에는 알레니(J. Aleni, 艾儒略)가 지리서인 『직방외기』를 짓고 그 책에 포함되어 잇는 지도를 가지고 별도로 「만국전도(萬國全圖)」를 만들어 함께 수록하었다.8)

알레니는 마태오 리치가 북경에서 타계한 1610년 중국에 전교를 위해 도착하였는데 『직방외기』는 직방사가 관할하는 중국 본토와 조공국을 제외한 지역의 정치·경제·문화를 포함하는 지리서로 권수에 「만국지도」를 싣고 아시아, 유럽, 아프리카, 아메리카의 지도를 실었고 권말에 「북여지도」와 「남녀지도」, 즉 북반구도와 남반구도를 실었다.

마태오 리치는 대형 지도를 만들고 그 지도의 여백을 이용하여 인문·자연 과학적 내용을 실었으나 알레니는 처음으로 지도와 책의 기능을 할 수 있는 지지서(地誌書)의 형식을 택하였다. 「만국전도」는 지지서의 부도 형식을 취하여 수록된 내용이 다소 소략하나 그간 탐험에 의해 축적된 지리 지식이 반영되었다.

권두의 4면 크기의 「만국전도」는 별도로 확대하여 목판본으로 간행

일 간격의 곡선이다.
8) 1612년에 이탈리아 출신 선교사인 빤또하(D. Pantija, 龐迪我)와 우르시스(S. Ursis, 熊三拔)가 「만국지해전도(萬國地海全圖)」를 제작하여 명나라 신종(神宗)에게 헌상한 바 있다. 그 후 1623년 알레니는 마태오 리치의 「곤여만국지도」와 이들이 헌상한 세계지도를 기초로 증역하여 「만국전도」를 포함한 지리서 『직방외기』를 저술하였다.

한 것과 필사본으로 만든 대형 지도도 전해진다.[9] 알레니의 「만국전도」
도 마태오 리치의 「곤여만국지도」와 같이 중앙 경선을 태평양 중앙에
두고 이으며 양극을 점이 아니고 선으로 표시하는 타원형 도법을 사용하
고 있다. 유럽의 세계지도는 대부분이 대서양을 지도의 중앙에 두고
있으므로 아시아는 지도의 동쪽 끝에 보이게 되는데 반대로 태평양을
중앙에 둔 지도이므로 아시아의 대부분이 지도의 중심부에 위치하게
된다. 곧 커다란 달걀 모양의 권 안에 중국을 한가운데 위치시키고 왼쪽
에 남북아메리카·아시아·유럽·아프리카를 배치하고 아시아의 하단에
오세아니아를 두는 방식으로 그렸고 달걀모양의 오대주 밖에는 구중천
도(九重天圖)·천지의도(天地儀圖)·일월식도(日月蝕圖) 같은 천문학의 도
판과 해설을 덧붙이는 형태의 세계지도였다.

3) 페르비스트 : 「곤여전도」

알레니의 「만국전도」 제작 50년 후, 벨기에 출신 예수회 선교사 페르비
스트는 1672년 『곤여도설』이라는 지리서를 편찬하였고, 이어 1674년에는
이 지리서의 내용을 그림으로 옮긴 대형 세계지도인 「곤여전도」를 대형
양반구도(兩半球圖)로 제작하였다. 「곤여전도」는 시점을 적도상에 둔 평사
도법(平射圖法)[10]으로 동서 양반구를 분리하여 그린 것이다. 이 지도의
동반구에는 아세아, 구라파, 리미아(利未亞), 서반구에는 남·북아묵리가
(亞墨利加)가 그려져 있고 묵와랍니가(墨瓦蠟尼加:남방대륙)는 양반구에

---

9) 황윤석(黃胤錫)은 이서(李恕)에게 서양 지도 열람을 청하였는데 보여준 것이 「만
  국전도」로 총 5폭으로 구성된다고 기록하였다(『頤齋亂藁』 卷12, 乙丑(1769) 三
  月 二十八日).
10) 평사도법(平射圖法) : 투시도법(透視圖法)의 한 가지. 지구 직경의 한 점을 시점
  을 가정하여 그 반대측의 반구를 평면상에 나타내어 경위선을 투사하는 방법.
  중앙부가 약간 작게 나타난다.

걸쳐 있다. 자오선(子午線)[11]은 양반구가 9개씩 그려져 있고 위선은 적도와 남북회귀선 및 극권이 그어져 있다. 이는 1569년 판 메르카토르의 수정 세계 지도를 기초로 제작된 것으로 보이는데 지도상의 지명 등은 마태오 리치의 세계지도를 주로 따랐다.[12]

페르비스트가 1672년 저술한 『곤여도설』은 알레니의 『직방외기』와 달리 지도가 수록되어 있지 않았다. 따라서 각 지역을 이해하는데 불편하였는데 이를 보완하기 위해 대형의 세계지도를 제작하고 『곤여도설』에 수록된 내용들을 지도에 적었다. 마태오 리치의 「곤여만국전도」에 비해 지리 인문학적인 내용을 많이 수록하고 있다. 마태오 리치가 수록한 주기(註記)에는 우주에서 지구의 위치, 일월의 운행, 일월식, 경위도, 입출입시각 등 역법 제작에 기초가 되는 천문학적 지식을 망라하고 있는데, 페르비스트의 지도에서는 지구 표면의 구체적인 자연현상과 지리적 사실에 보다 중점을 두고 있다. 이러한 변화는 특수 상류지식층을 상대로 편집된 「곤여만국전도」와 달리 「곤여전도」가 좀 더 일반 사람들의 관심사에 초점을 두고 지도를 제작한 것에서 비롯된 것이라 볼 수 있다. 즉 마태오 리치의 지도는 관리와 황제의 관심을 끌기 위해 역법의 바탕이 되는 천문학적 지식에 더 치중한 반면, 페르비스트의 지도는 일반인들의 호기심을 자극할 수 있는 지리지식과 관련된 내용들을 많이 수용했다.

  * 브노아(Michel Benoit, 蔣友仁, 1715~1777) : 「곤여전도」
  1761년 판각되었는데 페르비스트의 「곤여전도」처럼 양반구의 형식

---

11) 자오선(子午線) : 천정(天頂)과 천저(天底)를 통하는 무수한 대원(大圓), 곧 수직권 중에서 天球의 양극을 통과하는 것. 이 자오선과 관측시점을 포함하는 평면이 지표면과 교차하는 선을 지구의 자오선이라 하는데 남북을 가리킨다.
12) 田保橋潔, 「朝鮮測地史上の一業蹟」, 『歷史地理』, 1932, 27~28쪽 참조.

을 띠고 있다. 브노아는 1745년 북경에 도착하여 건륭제 하에서 근대적 측량방법에 의한「황여전도(皇輿全圖)」제작에 참여하였다. 이 지도에는 코페르니쿠스의 지동설이 처음으로 소개되어 있다는 점이 가장 큰 의의로 지적되는데[13] 그동안 금기시 되었던 지동설이 비로소 브노아의「곤여전도」[14]에 수록될 수 있었던 것이다. 그러나 이전 마태오 리치, 알레니, 페르비스트에 의해 제작되었던 지도들이 차지하는 비중에 비해 브노아의「곤여전도」의 영향력은 미약하였다.

17세기 초 마태오 리치의「곤여만국지도」제작에서부터 알레니의『직방외기』와「만국전도」, 페르비스트의『곤여도설』와「곤여전도」에 이르기까지 제작된 한문 세계지도와 지리서는 중국 및 아시아 세계에 지원설(地圓說)·수정구(水晶球) 체계의 우주학 이론, 경위도의 측량 방법, 기후대의 구분, 지도 제작법, 세계 지리 신지식과 다양한 지명의 번역법 등을 포괄하는 많은 지리학 관련 새로운 지식을 가져다주었다.

이 시기 동양에서 제작되었던 기존 중국 중심의 전통적인 세계지도들은 천원지방(天圓地方)의 천지관과 중화적 세계인식에 기초하여 제작되었으며 이러한 흐름은 17세기 이후 서양의 지리지식이 전래되기 전까지 지속되었다.

그러나 17세기 이후 서구식 세계지도를 통해 더 넓은 세계를 천하로 인식하게 되었고 세계의 중심에 위치한 중국과 그 주위의 이역으로 구성되는 지리적 중화관을 부정하게 되었다. 중국을 비롯한 직방(職方) 이외의 세계가 있음을 알게 되었고 그들도 상당한 수준의 문화를 지니고 있다는 점을 인식하게 되었다. 그러나 그러면서도 한편으로는 전통적 사고에 의한 지도가 19세기까지 계속 이어지기도 하였다.

---

13) 海野一隆,「湯若望および蔣友仁の世界圖について」,『人文地理學の諸問題』, 大明堂, 1968, 83~93쪽 참조.
14) 현재 중국 第一歷史檔案館 所藏.

2. 서구식 세계지도의 조선 전래과정

선교사들이 제작한 서구식 세계지도가 최초로 조선으로 도입된 것은 1603년 주청사로 북경에 갔던 이광정(李光庭, 1552~1628)과 부사 권희(權憘, 1527~1624)에 의해서였다. 이수광의 『지봉유설』에는 그들이 구입한 구라파국여지도(歐羅巴國輿地圖) 6폭을 홍문관으로 보내왔다는 기록이 있다. 이수광의 기록에는 이 지도의 제작자가 구라파국 사신 풍보보(馮寶寶)로 되어 있는데 이는 이마두(利瑪竇)를 잘못 전해 듣고 쓴 것으로 보인다. 구라파국여지도가 6폭으로 이루어진 것으로 보아 이 지도는 전년인 1602년 북경에서 제작된 「곤여만국전도」로 추정된다.[15]

이후 허균도(許筠, 1569~1618)도 사신으로 중국에 갔다가 마태오 리치의 지도와 게(偈) 12장을 얻어 돌아왔다.[16] 이 때 가져온 마태오 리치의 지도와 행방에 대해 구체적으로 알 수 없다. 1630년 진주사 정두원은 등주에서 로드리게스를 만나 서양의 과학서적과 물건들을 받았는데 그 중 『직방외기』와 『만리전도』 5폭이 포함되어 있었다. 이 때 가지고 온 『만리전도』 5폭은 『직방외기』에 실린 「만국전도」와 아세아, 구라파, 이미아, 아묵리가 4대주의 지도를 합한 5폭의 지도로 추정된다.[17] 이상의 사례는 사신에 의해 공식적으로 들여온 것이 대부분이지만 사적으로 구입하여 얻었던 것도 있었다. 마태오 리치의 『양

---

15) 이에 대한 반론으로 이용범, 『중세서양과학의 조선전래』, 동국대 출판부, 1988 은 서양 선교사들이 제작한 원도일 가능성이 높다고 지적하였다.
16) 『於于野談』.
17) 이에 대해서 강재언은 마이클 쿠퍼가 쓴 『통역사 로드리게스』에 수록된 기록을 근거로 마태오 리치의 「곤여만국전도」라고 주장하였고, 양보경도 「조선 후기 서구식 지도의 수용과 「회입 곤여만국전도」」에서 만리전도 5폭은 6폭의 오류로 보이며 이 지도도 「곤여만국전도」로 보았다.

의현람도』는 1603년 북경에서 각판한 것인데 현재 숭실대 기독교박물관에 보관되어 있다.[18] 페르비스트의 「곤여전도」가 현재 서울대 도서관,[19] 숭실대 박물관 등에 1674년 초간본이 남아 있는 것으로 보아 일찍 들어온 것으로 추정된다.

1723년 외암(畏菴) 이식(李栻)은 「곤여전도」를 열람하고 소감을 일기로 썼고,[20] 1776년 황윤석은 홍대용의 집을 방문하였는데 이 때 홍대용이 소장하고 있던 『역상고성(曆象考成)』, 『수리정온(數理精蘊)』 등의 과학서와 페르비스트가 증수(增修)한 강희 갑인년(1674)의 「곤여전도」 8첩을 열람했다고 하였다.[21]

3. 조선에서의 서구식 세계지도 제작과 활용

1) 마태오 리치의 「곤여만국전도」 제작

(1) 「곤여만국전도」의 제작

17세기 초반부터 연행사신들에 의해 도입된 서구식 세계지도는 한정된 수량으로 인해 조선에서 다시 모사되거나 복간되기도 했다. 마태오 리치의 「곤여만국전도」나 페르비스트의 「곤여전도」 등은 대형

---

18) 1620년(광해12) 주문사로 연경에 갔다 온 황중윤(黃中允, 1577~1648)이 들여왔을 것으로 추정된다.

19) 서울대 도서관 구간서고에는 1674년 판 「곤여전도(貴軸」4709-88C), 1856년 광동판 「곤여전도」(大4709-88A), 1860년의 해동중간본 「곤여전도」(軸4709-88) 등 모든 판본이 소장되어 있으며, 또한 해동 중간본을 1911년에 찍은 후쇄본(軸4709-88B)도 남아 있다.

20) 『願學日記』 癸卯年 四月.

21) 『頤齋亂藁』 卷22, 丙申 八月 初九日 戊申.

세계지도이기 때문에 국가적 차원에서 관리 주도하에 모사 제작하는 경우가 일반적이다.

대표적 사례가 1708년(숙종 34) 「곤여만국전도」의 제작이다. 천문 역법 지리를 주관하던 관청인 관상감에서 제작하였는데 영의정 최석정(崔錫鼎, 1646~1715) 외에 이국화(李國華), 유우창(柳遇昌) 등이 참여하였다. 천문도의 제작과 함께 이루어졌는데 최석정의 서문에는 「건상곤여도(乾象坤輿圖)」로 표현된다.

최석정의 서문에는 아담 샬이 숭정 초년(1628)년에 「건상곤여도」[22]를 각각 8폭으로 제작하여 병풍으로 만들었는데 그 인쇄본이 조선에 전해져 모사하여 올렸다고 기록하였다.

건상도(乾象圖)의 경우는 다른 선교사들이 천문도를 제작한 사례가 거의 보이지 않기 때문에 아담 샬의 것으로 보이며 「성도(星圖)」 8폭과 「적도남북양총성도」란 제목이 이를 뒷받침한다. 표기된 날짜로 볼 때 1708년 모사된 건상도는 아담 샬의 저술 중에서 「성도(星圖)」 8폭으로 추정된다.

(2) 현존하는 「곤여만국전도」

1708년 제작된 「곤여만국전도」 사본은 현재 서울대학교 박물관에 소장되어 있다. 원래 봉선사에도 1점 소장되어 있었으나 한국 전쟁 때 유실되었다. 규장각에는 이 봉선사본으로 추정되는 사진이 남아 있어 그 대강을 알 수 있다. 명주 바탕에 182x494cm의 8폭 병풍으로 이루어져 있다.

1708년 이 지도는 마태오 리치의 다른 세계지도와는 달리 각종 동물, 선박 등의 그림이 삽입된 점이 특징이다. 때문에 흔히 '회입(繪入)

---

22) 1628년 아담 샬이 마태오 리치의 「곤여만국지도」를 중간한 것이거나 최석정이 마태오 리치의 세계지도를 오해했거나 둘 중 하나이나 후자일 것으로 추정된다.

곤여만국지도'라고도 불린다. 전세계를 통틀어 「회입곤여만국전도」는 서울대학교박물관 소장본, 중국의 난징박물원 소장본, 일본의 난반문화관 소장본 등 세 점이 알려져 있다.

이외 마태오 리치의 지도 중에서 책자에 수록된 소형의 서구식 세계지도도 계속 모사, 제작되었는데 그 예가 『삼재도회(三才圖會)』에 수록된 「산해여지전도」이다. 이 지도는 「천하도」란 제목으로 필사되어 여러 지도첩에 수록되었다.

4. 기타 서구식 세계 지도의 제작

「곤여만국전도」를 필두로 조선에 유입된 서구식 세계지도들이 모사·제작되면서 지식인들에 많은 영향을 끼쳤는데, 알레니의 『직방외기』에 수록된 「만국전도」, 페르비스트의 「곤여전도」 등도 그 역할을 담당하였다.

1) 알레니 「만국전도」 사본

이 시기 제작된 것으로 보이는 알레니의 「만국전도」도 현존하는데 규장각 소장의 「천하도지도(天下地圖)」를 들 수 있다. 이 지도는 『여지도』라는 지도첩에 수록되었는데 이외에도 중국지도, 연행로도, 아국총도(我國總圖), 팔도도 등 여러 지도가 수록되어 있다. 「천하도지도」는 「만국전도」와 거의 일치하나 규격이 50x103cm로 「만국전도」보다 훨씬 크다. 특히 조선 부분을 보면 원도(圓圖)에는 없는 백두산과 울릉도의 모습이 보이고, 동해와 서해 등 우리나라에서 부르는 바다 명칭이 표기된 것으로 보아 이 지도가 조선에서 제작되었음을 알 수 있다.

이외 현존하는 알레니의 「만국전도」 사본으로는 박정노(朴庭魯) 소장본이 있다.

2) 페르비스트 「곤여전도」 사본

「곤여전도」는 대형 판본으로 146x400cm 규격으로 개인적으로 판각하는 것은 어렵고 필사하는 것도 쉬운 일이 아니었다. 이 지도는 지구설의 이해가 전제되지 않은 상태에서 세계를 두 개의 원으로 표현한 것은 어려운 점이었을 것이다. 이후 1860년에 이르러 국가 차원에서 다시 간행하였다.

「곤여전도」와 같은 양반구도가 아니고 하나의 원에 양반구도를 통합해서 그린 독특한 세계지도가 현존하는데, 국립중앙박물관에 소장된 「곤여도」에 수록된 세계지도이다. 『곤여도』는 9책으로 이루어진 채색 필사본 지도책으로 천문도, 세계지도, 중국 각지의 지도가 수록되어 있다. 하나의 원에 양반구를 그린 사례는 중국이나 일본에서도 매우 드물다.

마태오 리치의 「곤여만국전도」와 같은 지도는 타원형이고 페르비스트의 「곤여전도」는 양반구도이다. 페르비스트의 「곤여만국전도」를 합쳐 하나의 원안에 그린 것으로 보인다. 지도 여백에 수록된 곤여도설은 마태오 리치의 「곤여만국전도」 서문을 전재한 것으로 도설 끝에는 「곤여전도」에 표기된 '치리역법천문남회인(治理曆法天文南懷仁)'에서 '회인'이 빠진 채 표기되어 있다.

현존하는 조선 후기의 서구식 세계지도 유형을 형태별로 나누면 대표적으로 다음 세 가지 유형으로 나뉜다. 먼저 '타원형 단원 세계지도'로 「곤여만국전도」, 「양의현람도」, 「만국전도」, 「천하도지도」 등이다. 다음으로 '정원형 단원 세계지도'로 「곤여도」(국립중앙박물관), 『각국도(各國圖)』중 「천지전도」(국립중앙도서관), '동서 양반구 세계지도'로 「곤여전도」, 「지구전후도」 등이다.

참 고 문 헌

1. 사료

『於于野談』

『願學日記』

『頤齋亂藁』

2. 단행본

김양선, 『梅山國學散稿』, 崇田大學校博物館, 1972.

오상학, 『조선시대 세계지도와 세계인식』, 창비, 2011.

이용범, 『중세서양과학의 조선전래』, 동국대 출판부, 1988.

임종태, 『17·18세기 중국과 조선의 서구 지리학 이해』, 창비, 2012.

정기준, 『고지도의 우주관과 제도원리의 비교연구』, 경인문화사, 2013.

徐宗澤, 『明淸間耶蘇會士譯著提要』, 臺北: 中華書局, 1949.

小牧實繁先生古稀記念事業委員会, 『人文地理學の諸問題』, 東京: 大明堂, 1968.

3. 논문

양보경, 「조선 후기 서구식 지도의 수용과 「회입 곤여만국전도」」, 『문화역사지
리』 제24권 제2호(통권47호), 한국문화역사지리학회, 2012.

田保橋潔, 「朝鮮測地史上の一業蹟」, 『歷史地理』, 1932.

한국연구재단 토대연구지원사업 총서

조선시대 서학 관련 자료 집성 및 번역·해제 1

초판 1쇄 | 2020년 3월 10일
초판 2쇄 | 2021년 8월 10일

지 은 이   동국역사문화연구소 편
해 제 자   배주연, 송요후, 장정란
발 행 인   한정희
발 행 처   경인문화사
편   집   유지혜 김지선 박지현 한주연 이다빈
마 케 팅   전병관 하재일 유인순
출판번호   406-1973-000003호
주   소   경기도 파주시 회동길 445-1 경인빌딩 B동 4층
전   화   031-955-9300 팩 스   031-955-9310
홈페이지   www.kyunginp.co.kr
이 메 일   kyungin@kyunginp.co.kr

ISBN 978-89-499-4872-0 94810
      978-89-499-4871-3 (세트)
값 45,000원